Klaus Köhler

Aus dem Leben eines geilen, kleinen Arschlochs

Oberlausitzer Verlag

Für Moni, meine warmherzige Wegbegleiterin.
Für Susi, der Mutter meiner Töchter.
Für Dinah und nicht zuletzt für Maria.

Wenn einer, der mit Mühe kaum
Gekrochen ist auf einen Baum,
Schon meint, dass er ein Vogel wär,
So irrt sich der.

Wilhelm Busch

02794 Spitzkunnersdorf, Obere Zeile 3 c
Tel.: 03586/789232, Fax: 03586/789233
ISBN 978-3-941908-17-8

Aus dem Inhalt

1. ZWEI MÄNNER UND IHR HALBES LAND

Wir schreiben das Jahr 2035.
Schlürfende Schritte hallten durch die Straße. Im Licht der tief stehenden Sonne schillerte der Tropfen an seiner schrumpligen Nase regenbogenfarben und baumelte trittsynchron hin und her. Himmlische Beobachter würden sich über die Schlangenlinien seines Fortschreitens wundern, irdische sehen, er umlief kraterähnliche Schlaglöcher. Langsam begann sich die Dunkelheit auszubreiten. Die Straßenlampen waren zerschossen, zerbrochen, umgefallen, von der Zeit zerbröselt. Belanglos, ihre Stromversorgung war schon vor vielen Jahren, damals aus Kostengründen abgeschaltet worden. Jetzt leuchtete nur noch der Mond. Leider viel zu selten.
Wehmütig streifte sein Blick über leere, schwarze Fensterhöhlen, über zerfallene Schornsteinköpfe, eingebrochene Dächer aus denen beachtliche Birken wuchsen. Ihre Blätter schienen leise im Wind miteinander zu flüstern. Herabhängende Dachrinnen schaukelten träg in allmählich aufsteigendem Nebel, als wollten sie ihm winken. Verwitterte Ziegelsteine, die sich längst ihres Schutzes vor Sonne und Frost, ihres Verputzes entledigt hatten und aus deren Bindungsfugen unaufhörlich krümelnder Mörtel rieselte, grinsten ihm wie zahnlose, alte Mütterchen entgegen. Eine verwilderte Katze mit ruppigem Fell starrte verblüfft aus einem dunklen, türlosen Hausflur. Ihre Augen funkelten wie die Uniformknöpfe des einbeinigen Zinnsoldaten, der so viel erlebt und der es aus Scham nie fertig gebracht hatte, seiner angebeteten Papiertänzerin, seiner Prinzessin zu gestehen, dass er sie liebte. Als der Passant näher kam, machte sie kehrt und verschwand im Haus.
Die Reste der Betonblöcke der „Neubauten“, zu DDR-Zeiten scherzhaft Cama-Margarine-Siedlungen oder Arbeiterregale genannt, kamen in Sicht. Als sie gebaut wurden, waren sie, allgemeinem Wohnungsmangel und verhältnismäßig hohem Komfort geschuldet (sie hatten Dusche oder Bad), heiß begehrt. Dann, nach der Wende, wollten immer weniger in diesen hellhörigen, bunkerähnlichen Massenunterkünften wohnen. Nach und nach zogen ihre Bewohner aus und es begann der Abriss. Damals nannten sie es noch STÄDTEUMBAU. Dörfer, die nach dem Krieg mit Flüchtlingen aufgefüllt zu Städten wuchsen. Städte, deren Sterben mit dem Mauerfall begann. Aus denen allmählich wieder Dörfer, mit stetig schwindender Einwohnerzahl wurden und die sie schließlich ganz „vom Markt nahmen“ oder die die Zeit in Steinhaufen verwandelte. In alten Autokarten konnte man noch die Namen der Ruinenkonglomerate lesen. Die Staatsdiener, die Beamten waren jeweils ihre letzten Bewohner gewesen. Wenn es niemanden mehr zu betreuen, zu

bewachen und im Namen der Ordnung zu bevormunden gab, mussten sie den Weggezogenen folgen. Als immer mehr und mehr die Region verließen, unterließen sie es, Umschreibungen für „Abriss“ und „Verfallsbeseitigung“ zu erfinden. Noch später stellten sie auch den Abriss ein. Die Plattenhäuser verfielen zuerst. Danach die älteren, die massiven. Am längsten trotzten die Umgebindehäuschen der Zeit. Aber es nütze ihnen nichts, auch sie wollte keiner haben, weil kaum noch Einwohner da waren, um Bedarf anzumelden. Diejenigen, die kurz nach dem Mauerfall in die „alten Bundesländer“ verduften, hatten noch Käufer für ihre Immobilien gefunden, noch gutes Geld bekommen. Die Letzten bissen bekanntlich die Hunde. Allmählich waren die Preise gegen null gerutscht, der Immobilienmarkt zusammengebrochen. Jetzt saßen die Erben des Plunders im Westen und wussten nichts mit ihrem Grund und Boden anzufangen.
Einmal hatte ein pfiffiger Kerl im Internet inseriert: „Kaufen sie sich ihr eigenes Dorf!“ Der Gag war perfekt und erregte vorübergehend ziemliche Aufregung in allen Medien. Aber er funktionierte nur bei zwei, drei Nachahmern. Als, der Not gehorchend, viele die Idee aufgriffen, um nicht zusehen zu müssen, wie ihre verlassenen Heimatdörfer zu Staub zerfielen, war es wie mit allen wiederholten Wundern, sie wurden langweiliges Tagesgeschäft für das sich niemand interessierte.
Er hörte plötzlich Schritte, aber sie verstummten sofort, als er stehen blieb. Klar, es waren seine eigenen. Selbst die paar alternden Punks, die bis vor etwa fünf Jahren in den noch einigermaßen verfallresistenten, über 200 Jahre alten Umgebindebuden hausten, waren weggezogen. Aus fensterlosen Löchern, die wie monströse, tote Augen glotzten, fielen immer wieder Bündel aus Erinnerungen in die gewaltigen Schlaglöcher. Nach 1989 waren fast alle Straßen, die zuvor ausnahmslos ein Bild des Jammers boten, mit neuer Schwarzdecke überzogen worden, die sich nun wieder auflöste, ihren Geist aufgab und stetig zerkrümelte. Sie sahen wieder aus wie zu schlimmsten sozialistischen Mangelzeiten. Irgendwann hatten sogar „Amtlich-Statistische-Erhebungsstudien“ ergeben, der Osten sei eine sterbende Region. Sie wurden dem Pöbel damals vorenthalten, damit er nicht in Panik geriet. In den ehemaligen Gärten um die Ruinen waren wie von Geisterhand gepflanzte Weiß- und Moorbirken gewachsen. Die meisten von ihnen überragten die eingebrochenen Dächer. Wildkirschen und Holunderbüsche standen vereinzelt dazwischen. Mittendrin faulten umgebrochene, einst von den Anwohnern gehegte Blaufichten. Aber die gehörten eigentlich nicht in diese Gegend. Folgerichtig begann sie die Natur zu entfernen. Ahorn, verkrüppelte Eiben und Ulmen begannen sich zwischen vor Langem gepflanzten Lebensbaum-

hecken auszubreiten. Seit mehr als zwei Jahrzehnten hatte die Hecken niemand mehr geschnitten. Er schätzte ihre Höhe auf 15 Meter.
Ein kapitaler Dachs trottete furchtlos, fast gelangweilt über das, was früher eine Straße war. Er blieb stehen, drehte sich zu ihm um, betrachtete ihn, als sei er ein Wesen einer anderen Galaxie und lief seelenruhig weiter. An einem großen Laubhaufen vom Vorjahr, der im Windschatten einer Betonplattenruine beachtliche Größe erreicht hatte, kauerte er um in aller Ruhe sein Geschäft zu erledigen. Ohne den Passanten eines Blickes zu würdigen, trottete er gemächlich weiter. Der beißende Geruch seines dampfenden Fäkalienhaufens wehte ihm in die Nase. Die Schwarzdecke war ab dieser Stelle und noch mindestens 200 Meter weiter völlig verschwunden. Ein paar knorrige Obstbäume gab es auch noch. Im Herbst erntete er mit Jatzel, einem ehemaligen Arbeitskollegen, immer die unteren Früchte ab. Keiner von beiden traute sich mit den alten, gebrechlichen Knochen noch auf eine Leiter. Wozu auch, das Obst der herabhängenden Äste reichte für beide. Es schmeckte vorzüglich. Niemand düngte oder spritze es. Viel besser, als das aus dem Versorgungswagen, der jede Woche einmal für wenige Minuten an der alten Schule hielt. SEINER Schule, die nach der Jahrtausendwende, als schon die Hälfte der Einwohner weg war, zu einem Altenpflegeheim umfunktioniert wurde. Im Halbdunkel sah sie aus, als wolle sie sich eben in ihren Hof kauern, um zu kacken und den Dreck aus ihren zerfallenen Fluren zu drücken.
Die letzten Alten, die sie bewohnt hatten, waren längst gestorben. Der Betreiber von dem Ding hatte anfangs an den Omas und Opas fettes Geld verdient, ein irres Geschäft gemacht. Jetzt ist er pleite. Das kleine Stadion, in dem der Passant mit seinen Kinderfreunden, mit Bimmi, den Jakobs, mit Anton, Hurre, Klapp, Floh, Siehte und Wimmrich die verrücktesten Spiele gespielt hatte, stand unter Wasser.
Irgendwo, weiter oben am Berghang war eine Abwasserleitung geplatzt. Zuerst hatte es mörderisch gestunken, wie ein Rinnstein voller Scheiße im Mittelalter gestunken haben mag. Inzwischen war das Wasser glasklar wie frisch geputzte Schaufensterscheiben eines großen Kaufhauses in den alten Bundesländern. Im Frühjahr konnte er abends bis zu seinem Haus die Froschchöre quaken hören. Wenigstens eine Spezies, die sich hier sichtlich wohl fühlte. Gegenüber hatten Henny, Gerold und Steffen gewohnt. Ob sie noch lebten? Die Nachrichtenfuzzies verbreiteten immer noch allgemeinen Sonnenschein und immerwährende Aufbruchstimmung. Sie hatten nur ein paar abgedroschene Phrasen gewechselt. Der Wind pfiff leise „Yesterday“ durch die Fensterhöhlen. Er erkannte die Melodie sofort. Manchmal zog er sich die alten Schallplatten rein. Sie vermittelten ihm nach wie vor ein herrliches

Glücksgefühl, wärmten genau wie damals sein Herz und ließen es höher schlagen, wie einst, als unter dem Weihnachtsbaum ein nagelneuer Hörnerschlitten stand.
Aus dem Fensterloch, dort oben links, hatte sie ihm vor unzähligen Jahren zu gewunken. Sie war eine Schönheit gewesen. Er blieb stehen, zündete sich mit stechendem Herzen eine Kippe an und schaute hinauf. Hier hatte sie gewohnt, als er sie kennen lernte. Seine große Liebe. Er zog langsam an der Zigarette und schüttelte den Kopf. Zwei Kinder hatte sie ihm geschenkt. Als sie 35 war, hatte sie ihn verlassen - KREBS, rechte Brust. Mein Gott hatte er sie geliebt. Verfluchte Scheiße! In seinem Inneren fühlte es sich an, als sei das nur fünf Wochen her. Er vermisste sie immer noch. Er blies den Rauch in Richtung des dunklen Rechteckes. Eine halbe Ewigkeit war seither vergangen. Sein Herz hackte immer, wenn er sich an den Mauerresten vorbei schleppte. Seine zweite Frau war nicht das, was unter die Überschrift „Lottogewinn" gepasst hätte. Mit 1000 Liebesschwüren war sie in sein Leben getreten. Als der Aufschwung sich als schleichender Abschwung entpuppte, begannen ihre Gefühle für ihn zu lahmen wie Palmes dreibeiniger Hund. Mit dem Schrumpfen seines Kontos schmolz ihre Liebe, wie irische Butter in der Sauna. Irgendwann hatte sie sich aus dem Staub gemacht. Die Landung nach seinem Blindflug war hart, aber Gott sei Dank ernüchternd. Mehrere Knochenbrüche und um ein Haar das Genick.
Seine Kinder waren in den Westen gegangen, wie meisten Bewohner dieses Ortes. Die Große, seine Nelly, war nur ein Jahr älter geworden, als ihre Mutter - KREBS, rechte Brust, erblich. Ein verdammter Gendefekt! Wie ein verletztes Raubtier hatte sie gekämpft, wohl wissend, dass ihre Erbanlagen ihr keine große Chance ließen. Wohl wissend, dass die Allgemeinmedizin, die allen Beteuerungen zum Trotz nicht einen Furz weiter als bei ihrer Mutter war, auch ihr nicht helfen können würde. Nie hätte er auch nur annähernd den Kampfesmut von Nelly aufbringen können. Er wäre viel zu schwach für einen Kampf in dieser Gewichtsklasse gewesen. Sein ganzes Leben lang. Nein, er würde sich eine Badewanne voll angenehm warmem Wasser eingelassen haben, und mit einer echten Havanna zwischen den Lippen und einem kühlen Bier im Hals hätte er mit geöffneten Adern dieser Welt Tschüss gesagt.
Er sah sich an Nellys Krankenbett sitzen, vorsichtig ihren kalten Schweiß mit dem Taschentuch tupfend. Sie rang in hackenden, kurzen Atemstößen verzweifelt nach Luft. Er hielt ihre kalte, ausgezehrte, völlig kraftlose Hand und versuchte sie zu wärmen.
„Weißt du noch, Nelly", fragte er, mit vor Schmerz zitternder Stimme, „als ich den ersten Kastendrachen für dich gebaut habe? Wir wollten ihn hinten

bei Posselts Teichen steigen lassen, aber er hat nur Purzelbäume geschossen, ist nicht hoch gekommen. Weißt du`s noch?“
Sie hatte fast unmerklich genickt und nach Luft gejapst. Eine Vielzahl Metastasen hatten die Eingeweide, am weitesten fortgeschritten ihre Lunge zerfressen. Zum Sprechen war sie bereits zu schwach. Eine Träne war ganz langsam aus ihrem linken Augenwinkel wie in Zeitlupe, zögernd und zärtlich, über gläserne, eingefallene Wangen geschlichen. Am Ohrläppchen blieb sie hängen. Dort glitzerte sie, wie ein dickflüssiger, zu einem Traum gewordener Diamant. Eine bittere, schwarze Auster aus steinerner Hoffnungslosigkeit, aus Trauer und einem weltumspannenden Schrei. Sie glitzerte noch, als der Erlösung bedeutende Tod schon längst ihren aussichtslosen, krampfhaften Kampf um Luft, Sauerstoff und Leben beendet hatte. Ihr Gesicht war ausdruckslos geworden, wie die zerfallenen Häuser durch die er gerade lief. Gevatter Tod hatte, um dem Elend ein Ende zu bereiten, seine Sensenklinge durch ihren Kehlkopf gezogen. Dieser hinterhältige Hund, von dem behauptet wird (und er hat diese Erzlüge selbst in die Medien gebracht), er sei gerecht. Was die Masse scheinbar auch noch glaubte. Nein, er war nie gerecht! Er holte sich Kinder genauso skrupellos wie Greise und er nahm das Leben auf die unterschiedlichste Weise. Manche holte er in Sekundenbruchteilen, manche nach Monaten, manche erst nach jahrelanger Quälerei.
Mit weit aufgerissenen Augen starrte er wie ein Irrer auf den Weg. Die Erinnerung ließ ihn nicht los. Bittere Spucke sammelte sich im Mund. Er schob sie hin und her. Dann steckte er sich eine neue Kippe an und schlurfte weiter. „Verfluchter Mist“, maulte er laut, wie vor 70 Jahren der alte Bauer Brocksch auf dem Kutschbock seines Pferdegespanns, der öfters angetrunken aus der „Schützenschenke“ auf dieser Straße nach Hause fuhr.
Weil er arbeitslos war, hatte er Nelly auf ihrem letzten Weg begleiten können. Fast ein viertel Jahr war er ihr kaum von der Seite gewichen, hatte sich mit Chris, ihrem Partner und mit Minny abgewechselt, für sie gekocht, bis sie nichts mehr essen konnte. Manchmal wäre er am liebsten aus Verzweiflung mit dem Kopf gegen die Wand gerannt, um es endlich hinter sich zu bringen. Oh Scheiße, war es hart gewesen, sie im Rollstuhl zu der Vortodeszelle, in der sie die wirkungslosen Bestrahlungen teilnahmslos über sich ergehen ließ, zu karren. Damit der Weg für sie nicht zu lang war, hatte er immer im Parkverbot an der Kurve der Zufahrt zur Heidenheimer Klinik geparkt. Den Bullen, zwei lustigen Milchschnitten, die die Falschparkgebühren regelmäßig einforderten, hatte er das Geld immer gleich passend und freundlich lächelnd in die Hände gedrückt. Sie tauschten es mit ebenso höflichem Lächeln gegen die bereits ausgefertigte Quittung und machten ein paar doofe Scherze mit

Nelly, die ihnen aber nie antwortete. Als sie noch laufen konnte, waren sie im Wald am Wehntal täglich nach der Bestrahlung spazieren gegangen. Die Strecke, die sie zurücklegen konnte, wurde immer kürzer.
Kaum zu Hause bei ihr angekommen, gaben sich Scharlatane, Wunderheiler und Gesundheitsbringer die Klinke in die Hand. Sie fuchtelten mit Wünschelruten und anderem Firlefanz in der Wohnung umher, behaupteten, es müsse nur ihr Bett mit dem Kopfende nach Osten ausgerichtet oder eine Steinplatte neben dem Stubentisch platziert werden und die Karzinome würden verschwinden wie das für ihren Schwachsinn kassierte Geld in ihren Taschen. Mit wütenden Blicken und knirschenden Zähnen hatte er dem verlogenen Treiben zugeschaut und fassungslos ihre Skrupellosigkeit bewundert. Nelly, die aus Todesangst nach jedem Strohhalm angelte, wollte nichts unversucht lassen. Er bezahlte die Hasardeure mit heißen Händen. Gern hätte er sie mit einem Knüppel verdroschen, ihnen jeden Knochen einzeln gebrochen. Gern hätte er die Großraumlimousinen, mit denen die fiesen Halsabschneider vorfuhren, mit dem Baseballschläger zertrümmert aber das konnte er ihr nicht antun. „Ach, ja, Nelly“, murmelte er runter zu seinen Füßen, „du hattest dir aufs T-Shirt geschrieben, dass du die Welt retten würdest. Ich hätte DICH um alles in der Welt retten wollen. Beides war uns nicht vergönnt gewesen.“
Wenn ER den Arretierungssplint des Fallbeiles aus der Öse zieht, hat niemand eine Chance. Egal, wie viel Scharlatane und Wünschelrutenmagier dich mit dem Versprechen auf Heilung um deine sauer verdienten Kopeken prellen, du bist erledigt.
Seine blöden Knie schmerzten bei jedem Schritt. Er stöhnte. Bartel-Wünsche, ein echtes Original des Städtchens, hatte vor langer Zeit den Spruch geprägt: „Wenn du über die Fünfzig bist, und wirst früh morgens munter und hast keine Schmerzen, dann bist du tot.“
Es war noch ein ganzes Ende bis zu Jatzels Haus. Noch etliche Trümmerhaufen lagen dazwischen. Manche von ihnen erzählten leise Geschichten von früher. Manche waren interessant, manche nicht. Zu den meisten Ruinen hatte er vage Erinnerungen. Kein Wunder, er war nie wirklich aus diesem Ort raus gekommen. Nur einmal, als er pleite war. Nachdem er seinen Laden aufgeben musste. Danach war er auf Betteltour gegangen. Auf seine Bitte nach einem Job hatten ihn alle angeschaut, als habe er nicht alle Latten im Zaun. Die Prophezeiung vom blühenden Aufschwung war der Euphorie dienlich gewesen, hatte sich aber als Politikergewäsch erwiesen. Die vom Steuerzahler brav gezahlten Milliarden waren im Sand und in großen Taschen verschwunden. Sie dienten als winkende, Wohlstand versprechende

Wahlwimpel und waren einzig und allein gut, den Prozentsatz an Millionären sprunghaft in ungeahnte Höhen zu schubsen. Gut, Wirtschaftsexperte war er keiner, aber er hätte sich damals oder auch noch später so fünfzehn Prozent Steuervergünstigungen für produzierendes Gewerbe gewünscht. Wäre ganz bestimmt hilfreicher, weil Arbeitsplatz erhaltender für diese Gegend gewesen.
Unzählige, immer neu entwickelte Projekte zur Unterstützung und Neubelebung des Aufschwungs wurden aus der Trickkiste gezaubert. Von dem später keiner der Klugredner mehr zu sprechen wagte, wollte er sich nicht allgemeinem Spott aussetzten. Reichlich von Medien und Politikergrößen umworbene Schlauheiten, von denen nicht eine fruchtete, reihten sich aneinander, gaben sich den Staffelstab der Nullnummernerkenntnis in die Hand. „Erstaunlicherweise" hatte sogar die „Abwanderer-Komm-Zurück-Kampagne" versagt. Wahrscheinlich hatte niemand ein echtes Interesse an einem „Aufschwung Ost".
Als die Mauern des Gefängnisses zusammenkrachten, war ein kleines Volk mit Mann und Maus aufgebrochen, die Sterne zu jagen. Weil die Sterne aber so weit weg und auseinander lagen, zerstreute sich das kleine Volk in der ganzen Welt. Die alt genug waren ohne Arbeit auszukommen, waren nachdem sie begriffen hatten, dass die Entfernung der Sterne in Lichtjahren gemessen wurde, zurückgekommen. Sie hatten geglaubt, sie könnten mit den Anderen des kleinen Volkes wenigstens in etwa so weiter leben wie vor dem Jagdbeginn auf die plötzlich erreichbar scheinenden Sterne. Sie erschraken, weil am Ort ihres Aufbruchs kaum noch einer war. Die Zurückgekehrten sahen plötzlich die Pfützen, in denen sich niemand mehr spiegelte und gingen zum zweiten Mal weg. Nein, sie wären nicht zurückgekommen, hätten sie gewusst, wie leer das Land des kleinen Volkes inzwischen geworden war. Tja, hätten sie damals Arbeit bekommen …
Jetzt flötete der Wind „The Last Time" in ein altes, halb verrottetes Fallrohr. Er schmunzelte. Der gute Wind hatte sich schon seit Längerem hauptsächlich auf die alten Titel der Rolling Stones eingepfiffen. Wahrscheinlich, weil er mitbekommen hatte, dass Jatzel und er oft von ihnen in schillernden Farben schwärmten. Sie waren beide stonessüchtig.
Ein Grinsen huschte auf seine Lippen, als er daran dachte, wie er mit Jatzel und Limbo (Gott hab ihn selig!) versucht hatte, die Öffentlichkeit auf das Sterben der Region aufmerksam zu machen. Sie wollten das Fernsehen dazu bewegen, einen Bericht zu senden. Sie bastelten ein Pappschild mit der Aufschrift: „Wir sind das Volk" und rammten den Stiel in ein Schlagloch. Die Kamera sollte die letzten drei Einwohner zeigen, wie sie stumm und mit

traurig hängenden Köpfen am Schild standen. Dann sollte sie über die leeren, verfallenen Häuser schwenken. Der bestellte Sender war nicht gekommen. Das Verbreiten seichter Rührschnulzen war ihm wichtiger. Die Leute sollten was vom Weltglamour mitbekommen, nicht vom Untergang einer Region, für die sich noch nie jemand interessiert hatte, außer denen, die von dort stammten. Der Sender hatte ihnen was gedumdiedelt. Er musste auf seinen Ruf achten, den er seinem breitgefächerten Telenovela-Niveau, der Verbreitung schillernder Märchenidylle verdankte.
Limbo war einen Tag nach dem groß geplanten Ereignis gestorben. Stundenlang hatte er lauter und anhaltender geflucht als der italienische Pizzabäcker, dessen Frau bei jeder passenden Gelegenheit den Gesellen vernaschte. Gift und Galle speiend war er im Gesicht blau angelaufen und an seiner Wut erstickt. Hier, das von Weidengestrüpp überwucherte Oval, war ein Teich gewesen. Auf dem hatten sie als Kinder Eishockey gespielt; an jedem Tag im Winter. Aus der Schule, den Ranzen in die Ecke gepfiffen und aufs Eis, bis die Dunkelheit den Puck verschluckte. Er hörte das Kratzen der vielen Schlittschuhe. In frühen Jahren waren es noch „Schraubendampfer", „Absatzreißer". Sie spielten, begleitet vom Pfeifen der Kurzwelle aus Bummsis Kofferheule, aus der die aktuellen Hits in einer Tonqualität über die Eisfläche krächzten, dass mitunter kaum zu erraten war, was lief. Kam ein neues Stück von den Beatles, den Stones, den Who und wie die Rockgrößen alle hießen, standen die Eishockeyspieler um die Krächze und lauschten gespannt. Manchmal machte dann `ne Pulle Ruß die Runde, bis sie leer oder der Titel zu Ende war. Es gab Tage, da waren so viele auf dem Eis, dass an Spielen nicht zu denken war. Dann herrschte ein unvorstellbares Gewühl und die Jungs nutzten es, um den Mädchen beim Vorbeifahren an die Brüste zu greifen.

Damals, als er im Westen arbeiten war, hatte er sich über den von Kindern erzeugten Geräuschpegel im Freibad gewundert. Zu dieser Zeit war es dagegen hier im Bad schon wie ausgestorben gewesen. Da belief sich die Zahl hier lebender Kinder schon nur noch auf einen Bruchteil. Wie viel Einwohner hatte diese Stadt, in der er fast alle seine Jahre verbracht hatte, vor der Wende gehabt? 12 000? Als in ihr noch Menschen wohnten, war es mitunter gar nicht so übel gewesen. Nach der großen Weltrezession, 2011 bis 2014 war die Gegend schon fast menschenleer. Bis zum Genickbruch, den die Wirtschaft entgegen allen Prognosen erst 2011 erlitt, wurde wie gewöhnlich in geistreichen Talkshows, in Zeitungen und allen zur Verfügung stehenden Medien der ganze Scheiß glatt gebügelt und schöngeredet. Die selbst gekrönten Zockerkönige wurden von allen Seiten hofiert, zärtlich am

Nacken gekrault und umjubelt. Die Narreteien trieben weiter ihre großen, bunten Blüten. Wirtschaftsgaukler und Finanzritter, hatten dem Pöbel glauben gemacht, sie seien Schüler von Magier Copperfield und hätten gelernt, wie durch Zaubersprüche Milliarden in Fantastillionen verwandelt wurden. Unbehelligt hatten sie sich einen Spielhöllen-Klapsmühlismus geschaffen, der ihnen zu unübertroffenem und für Normalos unvorstellbaren Reichtum verhalf, der auf der anderen Seite katastrophale Armut, und eine nie gekannte Verschuldung hinterließ. Die, die dabei säckeweise Goldnuggets nach Hause karrten und seiner Ansicht nach bis auf die Grundmauern enteignet gehörten, waren und blieben unantastbar und aalglatt, wie immer. Keiner wagte ihnen ein Haar zu krümmen. Die Rechtslage gab es einfach nicht her und wo kein Kläger, da kein Richter. Das Ackermannsche Perpetuum war zu einer stinkenden Morastgrube verkommen. Die Jubelprediger standen mit staunenden Glubschaugen am Rand und sahen zu wie alles langsam im Fäkalienschlamm versank. Die wenigen Ossis, die kurz zuvor wieder etwas zu hoffen begonnen hatten, waren plötzlich ihre lang ersehnten, mies bezahlten Jobs wieder los. Schockiert packten sie von der Skrupellosigkeit, die sie zuvor nur ihren verflossenen Diktierern zugetraut hatten, ihre sieben Sachen und verschwanden in mutmaßlich bessere Gefilde. Während die Raubritter ihre Brieftaschen stopften, sich als die Retter von Zukunft und Menschheit ausgaben und auf die Dummheit der Kohldampf schiebenden Versager wetterten. Wer konnte schon für die Blödheit derer, die zu dämlich zum Geldverdienen waren?
Er grinste und blieb nach Luft schnappend stehen, weil er zu schnell gelaufen war. Irgendwann wollte er aufhören zu rauchen. Schon, weil sie die Schachtel Kippen auf zwanzig Euro verteuert hatten. Die zugezogenen Karrierelumpen hatten Deutschland jedes Mal einen schlechten bis zweifelhaften Ruf verschafft. Ob sie aus Österreich mit Schnauzbart, oder der Schweiz, mit Strahlemannlächeln kamen, spielte eine nebensächliche Rolle. Die in der Wuchtkrise mit Flügeln schlagenden Pleitegeier hatten einen eisigen Luftzug verursacht. Das einzig Positive daran war, die Klimaerwärmung wurde dadurch in eine Klimaerkältung umgewandelt. Für diese Errungenschaft bekamen die Billionenschieber Extra-Sonder-Boni.
Er sah auf die Uhr. Die Inkontinenz. Erst mal pinkeln. Gleich mitten auf die Straße. Sein Zeigefinger suchte. „Komm schon, alter Freund“, brummte er verdrießlich. „brauchst doch nur zu pinkeln!“ Als er ihn endlich gefunden hatte, sang er sich erleichternd: „Maikäfer fliege, dein Vater ist im Kriege, deine Mutter ist in Pommerland, Pommerland ist abgebrannt. Maikäfer fliege …“.

Der Opa-Urin plätscherte gemütlich in den Dreck und besprenkelte die ausgelatschten Schuhe.
Beeilung war angesagt. Jatzel würde warten. Er schaltete die verbeulte Blechtaschenlampe ein und leuchtete auf den Weg. Die Flasche „Jameson-Whiskey“ im Stoffbeutel pendelte gegen seine Wade. Dreck und Wind. Wind und Dreck.
Erst war er früh aufgestanden, um zu arbeiten. Später war er früh aufgestanden, um Arbeit zu finden. Die Träume waren verblutet. Manchmal war es eine blöde Zeit gewesen. Jetzt war auch die bald vorbei. Sie hatte seine Gefühle zerfressen. Geblieben waren nur der Appetit auf Whiskey und der Jammer um Vergangenes. Demnächst würde er sich gemeinsam mit Jimi Hendrix im Himmel dieses weiße Pulver in die Nase zerren. Jimi hatte es auch gemocht.
Seit über zwanzig Jahren sank die Zahl der Arbeitslosen, aber keiner hatte HIER einen Job gekriegt. Die Eröffnung eines drei Personen beschäftigenden Familienbetriebes war in regionalen Medien bejubelt worden, als hätte VW ein neues Werk mit 2000 Arbeitsplätzen und 5000 weiteren in der Zulieferindustrie in dieser Gegend auf die grüne Wiese gesetzt. In alle Herren Länder, in denen es verblüffender Weise Jobs gab, hatten sie sich verstreut: Italien, Österreich, Schweiz, Spanien, Holland, Schweden, Norwegen, Irland, England, Kanada, USA, Neuseeland, Australien. Die Nachrichtenfuzzies verbreiteten immer noch verheißungsvollen Sonnenschein. Auf allen Kanälen.
Jatzel stand in der Haustür, hob die Nase in den Wind, leckte gierig seine Lippen und winkte wie blöde mit beiden Armen. Der alte Gangster schien die Flasche „Jameson“ förmlich zu riechen.

„Liebst du mich, Paps?“
„Aber ja doch, Nelly.“
„Bleibst du?“, hatte sie mit starr auf den Weg des Wehntals gerichtetem Blick gefragt, auf den die Sonne schien, als habe sie noch nicht geschnallt, dass es bereits Mitte Oktober und nicht Anfang August war. Begriffsstutzig betrachtete er ihr Profil. Seine Lymphdrüsen sammelten sich fifty-fifty an den Schläfen und begannen schmerzlich nach einem Song von Tom Waits zu hacken.
Sie drehte langsam, wie in Zeitlupe den Kopf zu ihm und sah ihm in die Augen. „Bleibst du, bis ich gehen muss? Ich meine, in meiner letzten Stunde, bist du dann bei mir, Paps?“
„Ja.“

2. TNT

Gestern hatte es in der Zeitung gestanden, die er aus Prinzip nie las. In der, von Maßen und Auflage größten Zeitung, der größten DDR der Welt. Im „Zentralorgan“, im „NEUEN DEUTSCHLAND“, Bibel und Pflichtlektüre der ostdeutschen Kommunisten. Eine Monsterbotschaft, eine Sensation, ja eine Bombe!
Tags drauf war der Meteoriteneinschlag in aller Munde und funkelte diamanten in der warmen Sommernacht. Vielleicht war es eine Finte. Ein Beruhigungspflaster für Großmäuler? Für Unbelehrbare, die zahlreicher wurden und den Anschein erweckten, sie wollten nicht mehr resignieren sondern aufmucken. Nicht unbedingt politisch, soweit würde der Mut nicht reichen. Und es wäre unklug sich den Schergen der Mumien auszuliefern. Die Versorgungslage und die horrenden Umweltprobleme könnten demnächst vorsichtig als Grundlage für kritische Klagen dienen. Das wäre nicht ganz so gefährlich. Schließlich waren die Bonzen im gewissen Sinne auch von einer intakten Natur abhängig. Die gestiegene Bereitschaft, Missstände anzuprangern, das Maul wenigstens halblaut zu offiziellem, nicht-mehr-hinter-vorgehaltener-Hand maulen zu nutzen, war seit dieser komischen Perestroika stetig gewachsen. Die Russenfreunde schienen genügend eigene Probleme zu haben. Wahrscheinlich würden sie nicht wie 1953, 1956 oder 1968 ihren mordenden „Klassenbrüdern“, ihren Kumpels zu Hilfe eilen.
Die Botschaft enthielt tonnenweise TNT.
AC/DC mussten es vorausgeahnt haben, als sie sich dazu entschlossen den Hit zu landen. Sie bedeutete ein Abrücken, von auf alle Zeiten zementierter Betonideologie, ein Abrücken von kommunistischen Grundfesten, von beschworenem, heilig gesprochenem „Volkseigentum“ an Produktionsmitteln. Vorausgesetzt sie stimmte.
Vorausgesetzt, sie würde umgesetzt werden. Sie bedeutete das Eingeständnis der Undurchführbarkeit einer wissenschaftlich untermauerten Utopie. Es bedeutete, die Phrasologen gaben zu, die Wirtschaftspläne ihrer Planwirtschaftler waren ins Leere gelaufen und schuld an einem Versorgungschaos, das in der Geschichte Mitteleuropas seines Gleichen suchte. Die herrschenden Herrschaften gaben zu, es könne so nicht weiter gehen. Sie würden ein kleinwenig Privatinitiative genehmigen müssen, um entstandenes Wirrwarr und Engpässe zu mildern. Der Sonnenkönig Honni, so lautete der aufsehen erregende Artikel in dem, von der Masse verschmähten Wurstblatt, könne sich vorstellen, in Zukunft wieder kleine, private Gaststätten, eventuell SOGAR mit angeschlossener Fleischerei zu konzessionieren. Sofort unterstellten

boshafte Leute ihm fortschreitende Senilität. Umnachtete er bereits völlig? Hatten er oder seine Berater noch lichte Momente? War ihnen ein Blitz ins Hirn geschossen? War die Information, in der Volksrepublik Ungarn sei die „Versorgung der Bevölkerung“ aufgrund von vor langen Jahren zugelassener Kleinbetriebe, nicht verbotener Eigeninitiative, erheblich besser, war diese Information bis zu den methusalen Granithirnen gedrungen? Wie auch immer dieser Knüller entstanden war, er stand schwarz auf weiß in der wochentäglich erscheinenden Tagesbibel der Partei der Allmächtigkeit und war somit Gesetz. Würstel brauchte nur auf die demnächst erscheinenden Durchführungsbestimmungen der Genossen von Partei und Stasi gespannt sein und konnte den Versuch eines Vorstoßes in Richtung - private Kneipe - starten. Als gelernter Koch sollte er gute Chancen für den Erhalt einer Zulassung haben.
Auf dem Nachhauseweg von der Arbeit riss er den Gasgriff seines lamborghinigelben Mopeds, seiner Rennschwalbe, bis zum Anschlag auf, holte alles aus ihr raus und fegte um die Kurven, dass Niki Lauda vor Neid erblindet wäre. Die erstaunten Fußgänger nahmen ihn als Kondensstreifen wahr, wie er später erfuhr. Durch den schneidenden Fahrtwind hörte er Harrison „Here Comes The Sun“ singen und grinste. Angekommen zog er mit brennenden Handflächen die Zwiebacksäge auf den Ständer, pulte zwei Fliegen aus den Zahnlücken und wischte die Fahrtwindtränen trocken. Hastig, drei Stufen auf einmal nehmend, eilte er durch die Kellergarage treppaufwärts in die Wohnstube. Seine Deborah saß im Sessel am Couchtisch. Es duftete nach Albrechtskaffee. Tante Gertrud hatte es sich auch nach dem Tode ihrer Nichte, nicht nehmen lassen jeden Monat ein Paket mit Kaffee, Zahnpasta, Nugatcreme, Fischbüchsen, Schokolade und Kaugummi zu schicken. Das half mächtig wirtschaften und hob den Lebensstandard der Familie erheblich. Würstels waren nicht auf Kaffee-Mix und andere Ersatzprodukte angewiesen.

„Mensch! Deborah!“, sprudelte er seine Spucke versprühend und mit den Armen wie ein Fähnchen schwenkender Jungpionier fuchtelnd, ihr entgegen. „Weißt du, was heute auf Arbeit abging? Wir haben acht und dreiviertel Stunden diskutiert, nichts gemacht! Nur die Rüben heiß geredet!“
„Chi chi chi, bekomm ich keinen Kuss“, fragte sie kühl und rollte vorwurfsvoll mit ihren großen, schwarzen Chinchillaaugen.
„Äh, oh, tschuldige! Hab ich vor Aufregung vergessen.“ Er ließ die Arme sinken und ging auf sie zu. „Tobiaaas, du hast die Schuhe noch an!“, kreischte sie wie eine überforderte Kreissäge. „Wie oft muss ich dir noch sagen, du

sollst sie gefälligst im Keller ausziehen! Meinst du, es macht mir Freude, euch ständig den Dreck wegzuräumen? Bin ich eure Putzfrau?"
Tobias machte mit Hängeschultern artig kehrt, ging langsam in den Keller, tauschte Schuhe gegen Hauslatschen und stand nach zwei Minuten vor ihr. Er beugte sich weit vor und küsste flüchtig aber artig ihren Mund.
„Also, jetzt noch mal von vorn", sagte sie kopfschüttelnd, das Gesicht zu einem Klumpen geballt. Ihre kurzen, sonnenblonden Haare schubberten wie Omas neuer Wischmopp durch die Luft.
„Was gibt es denn sooo Wichtiges, dass du ohne Hausschuhe in die Wohnstube kommst und mich zu küssen vergisst? Hää? Hat sich euer neuer Parteisekretär vor den Zug geworfen?"
„Leider nicht. Es würde auch keinen der Kollegen aufregen, weil es für niemanden ein Verlust wäre." Wie ein feuchter Rosettenwind war seine Euphorie zwischen Nacken und Hemdkragen verpufft. Er reichte ihr die Schachtel F6 über den Couchtisch. Sie rauchten und schlürften wortlos ihren Kaffee.
„Du musst nicht immer gleich sauer sein, Tobias. Wenn ich was sage, hat das seinen Grund." Stellte sie nach einer Weile fest. „Es gibt gewisse Regeln im Leben, die jeder von uns einhalten muss. In einem Vierpersonenhaushalt kann nicht jeder tun und lassen, was ihm grad in den Sinn kommt. Das weißt du. Also sei nicht schon wieder gnatzig."
Würstel hob seinen Kopf, nagelte den Blick an die Deckenlampe und blies den Rauch hinterher. Echt krass, die Frau. Wenn er sie nicht wie ein Klapsmühleninsasse lieben würde, wäre manches einfacher. Mit den glasigen Augen eines Dauerkoksers betrachtete er die Stubendecke und schwieg.
„Mein Gott! Jetzt sag schon, was gibt's denn? Was hat dich und deine Arbeitskollegen heut so bewegt?" Wie bei einer Marionettenpuppe rollten ihre Augen genervt durchs Gesicht. Sie nippte vom Westkaffee. Würstel wollte abwinken und beleidigt weiter schweigen, aber sie richtete sich im Sessel auf und schob fordernd ihr Kinn in die Luft und über den Tisch, was ein gefährliches Zeichen war. Falls er jetzt die Klappe hielt, würde sie einschnappen und dieser Zustand konnte länger dauern als der bescheuerte Siebenjährige Krieg.
„Nu sag bloß, ihr Frauen habt auf Arbeit nicht über die Meldung, die gestern über die Ticker gelaufen ist, gequatscht." Entgeistert und missgelaunt blickte er ihr ins Gesicht.
„Welche Meldung meinst du denn", fragte sie ehrlich verblüfft.
Das konnte echt nicht die Norm sein! Diese Frauen!
„Die wollen wieder private Kleinbetriebe, wahrscheinlich hauptsächlich Kneipen zulassen."

„Ja, und?“
„OOH, GOOOT!“ funkte es ihm im Kopf.
„Ja, so begreif doch, Deborah, das wäre doch DAS Ding! Wir könnten `ne Gaststätte, `ne private Kneipe betreiben, endlich wieder Spaß am Arbeiten haben, Geld verdienen!“
„Spaß am Arbeiten? Geld verdienen? Ich glaub, mein Schwein pfeift! ICH habe Spaß am Arbeiten und ICH verdiene Geld! So viel von beiden würde ich in einer Gaststätte niemals haben. Und meinst du, Toiletten putzen, anderer Leute Fäkalien und Kotze wegräumen, würde mir Spaß machen? Mir reicht schon euer Schmutz!“ Sie stemmte empört ihre Fäuste in die Hüften und guckte wie der sprungbereite Tiger vor dem Karnickel. Sie hatte Recht, zumindest, was sie anging, hatte sie Recht. Nur ihm machte sein, vor Jahren zwangsverordneter Job, keinen Spaß und sein Lohn hielt sich, verdammt noch mal in Grenzen. Sie hatten, als Deborah nach Rosis Tod zu ihm gezogen war, Kontentrennung vereinbart. Sie wollte für die Finanzierung der Fressalien aufkommen und er für seine Kinder, für Unkosten, die Haus und Grundstück betrafen, inklusive Kredittilgung, Renovierung, Getränke und Genussmittel. Da bei Würstel erheblich weniger auf dem Lohnstreifen und mehr auf dem finanziellen Zuständigkeitsdekret stand, war er pünktlich am ersten Tag der vierten Woche im Monat blank wie ein frisch gecremter Kinderpopo und gezwungen, sich selbst aus der Patsche zu helfen, indem er zusätzliche Wochenendschichten fuhr. Mitunter fiel auch eine Rolle Jeansstoff von einem Transportwagen im volkseigenen Betrieb, in dem er arbeitete. „Es ist schließlich Volkseigentum, also gehört es auch mir“, dachte er sich und verkaufte den heiß begehrten Stoff an einen vietnamesischen Gastarbeiterkumpel, einen „Fidschi“, der davon ECHTE Levis-Jeans nähte. Es machte ihn enorm stolz, damit ab und zu etwas für die bessere Versorgung der Bevölkerung und seiner Familie tun zu dürfen.
„Mmh“, brummte er und sah verträumt aus dem Wohnstubenfenster auf den Kaninchenstall. „Dann werd ich das Fuhrwerk allein lenken. Du kannst mir ja an den Wochenenden unter die Arme greifen, falls ich`s nicht packe.“
„Das wird nicht gehen, Tobias. Es ist nicht mein Metier. Da fühl ich mich nicht wohl. Es ist, als ob ich für jemanden den Clown geben müsste, weißt du? Ich wasch die Gardinen und helfe dir am Ruhetag beim Saubermachen.“
„Dann, hm, dann werd ich einen Imbissladen ins Visier nehmen. Ich meine, den kann ich auch ohne deine Hilfe deichseln und Samstag und Sonntag geschlossen lassen. So sind wir wenigstens an den Wochenenden zusammen.“ Seine Augen blitzten wie die Rundumleuchte eines Rettungswagens über seine Genialität. Das war die Lösung! „`n Grillimbiss! `ne Marktlücke von

Staudammgröße! Durchgangsverkehr. Die Leute essen, trinken `ne Cola und weg sind sie wieder. Keine Konkurrenz. Im gesamten Ort gibt es nur eine, noch nicht mal vergleichbare Einrichtung. Die ist staatlich und der Leiter ist ständig im Knatter. Wow! Trotzdem ist der Laden täglich übervoll! Würstel, du bist ein helles und fixes Kerlchen." Er klopfte sich anerkennend auf die Schulter, stand grinsend auf und reichte seiner Göttin die Hand, um sie mit verliebten Blicken in die Schlafstube zu entführen. Plötzlich stand Minny im Türfutter.
„Was willst du hier, Minny? Hab ich nicht gesagt, du lässt dich erst wieder sehen, wenn du die Hausaufgaben erledigt hast und mit dem Abwasch fertig bist?"
„Entschuldige Mama, ich wollte nur kurz Papa begrüßen. Er hat vergessen, in mein Zimmer zu schauen. Servus Paps." Sie stellte sich auf ihre Zehenspitzen, schlang ihre Arme um seinen Hals, zog ihn zu sich herab und schmatzte auf seine Nase.
„Hey, Minny-Maus", grinste er in ihr strahlendes Kindsgesicht und revanchierte sich. „Du hast gehört, was Mama sagt. Verkrümel dich, ich komme dann abtrocknen."
„Okay, Paps." Sie verschwand in ihrem Zimmer.
„Du wirst nicht abtrocknen, Tobias! Hier hat jeder seine Aufgaben." Er verkniff sich die Antwort. Wenn er sie jetzt kränkte, war sie glatt in der Lage ihm ihre Liebe zu verweigern. Diesbezüglich konnte sie rigoros sein. Sanft schob er sie in die Schlafstube und drehte leise den Schlüssel. Eilig zog sich Deborah aus und legte sich mit nacktem Hintern aufs Kopfkissen.
„Gefall ich dir, mein Schatz?" „Du gefällst mir wie verrückt, Sonnenblume. Vor allem, wenn du nackt bist." Sein Herz klopfte, dass die Gardine vibrierte und die Fensterscheibe klirrte. Während er seine Klamotten achtlos auf die Auslegware warf, bohrte er seine Stielaugen in ihren Schritt. Die Lunte fing Feuer und die Zauberkugeln wurden schwer wie Gullydeckel. Zu Anfang sagte sie nur leise „Oach" aber dann vergaß sie für die nächste viertel Stunde, dass sie eine ziemlich gebildete Mitteleuropäerin war. Oh ja, Tobias, es war kein Fehler, sich dieses strohblonde, geile Rasseweib in dein kleines Häuschen zu holen! Hier hatte er ein goldenes Händchen bewiesen. Das war amtlich, wie das Amen in der Kirche. Sie war ein echtes Goldstück. Auf blöde Neidhammel, die nicht müde wurden, das Gegenteil zu behaupten, brauchte niemand hören. Fakt! Die klebrigen Widerlinge hatten doch null Ahnung. Wie auch.

„Ajaah!" Es klang wie der lang gezogene Kriegsschrei eines betrunkenen Iowakriegers aus einem alten Western. „Der Wüüürstel Tobias! Unsereiner hat schon gehört, warum du zu mir kommst. Setz dich, alter Freund." Würstels Verblüffung schlug Purzelbäume durch den Äther. Die Nachrichtenübermittlung per „Stiller Post" klappte perfekt. Er überlegte schmerzhaft, ob er mit Hofer „per-du" war. Es war lange her, dass sie sich zum letzten Mal gesehen hatten und unwahrscheinlich, aber nicht unmöglich. Ihn jetzt mit SIE anzusprechen konnte falsch sein. Am Wohlwollen auch dieses Genossen konnte die Konzession, wenn auch nicht ausschließlich, hängen. Zu der Zeit als sie sich kennen gelernt hatten, war Hofer der Big-Boss der Handelsorganisation (HO), Abteilung Gaststätten gewesen. Es erschien Würstel zweifelhaft, dass Hofers steiler Aufstieg zum Chef der Kreisleitung auf seiner fachlichen Qualifikation beruhte. Aber Würstel war es wurst. Er beschloss eine Anrede zu vermeiden, hielt ihm freudestrahlend seine Hand entgegen und sagte: „Ich bin gekommen, um einen Antrag auf `ne Konzession zur Führung eines Grillimbissbetriebes los zu werden. Die Rede unseres Genossen Honeckers hat mich auf den Gedanken gebracht." Bei den Worten schwoll seine Schilddrüse. Hofer schüttelte, vor Freundlichkeit wie ein Buddha aufquellend, seine Hand, wies auf den Stuhl vor dem Schreibtisch und blubberte durchs Fett seiner Pausbacken: „Setz dich, Tobias. Ist mir schon klar, sonst würdest du dich bei MIR gewiss nicht sehen lassen. Hab ich Recht?" Er hatte Recht! Und wie! Würstel antwortete mit einem verlogen freundlichen Lächeln.

„Wenn du, um es kurz zu machen, eine Lokalität aufreißt, die unseren Anforderungen entspricht, werde ich mich dafür einsetzen, dass du eine Genehmigung erhältst. Du weißt aber, nicht ich allein bin die Kompetenz, andere Genossen haben dabei ebenfalls ein nicht unerhebliches Stimmrecht."

Das wusste er nur all zu gut. Trotzdem, mehr als ein Nein konnten die „anderen Genossen" auch nicht drauf haben. Vielleicht waren seine Schandtaten ja verjährt.

„Sehr von Vorteil wäre natürlich", Hofer machte eine gewichtige Pause, schwenkte seine Buddhabirne wie ein Jungpionier sein Papierfähnchen zur Maidemo, starrte Würstel in die Pupillen wie die Kobra ihrem Opfer und musste sehen, dass die Schultern des Bittstellers entmutigt nach unten sackten, „ääh, vorteilhaft wäre, wenn du unsere Reihen stärken würdest, wenn du zu uns, ich meine, in UNSERE Partei kommst. In dem Fall, und das kann ich dir in die Hand versprechen, gibt es absolut keine Probleme mit der Konzession. In dem Fall kannst du von mir aus ein Hotel eröffnen. Das bekäme ich locker durch."

Würstel griff in die Innentasche seiner Jacke, legte den Brief mit dem Antrag auf Hofers Schreibtisch, erhob sich mit gekrängtem Blick und sagte leise, er würde sich die Sache mit der Partei durch den Kopf gehen lassen.
„Das musst du, Tobias, das musst du auch. Ohne Fleiß kein Preis. Du musst verstehen, freiwillig setzen wir uns keine Läuse in den Pelz. Ist doch verständlich, oder?“ Hofers Lächeln war eine rostige Blechtonne voll faulig stinkender, gelb-grün glänzender Schmierseife.
„Wenn du an unserer Seite kämpfst, stehen dir selbstverständlich alle Türen offen und ich rate dir, vorher brauchst du dich nicht nach einem geeigneten Objekt umzuschauen.“ Würstel hatte Mühe, seine Galle im Zaum zu halten. Er würgte einen harten Klumpen Hundekacke vom Hals in den Magen und rülpste leise. Den Schreibtisch umkippen und das Arschloch in die Mangel nehmen, wäre eine geeignete Reaktion um sein Blut zu kühlen. Er stöhnte und fuhr sich mit zwei Fingern in den Hemdkragen. Ziemlich dicke Luft im Raum. Scheißpilz.
„Ich hab eine ehemalige Bäckerei im Auge. Der vormalige Inhaber und Besitzer ist Rentner und möchte gern vermieten. Den Umbau kann ich mit meinen Freunden bewerkstelligen. Kein Problem.“
„Lobenswert, lobenswert, deine Bemühungen, wirklich lobenswert. Aber du weißt ja, eine Hand wäscht die andere.“ Er zeigte ungeniert auf die zwei verschlungenen Hände seines Parteiabzeichens und grinste wie der Scheich über die Leiden seines Haremswächters, des leibeigenen, hellstimmigen Eunuchen.
Auf der Heimfahrt aus der Kreisstadt biss er, weil sein Dickdarm ihm Wutschübe in den Blutkreislauf faxte, alle Paar Kilometer ins knochenharte Lenkrad seines Trabis und fluchte, bis die Scheiben mit Schimpfworten zugekleistert, die Sicht auf die Straße verhinderten. Hätte er sich doch denken können, denken müssen, wie die Voraussetzungen aussahen. Kroppzeug! „Mensch Würstel, was biste bloß wieder blauäugig, so bescheuert blauäugig! Brrrrh!“ fluchte er. Er drückte wütend auf die Kassette und die Rolling Stones übertönten mit Mühe das stottrige, unrunde Gebrüll des Zweitaktmotors. Die Wirkung war die von reinem Eukalyptus. Langsam bekam er wieder Luft. Die Musik löste die Karettschildkröte in seinem Hals, sie begann sich zu bewegen und wanderte gluckernd prustend durch Magen und Schließmuskel und grollte ins Freie.
Er würde kämpfen! Auch ohne Aussicht auf Sieg. Vielleicht gerade deshalb. „Street Fighting Man“ hämmerte blechern gegen seine Trommelfelle. Was gab`s schon zu verlieren? Zum Unterarbeiter konnten sie ihn nicht degradieren. Ging die Sache schief, war Arschlecken auch ein schöner Walzer.

Als der Betriebsdirektor in „seiner“ Firma vor Jahren erkrankte und nach Wochen feststand, er würde nicht so schnell genesen, den Betrieb nicht mehr leiten können, waren die Genossen von der Ortsparteileitung angeschissen gekommen. Sie bettelten ihn honigschwülstig, er möge doch bitte den Stuhl des Chefs besetzen. Er sei der Einzige, der dafür in Frage käme, der die Firmenabläufe kenne und der vor allem das Zeug dazu habe. Zu Anfang stellten sie nur die Bitte, er möchte des Gesamtbildes wegen in diesen Showhaufen, von völlig sinnlosem Einheitsgewerkschaftswitz eintreten, der mit einer Gewerkschaft so viel zu tun hatte, wie ein Bullenhai mit einer überalterten Zuchtsau. Sie schmierten den monatlichen Mitgliedsbeitrag in voller Höhe auf sein Lohnbrot und erhöhten das Gehalt seines Vorgängers um beachtliche 500 Mark. Würstel pfiff laut „Sympathy For The Devil“ und ließ sich grinsend breitschlagen. Er kniete sich rein wie zwei bekokste Großwildjäger und steuerte das Firmenschiff, das seit mehr als fünfzehn Jahren jährlich eine runde Million Ostmark Verlust machte, vom Beginn der Übernahme Mitte März bis zum Jahresende in einen Tümpel mit 327.000 Mark Gewinn. Im folgenden Geschäftsjahr standen am Ende 800.000 DDR-Mark auf der Habenseite. Anstelle von Lob und Achtung bekam er Druck. Es ging nicht an, dass sein Vorgänger, der selbstredend Mitglied der Einheitspartei war, als steifer Genosse um ein Vielfaches schlechter gewirtschaftet hatte als ein parteiloser Nichtsnutz!

„Würstel, du lässt dir das Parteiabzeichen an den Kragen heften oder wir sägen dich vom Stuhl und du gehst wieder in die Produktion“, hatte ihm eine Gruppe dunkelroter Abgesandter gedroht, als sei das die Todesstrafe durch Enthauptung für ihn. Gleichgültig hatte er geantwortet, es würde ihm einen alten Scheiß ausmachen und sie sollten sich doch bitte was Niedliches ausdenken, wie sie ihn wieder loskriegen würden. Freiwillig würde er weder in ihre Partei noch wieder an seinen alten Arbeitsplatz gehen. Angeborener Naivität geschuldet hatte er geglaubt, das würde der Panzerknackerbande wegen seiner Erfolgsgeschichte schwer fallen. Puh-ha! Weit gefehlt! Sie erwiesen sich (wie DIESBEZÜGLICH immer) cleverer als so mancher dachte. Eine seiner Sekretärinnen flüsterte ihm zu, er solle doch am bevorstehenden Internationalen Frauentag außer den sonst üblichen Präsenten und Lobesurkunden für die weiblichen Mitarbeiterinnen eine Flasche flüssige Intimseife drauflegen. Der Frauentag sei schließlich keine Trauerstunde für Verstorbene, sondern eine fröhliche sozialistische Feierlichkeit. Um den Spaß anzuschieben, legte sie ihm zwei Tage vor dem Ehrentag aller Frauen dieser Welt eine Packung Lümmeltüten in die leere Brotbüchse. Auf die schüchterne Frage, wer denn so nett gewesen war, ihm die Brotbüchse zu garnieren, lachten sich

alle einen Buckel. Am Frauentag, der nach dem Überreichen der Geschenke gebührend mit üblichen Blah-blahs von der Lebenspartnerin eines ständigen Schusswaffenträgers und einigen Gläsern Sekt gebührend gefeiert wurde, war die Heiterkeit über das ausgefallene Zusatzgeschenk kaum zu toppen. Nur die Kollegin, die den lustigen Vorschlag unterbreitet hatte, war plötzlich aufs Schwerste beleidigt. Er verstand die Welt nicht mehr.
Wegen herabwürdigenden, frauenfeindlichen Verhaltens gegenüber seinen Kolleginnen wurde Würstel von der Einheitsparteileitung zwei Tage später mit einem strengen Verweis bedacht und abgesägt. Er wurde das Gefühl nicht los, die Initiatoren der Intrige, alte Bekannte, hielten das Steuerrad des Dampfers auch hier fest in ihren Dreckpfötchen. Sein Nachfolger war bewährter Genosse und hatte immerhin den Abschluss der sechsten Klasse vorzuweisen. Worauf einige Kollegen witzelten, es seien weiß Gott nicht lauter Kluge in der Firma beschäftigt, aber der neue Chef sei mit Abstand der größte Dunkeltapps im Team.
Wenn die Parteiknollos seinen Antrag auf die Konzession ablehnten, würde er sich wenigstens wieder mal mit seinen rot schimmernden Kumpels gerieben haben. Feixend zerrte er sich zwei Kubikmeter Luft in die Nase.

„Hallo, Deborah, mein schönes Reh!" Dieses Mal vergaß er den Kuss nicht. „Der Handelschef will sich dafür einsetzen. Er hat den Antrag entgegen genommen. Die Sache hat nur einen Haken …"
„Kann ich mir schon denken", unterbrach sie ihn, wischte mit dem Handrücken seinen Kuss von ihren Lippen und zog eine Mine, als habe er zwischen seinen Fingern eine eklige Spanische Wegschnecke zerdrückt und den giftgrünen Matsch der Eingeweide auf ihren Mund verschmiert. „Du sollst um Aufnahme in die Partei bitten, stimmt`s?" „Hmmh!"
„Na und? Dann gehst du eben in die Partei. Bist nicht der Einzige, der wegen seiner Karriere kleine Opfer bringen muss."
„Kommt nicht in Frage! Nicht in hundert Jahren!", bellte er sie an.
„Willste im Ernst mit deiner Sturheit wieder alles verderben? Wirste denn nie erwachsen?" Sie war sichtlich enttäuscht und fügte wütend hinzu: „Dann geh doch zu den Liberalen, zur LDPD, dann bist du ausm Schneider. Dort tummeln sich die meisten Selbstständigen, die noch überlebt haben."
„Meinste, das würden die akzeptieren? Denkste nicht, sie würden es als Ohrfeige werten, wenn ich in so `ne Blockpartei ginge?"
„Kannst dich doch mal umhorchen beim Ortsvorsitzenden der Liberalen. Ich kenn den persönlich. Ist `n ziemlich brauchbarer Kunde."

Würstel wiegte seinen Kopf wie ein Metronom. „`s ist zumindest `ne einigermaßen brauchbare Alternative. `n Blockparteipupser darf, wie ich gehört habe, nicht von der SED abgeworben werden. Die Mitglieder von den Mitläuferparteien werden jedenfalls nicht halb so schräg angesehen wie Führende-Rolle-Genossen."
„Na, damit könntest du doch leben." Sie tippte ihm freundlich auf die Brust.

Die Absage, mit Stempel und unleserlicher Unterschrift vom kleinen Hoferkönig, der keine Gründe für die Ablehnung nannte, erhielt er drei Wochen später. Wie erwähnt, wollte Würstel aus der allgemeinen Resignation mutig ausbrechen. Deshalb bat er um die Aufnahme in die LDPD. Mit jugendlichem Trotz griff er nach Papier und Kugelschreiber und formulierte eine Eingabe, um sich beim größten aller Sieger der ostdeutschen Geschichte, König Honni, zu mokieren. Er sei Blockparteimitglied, Koch von Beruf und brächte somit beste Voraussetzungen mit. Wo denn das Problem liege. Er fletschte die Zähne wie der große, böse Wolf in alten Comics.
Neun Wochen vergingen wie tropfender Lindenblütenhonig. Untertänig wollte er eben anfragen, weshalb ihm Hochwohlgeboren keine Antwort zuteil werden ließe, als abermals ein amtliches Schreiben seines Duz-Freund-Genossen Hofer, dem Lenker aller Positivitäten im Briefkasten steckte.
Man habe sein Ansinnen nochmals geprüft und sei zu dem Entschluss gelangt, in seinem Wohnort fehle doch tatsächlich (!) eine Einrichtung dieser Art und man erteile ihm großzügigerweise, aufgrund der Beschlüsse von Partei- und Staatsführung beantragte Konzession. - Also DOCH nette Leute! -
Ha! Würstel tanzte gestoppte zwei Stunden im Kreis und soff acht Pils, angemerkt, 0,33er Wichserfläschchen! Er fühlte sich wie Rumpelstilzchen in der Jugend. Aber das Gefühl legte sich wieder. Es ging schließlich nicht ums Kind der Königin, sondern um die Einrichtung einer Grillimbissbude, eines kleinen privaten Geschäftes. Ergo wischte er sich den Bierschaum vom Mund, rülpste anhaltend und spuckte in seine Hände.

„Du musst die gesamte untere Etage auf eigene Kosten umbauen. 2000 Mark für den Abriss des Backofens geb` ich dir dazu", nuschelte der alte Bäckermeister, als ihn Würstel bat, ihm die Bäckerei zu verpachten.
„Keine Hürde, alter Bäcker", hatte er abwinkend und freudestrahlend geantwortet. „Ich hab die Genehmigung in der Tasche und mit dem Wisch, bekomm ich von der Sparkasse `nen Kredit. Ein guter Freund von mir ist Bauingenieur, der erstellt mir `ne großzügige Kalkulation. Somit spielt Geld `ne eher untergeordnete Geige", spuckte er großkotzig. „Probleme sehe ich

höchstens in der Beschaffung der Geräte, wie Gewerbekühlschränke, Grills, Fritteusen und so`n Zeug."
Aber er hatte im Beschaffungskampf eine Verbündete. Die bedeutete ein Quadratmeter großes Ass im Beziehungsärmel. Während seines Grundwehrdienstes in der Volksarmee, bei den Funkern in der Erfurter „Jägerkaserne", hatte er ein zuckersüßes Techtelmechtel, mit einer völlig verdorbenen, bildhübschen Kellnerin aus dem „Schwarzen Adler" gehabt. Diese Wahnsinnszuckerpuppe hatte sich in letzter Zeit als äußerst hilfreich erwiesen. Nicht nur, dass sie es hervorragend verstand das hohe „C" auf dem Kamm zu blasen, NEIN, sie hatte sich auch zur Leiterin des Erfurter „Centrum" Warenhauses emporgedient. Sie besorgte für gern geschehene, gelegentliche Liebesdienste (und nebenbei für erkleckliche Sümmchen östlichen Bargelds) Waren, nach denen so manches Würstel dürstete. Als die DDR den Buntfernseher „Color 40", bei dem sogar eine Fernbedienung im Lieferprogramm enthalten war, erfunden hatte und die ersten Exemplare unter vereinzelten Ladentischen erschienen, brauchte er nur die 300 km zu ihr nach Erfurt fahren. Er hatte ihr, auf ihren eigenen Wunsch, einen thermosflaschengroßen Dildo von einem Vietnamesen besorgt, der sie gleich beim ersten Ausprobieren, in seinem Beisein vor Liebeseifer erglühen ließ. Er sah ihre entzückenden, zuckenden Rundungen vor sich, sog gierig ihren am Dildo klebenden, berauschenden Muschelduft durch die Schleimhäute seiner Nase und bekam einen mordsmäßigen Ständer. Er führte ihn sofort seiner hirnumnebelnden Bestimmung zu. Nach ein paar wundervollen Nächten, in denen für die Liebenden die Sonne nicht untergehen wollte, er immer wieder zwischendurch nackt von ihr Sekt und Rindslendensteaks serviert bekam, legte er läppische 7500 Mark auf ihren Nachtschrank. Der Fernseher kostete nur 6600,- M. Den Rest, behielt sie für Speisen, Getränke und andere Aufwendungen.
An der Lieferantenrampe des Warenhauses hatten zwei kräftige Männer ächzend einen großen Karton, mit der Aufschrift „RFT-Color 40" in den Kofferraum seines Trabis gehievt. Rundherum befriedigt, mit offen stehendem Kofferraumdeckel, stolz geschwollener Brust und vor Glück über den gelungenen Kurzurlaub „Mother`s Little Helper" pfeifend, fuhr er mit seiner Neid erregenden Luxusfracht in wirtschaftlich schlechter versorgte Regionen. Diese ehemalige Kellnerin war ein echter Schatz. Was hatte sie ihm nicht schon alles besorgt! Nicht nur Tonbandgerät und Kaffeemaschinen. Nur mit einem Videorekorder konnte sie nicht dienen, obwohl er, alle Kräfte mobilisierend, mit der Unterstützung von vier Nummern in einer Nacht, versucht hatte, sie zu überreden. Die sozialistische Konsumgüterproduktion war einfach noch nicht so weit fortgeschritten. Den musste Würstel bei einem Vietnamesen

in Dresden erstehen. Die Vietkongs konnten die geilsten Sachen an Land ziehen. Manche von ihnen durften nach Westberlin und schafften fast alles ran, was das Ossiherz begehrte, allerdings für Unsummen, die Würstel an Wucher glauben ließen. Von kapitalistischem Räucheraal bis eben zu teuflischen Erfindungen wie Videorekordern. Die Jungs nahmen für 500 Gramm Aal locker 200,- Ost und für die Höllenmaschine zum Anschauen und Aufnehmen von Filmen zwischen 8000,- und 10.000,- je nach Fabrikat.

Der Trabi war mit 105 Stundenkilometern über die holprige Mondautobahn geflutscht. Die rechte Spur der Betonrennpiste Dresden-Bautzen ließ nur noch 50 km/h zu. Trotz des dicken Kissens, das auf dem Fahrersitz lag, um seinen Steiß zu schonen und um ihn vor einer Gehirnerschütterung zu schützten. Die Straßenschläge ließen den „super gefederten" Wagen, der bei jedem Wetterumschwung an anderer Stelle klapperte, Sprünge vollführen, bei deren Anblick Gazellenantilopen vor neidischem Staunen ihre Zähne verloren hätten. Dazu spukte ihm seine Lisa-Kellnerin im Kopf herum: Als er sie bei der Armee in Erfurt kennen lernte, waren Liepold und er, Nacht für Nacht über die Begrenzungsmauer zwischen Kaserne und Sportplatz geklettert. Bis zum „Schwarzen Adler" waren es nur wenige Minuten mit der Straßenbahn. Ihre Zivilklamotten bunkerten sie im Umkleideraum des Personals. Sie lebten wie die berühmte Made im Speck, weil sie für die im Nebengebäude untergebrachten Musiker des „Stabsmusikkorps", (alles Freiwillige) a la Carte Essen bereiteten, aber mitunter vergaßen, die Einnahmen beim Küchenchef abzurechnen. Sie kamen durch diese verwerfliche Peinlichkeit zu angenehmen Haufen Taschengeld, kauften, was der sozialistische Handel so hergab und trieben sich in Schinderkneipen herum. Die Taschen voller Geld, was die Freundlichkeit bestimmter Damen enorm erhöhte. Von den Militärmusikanten, die leider oft tagelang nicht in der Kaserne weilten, was den Geldhahn versiegen ließ, hatten sie den Schlüssel zum Clubraum bekommen. Wenn wegen Abwesenheit der Kapelle Ebbe in den Taschen herrschte, hatten die beiden immer noch die tröstende Möglichkeit, dort verbotenes Westfernsehen zu gucken und den Musikanten das reichlich vorhandene Exportflaschenbier zu minimieren. Das Schlaraffenland hatte seine Tore geöffnet. Sie schlossen sich in dem Moment, als der Küchenchef, ein Klassenfeindmär predigendes Kindsgesicht, sie beim Gucken von Feindsendern erwischte. Trotzdem sie ihm, als er ankündigte, sie beim Kompanieboss anzuschmieren, ordentlich die Lichter zugelötet hatten, wurden sie zum „Schütze Arsch" degradiert und in verschiedene Kasernen, weit weg von einander, strafversetzt. Das süße

Leben war beendet. Scheiße! So ist das, es soll einem KLEINEN Betrüger nie zu gut gehen!

Snake schlug, ein Auge zugekniffen, wie ein wild gewordener Zyklop mit dem Vorschlaghammer auf die Klinkersteine. Schweißperlen glänzten auf seiner Stirn. Sein Hemd klebte an der Haut und die sich abzeichnenden Muskeln ließen ihn im Gegenlicht wie einen Mittelklasseboxer der unteren Liga erscheinen.
„Mir wandert`s Arschloch in die Kehle!“ fluchte er wie der Knastaufseher in „Bautzen II“ und spuckte auf den Hammer, als sei DAS hilfreich. „Der Klumpen ist nicht aus Ziegeln, sondern aus Stahlbeton! Aaah, das kann doch nicht die Norm sein!“ Wumm! Wumm!
„Meine Arme zittern, aber das Scheißding steht wie die Cheopspyramide! Leck mich …! Das kann doch nicht die Norm sein, verflucht!“ Er spuckte wieder auf den Hammer. Würstel trennte zwei Kronenkorken von Flaschenhälsen, reichte ihm ein Pils und sagte: „Damit dein Arsch wieder dorthin wandert, wo er hingehört. Komm, mach `ne Pause und pump Energie in deine schlaffen Klingeldrahtärmchen.“
„Püüüh, gegen deine sind meine die reinsten Litfaßsäulen!“
„Mit Pudding gefüllte! In meinen ist Kruppstahl! Hatte als Jugendlicher 28 Kämpfe. Davon 26 gewonnen, 18 durch k.o.“, prahlte Würstel und schob herausfordernd die Kinnspitze über die Bierflasche.
„Warum hast `n dann auf gehört, wenn du sooo erfolgreich warst?“ fragte Snake, der sich noch dunkel an Würstels „Boxerkarriere“ entsann.
„Erstens, weil meine Mutter dagegen war, zweitens, weil eine Unzahl Frauen meine Freizeit raubten und drittens bekam ich in meinem achtundzwanzigsten Kampf Prügel, als ob ich versehentlich fünf Gewichtsklassen höher angetreten wäre.“
„Ha! Dann seh ich nicht ein, warum ich den Backofen klein hacken soll, wenn du hier der größere Zampano bist.“ Snake hielt ihm den Vorschlaghammer an die Brust. „Ran an die Buletten. Tob dich aus, kleiner Tobi. Ich trink in der Zeit noch so `n Bierchen, mein Freund.“ Nach fünf Minuten draufdreschen, in denen der Ofen kaum eine Schramme zeigte, stellte Würstel den Bello auf den Steinfußboden und japste, vor Anstrengung rot wie eine Feuerwehr im Gesicht, nach Luft.
„Wir brauchen `ne Sprengladung“, keuchte er, sich mit dem Hemdsärmel übers Gesicht wischend, um Staub mit Schweiß zu vermengen. „Rohri hat Schwarzpulver, der muss `ne Bombe bauen und die Krücke sprengen.“

„Biste von allen guten Geistern verlassen? Der kann doch die Bombe nicht richtig dosieren. Nachher rutscht das ganze Haus zusammen. Du Flitzpiepe! Gib den Morgenstern her, ich dresche weiter. Werden das Ding schon klein kriegen.“

66 Schubkarren voll Asche, Ziegeln, gebranntem Lehm und Schamotte, schaufelten sie auf zwei große Hänger, bis der Ofen abgetragen war. Ihre Gesichter waren die von verzweifelten Apachen, die ihr Kriegsbeil ausgraben wollten, es versehentlich verlegt hatten und nun nicht mehr finden konnten. Die Kriegsbemalung war stark verwischt aber sie hatten diesen verfluchten Klinkeriglu besiegt. Jetzt musste nur noch der Staub aus Kehle, Magen und Darm entfernt werden.

„Woher, in Gottes Namen, willst du nur die vielen Wand- und Fußbodenfliesen nehmen, Tobi?“ Snake hatte sich mit ausgestreckten Beinen auf der hölzernen Bierstiege niedergelassen und schüttelte ungläubig mit dem Kopf. „Du bist meschugge, so `nen Laden auf die Beine stellen zu wollen. Mit der beschissenen Wirtschaftslage im Nacken. In dieser fünfzigsten Russenkolonie bekommst du keine zwei Quadratmeter Wandfliesen, geschweige dreihundert. Das Projekt wird dir`s Genick brechen.“

„Pü! Nicht für fünf Pfennige! Wirst sehen, ich pack`s. Mein neuer Schwiegerpapa ist Chef einer volkseigenen Baufirma und nebenbei `n richtig feiner Kerl. Der wird doch seinen weitaus zweitschönsten Schwiegersohn nicht sitzen lassen. Hab ihm neulich `ne Andeutung übern Tisch komplimentiert. Er hat mit nur einem Mundwinkel gelächelt. Denke, das sollte heißen, mach dir mal keine Sorgen Schwiegersohn. Wird schon klappen, Amigo. Bei meinem Hausbau hat er mir auch geholfen und damals war nicht mit einer Wimper dran zu denken, er würde irgendwann mit mir in einen näheren Verwandtschaftsgrad treten.“ Würstel grinste wie ein Tablett Fettbrote.

„Ööööh!“ Snake rührte mit der rechten seine Nüsse in der Hose um. „Ich hab dir auch beim Bau geholfen und da war auch nicht dran zu denken, du würdest mein Schwiegersohn werden“, lallte er lachend. „Kann aber noch werden. Wie alt ist deine Tochter jetzt? Wie meine Große?“

„Komm mir bloß nicht zu nahe, ich bin ein gefürchteter Paintball-Killer! Lumpenhund! Ein Gangster deines Kalibers hätte in meiner Familie null Überlebenschancen.“ Sie lachten und klatschten sich ab.

„Komm, trink aus Snake. Morgen zum Sonntag reißen wir die Zwischenwände raus.“ Als der letzte Schluck gluckernd in ihren Bierröhren verschwunden war, verschloss Würstel die Haustür und sie torkelten durch die Schlaglöcher. Den Arm um Snakes Schulter gelegt, nuschelte Würstel: „Wenn bloß endlich die doofe Sparkasse den Kredit locker machen würde. Bevor die

nicht aus dem Knick kommen, geht nix los. Momentan bin ich ärmer als `ne Kirchenmaus. Wegen persönlicher Überlastung komm ich in absehbarer Zeit nicht an `ne Hand voll Überstunden. Missliche Finanzschieflage."
„Haste schon Kupferrohr für Unterputzwasserleitungen?"
„Nee, hole ich morgen Nacht mit dem Bolzenschneider. Die haben am Bahnhof einen Waggon Kupferohre ausgeladen. Liegt alles hinter den Schienen. Ist für `ne Kesselschmiede und die haben keinen LKW um das Zeug zu holen."
„Mann, schieb es bloß nicht auf die lange Bank. Falls der Plunder abgeholt wird, ich meine, dann guckst du in die Röhre. Kupferleitung kannste mit Gold aufwiegen, bekommst trotzdem keine." Um seinen Worten Gewicht zu verleihen, wies Snakes Zeigefinger genau auf Würstels Nase.
„Keine Frage Mann, morgen werden reichlich Stangen von dem Luderzeug auf Trabis Innenraumlänge gezwickt und hier her gefahren. Komprändä?" Würstels Daumen zeigte über seine schwankende Schulter Richtung alte Bäckerei.

„Sie sind mit Wochenenddienst an der Reihe, Kollege Würstel. Und kommen Sie mir nicht wieder mit der gleichen Ausrede, wie vor drei und vor sechs Wochen. Ich habe die Order, gerade bei Ihnen keine Ausnahme zuzulassen, von der Parteileitung erhalten. Und das will ich auch nicht, nicht bei einem wie Ihnen, Herr Würstel." Seine Intelligenz, Genosse Nachfolger, sah ihn breit und hämisch grinsend an. Würstel musste an den handgeschriebenen Zettel an der Eingangstür denken und grinste zurück. Auf dem stand:
„In unseren Bedrieb finded am 12.06. 89 um 14.00 uhr auf anweissunk des Rades der Statt eine Pelejkschafftfersammlung stad. Die Teilname ist für alle Beschefftikten pflichd."

Das Grölen der „Pelejkschafft" war enorm. Einen Tag danach hatte sich Erwin den Zettel als Andenken und um ihn seiner Verwandtschaft zu zeigen, mit nach Hause genommen.
„SIE brauchen nicht zu grinsen, Kollege Würstel. Eine Vertretung für Sie kommt nicht in Frage. Diesmal sein SIE mit einer Zusatz-Wochenendschicht mode. Da beißt die Maus den Faden nicht ab - diesmal nicht!"
„Nur wenn ich die Stunden abfeiern kann. Ich habe keine Zeit, Genosse Deutscher. Sie haben doch sicher über ihre Parteifreunde von meinem Vorhaben, von meinem Umbauprojekt gehört. Zum Wochenende hab ich zwei Handwerker vor Ort, die mir helfen. Auf keinen Fall kann ich die vorn Kopf stoßen. Die brauch ich noch mehrfach und Sie wissen sicher, wie schwer man es mit Handwerkern so hat."

„Is mir wurst! Zusatzschichten heißen nicht Zusatzschichten, weil sie hinterher abgefeiert werden, das dürfte Ihnen bekannt sein. Schließlich sind sie nicht neu hier.“
„Hmm, nicht so neu wie Sie, Genosse Deutscher, aber ich kann`s mir nicht leisten. Entweder ich darf die 24 Stunden abfeiern oder die Chose ist gestorben. Verstehen Sie mich bitte.“
„24 Stunden abfeiern? Da blieben Sie drei Wochentage weg. Wie soll das denn gehen, hä?“
„Ist mir egal, wie das gehen soll. Mich fragt auch keiner. Alles klar?“ Sein Lächeln lag immer noch wie eine Spinnwebe um die Lippen.
„Kollege Würstel“, Deutscher schien langsam vor Wut die Puste auszugehen. „Wenn Sie am Wochenende nicht ihrer Pflicht als Schichtleiter nachkommen, sehen wir uns vorm Arbeitsgericht. Ich werde Sie wegen Arbeitsverweigerung vor den Kadi zerren. Jemand wie Sie hat dort verdammt schlechte Karten. Soweit müssen Sie in ihrer grenzenlosen Blödheit wohl denken können.“
„MÜSSTEN.“
„Was?“
„Ich meine, es heißt MÜSS-T-EN, Genosse Deutscher.“
„Sie arrogantes Arschloch, sie fick ich noch im Hintern! Amtlich!“
„Es heißt in DEN Hintern. Tsiss siss siss!“
Das Gesicht des Betriebsleiters lief blau-rot an und Wut tropfte als Nasenschleim aus seinen aufgeblasenen Nüstern. Die Lache auf dem Schreibtisch schillerte grünlich.

„Ich muss noch Speck und Zwiebeln für die Mauke (Oberlausitzer Stampfkartoffeln, mit gebratenem Speck, gebratener Zwiebel, Milch und geriebenem Muskat) schneiden, Deborah. Würdest du bitte heute die Wohnung saugen?“ Sie überhörte die Ironie.
„Aber sicher, Tobi. Ich saug doch immer die Wohnung.“
„In letzter Zeit mitunter zwei Mal am Tage. Findest du nicht, du übertreibst es?“
„Find ich keineswegs. Schau doch, was hier für Dreck rumliegt.“
Würstel konnte nichts, was auch nur annähernd aussah wie Staub, entdecken. Sein von unzähligen Magengeschwüren vernarbtes Verdauungsorgan förderte einen langen Rülpser ans Tageslicht. Die Kohlrouladen brutzelten gemütlich vor sich hin. Er wendete sie zärtlich mit zwei Gabeln. Nicht umsonst sollten die Deutschen von den Amis „Krauts“ genannt werden.
„Tooobi?“

„Jaaa?“
„Deine große Tochter ist am Telefon“, rief Deborah aus der Wohnstube. Würstel zuckte zusammen und war sofort am Japsen wie Nachbars Hund bei 40 Grad im Schatten. Nelly war doch auf Trampurlaub in Ungarn. Mit einem doppelten Rittberger klebte er am Hörer.
„Nellyyy? Was is denn? Is was passiert? Biste okay?“
„Klar, Paps, bin fit wie `n nagelneuer Adidas-Turnschuh beim Joggen. Nur `n wenig müde. Würdest du mich vom Bahnhof abholen? Mein Rucksack wiegt zwei Tonnen. Hab mir neue Klamotten in Ungarn zugelegt.“
„Aber ja doch, Nelly. Bin gleich bei dir. Setz dich auf `ne Bank und wart auf mich.“
Braun wie fünf Kilo Bitterschokolade saß sie neben ihrem aufgeblähten „Ein-Strich-Kein-Strich-Rucksack“, einem geklauten Andenken an seine anderthalb, dem Staat unfreiwillig geopferten Jahre bei der Armee, inmitten ihrer sieben Leute umfassenden Reisegruppe und gähnte wie ein Hippo. Der Trabi kam neben ihr zum Stehen. Sie riss die Tür auf, um ihren alten Herrn zu umarmen und mit Küssen zu pflastern.
„Paa-aps?“ sang sie hinterhältig, nachdem ihr Gepäck verstaut war und sie neben ihm auf dem Beifahrersitz saß. „Paps, wir haben eine Truppe Österreicher, so in unsrem Alter kennen gelernt. Mit denen sind wir Abend für Abend am Plattensee zusammen gewesen. Alles Superkumpels. Die haben uns überredet abzuhauen. Wir wollen alle sieben stiften gehen.“
Würstels Gesicht klatschte dumpf gegen die Frontscheibe. Er riss den Trabi nach rechts, fuhr donnernd gegen die Bordsteinkante, würgte stöhnend den Motor ab und seine Eier in Höhe des Kehlkopfes. Dadurch wurden die Stimmbänder blockiert und selbst nach wiederholten Versuchen gelang es ihm nicht, irgendwelche Worte hervorzustottern. Blöde Eier, dachte er mit offenem Mund und Augen in Größe von Bieruntersetzern. Wie ein spanischer Kampfstier stierte er Nelly mit steif gefrorenem Nacken an. Abwehrend hielt sie ihm ängstlich ihre Hände vor die Nase.
„Mach dir keine Sorgen, Paps. `s ist `ne ganz sichere Kiste. `s wird uns nichts passieren. Die Österreicher sagen, die Ungarn würden ihre Wachtürme nicht mehr besetzt halten. Und sie würden nicht mehr auf Flüchtlinge schießen.“
Würstel legte die linke Hand um den Hals und schob die Eier ein Stück nach unten.
„Hast du deinen Kopf im Balaton zu lange unter Wasser gehabt?“ keuchte er atemlos. „Ist er dir vielleicht voll gelaufen? Weißt du nicht, dass Rocco vor `n paar Wochen auch über Ungarn verschwinden wollte? Und sollte es dir entgangen sein, dass er seitdem im Stasiknast in Bautzen Urlaub auf

Staatskosten genießt? Weißt du nicht, dass sie Roccos Eltern abgeholt und wie Schwerverbrecher zwei Tage verhört haben? Reicht`s dir nicht, dass die verfluchten Dreckhundeapparatschiks Onkel Martin jahrelang für nix und wieder nix eingebuchtet hatten? Kannst du dich an seine Gräuelgeschichten von dort entsinnen? Hast du `nen Fehler in der Schaltzentrale? Bist du lebensmüde, mein Kind?“ Atemlos sank er in sich zusammen wie ein patschnasser Lappen. Sein Hirn kontrahierte und schmerzte als sei ihm ein Dampfhammer im Kopf implantiert worden. Er war fertig und trudelte zu Boden.
„Papa, Papa! Nu hör doch erst mal zu, bevor du wieder am Rad drehst! Die Österreicher …“
„Die Österreicher, die Österreicher!“ seine Stimme überschlug sich. „Ich scheiß auf deine Österreicher! Die können überhaupt nicht mitreden! Die haben doch null Ahnung, was die DDR und Österreich alles unterscheidet. Die bekloppten Österreicher sollen erst mal `n halbes Jahr in dieser Russenkolonie leben und gucken, welche Schweineköppe HIER das Sagen haben!“ Würstel spuckte, außer sich vor Wut, aufs Armaturenbrett des Trabis und zitterte wie eine Betonrüttelplatte.
„Papa, du lässt mich jetzt ausreden oder ich steig ausm Auto und laufe nach Hause. Okay, Paps?“
Die Sturheit seiner Tochter schon etliche Jahre kennend, hielt er sich verzweifelt die Stirn und schluckte seinen Mund furztrocken. Er startete den abgewürgten Motor und fuhr langsam an. Nach einem unendlich langen, vorwurfsvollem Blick sagte Nelly mit stoischer Ruhe: „Unsere Österreicher …“
„Wenn ich UNSERE ÖSTERREICHER höre, klappt mir das Messer in der Tasche auf! Kannst du nicht etwas Rücksicht auf meine Nerven nehmen?“
Unbeirrt sprach sie weiter: „wohnen unmittelbar an der Grenze zu Ungarn. Sie wollen uns helfen. Wir haben bereits einen Termin ausgemacht. Pass auf, Paps, da ist ein riesiges Maisfeld auf ungarischer Seite. Am Ende des Feldes ist ein simpler Stacheldrahtzaun, aus dem unsere Österreicher …“
„Schon wieder!“ brüllte er und seine Augen drehten wie im Wahn.
„… unsere Österreicher am Abend unserer Flucht ein Stück herausschneiden werden“, fährt Nelly fort. Wir wollen uns auf das Zeichen ihrer Taschenlampen an die Zaunlücke heranpirschen. Drüben stehen Autos bereit, die uns sofort außer Reichweite, in die nächste Ortschaft kutschieren. Schon drei Tage vor dem Termin werden unsere Österreicher …
„Wenn du noch ein Mal - unsere Österreicher - sagst, spring ich aus dem fahrenden Auto!“
„… also, sie werden auf der Lauer liegen und die Lage peilen. Bleiben die verabredeten Blinkzeichen aus, dann ist was faul und die Aktion wird um

zwei Tage verschoben. Die Geschütztürme sind schon seit Wochen nicht mehr besetzt. Soldaten patrouillieren nur abends von 18.00 bis 20.00 Uhr und sie schießen nicht mehr. Wenn sie Flüchtlinge anrufen und die reagieren nicht, lassen sie die einfach laufen. Das haben unsere Freunde selbst beobachtet. Bist du nun beruhigt?"

„Nee, bin ich nicht. Was ist, wenn euch hier jemand verpfeift. Ich hab manchmal das ungute Gefühl, hier ist jeder Dritte ein Spitzel bei dem, was DIE alles wissen. Und es gibt garantiert auch Leute, die nicht bei der Stasi sind und trotzdem andere ans Messer liefern, weil sie sich einen „weißen Arsch" brennen wollen."

„Wir haben uns gegenseitig geschworen, außer unseren Eltern keinem Menschen auch nur ein Wort zu sagen. Nicht mal unseren Geschwistern. Auch wollen wir nicht in dieser Formation nochmals nach Ungarn fahren, sondern getrennt und ohne Visa. Wir bekämen eh keins mehr für dieses Jahr. Erst am Tag der Flucht treffen wir uns an einem geheimen Ort. Wir wissen, dass die Stasi über 2000 Spitzel nach Ungarn geschickt hat, um dort ihre Landsleute zu verhaften."

Würstels Kopf schlug Funken. Blitze zuckten von innen an seine Stirn, wurden reflektiert und feuerten an die Schädeldecke. Patsch! Jede einzelne graue Zelle schmerzte, als habe er am Tag zuvor zwei Flaschen „Lunikow-Wodka" gezogen. Hätte er nicht im Schweiße seines Angesichts dieses Haus gebaut, hätte er sich nicht dabei geschunden wie Tarzan mit Liane, oder wie die hieß, wäre er am liebsten gleich mit in den Zug nach Ungarn gehüpft. Was hatte man hier schon zu erwarten? Wahrscheinlich würde das Kartenhaus dieser Münchhausentruppe in ein paar Jahren vollends zusammenbrechen und mit ihm die letzten Versorgungsstrukturen. Wahrscheinlich würden sie dann Panzer fressen müssen.

Er lenkte den Trabi rückwärts in die Einfahrt und sagte laut und deutlich: „Du hast Recht, Nelly. Es ist das Beste, was du tun kannst. Du bist jung, hast alles vor dir. Was willst du in einem Land, das rund um die Uhr nach Scheiße und Verrat stinkt und in dem es, davon bin ich überzeugt, in zehn Jahren nichts gescheites mehr zu Essen gibt. Diese Linientreueklopfer wirtschaften uns in die Urgesellschaft zurück." Von seinen eigenen Worten gerührt, drückte er Nelly an sich und flüsterte ihr ins Ohr: „Hier ist doch alles für `n Arsch." Wortlos nickte Nellys Kopf an seiner Wange.

„Hiermit spreche ich Kollegen Würstel, wegen wiederholter Arbeitsverweigerung einen strengen Verweis aus. Da es bereits der zweite strenge Verweis für Herrn Würstel ist, bin ich in der glücklichen Lage, Sie Herr Tobias

Würstel, gleichzeitig fristlos zu entlassen. Bitte kommen sie nach vorn und nehmen sie ihre Kündigung entgegen.“
Obwohl die gesamte Belegschaft anwesend war, wurde es im Frühstücksraum plötzlich totenstill. Die Dampfheizung knackte leise. Wie ein verprügelter Zombie aus dem Herzen blutend, schlürfte Würstel gesenkten Hauptes zum Tisch des Betriebsleiters, streckte wortlos seine müde Hand nach dem entgegen gehaltenen Wisch und wollte sich gerade wieder umdrehen, da zischte Deutscher wie eine angreifende Grüne Mamba: „Und damit die Angelegenheit in ihrer Personalakte auch den nötigen Nachdruck erfährt, sehen wir uns in vierzehn Tagen vor dem Arbeitsgericht.“
Entweder er hatte diesen Satz vorher geübt oder eine andere Person hatte die Vorlage geliefert. Jedenfalls war er in einwandfreiem Deutsch gesprochen.
Wie von Hammer und Sichel getroffen zuckte der Delinquent zusammen. Der schoss mit großem Kaliber, der Genosse Chef. Die Galle des Geschundenen schwappte ihr Sekret in die umliegenden Eingeweide und spuckte bitteren Schleim in seine Seele.

Debora hob die Schultern. „Na und? Desto schneller bist du mit dem Umbau fertig. Ab sofort kannst du täglich zusätzliche neun Stunden im Grill arbeiten.“
„Aber die Knete fehlt mir. Bin jetzt schon völlig am Ende. In dem halben Jahr bis zur Eröffnung hätte ich immerhin noch fast 6000,- Mark verdient.“
„Tobias, du bekommst einen hohen Kredit. Damit solltest du locker über die Runden gehen.“
„Wenn ich den bloß bald hätte, verdammt! Das Tantchen von der Sparkasse sagte gestern am Telefon, nächste Woche werde er zugeteilt. Nur, das quatscht sie schon zum fünften Mal.“
„`s wird schon werden. Die von der Sparkasse sind halt nicht so von der schnellen Sorte. Und was das Arbeitsgericht angeht, was können sie dir schon anhaben? In wenigen Monaten bist du selbstständiger Kneiper. Nach so `nem Plunder fragt dann kein Hund mehr.“ Sie küsste ihn tröstend auf die Nase und er griff, aus Dankbarkeit, in ihren Schritt und setzte seinen treuen Hundeblick auf. Wie auf Kommando lächelten sich beide an.
„Möchte der Herr sich vor dem Abendbrot mit seiner Dame ins Schlafzimmer verdrücken und etwas Amüsement haben?“
„Der Herr ist keinesfalls abgeneigt“, antwortete er und versenkte seine Zunge in ihrem Hals. Im Laufen zog sie ihren Pulli übern Kopf und warf ihn auf die Spiegelkommode. Ihre straffen Brüste, die wahrscheinlich noch nie in einen BH gezwängt worden waren, glänzten wie frische Spiegeleier, waren aber erheblich größer. Ihre linke war, möglicherweise wegen Vernachlässigung,

einen Tick kleiner. Es gab Männer, die würden das als Makel empfinden. Ihm gefiel das besonders gut. Noch nie hatte er so etwas gesehen. An keinem FKK-Strand und sonst wo. In dem Tempo, in dem sie Jeans, Strumpfhose, Slip über ihre Knöchel riss, wäre Lauda mit seiner Formel-1 Karre abgehoben, und hätte nur alle 150 Meter kurzen Kontakt mit der Fahrbahn gehabt. Demnächst wollte er die Zeit stoppen, um damit bei seinen Freunden zu prahlen. Sie lag bereits im Bett und er fummelte noch immer an seinem Hosengürtel. Genussvoll streichelten seine Augen ihre Haut und er sog ihren herben, tabakähnlichen Duft ein. Manchmal roch sie nach mildem Whiskey, Salz und Gott wusste wonach sonst noch so allem. Meine Fresse! Bei ihr war er zum Meister geworden. Als er sie kennen lernte, war er noch ein Stift, ein Lehrling, der mühsam die Leiter zu seiner Gesellenprüfung erklomm. Sie war über ihn hergefallen, wie ein Rudel hungriger Wölfe, hatte ihn Sachen gelehrt, über die er noch kurz zuvor entrüstet den Kopf geschüttelt hatte, vor denen er mit schreiend erhobenen Händen davon gestürmt wäre, die ihm bis dahin widernatürlich und abartig erschienen, wie der Koitus einem Kastraten. Lektion für Lektion führte sie ihn die Liebesleiter nach oben und servierte ihm eine Palette an Delikatessen, die ihm die Sinne schwinden ließen und bei denen er zu erblinden drohte. Trank sie vorher eine Flasche Wein, waren die Stunden mit ihr olympiaverdächtig. Sie trank fast immer Wein davor, manchmal sogar mehr als eine. Er war ihr gehöriger, höriger Schüler. Gierig saugte er alles auf, was sie ihm bot, nannte sie „mein geiles Spoatzel“ und schwebte danach in rosaroten Wattewölkchen im Universum umher und betrachtete mit klebrigen Windungen die Rotation des Blauen Planeten. Wie er sich gemächlich um seine Achse drehte. Zwischendurch erschienen im Nebel immer wieder Deborahs nackter, rassiger Körper und ihre gespreizten Beine mit dem Traumwinkel seiner Sehnsucht. Der Geifer der Gier platsche dann flutwellenartig in sein Gesicht und der hydraulische Tortenstückchenheber regte sich zuckend aufs Neue. Die Spirale der Lust leierte wie die Endlosschnecke am Eisbereiter, um aus der Traumschaukel die sinnüberflutete Achterbahn einer heißen Liebe zu flechten. Sie schlang ihr Fangnetz um ihn. Er war längst und gern ihr Untertan.

Der Sand in der Mischertrommel drehte schabend seine Runden. Geistesabwesend warf er Sand und Zement, Schaufel für Schaufel in die Öffnung. Gegen vier würde Snake erscheinen. Seit Wochen wuchteten sie wie Brauereipferde. Das Rattern des Mischers übertönte die Musik aus dem mickrigen Kofferradio um fünfzig Dezibel. Er hatte plötzlich das Gefühl, beobachtet zu werden, und drehte sich misstrauisch um. Nelly stand hinter ihm, mit einem

gewaltigen Rucksack auf den Schultern. Sie sah ihn mit ernstem Blick an, als müsse sie hundert Gedenkminuten verharren.
„Es geht los, Paps. Mein Mischi kommt nach, damit es nicht auffällt. Halt die Ohren steif Paps! Sobald ich in Sicherheit bin, ruf ich euch an." Es klang urtraurig. Sie trat einen Schritt auf ihn zu. Würstel wich zurück.
„Nelly, du solltest, ich meine, wir dürfen uns auf offener Straße nicht um den Hals fallen. Wenn der Abschied als solcher zu erkennen ist, wäre es möglich, du kommst nicht mal nach Tschechien. `s brauch uns bloß `ne Drecksau beobachten." Ihre Mine wurde noch dunkler. Sie zupfte nervös am Hosenbein.
„Ich werde dir und Minny jede Woche schreiben, Paps."
Ich liebe dich und ich liebe Minny. Bleibt gesund und gib Minny einen ganz lieben, dicken Abschiedskuss von mir. Ich hab es heute Morgen nicht übers Herz gebracht, ihn ihr selbst zu geben. Ihr werdet mir fehlen." Sie wischte eine Träne aus dem Auge.
„Du uns auch, Nelly. Ich drück dir alle Daumen und hoffe, die Schergen greifen dich nicht. Die fünftausend Mark von Oma hebe ich gleich morgen ab, damit die Schnapphähne das Geld nicht konfiszieren können. Davon kauf ich Haushaltsgegenstände und geb sie Familie Smolik mit. Die haben die Ausreise genehmigt bekommen und sich bereit erklärt, zwei große Koffer für dich und Volker mit rüber zu nehmen. Damit uns keiner sieht, waren Volkers Vater und ich gestern Nacht bei ihnen. Sie waren sofort bereit, euch zu helfen. Tschüß, Nelly. Sei stark, mein Kind. Du wirst es schaffen. Wir sehn uns zu Weihnachten in Tschechien und bestimmt nächstes Jahr in Ungarn."
Nelly lächelte sauer. Sie hatte die Augen geflutet.
„Hab nur `ne Fahrkarte bis Prag. Dort löse ich eine nach Pressburg. Von da aus gehen wir, weil wir keine Visa haben, gemeinsam über die grüne Grenze nach Ungarn und trampen dann getrennt weiter. So ist es unwahrscheinlich, geschnappt zu werden. Wir wissen, dass Unmengen von Spitzeln in Ungarn sind, deshalb werden wir mit keinem Deutschen sprechen." Sie drehte sich langsam um und ging, kaum merklich mit der Hand winkend. Nach ein paar Metern blickte sie zurück und schickte einen Luftkuss. Als sie in die Thomas-Mann-Straße einbog, drehte sie sich nochmals um und winkte. Stechenden Herzens winkte er zurück. Durch die beschissenen Tränen, die hervorquollen wie Blut aus einer frischen, tiefen Schnittwunde, sah er ihr verschwommen nach. Die Tropfen bahnten sich ihren Weg durch den Zementstaub auf seinem Gesicht. Wütend schob er sein Kinn vor. Eine nachtschwarze Welle von Wut, Hass und salzig-dreckiger Verzweiflung rammte seine Kehle. Oh, Gott, wäre er doch ein Held, hätte er doch eine Kalaschnikow! Er würde sich vor die Bonzen stellen und das Magazin, Schuss für Schuss, in Zeitlupe auf die hohlen

Rüben der verhassten Hunde abdrücken! Peng! Peng! Peng! Ihr Mistkerle! Aber er war kein Held. Er war nur ein Arschloch.
In Gedanken vergraben leerte er den Betonmischer in die Schubkarre, schob sie auf das Brett, das er über die Stufen gelegt hatte, und karrte sie in die alte Bäckerei. Dann setzte er sich auf die Bierstiege, öffnete eine Flasche und brummte: „Auf gutes Gelingen, mein Kind." Der Inhalt floss in einem Zug in seinen schmerzenden Hals. Morgen Früh würde er an Rosis Grab treten und ihr von der Flucht ihrer Tochter berichten.

Selbstgefälligkeit, Wonne und das fortwährende Wohlbefinden derer, die von der Geschichte und Gottes Gnaden zu Fettaugen bestimmt, auf der großen Wassersuppe des Volkswohlstands schwammen, hatten die Gesichtszüge des Richters nachhaltig über Jahre geprägt. Wohl deshalb lag auf seinen Lippen ein gefälliges, etwas zum Überheblichen neigendes Lächeln. Unterm Strich ähnelte seine ganze Erscheinung einem milden König, der eher für Gnade als für Recht zuständig schien; also war er kein Panzerkreuzer Potemkin der Proletarierdiktatur auf deutschem Boden. In Herzhöhe steckten drei Parteiabzeichen an seinem schwarzen Kittel, den die Leute Robe nannten. Sie waren groß wie Fünfmarkstücke und wie die gelben Punkte auf einem Blindenabzeichen im Dreieck angebracht. Sein freundliches Antlitz wäre, ebenso wie das von König Honni geeignet gewesen, jedes öffentliche Dienstzimmer in Form eines nachkolorierten schwarz-weiß Fotos erheblicher Größe zu zieren. Würstel guckte misstrauisch und ängstlich in die Runde. Der Richter würde ihm, wie alle seiner Zunft, „im Namen des Volkes", einen Storch braten und einen Baumstamm bis zum Anschlag in die Kimme rammen, dass sein Arsch glauben würde, er müsse ein Elefantenbaby gebären. Komisch, alle sprachen zu allen Zeiten „im Namen des Volkes" Recht. Nur blieb zu allen Zeiten unklar, welches Volk gemeint war.
Herr Jurist blätterte gelangweilt im vor ihm liegenden Hefter. Ohne seinen Kopf zu bewegen, sagte er nach dem bekannten Blah-blah, mit Name, Geburtsdatum, Blutgruppe: „Herr Tobias Würstel, Ihnen wird mehrfache Arbeitsverweigerung vorgeworfen." Er zählte Tage und Uhrzeit auf. „Zuerst möchte ich die Ausführungen Ihres Betriebsleiters, Herrn Deutscher hören, danach, was Sie dazu zu sagen haben." Jetzt hob er die Rübe und sah Würstel ausdruckslos an. Deutscher erhob sich, einen Zettel in der Hand und las: „Kollege Würstel lehnt es ab, die ihm zugeteilten Sonderschichten, die im Arbeitsvertrag vereinbart wurden, zu leisten. Bereits drei Mal ist er zu Wochenenddiensten nicht erschienen. Er sagt, er habe keine Zeit. Aus der Sicht eines sozialistischen Betriebes, Herr Richter, ist das nicht hinnehmbar. Es

geht nicht an, dass Leute wie dieser Kollege auf der faulen Haut liegen, aber Bananen essen wollen. Der Sozialismus ist schließlich kein Leberwurstbaum, der gleichzeitig blüht und Früchte trägt! Für den Volkswohlstand der DDR muss hart gearbeitet werden. Wir dürfen uns von Parasiten, vom Schlage eines Würstels, nicht die Rosinen aus dem Republikkuchen picken lassen. Deshalb habe ich in Übereinstimmung mit der Parteileitung Herrn Würstel fristlos gekündigt und beantrage, ebenfalls in Übereinstimmung, den Herrn Würstel mit einer Geldstrafe zu belegen." Deutscher zeigte wie wild mit dem Zettel fuchtelnd auf den zum Feind Erklärten, nickte gewichtig und setzte sich.
„Eine verkrüppelte schwarze Hand soll dir Misthaufen aus dem Arsch wachsen, dir fünf Mal täglich von hinten in deine Eier zwicken, dass du vor Schmerz stundenlang schreist, wie ein neugeborener Säugling", murmelte Würstel stinksauer.
„Was, Herr Würstel, haben Sie dazu zu sagen", fragte der Richter gelangweilt.
„Herr Richter, ich bin dabei, mir eine private Existenz aufzubauen. Ich habe von der Abteilung Handel und Versorgung des Kreises die Konzession zur Führung einer Grillimbiss-Gaststätte erhalten. Zu diesem Zweck baue ich in Feierabendtätigkeit mit Nachbarschaftshilfe eine ehemalige Bäckerei um. Geschieht alles in Eigeninitiative, ohne Belastung der Volkswirtschaft. Allerdings sah ich mich deshalb außerstande, bis zu meinem Ausscheiden aus dem Betrieb, Überstunden zu tätigen, da mein Bitten, die Überstunden abzufeiern, abgelehnt wurde."
„Sie sind in besagtem Betrieb als Schichtleiter tätig?"
„War, Herr Richter. Wie Sie hörten, wurde ich entlassen." Der Richter schaute auf seine Armbanduhr, legte den Kopf in seinen Nacken, schob seine geschlossenen Lippen hin und her und starrte an die Decke. Dann glotzte er mit vorgeschobener Stirn, über den Brillenrand zu Deutscher.
„Es ist unzulässig einen Bürger gegen seinen Willen zu Überstunden zu zwingen. Er hat das Recht, mehr geleistete Arbeit, als die gesetzlich vorgeschriebene, abzufeiern. Die gesetzlich vorgeschriebene beträgt 8,75 Stunden täglich. Darüber hinaus muss ein Einverständnis des Beschäftigten vorliegen. Der Herr Würstel ist umgehend wieder einzustellen. Die von Ihnen, Herr Deutscher, ausgesprochene Kündigung ist widerrechtlich und somit unwirksam. Die vier Wochen sind Herrn Würstel wie gearbeitet, im Durchschnitt zu entlohnen."
Uuups! Würstels Gebiss wurde sichtbar. Seine Mundwinkel berührten die Ohrläppchen. Zwei Feldlerchen stiegen aus seiner Tonsur und flatterten sin-

gend im Gerichtssaal umher. Der Richter kritzelte was in den Hefter. Deutschers Kinn lag auf seinem mächtigen Bauch und seine Laffe gebar einen deftig beleidigten Ausdruck.
Rotz an Back und Scheiß am Behn! Ooh, wie war das Leben schehn!
Schickten etwa weltverändernde Ereignisse ihre Vorboten?

Würstels Knie drückten knirschend zwei Kuhlen in den Kies. Mit leerem Blick betrachtete er den dunklen Syenit mit der silbernen Aufschrift: „Hier ruht …"
Seine Hände zum Gebet gefaltet murmelte er unverständliche Worte. Vor fast drei Jahren war sie ihrem Krebsleiden erlegen. Knapp zwei Jahre nach ihrer Brust-Total-Operation. Doktor Hilziger, ein Bekannter aus Jugendjahren, hatte ihn nach der OP angerufen und zu sich bestellt.
„Setz dich", hatte er nach dem Händeschütteln in gewichtigem Ton gesagt.
„Deine Frau, die Rosi hat Krebs. Einen von der beschissensten Sorte, extrem aggressiv."
Würstel verzog sein Gesicht zu einer Zombiemaske und hielt seinen Körper schief.
„Und woher willst du das wissen? Bist du Jesus? Irre ich mich in der Annahme, dass der Befund noch nicht ausgewertet ist?"
„Tobias, ich habe sie operiert und aus Erfahrung weiß ich, sehe mit bloßem Auge, um welche Art von Tumor es sich handelt. Außerdem war er schon von beachtlicher Größe. Hat sie das Ding, zum Kuckuck noch mal, nicht eher bemerkt?"
„Doch, hat sie. Sie war deswegen sofort beim Frauenarzt. Der hat ihr `ne geschwulstzerteilende Salbe verschrieben. Als es nach einigen Wochen immer schlimmer wurde, der Knoten schon doppelt so groß war, hat er gesagt, er müsse das genauer untersuchen."
„Das ist aber nicht dein Ernst", hatte Hilziger erschrocken gefragt.
„Doch."
„Und wer war der Experte?"
„Es gibt hier nur einen Gynäkologen."
„Das kann ich nicht glauben."
„Und doch ist es so. Frag Rosi." Würstel sah zu Boden. Er hatte noch nicht richtig begriffen, worum es hier eigentlich ging. Sein Kopf war ein Hektoliter fassendes Jauchefass voll Hundescheiße. Es stank, dass es einen Stoffhund jammerte. Irgendwo rauschte ein Ozean. Nach einer Ewigkeit hob er seine tränenglasigen Augen und fragte mit dünner, wackliger Kinderstimme:
„Wie lange hat sie noch?"

„Das weiß ich nicht, Tobias. Vielleicht ein Jahr, vielleicht, aber dann muss sie großes Glück haben, auch noch zwei. Länger auf keinen Fall. Ihre Lymphknoten waren schon befallen. Nach ihren eigenen Angaben hatte sie schon Strahlungsschmerz in den Armbeugen. Das ist ein sehr schlechtes Zeichen. Ich rate dir, lass deine Frau bestrahlen. Es wird nicht helfen, aber wenn du der Bestrahlung nicht zustimmst, ist es möglich, dass du dir irgendwann Vorwürfe machst, es nicht wenigsten versucht zu haben."

Er fuhr Rosi sechs Wochen, Tag für Tag, nach Dresden in die Klinik, denn sie hatten keine Betten frei für eine stationäre Behandlung. Zwei Wochen nach Beginn der Bestrahlung, war sie eines Nachts aufgewacht und hatte geschrien: „Ich habe ein wahnsinniges Stechen in meinem Brustkorb! Ein Herzinfarkt! Ich habe einen Herzinfarkt!" Mit pfeifenden Reifen hatte er sie in die Notaufnahme gefahren. Während sie untersucht wurde, kniete er händeringend auf dem grünen Linoleum des Krankenhausganges und betete, der liebe Gott möge ihm doch bitte seine Frau lassen. Sie hatte keinen Infarkt sondern einen Albtraum. Das EKG hatte nichts ergeben, sein Beten auch nicht.
Im letzten gemeinsamen Sommer kratzte er die Kröten aus den Ritzen, verkaufte alles, was er entbehren konnte und fuhr mit ihr, Nelly und Minny nach Ungarn. Es war herrlich. Wirklich wunderschön. Zwei Monate später war sie tot.
Würstel erhob sich. Der Kies knirschte, als solle er von ihr Grüße bestellen. Seine Knie schmerzten. Zwei nasse, schmutzige Flecken zierten seine Hose. Er versuchte sie abzuputzen und murmelte: „Steh ihr bei, Rosi, damit sie durchkommt, dass die Schweine sie nicht kriegen. Damit sie es schafft."
Nach ihrem Tod brach er psychisch zusammen, wurde jede Nacht gegen zwei Uhr munter, wälzte sich vergebens, nach Schlaf dürstend im Bett, bis er schließlich an den Kühlschrank trat und aus der Wodkaflasche einen langen, seelenstreichelnden Zug nahm. Danach schlief er wieder ein. Aber die Züge wurden Nacht für Nacht länger. Dann tauchte Deborah auf. Sie hatten vor Jahren eine Affäre miteinander und er war verliebt in sie gewesen, wie ein kleiner Junge in seine nagelneue Eisenbahn. Angeblich war sie es damals auch, aber sie servierte ihn dann mit einer Eiseskälte ab, die er ihr niemals zugetraut hatte. Noch Jahre danach war er stinksauer. Sie zog alle Register, redete wieder von Liebe. Kurz darauf zog bei ihm und seinen Töchtern ein. Minny war begeistert. „Endlich habe ich wieder eine Mutti", sang sie freudestrahlend und hüpfte im Zimmer umher. Später hielt sich ihre Begeisterung in Grenzen und Würstel musste mit ansehen, wie Deborahs anfängliche

Zuneigung und Fürsorge allmählich den Bach hinunter gingen und vom Winde verweht wurden.

„Den Videorekorder, ich muss den Videorekorder verscheuern. Der Kredit lässt immer noch auf sich warten. In meinen Taschen herrscht totale Ebbe. Die sind mit Luft gefüllt. Die Tante von der Sparkasse mosert seit Monaten von „nächste Woche, nächste Woche“, aber gesehen hab ich noch keine einzige, beschissene Aluminiummark.“ Würstel fuhrwerkte wütend seine Arme durch die Luft und schickte Snake einen verzweifelten Blick.
„Da arbeite ich schon Jahre unentgeltlich für dich geizigen Sack und du hast noch nicht mal die Paar Kröten um zwanzig Meter Wasserleitungsrohr zu kaufen.“ Snake wischte Bierschaum vom Mund. „Gib mir wenigstens `ne Kippe, wenn ich schon für dich schufte wie `n Ackergaul!“
Würstel warf ihm die Schachtel F6 zu, rieb sich die Stirn und nuschelte: „Hab zwei Interessenten für den Rekorder. Die wollen beide 6500 blechen. Werd ihn Suppe, dem alten Lump verkaufen. mitsamt den Sexvideos. Da legt er bestimmt noch 200 drauf. Ich brauch wirklich jeden roten Heller. Wenn der Laden erst mal eröffnet ist, kommt Kohle rein und ich hol mir bei meinem vietnamesischen Freund einen neuen, vielleicht sogar einen besseren. Und irgendwann müssen die von der Bank auch ausgeschlafen haben. Irgendwann müssen die das Geld rüber wachsen lassen.“
„Die Sexvideos würde ich an deiner Stelle nicht verkaufen. Was ist, wenn der dich anscheißt? Die braten dir `nen Storch, dass du wieder umherläufst, wie Moshe Dayan, nur mit einer Augenklappe mehr. Du wirst nie schlau!“
„Quatsch, der Suppe ist sauber! Der würde mich ums Verrecken nicht verzinken.“
„Hat sich Nelly schon gemeldet?“
„Nee, ist doch erst vier Tage weg. Denke, wenn`s geklappt hat, meldet sie sich morgen oder übermorgen.“
„Geht dir nicht der Arsch, Mann? Was, wenn die Dreckhunde sie erschießen?“
„Ha! Und ob mir der Arsch geht! Sogar auf Grundeis! Aber ich war außerstande, es ihr auszureden.“
„Na ja, eigentlich wärste auch schön blöd. Hier ist doch Ende-Gelände! In ein paar Jahren haben die unsere Ecke zugeschissen.“ Sein Schließmuskel raunte ihm laut Zustimmung zu. Es klang wie das synchrone Brüllen von Grizzlys, die von einem Eindringling beim Liebesspiel in ihrer Höhle gestört wurden.

„Hat sich eben angehört, als sei ein Löffel Dünnbier dabei gewesen“, grinste Würstel. Snake hob seinen Hintern von der Bierstiege und tastete nach seinem Hosenboden.
„Alles trocken. Keine Panik. Aber es riecht nach Gelbkreuzgas.“
„Mann!“ Würstel sprang auf, rannte zum Fenster und riss beide Flügel auf. Der flüssige Erstickungstod stand auf der Schwelle.
„Du musst doch innerlich verfaulen! Anders ist die Note nicht zu definieren!“ Er reckte den Kopf weit aus dem Rahmen und keuchte laut.
„Kommt nicht von innen“, feixte Snake. „Hab seit acht Wochen `nen toten Vogel in der Hosentasche stecken. Der rülpst ab und zu.“
„Jetzt komm schon, bei dem Lohn ist `ne Zigarettenpause von mehr als zehn Minuten nicht drin. Heb deinen stinkenden Auspuff und bring Bewegung in die Backstube. Morgen kommt der Gas-Wasser-Scheiße-Dompteur und wir müssen noch die Trennwand hoch ziehen.“
„Wärst du Jammerwürstel nicht langsamer als `n Zweifingerfaultier mit Magen-Darm-Katarrh, würdest du nur halbwegs wie ein normaler Mann arbeiten, wären wir längst fertig.“ Er unterstrich seine Worte mit einem erneuten Hosenbrummen, das sich diesmal anhörte, wie ein Neunhundertelfer mit 200 km/h im ersten Gang wohl klingen würde, und fuhr grienend fort: „Außerdem, fällt mir gerade ein, hab ich hier nur Kupferrohr gesehen. Von verzinktem Wasserleitungsrohr liegt nirgendwo auch nur ein halber Meter. Wie willst `n du den Klempner mit Arbeit versorgen? Denkste der kann hexen?“
„Verzinktes kauf ich heut Nacht, Euer Ehren. Vorgestern hab ich `ne Firma entdeckt, die hat Tonnen davon hinter einem Schuppen liegen. Hätt es beinah übersehen, weil`s vom Gras völlig überwuchert ist. Dauert möglicherweise Monate, bis die bemerken, dass sie jemand um ihr Wasserrohr erleichtert hat.“
„Na, wenigstens Mut haste, muss ich dir lassen.“
„Ist der Mut der Verzweiflung, kannste mir glauben. Aber selbst wenn ich die Kohle in meinen zarten Händen hätte, wo um alles in der Welt sollte ich Verzinktes her bekommen?“

„Papa? Papa? Bist du dran?“
Würstels Körper verwandelte sich in einem grünen Obelisken mit gelben Seitenstreifen und er würgte heißer, wie ein Kehlkopf Amputierter hervor: „Nelly? Nellyyy? Wo bist du?“
„In einer Telefonzelle, in Krefeld am Rhein. Papa, ich bin völlig fertig. Hab seit Tagen vor Aufregung und Angst kaum geschlafen. Meine Nerven fahren Achterbahn. Es war ein unendlicher Krimi, eine Hetzjagd. Sie haben uns

verfolgt aber wir sind ihnen entkommen. Die Autos standen mit laufenden Motoren bereit. Wir sind alle in die Freiheit gerannt. Du musst die Eltern von allen informieren, zur Sicherheit, falls es einem von uns nicht gelingt, Kontakt aufzunehmen. Ich bin vorübergehend bei einem Kumpel untergebracht. Nimm schnell Zettel und Bleistift. Ich diktiere die Adresse. Wir schreiben uns, das ist billiger."
Fahrig fummelte Würstel in dem Schränkchen unter dem Telefon nach Stift und Papier.
„Oh Gott, Nelly! Bin ich froh! Mann bin ich froh! Leg los!"
„Schnell Papa, das Geld ist gleich alle!"
Er schrieb, den Hörer zwischen Schulter und Ohr geklemmt, mit flatternder Hand. Nelly brachte gerade noch ein „ich liebe dich" durch die Leitung, dann war die Verbindung unterbrochen.
Minny saß in ihrem Zimmer und las in einem Kinderbuch. „Buuuh-huuuh!" brüllte er auf ihrer Türschwelle, die Klinke in der Hand. „Weißt du, wer grad angerufen hat?"
Sie hob den Kopf und sah ihn fragend an.
„Deine Schwester!"
„Was will die denn? Die war schon tagelang nicht mehr hier. Soll sie doch ganz bei ihrem Mischi bleiben!" Ihre Mundwinkel zeigten verächtlich gen Süden.
„Sie ist nicht bei Mischi, sie ist in Krefeld, Minny."
„In einem Krefeld?"
„Krefeld ist `ne Stadt am Rhein, in der Bundesrepublik Deutschland."
„Was will sie denn da? Wie kommt sie denn dahin? Das versteh ich nicht. Das ist doch im Westen, oder?"
„Deine Schwester ist über Ungarn in den Westen abgehauen. Wir werden sie in Zukunft nur noch sehr selten sehen. Höchstens zwei Mal im Jahr. Und dazu müssen wir nach Ungarn oder in die CSSR fahren, weil sie nicht mehr hierher darf."
„Äh, du meinst, sie darf nicht mehr zu uns? Weshalb denn?"
„Es ist verboten, ja, ein Verbrechen, die DDR zu verlassen."
„Ja, warum macht denn Nelly so etwas, wenn`s verboten ist?" Entrüstet stemmte sie ihre kleinen Fäuste in die Hüften.
„Weil sie um alles in der Welt nicht hier bleiben will."
„Sie will nicht bei uns bleiben? Aber sie ist doch meine allerliebste Schwester!" rief sie empört. „Da steckt doch bestimmt Mutti dahinter", flüsterte sie und blickte mit halb offenem Mund aus dem Fenster. „Die spricht kaum noch

mit uns. Sie ist ganz komisch geworden. Sie ist nicht mehr so nett wie zu Anfang." Sie guckte traurig.
„Nun, Minny, es hat nichts mit Deborah zu tun. Außerdem war Nelly doch nur ab und zu noch hier bei uns, seit sie in Mischi verliebt ist."
„Ist er auch in Krefeld?"
„Nein, er will ihr später folgen. Er hatte wohl Angst."
„Dann gehört Mut dazu, abzuhauen?"
„Gewaltig viel, weil, wenn sie erwischt worden wäre, säße sie jetzt für viele Jahre im Gefängnis und wäre danach nur noch das schwarze Schaf."
„Aber Nelly hat es drauf, stimmt`s Paps?" würdevoll schob sie ihren Hals aus dem Pulli.
„Stimmt, sie ist tapfer. Schließlich ist sie deine Schwester."
„Ich bin richtig stolz auf sie." Sie sprang vom Stuhl und umarmte ihren Vater. „Wann fahren wir sie besuchen?"
„Ich habe dir doch gerade erklärt, wir müssen sie in Prag oder am Balaton treffen. Wir dürfen nicht nach Westdeutschland. Das weißt du doch."
„Ja, stimmt, weiß ich. Als du im Frühjahr zu Tante Mutgardts 60. Geburtstag fahren wolltest, durftest du auch nicht."
„Siehst du, und zu Nelly dürfen wir auch nicht."
„Aber zum Kuckuck, sie ist doch meine Schwester!" Sie schlug mit ihrer kleinen Hand wütend auf den Tisch. Würstel musste sich das Lachen über ihre hypertrotzige Kindermine verbeißen.

Endlich stand wieder Mal die „Klärung eines Sachverhaltes" an. Wieder Mal wurde er in einen Raum geführt, in dem dieses Mal nur zwei Personen in Zivil saßen. Dafür waren es zwei alte Bekannte. Sie lächelten beide ein ihm bekanntes Lächeln, das an zum Kotzen reizender Überheblichkeit weder von Pol Pot, noch von Mao oder Stalin zu toppen gewesen wäre.
„Jetzt ficken wir SIE!"
Oh! Ha! Mit dem Kauz war er schon perdu gewesen! Das war eine Reihe von Jahren her. Offensichtlich hatten sie das Duo noch nicht befördert. Beide Typen hatte er seither nie mehr gesehen. Beim letzten Treffen, es mochte etwa 10 Jahre her sein, hatten sie ihm die tollsten Versprechungen gemacht. Sollte er sie verlassen, würden sie ihm mit allen Mitteln, die sie hatten, einen Strick von Oberarmstärke drehen. Würstel war auf den Rat seines Freundes Ralf hin eisern geblieben. Er hatte vor Angst geschwitzt und gezittert, dass er glaubte, der Stuhl unter ihm würde vibrieren. Aber er war eisern geblieben. Genau DAS hatte er jetzt auch vor: Eisern bleiben. Sollten sie ihm mit Erschießung drohen, ihn wieder windelweich klopfen, wieder bewusstlos

prügeln. Er würde eisern bleiben. Ihnen entweder keine Antwort geben oder eiskalt lügen. Sollten sie ihn doch an seinem versoffenen Arsch lecken, diese Pharisäer! Fakt!
Nachdem sie ihn, fröhlich weiter grinsend, zum Setzten eingeladen hatten, fuhr der, der wie Würstel wusste von seinen armen Eltern Michael genannt worden war, fort: „Würstel, sehen Sie, manchmal mahlen unsere Mühlen sehr, sehr langsam, dafür aber ganz genau. Ich habe Ihnen versprochen, bei passender Gelegenheit ficken wir Ihnen die Augen aus dem Kopf." Würstel verzog keine Mine. Er sah diesem Michael ins Gesicht, als sei der ganze Kerl eine Glaswand.
„Wir werden Ihnen nachweisen, dass sie von der Flucht ihrer beschissenen Tochter gewusst, ja sogar Beihilfe geleistet haben und schon haben wir Sie für drei Jahre dort, wo wir Sie immer schon haben wollten, nämlich im schönen Bautzen. Ob Sie es glauben oder nicht, es existieren schon zwei schriftliche Zeugenaussagen, die Ihr Ende besiegeln. Ha, ha, ha! Der Genosse Richter und der Genosse Staatsanwalt sind schon in Kenntnis gesetzt. Diesmal gibt's keinen Gönner! Diesmal sorge ich persönlich für Ihr Wohl und ich lasse mir ganz tolle Sachen einfallen. Ha, ha! Uns kackt keiner in den Koffer. Das hab ich Ihnen vor acht Jahren vorausgesagt. Jetzt ist die Zeit gekommen. Ich werde Sie erledigen. Hand drauf, Sie abtrünniger Hund!" Er leckte sich lüstern die Lippen.
„Sie wussten doch vom Fluchtplan ihrer dreckigen Hure von Tochter! Sie haben ihr sogar Mut gemacht, Sie Dreckschwein!" Er griente wie ein Fass Rohöl. Würstel antwortete mit Computerstimme: „Nein. Weder ich noch sonst jemand wusste etwas davon und niemand hat ihr Mut gemacht. Sie ist mutig genug für ihr Alter, das sehen sie doch."
Aaaahh, Mist! Er wollte doch den Kackbrezeln nicht antworten, durchfuhr es ihn. Er biss ärgerlich die Zähne aufeinander. Backenknochen und Jochbeine türmten sich in seinem Gesicht und gaben ihm einen urbockigen Anstrich. Sein ganzer Körper wurde weiß. Mann, wie er die hasste! Wenn er doch wenigstens `ne „Luger" hätte! Oder `n Messer! Er würde sie schlachten wie Karnickel. Er schluckte hörbar, setzte sich gerade und verschränkte lässig die Arme vor der Brust. Sie sollten sehen, dass er diesmal keine Angst hatte. Das andere Scheusal (Würstel kam nicht mehr auf seinen Namen, aber der war wahrscheinlich eh falsch) hatte, ohne Würstel aus den Augen zu lassen, soeben von sich gegeben: „Guck, ihm geht jetzt schon der Arsch." Irgendwie hatte der Zweite eine Ähnlichkeit mit Lonegan, aus dem Film, „Der Clou". Was ihn nicht sympathischer machte. Würstel schaffte sogar ein gehauchtes Lächeln als Antwort. Sollten sie ihn wegschließen, diesmal würden sie ihn

zu nichts zwingen. Seine Nelly hatte es geschafft. Sie war frei. Nie in ihrem Leben würde sie vor Schweinepriestern, wie denen hier katzbuckeln und zittern müssen. Und er, Würstel, würde es auch nicht mehr tun. Er würde den aufrechten Gang schon noch lernen! Und weiter hatte er zu dieser Angelegenheit NICHTS zu sagen.

Ärgerlich blickte er auf den Briefbogen. Das war bereits sein fünfter Brief. Oder schon der Sechste? Genau das schrieb er ihr jetzt unmissverständlich. Er fand es mehr als doof von seiner Tochter. Nicht einen einzigen Brief hatte sie in den fünf Wochen seit ihrer Flucht geschrieben. Dabei brannte er wie die Abgasfackel einer Raffinerie, vor Neugier über Details von Nellys Flucht aus dem bereits von der „Ausbeutung befreiten“ Teil der östlichen Welt, der andere Teil würde ja bald folgen. Wenigstens eine Ansichtskarte hätte sie doch schicken können! Sie konnte nicht andauernd derart überlastet sein, dass sie nicht die zehn Minuten Zeit fand. Aber so sind sie, die Kinder.
Deborah trat ein. Sie blieb auf der Türschwelle stehen und fragte vorwurfsvoll: „Hast du nichts im Grillimbiss zu tun?“
„Da ist der Gasmann. Was soll ich dem helfen. Das Material ist komplett zusammengeklaut. Wenn er seine Leitungen verlegt hat, können wir mit Snake alles verputzen.“
„Wann wird der Installateur fertig?“
„Er sagt, in einer Woche. Das Dumme ist nur“, Würstel machte eine Verlegenheitspause und sah sie mit schüchternem Blick an. „Weißt du, ich …“. Er stockte, „ich wollte dich bitten, mir etwas Geld vorzuschießen, bis der Kredit endlich freigegeben ist, dann bekommst du es sofort zurück.“ Jetzt war es raus.
„Geld? Ich soll dir Geld borgen? Hatten wir nicht ausgemacht, du kümmerst dich um alles? Du kannst eine Pause beim Umbau einlegen und weiter bauen, wenn das Geld von der Bank da ist.“
„Aber der Installateur will in einer Woche die Knete haben. Es wäre mir unendlich peinlich, ihn warten zu lassen. Er will nur 2000 Mark.“ Er holte seine treueste Hundemine aus dem Zauberkoffer. Jedem Stoffelefanten wären die Tränen gekullert.
„Nur? Nur 2000? Tut mir leid, Tobias, ich kann dir nicht helfen. So viel habe ich nicht.“
„Dann borg mir wenigstens 1000. Es kann nicht mehr lange dauern, bis ich flüssig bin. Bitte.“
„Und was denn noch? Was, wenn du keinen Kredit bekommst? Denkst du, ich stecke mein sauer verdientes Geld in dieses Windei, von dem noch keiner

sagen kann, ob daraus ein Vogel wird? Nein, wir hatten besprochen, dass das dein Ding ist und so bleibt es auch.“
Würstel zog die Lippen zwischen die Zähne und zutschte Luft. „Dann muss ich den Fernseher auch noch verkaufen.“
„Der wird nicht verkauft! Das wäre ja noch schöner!“ Deborahs Gesicht funkte vor Entsetzen, als käme Tarzans Faust auf sie zu. „Bis nach Erfurt bist du gefahren, um den Koloss zu organisieren und jetzt willst du ihn verkaufen? Spinnst du?“
„Wenn du nicht einspringst, muss ich ihn verkaufen. Ich bin abgebrannt wie`s Pommerland. Außerdem ist er meine, er gehört mir.“
„Dann verscheuere ihn! Von mir bekommst du nichts!“ Sie schlug die Tür von außen zu. Der Kopf viel ihm auf die Brust. Sie hatte sich verändert. Anfangs war sie der Liebreiz in Person gewesen. Er nahm den Kugelschreiber und schrieb unter seinen Brief: Meine liebe Nelly, es grüßen Dich ganz herzlich Minny, Deborah und Paps.
Wir warten sehnsüchtig auf Post von Dir!!! 1000 Küsse.
Er kritzelte die Adresse auf den Umschlag. Plötzlich rasselte das Telefon. Würstel sah auf seine Armbanduhr. In einer halben Stunde würde der Briefkasten geleert. Er griff nach dem Hörer.
„Papa?“
„Ja, Mensch, Nelly! Warum schreibst du denn nicht? Zum Donnerwetter! Wir machen uns Sorgen!“
„Papa, warum schreibst DU denn nicht zum Kuckuck! Nach zehn Briefen von mir solltest du doch endlich Mal ein paar Minuten Zeit finden, mir zu antworten! Bist du aus irgendeinem Grund böse auf mich? Dann sag es bitte und fang nicht die gleichen Allüren an wie Deborah!“
„Aber Nelly, ich hab dir mindestens fünf Briefe geschickt!“ schrie er voller Empörung ins Telefon. „Oooh, jetzt wird mir alles klar! Diese verfluchte Schweineschnauzenbande!“ Sein Fuß stampfte Dellen ins Parkett. „Nelly, sei ganz ruhig. In drei Tagen bekommst du garantiert den ersten Brief von mir und du schickst deine an den Absender, der auf diesem steht. Nicht an uns, verstehst du?“ Sein heiser, irres Lachen schwirrte in der Luft.
„Ja, Paps, jetzt geht mir auch ein Licht auf. Wie geht’s denn meiner Freundin Polli?“
„Schlecht. Sie sitzt im Knast. Sie hat es nicht geschafft. Die haben sie hops genommen. Leider. Ihren Eltern haben sie gesagt, `s kämen locker vier Jahre zusammen, weil sie schon was auf dem Kerbholz habe. Aber viele andere, hauptsächlich Jugendliche, haben es gepackt. Schätze, da sind aus unserm Ort schon an die 300 abgedüst. Ganze zwölf haben die Ratten bis jetzt fangen

können. Wenn`s so weiter geht, wird der Letzte bald das Licht ausmachen können. An der Post steht neuerdings ein riesiger Möbelwagen. Die Leute sagen, da säße die Stasi drin und würde die Telefongespräche überwachen und sofort ausschwärmen, falls jemand was von Flucht quatscht."
„Kannst du schnell Minny ans Telefon holen?"
„Klar, haste noch Münzen?"
„Nee, ich telefonier von Familie Kerners Apparat. Die haben mich nach dem ersten Telefonat mit dir in der Zelle gefunden. War vor Erschöpfung zusammengeklappt. Ich kann bei ihnen bleiben, bis ich `ne Wohnung hab."
„Warte, ich hol Minny." Er rannte in ihr Zimmer.
„Schnell, Minny, deine Lieblingsschwester ist am Telefon."
„Waaauu!" kam es aus ihrer Bude. Sie fegte an ihm vorbei.
„Nelly, Nelly, Nelly! Was machst du denn? Wie geht es dir? ... Na, dann bin ich ja fürs Erste beruhigt … Aha, ist ja toll! ...
Erzähl mir doch bitte wie du … Aha, aha … Nelly? Nelly? Hallo, Schwesterherz! ... Oh, Papa, sie hat aufgehängt. Schaaade." Würstel nahm den Hörer an sein Ohr. „Nelly?" die Leitung war tot. „Die haben uns getrennt", würgte er bitter hervor.
„Wer hat uns getrennt?"
„Die Dreckbolzen. Die wollen nicht, dass wir zusammen telefonieren. Und unsere Briefe haben sie auch abgefangen. Diese Kanalratten!" Krachend landete der Hörer auf der Gabel. Eine Giftgaswolke wanderte durch seinen Magen. „Diese verdammten Goldfischdomteure!" Er zerriss den Brief in kleine Fetzten. Klopfenden Herzens schrieb er einen Neuen, einen liebevolleren. Minny setzte noch ein paar Sätze drunter. Dann fuhren sie gemeinsam nach Tschechien, kauften Briefmarken und steckten den Brief mit einer tschechischen Deckadresse versehen, in den schmutzig roten Briefkasten. Würstel hatte diesen postalischen Umweg über Jahre genutzt, um an den „Spiegel" und an Schallplatten von seinen heißgeliebten „Rollenden Steinen" zu kommen. Auf diesem Weg war noch nie etwas „verschwunden". Platten wie „Sticky Fingers", „Exile On Main Street" und „Black And Blue" hatten in der DDR einen ungeheuren Wert. Trotzdem würde er sie um nichts in der Welt verkaufen. Für „Emotional Rescue" hatte ihm Fredi ohne Scheiß 350 Mark geboten. Er konnte und wollte sich nicht trennen.
Jetzt würden die Briefe ihren Adressaten erreichen. Die Tschechen waren entweder toleranter oder an ostdeutschen Stones-Fan-Verbrechern und Spiegel-Lesern wenig interessiert.
„Jetzt fahren wir jede Woche zu Antons Tante und holen Nellys Briefe ab", sagte Minny mit spitzbübischem Siegerlächeln. Würstel kaute grinsend auf

seiner Unterlippe. „Der Mensch muss sich nur zu Helfen wissen, doof kann er sein, aber …
„Paps, wollen wir bei der Gelegenheit gleich noch Lachsersatzschnitzel im Fischgeschäft kaufen? Dann könnten wir zum Wochenende wieder Mal Lachssemmeln mampfen. So was Supergutes gab es schon eine halbe Ewigkeit nicht mehr.“
„Einverstanden, Minny. Nach Ölsardinen, hör ich grade, ruft mein Verdauungsapparat auch leidenschaftlich.“ Sie schlenderten die Geschäftsstraße bis zum Fischladen. Es roch wie immer nach schwelendem Koks, aber er sah nirgends eine Rauchfahne.
„Ich glaub, mir fällt mein Pops ab!“ entfuhr es Würstel, als sie an der Ladentheke standen. „Es gibt sogar geräucherten Heilbutt! Das hält ja kein Mensch aus! Die DDR hat `ne riesige Fischfangflotte, aber um Fisch essen zu können, musst du nach Tschechien einkaufen fahren! Die Tschechen dagegen haben nicht Mal `n ordentliches Binnengewässer, aber Heilbutt! Tsä-sä-sä-sä-sä!“ Würstel trat von einem Bein aufs andere, als ob er dringend pissen müsse. Minny äffte ihn nach. Es wirkte wie die einstudierte Nummer von zwei Zirkusclowns. Der Verkäufer, der in eine verlumperte, ehemals weiße Gummischürze eingewickelt hinter der Ladentheke stand, bleckte ihnen lachend seine teergrauen Zähne entgegen und fragte: „Prozim?“ Würstel zeigte auf den Heilbutt: „Jedno Kilo, iie jedno“, dann auf die Plastbecher mit dem Lachsersatz. Als der Verkäufer Gewünschtes auf den Ladentisch gestellt hatte, hielt ihm Würstel seine zehn Finger unter die Nase und zeigte auf den Stapel Ölsardinenbüchsen.
„Papa, biste meschugge? Wir dürfen nur zwei Büchsen pro Person über die Grenze bringen.“
„Quatsch, Minny, wir verstecken sechs Dosen im Trabi. Wer nichts wagt, kommt nicht nach Bautzen.“
Mit beruhigendem Lächeln strich er über ihre dichten blonden Haare. Dabei löste sich der Torfbatzen in seinem Hals und verwandelte sich in ein süßsaures, zylinderförmiges Rux-Dux-Bonbon aus seiner Kindheit. Der alte Walter, im Laden an der Ecke, hatte sie ihm mit einer kleinen Blechschaufel aus einem großen, durchsichtigen Glas gefischt, in eine kleine, spitze Papiertüte gefüllt und für zehn Pfennige über den Ladentisch gereicht. Die mit dem bunten Kleeblatt in der Zylindermitte schmeckten am besten.

Auf dem Parkplatz, gegenüber dem Postgebäude, stand der überdimensionale Eisenbahnwaggon. Ein grau angestrichener Personenwagen der Deutschen Reichsbahn, Baujahr 1927, mit Luftbereifung. In seinen winzigen

Fenstern hingen blickdichte Gardinen. Er war mit schiffstaustarken Kabeln mit der Post verbunden. Die Kabel spannten sich, von über vier Meter hohen Holzstangen getragen, von Fußweg zu Fußweg über die Straße und wippten im Wind, als wollten sie den neugierigen Gaffern drohen. Hinter den Stores brannte die ganze Nacht Licht. Um 6.00, 14.00 und 22.00 Uhr wechselte die illustre Belegschaft. Ohne ein Wort miteinander zu sprechen, betraten und verließen jeweils wie auf Kommando 16 unbekannte Personen geisterhaft das Gefährt. Die den Wagen Verlassenden verstreuten sich, wie auflösende Nebelschwaden in alle Richtungen und verschwanden in den Nebenstraßen. Vor allem beim Schichtwechsel um 14.00 Uhr standen dutzende Einwohner auf und um den Parkplatz. Sie beargwöhnten neugierig den lautlosen Austausch des Personals. Hinter vorgehaltener Hand tuschelten die Zaungäste, es sei eine Sondereinheit, die alle Telefongespräche abhören würde, um das bedrohliche Ansteigen der verfluchten Republikfluchten wenigstens etwas eindämmen zu können. Würstel hatte sich unter die Schaulustigen gemischt. Mit beiden Händen in den Taschen seiner Vietnamesen-Levis stand er auf dem gegenüberliegenden Fußweg und sah mit zusammen gekniffenen Augen auf die wechselnden Truppenteile. Die Blasen an den Fingern ihrer rechten Hände waren gewiss vom vielen Mitschreiben der Gespräche.
Wamm! Würstel zuckte zusammen und schrie auf. Ihm war als hätte jemand eine Zaunlatte über seinen Kopf gezogen. Sie war mit lautem Splittern knirschend zerbrochen. Sein ehemaliger Boxtrainer, stieg mit 15 anderen Typen soeben die Holztreppe hinab. Trotzdem er sein Gesicht parallel zum Pflaster hielt, hatte er ihn sofort erkannt. Würstel hielt sich die rasant wachsende Beule auf dem Kopf und rief mit heißerer Stimme: „Hallo! Grüß dich Henry!“ Der Boxtrainer reagierte nicht. Er beschleunigte seinen Schritt. Eine Hand legte sich auf Würstels Schulter und schob ihn sanft beiseite. Es war der rothaarige Brinkley. Er trat an den Rand des Bürgersteiges und brüllte wie ein Affe im Dschungel aus Leibeskräften: „Öööh! Stasi raus! Stasi raus! Buuuh-huuuh! Stasi raus!“
Würstels Unterkiefer klappte aus der Verankerung und klatschte auf seine Füße. War dieser bekloppte Brinkley wahnsinnig? Hatte er sich die grauen Windungen mit Salzsäure gewaschen? Oder hatten sie ihm das Innere seiner Birne amputiert? Der musste mit dem Leben abgeschlossen haben. Der Mann war eindeutig verrückt geworden! Der hatte bereits zwei Mal politisch gesessen und jetzt DAS! Morgen früh 4.00 Uhr würden sie ihn ein drittes Mal aus seiner Wohnung holen und dieses Mal würde er nach vielen Jahren als Eunuch zurückkehren, falls überhaupt! Sonderlich schlau war der noch nie gewesen. Würstel schüttelte geistesabwesend den Kopf, machte eine

Kehrtwendung und verließ gänsehäutig den Ort der Ungeheuerlichkeit, an dem das Pflaster schon zu glühen begann. Er wollte mit diesem Irren nicht zusammen gesehen werden. Er würde den Genossen keine Handhabe bieten, ihm die Konzession wieder zu entziehen, die nach Nellys Flucht ohnehin auf verflucht wackligen Füßen stand. Nur die Gesichter wollte er sich einbrennen, vielleicht konnte das irgendwann vor Schaden bewahren. Armer Brinkley! Mann-o-Mann! War der verrückt!

Im ersten Brief, den er mit patriotisch geschwollener Brust las, schrieb sie, sie habe den Inhalt der ersten Zehn, leider durch Zufall verloren Gegangenen, in einen Konzentrator gestopft und die Sätze, die unten heraus gekommen seien, neu aufgeschrieben.
Sie hatten sich alle wie besprochen, genau zur verabredeten Zeit im Maisfeld an der österreichischen Grenze getroffen. Auf dem Bauch waren sie schweigend zu dem Loch, das die Kumpels von drüben in den Zaun geschnitten hatten, gerobbt. Kurz bevor sie den Zaun erreichten, haben einige Männer irgendetwas gebrüllt. Scheinwerfer waren angegangen aber nur zwei Männer waren ihnen gefolgt, hatten aber nicht geschossen. Und so sind sie aufgesprungen und um ihr Leben gerannt. Die Österreicher, die den Schlamassel sofort erkannten, beleuchteten ihnen mit ihren Taschenlampen die Stelle, zu der sie mussten. Sie sind gerade noch durch das Loch gesprungen, bevor die Kerle Nelly, die die letze war, ergreifen konnten. Am Zaun waren die Verfolger stehen geblieben. Es hatte geregnet und alle waren von oben bis unten schlammbeschmiert. Trotzdem sind sie sofort in die bereitstehenden Autos und ab durch die Mitte. Als sie, weiter drinnen, in Sicherheit waren, waren sie jubelnd um die Autos getanzt. Dreckig, wie vollgekackte Schweine und glücklich wie noch nie. Nach ihrem Telefonat von Krefeld aus war sie vor Erschöpfung in der Telefonzelle zusammengebrochen und hatte wer weiß wie lange, ohnmächtig wie ein zusammengerollter, bedrohter Igel in der Zelle gelegen, bis sie von dem Ehepaar Kerner entdeckt wurde, das ihr sofort Hilfe leistete. Sie nahmen Nelly mit nach Hause und dort hatte sie dann zwei Tage durchgeschlafen. Jetzt, nach Wochen, war sie wiederhergestellt und stolze Köchin in einem renommierten Speiserestaurant in der Innenstadt. Sie schrieb, sie habe unendliches Heimweh und Sehnsucht nach ihrer Schwester und ihrem Papa.

RIAS BERLIN war ein Sender, der ständig darauf bedacht schien, die DDR und ihre heldenhaften Errungenschaften in puncto Menschenrechte, Lebensstandard, Meinungsfreiheit und sozialistischer Genialität zu diskreditieren,

ja regelrecht zu verleugnen. Er zerrte ununterbrochen die großen sozialistischen Fortschritte in den Schmutz der Lüge. Das veranlasste die Parteiführung der DDR zu berechtigtem Zorn. Die guten Genossen der, Gott sei`s getrommelt und gepfiffen, vom Kapitalismus befreiten Welt, wurden nicht müde, diesen Sender, neben zwei weiteren feindlichen Fernsehprogrammen, als schlimmsten Klassenfeind und Missgeburt des Revanchismus zu deklarieren. Wer sich am Sonntagvormittag die Hörspiele des „Onkel Tobias vom Rias" anhörte, etwa dem „Schatz im Silbersee" lauschte, wurde zwangsläufig zu ihrem Feind. Würstels Eltern gehörten uneingeschränkt dazu. In einem Anfall von widerständlichem Aufbegehren hatten sie ihren eigenen Sohn eiskalt auf den Namen Tobias getauft. Ein noch gefährlicherer Feind war, wer sich montags oder freitags die „Schlager der Woche" einverleibte. In dieser Sendung waren mitunter klassenfeindliche orientierte Künstler, wie Freddy Quinn und Heino vertreten. Sogar musikalischer, „jäh, jäh, jäh" singender Abschaum, ging dort über den Äther. Es war schlicht eine unbeschreibliche Schweinerei, die schon den vorletzten Sonnenkönig, den „Ziegenulbi", gereizt und zu wütenden Äußerungen gezwungen hatte.
Dieser Rias, diese Lügenenten verbreitende, feindliche Stimme der feindlichen Welt, hatte in den Nachrichten, die kaum einer der (normalen) 15 bis 16 Millionen DDR-Bürger verpasste, gesendet, am letzten Montag habe es in Leipzig eine Massendemonstration gegeben. Dabei wären die gleichen Rufe, wie sie der lebensmüde Brinkley gebrüllt hatte, ertönt. Würstel war verwirrt, konnte es einfach nicht glauben. Er drehte am Potentiometer, aber der Sender „Freies Berlin", ein ähnlich verlogener feindlich gesinnter, bei dem die Verlogenheit bereits im Namen stand, sendete die gleichen Lügen (wie konnte er sich FREIES Berlin nennen, wenn die Stadt noch im Würgegriff der Unfreiheit, also NOCH nicht von ihrem kapitalistischen Joch befreit war?). Kommenden Montag solle wieder eine Demonstration stattfinden. Gänsehaut überzog ihn, inklusive seiner Fußsohlen. Letzten Montag waren die Schergen sicher überrascht gewesen. Nächsten Montag würden sie ihre Panzer auf die unverschämten Demonstranten loslassen. Davon war er überzeugt. Wenn es den Genossen an den Kragen ginge, wenn sie ihr Fett wegschwimmen, ihre Macht bedroht sähen, würden sie skrupellos um sich schlagen, wie in die Ecke getriebene Raubtiere, die um ihr Leben kämpften. 1956 in Ungarn hatten Demonstranten die verhassten, verlogenen Volkswohlprediger reihenweise an den Straßenlaternen hochgezogen, also war es legitim sich zu schützen. Die Straßen um die Nikolaikirche sah Würstel bereits bluten. So ruhig wie am 4. September würde es nicht mehr vonstatten gehen, falls es überhaupt zu einer weiteren Demonstration käme.

Vielleicht war die Partei der „Arbeiterklasse“ schon dabei, die für diese Fälle vorgesehenen Konzentrationslager mit feindlichen Elementen zu füllen. Mit Unverbesserlichen, bei denen die jahrelange, ehrlich gemeinte Propaganda aufgrund von Labilität und ungenügender Intelligenz keine Früchte tragen wollte, bei den der stete Tropfen nicht den Stein gehöhlt, sondern nur das Bein genässt hatte. Als Resultat des Aufbegehrens sah er die Verschärfung der Unterdrückung und die Multiplikation der Angst voraus. Die Repressalien nach dem 17. Juni 1953, bei denen Hunderttausende durch die Stasikeller geschleift, psychisch und physisch vernichtet worden waren, würden einem Kinderspiel gleichkommen. Die auf den Karnickelhügeln des Sozialismus Verscharrten würden bald Frischfleischgesellschaft erhalten. DIE würden ihre Felle nicht wegschwimmen lassen. Verrückte Demonstranten!

Der Erlös für den Videorekorder war verbraten. Jetzt musste er den Farbfernseher mit Fernbedienung unter Tränen verhökern. Die 7500 Mark, die er dafür erhielt, trösteten sein Herz einigermaßen. Stolz konnte er dem Installateur die geforderte Summe auf einen Schlag in seine schwielige, schmutzige Hand drücken. Ja, ein paar geil knisternde Scheine blieben sogar übrig. Sein Schwiegervater würde ihm ganz sicher einen Sonderpreis für das Fliesen berechnen und bestimmt warten, bis der Kredit Herrn Würstel ins Fett stürzte und die dämliche Sorge um die dämlichen Kröten endlich beendete. Die Leiterin der Sparkasse hatte ihn Anfang nächster Woche zu sich bestellt. Die Lage begann sich zu bessern. Bald würde die aufgehende Sonne den Nebel auflösen und ihn einfach weg lecken.

Würstel hatte nur etwa zehn Minuten an einem der Schalter warten müssen, bis eine blonde, sehr gepflegte Frau ihn zu einer Tür winkte. Sie öffnete die Tür, reichte ihm ihre knochige Hand und begrüßte ihn. „Ganz schön tolle Titten, die Kassentante“, waren seine ersten Gedanken.
„Guten Tag, Herr Würstel. Mein Name ist Nordheimer. Bitte kommen Sie mit in mein Büro. Ich möchte Sie wegen Ihres Antrages auf einen Geschäftskredit persönlich sprechen.“
In überschwänglicher Freude schwimmend, schüttelte er ihre Hand. Die Tussi sah ziemlich scharf aus. Bestimmt hatte sie schon mehr geschluckt als ein Handwaschbecken auf einer Damentoilette in irgend `ner Disco. Ein glückliches Lächeln ließ sein Gesicht wie die Sonne überm Äquator erstrahlen. Ihre unbeweglichen Gesichtszüge registrierte er nicht. Er folgte ihr beschwingt auf der steinernen Treppe in den ersten Stock des altehrwürdigen, aus großen, behauenen Sandsteinen gemauerten Gebäudes. Vor einem schwarzen,

mit geschnitzten Ornamenten verzierten Riesenschreibtisch durfte er Platz nehmen. Frau Nordheimer setzte sich auf die andere Seite des gewaltigen Möbels und blickte ihm ernst entgegen.
„Herr Würstel“, begann sie feierlich wie Stalin beim Diktieren der Todesurteile, „Sie müssen sich voraussichtlich noch zwei bis drei Monate in Geduld üben.“ Würstels Lächeln verschwand im Zeitlupentempo. Er sah sie mit blödem Gesichtsausdruck und zur Seite geneigtem Kopf an. Er schien ihre Worte nicht richtig verstanden zu haben und leckte sich die Unterlippe, als sei sie mit Schokolade beschmiert.
„Ääh, aber, ääh, Frau Nordheimer, wie, ich meine, was soll das Ganze? Ich hab das Gefühl, ich schnall das nicht, kapier kein Wort. Sie sagen seit Wochen …“
„Normalerweise, Herr Würstel, ich meine vom Zeitraum her, beträgt die Spanne von Kreditgenehmigung bis zur Zuteilung, nur wenige Wochen.“
„Und unnormalerweise?“ fragte Würstel mit noch immer gleich doofer Mine. Die Frau riss ihre Augen zur Größe von Klarsichtscheiben einer Gasmaske auf, griff zu einem Stift und schrieb etwas auf einen kleinen, vor ihr liegenden Zettel. Dann schob sie ihm die Notiz über den Tisch und legte bedeutungsvoll ihren Zeigefinger auf die geschlossenen Lippen. Würstel guckte noch blöder. Was sollte der ganze Schnulli? Er griff nach dem Zettel und las: „Die Zuteilung Ihres Kredites ist von der SED-Kreisleitung unterbunden worden. Ich darf es Ihnen nicht sagen!“ Stand da in Großbuchstaben unmissverständlich auf dem Papier. Er hob den Kopf. Ihr Zeigefinger lag noch immer auf ihrem Mund und die Augen waren jetzt größer als Untertassen. Wütend warf er den Zettel auf den Schreibtisch, kniff Augen, Mund und Nase zu einem Knäuel zusammen und spürte, wie die Mandeln in die Nasennebenhöhlen wanderten. Ich habe Wandermandeln, durchzuckte es ihn. Scheiß Wandermandeln! Ein heißer, lauter Wind fuhr donnernd aus seiner Kimme. Snake wäre ein Leben lang neidisch gewesen, hätte er ihn gehört. Frau Nordheimer rümpfte angeekelt ihre Nase, behielt aber ihre Fassung und den Finger vorm Mund. Mit der Linken angelte sie den Zettel und zerknüllte ihn. Würstel erhob sich wortlos und ging zur Tür. In diesem Büro stank es fürchterlich und er wusste nicht, warum er sich dem widerlichen Geruch länger aussetzten sollte.
Auf der Straße vor der Sparkasse steckte er sich eine Cabinet an. Sie schmeckte so, wie es in dem Büro gerochen hatte. Beim zweiten Zug bemerkte er, dass der Filter brannte. Wütend spuckte er die Kippe in weitem Bogen über den schmiedeeisernen Zaun und brüllte ihr ein: „Verfluchte Scheiße!“ hinterher. Er war sich nicht sicher, ob er damit die Sache mit dem Kredit oder die

Zigarette meinte. Die Mistkerle hatten ihn ins offene Messer laufen lassen. Er war pleite. Total pleite. Am Ende. Ärmer als ein streunender Hundemischling in den Slums von Pretoria. Er hing hoffnungslos in den Seilen. Ausgezählt. Kinn, Leber und Magen mit einem einzigen Schlag getroffen und zerstört. Seine Gegner standen freundlich lächelnd in der gegenüberliegenden Ringecke und zeigten ihm die Stinkefinger. Daneben stand Killer-Mielke und wedelte ihm mit einem Handtuch Frischluft ins Gesicht. Mit weit herabhängenden Schultern, seine Hände baumelten schlaff in Kniehöhe, schlürfte er nach Hause. Sein Arsch war voller Tränen. Seine Gedanken wuselten in alle Richtungen und er brammelte unverständliche Worte. Nur das hässliche Wort „Scheiße“ war immer wieder zu verstehen.

„Hast du das Geld?“ Deborah hatte ihn kommen sehen und ihm die Tür geöffnet. Ohne eine Antwort abzuwarten, stellte sie fest: „Du hast es nicht! Siehst du, hab ich doch gleich gedacht. Hab den Braten gerochen. Die geben dir die Konzession, du fängst im guten Glauben an zu bauen, die halten dich hin, bis du keinen Pfennig mehr hast und haben dich somit klassisch in den Arsch gefickt!“
„Einen alten Quark hast du!“ fauchte er sie an. „Die geben mir die Konzession, wohlwissend, dass sie mir einen Dreck nützt und du willst es gewusst haben? Dass ich nicht lache! So dreckig kann ein halbwegs normaler Mensch gar nicht denken! Auf so `ne Niederträchtigkeit können nur Schweineköppe von diesem Kaliber kommen!“ Er schob sie kurzerhand beiseite und steuerte den Kühlschrank an. Jetzt half nur ein gewaltiger Zug Fusel, um seinen Ärger zu ersäufen. Deborah war ihm gefolgt. Sie stand in der Küchentür und schüttelte entrüstet ihre blonden, langen Haare wie ein Rocker in Ekstase.
„Fang jetzt bitte nicht wieder an zu saufen! Immer wenn du sauer bist, denkst du, das wäre eine Lösung. Es ist keine und du weißt es.“ Sie griff nach der Flasche, aber er hielt sie auf Distanz und kippte einen zweiten, noch kräftigeren Schluck.
„Hör doch bitte auf, Tobias“, sagte sie plötzlich ruhig, aber flehend. „Im Radio“, fuhr sie eben so gefasst fort, „haben sie vorhin gesagt, ab sofort sind die Grenzen zur CSSR und zu Polen geschlossen. Niemand darf mehr passieren. Bewaffnete Kampfgruppen und Armee bewachen die gesamte Grenze. Der Briefwechsel mit Nelly ist somit gestorben und Telefongespräche werden unterbrochen.“
Hammer und Sichel schlugen ihm die Beine weg. Ein roter Fahnenfetzen wickelte sich um seine Kehle und schnürte ihm die Luft ab. Mit den Worten:

„Jetzt drehn sie uns den Gashahn vollends zu“, setzte er sich auf den Küchenfußboden und sog unter Tränen an der Fuselflasche.

Seine Stimme klang wie die von Adriano Celentano, wie ein Reibeisen.
„Du kannst auf mich zählen, Tobias. Warum bist du denn nicht gleich zu mir gekommen und hast mir davon berichtet?“ Der alte Bäcker sah ihn mit gleichmäßig wackelndem Kopf vorwurfsvoll an. „Es kann nicht in meinem Interesse sein, zuzuschaun, wie sie dich und mich im Grunde genommen mit, am ausgestreckten Arm verhungern lassen wollen. Wenn du das Geschäft nicht eröffnen kannst, bekomm ich von dir keine Miete. Also und auch deswegen, weil ich überzeugt bin, du wirst das Ding schon schaukeln, will und werde ich dir helfen. An Geld hängt`s bei mir nicht. Mein Leben lang hab ich Trottel rund um die Uhr in meiner Backstube gestanden, mir nie auch nur einen Tag Urlaub gegönnt, gearbeitet wie ein Sklave. Jetzt, da ich alt bin, habe ich so viel Geld, dass ich ununterbrochen reisen könnte, wenn es mein Gesundheitszustand nur zu ließe. Sparen und auf die hohe Kante legen, war meine Devise. Nun soll ich mir mit dem ganzen Zaster nicht Mal mehr `n Bier gönnen, weil`s angeblich nicht gesund für mich sei. Essen darf ich nur noch, was mir nicht schmeckt. Ooh, wie ich diesen Müsliplunder und all das ekelhafte Grünzeug hasse! Ich hab keinen Genuss mehr und satt werd ich von dem Viehfutter auch nicht!“ Er spuckte auf die Türschwelle und zog ein Gesicht, als habe er eine Flasche Essigessenz ausgetrunken.
„Das Resultat von dem Ernährungsblödsinn sind wackelige Knie und nicht enden wollende Blähungen, die mich im Viertelstundenrhythmus zum Lüften meiner Wohnung zwingen, weil sonst die Fliegen tot von der Wand stürzen. Die Summe werde ich dir leihen, keine Frage. Selbstverständlich ohne einen Heller Zinsen. Ich freue mich, dir helfen zu können, Tobias.“ Er hatte sich im Sessel vorgebeugt und reichte Würstel die Hand. In schüchterner Dankbarkeit griff er zaghaft danach und schüttelte sie fast zärtlich. Er war gerührt und gerettet. Granitblöcke, die auf keinen Großraumkipper Platz gefunden hätten, rutschten von Herz und Magen und polterten mit Getöse zu Boden. Plötzlich war er mindestens 50 Tonnen leichter geworden. Dieser nette alte Mann hatte soeben mit seiner krächzenden Stimme seine Seele gebügelt. Seine anerzogene Zurückhaltung völlig vergessend, stand er auf, kniete neben der Armlehne des Sessels, umarmte den Bäcker und hauchte, fast den Tränen nah: „Danke dir, Erich, ich danke dir.“
„Jetzt werd nicht sentimental, Kleiner. Du brauchst mir nicht zu danken. Ich sagte doch, es ist mir eine Freude, dir helfen zu können. Nebenbei ist`s mir ein innerlicher Parteitag, die Dreckbonzen zu ärgern. Damit rechnen die

keinesfalls. Ich kann sie schon kotzen sehen.“ Er lachte heißer. Schadenfreude ließ seine Augen blitzen, wie die eines Steinadlers beim Anflug auf das Täubchen. Er klopfte Würstel auf die Schulter, setzte sich wieder gerade und griente spitzbübisch: „Wir kacken ihnen in die Kaffeemaschine, diesen roten Rüben. Verstanden?“

„Puuh! - KEINE GEWALT - haben sie ständig gebrüllt.“ Snake saß auf der Bierstiege, leerte die zwölfte Flasche Pils und befand sich in einem persönlichen Freudentaumelrausch. Sein Blick war aus Buttermilch. Würstel staunte über das Fassungsvermögen seiner Blase. Er hatte erst neun Bier getrunken und war schon fünf Mal pissen. Snake war glatte drei Flaschen voraus aber nur drei Mal mit ihm an die nagelneuen Keramikbecken getreten, die seit zwei Tagen, sauber installiert, an der gefliesten Wand glänzten. Seine Blase musste das Fassungsvermögen einer Kinderbadewanne haben.
„In Dresden haben sie vor einer Woche den Bahnhof zerlegt, als die Prager Hanseln aus der Botschaft durch Dresden kutschiert wurden und 5000 auf die Züge aufspringen wollten. `ne Woche später blöken die wie die Schafe „Keine Gewalt!“ Das Bier hatte seine Zunge in einen alten Putzlappen verwandelt, der sich in seinem Mund zusammenknüllte und wieder glatt bügelte. Nur mit Mühe konnte er seiner Akustik folgen.
„Das rufen die nur, weil sie Angst vor den Panzern haben.“ Würstels Zunge begann auch zu schludern. Sie war nicht viel besser drauf. „Wenn die kettengetriebenen Eisenschweine erst in die Menge schießen, dann haben die Bekloppten ein Problem.“
„Dann ham die `nen Zappen. Wundert mich, dass die Parteischweine nicht längst „Feuer frei!“ befohlen ham. Aber wahrscheinlich steht ihnen das Wasser derart weit oben, dass sie es vorziehen, ihre Schäfchen ins Trockene oder in die Schweiz zu bringen.“ Snake hatte mindestens die doppelte Zeit für den Satz benötigt als in nüchternem Zustand. Und die dreifache Menge an Spucke vergeudet.
„Du meinst, ihre Mäuse, unser Volkseigentum?“
Snake grinste mit halb geschlossenen Augenlidern und goss den Rest aus Nummer Zwölf in seinen unersättlichen Schlund.
„Reiß Mal einen Kronenkorken vom Hals und reich mir so `n Getränk!“
Würstel zählte die restlichen, Flaschen und lispelte: „Noch neun Stück. Die bekommen wir noch in den Griff. Komprändä?“ Snake langte gierig nach der Pulle, würgte die Hälfte des Inhalts in den Hals, senkte seinen Kopf wie der Stier beim Angriff und sprach mit blutigen Augen und lehmig-klebriger Stimme: „Der Glaube unserer genialen Wagenlenker, die uns verpassten

Fußfesseln, würden sich durch tägliches Wiederholen ihrer Scheißfloskeln irgendwann in unseren Köpfen einnisten, war `n Irrglaube. Niemand hat ihr Toilettengefasel jemals ernst genommen. Der geistige Dünnschiss ist immer und zu allen Zeiten hinter vorgehaltener Hand belächelt und verspottet worden. Hä, hä, der verflossene, tausendjährige Führer war diesbezüglich erfolgreicher, wenn ich den Erzählungen meines Vaters glauben darf. Zumindest am Anfang seines, ebenfalls rumreichen und wahnsinnigen Machtgebildes. Der Missgeburt des wissenschaftlichen Sozialismus durch Schminke `n schöneres Antlitz zu verpassen, hat nicht funktioniert, weil von Beginn an alles nach frischer Kamelkacke gestunken hat. Die Maskenbildner schafften es nur zu `ner Fratze, `ner Clownschnauze, `ner Angst einflößenden Larve, die nie wirklich gelächelt hat."
Erschöpft von seinen Ausführungen steckte er sich eine Kippe zwischen die Lippen und hielt Würstel die Schachtel vor die rote Nase. Sie rauchten mit glasigen Augen.
„Das von den Großhirnen Marx und Engels gepredigte Sternentalerparadies hat sich in `nen stinkenden Riesenkackhaufen verwandelt. Aus dem verheißungsvollen Volkswohlstand ist wirtschaftlicher Urin, äh Ruin und durchspitzelte Flächenunterdrückung geworden. Nur Geißelung und Bevormundung sind auf ihrem Mist gewachsen. Kein Hund kann begreifen, was dieser Zustand mit der „Abschaffung der Ausbeutung" zu tun haben könnte. Die ganze SED-Plärrpartei ist `ne Mafiasekte."
„Wenn du noch vor Mitternacht nach Hause willst, musst du schneller saufen, Würstel. Dachtest du, ich pack das restliche Bier alleine? Vertilgen müssen wir's in jedem Fall. Morgen ist die Brühe trüb. Steht schon seit zwei Tagen."
Er machte eine Handbewegung, als ob er Bier in den Ausguss kippe. Würstel schüttelte den Kopf und zog einen Flunsch.
„Ich kann nicht mehr. Krieg nichts mehr rein. Bin voll wie `ne Babywindel."
„Dann stell die Flaschen kalt. Vielleicht halten sie sich im Kühlschrank bis Morgen. Wär schade drum. Eher soll ein Brot ins Scheißhaus fallen, ehe ein Tropfen Bier umkommt." Würstel erhob sich lahmkreuzig, griff die Bierstiege und wuchtete sie in den großen Kühlschrank. Mit stolzem Trinkerblick betrachtete er seine erste technische Errungenschaft.
„So `n großer Kühlschrank ist `ne tolle Sache. Hat mir `n Liebchen aus Erfurt mit der Reichsbahn geschickt. Zwei Infrarotgrills kommen in den nächsten zwei Wochen nach. Staunste, wa? Muss nur zwischendurch zu ihr fahren, um mich zu bedanken." Snake glotzte blöd. Er war zu betrunken, um hinter die angedeutete Schweinerei zu kommen.

„Übermorgen fangen wir mit Malen an. Zuerst die Decken. Farbe, Pinsel und Roller hat Egon besorgt. Der kennt ein großes Tier in einer Malergenossenschaft. Das große Tier hat alles geklaut und Egon hat`s zum halben Preis gekauft."

„Dann ist`s aber immer noch teurer als Kupfer- und Zinkrohr zusammen", gluckste Snake und schlug scheppernd die Trabbitür zu. Trotz der vielen Biere hatte er noch einen erstaunlichen Durchblick, das musste man ihm lassen.

„Prima Sache! Seit die alle an der Grenze im Gras liegen und auf Flüchtlinge aufpassen, kannste getrost mit zehn Bieren im Bauch durch die Kante fahren und nach Herzenslust klauen, was dir in die Finger kommt. Die Bullen sind wie vom Erdboden geblasen, nicht mal tagsüber siehste `ne Grünmütze."

„Ja, und die Langohren sitzen an den Telefonleitungen. `s wird noch das reinste Schlaraffenland werden." Würstel rülpste, wie ein Wallach furzt.

„Lisa, Lisa, schöne Lisa, wie hast du es nur angestellt? Wie hast du dir nur diesen Wahnsinnsposten angeln können? Als Chefin des größten Erfurter Kaufhauses bist du doch bis ans Lebensende aus dem Schneider." Würstels Begrüßung klang ehrfurchtsvoll und neidisch zugleich.

„Hör ich etwa Neid in deiner Stimme?" Sie lachte stolz. „Den Neid kannst du vergessen. Dir helf ich immer, wenn ich kann. Und das auch in Zukunft. Keine Panik, mein Tobbi!" Ihre Augen glänzten, funkelten wie Wunderkerzen am Weihnachtsbaum, als sie schmutzig grinsend fortfuhr: „Frau hat ihre Praktiken, und auf die steht der Erfurter Herrgott wie der Teufel auf die Seele. Ist `n gutes und preiswertes Geschäft für mich. Nebenbei profitieren meine Freunde ganz erheblich."

Sie sprach in einer Tonlage, als ob sie ihn schon drin hätte. Echt abgefahren das Girl! Ein Schauer aus perverser Erregung kringelte in seinen Hoden. Sie erhob sich, tänzelte um den Sprelacart-Schreibtisch mit der nagelneuen Schreibmaschine und schlang ihre Arme um Würstels Nacken. Dann steckte sie ihm die Zunge in den Kehlkopf. In allen erdenklichen Farben tanzten Luftballons wie wild vor seinem Hosenschlitz. Folgerichtig wanderte seine rechte Hand zielstrebig in ihren Schritt und streichelte mit leichtem Druck auf und ab. Die Hitze, die durch ihre Höschen drang, verbrannte seine Finger. Ein kaum merkliches Zittern lief wie eine schwermütige Liebesballade durch ihren Körper.

„Frierst du?" Würstel grinste einseitig. Anstelle einer Antwort legte sie den Kopf nach hinten und keuchte wie ein hartleibiger Unterleutnant beim Kacken auf dem Donnerbalken. Mann, diese Kirsche konnte einen aber auch um das bisschen Verstand bringen! Seine Knie wurden plötzlich zu Schoko-

ladenpudding. Er sank willenlos zu Boden. Vorsichtig, ganz vorsichtig, zog er ihren seidenen, schwarzen Slip, der eher aussah wie eine löchrige Spitzengardine, bis an das Silberkettchen an ihren Fesseln. Ohne den Blick von ihrem Schlitz zu nehmen, an dessen oberen Ende sich nahtlos das untere Ende, eines aus kurzgeschnittenen, rabenschwarzen Haaren bestehendes Vorfahrtsschildes anschloss. Die Seitenkanten des Schildes waren fein säuberlich wegrasiert. Plötzlich rissen die Wolken auf und die Sonne schickte ihre Strahlen durchs Bürofenster, genau auf Lisas wunderschöne Pussy. Das gleißende Licht wurde von ihr verstärkt und reflektiert. Tobias Würstel war geblendet und von ihrem Duft betört. Irgendwo in der Ferne spielte Joe South „Games People Play“ und er summte leise mit. Ihm gefiel, was er hörte, was er sah und was er roch. Eine Woge warmen Wohlbefindens umspülte seine Herzmuskulatur und ließ seine Augen aus den Höhlen treten. Davon bekam sein Gesicht etwas Krötenhaftes und etwas von einem kopulierenden Löwen. Er ließ seine Zungenspitze winzige Kreise ziehen. Genau um die Stelle, an der sich Pussy und Vorfahrtsschild begegneten. Ihre Schenkel zuckten rhythmisch. Mit beiden Händen streichelte sie zärtlich seinen Hinterkopf. Irgendetwas in seiner Hose begann zu glühen, wie entzündete Augen eines brunftigen Tigers, der zum Sprung aus dem Hinterhalt auf seine Liebesbeute ansetzt. Vor Jahren schon hatte er mit diesem Engel das Kamasutra vorwärts und rückwärts gelernt und dabei binnen acht Wochen acht Kilo abgenommen. Die Arbeit seiner Zunge betörte beide und es wäre sicher noch eine Weile so weiter gegangen, hätten seine Kniescheiben nicht SOS gefunkt. Er stand auf, umschlang ihre Hüften und hob sie mit einem Ruck auf den Schreibtisch, dass es in den Schubladen wisperte, als seien sie voller kleiner, ungeduldiger Zuschauer, voll geiler Voyeure. Sie kickte ihren Seidenslip (was für eine herrliche, Fantasie erregende, Bezeichnung für einen Schlüpfer, stimmt`s?) der an ihrem rechten Schuh hängen geblieben war, durchs Büro. Er blieb an der Türklinke hängen und baumelte hin und her.
„War das Übung oder Zufall?“ wollte er wissen. Sie war mit seiner Hose beschäftigt, fand keine Zeit zu antworten, weil sich der altbekannte, Kaventsmann ans Licht der Sonne schälte.
„Uuuuh! Na Gott sei Dank, der ist noch vom gleichen Kaliber! Ich befürchtete schon, er wäre seit meinen letzten Küssen kleiner geworden.“
„Wieso kleiner? Er ist nicht aus Seife.“
„Ein wahrer Segen, sonst wäre dein Name nicht mehr Tobias, sondern Lohri“, kicherte sie kindisch und sah zu, wie der Riesenbolzen unter ihrem flauschigen Vorfahrtsschild verschwand. Dann verschränkte sie schnurrend ihre Beine auf seinem Hintern und stützte sich mit den Händen hinten ab.

„Oh, ja, du hast mir gefehlt", gurrte ein geiles Hühnchen mit geschlossenen Augen, ohne zu erklären, wen es gemeint hatte. Bei gleichbleibender Frequenz pellte er ihre prallen Lungenflügel aus der Bluse und vergrub sein Gesicht in ihnen. Er wackelte mit dem Arsch, wie eine Kaulquappe auf dem Trockenen. Sie war wirklich ein Teufelsweib, mit einem diabolischen Teil! In ihrem Inneren bestand der saugende Flansch aus flüssiger Lava. Er war derart heiß, dass seine Wurzel brannte, wie wenn er sie versehentlich in einen Eimer Tabascosauce versenkt hätte. Sein Sperma schien dagegen aus einem tiefen, eiskalten Brunnen zu kommen. Er glaubte es zischen zu hören, als es in ihren Därmen für Abkühlung sorgte. Jedenfalls sank die Temperatur in ihrem Glutofen ab, wie wenn ein plötzlicher, erfrischender Wind über die Namib bläst.
„Weshalb beeilst du dich so? Konntest du nicht noch etwas warten damit? Das kommt mir nicht sehr professionell vor", flüsterte sie mit zusammengeschobenen Augenbrauen.
„Lieschen, es ist noch nicht aller Tage Abend. Ich schlage vor, wir rauchen eine Friedenskippe und ich starte danach einen zweiten Versuch, dich zufrieden zu stellen. Wirst sehen meine Schöne, dann ist der Onkel Tobias nicht mehr so kribbelig und kann sich besser auf deine Gefühle konzentrieren."
Zufrieden lächelnd leckte sie ihre Lippen, entledigte sich ihres Rockes und wippte ihren nackten Traumarsch um den Schreibtisch.
„Cabinet oder F6?" Er griff nach der Cabinet. Sie gab ihm Feuer und flüsterte heißer, die Zigarette im Mundwinkel: „Ein Grill kostet 1500,- M, nach Adam Ries musst du mir also 3000,- auf den Tisch blättern. Okay?" Er faltete die Stirn, bemalte das Gesicht mit Fassungslosigkeit.
„Wie? Jetzt willst du nach all meinen Bemühungen, meinen unsäglichen Schindereien, dir endlich mal wieder eine ordentliche Nummer zu servieren, auch noch Geld haben? Nagt an dir der Größenwahn, Lise?"
Sie stemmte die Fäuste in die Hüften und lachte wie der Dreizentnerrummelboxer: „Ho, ho, ho, für die Versagernummer von soeben sollte ich noch tausend draufschlagen! Da ist ja Erfurts Herrgott mit seinen 60 Jahren besser drauf. Stümper!" Sie fiel ihm lachend um den Hals und küsste ihn wie eine Irre. Würstel legte seine Linke zärtlich auf ihre nackte, nasse Maus.
„Hhmm, lass uns erst aufrauchen, mein geiler Hengst."
Sein Puls raste hackend durch die Fingerspitzen. Ein wunderbares Luder!

3. DIE WELT KOMMT WIEDER AUF DIE FÜßE

Minnys Kopf lag auf Papa Würstels Schoß. Sie war mächtig aus dem Häuschen gewesen und er hatte alle Mühe gehabt, sie zu beruhigen. Jetzt schlief sie endlich. Mit Papa in den Westen zu fahren, um einen Gebrauchtwagen zu kaufen, damit zu Tante Mutgardt nach Fürstenfeldbruck und dann auch noch nach Gmünd, zu ihrer Schwester, hatte ihr Vorstellungsvermögen gesprengt. Vor Freude war sie minutenlang auf einem Bein gehüpft, bis Deborah sie unwirsch anfuhr, sie solle diesen Blödsinn unterlassen. Morgen, Samstag früh gegen acht Uhr, würde der Zug in München sein, dann wollten sie mit einem Taxi bis zu dem Autokino fahren, auf dessen Gelände ein großer Automarkt stattfand. Seine Tante, mit der er seit Monaten telefonieren konnte, ohne abrupt getrennt zu werden, war ins Schwärmen geraten, über die Anzahl der angebotenen Autos.

„Ein unüberschaubares Blechmeer aller Typen, Farben, Preise", hatte sie fernmündlich berichtet. Würstel war nervös geworden und musste immerzu schlucken. Das Wasser lief ihm bei ihren Worten im Mund zusammen, wie in einem Straßengulli nach einem Schauer. Ein Markt mit AUTOS! In der Vorratskammer seiner Fantasie fand er kein Bild für diesen Begriff. Sollte es etwa so aussehen, wie auf dem Parkplatz vor dem Warenhaus? Schlecht vorstellbar, dass so viele Leute einfach ihren Wagen verkaufen wollten. Morgen früh würde er es sehen.

In letzter Zeit war ja alles möglich. Wirklich alles! Die Welt spielte seit Monaten verrückt. Die Unglaublichkeiten rannten wie Pferde, mit Schaum vorm Maul, auf der Rennbahn um die Wette. Letzten August, September, mussten die Botschaften in Prag und Warschau wegen Überfüllung geschlossen werden. Die Genossen machten die Grenzen dicht, wie 1968 nach dem Einmarsch der Russen in Tschechien. Ende September holte Genscher sie alle raus. Würstel hatte im Westfernsehen gesehen, wie er auf den Balkon der Prager Botschaft getreten war und wie das Ende seines Satzes in einem kreischenden Aufschrei der Befreiung versank. Ihm waren die Tränen gekommen. Am 3. November endlich, wurde die Grenze zu Tschechien wieder geöffnet. Nellys Briefe hatten sich gestapelt. Er konnte sie nicht alle in seiner Unterwäsche verstecken, er musste zwei Mal fahren. Mehr als zwei Monate hatten sie nichts voneinander gehört. Wut und Verzweiflung hatten ihn zerfressen. Am 4. November berichteten die Feindsender von einer neuen Massenflucht biblischen Ausmaßes über Ungarn. Obwohl der Sonnenkönig der Befreiten, seine lächelnde Lieblichkeit, durch einen neuen Sonnengott, der noch dämlicher grinste, ausgetauscht worden war. Von dem hielten die

Leute allem Anschein nach noch viel weniger. Sie buhten frech und pfiffen respektlos, kaum das er das Wort ergriff. Auf den Straßen lagen plötzlich, neben Bergen von Angst, unzählige Abzeichen, mit den symbolischen Händen der „Verbrüderung", die der Einfachheit halber Schwimmkorken genannt wurden. Zwei Wochen war das neue Jahr alt, da stürmten Wahnsinnige die Stasizentrale. Kurz darauf donnerte es an allen Ecken und Enden: „Wir sind EIN Volk!" Da flossen Würstels Tränen aufs Neue. Er sah das Ende kommen. Ein Ende, das er sich NIE zu hoffen gewagt, aber immer gewünscht hatte. Seine Angst, die Demonstranten würden alle Bonzen aufhängen oder die Panzer würden wieder alles zusammenschießen, war weggeblasen. Wer hätte auch sollen den Dreck wegräumen? Ein paar Bonzen hatten sich anstandshalber erschossen. Hut ab! Es waren also nicht ALLE ehrlose Schurken. Aber ein Blutbad blieb aus und der Jubel erreichte ungeahnte Dimensionen. Sie wollten die Wolfsmilch nicht mehr trinken und hatten zu mucken gewagt, wohl selbst nicht an einen Sieg geglaubt. Die Stützpfeiler aus Angst, die Fundamente, die Balken, Sockel, Säulen, Streben, Konsolen, die alles trugen, waren zu Staub zerbröselt, ab- und weggeworfen, lagen nutzlos herum. Für die Aufrechterhaltung dieses Gebildes wurden die nicht mehr benötigt.
Eine Wortkombination aus einer fremden Galaxie beherrschte die Atemluft: freie Wahlen. Er hatte diese Worte ungläubig vor sich hergemurmelt, sie klangen irre. Über der seit 60 Jahren dressierten Masse, ging plötzlich die Sonne auf. Die prophezeiten 1000 Jahre und die darauffolgende geniale Erhebung in die letzte, höchste, ausgereifteste Gesellschaftsordnung der Menschheit, hatte die Volksiris verschleiert und die Hirne gestumpft. Desto schlimmer blendete das Licht. Es flimmerte wie eine Fata Morgana aus pinkfarbenen Bildern. Der Tanzbär hatte seine Ketten zerschlagen, seinem Dompteur in den Arsch gebissen, sich den Nasenring entfernt und das Stachelhalsband abgeschraubt. Nun taumelte er wie ein Betrunkener. Selbstständiges, FÜHRERLOSES Laufen hatte er nie gelernt. Durch verordnetes Duckmäusertum war aus ihm ein bedauernswerter, armer Hund geworden. Die Abschaffung des Privateigentums an Produktionsmitteln hatte die Neueigentümer nach dem Krieg nicht automatisch, wie vom kurzgeschorenen Borstenvieh versprochen, reich gemacht. Auch nicht wohlhabend. Als arme Sau würde der Bär starten und sich an den gedeckten Tisch drängeln müssen, um vom Buffet zu speisen. Die seit 45 Jahren nicht mehr mit Fußfesseln Geborenen, nicht wie minderbemittelte Sträflinge behandelten, würden das Drängeln des Tanzbärs argwöhnisch beobachten, sich zu Wort melden, wenn die Portionen auf seinem Teller zu groß würden. Schließlich waren sie dem Zottigen nichts schuldig. Sie waren einfach die Günstlinge des Schicksals und ohne Freunde mit kyrillischen

Schriftzeichen aufgewachsen. Wahrscheinlich würden sich die Dompteure zwei, drei Monate ruhig verhalten, Abzeichen und Kostüme wechseln und sich wieder in die Sättel schwingen. Lächelnd strich er über Minnys Haar. Seit Monaten ritt er auf einer Schaumkrone, einer Megawelle, die ihm wundervoll die Eier kraulte. Glücklich über das Ende des bösen Traumes mit all seinen Führern. Frühlingsknospen durchbrachen die Bleidächer der Resignation und er wollte Schweinepeitschenwürmer verschlingen, wenn das nicht nach Süden zeigte. Keine Satanssekte, die dann, viel später, von ihren Mitgliedern und Sympathisanten verniedlicht werden würde, keine Sturmstaffel aus süßen Teufelchen, die sich später als ein ganz normaler Geheimdienst bezeichnen würde, der ausschließlich clever und umsichtig für das Wohl der Menschheit operiert habe, würde ihm mehr ein Haar krümmen.
Beim Barte Charlie Chaplins! Sein Herz hüpfte Richtung Autokino, das in der Nähe des Flughafens mit dem Namen seines Lieblingspolitikers lag. Den hatte er auf einem Feindkanal sagen hören: „Leben und leben lassen, das, meine Damen und Herren, ist UNSERE Devise!" Würstels Kinder würden wissen, welche Bedeutung das Wort Freiheit hatte. Gerührt dachte er an die erste Revolution in seinem, damals noch kindlichen Leben. Sie war von John, Paul, George und Ringo eingeläutet worden. Ihre Klänge hatten die Straßen- und Barrikadenkämpfer auf den Plan gerufen, die die Revolution in Fahrt brachten. Die krempelten ihre Ärmel hoch, gingen an ihre Geschütze, ballerten „Satisfaction" in den Äther und NICHTS war mehr wie vorher. Das Schnarren von Keith`s Gitarre rührte das Universum durch. Mit urknallartiger Wirkung. Würstel war der Mund offen geblieben. Gebannt hatte er auf den vibrierenden Stoff des dröhnenden Röhrenradios, Marke „Weimar", gestarrt, ohne recht zu fassen, was vorging. Noch nie hatte er etwas derart Geiles gehört. Hier erklang der Panzerkreuzer Potemkin der Musik! Er drehte fast am Rad und sein Herz war dem Platzen nahe.
Wie tief hatte er die Gängeler gehasst, die ihm diese Musik (allerdings vergeblich) vergraulen wollten. Es war ihm nicht zu vermitteln, was an „Jäh, jäh, jäh", berauschenden Gitarrenklängen und Dylans Texten Schlimmes sein sollte. Er fand, trotz durchgrübelter Nächte, keine plausible Erklärung. Satisfaction blieb seine Hymne. Hätten sie ihn zu einem Konzert der Stones in Barcelona aus dem Flächengefängnis gelassen, er wäre vor Freude auf allen Vieren hingekrochen.
Minny regte sich im Schlaf. Vorsichtig, um sie nicht zu wecken, hob er ihren Kopf an, stand auf und legte ihr seine zusammen gefaltete Jacke unter. Sie murmelte Unverständliches, wurde aber nicht munter. Umso stiefmütterlicher Deborah sie behandelte, desto tiefer wurde seine Liebe zu ihr. Minny

spürte es. Auf die Geburtstagskarte hatte sie geschrieben: „Dem besten Paps der Welt. Alles Gute von Deiner Tochter, die Dich abgöttisch lieb hat. Ich wüsste nicht, was ich ohne Dich machen würde. Danke für alles, Deine Minny". Es lag eine bittere Anklage gegen Stiefmutters Lieblosigkeit in diesen Worten, die ihn schmerzte. Vor zwei Monaten hatte Deborah ihr Tagebuch gefunden und es, ohne das er es zu lesen bekommen hatte, verbrannt. Wie eine Furie war sie durch die Wohnung getobt, hatte alle verfügbaren pädagogischen Register gezogen, Minny verflucht, beschimpft und sie mit totaler Verachtung gestraft. Danach sprach sie fast überhaupt nicht mehr mit Minny, höchstens, um ihr in giftigem Ton Arbeitsanweisungen entgegen zu fauchen. Offensichtlich war Deborah im Tagebuch schlecht weggekommen. Würstels rosa färbende Liebesbrille hatte ihm geholfen, es nicht zu verbissen zu sehen. Der Zug fuhr dem Morgengrauen entgegen. In wenigen Stunden würde er mit Minny ein Auto kaufen. Verrücktes Gefühl. Einfach irgendwohin fahren und ein Auto kaufen. Ohne 15 Jahre warten zu müssen oder den doppelten Neupreis zu zahlen. Er hatte gut verdient seit der Geschäftseröffnung. Mit Snake, Egon, Halle und Rössl hatten sie beim Umbau rangeklotzt wie Zugochsen, die in der Wüste Wasser wittern. Drei Monate vor der Währungsunion war die Eröffnung gewesen.
Ketchup, in 20 Liter-Ton-Töpfen, aus einer 80 Kilometer entfernten Firma geholt, Kartoffelstreifen geschnitten, zu Pommes verarbeitet und zum ersten Mal in der Geschichte der Kleinstadt gab es Tag ein, Tag aus, Pommes mit richtigem Ketchup drauf und echter Currywurst oder Grillhähnchen dazu. Wieder eine Sensation. Schon vor der angezeigten Öffnungszeit von 9.00 Uhr standen die Kunden, artig eine Reihe bildend, und leckten sich die Mäuler nach diesen Köstlichkeiten, die Seltenheitswert besaßen. Der Laden brummte wie ein Furzkissen. In zwei Jahren würde er seine Kreditschulden auf Bäckers Tisch blättern, dann war der Weg zum Wohlstand geebnet. Schon bald würde wieder ein Buntfernseher mit Fernbedienung in seiner Bude stehen. Auch ein Videorekorder, vielleicht. Zwei - dreitausend Möpse vom richtigen Geld sollten reichen. Als Nächstes wünschte er sich eine Stereoanlage. Hei-fei oder so. Natürlich mit CD-Player.
Es gab schon tolle Dinge in der neuen Welt. Verdammt verlockend, der Klimbim. Sogar Musik konnte man kaufen. Man brauchte nicht mehr nach Berlin zu fahren, um rauschfreie Tonbandaufnahmen in die Kiste zu kriegen. Jetzt aber war erst Mal `n richtiges Auto dran. Davon hatte er geträumt. Gänsehaut schwappte über seinen Körper. Er schüttelte sich wie ein nass gewordener Hund. Ein Auto, mein Gott! Tante Mutgardt würde in München auf dem Bahnhof warten und wie versprochen, mit 5000.- Mark den Wagen

mitfinanzieren. Somit hatte er 10.000 zur Verfügung. Eine Summe in echtem Geld, die ihn vor wenigen Monaten ins Koma getrieben hätte. Die Gänsehaut verstärkte sich zu Beulen. Leise trat er auf den Gang des Waggons, um zu rauchen. Seine Aufregung war enorm. Gierig sog er den Qualm in den Hals und wurde ruhiger. Ein Kombi sollte es werden. Er ging in Gedanken die Typen durch: Mazda, Nissan, Peugeot, Citroën. Deutsche, hatte er von irgendwem gehört, waren als Gebrauchtwagen zu teuer. An Audi, VW und Co, war eher nicht zu denken. Sein Gesicht spiegelte sich im dunklen Zugfenster. Vor Erregung hatte er Augen wie ein Albino.
„He, Minny!" sanft streichelte er mit dem Handrücken über ihre Wangen. „He, Minny, aufwachen. Wir sind gleich da." Ihre blauen Augen öffneten sich einen Spalt weit und schlossen sich wieder.
„Ich bin noch müde, Papa" nuschelte sie.
„Ja, Minny, aber wir müssen gleich aussteigen. In zehn Minuten sind wir in München. Komm, steh bitte auf."
„Wo? Wir sind wo?" Sie hob den Kopf.
„Na, in München. Tante Mutgardt wird schon auf dem Bahnsteig auf uns warten."
„Die uns immer Schokolade und Kaugummi geschickt hat?"
„Genau die."
„Meinst du, sie hat Schokolade für mich?"

„München, Minny, München! Wir stehen wahrhaftig auf dem Boden von München. Auf dem Boden der heimlichen Hauptstadt Deutschlands. Hätten wir uns DAS jemals träumen lassen?"
Sie standen Hand in Hand auf dem Bahnsteig nebeneinander und sahen staunend in die Runde.
„Wir bleiben hier stehen, bis das Gewimmel etwas abgeebbt ist. Unter all den Menschen Mutgardt zu entdecken, ist unmöglich." Würstel rückte seinen Rucksack gerade.
„Da winkt jemand." Minny zupfte an seiner Hand und zeigte Richtung Lok.
„Das ist sie, das ist sie!" Eilig liefen sie aufeinander zu und umarmten sich.
„Hallo, Tobias! Grüß dich Minny! Du bist ja doppelt so groß wie vor fünf Jahren, als wir uns das letzte Mal gesehen haben. Mein Gott, ohne deinen Papa an der Hand, hätte ich dich nicht erkannt."
„Es reimt sich, es reimt sich", quiekte sie. „Ich hätte dich auch nicht erkannt, Tanta Mutgardt. Hast du Schokolade für mich?"
„Oh, Kind, nein. Vor Aufregung hab ich deine Schokolade vergessen. Aber zu Hause, da bekommst du so viel, wie du magst. Einverstanden?"

„Einverstanden."
„Ja, Tobias", sie machte eine Pause und sah ihn vorwurfvoll an. „Ich war sehr verärgert, als du zu meinem 60. Geburtstag letztendlich doch nicht gekommen bist."
„Mensch, Mutgardt, ich hab`s dir doch schon zehn Mal gesagt, ich durfte nicht. Hab keine Reisegenehmigung bekommen. Was meinst du denn, was es sonst für einen Grund gegeben haben sollte?"
„Und zu Mamas 80. Geburtstag, ein halbes Jahr später, hast du auch keine Reisegenehmigung bekommen, wie? Die gesamte Verwandtschaft aus dem Osten war zu Besuch, nur du nicht. Kommt dir das nicht reichlich komisch vor?" Sie hatte ihren Kopf kämpferisch nach vorn geschoben und kniff die Augen zusammen, wie ein Spitzbube beim Klauen.
„Nein, das kommt nur dir komisch vor. Für mich war es die Scheißrealität. Die Affenarschpopper konnten mich nicht sonderlich leiden." Er hielt ihr seine Hände theatralisch entgegen, als würde er Volleyball spielen.
„So was gibt`s doch nicht, oder?" Verächtlich spitzte sie den Mund. Oh Gott, sie würde gleich zu pfeifen anfangen!
„Doch! Das gab es sehr wohl. Es hängt mit meiner Vergangenheit zusammen. Und jetzt hör auf, mir diesen Humbug zu unterstellen. Nichts wäre mir lieber gewesen, als euch besuchen zu kommen."
„Was hast du denn Schlimmes in deiner Vergangenheit angestellt, dass sie dich als Einzigen in der ganzen Verwandtschaft nicht fahren ließen, he?"
„Die Wahrheit kann ich dir nicht sagen und belügen will ich dich nicht. Kommst du mit zum Autokino?" Er hatte die Bandwurmgrippediskussion satt. Ehrlich! Bloß nicht ständig an die Bruchpiloten denken.
„Weißt du Tobias, von Autos habe ich nicht viel Ahnung. Ich bin dir keine Hilfe. Außerdem kann ich schlecht laufen, meine Füße." Sie kramte einen weißen Umschlag aus der Handtasche. „Pass gut auf ihn auf. Könnte mir denken, dort sind auch einige geldgierige Zwielichter unter der Kundschaft. Wenn ihr einen Wagen habt, kommt ihr zu mir, dann bekommst du jede Menge Schokolade, Minny."

4. DER PASSATMANN

„Bitte aussteigen, wir sind da. Ich wünsche ihnen einen erfolgreichen Kauf." Würstel sah sich ungläubig um. Durch das große Tor rollten, in einer nicht enden wollenden Schlange, Autos aller Typen. Sie stiegen aus dem Taxi. Der Chauffeur hatte ihm angeboten, sie für nur 300 Mark vom Bahnhof zum Automarkt zu fahren. „Ich schalte den Taxameter ab", hatte er gesagt. „Für den Preis fährt Sie kein anderer hier." Würstel hatte also gleich ein echtes Schnäppchen gemacht.
„Komm Minny, wir folgen der Blechschlange. Er ergriff ihre Hand und sie gingen auf das Tor zu. Dahinter lag ein Platz, drei Fußballfelder groß, drei viertel voll mit Autos. Ein Meer aus Blech. Autodach an Autodach, bunt wie eine Sommerwiese.
„Mein Gott, ich verrecke!" stieß er atemlos hervor. Die Kolossalität vergewaltigte seine Augen. Schaum trat ihm vor den Mund, wie einem überforderten Rennpferd und er bekam wackelige Beine. Die Sonne stand noch flach am Himmel und das Thermometer zeigte fünfzehn Grad. Aber Würstel lief der Schweiß in die Augen. Es brannte fürchterlich. Alles begann zu verschwimmen. Er wischte mit dem Ärmel seines Pullis über die Stirn und schwankte.
„Papa, ist dir nicht gut? Musste kotzen? Du bist ja ganz weiß!" Sie sah ihn besorgt an.
„Ich glaub, ich muss mich setzten. Mir ist schwindelig vor Aufregung. So etwas habe ich noch nie gesehen und ich hätte dieses ungeheure Ausmaß nicht für möglich gehalten. Hier verkaufen wahrscheinlich die Hälfte aller Münchener grad ihren Wagen", stammelte er wie ein meckernder Geißbock.
„Meinst du wirklich?"
„Was?"
„Dass das die Hälfte der Einwohner sind?"
Zaghaft begannen sie, durch die Reihen zu laufen. Bei jedem Kombi blieben sie stehen, schauten nach Preis, Baujahr, Kilometerleistung, quatschten den Verkäufer an. Würstels Ohren glühten und wurden langsam blau. Der Anbieter eines dunkelgrünen Passat Kombi verhandelte mit einem schwarzhaarigen Südländer. Sie blieben stehen und lauschten verstohlen. Die beiden wurden sich nicht einig. Würstel steuerte auf den Eigentümer zu.
„Was soll denn der Wagen kosten?"
„Elf-fünf", antwortete er unwirsch.
„Elf-fünf? Aber das hat Ihnen der Interessent von eben doch geboten", sagte Würstel verblüfft.

„Richtig", knurrte der Passatbesitzer. „Aber der ist `n Händler. Ich kenne ihn."
„Na und?" Würstel stach nicht für zehn Gramm durch.
„Händler haben auf einem Automarkt von „Privat an Privat" nichts zu suchen. Schon gar nicht dieser Türkenschauspieler. Der kauft hier Autos auf, kutschiert sie in die Ostzone und fettet dort die ahnungslosen Schlabberbacken ab, dass denen die Zähne ausfallen. Der Blutegel ist über Nacht Millionär geworden und braucht nicht mal Steuern zahlen." Angewidert verzog er seine Mundwinkel und schüttelte empört den Kopf.
„Und Sie? Haben Sie Interesse an dem Wagen?"
„Und ob wir Interesse an dem Wagen hätten", stimmt`s Minny?"
„Klar Paps, deshalb sind wir ja hergekommen."
„Leider haben wir nicht so viel Geld."
Der Typ neigte das Gesicht zur Seite: „Wie viel haben Sie denn?"
„Hm, nur zehn." Würstel zuckte entschuldigend mit den Schultern.
„Zehn ist zu wenig, für elf wäre er Ihrer."
„Tja, da kann man nichts machen, wir haben nur zehn, sorry."
„Dann kommen wir nicht ins Geschäft mein Herr und meine Dame." Er lachte Minny an.
„Tja, Mist, wär geil gewesen. Tschüss." Sie schlenderten weiter.
„`n verflucht schönes Auto, stimmt`s Paps?"
„`n verflucht schönes Auto, Minny. Der dort ist gewiss preiswerter." Er zeigte auf einen Toyota.
„Was halten Sie denn von zehn-fünf?" Würstel sah über die Schulter. Der Passatmann war ihnen gefolgt.
„Leider nicht viel, weil ich nur zehn habe. Ich kann es Ihnen zeigen, wenn sie es nicht glauben. Hab nur noch etwas Kleingeld, für`s Benzin bis nach Hause."
„Dann wechselt der Wagen jetzt für zehn den Besitzer. Basta!"
Würstels Lampen begannen zu flackern. Sein Wolframfaden zitterte und drohte zu erlöschen. Pfeifend zog er Luft in die Nase und drückte Minnys Hand wie doof. Der Passatmann hatte den gleichen entschlossenen Gesichtsausdruck wie vor zehn Sekunden. Er hatte sich allem Anschein nach nicht verhört. Was er vernommen hatte, schien zu stimmen. Er schluckte schwer.
„Wir fahren zu mir nach Hause. Ich wohne in der Innenstadt. Dort erledigen wir die Formalitäten. Kommen Sie." Er drehte sich um und sie liefen zurück. Wenn das nun ein linker Hund ist, schoss es ihm durch den Kopf. Oder ein Kinderschänder. Während sie Richtung Zentrum fuhren, tastete er nach seinem Taschenmesser. Er würde kämpfen wie ein Jaguar. Er hatte immer

gekämpft wie ein Jaguar. Nur einmal war er k.o. gegangen. Aber da war er mies drauf gewesen, weil er tags zuvor zu viel Bockauer Bitter gesoffen hatte und einen mörderischen Kater durch den Ring schleppen musste.
Nur im „Kampf" mit Deborah wollte es nicht klappen, da verlor er immer.
„Wohl bekomm`s! Ich wünsche Ihnen Allzeit gute Fahrt, vor allem unfallfrei!" Der Passatmann hielt das Whiskeyglas hoch. Sie stießen miteinander an und tranken. Zuerst wollte er sich weigern, aber der selbstständige Goldschmied hatte trotz Protest, zwei Gläser bis zur Hälfte mit Bushmills gefüllt und gesagt: „Auf ein gutes Geschäft anzustoßen ist wichtiger als die Unterschrift unter dem Kaufvertrag." Er hatte gegrinst wie ein Schiffsschaukelbremser, der die Kähne anhielt, um die neue Schar Kinder einsteigen zu lassen. Der Schnaps schmeckte wie eine Horde Samtpussys. Komische Gepflogenheiten hatten diese Wessis.

„Mutgardt hat gesagt, du musst dich Richtung Stuttgart halten, Paps."
„Ja, und? Hast du bis jetzt auch nur einmal was von Stuttgart gelesen? Also ich nicht." Würstel war nervös wie ein Muskatkiffer. Durchgeschwitzt saß er hinter dem Lenkrad seines Wagens, der fast doppelt so lang war wie sein Trabi. Wenn er wenigstens an den Kreuzungen den Motor laufen hören würde, um zu wissen, ob er ausgegangen war oder noch lief! Zum Kotzen! Von einer Lawine aus Blech umgeben, versuchte er aus den Schildern schlau zu werden, auf denen Namen standen, die er noch nie gehört hatte und mit denen er so viel anzufangen wusste, wie ein Schwein mit dem Inneren eines Videorecorders.
„Guck, Papa, da vorne ist schon wieder der dämliche, goldene Engel auf der Stange! Hier waren wir schon zwei Mal. Fahr doch jetzt wo anders lang."
„Es hat keinen Arsch, Minny, ich muss an einer Tankstelle einen Stadtplan kaufen, sonst kutschen wir um Mitternacht noch im Kreis."
„Krieg ich `ne Cola? Ich hab Durst."

Nellys blonde Haare hingen bis zur Hälfte ihres braunen Rückens. Sie leuchteten wie Sonnenstrahlen an der spanischen Mittelmeerküste. Sie saß am Rande eines der Wasserbecken, die aussahen wie riesige, überdimensionale Ölsardinenbüchsen. Eine wimmelnde Menschenmasse planschte, schwamm, rutschte, und sprang in glasklarem Wasser, das scheinbar eben aus der Leitung gelaufen war. Ihr Blick wechselte von der Riesenrutsche zum Blechschwimmbecken und zurück. Sie hatte eine Schwimmmeister-Ausbildung absolviert und war seit Anfang des Sommers in diesem Bad beschäftigt.

„Wir schleichen uns an und ich leg meine Hände von hinten auf ihre Augen. Mal sehen, ob sie rät, wer ich bin."
„Oh Paps, lass mich das machen, bitte."
„Nee, deine Hände sind zu klein, da weiß sie doch sofort, wer`s ist."
Würstels Herz rutschte durch wie eine Lok auf Schmierseife. Sie riet vier Namen, dann nahm er die Hände weg und sie lagen sich abwechselnd in den Armen. Als sich der Jubel etwas gelegt hatte, fragte Minny, ob sie rutschen dürfe.
„Klar, Schwesterherz, auf dieser kannst du rutschen, bis dir der Hintern glüht. Hier ist`s nicht wie in Ungarn, hier brauchen wir nicht zu bezahlen. Wenn in zwei Stunden meine Ablösung kommt, gehen wir `nen fetten Eisbecher essen." Sie zeigte auf die Tische mit den bunten Sonnenschirmen. Minny hörte sie nicht. Sie war schon an der Wendeltreppe der Megarutsche und stampfte mit aufgeblasenen Wangen und vorgebeugtem Kopf nach oben.

Die Uhr im Armaturenbrett zeigte gleich 16.30 Uhr. In etwa zwei Stunden, vielleicht zweieinhalb, würden sie wieder zu Hause sein. Der Motor hatte unglaublichen Dunst. Ein Fünfzylinder. Ging ab wie eine Apollorakete. Würstel saß im Plüsch bezogenem Fahrersitz, wie Graf von Rotz von Schleim auf seinem Sofa. Er fühlte sich traumhaft in der Westkarre. Deborah würde Stielaugen kriegen! Sie war zwar nicht ganz so angetan gewesen, hatte eher apathisch auf die Ankündigung reagiert, aber er war sich sicher, sie würde sich genau so freuen wie er. Sie musste eben erst den Wagen zu sehen bekommen, um sich freuen zu können. Sie war eine Frau und als solche kaufte sie lieber Klamotten und Schuhe und so `n Gerümpel. Logisch. Außerdem gehörte sie nicht zu der emotionalen Sorte. Nur wenn jemand mit Schuhen die Wohnung betrat oder wenn Minny nach einem Anranzer nicht die Kurve kratzte, konnte sie in Aufregung geraten.
„Deborah wird Bauklötze staunen, was Minny?" Er nickte gewichtig.
„Bin mir da nicht so sicher, Paps", gab sie lakonisch zur Antwort und fletschte die Zähne, als sei ihr etwas völlig misslungen. „Ich hatte den Eindruck, als sei es ihr ziemlich egal." Sie drehte ihm ihr Gesicht zu und bemerkte, dass aus seinen Augen Enttäuschung blinkte.
„Wir werden es bald sehen", fügte sie beschwichtigend hinzu, „ist schon `ne mächtig-gewaltige Kiste, so `n Autokauf."
„Wie viel Mal bist du denn gestern die Rutsche runtergefeuert?"
„Weiß ich nicht, hab mich bei dreißig irgendwie vertan und dann aufgehört zu zählen. Bestimmt waren`s fünfzig Rutscher." Sekunden nachdem Würstel und Nelly sie ins Bett gebracht hatten, war sie vor Erschöpfung eingeschlafen.

Als Nelly an der Tür leise geflüstert hatte: „Sie hat bestimmt morgen Muskelkater", waren ihre Augen schon zugefallen.
Bevor Würstel auf die A 7 aufgefahren war, hatte er in Aalen bei einem Aldi Markt, den Kombi voll leckerer Lebensmittel gestopft. Gewürzgurken, verschiedene (!) Sorten Käse, Sprühschlagsahne, Wein, Whiskey, Kaffee, Bananen, Orangensaft, Sekt, Schinken, Fischkonserven, eine Unmenge Naschereien und eine echt schicke Deckenlampe für die Schlafstube. Deborah fand die Alte scheußlich. Würstel wusste, wie sehr sich seine Frau über alles freuen würde. Die Stöße und Löcher im Autobahnbelag wurden, je näher sie ihrem Zuhause kamen, auch in diesem Wagen spürbarer. Er musste langsamer fahren, sonst würden die Stoßdämpfer beizeiten um Hilfe schreien und ihr Ende einläuten.
Langsam kurvte er um die Hausecke und schaute dabei auf die Gardinen. Seine Seele hüpfte glücklich. Er hatte mit Minny drei herrliche Tage erlebt, seine Tante und Nelly ans Herz gedrückt, in einem Musikgeschäft die „Steel Wheels" CD gekauft und ein Traumauto unterm Hintern. Die Gardinen wackelten nicht. Er stellte den Motor ab. Sie stiegen aus und streckten sich. Er schloss das Tor der Kellergarage auf und rief mit der tanzenden Stimme des schwulen Eintänzers: „Debooorah! Hallo, Deborah! Wir sind wieder daha und haben den neuen Wagen voller Leckereien!" Würstel und Minny lachten sich gegenseitig an. Aus der Wohnung kam keine Antwort.
„Sie hat bestimmt das Radio auf Anschlag", sagte Minny und spurtete die Treppe hoch. Würstel begann, alles in den Wäschekorb zu packen.
„Ööóh, Paps!" rief Minny von oben. „Paaaps! `s iss niemand zu Hause! Mutti ist nicht da!"
Würstels Stirn kräuselte sich wie der Hetzeteich im Herbstwind. „Quatsch!" Er nahm drei Stufen auf einmal. „Tatsächlich!"
Auf dem Kühlschrank lag keine Nachricht, kein Zettel, kein Wort, kein; „Ich bin ...", kein Gruß, kein Zeichen. Sie standen nebeneinander und starrten fassungslos durch das Küchenfenster auf die Straße. Langsam, ganz langsam stieg er die Treppe herab und räumte das Auto aus.

5. DIE ERSTEN GEWINNER

„Na aber hallo, ihr habt ja noch echt `ne Menge nachzuholen. Ich hab mich mal hier so bei die Leut umgeschaut. Wird schon werden mit der Zeit. Habt jetzt einen großen, reichen Bruder. Kopf hoch, wird schon werden." Sein Dialekt klang wie der von Rudi Karell. „Ein Holländer", schlussfolgerte Würstel. Ein Holländer mit einem Gesicht, das geeignet schien als Versuchsgelände für die endgültige Erprobung von „Clerasil" zu dienen. Auf dem Parkplatz gegenüber war er umständlich aus einem LKW geklettert und hatte gleich zwei Grillhaxen mit Sauerkraut und Brot bestellt und einen großen Tequila. Aber Würstel kannte keinen Tequila, hatte davon noch nie was gehört. Sie einigten sich auf Wodka. Er schien ihm zu schmecken. Als er die Elefantenportion im Affenzahn verschlungen hatte, bestellte er noch einen. „Aber nicht so klein! Wegen der Verdauung", sagte er kehlig und prostete ihm zu.
„Weißt du Bruder, ich hab in meiner Firma gekündigt und mir das Pferd da gekauft." Er zeigte lässig auf den LKW. „Gott, ich meine, bei euch gibt es so viele wunderschöne, alte Möbel, die die Leut hier für `n paar lächerliche Kröten verkaufen, dass es eine Schande wäre, die Gelegenheit ungenutzt verstreichen zu lassen. Ich fahr sie einfach nach Holland und verkauf sie. Tolles Geschäft. Brauch mir nicht den Arsch aufzureißen." Er grinste wie eine Puffmutter, die eben zehn Dauerkarten an den Mann gebracht hat und das Geld dafür grad auf den Tisch gezählt bekommt.
„Schade, meine Landsleute bekommen langsam Wind von dem Geschäft. Bin bei Weitem nicht mehr der Einzige, der den antiken Plunder hier abgrast. Trotzdem regnet es Gulden für mich. Vom Gewinn kann ich mir ein tolles Leben leisten. Mein Chef sieht mich so bald nicht wieder." Würstel guckte verwirrt.
„Die Holländer kaufen diesen abgehalfterten Möbelschrott und zahlen noch viel Geld dafür? Kann ich mir nicht vorstellen. Ich hab immer geglaubt, ihr seid arme Kojoten."
„Blödsinn, bei uns gibt es nur ganz wenige arme Hunde. Nicht ein Bruchteil so viel, wie mir hier schon begegneten. Weißt du auch woher unser Reichtum stammt?" Er zog grinsend an seiner konischen Zigarette, die stank, als brenne Nachbars Wiese. Natürlich hatte Würstel null Schimmer. „Weil ihr keine Arbeitslosen habt?" Der Pickelwurm winkte ab. „Eure Nazis und das Rauschgift haben uns wohlhabend gemacht", antwortete er und grinste wie Grinsewitsch. „Eure Nazis haben uns für jeden Juden, den wir im Krieg verraten haben, und es gab jede Menge Juden in Holland, die nicht freiwillig in eure Gaskammern wollten, also sie haben uns für jeden ans Messer gelieferten

sieben Gulden bezahlt. Was damals unheimlich viel Geld war. Und deshalb nennt man uns Seelenverkäufer. Nein, nicht weil wir eine Seefahrernation sind und klapprige Schiffe „Seelenverkäufer" heißen." Würstels Augen wurden größer als der Stammtischascher.
„Wahrhaftig ein makabrer Witz", stieß er hervor und schüttelte sich wie eine Henne nach einem unvorhergesehenen Hahnentritt. Er wusste nicht recht, ob er lachen oder heulen sollte. „Ist das die Sorte, von der die Leute sagen, sie verklebt das Hirn?" Das Milchglas in den Augen des lustigen Holländers sagte alles. Er konnte sich angesichts der blöden Sprüche den Seitenhieb nicht verkneifen.
„Richtig geraten Bruder, der Rauch dieser Sorte macht glücklich. Schmeckt nicht, aber macht glücklich wie ein halber Liter Tequila."
„Was kostet denn die Schachtel?"
Der Holländer lachte brüllend.
„Die musst du selber drehen. Das Zeug wird mit dem Tabak vermischt. Mein Gott, hast du `ne Ahnung. He, ich zahl jetzt und du kommst mit zu meinem Pferd. Kriegst so `ne Tüte von mir. Hab noch eine auf dem Sozius, so als Trinkgeld. Nächste Woche bekommst du paar Gramm und ich krieg von dir das Gleiche wie heute, ohne Geld. Ist `n gutes Geschäft für dich, Bruder."

Rohleder kam auf die Eingangstür zu. Er trat ein und grüßte: „Einen wunderschönen guten Tag, Herr Neuunternehmer." Er lächelte glücklich wie eine Schwuchtel, der grad jemand unten dran ging. „Es ist gewiss etwas spät, aber ich möchte Ihnen noch persönlich alles Gute zur Geschäftseröffnung wünschen." Würstels Oberlippe zog sich auf der linken Seite von selbst hoch. Der Mann roch ziemlich übel. Vorigen Herbst hatte er das schwarze Futter seiner roten Jacke nach außen gekehrt und war jetzt wieder der große Zampano. Am 1. Mai hatte er auf dem Marktplatz eine Rede halten wollen. Würstel hatte kein Wort verstehen können, weil die Leute wie auf einem Rockkonzert pfiffen, bis er unverrichteter Dinge das Rednerpult verließ. Stolzen Hauptes war er, von „Wendehals-Rufen" begleitet, nach hinten verschwunden.
„Welcher Künstler hat Ihnen denn das schmiedeeiserne Wappen, mit dem Hahn in der Mitte angefertigt?"
„Wieland, der wilde Schmied", antwortete er knapp. Was ging ihn das an?
„Mein Kompliment. Ein echtes Kunstwerk. Der Mann hat goldene Hände. Gefällt mir außergewöhnlich gut." Grinsend legte er seine Pranken auf den Tresen und sah Würstel an. „Leider muss ich ihnen, Kraft meines Amtes sagen, sie werden das Wappentier entfernen müssen, denn erstens haben sie

keine Genehmigung von mir und zweitens, so schön es auch ist, es passt nicht ins Stadtbild und deshalb kommt es weg."
Ach du Kacke, was machte es dem vor? Würstel steckte seine Hände bis zu den Ellenbogen in die Hosentaschen, um nicht in Versuchung zu geraten. „Friedliche Revolutionen ...", ging es ihm durch den Kopf. Nur Mal so: Hätte Jack Nicholson das teuflische Grinsen von diesem John Silver gesehen, er würde sich vor Neid rschossen haben. Würstel angelte sich ein Whiskeyglas und goss es voll Jim Beam. Er benötigte dringend einen „hau-mich-auf-die-Bretter-Drink", der ihm half ruhig zu bleiben, der ihm für Minuten die Luft nahm, der ihm die Speiseröhre frei scheuerte und Magen- und Darmwände weg ätzte und die Rosette blutig biss. Kuhäugig glotzte er auf seinen Besucher. Der Imbuskopf war echt gut. Der Whiskey verschwand in einem Zug. Er rülpste laut und ungeniert. Seine Augen drehten divergent wie bei einem Chamäleon. Er suchte nach Worten, um den Meister des Lächelns zu beleidigen. Schließlich waren sie unter vier Augen. „Hast du deinen Parteiausweis schon verbrannt?" Er hatte gezischt, wie ein Inlandtaipan. „Warum hast `n am 1. Mai nicht zu Ende gequatscht? Biste schon Mitglied der CDU?" Hackende Wut fraß an seinen Mandeln.
„Ich würde auch einen Whiskey nehmen. Der scheint locker zu machen", antwortete der große Exgenosse.
„Bevor ich dir `nen Whiskey gebe, schütt ich lieber die ganze Flasche ins Pissbecken!" Der Kerl hatte echt Nerven, das musste man ihm zugestehen. Die Fußbodenfliesen begannen zu schwimmen, bildeten bunte Mosaike und lösten sich in stinkender Gülle auf. Dann formten sie sich aufs Neue, wurden zu rosa Schweineschnautzen und schwarzen Hundepfötchen. Aus zwei Kilometer Entfernung drang eine Stimme an sein geschundenes Ohr: „Würstel, Sie scheißebeschmierter Blindgänger, Sie Möchtegernwiderstandskämpfer aus alten Tagen, wir konnten uns noch nie sonderlich gut leiden und sind wir doch Mal ehrlich, Sie konnten mich schon immer hinten lecken. Sehen Sie, ich bin schon wieder ein Stück voraus, stehe schon wieder mehrere Stufen über Ihnen. Sie werden es nie zu etwas bringen, Arschloch. Sie denken, jetzt käme alles anders? Wetten, dass sie falsch liegen? Versager bleibt Versager! Würstel bleibt Würstel! Nomen est Omen!"
Das Krachen der Eingangstür ließ Würstel zusammenzucken. Er hatte den Abgang des Sesselklebers nicht registriert und gaffte auf die Türklinke. War das jetzt ein Traum gewesen? Er musste unbedingt noch einen Whiskey nehmen, noch einen Jimmy über die Lippen schütten. Wenigstens würde er dann merken, ob er geträumt hatte. Wenn nicht, ooh, dann würde er dieser Blubberbacke bei passender Gelegenheit ins Badewasser pissen oder wenigstens

in den Kaffee. Das war sicher wie Blüms Rente! Dann würde er ihn wieder sehen. Man sah sich immer zwei Mal im Leben. Sollten dem seine alten Leidensgenossen alle so auftrumpfen, na dann gute Nacht.
Die Tür flog auf und er erschrak schon wieder. Es war nur Erbse. Puh, wenn Erbse kam, musste es 16.15 Uhr sein. Die anderen durstigen Kehlen kamen etwas später. Sie hatten es weiter vom Job bis an den Tresen, aber sie kamen, sie tranken, hatten Spaß, laberten und diskutierten. Es gab immer Probleme, die mit Bier und einem Verstärker besser zu bewältigen gingen.
„Wir könnten am 3. Oktober `n kleines Feuerwerk vor der „Latrine" abbrennen", schlug Erbse den anderen vor. Wenn er halbwegs nüchtern war, hatte er gute Ideen. Sie waren einverstanden. Würstel bot an, für alle Freibier auszuschenken, um den Tag gebührend zu feiern.
„In der Firma hab ich `ne DDR-Fahne abgestaubt. Die verbrennen wir feierlich. Am Nachmittag, damit alle es sehen." Dingi hatte seinen Arm gehoben, wie ein Jungpionier, der sich im Unterricht zu Wort meldete.
„Und ich bring meinen Karabiner mit und schieß drei Mal Salut!" Streicher klopfte sich mit der Faust auf seine knochige Brust. Es klang wie Klopfen an einer Sperrholztür. Panzermeier wollte wissen, wer Silvesterraketen auftreiben könne. Es ging in die Hosen. Keiner hatte von Silvester welche übrig. Marylanson war der Einzige, der noch im Besitz von einigen Chinaböllern war.
„Kein Problem, die Fahne ist überdimensional. Gibt `ne feine Fackel. Drei Karabinerschüsse und paar Knaller sind auch `n Feuerwerk. Hauptsache, wir feiern die Einheit ordentlich." Erbse bekam Beifall. Ruby bestellte eine Runde „Stroh". Unklar, woher er ständig die Knete nahm.
„Los, wir saufen auf`s Ende der Rothäute!" Rubys Stimme überschlug sich, sie übertönte das Johlen. „Für `nen doppelten Stroh würden wir auf alles trinken, aber selbstverständlich am liebsten darauf!" Marylanson hielt sein Glas treudeutsch, mit dem Ellenbogen im rechten Winkel.
Als die Müslispinner, wie sie die Leute vom „Neuen Forum" nannten, an die runden Tische traten, um mit den Füßen zu stampfen, waren sie dem Ruf „Keine Experimente" gefolgt, wollten lieber die vom Dicken hergebeteten blühenden Landschaften. Allerdings konnten sie nicht wissen, was manche für Illusionen hatten, nicht wissen, was darunter zu verstehen war. Nicht ahnen, dass die Neuen aus einer nicht funktionierenden Wirtschaft eine nicht funktionierende Landwirtschaft mit drei Leuchttürmen zaubern würden. Auf Naheliegendes, nämlich auf Steuervergünstigung, wie sie es in ihrem Ostrandgebiet gehabt hatten, war angeblich kein einziger Geschwürkopf gekommen.

„Mensch Würstel, der Strohballen ist noch halb voll! Komm her und füll die Gläser! Meine Kröten reichen gerade noch." Ruby hatte seine Hosentaschen durchforstet und war fündig geworden. Er klatschte eine Hand voll Kleingeld auf den Tisch und zählte. „Mann, `s ist mehr als ich dachte. Reicht für zwei Runden. Jetzt saufen wir auf das Ende des menschenfreundlichsten Innengeheimdienstes der Welt!" Das gleiche Johlen schwappte durch die Kneipe. Streicher drängelte sich an Rubys Seite. Er freute sich ein zweites Loch in den Arsch, wenn er was spendiert bekam. Seit Anfang des Sommers war er arbeitslos. Sein Finanzpolster war aufgebraucht. Mama brachte ihm täglich Essen und zahlte seine Miete. Die paar Mäuse, die er bekam, langten nicht hinten und nicht vorn.
„Eeh, Ruby, Schlaumeier", er stieß Ruby in die Rippen, „kannste mir mal sagen wie es kommt, wenn die Stasi das Schild und Schwert der Partei war, also von den Kommunistenärschen gelenkt und geleitet wurde, wie kann`s denn dann gehen, dass man nur die Stasi verteufelt, hää? Die war doch kein Staat im Staat, die war Befehlsempfänger der Scheißpartei. Verstehst? Einen Schalk Goloschinski in der Öffentlichkeit zum großen Verbrecher zu machen, ist doch `n exzellenter Schachzug. Ham die gut reinlanciert. Ham aus `nem völlig unbekannten, eher mittlerem Nutznießer, `ne Zielscheibe für `n Volkszorn gebastelt. Ist ihnen gut gelungen. So lange der dicke Krolloschinski in aller Mäuler ist, vergisst der Schlaupöbel, wie die wirklich bösen Jungs heißen. So doof, wie ich immer dachte, ist das Lumpenpack nicht." Rubys Blick verriet nicht, ob er Streichers Worten hatte folgen können. Der Stroh schien bereits im Stroh auf seinen Schultern Fäulnisprozesse in Gang zu setzen.
„Mach noch `nen Rum, Kneiper! Lass uns endlich das Glück dieser Welt genießen."
„Deine Kohle ist alle, Ruby. Du hast die letzten Münzen zusammengeklaubt. Morgen ist auch noch ein Tag. Und der Tag der Wiedervereinigung ist erst nächste Woche."
„Aaah, scheiß egal, Mann! Schreib den Zaubertrank an. Ich hab Murmeln ohne Ende. Ich hab gewonnen." Er schnipste mit den Fingern, wie der Bratwurstkönig von Sankt Pauli und sah provokativ in die Runde. Ungläubige Blicke umkreisten ihn wie zwölf Truthahngeier den sterbenden Häuptling in der Prärie.
„Du? Du hast gewonnen? Ääh, du meinst, du hast im Lotto gewonnen?" fragte Erbse gedehnt wie ein Seil beim Tauziehn und machte einen echten Giraffenhals, um die Blätter ganz oben am Baum zu bekommen.

„Du? Du bist doch zu dämlich, alle Kreuze auf einen Schein zu machen“, unkte Zucker und es schien, als würde er gleich einen epileptischen Anfall bekommen. „Du Stan-Laurel-Tarzan hast nicht die Kraft, einen Kugelschreiber so lange in den Fingern zu halten, bis du alle Sechse angekreuzt hast und du willst uns weiß machen, du hättest im Lotto gewonnen?“ Dingi hatte sich sichtlich angestrengt, um den Kraftmeiersatz hinzublättern. Er war weiß wie ein junger Fliegenpilz geworden. Konnte aber auch der Neid sein, der ihm die Farbe ins Gesicht pinselte.
„Wer hat `n was von Lotto gesagt? Ihr Arschgeigen. Ich bin reich! Steinreich! Könnt ihr glotzen! Ist wahr. Hab bei Strohmann Harry „Ass 3000“ gespielt. Hab 3000 Glocken investiert, vier Wochen gewartet und 27.000 Deutschmark rausgekriegt. Macht unterm Strich 24.000 DM Gewinn. Davon hab ich sofort drei Tausender aufs Neue eingezahlt, in vier Wochen bekomme ich 24.000 raus und so weiter und so weiter. Würstel! Mach Stroh und Bier für alle! Komprändä? Der Goldesel läuft durch`s Land. Über kurz oder lang klopft er auch an eure Tür, ihr Blindschleichen.“
„Ich krieg mich nicht mehr ein über so `n Blödsinn“, murmelte Würstel, als er den Schnaps in die Gläser goss. „Aber scheiß egal, ich schreib`s dir an.“
„Ich kotz mir in`s Prasselhirn! Der Ruby hat`s Perpetuum Mobile entdeckt. Ooh, Herr hilf lenken, die Ochsen wollen in `n Teich! Der Hans im Glück hat`s drauf, der macht aus dreitausend in vier Wochen das Achtfache, ohne einen Furz zu lassen. Wenn du so weiter spinnst, hängen wir uns alle auf.“ Hendrix rang nach Luft. Er hatte gegrölt wie ein Marktschreier.
„Ich hab die 24 nicht gemacht, das war Strohmann Harry. Der mietet jeden Sonntag den Tanzsaal vom „Goldenen Kalb“. Dort kann jeder dreitausend in die Pyramide einzahlen. Dann musst du warten, bis Neueinzahler dich nach oben schieben. Bist du an der Spitze der Pyramide angelangt, bekommst du das Geld von denen, die nach dir eingezahlt haben. Zack, haste dein Geld vervielfacht. Genial, oder? Jeden Sonntag ist öffentliche Auszahlung. Da gehen 500.000 und mehr über `n Tisch. Könnt alle hingehen, wenn ihr`s nicht glaubt. In Bayern läuft das Spiel schon sechs Jahre. Was dachtet ihr denn, weshalb die alle so reich sind, hä?“ Die Stille war umwerfend.
„Strohmann?“ fragte Schlinger zaghaft. „In Schönbach? Im Tanzsaal vom „Goldenen Kalb“? Jeden Sonntag?“ Gier triefte aus allen Löchern.
„Ja, gleichzeitig ist Auszahlung, für die die oben durch sind. Strohmann hat seinen eigenen Notar, der schickt jedem `ne Einladung, wenn er sich seine Tausender holen kann.“

„Hm, wenn `n Notar dabei ist, muss es ja richtig offiziell zur Sache gehen." Allgemeines Kopfwiegen folgte auf Marylansons Feststellung. „Aber woher willst `n wissen, ob der Notar echt ist. Kann doch `n fauler Trick sein."
„Ist das gleiche Spiel, wie in der Geschichte mit dem Schachbrett und den Getreidekörnern. Es verdoppeln sich die Teilnehmer in Windeseile ..." Ruby fiel Hendrix ins Wort: „Blödsinn, brauchst nur neun Einzahler für die Pyramide, damit du deine 27.000 rauskriegst. Begreifste das? Brunzbüchse!"
Tags drauf rief Würstel seine Tante in Fürstenfeldbruck an.
„Ass 3000 sagst du? Nein Tobias, davon hab ich im ganzen Leben noch nichts gehört und ich finde es äußerst fragwürdig. Weißt du, ehe dir bei uns in Bayern jemand so mir nichts dir nichts 3000 Mark gibt, bekommst du eher von `nem Toten `nen Pups um die Ohren. Es will mir dieses Spiel auch nicht so recht einleuchten. Geld vervielfältigt sich doch nicht dadurch, dass man es umherreicht. Wie in Gottes Namen soll `n das funktionieren? Das sind ganz sicher Betrüger und Halunken, die den Mumpitz in Umlauf bringen. Sei bloß vorsichtig Junge! Die Bauernfänger und Schwarzfahrer haben`s bei euch bestimmt leicht. Ihr seid an die Tricks der Schuhauszieher noch nicht rangeführt", hatte sie geantwortet.
Tage später hatte Harry Strohmann in der Latrine fett grienend persönlich zu ihm gesagt: „Mensch Würstel, du kannst im Handumdrehen reich werden! Ich setz dich fünf Mal an die Spitze einer beliebigen Pyramide und du bist für`s Erste ausm Schneider, hast keine Schulden mehr, bist der gemachte Mann. Bist einer vor dem Sie `n Hut ziehen. In einem halben Jahr fragt keine Sau mehr, woher dein Geld stammt. Meinst du die Reichen haben`s durch Arbeit zu was gebracht? Zeig mir einen Einzigen!" Seine Augen waren vor Raffsucht fast aus den Höhlen gefallen. Aber Würstel hatte cool abgewunken. „Nee, nee, den Laden will ich bis zur Rente schaukeln. Denkste, wenn alle mit dem Finger auf mich zeigen, kann ich hier `n Imbiss betreiben? Harry, du bist von allen guten Geistern verlassen. Der Goldrausch hat dich verblödet. Lass mich bloß mit dem Beutelschneiderscheiß zufrieden."
„Mann, bist du doof! Bist ja dämlicher als alle Sitz-Piss-Ossis zusammengenommen. Und das will schon was heißen!" Empört hatte er mit der Faust auf den Tresen geschlagen. „Nur im Märchen werden die Bösen bestraft! Die Sache ist legal. Zwar nicht ganz fein, zugegeben, aber legal, du Pfannenarsch. Hab dich bloß nicht so äppelkatschig! In sechs bis acht Wochen kannst du reich sein. Pingeliger Sockenbügler. So bergreif doch, die Kommunistenzeit ist ein für alle Mal vorbei. Jetzt darfst du nicht mehr klauen, jetzt musste bescheißen, dass die Schwarte knackt, wenn du was werden willst. Sonst bleibst` auf der Strecke."

„Lass mich in Frieden, klein Gernegroß!“ Würstel war außer sich. „Reich sein, reich sein! Ich will nicht reich sein! Wenn ich reich bin, muss ich immerzu Kaviar fressen. Ich mag aber keinen Kaviar! Der Gedanke, mich ein Leben lang standesgemäß ernähren zu müssen, ist mir unvorstellbar. Das Fressen der Reichen ist nix für mich. Als ich Kaviar probiert hab, hat`s mich wochenlang vor dem krümeligen Zeug geekelt. Schon nach zwei Mahlzeiten würde ich zehn Büchsen von dem Spekulantenfraß gegen einen Teller Kohleintopf mit Speck tauschen wollen, nur um was Bodenständiges, Deftiges in meine Futterluke zu schieben. Nein, reich will ich nicht sein. Ich will mit meinen Straßenkumpels Billigbier und Fusel zischen und Fettbemmen essen. Auf Kaviar und Champagner pfeif ich, genau wie auf all die überkandidelten reichen Spinner, die einem ständig weiß machen wollen, sie seien aufgrund ihrer sagenumwobenen Intelligenz von irgendwem auserkoren, Goldstaub zu pissen. Auf meinem T-Shirt steht „Bockwurst und Bier, Bratwurstfett und Whiskey! Ich werd mir nie Trüffelsoße auf `ne Krawatte kleckern, ist nicht mein Ding.“
Und dann hatte Würstel mit der Faust auf die Theke gepocht.
„Mein Gott, jetzt mal ehrlich, für so `nen Bratwurstaffen, für so `n billiges Standgebläse, hätt ich dich nie gehalten. Dann müh dich doch ab mit dem Verkauf von Billigfressen, an dem du noch nicht Mal 15 Pfennige pro Portion nach Steuern verdienst. Du geschäftsunfähige Pfeife! Schlappnudel!“
Dann fiel die Tür ins Schloss.

Würstel kannte es nur zu gut, dieses Sprichwort. Es besagte, Frauen solle man nie widersprechen, es nütze nichts. Simpelmann, sein schizophrener Kumpel aus vergangenen Tagen, war plötzlich auf seiner Schulter erschienen und hatte ihm ins Ohr geflüstert: „Widersprich ihr, du Waschlappen! Willst du dich noch mehr zum Affen machen lassen? Du jammernde Pissbudenfigur! Sie wird dich immer kräftiger abwatschen, dich voll kacken wie eine alte Holzlatrine, dich Puddingfeile, dich sensiblen Ängstling!“
Er sah ihn aus dem Augenwinkel schemenhaft auf seiner Schulter mit den Beinen baumeln, sah, wie er höhnisch lächelte und fühlte die Welle der Verachtung über seinen Kehlkopf schwappen. Sie drückte auf seine Schilddrüse und ließ ihn hektisch werden wie einen Ertrinkenden. Jahrelang hatte sich Simpelmann nicht blicken lassen und Würstel hatte geglaubt, er sei ihn endlich los geworden. Der Dreckjunge war sein Nantan Lupan, der Häuptling des bösen Ich`s gewesen und Würstel war froh, dass der dreiste Intrigenflechter verschwunden war. Jetzt war der Saubock wieder da. Wahrscheinlich war er ihm die ganze Zeit als unsichtbarer Schatten gefolgt, nur um auf

eine Situation wie diese zu warten. Er öffnete sein Schandmaul und wollte eben neue, unflätige Schimpfworte in Würstels gequältes Ohr zischen, als die Welle Würstels Mund überschwemmte und wie ein wassergefüllter Wortstrahl über seine Lippen sprühte: „Halt dein Schandmaul! Halt endlich deine Fuhrmannsfresse! Willst du mich noch mehr ins Unglück treiben?“ Er riss den Ellenbogen nach oben und blies heiße Luft durch die Zähne, dass es rauschte wie im Tannenbühl, wenn der Holländer-Michel auf der Bildfläche erscheint. Der Böse fiel auf den Teppich und verdünnisierte sich.
Erleichtert blickte Würstel auf Deborah. Ihr Gesicht war eine Falte. Ja, es hatte den Anschein, als würde sie die eben gesprochenen Worte auf sich beziehen. Herr Je! Sie war doch nicht gemeint. Sie war doch seine Angebetete! Er hatte die Worte zu IHM gesagt. Ihren schönen, sinnlichen Mund, der so nette Sachen drauf hatte, würde er nie Schandmaul, erst recht nicht Fuhrmannsfresse nennen, es war ein Irrtum von ihr.
Er überlegte krampfhaft. Worum war es eigentlich gegangen? Hatte Minny ihr Bett nicht richtig gemacht? Oder gar mit dem Kuchen gekrümelt? War sie nicht sofort nach dem Essen aufgesprungen, um den Tisch abzuräumen und das Geschirr zu spülen? Oder …? Nein! Jetzt hatte er es aus den Windungen gefischt: Es war die Frisur! Deborahs Haare! Es war ihm nicht aufgefallen, dass sie ihre langen Haare um drei Zentimeter hatte kürzen lassen. Verdammt aber auch! Würstel, du weißt doch, als Mann hast du die Pflicht, beim Öffnen der Tür zu bemerken: PENG! SIE WAR BEIM FRISEUR! (Auch dann, wenn die Frisur die gleiche ist.) Du musst wie erstarrt stehen bleiben, dann ausflippen und rudern wie ein von der Wasserschlange verfolgter Frosch! Du musst entzückt rufen: „Oooooh! Aaaah! Welch wundervolle Kunst auf deinem Kopf! Welch gravierende Veränderung!“ Eventuell hinzufügen: „Zum Positiven.“ Und dann musst du fragen: „Hast du das Wunder für mich vollbracht, meine Schöne?“ Selbst wenn du weißt, sie hat es einen Scheiß für dich getan. Der Besuch beim Friseur ist vierzehntägige Routine.
Würstel stakte wie ein Blaufußtölpel verlegen durch die Wohnstube. Er war ein Trottel. Die Leute, die das behaupteten, hatten Recht, er war ein Trottel. Auf seine Zunge legte sich ein bitterer, weißer Belag. Er schmeckte wie „Knüppel auf den Kopf“. Was hatte er angerichtet? Was war nur los in letzter Zeit? Hatte es damit angefangen, dass er ihr eine schrittfreie Strumpfhose von einem „Schweineversand“ geschenkt und sie über den „pornografischen, ekelerregenden, unmoralischen Dreck“ gemeckert hatte?
Dabei war ihre Liebe am Anfang scharf und berauschend wie Lunikow-Wodka, von dessen Genuss man bekanntlich erblindet. Damals waren sie durch gemeinsames Discogefummel in Extase geraten, waren sich ins Gehege

gekommen, hatten ihre Gliedmaßen verfitzt, dass sie Stunden benötigten, sie wieder zu ordnen, das Knäuel aus Armen und Beinen aufzulösen. Erschöpft waren sie jedes Mal fast zusammengebrochen, vor Glück fast besinnungslos geworden. Zwei Tage danach, kurz bevor sie vor Hunger und Durst zu verenden drohten, erwachten sie, aßen ein halbes Schwein, tranken ein Fass Rotwein und fielen erneut übereinander her. Würstels Herz hatte sich geweitet, war größer als er selbst geworden. Die Prophezeiung seiner Freunde, er würde mit ihr die Arschkarte ziehen, war heiße Luft. Das Schicksal hatte seine Schienen Richtung Glück verlegt. Er hielt ein Ass in seinen Fingern oder gar einen Joker! Er würde mit ihr, nicht wie vorhergesagt durch Pech und Schwefel, nicht durch dampfende Kacke, sondern durch Milch und Honig, wie im Schlaraffenland paddeln. Venus blickte wohlwollend auf ihn herab.
Irgendein beknacktes Treckergesicht hatte vor kurzem das Firmament mit Wurstfett beschmiert. Davon war der Himmel grau geworden. Deborah widmete inzwischen dem Staubsauger mehr Zeit als ihm. Das begann an seinen Eingeweiden zu nagen. Noch vor einem halben Jahr hatte sie ihn berauscht. Jetzt rauschte sie nur hinter dem Saugrüssel des Staubsaugers her. Kaum war sie fertig mit Putzen, entdeckte sie einen Krümel auf dem Teppich. Giftigen Blickes suchte sie nach Schuldigen und begann mit Verhören. Täglich feilte sie an neuen Putz- und Staubsaugvarianten und erhob sich mit der Zeit zu einer Künstlerin der Disziplin „porentiefe Sauberkeit". Fantasievoll, ja kreativ ging sie zu Werk. Die Farben des Glücks lagen dabei in ihren Zügen. Die Neugier nach intelligenten, die Welt revolutionierenden Praktiken, des „hinter dem Saugrohr Herlaufens", beschäftigte sie und füllte ihre Freizeit. Zeit, in der er gern mit ihr andere, gewohnte Praktiken geübt hätte, die sie aber jetzt mit Ekel zu erfüllen schienen. Die Überzeugung, die vollkommene Reinlichkeit über alle, vor allem über die Wohnung, kommen lassen zu müssen, ließ nicht die leiseste Kritik zu. Insbesondere nicht beim mehrmals täglichen Aufsaugen zentimeterdicken Drecks.
Ein Interesse an der Ansicht und den Wünschen der anderen Familienmitglieder war ihr abhanden gekommen. Launisch und exzentrisch ging sie ihrer selbstauferlegten Pflicht nach. Ihr Leben ging dahin, mit Klamotten, Schuhe und Klimbim kaufen, Wohnung putzen, abwechselnd mit den verschiedensten Freundinnen zu speisen und Würstel von der Richtig- und Wichtigkeit ihres Tuns zu überzeugen. Anstatt mit ihm in die Kiste zu springen und für Nachwuchs zu sorgen, erklärte sie ihm, wie wichtig sterile Sauberkeit sei. Er hatte eine echte Individualistin an seiner Seite, auf die Verlass war. Sie war was Exzellentes, ohne Zweifel. Manchmal summte er im Stillen das Lied: „Lass die Morgensonne endlich untergehn". Dann lag ein mitleidiges

Lächeln auf seinen Lippen. Bemerkte sie es, schoss sie ihm vor den Bug, ob er nicht wisse, welchen Stellenwert Hygiene im Leben eines Menschen habe. Er nickte beflissen.
„Warum grinst du dann höhnisch? Damit untergräbst du meine Autorität“, belehrte sie ihn über das Dröhnen des Staubsaugers hinweg. Würstel zog den Kopf schuldbewusst zwischen die Schultern und beobachtete, wie sich ihr Lungenvolumen vergrößerte. Mit jedem neu aufgesaugten Fussel erfuhr sie eine emanzipatorische Weiterentwicklung. Wenn nicht vorhandener Staub in die Düse gesaugt wurde, begann die Idee der weiblichen Selbstverwirklichung von ihr Besitz zu ergreifen. Ihre Persönlichkeit driftete ins Überdimensionale.
DAS war die totale Befreiung von unnützen sexuellen Zwängen. Manchmal musste er gegen den anschwellenden Lachreflex kämpfen. Der etwas minderbemittelte Herr Würstel war der Meinung, ein Staubsauger sei eine Maschine, die mit Hilfe eines Gebläses einen Unterdruck erzeuge. Er konnte in dieser Erfindung aus vergangener Zeit nichts Wundervolles erkennen. Gedankengänge reinigungsbesessener Emanzen waren ihm unheimlich. Das Ding blieb für ihn ein langweiliges, elektrisches Gerät zum Schmutzabsaugen von Flächen, Nischen und Ecken. Sein Name setzte sich aus „Staub“ und „saugen“ zusammen. Er grübelte, wenn kein Staub vorhanden war, wäre dann die Bezeichnung Staubsauger durch Luftsauger oder Windmaschine zu ersetzen? Oder würde dann aus ihm ein „Supersauger“, der alles verschwinden ließ, was super war? Zum Beispiel Supersex?
Wahrscheinlich würde er demnächst donnernd mit der Faust auf die Tischplatte dreschen, wenn sie nicht zu Hause war. Mit der Faust auf den Tisch zu schlagen, wenn sie zu Hause war, hätte böse Folgen. Sie würde ihn noch trockener legen und das bedeutete Liebesentzug auf unbestimmte Zeit. Sie hatte Liebe zu ihrer Waffe erkoren und genoss es, ihn zu unterdrücken, ihn für alles was sie wollte zu „begeistern“. Nach dem letzten Streit, er wusste längst nicht mehr, um welche belanglose Bohne es sich gehandelt hatte, hatte sie mit einem Mundwinkel lächelnd gesagt: „Du kannst mich nicht kränken, nicht beleidigen, dazu bist du ein viel zu schwacher Charakter. Mir gegenüber bist du dazu nicht fähig.“ Sie ließ ihn stehen, ging aus der Wohnstube und schloss leise die Tür. Zuvor überzog sie ihn noch mit einem an Gleichgültigkeit nicht zu toppendem Blick. Die Luft im Raum hatte geknistert, als fummele er eine Tafel Schokolade aus dem Silberpapier.
Wieder hatte er ein Stück von ihrem Herz verloren. Puh! Und ihre Schwester behauptete kragensteif und felsenfest, Deborah würde ihn lieben. Echt der Hammer! Er jedenfalls merkte nichts mehr davon. Das steinerne Herz des

Holländer-Michels war gegen ihrs ein glühender Kanonenofen. Die ehemalige Heißblütigkeit war südpolarer Kälte gewichen. Sie schien ihn zum Spaß zu erniedrigen, machte ihn bei jeder sich bietenden Gelegenheit zum Abfalleimer. Wegen jedem schrägen Furz spielte sie die gekränkte Leberwurst. Sie brachte es seit Neuem fertig, tagelang weder mit ihm noch mit Minny ein Wort zu wechseln. Wenn dem armen Würstel der Psychostress zu viel wurde, ihm meterlang zum Hals raus hing, sammelte er aus allen Ecken seinen Mut zusammen und fragte seine verletzte Geliebte, ob sie ihm eventuell noch mal verzeihen könne. Manchmal nickte sie dann. Und auf die bange Frage „Liebst du mich noch“, nickte sie dann manchmal auch. Den Triumph, ihn kapitulieren zu sehen, versteckte sie hinter einer gleichgültigen Mine. Die schwarze Alice hätte ihr gewiss einen Orden umgehangen und sie aufs goldene Siegertreppchen gehievt.
Das Wissen prompt folgenden Liebesentzugs ließ ihn vorsichtig zu Werke gehen, wer konnte schon ahnen, ob diese oder jene Handlung ihr Missfallen erregen würde. Da Streiten nicht sein Fall war, kam es ihm zu Nutzen. Er gab ihr einfach in allem Recht und lief so nicht Gefahr, das Kartenhaus beim geringsten Luftzug einstürzen zu sehen. Er besaß nicht ihre Schlagfertigkeit. Antworten auf niedermachende Anranzer kamen ihm erst Stunden später in den Sinn. Also hieß es gleich „klein beigeben“. Und das bekam der Liebe von Deborah und Tobias Würstel besser, als tagelanges Schweigen. Frauen nie zu widersprechen, hieß die Losung des Lebens, nicht nur in anderen Ehen. Alle Fehler zuzugeben, auch wenn ER glaubt, keine zu haben.
Schwieg die Angebetete erst wie ein Grab, ging es seiner Psyche wie dem Köter, der täglich drei Mal von seinem Herrn verprügelt wurde und sich doch nie daran gewöhnte, weil er nicht wusste, weshalb er Schläge bekam. Der Spruch, dass Frauen vier Lippen haben, zwei zum Müll quasseln und zwei zum Wiedergutmachen, traf für sie nicht zu. Sie quasselte keinen Unfug.
Die gleiche Verfahrensweise wie bei ihm wandte sie auch bei Minny an. Eine Anweisung von ihr, die nicht unverzüglich ausgeführt wurde, veranlasste sie zum Dauerschweigen. Sie gab auf keine von Minnys Fragen eine Antwort. Die in Ungnade Gefallene bettelte fortwährend in herzzerreißendem, flehenden Ton, die Mutti möge doch wieder lieb sein. Sie litt Höllenqualen unter Deborahs gut gemeinter Erziehung. Aber die Mutti war hart gegen sich selbst. Sie hielt ihre Maßnahmen durch, bis, je nach Art und Schwere des begangenen Verbrechens, sie der Meinung war, das Strafmaß sei ausreichend. Ein einmal gesetzter Rahmen blieb unantastbar wie die Genfer Konventionen. Würstel hatte keine Chance. Minny hatte keine Chance. Sie war zur eisenherzigen Blaubärtin mutiert. Ihrem starken Willen ausgeliefert, ließen

sie alles über sich ergehen, standen mit gesenkten Häuptern wie Schafe im Regen auf der Wiese und hofften gänsehäutig auf die Zeit, die Wunden heilt. Würstel vermied es, gerissen wie er war, sie auf ihre psychischen Grausamkeiten hin anzusprechen, um Verlängerungen von Deborahs schmerzlichem Zustand zu vermeiden. Schriftliche Entschuldigungen in Form von Liebesbriefchen brachten weder ihm noch Minny Erfolg. Sie stopfte sie in das Schubfach ihres Nachtschränkchens, verlor aber kein Wort darüber. Hatte sie Minny in ihr Erziehungsprogramm genommen, versuchte er sie zu trösten: „Nimm`s ihr nicht krumm Minny, weißt schließlich wie sie ist. Und weißt auch, sie meint es nur gut mit uns."
Sie war ihm dankbar, umarmte ihn weinend und wiederholte schluchzend jedes Mal die gleichen Worte: „Papa, ohne dich würde ich zerbrechen. In diesem Haus ist es wie in einem Eispalast." Dann drückte sie sich lange an ihn und er spürte ihr Zittern. Er kämpfte gegen doofe Scheißtränen. Er war eben ein echtes Würstel. Auch wenn die Wut über ihre Launen gewaltig war, er konnte ihnen nicht Einhalt gebieten. Nein, er geriet in Panik, wurde von schüttelnder Angst befallen, wenn sie die „ihr seid für mich Luft Masche" startete, weil er fürchtete, seine Herzensdame zu verlieren. Einmal war sie über Ostern ausgezogen, weil er am Gründonnerstag zum Tanz eine glatte Stunde bei Schwager und Schwägerin am Tisch gesessen, gelabert und sich nicht um sie gekümmert hatte. Ein gigantischer, unverzeihlicher Fehler, bei dem er sich allerdings nichts dachte, den er aber bereute wie der Junge, der sich seine nagelneue Hose auf dem Klettergerüst zerrissen hatte.

Und was soll ich euch sagen, ein paar Wochen nach dem Osterfest, Deborah wetzte eben wieder die Erziehungsklingen, schulte ihn im Fach „erziehende Enthaltsamkeit", da erwischte sich Würstel, wie er einer völlig fremden Frau nachschaute. Er erschrak fast zu Tode, als er zu allem Übel auch noch bemerkte, das Hinterhergaffen bescherte ihm einen gewaltigen Ständer. Der Hosenmatz war nicht wieder zu erkennen. Der Schuft beging Verrat. Während Würstels Blicke wie feuchter Kaugummi an der Frau klebten und er sich fragte, ob sie auch kalt wie Hundeschnauze sei, wurde sein kleiner Freund abtrünnig. Die Scharten, die Deborah mit ihrer Psychomachete in seine Seele geschnitzt hatte, brachen auf und begannen übel zu stinken.
In Gedanken spannte er zwei Stuten an die Wagendeichsel, schwang die Peitsche, sagte leise „Hü!" und ließ sich von ihnen in den Sommerhimmel ziehen.

Der Glaser hatte gläserne Augen. Am üblichen Jägermeister konnte es nicht liegen, er war schon mit Kreuzblick gekommen, hatte halblaut „Servus" gesagt, sich in eine Ecke gepflanzt und mit Zeige- und Mittelfinger das „V" gegeben. Würstel hatte daraufhin wie gewöhnlich ein Bier und einen großen Schwarzen gebracht.
„Was guckst `n so belämmert, hat deine Frau dich wieder geschlagen oder ist dein Hund gestorben?"
„Viel schlimmer", er schwankte mit dem Oberkörper, wie Saufpalme beim Gehen. Langsam und bedächtig, ist ja bekannt, wie. Dann versuchte er, mit schwimmenden Augen Würstel zu fixieren.
„Haste schon vorgeglüht? Deine Zunge klebt am Gaumen, wie `n Flüssigpopel am Finger."
„Mir ist zum Heulen, ich könnt kotzen." Sein Gesicht kam der Tischplatte gefährlich nahe. „Ich hab heut meinen besten Kunden verloren. Fuck!" lallte er wie das geprügelte Elend. Sein schmerzgezeichnetes Gesicht trug mehr Falten, als Keith Richards gesamter Körper. Ehrlich!
„Na, nu rück schon raus, welcher Haufen Kacke bringt deine arme Seele zum Riechen?"
Würstel war neugierig. So hatte er den Glaser noch nie erlebt. Aber der hob nur den Kopf und gaffte aus dem Fenster.
„Höö, nu red schon!"
„Der Harry, der Strohmann Harry, der ist heut nach Köln umgezogen. Hat über Nacht sein Haus verkauft und ist an den Rhein gezogen."
„Ääh, ich meine ..., wie ..., der war dein bester Kunde? Wie das denn?"
„Er ist vor `n paar Wochen in seiner Stammkneipe hart wie `n Fensterriegel gewesen. Blau wie `n Sack Kornblumen. Und da hat er erzählt, hat im Suff lauthals geprahlt, er habe schon 336.000 Mark in seine Taschen jongliert und sein Boss noch mehr. Sind paar dabei gewesen, die ihr ganzes Geld bei dem scheiß Schneeballdreck eingeweicht haben. Die haben ihm gleich in der Gaststube die Fresse poliert. Der Wirt musste den Krankenwagen rufen und ihn abholen lassen. Die haben ihn halb tot geprügelt. Von da an waren wie durch Geisterhand jede zweite Nacht die Scheiben an seinem Haus zerschossen, mal mit Steinen, mal mit Pistolenkugeln. Die Dauerbestellung hat mir gefallen. Hab richtig Knete dabei gemacht. Kompletterneuerung. Mindestens zwei Mal die Woche alle Fenster seines Hauses. Thermoverglasung, Nullsiebener K-Wert! Super Geschäft. Fuck!" Er fiel zusammen wie eine leere Folietüte und war dem Heulen nahe. „Mach mir schnell noch `n Gedeck, ich muss meinen Ärger los werden. Das Tolle am Fusel ist, dass es

einem nach zwei Gläsern schon viel besser geht und man sich nach drei wie `n Mensch fühlt."
„Saug dich bloß nicht am Kummer fest, Wolfgang", versuchte er ihn zu trösten. „Hast doch `nen ordentlichen Schnitt gemacht. Hast ihm doch `ne Hucke Knete von seinem sauer ergaunertem Geld wieder abgenommen. So gesehen, ist`s doch `ne geile Sache."
„Klar war`s `ne geile Sache. Nur, sie hätte noch Monate weitergehen können, hätte ich mir gewünscht, dann wäre sie noch geiler gewesen."
„Was hast du denn an Strohmanns Scheiben verdient, wenn ich fragen darf?"
Der Glaser begann zu schmunzeln. Seine Mundwinkel zuckten verheißungsvoll, wie bei einem Freudenmädchen, dass sich über die vergeblichen Versuche ihres Freiers seine Schlabbernudel zu festigen amüsierte.
„Darf man nicht fragen, ist mein Geheimnis." Jetzt war`s ein breites Grinsen.
„Also sei zufrieden." Würstel war froh, ihn auf den Boden geholt zu haben und schob nach: „Was soll `n Hendrix sagen, der ist auf `ne Annonce in dieses Hotel gefahren, von dem tagelang die Rede war. Die Halunken von der Ölfirma haben ihm einen Job auf `ner Bohrinsel angeboten. Achttausend brutto im Monat. Viertel Jahr auf der Bohrplattform, Verpflegung frei, vier mal im Jahr `nen Flug nach Hause gratis hin und zurück. Acht Wochen Jahresurlaub. Für den ersten Hinflug musste er 1500.- Mark im Voraus zahlen, würden die mit dem ersten Lohn verrechnen. Und? Die Ölfirma ist verschwunden. Nicht auffindbar. Haben hunderten Leuten den Flug abgeknöpft und sind spurlos verschwunden. Bauen vielleicht auf den Bahamas `ne Bohrinsel, auf der sie die braungebrannten Girls anbohren. War sein ganzes Erspartes. Arme Sau. Hat voll die Arschkarte gezogen."
„Hm, hast mich überzeugt. `s hätt schlimmer kommen können. Hol die Flasche, die machen wir jetzt leer!"
Seine Hängelippe war verschwunden.

6. DAS BIENENHAUS

Fischäugig glotzten sie ins Halbdunkel. Seit Monaten hatten sie sich heiß geredet. Sein alter Kumpel Ben und er wollten unbedingt in eins der Häuser hinter der Grenze, in denen für Stunden das totale Glück winkte.
Würstels Hand tastete ängstlich seitwärts.
„Hast du `n Leck in der Dattel?“ Ben Gun fauchte wie eine Natter. „Willste Hand in Hand mit mir hier rein marschieren? Die denken doch glatt, wir sind zwei Schwuchteln.“
Verschreckt riss Würstel sich am Riemen, richtete sich kerzengerade auf und setzte seinen Fuß über die letzte Stufe nach unten aufs Parkett. Nach wenigen Sekunden hatten sich seine Augen an das funzelige Licht gewöhnt. Zur Linken war der Tresen mit hohen Barhockern davor und zwei traumhaften Jungfern dahinter. Eine drehte ihnen den Rücken zu und zeigte ihren tangaverzierten Pfirsich. Würstel musste schlucken und sein Kehlkopf machte so ein glucksendes Geräusch, als wolle er sagen. „Auwu! Verfault!“ Ben Gun stand mit weit aufgerissenem Mund neben ihm und glotzte irritiert.
„Ich halt`s nicht aus, die Barmiezen sind OBEN OHNE. Die sind nackt. Nur `n Servierschürzchen und Stöckelschuhe.“ Seine Gamaschen wippten wie das Schaukelpferd des kleinen Arvit aus der Nachbarschaft.
„Nee, nee“, wehrte Würstel ab, „ham noch `n Tanga.“
„`n was?“
„`n Tanga. Siehste nicht den schwarzen Strich überm Klo?“
„Ist die Schleife von der Schürze.“
„Quatsch, iss `n Tanga. Ist so `n Ding, wo nur `n Bindfaden zwischen den Backen liegt. `ne Art Freizeitschlüpfer.“
„Aha, kenn ich nicht. Sieht aber, wie soll ich sagen, nach Ostern, Weihnachten und Pfingsten an einem Tag aus. Ehrlich, was die Weiber sich so ausdenken, um unsereinen scharf zu machen wie `ne Russensense, ist imposant. Traumhaft! Ob ich mal auf ihren Nackten klitsche? So mit der Hand?“ Fragender Blick.
„Ben, du kannst nicht jeder Frau, die dir gefällt, einfach auf den Arsch klatschen. Ist unmoralisch. Wo würde das hinführen?“
„Aber ich denke, wir sind hier in `nem Schuppen, in dem so was legal ist. Oder?“ Seine Quadratlatschen wippten schneller. „Ich muss sagen, es gefällt mir. Find das nobel von den beiden Mädels, sich so anzuziehn. Nackte Weiberhaut ist doch was echt Tolles. Ach, die ganze Geilmachwäsche, der ganze Fummel, der Nuttentüll lässt mich kalt. Ein richtiger Mann steht auf nackte Tatsachen. Ehrlich.“

„Mag sein Ben, nur die sind bestimmt nicht zum Bumsen hier, das sind sicher Kellnerinnen oder so. Guck doch in die Runde, die, nach denen wir suchen, sitzen da drüben.“ Der Raum war in acht Nischen unterteilt. Lange Tische, mit U-förmigen Polsterbänken umrahmt, standen mit den Stirnseiten zu Außenwand und Raummitte. An jedem Tisch saßen zwei, drei Mädchen. Die Rückenlehnen der Bänke waren durch schmiedeeiserne Raumteiler mit künstlichen Dekopflanzen getrennt. An jeder Nischenwand hing in zwei Meter Höhe ein Fernseher. Auf allen Bildschirmen lief ein ziemlich harter Pornostreifen. Ben sah von Bildschirm zu Bildschirm. „Guck, Würstel, die vögeln synchron.“

„Seh ich Ben. Wie machen die denn das?“

„Weiß der liebe Himmel. Hab keine Ahnung, wie die Scheiße funktioniert.“

„Die zwei niedlichen Rummeljulen am mittelsten Tisch winken. Sagen sie uns zu?“

„Ziemlich duster. Bin mir nicht sicher, aber es scheinen süße Nassfötzchen zu sein“, brummte Würstel cool und professionell. „Komm, wir nehmen sie unter die Lupe und wenn sie uns gefallen, unter unsere Fittiche.“ Bens Hand krallte sich in Würstels Ärmel und zog ihn hinter sich her. Die Mädchen lächelten wie frisch gepflückte Mauerblümchen. So viel Freundlichkeit hatten sie nicht erwartet. Ben steuerte auf die mit der Gardinenbluse zu. Er ließ Würstels Arm los, rutschte mit dem Hintern auf dem Polster bis an ihre Seite und reichte ihr, ohne sich zu erheben, die Hand.

„Grüß dich, schönes Kind.“ Er äffte ihr kindisches Lächeln nach. Dann blickte er zu Würstel, der unschlüssig am Tischende baumelte.

„Na, willste dich nicht zu uns setzten, Alter? Guck doch, was deine neue Freundin für schöne, große Lungenflügel hat.“ Tatsächlich, das andere Püppchen verbarg zwei Baggerschaufeln unter ihrem roten T-Shirt. Würstel steckte seine Hand in die Hosentasche und tastete nach der Hydraulik. Es schien alles in Ordnung zu sein. Er rutschte nach hinten, begrüßte die Schöne, ohne die Augen von ihren prächtigen Prunkballons zu wenden und fragte: „Hee Mädels, seid ihr mit uns einverstanden?“

„Aah, da, da, otschen karaschow“, antwortete Bens zukünftige Geliebte.

„Ich hack mir ins Schienbein“, brüllte der. „Wolgawachteln! Gawarit po nemetzki?“

Sie schüttelten ihre Köpfe.

„Pa Russki!“

„Was `n jetzt?“

Ben sah ratlos aus.

„Na, nix. Was soll schon sein? Wir wollen vögeln, nicht quatschen.“

Sie bestellten eine Flasche Krimsekt für die Schönen, zwei große Bier für sich und prosteten einander zu. Mit Händen, Füßen und lausigem Schulrussisch flirteten sie, wie Casanovas hungrige Enkelkinder. Das Kauderwelsch der Männer erheiterte die Pornoemanzen. Sie grölten nach jedem mühevollen Satz.
„Hätten wir gewusst, dass wir russisch doch gebrauchen können, hätten wir im Unterricht besser aufgepasst, stimmt`s?"
„Und ob! Aber das war weiß Gott nicht vorhersehbar." Bens Puppe zeigte auf die leere Sektflasche. Sie waren wirklich Puppen. Würstel schätzte sie zwischen achtzehn und zwanzig. Dass sie fünfundzwanzig waren, wie sie behaupteten, glaubte kein Mensch. Ben winkte mit der Sektflasche und bekam sofort barbusig Ersatz serviert. „Wir nehmen noch `n Bier." Zum Zeichen, dass sie verstanden hatte, lies die Kellnerin ihre nackten Schinkenbrüste kreisen. Ben klatschte Beifall. „Wow, hier könnt`s mir gefallen!" feixte er übern Tisch. Die Frau im Fernseher quiekte, wie ein ins Wasser geworfenes Ferkel, weil sie von einem dunkelhäutigen Mann ein wahres Ofenrohr verbrummt bekam. Die Girls lachten kreischend und zeigten mit den Händen die Größe des dunkelbraunen Filmlümmels. Die halbnackte Serviererin brachte zwei Bier und hob fragend die Sektflasche aus dem Kühler. Sie war schon wieder leer. Bens Augenbrauen quetschten eine steile Falte zwischen sich.
„Die saufen schneller als Windhühner. Die haben `ne Geschwindigkeit drauf, als wollten sie sich noch heute einen Eintrag ins Guinnessbuch sichern. Na gut, eine noch. Prozim, jedno Pulle", sagte er und guckte erst gierig auf den freischwebenden Wahnsinnsbalkon und dann auf seine Armbanduhr.
„Äh, Tobias, die Zeit verfliegt wie `n Wuchtorgasmus. Langsam müssen wir zum Geschäft kommen. Hab mir sagen lassen, nach 22.00 Uhr kommt hier richtig Wooling in`s Lokal. Wir zwei sind bekannt, wie Eisbären im Safaripark. Wir sollten bis dahin verschwunden sein. Ansonsten steht morgen in der Sächsischen Zeitung, was wir im Böhmischen getrieben haben."
„Richtig. Außerdem schlucken unsere Zeitbräute wie finnische Winzer. Die saufen uns arm." Um den Zeitpunkt nicht zu verpassen, da sich der letzte Tropfen wie Strudel saugend in die Kehlen der Hübschen ergoss, pfiffen sie ihr Bier auf Ex. Dann warteten sie gespannt auf den letzten Schluck der Mädchen. Sie erhoben sich wie auf Kommando. Bens Braut brauchte etwas länger. Sie wuchs und wuchs und wuchs.
„Oh mein Gott, die kann aus der Dachrinne saufen", stammelte er und sah verblüfft nach oben. „Tamara, du bist einen halben Meter größer als ich!" Erschrocken blickte er zu Würstel.
„Das ..., oh das geht nicht, die ist zwei Köpfe größer."

mindestens einen Meter vor der Glaskabine stand, schien es ihm als berührte sein Balkenende die Scheibe. Sein gesamtes Pulver würde er auf Jahre hin verschießen. Fakt! Bis es versiegen würde, wie ein ausgetrockneter Brunnen auf einer Ritterburg. Wow! Sie bückte sich, mit dem Hintern zu ihm und zeigte ihm ihren polierten Flansch. Das Rauschen in den Schläfen toste wie die Niagarafälle. Sie drehte sich, bemerkte seinen katatonischen Blick und stieß ein heißeres Lachen aus. Würstels Hände begannen zu flattern wie die Flügel eines Kolibris, wie nach einer tagelangen Sauftour mit dem Feuerwehrverein. Jetzt schob sie das Glas weg und stand vor ihm wie ein Gemälde von Tintoretto oder so. Er hörte in der Ferne eine Stimme, die das Wort „Handtuch“ flüsterte. Nein, er würde nicht zulassen, dass sie sich abtrocknete. Nass wie sie war, mit tausend Tropfen, die wie Edelsteine auf ihrer Haut im Licht der Nachtischleuchten glitzerten, wollte er sie haben. Er drängte sie küssend zum runden Bett aber sie riss sich los und trat an das Nachtschränkchen. Dort lag ein Stapel Lümmeltüten. Geschickt, wie Zauberpeters Tochter rollte sie ihm eine Gummihülse über. Er sah ihr dabei zu und spürte plötzlich, wie ihm die Luft ausging. In wenigen Sekunden war die Blutleere komplett und schwappte lawinenartig über Kopf und Hirn. Er wurde weiß, wie das Innere einer Kaffeetasse und war nicht mehr in der Lage einen halbwegs klaren Gedanken zu fassen. Der berauschende Duft ihrer Pussy wuselte wie Kokainnebel durch den Raum. Es half nichts, das Blut blieb weg.

„Ooh, du verfluchter Kacklappen!“ Vor Verzweiflung schrie er wie ein Barrikadenkämpfer der Französischen Revolution, der im Kampf seine rote Fahne verloren hatte und sie trotz intensiven Bemühens nicht mehr finden konnte, die verschwunden war unter den Füßen seiner Kameraden, die achtlos das Banner des Kampfes um Gerechtigkeit zerlatschten. Anthrazitfarbene, handtellergroße Wollspinnen fraßen seine Augenlider auf. Er konnte nicht mehr zwinkern, nur stieren, abwechselnd auf ihre Muschi und seinen, runzlig und schlaff in der Tüte baumelnden Wurmfortsatz.

Zähflüssige Masse tropfte aus seiner Nase. Sein Gehirn verflüssigte sich. Auf dem Fußboden lag ein kastaniengroßer Klumpen Geilheit, der zu wachsen begann. In weniger als drei Minuten wuchs er zu einem blauen, voll aufgeblasenem Gymnastikball. Sein Kopf war voll heißer Luft. Sein Verstand im Arsch. Es half ihm nichts.

Das Mädchen griff nach der verrunzelten Hülle zwischen seinen Beinen, hob sie an und lachte fies wie eine Hexe. Würstel verwandelte sich in pistaziengrüne Brühe und wollte unters Bett fließen.

„Ich helfen du.“ Sie lächelte säuerlich wie der Fünfjährige, der barfuß in einen großen Haufen Hundekacke getreten war.

Sie packte den schrumpligen Zwerg beim Kopf.
Ratsch!
Ein schneidender Schmerz hackte an der Wurzel seiner Wurzel und der Gummischlauch hing zwischen ihren Fingern. Am aufgerollten Ende steckten große Büschel seiner Schamlocken. Er presste beide Hände auf die Stelle und rannte fürchterlich schreiend auf die andere Seite des Bettes.
„AUUU! AUUU! Du Trugbild einer russischen Wolgaschnalle! Bist du wahnsinnig? Willst du mich kastrieren? Au, au, au, oh Gott, oh Gott, au!"
Das Mädchen warf den Überzieher mit dem Genitalskalp aufs Bett, sprang quiekend in die Dusche und hielt die Glastür von innen zu.
„Du nicht schlagen! Du nicht schlagen!" heulte sie mit schwarz-weißem Marilyn-Manson-Gesicht. Würstel sah auf den von Haaren umringten Verhüter, dann auf den Glaskäfig. Sein Lachen bewegte sich wie das Schiebeschild eines Baggers vom Bauch in seinen Hals, bis ihm die Tränen kamen.
Ben Gun saß mit hochrotem Gesicht und ausgelaugter Mine am Tresen. Er nippte an einem großen Glas Cola.
„Seit wann trinkst `n du Fuseleule Cola?"
„Is `n Cuba-Libre, Hälfte Havanna Club", brummte er mit Buster-Keaton-Mine.
„Willste auch?" Würstel nickte. Ben trank auf Ex aus. Die Trägerinnen der vier Wunderbrüste werkelten die Mixgetränke zusammen. Ben und Würstel stießen miteinander an und tranken. Würstel lächelte wie ein großkotziger Olympiasieger, als er Ben fragte: „Und, war`s geil? Erzähle!" Ben kaute auf seiner Unterlippe.
„Hab`s versaut. Hab`s nicht hingekriegt. War scharf wie `n Koffer Rasierklingen. Hat nichts genützt. Der", er zeigte enttäuscht mit dem Daumen auf seinen Barhocker, „der hat mich im Stich gelassen. Der blöde Schnallentreiber war zu aufgeregt. War wohl doch nicht so `ne gute Idee, mal zu probieren, was das Wort Freiheit so alles beinhaltet." Er trommelte leise mit den Fingernägeln gegen sein Glas und machte ein Sauergurkengesicht. Würstel atmete tief durch.
„Das ist doch nicht dein Ernst, Ben. Du bezahlst 100 Mäuse und bekommst ihn nicht hoch?"
„Tja, leider. Was denkste, wie mir zumute ist. Ich könnte mich eingraben. Ich könnt mir selber in die Fresse hauen, ehrlich."
„Kann ich dir nachfühlen. Komm, ich spendier noch zwei. Der Ärger muss runter, Ben."

„Nee, wir fahren nach Germany und ziehn uns bei mir zu Hause dicht. Hier wird der Laden langsam voll. Lass uns bloß verduften, ehe uns noch jemand sieht."
Im Passat fragte Ben: „Wie war`s `n bei dir? Hast du`s ihr ordentlich gegeben? Du hast sie platt gewalzt wie `n Papiertaschentuch, stimmt`s?"
„Tja Ben, was soll ich dir sagen, ich hab`s versaut."
„Nee!"
„Doch!"
„Ich geh kaputt!" Er hielt die Hände vor sein Gesicht und brüllte in die Handflächen.
„Wir haben`s beide nicht gepackt! Wir haben zum ersten Mal im Leben die Chance, in einem richtigen Bienenhaus die Kuh fliegen zu lassen und sind zu blöd, die schönsten Mädchen der Welt zu vernaschen!" Bens Stimme überschlug sich und sein Gesicht leuchtete, wie die rote Laterne an dem Haus, aus dem sie eben kamen.
„Sich derart zu blamieren, kann bestimmt nicht jeder. Halt bloß die Gusche. Wenn von der Kacke jemand was erfährt, wandere ich nach Kanada aus." Würstel fletschte die Zähne und machte den großen, ganz, ganz bösen Wolf.

7. MIT UNS ZIEHT DIE NEUE ZEIT

Einen zweiten, kleineren Fernseher hatte Würstel Ende September über eines dieser Versandhäuser bestellt. Deborah hatte ihm den fetten Katalog nach mehreren Stunden intensiven Studiums mit dumpfem Knall auf den Wohnstubentisch geworfen.
„Daraus hab ich mir für dich drei Paar Schuhe und was Neues zum Anziehen bestellt. Schau mal rein, es gibt auch Fernseher. Du könntest einen etwas Kleineren aussuchen, den wir auf den Kleiderschrank in der Schlafstube stellen. Die Kollegen sagen, `s ist romantisch, im Bett Filme zu gucken."
Würstel hatte gemessen, wie viel Platz von der Oberkante des Schrankes bis zur Decke war und dann einen Einundfünfziger Sony ausgesucht. Pakete von Versandhäusern kamen jede Woche mehrere. Aber ein so Großes hatte er noch nie in Empfang genommen. Jetzt stand das Gerät tatsächlich auf dem Kleiderschrank und strahlte sein fahles Licht auf die Ehebetten.
Der Dicke von der Regierung hatte soeben eine inbrünstige Rede vor vielen Menschen in Berlin gehalten und Würstel hatte sein Kopfkissen unaufhörlich mit Glückstränen getränkt. Vom Aufschwung Ost hatte er gesprochen,

von blühenden Landschaften, von Freiheit, Glück und einem sonnenüberflutetem Land. Der Fernseher verbreitete einen Geruch von gebratenen Tauben und gegrillten Ferkeln, die mit Messer und Gabel im Rücken die Straßen auf und ab liefen. Das Hungerleiderland war soeben an die Schlaraffenrepublik angedockt worden. Jetzt würde das bittere, verseuchte Wasser in wundervoll klaren Wein, nein, in Champagner verwandelt werden. Würstel würde das geile Gesöff gallonenweise in sich schütten. Alle Wünsche, mit dunkelblauer Kreide an helle Wände geschrieben, würden wahr werden. Ein gigantisches Feuerwerk ergoss sich minutenlang über das Brandenburger Tor, das ohne die Mauer gewöhnungsbedürftig aussah. Massen latschen rüber und nüber, als hätte es nie einen Antifaschistischen Schutzwall zum Schutze des Weltfriedens und der heldenhafter Errungenschaften gegeben. Neue Tränen rannen aufs Kissen.
„Mensch, Spoatzel, wer hätte diese Bilder vor einem Jahr für möglich gehalten? Ich kann`s noch immer nicht fassen. Wer hätte geglaubt, die würden ihr Zepter aus der Hand legen? Nicht einen Panzer haben sie dieses Mal auf die Leute gehetzt. War bestimmt Gorbatschows Verdienst. Der hat ihnen nicht mehr den Rücken gestärkt und schon haben sie Schiss bekommen." Deborah antwortete nicht und er drehte seinen Kopf zu ihr. Sie schlief mit offenem Mund. Wie schön sie doch war, seine Angebetete. Und wie sie sich immer und ausschließlich für ihn schön machte, das war schon rührend. Was kaufte sie nicht alles für tolle Sachen, nur um ihm zu gefallen. Was die Anderen nur immer hatten! Er hauchte einen zärtlichen Kuss auf ihre Wange und seufzte glücklich. Dann drückte er den roten Knopf der Fernbedienung und schwebte leise stöhnend, mit der Hand zwischen seinen Beinen in die Nacht, wie der kleine Häwelmann.

Zigarettenqualm hing wie nasser Nebel im Raum. Die Dartscheibe wurde von sechs Männern umlagert, die lautstark jeden geworfenen Pfeil kommentierten. An den zwei Geldspielautomaten spielten sich wie immer Erbse und Ruby arm. Wobei es bei Ruby noch ein weiter Weg bis zur Armut war. Er war bei „Ass 3000" schon zwei Mal „durchgekommen". 54000 Mark wollten erst mal verspielt sein. Aber er gab sich Mühe. Täglich verlangte er nach Spielscheiben. Würstel hüpfte das Herz, wenn er die Münzen klappernd in die Box fallen hörte. Immerhin war er am Gewinn der Spielautomaten zu 40 Prozent beteiligt. Falls es so weiter ging, würde Würstel bald im Jaguar „Sovereign" um die Ecke fegen, einem „Vau zwölf", möglichst einem Schwarzen. Der würde zwar 25 Liter suppen, aber im Böhmischen kostete ein Liter Super nur 50 Pfennige, 35 Pfennige weniger als hier. Nur Erbse

machte ihm etwas Sorge. Ab Monatshälfte war er regelmäßig pleite. Dann musste Würstel ihm die Zeche anschreiben. Kleingeld zum Spielen lieh er ihm dann nicht und so stand er mit dem Bier in der Hand vor den Automaten und blickte sehnsuchtvoll, mit blutendem Herz auf das Geflimmer und zählte die Stunden, bis ihm seine Firma den Lohn überwies. Nur heute, heute war eine Ausnahme, obwohl schon die zweite Monatshälfte war. Schon als er die Gaststube betrat, hatte Würstel gewusst, dass etwas Außergewöhnliches vorgefallen war. Sein hageres Gesicht bestand aus einem fetten Grinsen, als er, mit einem Hunderter wedelnd, an die Theke trat.
„Kriegst `n Auge, wie `n Strapsenkönig, wenn er `n nackten Männerarsch sieht, wa? Würstel, alter Hühnermörder, wa?"
Würstel schmunzelte gespannt.
„Hab noch vier von dem Kaliber. Jetzt haut`s dich um, wa, Würstel, wa? Hat mir meine Schwester ausm Wessiland geschickt. Sie hat `nen ähnlichen Job, wie ich ihn hab, in einer Wessifirma ausfindig gemacht. Dort verdiene ich fast das Doppelte. Da könnte ich den ganzen Monat am Automaten spielen, ohne anschreiben zu lassen. Der Zaster ist für `ne Fahrkarte und die Schulden bei dir. Aber ich pfeif auf die Fahrkarte und den Job. Kenn da drüben keinen Hund. Hab dort nicht einen Kumpel und meine Schwester ist mir zu streng. Die nörgelt ständig an mir rum, wie Weiber eben so sind."
Würstel hob den Zeigefinger wie Lehrer Lämpel und wollte grad loslegen, da sprudelte Erbse: „Wusst ich`s doch! Du bist meiner Schwester sehr ähnlich. Ich sag`s dir, Tobias, ich pfeif drauf. Ich mach mir mit den Kröten `ne bunte Woche. Ich versauf und verspiel alles. Und wenn ihr mich alle in die Anstalt wünscht, ich pfeif drauf! Gib mir zehn Scheiben und zwei Bier! Eins davon ist für meinen Freund Tobias. Nu mach endlich." Würstel schüttelte den Kopf.
„Dir ist nicht zu helfen, Erbse."
„Quatsch nicht. Gib die Blechscheiben. Ich will an die Flimmerautomaten."
Er schob die Fünfmarkstücke in die Jeanstasche, nahm sein Bier und trat an den vorderen Automaten. Die lange Blondine in der Ecke hatte das Gespräch mitgehört. Sie sah ziemlich gut aus, fand Würstel, aber viel zu jung für ihn. Vor wenigen Minuten hatte sie einen Schoppen Rotwein bestellt. Seither stand sie in der Ecke und beobachtete Würstel mit schelmischem Blick. Er grinste väterlich freundlich zu ihr hin. Sie drückte sich von der Wand und stakste mit ihren langen Beinen, die bis in den Himmel reichten, wie ein himbeerfarbener Flamingo auf ihn zu. Ihr Rock war nicht viel länger als sein Jeansgürtel breit. Ihre ganze Erscheinung hatte etwas Vampirhaftes. Eigentlich fehlten nur die langen Eckzähne. Aber Blut saugen konnte sie

sicher auch so. Der zähe Zigarettenqualm im Raum begann sich elektrisch aufzuladen. Die Geräusche in Würstels Ohr legten sich und wichen einer Stille, in der 1000 Volt auf einen Funken warteten. Sie sah ihn mit hoch gezogenen Augenbrauen an, als betrachte sie gerade genussvoll sadistisch einen Selbstmörder beim Hochwerfen der Schlinge über den Ast der Eiche. Dingi starrte hinter ihr her. Seine Blicke hingen an ihren Kniekehlen, eventuell etwas höher. Anerkennend zog er die Mundwinkel nach unten und pfiff wie ein geiler Rohrdommelhahn.
„Hallo, Tobias, ich heiße Leona. Stimmt es, dass du `nen Passat fährst?“
„Hm, stimmt, `nen Kombi. Warum?“
„Hab letzte Woche die Fleppen gemacht. Bräuchte `n paar Kilometer Fahrpraxis. Was hältst `n davon?“
„Ziemlich wenig. Hätte keine Lust, dich und den Wagen von irgend `nem Baum zu kratzen.“ Er schmunzelte, erstaunt über so viel Dreistigkeit. Sie lehnte sich nach vorn auf den Tresen und saugte seine Blicke einen Meter tief in ihren Ausschnitt.
„Tolle Dinger! Wenn auch nicht gerade riesig. Aber mein Auto verborg ich trotzdem nicht. Nicht mal einer so hübschen Hexe wie dir.“
„Wer hat denn was von Borgen gesagt? Ich fahr dich spazieren. Du kannst dabei die schöne Aussicht genießen.“
Mädchen, die mit 25 Jahren noch an den Storch glaubten, waren nicht Würstels Fall. Mädchen, die so rotzfrech waren aber auch nicht. Seine Därme rumorten. Er nahm den Blick von ihren Kullern, sah ihr ins Gesicht und erschrak. Ihre Augen blitzten, als wolle sie ihm auf der Stelle in den Schritt greifen. Mensch, so `ne Gullililie! Früher waren Mädchen mit 18 Jahren fromme Kirchgängerinnen, die keine Möglichkeit ausließen, sich über die verbreitete Unmoral zu mokieren. Heute schienen sie sich zwei Tage nach dem Einsetzten ihrer Pubertät in hungrige Sexwölfinnen zu verwandeln.
„Wenn du`s nicht drauf anlegst, schneller als Emerson Fittippaldi zu fahren, könnte die schöne Aussicht ein nettes Trostpflaster für meine geschundene Hungerseele sein.“
„Und schon ist uns beiden gedient, Kleiner.“ Sie grinste wie ein kanadischer Holzfäller, der den Baum mit nur einem Schlag zu Fall gebracht hatte.
„Kann ich bitte zu meinem Freund, dem Wirt von der Spelunke?“ Erbse schob die freche Leona sanft beiseite.
„Ich brauch neue Scheiben, zwei Bier und 100 Gramm Jim Beam. Bewegung! Das zweite Bier ist für dich. Und hinten hat Panzermeier schon zwei Mal gebrüllt, du sollst `ne Flasche Stroh hinter balancieren. Hörst du heut schwer? Seine Firma hat gestern dicht gemacht. Er gibt seinen Ausstand.

Montag will er nach Fulda zu Spritty und Lumber Jack. Die haben `nen Job für ihn."
„Der hat doch schon zwei Pullen spendiert. Soll lieber was sparsamer mit seinen letzten Kröten rumspuken. Wer weiß, wann er die nächste Pinunse zwischen die Finger bekommt, der Großkotz."
„Mensch, Würstel! Ist das dein Bier? Verdienst doch gut an so `ner Pulle und hast keine Arbeit damit. Schreib sie auf seinen Zettel. Ich trag sie hinter, damit du in Ruhe mit dem geilen Kind schwofen kannst." Er schielte auf ihre Brust. Erbse war eben ein netter Junge. Würstel fischte eine Flasche aus dem Schrank und reichte sie ihm rüber. Leona rutschte wieder in sein Blickfeld.
„Gibt es hier auch noch Rotwein, oder ist das `ne Entziehungsanstalt?"
Er füllte ihr Glas bis zum Rand. Seine Stielaugen tauchten in ihr loses T-Shirt, bis er ihre Schuhe sah. Hinten wurde es laut.
„Ich muss `ne Runde Bier breit schaffen, die schreien."
„Lass dich nicht stören, Kleiner." Sie blies ihm grinsend den Rauch ins Gesicht. Er hatte gehört, das sei irgendein geheimes Zeichen, die Bedeutung hatte er vergessen. Während er Bier an den Tischen verteilte, malte er an den kommenden Stunden. Ein Seitensprung mit so `nem jungen Ding würde auf ihn wirken, wie ein Bad in warmer Eselsmilch, wie Schwimmen im Jungbrunnen aus Tausend und zwei Nächten. Das kleine Luder war doch glatt 20 Jahre jünger als er. Deborah brauchte es nicht zu erfahren. Was sie nicht weiß, macht sie nicht heiß. Wahrscheinlich wäre es ihr auch gleichgültig. Auf ihrem Bettlaken stand seit einiger Zeit mit Tinte „Entfremdung". Ihr Putzfimmel schien sie zu überfordern. Dazu noch an zwei Abenden das Radballtraining, Samstag und manchmal Sonntag Punktspiele. Zwei, drei Mal in der Woche mit einer Freundin zu Mittag essen, zwei, drei Mal mit einer (anderen?) Freundin zu Abend essen, und die Freizeit war ausgebucht. Sie kannte alle Gaststätten im Umkreis von 50 Kilometern. Manchmal erzählte sie ihm, wie schön es in dieser oder jener sei.
Würstel gönnte ihr das süße Leben. Er war froh, sie bei ihren Freundinnen in guten Händen zu wissen, wenn er sie schon mangels Zeit vernachlässigen musste. Er hatte Verständnis für ihre Müdigkeit. Die Hektik, die sie sich aufbürdete, war nicht leicht zu meistern. Kein Wunder, dass sie keine Lust auf Bettspielchen hatte, bei all dem Stress. Über die Pfingstfeiertage musste sie zu irgendeiner Sportveranstaltung. Er hatte sich Minny und Tante Frieda geschnappt und war mit ihnen in den Urtierzoo Kleinwelka gefahren. Es war ein wunderschöner Tag geworden und er hatte Deborah echt bedauert, dass sie nicht dabei sein konnte. Als Minny ihr später erzählen wollte, wie schön es mit Papa und Tante Frieda war, konnte sie nur erschöpft abwinken. Sie

war völlig geschafft von den Anstrengungen des Wochenendes und es lag eine nicht minder anstrengende Woche in ihrem anstrengenden Job in der Fabrik vor ihr. Minny hatte sofort geschwiegen, hatte an der Reaktion ihrer Mutti erkannt, sie war zu fertig, um für irgendwelche Freuden eines Kindes offen zu sein.
„Geh zu Bett, Minny. Ich habe in den letzten Tagen fast Übermenschliches geleistet", hatte sie gesagt und war kopfschüttelnd über so viel Unverstand in der Dusche verschwunden. Er hatte Minny einen Kuss auf die Wange gedrückt und sie zu Bett gebracht.
„Schade, Mutti hat immer so viel Stress. Kaum ist sie fertig mit Putzen, ist sie wieder weg. Sie hat es wirklich nicht leicht mit uns, stimmt`s Paps?"
Leise hatte er die Tür ihres Zimmers geschlossen. Aus der Dusche kam das Rauschen des Wassers. Noch vor ein paar Monaten wäre er gegangen, um sie einzuseifen. Aber was sollte er mit einer Frau, die vor Müdigkeit kaum die Augen offen halten konnte. Sich einen Korb holen?
Letzte Woche war sie bei einer Wahrsagerin gewesen. Die hatte ihr einen steinreichen Mann geweissagt. Seine Zweifel waren zerstreut. Er würde bald reich sein, das war klar. Wenigstens wohlhabend. Dann würden sich Deborahs Wünsche über Nacht erfüllen.

„Oh, fährt wie ein Teufelsschlitten." Sie verzog keine Mine, guckte starr auf den dunklen Asphalt. Das gelbe Licht der Straßenlaternen spiegelte sich in den Pfützen.
„Ist `n Fünfzylinder. Keine sechs Jahre alt." Seine Stimme hüpfte wie eine Wallnuss, die Stufe für Stufe auf einer Stahlblechtreppe nach unten purzelt. Sie hatte so einen chinesischen Singsang dabei. Die Blonde lachte geil. Heiser und geil. Er rieb seine Handflächen an seinen Hosen trocken und legte seine linke auf ihr Knie. Leona zuckte nicht. Dann schieben wir sie Richtung Mitte, dacht er sich. Sie zuckte nicht.
Booh-ööh! Schrittfreie Strumpfhosen und keinen Slip! So `n Luder! Als plötzlich sein Mittelfinger verschwand, schielte er in ihr Gesicht. Sie zuckte nicht.
„Mach weiter, es macht Spaß, so Auto zu fahren. Hat mir mein Fahrlehrer als Erstes beigebracht."
In Würstels Jugend waren die Mädchen nicht so abgebrüht gewesen. Wie sich doch die Zeiten geändert hatten. Nach einer Stunde Fahrt hielt sie auf einem Waldweg. Sein Mittelfinger war aufgeweicht und weiß, wie eine Rolle ins Wasser gefallenes Toilettenpapier.

Beim Sitzen war es nicht aufgefallen. Jetzt, da beide standen, war der Größenunterschied beträchtlich. Tamaras Beine hatten die Höhe einer Netzgiraffe. Gut, es sah super aus, aber Ben Gun war nicht der längste Kerl der Welt. Wieder schaute er verblüfft zu ihr auf. Er machte die Schildkröte, steckte seinen Hals so weit es ging aus dem Panzer, dass er Dehnungsrillen bekam und richtete sich gerade wie ein Besenstiel. Es brachte höchstens drei Zentimeter. Der Unterschied war geschmolzen, blieb aber erheblich. Seine Mine bekam das Flehen eines Kindes, das noch nicht zu Bett will und er jammerte: „Tobias, mein Freund, du musst ..., ich meine wir müssen tauschen. Ich reich ja mal grade bis zu ihren Brüsten.“ Er drehte sich zu ihr und stupste sanft mit der Stirn an die linke Brustwarze die wie eine neugierige Igelschnauze durch den Tüll schimmerte. Würstels Antlitz zeigte alles Mögliche, nur keine Begeisterung.
„Ich hab mich auf die Melonen meiner Schönheit gefreut, wie der versoffene Charles Bukowski auf`n Bier und jetzt soll ich tauschen? Einfach so? Se, se, se! Ich weiß nicht, ich hatte mich mit ihren Beulen angefreundet.“
„Seh ich ein, seh ich ja ein! Aber was sagt denn die Uhrzeit? Sie sagt, `s wird sonst zu spät. Kapito?“ Ben fasste kurz entschlossen die Hand der Kleinen mit den großen Bällen und zog sie an sich. Würstel hatte keine Wahl. Nicht, dass die Lange ihm nicht zusagte, aber als unverwöhnter Mann wünschte er sich endlich die Wärme großer Titten. Die Lieblichkeiten führten die Kerle auf der Treppe nach oben und öffneten die Türen zu zwei nebeneinander liegenden Zimmern. Die Lange manövrierte ihren Knackpopo seitlich an ihm vorbei in einen Raum, in dem sich hinter der Tür eine klargläserne Duschkabine befand. Außerdem gab es nur noch zwei Nachtischlampen, ein Nachtschränkchen und ein großes, rundes Bett.
„Geld.“ Sie hielt ihm ihre Hand entgegen. Er hatte den Hunderter parat. „Du jetzt duschen. Ich Geld bei Chef.“ Er nickte beflissen und begann sich die Klamotten vom Leib zu reißen. Als sie von „bei Chef“ zurück war, hielt sie ihm ein Handtuch vors Gesicht. Er rubbelte sich trocken, während sie sich auszog. Seine Augen saugten sich an ihr fest. Sie lächelte wie Galileo beim Betrachten des Großen Wagens und schob von innen die Duschwand zu. Würstel zog seinen Kopf zurück, damit sich seine Stielaugen nicht in der Glastür verklemmten. Sie begann, sich einzuseifen. Dabei tippelte sie langsam um die eigene Achse, wie die Tänzerin auf der Spieluhr, um ihre schönen Seiten zu zeigen. Sie war cool wie eine Fünfkilopackung Vanilleeis in Bitterschokolade aus dem Supermarkt.
Brrrr. Würstel verwandelte sich in den berühmten Liliput mit dem gewaltigen Gemächt. Seine Klüsen mutierten zu englischen Tellern. Und obwohl er

„Die Stelle kenn ich“, sagte sie und lächelte lieblich wie Rosamunde Pichlers Oma.
„Hier haben wir Ruhe. `s könnte höchstens mein Fahrlehrer mit `ner neuen Schülerin aufkreuzen, der Schuft.“ Sie lachte gallig, zog die Handbremse an und huschte mit geübten Bewegungen durch die Lücke der Vorderlehnen auf die Rücksitzbank. Ungelenk kroch er ihr nach und sah plötzlich, wie sich die Unmoral aller umliegenden Ortschaften auf seinen Passat stürzte. Sie riss sich die Kleider vom Leib. Es roch nach Höllenschwefel und reifen Pfirsichen, einer Kombination aus ewiger Verdammnis und geilem, klebrigen Glück. (Wenn ihr wisst, was ich meine.) Bei ihrem Anblick mutierte seine Gesichtsfarbe ins Grau-Grün. Er sah aus, wie ein Lorbeerblatt in der heißen Suppe. Er wünschte sich, er könne diesen Moment zu einer Stunde, zu einem Monat, auf Ewig einfrieren, aber sein Verlangen war strikt dagegen. Mit einiger Mühe drang er in sie. Er hatte vergessen, wie knapp die jungen Höhlen waren. Sie riss den Mund auf, wie eine Maori-Plastik und quiekte. Nie zuvor hatte er solche Laute gehört. Mussten außergewöhnliche Stimmbänder sein, klang wie Marderbellen. Oder wie streitende Elstern? Er war sich nicht sicher. Ihre rotglühende Lava umschloss wie ein Schraubstock seine verehrte Wurzel, verbrannte seine Kehle und die Haare an seinen Bällen und plötzlich drängte sich die Sonne durch die Heckscheibe. Kaum zu glauben, dass sie im Passat Platz fand, aber echt, es war so!
„Hab drei Flaschen Rotwein hinterm Rücksitz“, sagte er, als er sich den Schweiß von der Stirn gewischt hatte. „Willste?“
„Hm, ja, macht durstig. Hast wohl lange nichts gehabt? Bist `n ganz schön geiler Hengst, du!“ Sie lächelte mit verklärten Augen und streichelte mit einer Zärtlichkeit seine Wange, die er seit Rosis Tod verschollen glaubte.
„Nee, kann ich nicht sagen, nur zu Hause …, meine Liebste ist in letzter Zeit ziemlich lustlos, so beschissen cool, verstehste?“
„Nee, versteh ich nicht. Hau sie doch raus! Was willst denn mit so einer?“ Er reichte ihr eine vor der Abfahrt entkorkte Flasche. Mit den Zähnen zog sie den zu drei Viertel herausragenden Korken und setzte an.
Hö, hööö! Halbe-halbe, dachte ich!“ Sie setzte ab, hielt die Flasche ins Mondlicht, sagte ungerührt: „Noch zwei Finger breit“ und sog weiter am Flaschenhals. Dann reichte sie sie Würstel.
„Ja jetzt sag, was, in Gottes Namen, willste denn mit so ´ner Frau? Hau sie raus und ich zieh zu dir. Ich arbeite in deinem Laden mit, bin dein bester Kumpel und glaub mir, ICH hab Lust. Wir vögeln wie die Goldhamster in jeder freien Minute. Mit Freuden, kannste glauben!“ Er leckte sich die Lippen.

Ihre Worte klangen echt bärisch. Sie schmeckten süß, ein wenig nach Laster, ein wenig nach dem Apfel der Erkenntnis oder wie der Scheiß hieß.
„Weißt du Leona, es geht nicht. Erstens bist du viel zu jung …"
„Was schon mal Nonsens wäre und zweitens?"
„Und zweitens, ich liebe meine Frau."
Sie riss die Augen auf.
„Oh Gott, ich krieg`s nicht auf die Reihe!" rief sie und entriss Würstel die Flasche. „Du musst den Rest nochmals teilen, sonst kommen mir die Tränen vor Lachen! Du liebst die? Nach allem, was die Leute über sie reden, liebst du die? Was hat sich der Herrgott mit euch Männern nur für einen Irrtum geleistet!"
„Was die Leute reden, ist Unfug. Mir ist das blöde Gewäsch auch egal, ich will`s nicht hören. Verstehste?" Würstel nahm ihr den Wein weg und ließ den Inhalt genüsslich über die Zunge gleiten. Es verschaffte ihm etwas Ruhe. Er kurbelte die Seitenscheibe nach unten und warf die Flasche an den Wegrand. Das dämliche Gerede der Leute machte ihn wütend. Er angelte nach der zweiten Flasche, öffnete sie und nahm sich einen gewaltigen Hieb. Leona betrachtete ihn. Sie hatte plötzlich traurige Augen.
„Hö, hö, hö! Halbe-halbe, dachte ich!" Sie drückte den Flaschenboden sanft nach unten. „Gib her, Schluckspecht!" Diesmal setzte sie nach einem Schluck ab.
„Du tust mir leid, Tobias. Bist so `n gutmütiger Kerl. Die Frau ist nichts für dich, glaub`s mir. Jeder Eiszapfen ist hundert Grad wärmer als die. Das zwitschern die einheimischen Spatzen seit langem von den Dächern."
„Leona! Bitte!"
Würstels Halsschlagadern begannen zu pfeifen wie ein Wasserkessel bei hundert Grad. Jeden Moment konnten sie vor Ärger platzen.
„Hör bitte auf mit dem Pfeffer! Ich liebe sie und was die Leute sagen, ist gelogen. Ich kenne Deborah lange genug. Sie kann ihre Liebe nur nicht so zeigen, wie andere Menschen. Glaub mir."
„Weißt du, WAS ich glaube? Ich glaube, jemand hat dir in die Birne gekackt. So bescheuert wie du, kann ein Mann nicht sein! Nee, so blöd ist kein Mann!" Sie fuchtelte wie wild im Halbdunkel umher. Würstel musste den Rotwein aus ihrer Reichweite halten.
„Die haben gesagt, du seist ein ganz verrückter Hund. Die hatten Recht, nur nicht so, wie ich dachte." Sie starrte in die Dunkelheit. Der Mond zwischen den Fichten machte ein ernstes Gesicht. Dass Mädchen nach einem Jahr die „du musst dich entscheiden Leier" an`s Trapez hängen, die zur Klärung der Liebesverhältnisse jetzt endlich anstünden, war er gewohnt. Mädchen

allerdings, die nach dem ersten Fick schon von Heiraten sprachen, hatte sogar der Mond schon sehr lange nicht mehr erlebt.
„Ich muss nach Hause. Sie wundert sich sonst, wo ich so lange bleibe“, flüsterte Würstel. Sie drehte den Kopf.
„`s wär schön, wenn du jetzt nochmal könntest.“ Sie schlang ihre Arme um seinen Hals und küsste ihn, wie nur echte Hexen küssen konnten.
Er bewegte den Kopf rauf und runter.

„Genau wie in alten Zeiten.“ Nelly lächelte ihren Papa glücklich an. „Oben die kleinen, unten die großen Kugeln. Dann das Lametta. Richtiges, schweres Lametta. Faden für Faden, jeden einzeln. Hängt ganz gerade, genau wie früher, als wir noch das alte von Opa hatten. Hängt nicht wie Sauerkraut am Baum.
„Und wir zwei putzen ihn zusammen, genau wie früher, als Mutti noch lebte.“
„Aber tu mir `nen Gefallen und kauf nächstes Jahr wieder einen richtigen Baum. Der Plastikbomber sieht verheerend aus.“ Würstel war beleidigt. Die Form des Baumes konnte schöner nicht sein und er brauchte zehn Jahre kein Geld ausgeben für einen Tannenbaum. Aber wenn er Nelly nicht gefiel, hatte sich das wohl erledigt.
„Dachte es würde deiner Grünspinnerei entgegen kommen.“
„Quatsch.“
Er war froh, dass sie zwei Tage vor Heiligabend nach Hause gekommen war. Weihnachten mit den Kindern, was konnte es Schöneres geben? Für Minny hatten sie in Bautzen, in den ehemaligen Getreidespeichern, die jetzt zu einem unfassbar großen Supermarkt umfunktioniert worden waren, ein Fahrrad gekauft. Nelly hatte einen guten Einfall gehabt.
„Schenkst Deborah einen neumodischen Fotoapparat, der alles von selber einstellt.“ Der alte war noch aus russischer Friedensproduktion, aus einem Stück gefeilt und museumstauglich. Das Gerät war nicht ganz billig, aber für Deborah war ihm nichts zu teuer. Was bedeutete schon Geld. Liebe war wichtig. Er hätte ihr alles untern Weihnachtsbaum gelegt. Nelly hatte den Fotoapparat in Stuttgart gekauft und mit ihrem „Ascona“ persönlich angeliefert. Sie hatten ihn zusammen liebevoll verpackt, mit einer roten Schleife versehen und ein Plüschherz dran festgebunden. Würstel hatte ein Gedicht verfasst, in die Weihnachtskarte geschrieben und sie unters Schleifenband gesteckt. So ein Weihnachten hatte seine Angebetete wahrscheinlich noch nie erlebt.
Es klingelte an der Haustür.

„Werden Snake und Elli sein. Die kommen, wie jedes Jahr den Baum begutachten.“ Er hängte die letzten Lamettafäden über die Plastnadeln und ging die Tür zu öffnen.
„Und, fertig?“
„Klar, fertig. Bier steht kalt. Kommt rein.“ Elli und Nelly umarmten sich.
„Hee, Nelly! Wusste gar nicht, dass du kommst. Lange nicht gesehen.“
„Ein Jahr und acht Monate haben wir uns nicht mehr gesehen, Elli, nur voneinander gehört. Die Zeit vergeht wie im Fluge. Haste noch `n Job?“
„Ja, im Moment scheint alles klar zu sein. Nur, es wird schon gemunkelt, die Firma soll dicht gemacht werden. Sie sei unrentabel, nicht konkurrenzfähig.“
Nelly wiegte mit den Füßen und sagte gedankenverloren: „Die Chinesen weben den Stoff für ein Zehntel von eurem Lohn. Und du Snake?“
„Ich hab wieder Arbeit. Bin auf `m Bau. Montage. Ich fahr in ganz Deutschland umher. Wir bauen Fertighäuser. Kann es dir nicht erklären, hab `ne total trockne Zunge.“ Würstel kam bereits mit dem Bierkörbchen aus dem Keller.
„Hm, Freiberger! Gib schon her!“
„Wo ist denn Deborah, dein Sonnenschein“, fragte Elli. „Will sie nichts trinken?“
„Sie ist vor vier Stunden weg. Wollte zu ihren Eltern. Wird gleich kommen.
„Minny holt noch schnell Blumen für ihre Mutti. Hab ihr Geld gegeben.“
Das zweite Bier zischte durch die Hälse. „In drei Stunden gibt`s Bescherung. Willst du `nen Jim Beam?“ Snake beantwortete die Frage mit einem breiten Grinsen.
„Mit Eis?“
„Seit wann versaun wir denn den besten Geschmack der Welt mit Eis?“
Sie kippten den Schnaps in einem Zug. Snake hielt das leere Glas mit dem dicken Boden Richtung Flasche. „Schnell, noch einen. Der nimmt die Spannung. Der hilft mir weiter“, krächzte er mit rauchiger Stimme, wie einer dieser Serienhelden, die uns täglich das Leben versüßen.
„Tu nicht so schwul!“ fuhr ihn Nelly an.
„Scheiße, war `n Fehler. Dachte, ich könne Eindruck schinden, wenn ich auf der Höhe der Zeit bin.“ Sie lachten über Snakes Kraftmeierei. Die Tür flog auf und Minny steckte ihren Oberkörper rein. „Was gibt`s denn hier zu blödeln?“
Würstel winkte ab. „Snake spinnt.“
„Wie immer“, antwortete sie, gab beiden die Hand und zeigte stolz die Blumen, die sie für Mutti gekauft hatte.

Zur Bescherung herrschte die übliche, feierliche Aufregung. Minny war hin und weg wegen des Fahrrades. Wären die Straßen nicht 20 Zentimeter mit festgefahrenem Schnee bedeckt, hätte sie am liebsten ein paar Runden gedreht. Nelly spann, was sie mit dem geschenkten Geld alles kaufen wolle. Deborah setzte sich in einen Sessel. Würstel beobachtete gespannt, wie sie die rote Schleife und das kitschige Herz von der Verpackung ihres Geschenks zerrte. Er nippte glücklich lächelnd am Rest des Jim Beam und freute sich auf das Leuchten im Gesicht seines Weihnachtsengels. Behagliche Wärme umspielte sein leicht umnebeltes Hirn. Jetzt hatte sie das Papier von der Schachtel gerissen und es schob sich langsam eine Falte zwischen ihre Augenbrauen. Sie kippte den Deckel der Schachtel nach oben, sah hinein und stieß sie erschrocken auf den Tisch, als würde ihr eine Mamba entgegenzüngeln. In ihrem Gesicht spiegelte sich eine mittelalterliche Folterkammer.
„Ein Foto? Ein Fotoapparat? Soll das etwa ein Fotoapparat sein?"
Ein Meer aus Schrecken ergoss sich über Würstels Kinn, das er in seiner naiven Blödheit hoch zu klappen vergaß. Er schluckte. Wasser, Salz, würgen, husten, nach Atem ringen.
„Es ist …äh, es ist …," husten, würgen. „es ist a …äh, a …, eine Spiegelreflexkamera! Äääh, macht fast alles selber. Die …" Schleim stieg in seinen Mund. Er schluckte inbrünstig, bekam ihn aber nicht runter. Es wurde immer mehr.
„So ein Blödsinn kann auch nur dir einfallen", sagte sie erschüttert. Sie sah ihn mit unsäglich enttäuschtem Blick an. „Mir ein solch unpersönliches Geschenk anzudrehen ist der Gipfel. Nur ein Kochtopf oder eine Küchenmaschine könnten noch unpersönlicher sein."
Erschrocken und von den Vorwürfen tief getroffen flimmerten seine Augen wie die Lampen eines Flipperautomaten. Minny hatte mit offenem Mund gelauscht und staunte über Papas Dämlichkeit. Nelly machte ein betretenes Gesicht. Sie stand mit hängenden Schultern hinter ihrer Stiefmuter. Sie war das versteinerte Schuldbewusstsein, aber ihre erschrockene Mine verwandelte sich in fließendes Mitleid, als sie sah, wie verwirrt und hilfesuchend ihr Vater mit den Augen umher schwirrte.
„Weshalb schenkst du mir so `nen Quark, Tobias? Warum kein Kleid, warum keine goldene Kette? Oder goldene Ohrringe? Was soll ich mit dem Mist?"
„Aber Deborah!" rief er verzweifelt. „Du kaufst doch jede Woche Klamotten und alle zwei Wochen `ne Kette! Was willst du denn mit all DEM bekloppten Ramsch?"
„Jetzt fragst du auch noch, was ich damit will?" fuhr sie ihn an. „Du weißt doch, das alles tue ich für dich! Damit ich für dich schön bin, Dummerchen."

Sie hatte Dummerchen gesagt, aber es klang verdächtig nach ARSCHLOCH. Die Schlammkröte in seinem Kopf sonderte eine toxische Flüssigkeit ab und verwandelte sich in einen Haufen jämmerlich stinkende Krokodilkacke, der von schwarzen Schmeißfliegen umrundet wurde. Er stand auf, goss sein Glas randvoll Whiskey, trat vor das Bücherregal und griff nach dem Duden. Mit rotem Kopf, Whiskey und Duden ging er in den Keller. Er schämte sich wie ein Bettnässer bei der Armee. Er hatte seiner Familie das Christfest gründlich verdorben. Tränen kamen ihm in die Augen. Wie konnte er nur diesen kolossalen Kardinalfehler begehen, etwas Unpersönliches an seine Deborah zu verschenken! Nur er konnte derart in die Scheiße treten. Er schlug den Duden auf: unpersönlich; unpersönliches Fürwort (für Indefinitpronomen); Unpersönlichkeit, die; -

Der Lehm, der sein Hirn verklebte, fuhr Achterbahn. Was waren aus der Erklärung des Dudens für Schlüsse zu ziehen? Er fand keine Lösung. Hier konnte nur sein Freund Jim Beam helfen. Wütend, wie ein nach Russland strafversetzter Botschafter, warf er den Duden mit voller Wucht gegen den alten Kleiderschrank.

Nelly kam zaghaft die Kellertreppe herab.

„Entschuldige, Paps, ich hab`s versaut. `s war keine gute Idee. Ist mir inzwischen auch klar geworden. Hab mir nichts dabei gedacht. Jedenfalls wollte ich Deborah keineswegs beleidigen.“

„Ich hab ihr grad gebeichtet, dass ich den blöden Einfall hatte. Und was soll ich dir sagen, sie verzeiht es uns, wenn du den dummen Fotoapparat gegen etwas Persönliches eintauschst. Na, ist sie nicht lieb, unsere Deborah? Die Sache hat nur einen kleinen Haken, ich hab das Ding in einem Fachgeschäft erstanden. Da gibt es nix, was persönlich auf Deborah wirken würde.“

Wenn bloß dieses verschissene Weihnachten schon vorüber wäre, dachte Würstel, nicht nur wegen des zu erwartendem Liebesentzugs. Er trank sein Glas aus und küsste Nelly versöhnlich auf die Nase. Plötzlich schlug ihm eine schmerzhafte Sehnsucht nach dieser verrückten Leona in den Magen. Er schielte in das Glas. Nährte dieses Teufelszeug etwa die Begierde nach Hexen? Falls ja, war Vorsicht angesagt! Bei dem Gedanken an sie überkam ihn eine Hitzewelle, wie sie bei Frauen in den Wechseljahren üblich sind. Die küsste wirklich wie eine Hexe. Feuer vermischte sich in seinen Adern mit schäumendem Blut. Von der Mitte stieg ein Kribbeln zu Herz und Hals. Die Luft schmeckte nach ihrer Musch.

„Hee, was ist denn mit dir Paps, biste voll?“ Nelly hatte ihm einen Klaps auf den Oberarm gegeben.

„Nee nee, hab bloß grad an Früher gedacht, wie schön es war, als deine Mutter noch lebte. Komm, wir gehen wieder hoch. Werde mich bei Deborah für mein Vergehen entschuldigen."
„Recht so, Paps. Entschuldige du auch, bitte. Verdammt noch mal, ich hätte es wissen müssen." Sie schüttelte resigniert den Kopf.

Das Klingeln des Telefons quälte sich durch Stimmengewirr, Zigaretten- und Pommesfettqualm, hingen träge in der Luft und bildete eine verfaulte, braune Mischung aus Sauerstoff und bestialisch stinkenden Auspuffgasen. Würstel schlürfte zum Hörer.
„Lass mich hinten rein." Es war Leonas Stimme. „Ich warte in der Küche, bis du die Bande rausgeschmissen hast. Mir ist kalt. Wenn ich im Auto auf dich warte, ist meine Muschi zugefroren, bis du endlich Feierabend hast."
Würstel öffnete leise die Hintertür und schon hing sie ihm am Hals.
Und wisst ihr, was noch? Sie griff ihm zärtlich in den Schritt!
Er erstarrte. Unglaublich, die jungen Dinger! Einfach unfassbar! Manchmal waren die Telenovelas auch für etwas gut. Oder hatte sie diese freche Handlungsweise von wo anders abgeschaut? Aber für Leona schienen Pornofilme eher als Weiterbildung für ältere Mauerblümchen zu taugen. WOW! Er hielt still wie ein gestriegelter Hengst. Und jetzt ging sie auch noch in die Knie und zerrte an seinem Hosenkäfer wie ein Reiter an den Zügeln seines Pferdes. Eines Pferdes, das vergessen hat, was Anstand und Zucht bedeuteten. Seine halbschlappe Urinmakkaroni verschwand, bis nichts, aber auch nichts mehr von ihr zu sehen war. Offensichtlich befand sich ihr Kehlkopf kurz vor dem Magenpförtner. Sein Gesicht überzog sich mit Gänsehaut, was in Fachkreisen als physische Sensation gilt. Er sah aus wie eine unreife Kastanie in ihrer grünen Schale. Er begann zu schwanken. Jemand sang mit kindlicher Stimme: „Honky Tonk Women" und es klang echt nicht schlecht. Ihm wurde plötzlich bewusst, es waren genau diese Frauen, die ihm gefielen, für die sein Herz schlug. Ob schlau oder nicht, egal. Am schlimmsten erschienen ihm in diesem Moment die Neunmalklugen, die Zickigen, die Widerspenstigen, die Unfolgsamen, die Gehässigen, die Überemanzipierten, die Übellaunigen, die Arroganten, die Herrschsüchtigen, Kaltblütigen, Herablassenden, Herrischen und Schuhverrückten. Warum waren nicht alle Frauen so nett, zutraulich, liebevoll, sympathisch, kompetent und pflichtbewusst, wie die die vor ihm kniete? Seine Pupillen rollten von selbst. Das innere Wohlgefallen griff nach seinen Arschbacken und drückte sie sanft.

„Öööóh, öööóh! Bist du ins Klo gefallen?“ Würstel zuckte zusammen. Blöder Mist! Marylanson schrie wie Johnny Weissmüller in seinem ersten Tarzanfilm.
„Hier stehn zehn Mann am Tresen und haben nichts zu saufen!“
Das Schicksal ist `ne fette, beknackte, ekelhafte Hornisse, die dir von hinten in die Klöten sticht! Genau dann, wenn du auf einen Baum kletterst, um Nachbars Kirschen zu klauen. Vielleicht heißt das Schicksal auch nur „Zufall“. Jedenfalls wollten diese Hornochsen Bier und schienen nicht gewillt, ihr Verlangen zu zügeln, geschweige es zu verschieben. Im Laufen zog er seinen Reißverschluss hoch. Marylanson schob seinen Unterkiefer vor.
„Was hast `n du gemacht? Bist ja ganz scheckig im Gesicht! Siehst aus wie geohrfeigt.“ Besser, sie schauten ihm ins Gesicht, als auf seine Hose.
Abwesend versorgte er seine Kundschaft mit Bier und Fusel. Die Sache mit der Hexe forderte seine grauen Zellen. Ein Schwall ihres Geruches kämpfte sich eben durch den Kneipendunst. Wahrscheinlich war er unter ihrem Rock hervor gekrochen. Vor seinen Augen tanzte ein Foto von ihrem Seidenhöschen, das hinten nur so einen Bindfaden hatte, bei dem ihre wunderschönen Arschbacken, Entschuldigung, Gesäßbacken, in der Sonne blinkten, wenn man den Rock lüftete. Wie hießen die Schlüpfer doch gleich? Irgendwas mit Strang oder so. Ein Eimer voller Hormone machte seine Beine geschmeidig. Er glaubte auf Rollschuhen zu laufen. Mussten die Hundefänger jetzt nach Bier schreien?
„Hat Panzermeier schon aus Fulda geschrieben, wie`s ihm geht?“ Erbse hielt Würstel am Arm fest.
„Nee, er hat angerufen. Alles klar. Geht ihm gut. Hat `nen Job, muss sich vier Wochen einarbeiten, dann bekommt er den vollen Lohn. So 3000 brutto.“
„Ho ho, hört sich gut an.“
„Joe war gestern hier. Er will auch nach Fulda. Lumber Jack besorgt ihm auch Arbeit. Morgen gibt er Ausstand. Er ist heilfroh, kann ich dir sagen. Der arme Hund hat schon über`n Jahr keinen Job.“
„Der dicke Dingi ist entlassen worden. Will auch rüber machen. Hat da `n paar Kumpels im Westerwald. Die wollen ihn irgendwo unterbringen. Hier sieht`s mittlerweile ungeheuer trübe aus. Wird wohl noch ein Weilchen dauern, bis der Aufschwung Ost in Schwung kommt.“ Erbse griff nach seinem Bier. „Warte, ich trink aus. Bringst mir gleich noch `n Neues und `n großen Jimm Bimm und schreib`s an.“
„Langsam wird die Latrine zu einem Arbeitslosenheim“, murmelte Würstel und hastete um den Tresen. Er wollte so schnell wie möglich hinter zu seiner Hexe. Aber im Moment sah es nicht so aus, als würde es ihm in den nächsten

Stunden gelingen. Die waren heute alle aus dem Häuschen. Li Ping, einer der drei Monteure aus Niedersachsen, schrie: „Möönsch, Würstel, mach die Musik lauter! Wir wollen mit der Kleinen tanzen.“ Würstel hatte seinen richtigen Namen vergessen und ihn kurzerhand „Li Ping“ getauft, weil er eine Vietnamesin zur Frau hatte. Die drei Kerle waren drauf wie Fremdenlegionäre. Echte Gaudihalunken. Jedenfalls steckten ihre Köpfe randvoll mit Unfug. Er drehte die Musik auf Anschlag und Li Ping schnappte sich die, alles andere als nüchterne, Mary Loo, die scherzhaft die „Eiserne Lady“ genannt wurde, weil sie ständig im Knatter war und allen Versuchen eventueller Freier nicht widerstand. Er wirbelte sie hin und her, wie ein debiler Turniertänzer. Die laute Musik ließ sofort die Stimmung überschwappen, wie `ne Runde Koks in der Sauna. Die eiserne Lady begann kreischend zu singen: „Wenn du denkst, du denkst, dann denkst du nur du denkst, ein Mädchen kann, das nicht …“ Im Radio lief: „White Room“ von Cream. Sie übertönte es mühelos. Alle grölten. Li Ping schob sie zu Noodles und hielt sich den Bauch vor Lachen. Pichler, er schien so was wie der Vorarbeiter der zwei anderen zu sein, kam auf die Theke zugeschleudert.
„Gib mir `ne Schere, Würstel.“
„Was willst `n damit? Mach mir bloß keine Scheiße! Verstehste?“ Pichler lächelte wie ein hinterhältiger Clown.
„Gib schon `ne Schere. Wirst gleich sehen, was ich für `ne Scheiße damit mach.“ Er ließ die Schere in seiner Hosentasche verschwinden und redete auf Li Ping ein. Li Ping trat zwei Schritte vor, klatschte in die Hände und drängte Noodles von der Eisernen weg. Dann legte er beide Arme um ihren Hals und sie tanzten eng umschlungen. Pichler trat hinter Mary Loo, zog vorsichtig den Rand ihres Pullovers nach unten und setzte die Schere an. Sie schnappte mit fünf, sechs Schnitten durch die Wolle bis zum Kragenbündchen. Das ließ Pichler stehen. Der Pulli klaffte am Rücken auseinander und man konnte den weißen Verschluss ihres BH sehen. Mary Loo hatte nichts bemerkt. Sie war viel zu betrunken, um sich über das Johlen zu wundern. Sie hing mit trübem Blick an Li Pings Brust und latschte um ihn herum, als suche sie an einer Litfaßsäule eine Ecke zum Pinkeln.
„Wenn sich das rumspricht, was sich hier allabendlich abspielt, reichen bald die Plätze nicht mehr aus!“ schrie Bello ihm zu. Li Ping zwinkerte verstohlen. Erbse klatschte im Takt zum Tanz der beiden Halbverliebten. Bello machte ein Gesicht, wie ein Mega-Promi aus einer der täglichen Eliteserien, die sich glichen, wie Hühnereier in einer Schachtel. Er schien begeistert von der Vorführung der drei Halunkenmonteure. Alle hatten sich erhoben und bildeten einen Kreis. Pichlers Brust war weltmännisch angeschwollen.

Noodles beobachtete das Geschehen genussvoll. Wie ein perverser Pathologe, der genussvoll eine junge Frau seziert, ging Li Ping zu Werk.
„Oh ha, die mischen den Laden ordentlich auf!“ schrie Zucker, der mit Begeisterung bis oben hin voll gestopft war, dass kein Milligramm davon mehr reingepasst hätte.
„Die Krönung von allem war, als sie vor drei Wochen `ne grüne Gurke in Katarina der Großen verschwinden lassen wollten, als sie betrunken wie `n Apache hinten am Tisch hing. Sagt doch der Noodles über mich, ich solle `ne grüne Gurke kurz in der Mikrowelle anwärmen, er wolle sie allen Ernstes der Großen verabreichen. Sie sei total voll und scharf wie `n Sack Senf. Ich flatter wie `n aufgescheuchtes Huhn nach hinten, und da sitzt die am Tisch und hat ihre riesigen Lungenflügel frei gelegt. Links von ihr sitzt Pichler, rechts von ihr Li Ping, die sie mit Glotzaugen befummeln. Ein Glück, dass die Gaststube zu dem Zeitpunkt leer war. Kannste dir den Skandal vorstellen, wenn so was im Dorf die Runde macht?“
„WOW! Schade, verdammt schade“, Bello spitze seine Lippen, als ob er pfeifen wolle, „dass ich das verpasst habe. Scheiße, warum war ich bloß ausgerechnet an dem Tag nicht bei dir! Könnt mir in den Arsch beißen. Wie ist `s denn weiter gegangen?“ Bello hatte sich zu Würstel gedreht. Das Tanzpaar interessierte ihn plötzlich nicht mehr. Er musterte Würstel, um fest zu stellen, ob der ihm eine Ente in die Taschen schob.
„Hast du ihnen `ne Gurke angewärmt? Nu sag schon und lass dir nicht jedes Wort aus der Nase ziehen.“ Mit der flachen Hand klatschte er empört auf den Tresen.
„Bist du nicht mehr ganz fit? Mir reicht`s schon, wenn die Riesenmaus mit ihren Galanen auf der Damentoilette verschwindet.“
„Was? Was geht hier vor?“ Bello war außer sich. Sein Hals wuchs aus dem Hemdkragen, wie die Kobra aus dem Korb, um zu gucken, wer da flötet. „Sag mal, bezahlen die der was?“
„Weiß ich nicht. Aber ich glaube, die bezahlen ihr nur Bier und Schnaps und wenn sie dann voll ist …“
„Treiben sie`s mit ihr auf der Damentoilette?“ vollendete er geistesabwesend den Satz.
„Sie freut sich halt, wenn`s was Billiges zu Trinken gibt, wenn sie was spendiert bekommt. Hat keine Knete. Ist schon ewig arbeitslos.“
„Hab auch keinen Job und keine Knete, aber zum Saufen reicht`s bei mir immer noch.“
„Du wohnst im Hotel Mama, vergiss das nicht. Da kannste alles in den Hals kippen. Hast keine Miete und so.“ Er zog seinen Kopf wieder ein.

„Hast Recht, hilft wirtschaften. Bin meiner Mami auch sehr dankbar, für die ständige Hilfestellung. Ohne ihren Brotkorb wäre ich nicht in der Lage, mit meinem Alkoholkonsum einen Würstel und seine Kinder zu ernähren. Somit bist auch du meiner alten Dame zu Dank verpflichtet.
„Dann seh ich mich genötigt, dir jetzt ein Bier zu spendieren."
„Danke, das schont mein Budget." Sie prosteten sich zu. „Soll dir der Herrgott im Ehebett vergelten, mein Freund. Es muss nicht unbedingt im eigenen sein."
Würstels Ausdruck bekam diesen Trauerschleier, den er immer hatte, wenn er in einen Haufen Hundekacke getreten war und nicht wusste, warum es um ihn herum stank.
Noodles manövrierte sich an den Tresen.
„Bier für alle! Unser Chef hat uns 200 Mark Zielprämie gezahlt. Schwarz auf die Hand. Die kloppen wir jetzt aufn Kopp. Unsere Mütter brauchen davon nichts zu wissen. Und gib noch `ne Schachtel Kümmelding, äh, Kümmerling dazu. Wir legen aus den leeren Flaschen `ne Sonne."
Würstel fand Gefallen an der Freizügigkeit der Kerle und wie sie mit dem Geld um sich warfen. Früher hatte den Leuten das Geld hier auch lockerer gesessen. Na ja, da gab es auch noch nicht so tolle andere Sachen zu kaufen. Die grassierende Arbeitslosigkeit stutzte die Portemonnaies zurecht. Eine Besserung der Lage war entgegen Medienberichten nicht in weiter Ferne in Sicht. Resignation begann, den weißen Schnee der Euphorie zu zerlatschen. Noch vor drei Jahren war befreiendes Jauchzen wie ständiges Wetterleuchten in den Nächten zu sehen gewesen. Jetzt konnte die geistige Verfassung der meisten mit „zu Tode betrübt" beschrieben werden. Etwas lag in der Luft, das klang wie: „Folgt nicht den Rattenfängern, nur weil sie lieblich auf ihren Flöten blasen."
Die Kneipentür flog auf und donnerte gegen die Wand. Zwei Glatzen in Springerstiefeln stakten im Donnerschritt, ohne die Tür zu schließen oder jemanden eines Blickes zu würdigen an die Theke. Li Ping zeigte mit dem Finger auf sie und rief Würstel zu: „Für die Arschgeigen gibt`s kein Freibier von uns! Klar?"
Die Chemotherapierten rissen wie auf Kommando ihre kahlen Schädel herum, stemmten in Empörungspose die Fäuste in die Hüften und betrachteten den Rufer, dessen ausgestreckter Arm langsam nach unten sank.
„Ist das nicht die Drecksau mit der vietnamesischen Kanakenbraut?" zischte einer der beiden. „Dir Schlitzaugenficker stehn wohl die Zähne zu eng, he? Du hast doch hoffentlich mit „Arschgeigen" nicht uns gemeint, oder?"

„Doooch, doooch, Arschgeige“, antwortete Li Ping gelassen. Würstel wurde es mulmig um den Darm. Das roch nach Ärger. Die Springerstiefeln mit samt ihren Trägern bewegten sich langsam auf die Monteure zu. Würstel drehte die Musik leise und schlug das leere Biertablett auf die Theke. Es krachte wie ein Schuss aus einem Karabiner. Sie fuhren herum.
„Aah, sieh an, der Kneiper zeigt die viel geforderte Zivilcourage.“ Seine Stimme klang wie Marlon Brandon in „Der Pate“. Er grinste Würstel an. Der andere stieß seinem Kumpan in die Seite und knurrte: „Der bettelt um Haue, hm? Möchtest du rote Sau mal zuschaun, wie wir dir den Laden zerlegen? Möchtest du das, he?“
„Nein, möchte ich nicht. Und ich möchte auch von dir nicht rote Sau genannt werden. Schreib dir`s hinter die Ohren, falls du schreiben kannst, Penishirn! Für mich persönlich gibt`s zwischen Braunen und Roten nur den Unterschied, dass eine Sorte weiße, die andere Sorte schwarze Schnürsenkel trägt. So, wie ihr euch nennt, so sehn die anderen aus und umgekehrt. Auf mich könnt weder ihr, noch eure dünnhirnigen Gegner bauen. Zerlegt euch von mir aus gegenseitig, aber lasst mich und alle hier in Frieden, sonst fliegt ihr raus, ihr Pfeffersäcke!“
„Du stellst uns mit den Bunten auf eine Stufe? Ich hör wohl `n bisschen spät.“ Er schüttelte sich am ganzen Körper als ekele er sich und beschleunigte seine Schritte. Schon stand er an der Theke.
„Glaub nicht, dass du spät hörst, eher, dass du spät verstehst. Und was die Stufen angeht, nicht ganz, eure roten Pendants haben im Namen ihres Klassenkampfes weltweit gesehen `n paar Millionen mehr arme Schweine ins Jenseits befördert.“ Würstel begann, sich über seinen Mut zu wundern. Das spornte ihn an, machte ihn stolz. Er konnte die wirklich nicht riechen. Vor kurzem hatte er gehört, die sogenannten Rechten aus dem „Oberland“ hätten eine achtundsechzigjährige Frau krankenhausreif geprügelt. Echt mutige, tolle Jungs, die Typen!
„Mann, Vadim, der Scheißkerl geht entschieden zu weit“, fauchte er und sah Würstel zähnefletschend an.
„Ho, ho“, lachte Würstel verächtlich, „ein Brauner mit echt arischem Namen! An deiner Stelle würde ich mich umtaufen lassen.“ Er drehte den Kopf zur Gaststube und rief: „Habt ihr schon mal erlebt, dass ein echter Deutscher auf den Namen Vadim wie dieser Troll hier hört?“ Die Monteure rissen ihre Arme hoch und grölten wie die Fans von Dynamo Dresden beim Siegtreffer ihres Clubs.
„Und Troll Nummer zwei, wenn ich fragen darf, wie heißt du?“

Troll zwei fletschte ebenfalls die Zähne, schob die kahle Rübe übern Tresen, bis seine Nase an Würstels klebte und brüllte abgehackt und mit der Lautstärke einer Concorde beim Starten: „Mein Name ist - Adolf Hitler!“
Neben Würstel viel donnernd ein Baum zu Boden. Angewidert wie von einem Hektoliter Pferdekotze zuckte er zurück. Der Arschwurm hatte Recht. Die Ähnlichkeit war frappierend.
„Äääh, geh weg, du stinkst nach vermoderten Schlachtabfällen und dunkelbrauner Scheiße!“ rief er empört und riss den Oberkörper aus seinem Dunstbereich. „Siehst ihm auch verteufelt ähnlich. Nur dürfte dein IQ noch um Meter tiefer liegen, was schwierig zu toppen ist, du aber locker packst. Wenn Blödheit lang machen würde, müsste man dir das Fressen mit der Flak hoch schießen!“ Jetzt grölten alle. Die Trolle schauten mit Werwolfminen auf die Lacher. „Tja“, Würstel war vor Aufregung rot wie ein rasiertes Bullenei, „ sieht aus wie eure scheiß Dolch-Stoß-Legende, wa? Bevor wir euch euer braunes Fell gerben, geht lieber stiften! Ich meine, ist nur `n Vorschlag. Könnt auch noch bleiben und die Stimmung weiter aufheizen, falls ihr Lust auf Prügel habt.“
„Ich mach dich alle, dich dreckiges, rotes Kanackenschwein!“ Ehe Würstel reagieren konnte hatte Troll Vadim ihn am Hemd gepackt und zog ihn zu sich.
„Uuuh, Spiegelkopf, du willst mit mir in den Ring steigen? Ich meine, so Mann gegen Mann? Hab gehört, ihr verprügelt lieber zu fünft fast siebzigjährige Omas. Oder ist das rote Feindpropaganda?“ Würstel wartete auf ein Zucken in den Augen seines Gegners. Er würde ihm sofort die Stirn auf seinen Hitlerzinken knallen.
„Jetzt reicht`s, Rotaffe! Komm mit nach draußen! Ich werde dich vor der Tür zertreten wie `ne schäbige Küchenschabe. Los!“ Er ließ von Würstel ab, machte kehrt und steuerte auf die offen stehende Tür zu. Bedächtig strich Würstel sein Hemd glatt und folgte ihm. Vorsichtig, auf alles gefasst, trat er aus der Tür. Der Gummiritter war stehen geblieben und starrte reglos auf die Straße. Dann drehte er sich ruckartig, mit angewinkeltem Ellenbogen nach hinten und traf Würstel am Kehlkopf.
„Äääagsh!“ entfuhr es Würstels Hals. Er hechelte nach Atem. Puh, der schien flink zu sein, der Gute. Würstel griff nach der Jacke seines Kontrahenten und zerrte ihn zu sich. Der Arme lief genau in seine Rechte. Feines Ding! Genau auf die Kinnspitze! Vadim hob leichtfüßig wie ein Reh im Sprung beide Schuhe zeitgleich in die Luft und schon war der Kampf beendet. Dumpf plumpsend landete er auf seinem Arsch. Dann kippte er zur Seite, wollte sich mit dem Unterarm abstützen, was misslang. Notgedrungen küsste sein

Gesicht den Fußweg. Würstel griff unter seine Achseln, zog ihn zum Zaun und lehnte seinen Oberkörper an die Latten. Dabei rutschte dem Kunden ein Bajonett in einer Lederscheide aus der Jacke. Ein Raunen ging durch die Zuschauer.
„Mann, der Nacktschädel hat `n Seitengewehr! Ist der Gipfel!" rief Li-Ping. „Iss `n halbes Surfbrett, `n Mordsding! Nicht zu spaßen mit dem Scheiß!"
„Tooobii!"
Lupo quiekte wie ein Schwein. Würstel schoss herum. Der andere Troll setzte zum Hechtsprung an, flog zwei Meter durch die Luft, klatschte mit der Wange gegen die Breitseite der Bajonettscheide und schlug neben Würstel auf den Boden. Dumm gelaufen. Würstel hatte ihn in der Hektik am Jochbein getroffen. Eine Platzwunde klaffte von der Nase bis zum Ohr. Blut, Rotz und Spucke vermischten sich und bildeten eine schillernde Suppe.
„Mmph! Das wirst du mir büßen, Arschficker!" Seine schmerzverzerrte Visage schwankte auf Würstel zu.
„Mein brauner Freund, falls du noch einen Schritt in meine Richtung machst, läufst du mit der anderen Backe nochmals gegen die Fliegenklatsche, da kannste Gift drauf nehmen! Wär mir `ne Freude, dir Vernunft in deine Rübe zu dreschen. Sturmaffenhirn! Komprändä?"
Die Hackfresse marschierte unbeirrt weiter. Noodles trat aus dem Zuschauerring und versetzte dem Pimpf einen lupenreinen Pferdekuss auf den Oberschenkel. Mit einem hohlen Laut ging er zu Boden.
„Hör auf jetzt, Würstel." Noodles Hände fuchtelten umher. „Machst ihn ja sonst kaputt! Bist ja verrückt! Los, ihr Sumpfdrosseln, macht euch rein!" Er drehte sich den anderen zu. „Die zweihundert sind längst noch nicht versoffen. Lassen wir doch die Stiefelknechte hier liegen. Mögen sie sich kümmern. Würstel, mach Getränke, fauler Sack!"
Eine Stunde später kam Taxi-Udo durch die Tür.
„He, Würstel? Sag, biste bekloppt? Biste nicht mehr ganz da? An der Kreuzung sitzen zwei Kerle, die sehen beide aus wie Lazarus. Einer kann kaum sprechen, der andere blutet, wie `ne frisch gestochene Sau – alles voll rot eh! Die sagen, du hättest sie so zugerichtet. Ist da was dran? Eh?"
„Nee Udo, hier war außer uns kein Mensch. Hier war `n ganzen Abend nichts los." Li Ping grinste. Die anderen nickten.

Würstel sah auf seine Uhr. Gleich drei. Leona saß in der Küche, die Arme auf dem Tisch, unterm Kopf verschränkt und schlief. Mit halb geöffnetem Mund schnarchte sie leise und gleichmäßig. Sie hatte etwas von einer Schaufensterpuppe. Genau so feingliedrig und filigran. Groß, schlank und schön. Zärtlich streichelte er ihre wundervollen Haare. Morgen würde er

eine Luftmatratze und zwei warme Decken für sie kaufen. Wenn sie schon stundenlang auf ihn wartete, sollte sie es so bequem wie möglich haben. Sie öffnete langsam ihre Augen und schloss den Mund. Jetzt war es völlig still. Das Neonlicht ließ ihre Haut weiß erscheinen, wie den Inhalt einer Mehltüte.
„Oh, bin wohl eingeschlafen. Mein Nacken ist verspannt, er schmerzt höllisch.“ Sie rekelte und dehnte sich. Ihre Brustwarzen stießen, frech wie Mohnkapseln, durch den Pulli.
„Uaah, mir ist kalt. Lass uns ins Auto gehen. Bei laufendem Motor wird es schön mollig. Hier mag ich mich nicht ausziehen. Viel zu kalt.“ Sie erhob sich und dehnte sich erneut. Er nahm ihr Gesicht in seine Hände und küsste sie. Der Geruch nach frischen Aprikosen, Sauerkirschen, Brombeeren und würzigen Chilitomaten ließ ihn taumeln. Er kam aus der Gegend ihres Höschens, aus der Gegend ihres Disneylands, ihres alles in die Ecke stellenden Vergnügungsparks. Sie steckte verlockend die Zunge in sein Ohr und ein Feuerwerk begann, alles zu versengen. Sie war eine Hexe. Eindeutig. Wahrscheinlich würde sie es schaffen, die rosa Brille, durch die er Deborah hypnotisiert und wie ein schielender Alkoholiker betrachtete, zu zertreten.

8. TRÄUME

(Traum Nummer eins)
Vor der Wende wäre er tatsächlich auf Knien hier her oder an einen X-beliebigen Ort gerutscht. Er hätte seinen linken Arm, Würstel war allerdings Rechtshänder, dafür gegeben oder sich vielleicht sogar prostituiert. Einen Teil seiner Rolling-Stones-Plattensammlung hätte er geopfert, ja er hätte sich breitschlagen lassen, zu versprechen, ein halbwegs anständiger Kerl zu werden. Er hätte geschworen, fremden Mädchen oder Frauen nie wieder etwas vorzuschwindeln, um sie auf's Laken zu kriegen. Wohl wissend, dass er das vielleicht am Schwersten einhalten konnte. Dafür hätte er jedes Kampftrinken als Sieger beendet, auch wenn der Kater sich fünf Tage in seinem Kopf einnisten würde. Um es gepflegt auszudrücken: Er hätte Hundekacke verspeist. Ihretwegen war er zum Staatsfeind abgestempelt worden, weil sie seit dem „Bitterfelder Weg“ der Rotlichtbeamten die Inkarnation des Bösen darstellten. Das war ein Grund, weshalb er die Erfinder dieses bitteren „Bitterfelder Weges“ hasste. Klar, es hatte auch Typen gegeben, die diese wissenschaftlich begründete, letzte Gesellschaftsform cool fanden. Typen wie die Viett und ihre Brüder und Lesbenschwestern. Die hatten sich wohl

gefühlt unter der Fuchtel von Ihresgleichen. Ihm war das Luftschloss nie geheuer. Hinter jeder Ecke, jedem Strauch hatte er einen Denunzianten befürchtet und war trotzdem mehrmals in deren Fäkalienhaufen getreten. Den Wänden, so glaubte er, waren allerorten Ohren gewachsen. Anders war es nicht möglich, dass er immer wieder mit dem Schild und Schwert der Partei zusammengeprallt war. Geschichten, die sie von ihm wussten, hatte er selbst zum Großteil längst vergessen. Sie hatten ihm ordentlich Respeckt eingeflößt. Sein Protest beschränkte sich auf das Tragen von Niethosen und Hören verbotener Rockmusik. Zwei Sachen, in die er sich andauernder verliebt hatte, als in irgendeine weibliche Person. Diese eine Band schrieb noch immer die Begleitmusik für sein Leben, bis ans hoffentlich noch ferne Ende seiner Tage würde er sie vergöttern. Hingebungsvolle Lobeshymnen würde er alle Zeiten singen, reihenweise Lanzen für sie brechen und Jeans dazu tragen.
Bei ihrer ersten Tournee nach der Wende war er verhindert, weil sein Laden brummte wie `n B52 Bomber. Trotzdem war er gelassen geblieben. Er würde sie sehen, irgendwann, keine Frage.
Das Prager Strahov-Stadion, einst vom irrsinnigen Verführer für seine Jubelaufmärsche erweitert, diente mit gigantisch anmaßender Dimension als Treffpunkt für Tschechen, Slowaken, Österreicher, Engländer, Polen und Deutsche. Mehr als 180.000 sollten es sein. Unter ihnen, nein, über ihnen auf der Ehrentribüne Vaclav Havel, der Mitinitiator der „Charta 77", der neue Präsident Tschechiens. Für ihn hatten sie, als er vor zehn Jahren im Knast war, die Einnahmen eines Konzertes gespendet. Heute würden sie die Einnahmen für die Restaurierung der Lüster der Prager Burg stiften.
Er stand neben Snake. Sie tranken pisswarmes Bier aus Pappbechern, rauchten um die Wette und warteten mit rasendem Puls auf die größte Band aller Zeiten. Würstels Hühnerbrust zierte ein T-Shirt mit der 1971 geschaffenen Zunge, dem Symbol der rotzfrechen Ewigrocker. Nicht Andy Warhol, wie er immer geglaubt hatte, sondern John Pasche war der Schöpfer, der für das wohl bekannteste Pop-Art-Lavel damals ganze zweihundert Dollar bekam.
Es begann mit einem Feuerwerk auf der monströsen Bühne. Im pyrophoren Licht traten sie unter ohrenbetäubendem Schreien der Massen an ihre Instrumente. Mick raste wie ein Koksaffe mit dem Mikro über den linken, ca. 50 Meter langen Stahlträger zur Mitte und begann mit „Play With Fire". Es folgte „Jumping Jack Flash". Mit dem unverkennbaren Schnarren von Keith`s Gitarre, das „Satisfaction" einleitete, geschah ein Wunder: Die ganz sicher einen Düsenjet übertönende Verstärkeranlage der Rolling Stones wurde von den Zuschauern kurzzeitig überdröhnt. 180.000 Menschen rissen 360.000 Arme in die Luft und tobten ein völlig enthemmtes, urgewaltiges

„YEEEAAAH!“ in den Abendhimmel über dem Stadion. Würstel wurde von einem Ozean aus Emotionen weggespült. Er sah einen, auf fünf Meter vergrößerten Mick auf der Leinwand mit dem Mikro kämpfen, als sei es eine Anakonda. Tränen rannen über Würstels Gesicht und kühlten die auf 99 Grad Celsius erhitzten Wangen. „The Last Time“, der Lieblingssong seiner verstorbenen Rosi, rockte ihn schließlich zu Boden. Aus seiner Lunge wuchs ein Berg und er glaubte, er könne den Mond berühren. Alle Liebeslieder dieser Welt fielen neben ihm auf den zertretenen Rasen, mitten zwischen die Füße zuckender und wie irre kreischender Fans. Die Milchstraße begann rhythmisch zu vibrieren. Der Teufel, in Gestalt dieses dunkelhäutigen Supermodels, griff ihm herzhaft in den Schritt und hauchte ihm perverse Worte ins Ohr. Auch sie war zusammengebrochen und lag stöhnend neben ihm. War er schon jemals so glücklich gewesen?

(Traum Nummer zwei)

Irgendwo klingelte ein Telefon. Würstel rang atemlos würgend mit Tränen. Minnys Stimme stotterte bei jedem Satzanfang. Sie saß auf einem weißen Stuhl. Er konnte nicht erkennen, ob er aus Holz oder Metall war. Sie las ein irisches Feenmärchen, aus einem alten zerfledderten Buch. Nelly hatte es sich gewünscht.

„Liest du mir ein Märchen vor, Minny?“ hatte sie mit hohler Stimme gefragt.

„Als du noch klein warst, habe ich dir des Öfteren eins vorgelesen. Jetzt, da ich nicht mehr die Kraft dazu habe, könntest du dich ein klein wenig revanchieren.“ Irgendwo in der Ferne klingelte das Telefon.

„Im Nachtschränkchen liegt das alte Märchenbuch. Nimm es und ließ mir bitte eine Geschichte vor.“ Mit zittrigen Beinen war Minny um das Krankenbett geschlichen, hatte das Buch an sich genommen und behutsam gefragt: „Das mit dem „Gesundheit“ sagen? Soll ich die Geschichte mit dem „Niesen“ und dann „Gesundheit“ sagen vorlesen?“

„Ja, genau das Märchen“, hatte Nelly mit geschlossenen Augen gehaucht. Ihre Stimme war kaum lauter als das Ticken des Weckers.

Irgendwo klingelte wieder ein Telefon.

Als Minny die Geschichte zu Ende gelesen hatte, klappte sie mit lautem „Plopp“ die geschundenen Buchdeckel aufeinander und sagte: „Deshalb sollte man immer, wenn jemand geniest hat, GESUNDHEIT sagen.“

Nelly öffnete ihre Augen. Sie sah in die Runde. Am rechten Bettrand stand Chris, daneben saß Minny. Vorgebeugt, mit dem Buch in ihren Händen. Auf der anderen Seite stand Würstel mit hängenden Schultern und feuchtem

Blick. Am Fußende des Bettes stand schwankend ihre Freundin Sylvana und klammerte haltsuchend ihre Hände krampfhaft um das glänzende Stahlrohr. Ihr Pullover lag tränendurchtränkt, dunkel und schwer auf ihrer Brust. Nelly lächelte allen müde und kraftlos zu. An ihren Mundwinkeln schoben sich kleine Fältchen in ihre gläsernen Wangen, die wie Pergament zu knistern schienen.
„Ein schönes Märchen. Ich kenne es fast auswendig. `s war eines deiner Lieblingsmärchen, Minny. Hab`s dir nach Mamas Tod oft vorgelesen. Kennst du es noch?“ Die Stimme wisperte.
Minny nickte. Sie flüsterte: „Ja, Nelly, ich kenn es noch.“
„Immer wenn du es in Zukunft liest, wirst du dich an mich erinnern.“
Minny ergriff zärtlich ihre ausgemergelte Hand.
„Das werde ich, Schwesterherz, das werde ich.“ Sie schluckte schwer. Tränen flossen über ihre Wangen.
Das Klingeln des Telefons war plötzlich laut, wie das Dengeln eines Sensenblattes. Würstel schreckte schweißgebadet auf. Sein Hirn hackte im Takt des Pulsschlages. Er saß in seinem Bett. Sein Schlafanzug war klatschnass. Wieder schrillte das Telefon. Er knipste das Licht an und sah auf seine Armbanduhr. 3.30 Uhr.
Er schlürfte in den Flur.
„Jaaa, hier Würstel. Was ist denn los?“ fragte er mürrisch in den Hörer.
„Die waren schon wieder da. Sind hinten zum Fenster raus.“ Es war die Stimme vom Bäckermeister. Würstel runzelte die Stirn. Er verstand kein Wort. Seine Zähne klapperten vor Kälte. Der nasse Pyjama kühlte ihn auf Minusgrade. Oder lag es an diesem beknackten Traum?
„Wer war schon wieder hier? Ich meine, ich bin grad anderthalb Stunden in der Koje, da rufst du mich an, weil irgendjemand da war? Entschuldige, aber du musst was an der Dattel haben. Herr Gott, was interessieren mich denn mitten in der Nacht deine Gäste! Das ist echt der Hammer!“
„Nee nee, Tobias, die Gäste, wie du sie nennst, waren bei dir, nicht bei mir. Haben `nen irren Krach gemacht. Jetzt sind sie grad weg. Soll ich die Polizei anrufen?“
„Wie, was, du meinst, die haben schon wieder eingebrochen?“
„Genau so ist es, Tobias.“
„Ja Mann, warum rufst du denn dann nicht sofort an, wenn du sie hörst, wenn die Alarmanlage losgeht. Da bau ich nach dem sechsten Einbruch endlich `ne Hupe mit Bewegungsmelder ein und du wartest, bis die abhauen? Oh Scheiße! Ich beiß mir in `n Arsch!“ trompetete er wie ein Elefantenbulle in der Mast durch die Nase.

„Ich hab mich nicht getraut. Ich hatte Angst, Tobias“, antwortete der Bäcker kleinlaut. „Außerdem ist die Sirene gar nicht angegangen. Bin erst munter geworden, als es unten fürchterlich gekracht hat.“
„Gibt`s ja nicht. Hab doch die Anlage aktiviert, als ich vorhin gegangen bin.“
„Jetzt glaub`s mir schon, Tobias! Und beweg deinen Hintern hier her! Ich ruf unterdessen die Bullen an.“ Im Telefon knackte es wie früher. Er betrachtete den Hörer. Was ging hier eigentlich vor? Erst dieser ekelhafte Albtraum, dann diese Scheiße. War er denn so betrunken? Höchstens zehn halbe Liter! Übern ganzen Abend verteilt. Keine Hürde! Nur Snake und Hooker Andy waren verdammt hinüber gewesen. Als Würstel in den Passat gestiegen war, hatten sie sich auf die Motorhaube gesetzt und sich nach Hause kutschieren lassen. Würstel erinnerte sich grinsend an eine ähnliche Fuhre. Damals waren sie zu viert, mit Zölle und Schuss auf Matzes „Berliner Roller“, besoffen wie `ne halbe Kompanie, durch die verschneiten nächtlichen Straßen gegurkt. Alle 20 Meter in einer Schneewehe gestrandet, umgefallen, wie von einer Russenkugel getroffen und hatten sich halb tot gelacht. Zölle und Schuss hatten sich ihre Jacken dabei total zerfetzt. In nüchternem Zustand würden sie sich alle Knochen gebrochen haben. Aber Betrunkene und kleine Kinder hatten eben einen Schutzengel.
Würstel blickte auf seine nackten Füße. Ihm war hundekalt. Er ging schlotternd ins Bad, zog den nassen Schlafanzug aus und hängte ihn über den Rand der Badewanne. Er wusste, er konnte noch in aller Ruhe duschen. Beim letzten Einbruch hatte es über vier Stunden gedauert, bis die Bullen erschienen waren. Sie hatten dann den Spurensicherungsdienst der Kripo angerufen. Daraufhin waren nur zwei Stunden ins Land gegangen. Warum eigentlich immer zuerst die Bullen bei `nem Einbruch und erst Stunden später die Kripo auftauchte, entzog sich seinem Verständnis. Sie hatten immer so komische Fragen gestellt, als sei er in der Lage, ihnen die Adresse der Einbrecher zu nennen. Hätte er gewusst, wer die waren, hätte er ganz sicher nicht die Polizei gerufen.
Im Dauerlauf erreichte er die Latrine. In der oberen Etage lehnte der Bäckermeister aus einem dunklen Fenster.
„Kannst jetzt wieder ins Bett gehen, Erich!“ rief er ihm zu. „Tut mir leid, dass du so oft des Nachts von den Dunkeltapsen geweckt wirst.“ Der Bäcker winkte ab.
„Schon gut, Onkel Tobias. Kannst genauso wenig dafür wie ich. Hoffentlich bekommen die Experten von der Kripo die Dreckhunde endlich zu fassen.“
„Glaub ich eher nicht. Und jetzt hau dich wieder in deine Koje, Alter.“
Er winkte und verschwand im Dunkel des Zimmers.

Gegen 7.00 Uhr klopfte es wie wild an die Hintertür. Würstel öffnete. Drei Männer in Zivil, mit Koffern bewaffnet traten ein.
„Diesmal keine Grünen?“ fragte Würstel erstaunt, bekam aber keine Antwort. Fachmännisch sahen sie sich um. Würstel musterte ihre Gesichter. Einer von ihnen war sein ehemaliger Boxtrainer. Er reichte ihm die Hand.
„Mensch Henry, alter Kumpel, kleiner Sperrringspartner von Vorgestern. Bist jetzt bei der Kripo? Sag, wo hast du denn so lange gesteckt? Wir haben uns doch schon seit `89 vor dem Waggon an der Post nicht mehr gesehen.“
Henry duckte sich, als wolle er die Deckung hoch reißen und zu tänzeln beginnen, aber er sagte nichts.
„Hee Henry, altes Waschweib, kannste deinem alten Kumpel nicht in die Augen sehen?“ Er drehte sich weg und nuschelte: „Hallo Würstel. Wir haben keine Zeit zum Labern, müssen noch zu drei weiteren Einbrüchen in der Nähe.“ Er stellte seinen Koffer auf einen Tisch und begann die Spielautomaten mit einem schwarzen Pulver zu bepinseln.
„Wollt ihr `n Kaffee, Jungs?“
„Das wär nett“, antwortete Nr. 1. Henry senkte den Kopf. Er hatte den Wechsel von der Satanssekte zur Bundeskripo lässig, wie den Sprung über eine Straßenpfütze gemeistert.
„Die Aktivierung der Alarmsirene vergessen, was?“ fragte Nr. 1, beim Entgegennehmen seines Kaffees.
„Nicht vergessen, trotzdem nicht los gegangen. Sagt zumindest mein Vermieter. Wie das sein kann, weiß ich nicht. Null Ahnung.“
„Dann ist das Gehäuse garantiert mit Bauschaum ausgeschäumt worden. Hatten wir letztens öfters. Machen die am Tag zuvor. Kein Problem für die. Ich schau dann mal nach.“
„Ist Ihnen denn vom letzten Einbruch bei mir ein Erfolg beschieden worden?“ lächelte Würstel freundlich. Sie antworteten, Sie wüssten über Details der Ermittlungen nicht Bescheid.
„Wissen Sie, was alles fehlt?“
„Ist nicht toll. Soweit ich bis jetzt feststellen konnte, nur `n paar Flaschen Whiskey und 100 DM Wechselgeld. Die Automaten und die Kasse waren leer und geöffnet belassen, um unnötiger Zerstörung vorzubeugen. Nur das Küchenfenster und die Hintertür sind wieder total im Arsch. Denke, so drei- bis viertausend. Also insgesamt etwa 40.000 DM aufgelaufener Schaden bis jetzt.“
Ohne den Schaden stünde es besser um ihn. Mit dem großen Geld schien es nicht zu funktionieren. Trotz fünfzehn Stunden täglich blieb ihm nicht besonders viel. Jeder Zweite ließ mittlerweile anschreiben und die Hälfte

seiner Gäste hatte sich in die andere, mit Arbeit besser gestellte Regionen verflüchtigt oder wohnten in den „Leuchttürmen“, ohne die das Land bereits im Dunkel verschwunden wäre. Sieben Einbrüche in sechs Jahren! Mann-o-Meter! Keine Versicherung wollte ihn mehr haben, was wegen den unverschämten Policekosten nicht schlimm war. Aber im Kapitalismus müsste doch Kapital zu machen sein, zum Kuckuck! Das besagte doch schon der Name: Kapital-is-muss! Klar, er hatte keine Malerfirma, konnte keine Schule anstreichen und von vier, knapp kalkulierten Anstrichen in Wirklichkeit nur zwei leisten. Er konnte kein blödes Ersatzteil, das angeblich defekt war gegen das des vorigen Kunden, der zufällig den gleichen Defekt an der Maschine hatte, austauschen. Wenn er ein bescheuertes Schnitzel verkaufte, waren die Kunden derart dreist, es ratzekahl aufzuessen. Mit jedem Bier der gleiche Mist. War `n ziemliches Händykääp oder so. Sein Neid auf andere, bessere Geschäftsideen, die ihren Inhabern die Möglichkeit bot, mit so geilen Sachen ihren Gewinn zu vervielfachen hielt sich wegen seiner sehr guten Erziehung trotzdem in Grenzen. Für Taubnüssige war Poppen eben etwas Unnatürliches, Unnützes, Widersinniges. Verdammt und beim Barte Robert De Niros!

„Ich muss dringend mit dir sprechen, Tobias.“ Ihre Mine hätte Jack The Ripper in Angst und Schrecken versetzt und in die Flucht geschlagen. Jetzt würde eine standpaukige Anklage folgen, die den Rahmen der letzten locker sprengte. Er formte sein Gesicht zum Schreckgespenst, riss seine Lichtluken auf und öffnete sich ein Bier, um während der langen Anschuldigungen nicht zu vertrocknen. Dann ließ er sich in Erwartung seelischer Prügel in den Sessel sinken.
„Schieß los, mein Spoatzel.“
(Er hatte für sie, als er zum Reservistendienst eingezogen worden war, ein Gedicht mit dem Titel: „Der Spatz“ verfasst. Um sie eifersüchtig zu machen, hatte er ihr erzählt, es sei für eine Freundin, die er immer in der Schwimmhalle träfe. Aber es gab keine Schwimmhalle und keine Freundin, das Gedicht war nur für sie. Seither nannte er sie Spoatzel.)
„Tobias“, begann sie mit rabenschwarzem Gesichtsausdruck. „Das mit Minny geht so nicht weiter. Gleich damit du klar siehst, ich mach den Zirkus nicht mehr mit.“ Herausfordernd hob sie ihr schönes Kinn, wie Nofretete wenn sie aus der Eselsmilch stieg. Ihre blonden, glänzenden Haare stauten sich auf ihren Schultern. Ihr Mund war rot und spitz wie der Schnabel eines Weißstorches. Sie war wirklich sehr schön.
„Nein!“ Würstel spielte den empörten Zuhörer. „Hat sie etwa schon WIEDER mit Kuchenkrümeln die Wohnung verwüstet?“

„Lass gefälligst deine Dämlichkeiten! Mir ist wahrlich nicht zum Lachen!" Jeder Berserker würde sie um die Maske der Boshaftigkeit beneiden. Er überlegte, kam denn nun das Wort Dämlichkeit von Dame oder nicht? Ihre Gesichtsfarbe wechselte ins Schwarz. So Schwarz, dass nicht mal der Gesichtschirurg des ehemals dunkelhäutigen, zuckenden Pophüpfers, der sich auf der Bühne immer in den Schritt griff, als habe er Angst, das Ding könne wie seine Nase abfallen, in der Lage gewesen wäre, es aufzuhellen.
Deborahs Augen warfen mit zuckenden Blitzen. Wie schön sie war in ihrer abgöttischen Wut.
„Na, ich sehe schon, mit dir über deine verzogene Tochter zu sprechen, ist vollkommen sinnlos." Sie sprang auf und machte drei wütende Schritte zur Tür. Würstel krachte sein Bier auf den Couchtisch, sprang ihr nach und drückte sie zurück in den Sessel.

„Jetzt sag, was ist Schlimmes passiert und lass deine schwülstige Dramensprache. Was in Gottes Namen hat Minny getan?" fragte er so ruhig er konnte.
„Was sie getan hat? Was sie getan hat?" Sie erbebte vor empörter Aufregung. „Nichts hat sie getan! NICHTS! Ich kann zu ihr sagen, was immer ich will, sie respektiert mich nicht. Sie stellt sich taubstumm und antwortet nicht, wenn ich sie etwas frage oder ihr eine Weisung erteile."

„Meinst du im Ernst, sie zahlt dir jetzt deine „du bist für mich nicht vorhanden" Liebesbeweise durch Nichtachtung zurück?" Er musste unwillkürlich schmunzeln. „Na ja, sie ist älter geworden, steckt mitten in der Pubertät. Mädchen, hab ich mir sagen lassen, sind in dieser Zeit schwierig. Es gibt welche, die bleiben es ein Leben lang und werden teilweise im Alter schwieriger." Deborah war aufgesprungen, hatte aus dem Fotofach einen Umschlag gegriffen und auf den Tisch geworfen. Sie zeigte schweigend auf den Brief. Er entnahm ihm einen Packen Fotos. Sie hatte 15 Mal Minnys Zimmer fotografiert. Drei Fotos von einem Haufen Abwasch in der Küche aus verschiedenen Perspektiven. Ihr Gesicht zeigte diagonal zur Schrankwand.
„Was sagst du dazu?"
„Hm, ihr Zimmer sieht auf jedem der Bilder ziemlich liederlich aus."
„Liederlich? Da ist kein Bett gemacht, da liegen Schulbücher auf dem Tisch, Klamotten auf dem Fußboden und Plüschtiere auf dem Bett. Das perfekte Chaos!" Würstel stand auf und ging in ihr Zimmer. Es sah nicht sonderlich militärisch aus, war aber aufgeräumt.
„Momentan sieht es nicht sehr liederlich aus. Hast du es aufgeräumt?"

„Das ist nicht aufgeräumt. Keineswegs! Ich habe angeordnet, es in Ordnung zu bringen, bevor sie zur Schule geht, aber Madam macht grundsätzlich erst sauber, wenn sie nach Hause kommt!“
„Hm.“
„Hm, hm, du sagst hm! Sie scheint nicht zu begreifen, was ich zu ihr sage. Grundsätzlich scheint sie nichts, aber auch nichts zu begreifen. Ich meine nicht akustisch, ich meine sie schnallt es nicht mit ihrem Kopf. Ihr fehlt es an Intellekt.“ Sie tippte mit dem Zeigefinger an ihre Stirn. „Ich bin mir sicher, sie ist psychisch gestört. Ich muss darauf bestehen, sie einem Psychiater vorzustellen. Wir müssen sie nach Großschweidnitz in die Anstalt bringen. Das ist mein voller Ernst.“ Sie blickte in wütend-feuriger Erwartung in Würstels Gesicht, wie ein Pfarrer, der einen Mann seiner Gemeinde dringend mahnte, sich endlich wieder beim Gottesdienst blicken zu lassen.

Würstel packte ein kalter Schreck. Seine Gesichtshaut wurde fleckig wie ein hundealter Perserteppich vor dem Bett einer Hure. Sein von unzähligen Geschwüren vernarbter Magen presste einen kanonendonnerartigen Rülpser ans Licht. Was hatte Deborah eben vom Stapel gelassen?
„Äääh? Du meinst, in die Klapsmühle mit ihr? Ääh ..., ääh du meinst, sie hat einen mitlaufen? Ääh, kannst du mir mal eben verraten, wo der Whiskey steht?“ (Von Frauen geschlagene Wunden heilen sehr langsam. Zur Genesung bedarf es in jedem Fall Whiskey.)
Seine Stimme hatte geklungen wie ein überhitzter Reaktor, der jeden Moment havarieren würde.
„Willst du DAS Problem auch mit Schnaps lösen? Hat es dir nicht zu denken gegeben, als sie zu mir sagte, sie würde das Brot aus dieser PLASTIKSCHACHTEL nicht mehr essen, weil es ständig „verschimmelt“ sei? „Diese Plastikschachtel“, wie das erhabene Fräulein sie nennt, ist eine original Klapper-Ware-Brot-Dose! Du weißt, sie hat 100,- DM gekostet!“ Er nickte. Er wusste. Er hatte Minny, nach dem Knatsch um diese dusselige Horrorbüchse, in der das Brot nach zwei Tagen auf die Minute pünktlich genau anfing zu schimmeln, gebeten, das andere Brot, das daneben an der Luft lag, zu essen. Verschimmeltes Brot soll Krebs machen, hatte er zu ihr gesagt. Ihre Stiefmutter ignorierte den weißen Belag und behauptete, es sei Mehl. Er hatte es aufgegeben, ihr zu sagen, dass auf dem frischen Brot kein Mehlbelag vorhanden war. Deborah sagte, die Plastbüchsenwunderfirma hätte den Nobelpreis nie und nimmer für ihre Produkte bekommen, wenn die Lebensmittel darin schneller verschimmelten als in simplen, herkömmlichen Schachteln. Um nicht immer Nudeln frühstücken zu müssen, hatte er Löcher in die Klapperwaredose gebohrt.

Den Beweis, dass das Brot nun nicht mehr schimmeln würde, musste er schuldig bleiben. In einem Tobsuchtanfall hatte sie ihn rund gemacht wie einen Medizinball. Mit den Worten, er solle sich nicht ohne neue Klapperbrotbüchse nach Hause getrauen, hatte sie ihn aus dem Haus gejagt. Seither kaufte er zwei Brote. Eins für die Schachtel und Deborah, eins neben die Schachtel, für Minny und sich. Wenn das eine verschimmelt war, war das andere vertrocknet.
„ICH hab ihr gesagt, sie soll das vergammelte Brot nicht essen. Man bekommt Krebs davon. Unsere Familie ist mit dieser verfluchten Krankheit schon genug gestraft, da muss ich meine Kinder nicht mit verschimmeltem Fressen vergiften!"
„Damit untergräbst du meine Autorität!"
„Deine Zinnoberautorität hast du dir selbst unterbuddelt, mit deiner eisigen Herzlosigkeit ihr gegenüber, mein Schatz." Er erhob sich. Er war es leid. Mann, hatte er die Schnauze voll! Unbeschreiblich! Pah! In die Irrenanstalt gehörten ganz Andere!
Der Whiskey hatte genau die richtige Kellertemperatur. Der würde seinem Ärger Beine machen. In diesem Haus ging nichts mehr auf. Wenn Frauen ihre Daumen in Augen anderer Leute drücken konnten, funktionierten Beziehungen prima. Wenn nicht …
Ich bin jetzt deine Mutti, hatte sie am Abend ihres Einzugs auf Minnys Bett sitzend erklärt. Weil deine Mutti so zeitig sterben musste, werde ich sie dir ersetzen. Minnys Herz hatte sich zu einem Luftballon aus Freude geweitet. Sie war überglücklich gewesen. Würstel hatte sich ein drittes Ei in den Beutel gefreut. Das war vielleicht ein Volltreffer gewesen mit dieser Frau! Deborah hatte anfangs ihrer kleinen Stieftochter sogar manchmal zum Einschlafen ein Märchen vorgelesen. Damals hatte sie sich auf seinen Wunsch nach dem Radballtraining erst mit ihm vergnügt und dann geduscht. Wie er ihren frischen Schweiß liebte!
Heute stand sie den halben Tag unter der Dusche und roch danach wie ein Forschungslabor für tränenätzende Parfumkreationen. Dabei hatte ihn ihr Geruch fast wahnsinnig werden lassen vor Verlangen. Ihre Leidenschaft war in den Brunnen gefallen, das drogensüchtige Tier war kläglich blubbernd verendet. Er hatte sie geliebt, wie nur Geisteskranke lieben können. Was war bloß los? Wenn sie wenigstens zu Minny etwas liebevoller wär.
Im Bett erzählte sie ihm von ihrer aufreibenden Arbeit. Er hatte gelesen, Männer sollten Frauen in solchen Phasen in Ruhe lassen. Er nahm es sich zu Herzen, wartete bis sie eingeschlafen war und wünschte sich dann eine dunkelhäutige, 25-jährige Gespielin zu sich, wie sie der Bobbele immer

hatte. Sie solle zäh sein wie kanadische Huskies. Wow! Vorher würde er einen Schluck Whiskey trinken, dann funktionierte es ewig und drei Tage. Das machte ihm Spaß. Nur die meisten Frauen wollten ihre Beine nicht so lange in der Luft halten. Es war ihnen zu anstrengend. Also half er sich eben selbst. War bequemer. Niemandem musste er danach Dankbarkeit erweisen. Er nahm einen neuen, langen Zug vom Kellerkühlen. Wundervolles Zeug! Es beflügelte Hirn und Kreislauf. Er würde in den Keller ziehen. Mit der Frau zu streiten, die er liebte, hatte er keine Lust. Er hatte Angst vor Streit, Angst vor ihr. Er war immer der begossene Arschpudel und fürchtete sich ständig vor ihrem Tadel. Aus seiner Sicht waren es furzige Nichtigkeiten, die sie zum Anlass nahm, ihn oder Minny zurechtzustutzen. Trotzdem liebte er sie. Er wusste selbst nicht mehr warum. Vielleicht war es nur noch ihre Schönheit. Sie sah aus, wie eins von diesen Models. Nur ihre Augen, die waren zwei gefrorene Bergseen. Die Pupillen blieben selbst bei ihrem kurzen, trockenen, immer etwas gekünsteltem Lachen meterdick mit Eis bedeckt. Wärme in eine zwischenmenschliche Beziehung zu projizieren, schienen sie von Natur aus ungeeignet zu sein. Insgeheim nannte er sie seine „Schneekönigin“ oder „Prinzessin Eisenherz“. Wie oft hatte er in letzter Zeit versucht, ihren Stahlmantel zu durchdringen, die Tür zu ihrem Herz wiederzufinden. Es war misslungen und er begann sich damit abzufinden.
Neulich hatte er beobachtet, wie sie sich mit dem Staubsauger unterhielt. Er hatte sich angeschlichen, um zu lauschen aber leider nichts verstanden, weil das Ding einen höllischen Lärm machte. Wahrscheinlich war das gut, sonst würde er noch auf diese Brüllmaschine eifersüchtig werden.
Der Whiskey schien zu verdunsten. Die halbe Flasche war bereits leer. Wundervolles Zeug! Morgen würde er Kohlrouladen mit Hackfleischfüllung zubereiten. Er liebte Kohlrouladen. Deborah hasste sie. Wenigstens damit würde er sich rächen. Vielleicht würde es seinen abgesackten Stellenwert bei ihr anheben. Seinen Stellenwert, der mittlerweile zwischen einem nach Knoblauch stinkendem, pickligen Bettnässer und einem leprakranken Hippo lag.
„Scheiße! Verdammte! Hick!“ Jetzt war der Inhalt der Flasche vollends verflogen!
„Hick!“
Jetzt würde er wie Reinhold Messner die Berge, die Kellertreppe erklimmen und seiner Emanze unter die Augen treten, nicht auf Vorwürfe antworten, sondern versuchen ihr das Gefühl zu vermitteln, er sei bereit, sich ein Leben lang unterzuordnen. „Hick! Hick! Ich werde zu Kreuze kriechen. Du bestimmst, wo`s langgeht, wann gebumst wird und wenn es nur einmal im Monat wäre! Du bestimmst alles! Hick! Ob etwas wichtig oder unwichtig,

`ne Banalität oder `ne große Sache ist! Aber lass uns eine glückliche, harmonische Ehe führen. Hick! Mein Spoatzel. Hick!"
Sie ließ sich bestimmt umstimmen. Er wollte nicht, dass Minny für doof erklärt würde!
„Hick!"
Die leere Flasche rutsche aus seiner Hand und zerbrach auf dem Kellerfußboden. Würstel sackte wie ein Gummischlauch zu Boden.
„Scheiß Glasscherben!"
Immer landete er in irgendwelchen blöden Scherben.

„Eeeiij! Soll ich dir mal was sagen, mein Lieblingstobias?" Der dicke Dingi wuchtete grinsend eine große, kunstlederne Einkaufstasche auf den Tresen.
„Was hast `n hier für `nen Russenkoffer! Der ist älter als dein Kumpel Stalin, oder?" Würstel besah sich die abgeschabte Oberfläche und zog angewidert seine Oberlippe nach oben. „Was in Gottes Namen willst `n mit der verkeimten Kloschüssel auf meiner Theke? Das Gerät stinkt, als ob`s aus Löwenscheiße wär. Runter mit dem Kacksack! Mir wird übel!"
„Dir wird gleich besser, wart`s ab." Dingi grinste wie Jack Nicholson, wenn er mit der Axt auf seine Frau losgeht und öffnete mit spitzen Fingern die zwei verrosteten Verschlüsse. Vorsichtig schob er die Hand in den sich vergrößernden Spalt und hob eine Flasche Stroh ins Latrinenlicht. Würstel sah ihn fragend an. Dingi stellte den Rum auf den Tresen, griff in die Tasche, holte eine zweite, dritte, vierte … zehn Stück standen in Reih und Glied, wie die lieben Mädchen hinter der Grenze zu Tschechien. Sie verbreiteten das Flair von 20 Juweliergeschäften ohne Alarmanlage in der Baseler Innenstadt.
„Ääh, und?" Würstel schob sein Gesicht in die Nähe von Dingi.
„Ääh, und? Ääh, und? Biste bekloppt? Stichste wieder nicht durch? Wa?"
„Nee, stech nicht durch. Haste im Lotto gewonnen?" „Quatsch, ich doch nich! ICH muss mich um mein Glück selber kümmern. Den Plunder hab ich im Supermarkt geklaut, Mann. Von der Hälfte vom Preis streichste Schulden auf meiner Seite weg, die andere Hälfte ist dein Reingewinn, unversteuert. Kompründä?" Würstel wurstelte seine Lippen hin und her und murmelte: „Bisschen makaber."
„Makaber? Bei dich klemmst`s wohl in der Dattel? Iss `n gutes Geschäft! Und zumindest für dich, völlig sorgenfrei. Das Risiko trägt ganz allein meine Wenigkeit. Iss allerdings für mich keine große Kiste. Ich dreh drei Runden durch den Laden und weiß, welcher Trottel heut der Hausdetektiv von dem Unternehmen ist. Hab `n Blick für Schnüffler. Hat' ich schon immer. Die Tüten von Teletubby-Zurückwinker erkenn ich mit verbundenen Augen auf

100 Meter Entfernung. Die kriegen mich nie. Hä, hä! Erst gestern hab ich auf der Blautanne gegenüber gesessen und auf den Arsch von Kuckuckskleber gewartet. Ich mein, ich könnte ihn auch in die Bude lassen, da iss eh nix zum Komvirzieren. Aber nee, ich pfeif dem Arsch was! Der hat geklingelt und gekloppt und was vor sich hin gebrammelt, dass es `n innerlicher Parteitag für mich war. Hab aufm Baum gesessen und gefeixt. Dann iss er abgehaun. Dingi, denk ich, ha Dingi, wirst noch `n Weilchen warten, denk ich. Na, was sag ich dich? Genau `ne viertel Stunde später kommt der Arsch noch ma, duckt sich untern Türspion und klingelt. Musste im Sitzen von der Tanne pissen, sonst hätt ich ma eingeschifft vor Lachen. Clever musste sein im Leben, Tobi! Clever! Mir kriegen die Ärsche nie!"
Sie schmunzelten sich zu. Würstel räumte die Flaschen in die Kühlung und strich die Hälfte des Betrages von Dingis Schulden ab.
„Dann wollen wir mal probieren, wie der Fusel durch die Kehle donnert. Ich werd zwei große Bottiche von meinem Gewinn abspalten." Er guckte mit langem Hals ins Schuldenbuch. „Sind nur noch zweihundertachtzig, stimmt`s? Hm, wenn du einverstanden bist, bezahl ich in Zukunft nur noch mit so Goldwasser."
„Abgemacht." Würstel hielt ihm die Hand entgegen und Dingi schlug ein. Besser solche Geschäfte, als keine. Auf Dingis Knete wartete er schon Lichtjahre. Der Geier konnte wissen, wann der wieder flüssig sein würde. Der war schon so lange arbeitslos, dass er nicht mehr wusste, wie das Wort „Job" geschrieben wurde.
„Sag mal Dingi, hat dir nicht der Panzermeier eine Stelle als Fliesenleger in Fulda besorgt?"
„Hm, hatte er. Hatte aber keinen Bock. Was zum Truthahngeier will ich denn in Fulda? Und wer soll sich denn um Oma kümmern? Die verhungert mir doch ohne meine helfende Hand. Wieso ham die denn keinen Job für unser einen in dieser verfluchten Gegend? Denkste ich geb meine Oma ins Heim? Ihr ganzes Leben hat sie sich um mir gekümmert und jetzt soll ich sie in `n Arsch treten? Ne ne, is nich Würstel, ich lass die nich im Stich. Solln wir denn alle weggehen? Woll `n die Murksmacher die ehemalige DDR in ehn Golfplatz verwandeln? Die machen aus `nem nicht funktionierenden Wirtschaftswunderland `n nicht funktionierendes Rapsanbaugebiet und nennen die Schlämmscheiße „Aufschwung Ost". Ist ja fast SO zum Kotzen, wie bei den letzten Flitzpiepen." Die schweren Gläser klirrten aneinander. Der Rum lief pur durch ihre Hälse.
„Uuaah!" Sie keuchten synchron. „Denke, ´s wird Zeit für `ne Veränderung. So kann es kaum weiter gehen. Vielleicht komm ja der Saarländer und der

ölige Schretter dran, dann wird's bestimmt besser." Sie stierten Löcher in die Luft.
„Nee Tobi, der letzte Saarländer hat mir gereicht. Hab was gegen die aus der Gegend! Die ham ja den Vogel abgeschossen. Ich seh die zwei Pfeifen noch vor Augen, wie sie im gemeinsamen, schleimigen Wohlgefallen, dämlich lachend, im DDR-Fernsehen nebeneinander stehend, mit ihren rechten Armen winken, als wollten sie den Adolf im Himmel grüßen. Glaub, das war bei einer dieser Bummsparaden in Ostberlin."
„Stimmt." Würstel nickte. „Kann mich auch erinnern. Die beiden waren einander zugetan, wie Hinterladerhennen. Aber der Schröper ist doch `nen ganzen Zacken besser, glaub ich."
„Bin gespannt wie `n Sportbogen." Er schüttelte ungläubig den Kopf. „Seine Sprüche sind mir entschieden zu markig. Der iss `n Schauspieler, wetten? Klar, die Lässigkeit bringt Wählerstimmen, vor allem bei den Weibern, aber wenn ich höre, der will mit `nem Handstreich die Arbeitslosenzahlen in zwei Jahren halbieren, weiß ich, wessen Kind der ist. Schon verblüffend, worauf der Pöbel so alles fliegt. Dass der im Vorstand von ausländischen Megaunternehmen sitzen soll, dürfte doch zur Vorsicht ammimierem, oder?"
„Animieren."
„Egal. Würd' mich nicht wundern, wenn`s dem Hodenkrauler ausschließlich um Selbstdarstellung und Gewinn ginge."
„Wenn`s bei denen um`s Geld geht, ist die Ideologie eh im Arsch. Wenn ein Fass dröhnt, ist nicht viel drin."
„Mir ist er jedenfalls nicht geheuer. Gebranntes Kind scheut das Feuer. Hab halt als Ossi `n Problem mit linken Typen. Wer das nicht hat, war bestimmt `n freiwilliger Mitläufer. Würde mir wünschen, die müssten heut zur Strafe alle rote Haare tragen. Die Straßen wären voller Pumuckels." Würstel füllte die Gläser nach.
„Einen von mir für deine schwere Arbeit. Prost!"
„Ooh ha, feiner Kerl der Tobias. Dann schreib zwei Bier auf die Seite in dem Buch, die mit meinem Namen beginnt. Bekommst demnächst `ne Lieferung. Das Großkotzsprücheklopfen von die Spinners erinnert mich an die Furzlosungen der roten Weltbefreier. Woher kommt eigentlich der Bergriff „politische Losung"? Ist das vom Kot der Wildtiere abgeleitet?" Sie klatschen sich lachend ab. Für einen Moment sahen sie beide wie richtige Gewinner aus.
„Ho ja, im Schönreden stehn sie `n Kommunisten kaum nach. Sie schmieren dir mit Worten Honig um`s Maul und fördern `ne Massenvertreibung, die an die der Russen zum Kriegsende ranreicht. Dann quatschen sie noch was von Flexibilität, sagen, die Ossis dürften nicht so träge sein. Nicht 50, NEIN

100 Prozent sollten die Heimat verlassen, um drüben zu arbeiten. Umziehen heißt die Devise! Verschenkt euer Eigentum oder verkauft es für einen Bruchteil des Wertes, lasst es verfallen, falls ihr keinen Käufer findet, ihr Mohrrüben. Schließlich habt ihr jetzt die Freiheit für so was.“ Würstel sah traurig zu Boden.
„Wenn die Sache umgedreht wär, Würstel, wenn die von drüben alle in den Osten zur Arbeit müssten, hätten wir BÜRGERKRIEG, das is Fakt.“
Die Skatspieler riefen nach Bier. Es war schon Mitternacht. Wenn die Skatspieler da waren, würden mindestens noch drei Stunden verstreichen. Er rechnete, pro Stunde sechs Bier, ergab einen gebutterten Durchschnittslohn.

Er stellte die Biertrommel mit den leeren Flaschen auf den Tresen. Dingi war ohne Tschüss zu sagen gegangen und hatte die Tür offen gelassen. Seine Tasche stand neben einem Hocker. Komisch, SO hatte er sich noch nie aus dem Staub gemacht. Sonst war er immer der letzte Kunde. Er musste ihn förmlich zur Tür schieben, um ihn raus zu bekommen. Er schlürfte müde zur Eingangstür, um sie zu schließen.
Im schummrigen Außenlicht stand eine schlanke Gestalt mit blassem Buttermilchgesicht und einer markanten Hakennase. Die Gestalt schob ihre rechte Hand in`s Licht und tippte mit dem Zeigefinger auf Würstels Brust.
„Wir haben gehört, du willst uns Deutschlandfreunde nicht mehr in deinem Dünnbierladen haben? Stimmt das?“
„Nicht ganz, Glatzrübe. Weißt du, du musst das NICHT MEHR, durch „noch nie“ und „auch in Zukunft nicht“ ersetzen, dann liegst du genau richtig. Nicht, dass ich was gegen euch Hakenkreuzfressen hätte, nein, das nicht. Nur, ihr vertreibt mir meine letzten Gäste und von euch 15 Intelligenzbolzen kann ich nicht existieren, Spiegelrübenarsch.“ Würstel legte seine Hände auf Glatzes Schulter und wollte ihn aus der Tür auf den Gehweg schieben, da sah er hinter dem Vaterlandskämpfer seine Armee stehen. Locker zehn Kerle in gebohnerten Springerstiefeln und mit gebohnerter Kopfhaut.
„Aaah, die hiesige Sturmstaffel! Der Führer hätte seine Freude an euch, Jungs! Schade, dass er es nicht mehr macht!“ Würstel knallte die Hacken zusammen und machte einen zackigen Hitlergruß. „Ihr seid doch die Braunen? Oder seid ihr etwa die andern Ärsche? Falls ja, dann: Für Frieden in euerm Sinne, für Kommunismus und Unfreiheit, seid bereit!“ Er machte den Gruß der Thälmann Pioniere und sah ins Halbdunkel. Außer den zwei Vögeln von neulich kannte er keinen der Spezies. Leichtsinnigerweise hatte er dem Hakennasigen den Rücken zugekehrt. Ein dummer Fehler. Er spürte plötzlich dessen Hand an seinem Kragen. Das Kalkgesicht zerrte ihn schwungvoll

rückwärts. Würstel landete mit zerrissenem Hemd auf dem Hosenboden und war sofort hellwach. Das konnte knapp werden. Viele Hunde sind des Hasen Tod! So Mann gegen Mann, wie es zu seiner Zeit war, das gab es nicht mehr. Faires Kämpfen war außer Mode gekommen. Die feigen Schweine traten nur in Rotten auf und kannten keinerlei Verwandte. Er hatte es oft genug erlebt. Schnell wie ein Pavian war er auf den Beinen und trat unvermittelt mit aller Kraft gegen die linke Kniescheibe des Weißgesichts. Der schrie gellend auf, drehte sich um 90 Grad und brach zusammen. Jetzt bloß keine Sentimentalitäten, nur absolute Brutalität konnte ihn retten. Die Hitlerjungs würden keine Sekunde zögern, ihn zum Krüppel zu schlagen, ihn für immer in den Rollstuhl zu verfrachten. Er wäre nicht der Erste. Die Arier drängten durch die Tür und behinderten sich gegenseitig.
„Ho, Adolf Junior! Auch wieder mal in meinem Laden?“ Der Bohrhammer kam mit erhobener Bierflasche und kriegsbemaltem Gesicht auf ihn zugestürmt. Die Flasche krachte dumpf auf Würstels Schulter. Er hatte keine Zeit, den Schmerz zu spüren und wenn der linke Arm noch bewegungsfähig war, musste das Schlüsselbein noch im Ganzen sein. Hier ging es offenbar um Leben und Tod. Seine rechte schlug gewaltig wie in alten Zeiten auf klein Adolfs Kinn, genau auf den „Punkt“. Seine Bewegung brach abrupt ab und sein Kopf schnippte nach hinten. Er hielt inne, als sei eine Glasscheibe im Weg. Die Flasche zerbrach klirrend auf dem Terrazzoboden. Würstel griff vorbei an seinen Ohren, umklammerte den Hinterkopf, riss ihn nach vorn und hielt ihm sein Knie vor die Nase. Es knirschte, wie zerbrechendes Holz und klein Adolf kam, ohne einen Laut von sich zu geben, neben der Scheuerleiste, den Kopf weit im Nacken, zu seiner wohlverdienten Ruhe. Die Horde hatte die Schwelle passiert. Ein Teil der Gang war schon damit beschäftigt, die Einrichtung zu demolieren. Die Skatspieler waren aus den Fenstern gesprungen und geflüchtet. Einen Moment lang hatte er gehofft, sie würden ihm helfen. Aber dem Anschein nach war er allein und es sah verdammt schlecht aus um ihn. Den einen noch, der ihm von hinten auf den Rücken gesprungen war, den konnte er noch in den Schlaf wiegen. Er hatte sich geduckt, so dass der junge Flieger das Übergewicht bekam und an den Hüften seinen Schwung beschleunigt. Der Dummling nahm nicht mal die Hände nach vorn, sondern klatschte mit der Stirn auf. Es klang, als trete Rummenigge im zarten Alter von 25 an den Ball. Schon versaute er das Terrazzo mit seinem Blut. Sie umringten ihn. Sich gegenseitig mit indianischen Kampfeslauten übertönend, bekamen sie ihn zu fassen und zogen ihn abwechselnd in alle verfügbaren Himmelsrichtungen. Würstel schlug fleißig. Alles, was seine

Fäuste hinterließen, waren Luftlöcher. Durch Zufall erwischte er einen Solar Plexus. Der Eigentümer verdrehte die Augen und schied aus.
Eins, zwei, drei, ins faule Ei! Er kippte böse nach hinten auf seine glänzende Kopfhaut. Es klatschte, als schlage jemand herzhaft auf den nackten Hintern einer strammen Jungfrau. Eine Handkante erwischte Würstel im Nacken. Er schnaufte hastig wie ein hechelnder Hund, aus Angst, ihm würde schwarz vor Augen werden. Bloß nicht wegklappen, hackte es ihm im Kopf, sonst machen dich die Schweine alle. Echte Todesangst verlieh ihm übermenschliche Energie. Er konnte seinen rechten Arm losreißen und rammte seinen Ellenbogen mit aller Gewalt in die sich zuerst bietende Hohlfresse. Wieder dürfte es einer weniger sein. Eine Bombe platzte dröhnend in Würstels Ohr. Ein Volltreffer auf den Backenknochen. Es wurde plötzlich still um ihn. Er hörte nichts mehr. Er musste versuchen, an einen Stuhl zu kommen, das wäre vielleicht seine Rettung. Er begann, die Meute in Richtung Mitte zu lenken. Oh, verfluchte Kacke! Schon wieder einen Volltreffer gefressen. Blut quoll breit aus seiner Augenbraue und schoss über seine linke Gesichtshälfte. Jetzt sah er nur noch auf einem Auge. Mist! Vor dem sehenden Auge tanzte ein blonder Pferdeschwanz. Oh Würstel, jetzt geht`s zu Ende mit dir, jetzt beginnen die Halluzinationen! Auch gut, dann würde er sich wenigstens nicht quälen müssen. Vater hatte immer gesagt, ein kurzer, schmerzloser Tod sei viel wert. Plautz! Ein Bus krachte gegen seinen Hals. Der Kehlkopf funkte wahnsinnige Schmerzen. Er taumelte. Wenn er doch bloß einen Stuhl zu fassen bekäme, verdammt! Plötzlich fiel Würstels vies-a-vies Kämpfer um wie ein gefällter Baum, ohne dass er ihn halbwegs wirkungsvoll getroffen hatte. Genau genommen hatte er ihn gar nicht berührt. Hatte ihn ein Zuckerschock umgehauen? Die anderen, die auf ihn einschlugen, ihn hin und her zerrten, ließen plötzlich von ihm ab. Ohne auch nur den Hauch von Begriff taumelte Würstel auf eine Art Tarzan zu. Ein Kerl, der alle im Raum um einen Kopf überragte. Er war der Einzige unter den Wichsern, der keine Glatze hatte. Der trug tatsächlich einen, durch einen Gummi zusammengehaltenen, blonden Pferdeschwanz. Ein Rechter mit langen Haaren! Man lernt nie aus! Der Riese holte zum Schlag aus. Würstel versuchte sich zu ducken. Es misslang, er war zu langsam, er war völlig fertig.
- WUMM! -
Tarzan schien besoffen zu sein. Jedenfalls hatte er voll vorbei geschlagen. Nicht mal berührt hatte er Würstel. Sein noch offenes Auge visierte das Gesicht des Blonden an. Das Gesicht grinste und sagte etwas zu ihm, aber er war noch immer taub, er sah nur die Mundbewegung. Fauch! Die Faust des Blonden verursachte einen Luftzug. Wahnsinn, er hatte ihn wieder verfehlt.

Nein! Er hatte sogar einer Glatze versehentlich genau auf den Zinken geballert. Der Schlag war von Dampfhammerqualität. Der Typ hob ab wie im Film, flog einen Meter nach hinten und dumpfte an die Wand. Der Putz war härter als sein Hinterkopf. Der Hitlerjunge verdrehte die Augen, rutschte ins Nirwana, fiel wie durch einen Nackenschuss getötet auf die Knie und zur Seite. Neben seiner flach aufliegenden Wange bildete sich eine lupenreine Blutpfütze. Es sah aus wie in einem Schlachthof, überall war Blut. Plötzlich funkte Würstels Hirn: Du hast Unterstützung bekommen! Der Mann ging auf die Brechmittel los wie Bud Spencer. Er machte kein großes Federlesen. Für jeden hatte er nur einen einzigen Schlag übrig und schon widmete er sich grinsend dem Nächsten. Würstel sah sofort, die Schläge kamen von einem, der wusste, wohin er zu schlagen hatte, was Wirkung hinterließ. Das war ein Profi! Seine Fäuste hinterließen Chaos. In jeder Ecke lag ein Kahlnischel. Der einzig übrig Gebliebene bekam jetzt Ohrfeigen mit der flachen Hand. Ganz leise hörte Würstel wie der Blonde sagte: „Du wirst den Dreck wegräumen, Arschfresse. Du schaffst die Leichen weg. Weck sie auf oder trag sie nach Hause, ist mir scheißegal. Aber sieh zu, dass dein Gesindel die Fliege macht." Um seinen Worten Gewicht zu verleihen, klatsche er ihm noch eine mit der Rückhand, die ihm fast den Kopf aus der Verankerung riss. Er hatte Hände wie Spatenblätter.
„Hallo Kumpels! Sieht ja lustig aus!"
Dingi stand, die Hände in seinen Hosentaschen vergraben in der Tür und griente Würstel an. „Hab gedacht, du könntest Hilfe brauchen, hab die Chemos kommen sehen, da bin ich so schnell ich konnte gerannt, um Sandro zu holen." Er zeigte auf Tarzan. „Er ist der beste Freund von den Stinkmaden und es macht ihm einen Heidenspaß auf ihre glänzenden Birnen zu klopfen, vor allem, wenn sie grad für Ordnung sorgen. Stimmt`s Sandro?"
„Und wie! Is mein Hobby. Kann die Kahlnischel nicht ab. Außerdem zehn gegen einen, ist dann doch etwas reichlich, nä?"
„Mensch, Sandro, das war verflucht fein von dir. Als du kamst, war ich grad am Ende, hätte nicht mehr lange gebraucht, um abzukratzen. Ich danke dir." Er hielt ihm seine Hand entgegen. Sandro warf einen Blick drauf.
„Du bist von oben bis unten voll Blut Mann, siehst aus wie `ne gestochene Sau. Die Hand schütteln wir uns nächstes Mal."
„Na, jedenfalls Danke."
„Keine Ursache, Dingi hat Recht, ist mir `n echtes Vergnügen. Kannst bei Gelegenheit einen ausgeben." Würstel holte drei Flaschen und sie stießen an. Beim Ansetzten sah Würstel, seine Hand zitterte wie bei einem Alkoholiker auf kaltem Entzug. In der Kämpferstaffel auf dem Fußboden regte sich

langsam Leben. Einer nach dem Anderen begann zu stöhnen. Würstel watschelte unter irren Schmerzen ans Telefon und rief die Polizei. Das Wort Polizei schien bei den Kriegern Wunder zu wirken, sie verkrümelten sich. Nur Adolf Junior lag noch immer entlang der Scheuerleiste. Würstel beugte sich über ihn. Hoffentlich war der Intelligenzbeule nichts Ernstes passiert, sonst konnte er mit noch größeren Schwierigkeiten rechnen. Die Rechten hatten zwar keinen Freischein, wie die Linken, aber er hatte noch nie gehört, dass sie für verzapften Irrsinn zur Rechenschaft gezogen worden waren. Würstel würde dem verhandelnden Richter ganz sicher NICHT gefährlich werden. Er kniete nieder und zog ihm mit dem Daumen ein Augenlid hoch.
„Hee, Adolf Adler Junior! Wach auf, das is hier `n Imbiss, kein Hotel! Penn im Führerbunker weiter! Heb deinen Naziarsch und verpiss dich, Matschbirne!"
Keine Reaktion.
„Na, hoffentlich ist der Sack nicht hinüber, verdammt!"
„Schütt ihm `n Glas Wasser ins Gesicht, vielleicht hilft`s." Dingi hielt sein Bier über den Kopf des Kerls und goss den Inhalt langsam plätschernd über die schillernde Glatze.
„Findest du nicht, dass es schade um das schöne Bier ist? Hättest`s lieber getrunken, als es auf der Birne von dem Affen zu vergeuden." Sandro konnte es nicht fassen. Dingi zutschte den letzten Schluck raus.
„Der Vogel schläft immer noch." Würstel kam mit einem großen Glas voll Wasser und schwappte es dem Jüngling ins Gesicht. Er begann sich zu bewegen und öffnete die Augen. Milchigen Blicks wanderte sein Kopf umher. Er hatte keinen Plan.
„Hee, Adolf", sagte Würstel mit ruhiger Stimme, „alles okay, gut geschlafen?" Adolf sah ihn mit blutverkrustetem Gesicht fragend an. Würstel glaubte ihm etwas erklären zu müssen: „Du freundlicher Mensch wolltest mir mit `ner Bierflasche die Rübe spalten. Zum Glück ist sie auf meiner Schulter gelandet. Tut höllisch weh, aber`s Schlüsselbein ist wie durch `n Wunder noch ganz. Zum Dank dafür hab ich dir `n schönes Schlaflied gesungen. Liegst schon über `ne halbe Stunde hier und pennst. Wenn du das nächste Mal mit `ner Flasche auf mich losgehst, wachst du nie mehr auf, Adolf Dreckrübe. Darauf hast du mein Wort. Schwör ich dir bei Gott! Dann schick ich dich schwanzlose, hinterhältige Ratte zu deinem Führer. Könnt ihr zusammen Psychopatenskat spielen. Das schwör ich dir bei deiner eigenen Mutter, du Dreckstecken! Und jetzt verfatz dich, verunstaltete Bratzbirne!"
Er fuhr sich mit der Hand über sein blutverkrustetes, verquollenes Gesicht, um festzustellen, ob noch alles vorhanden war. Der Mann sah aus wie ein

echter Zombie, nur hässlicher. Er drehte sich zur Seite, kam auf die Knie und erhob sich stöhnend. In vorgebeugter Haltung verharrte er, klinkte sich in Würstels Blick und keuchte aus seiner verschobenen Visage: „Das wirst du roter Hund mir büßen.“ Der schien es nie zu lernen.
„Nochmals, Baby-Adolf, ich bin weder rot noch braun. Für mich persönlich ist das das Gleiche! Und wenn du Hirnpisser nicht in diesem erbärmlichen Zustand wärst, würd ich dich für die Frechheit sofort wieder zu Boden schicken. Noch was, richte deinen Freunden aus, zehn von euch Halbdackeln waren zu wenig. Beim nächsten Termin müsst ihr zwanzig gegen zwei antreten, falls ihr `ne Chance haben wollt. Und jetzt hau endlich ab, ehe ich es mir anders überleg. Mein Wutpegel iss noch oberhalb des Kehlkopfs und es könnte gegen meinen Willen gefährlich werden, wenn meine Sicherungen Feuer fangen.“
Murmelnd und in gebückter Haltung schleppte er sich zur Tür.
„Die kommen wieder Würstel.“ Dingi hatte geflüstert. Sandro nickte: „Absehbar, kannste drauf wetten. Du musst dir `ne Knarre besorgen. Wenn ich nicht in der Nähe bin oder dir `n paar andere Leute helfen, was unwahrscheinlich ist, weil die meisten vor den Folgen Angst haben, werden die dich lynchen. Die örtliche Sturmstaffel legt eine Brutalität an den Tag, dass jeder, der in ihre Klauen gerät, um sein Leben fürchten muss. Die Flasche, platziert auf deine Rübe, konnte dein Ende gewesen sein.“

Sandro und Dingi waren gegangen. Würstel war unter Schmerztränen mit Aufräumen beschäftigt, als es an die Kneipentür klopfte. Würstel bewaffnete sich mit einem Stuhlbein und blickte vorsichtig durch die Glastür. Im Halbdunkel standen zwei Männer in Jeans und Lederjacken.
„Was wollen Sie denn um diese Uhrzeit? Ich habe geschlossen. Es ist fünf Uhr.“
„Sie haben doch die Polizei gerufen, oder?“
Er hatte es vergessen.
„Ja, ja, das habe ich, allerdings vor mehr als vier Stunden.“ Er drehte den Schlüssel und ließ sie eintreten.
„Oh, hier sieht`s bunt aus. Wissen Sie, wer die waren? Ich meine, kennen sie Namen und Adressen von einem oder mehreren Tätern?“
„Nein, Namen sind mir nicht bekannt. Ich weiß nur, sie sind aus der so genannten rechten Szene und kommen aus dem Nachbarort.“
„Und, wenn ich fragen darf, woher wissen Sie das?“
„Weil sie Glatzen haben und einer sich Adolf Hitler nennt.“

„Das ist keineswegs eine Bestätigung dafür, dass es Rechte sind. Es gibt schließlich auch Linke, die sich die Rübe polieren."
„Stimmt, die nennen sich jedoch nicht Adolf Hitler, sondern Walter Ulbricht, Mao, Mielke, Krenz und Stalin oder so. Einmal hab ich gehört, dass sie einen Vadim gerufen haben und einer soll Vogel mit Nachnamen heißen. Das ist leider alles, was ich weiß."
„Hm, nicht viel, fürs Erste. Können Sie den Schaden einschätzen?"
Würstel zog ein weinerliches Gesicht, starrte auf das zerlegte Mobiliar und zuckte traurig mit den Schultern.
„Vielleicht zehntausend Mäuse. Mindestens. Hilft mir eh nix, hab wegen der vielen Einbrüche keine Versicherung mehr bekommen."
„Wollen Sie Anzeige erstatten? Ich muss Ihnen allerdings sagen, falls wir die jemals schnappen sollten, für Sie lohnt es sich nicht. Die sind meistens völlig mittellos. Von denen bekommen Sie garantiert keine müde Mark. Des Weiteren bitte ich Sie, den Racheeffekt zu bedenken. Wenn Sie die vor Gericht ziehen wollen, sind Sie ihres Lebens erst recht nicht mehr sicher."
„Sie meinen, ich soll mir die Fresse polieren, mich halb totschlagen, mir den Laden verwüsten lassen und noch froh drüber sein?" Er hatte trotz höllischer Schmerzen im Gesicht vor Wut geschrieen.
„Nein, sie verstehen uns falsch", meldete sich der Andere zu Wort. „Natürlich sollen Sie nicht froh sein. Aber sehen Sie, schauen wir doch den Tatsachen ins Auge, was glauben Sie denn, welchen Nutzen Ihnen eine Anzeige brächte? Gelinde gesagt, nur noch mehr Ärger."
Würstel überlegte staunend. Die Bullen hatten Recht. Moos hatten die Pfeifen sicherlich weniger als eine Schar Kirchenmäuse und der Ärger würde nicht geringer werden. Die Bullen schienen zu allem Übel nicht erpicht an irgendwelchen Ermittlungen, die ihnen Arbeit bescheren und am Ende einen Haufen Dreck aufwirbeln würden, an dem keine Sau interessiert war. Womöglich kam die Gegend durch diesen kleinen Pupskneiper noch ins schlechte Licht und mit der Gegend die hiesigen Vorhofpolitiker. Das Image dieses Landstrichs war eh nicht das von Südtirol.
„Ich muss gestehen, ihr Gurkenschäler habt mich überzeugt." Würstel versuchte, ein bissiges Lächeln in sein Beulenantlitz zu drücken. Die Bullen blieben cool.
„Eine Anzeige würde nichts zum Positiven wenden." Der Fußboden benahm sich wie ein Schlauchboot auf offener See bei Windstärke zehn. Sein blindes Auge war dick wie der Globus im Bücherregal, das getroffene Ohr rauschte wie Nicki Laudas Reifen im Regen von Silverstone und in seiner Schulter

steckte eine Axt. Es roch nach Löwenpisse. Mit bitterer Stimme presste er hervor: „Vor allem würde sie speziell für uns drei nichts bringen."
Die Bullen in Zivil warfen sich einen vielsagenden Blick zu. Ihren Minen nach zu urteilen, schienen sie zufrieden.
Marcus Ciceros „CUI BONO" tanzte schlagartig durch Würstels Windungen. Für die Gesinnungsverbreitung des braunen Mülls schien ihm das Verhalten ihrer angeblich fanatischen Verfechter äußerst ungünstig zu sein. Ob die Bullen bewusst über vier Stunden für ihr Erscheinen gebraucht hatten?

„Ho Chi Minh!" Sie umarmten sich. „Ich nehme wieder hundert Stangen." Sie schüttelten ihre Hände wie alte Freunde.
„Ich nicht Ho Chi Minh! Du wissen, ich heißen …"
„Aach sei still, für mich bist und bleibst du Ho Chi Minh. Deinen richtigen Namen hab ich in einer halben Stunde wieder vergessen. Lass gut sein."
„Nein, nein nicht Ho …" Er kam nicht weiter. Würstel packte ihn an den Schultern, drehte ihn um 180 Grad und schob ihn in den Flur mit den wunderschönen alten Mosaikfliesen ins Umgebindehaus. Die Küchentür, aus der fürchterlicher Gestank qualmte, stand weit offen. Ho Chi Minhs Frau, eine kleine, zierliche Person mit rabenschwarzem, glänzendem Haar und mit für Vietnamesinnen untypisch großen Titten, hob die Hand zum Gruß. Sie rief in asiatischem Sing-Sang: „Ah, de Tobiasch!"
„Hallo, Par-Le-Wu!" rief Würstel, ihren Slang nachäffend im Vorbeigehen, sie bei ihrem Spitznamen. Er hatte sie irgendwann mit einer Landsfrau französisch sprechen hören. Sie lachte quietschend durch den Küchendunst und drohte ihm spaßhaft mit dem Zeigefinger. Ho drückte die schmiedeeiserne Türklinke des Kastenschlosses. Mit schnappendem Geräusch sprang die Tür zum Lager auf. Würstel suchte im Dunkeln des niedrigen Raumes nach dem Bakelitschalter. Klatsch! Eine verstaubte Glühbirne versprühte ihr funzeliges, gelbes Licht.
„Was fül `ne Solte?"
„Dreißig Marlboro, dreißig Light und vierzig HB normal." Ho zog aus seiner linken Gesäßtasche einen Taschenrechner und kommentierte: „Vielzig Mal zwölf iss vielhundeltachtzig, dleißig Mal vielzehn …, macht zusammen eintausenddleihundeltfünfunddleißig. Siehsse? Iss Sondelpleis wie imma."
„Sonderpreis? Du bist `n Halsabschneider! Das letzte Mal war die Marlboro dreizehn Mark und die HB elf."
„Ja, Tobiasch, iss teulel gewolden, wie alles. Na gut, tausenddleihundelt, weil du bist. Okay?"
„Na gut, okay!" Sie schlugen ein und er zählte Ho das Geld in die Hand.

„Gut, Tobiasch.“ Ho packte die Stangen in einen Karton und trug sie bis zum Passat. Gemeinsam verstauten sie die Zigaretten in den Türfüllungen und in der eigens für den Schmuggel präparierten Rücksitzbank.
„Kommste gut zu Deutschland, gut dulch Zoll. Ich halte wie immel Daumen fül dich. Okay?“
„Danke Ho, alter Lump.“ Würstel kramte nach dem Zündschlüssel.
„Ach, hätt ich beinahe vergessen. Kannst du mir `ne Pistole besorgen?“
„Abel ja, Tobiasch. Wenn ich habe, bringe ich nach Deutschland, zu dil nach Hause, okay? Mit wie viele Schuss??
„Hm, mit hundert?“
„Ja, gut, mit hundelt. Kannse zählen auf mich. Nächste Woche ich komme.“
Er fuhr Richtung Grenze. Wie immer war ihm mulmig, obwohl er seit der Wende nie mehr auseinander genommen worden war. Das Schmuggeln von „Spiegel“, „Hobby“ und „Bravo“ war gefährlicher gewesen. Die Nähe seines Wohnortes zur Grenze war zu allen Zeiten ein Vorteil, nur nützte es einem nicht viel, wenn man arbeits- und perspektivlos war. Der Vorteil hatte niemanden davon abgehalten, dieser schönen Gegend den Rücken zu kehren, um einen Job zu finden.
Er war stolz, Nellys Studium mitfinanzieren zu können. Das bisschen Angst war vertretbar. Nelly verdiente an jeder Stange, die sie an der Uni verkaufte zehn Mark, machte im Monat glatt `nen Tausender. Steuerfrei und mit minimalem Aufwand. Gewusst wie, spart Energie!

Er parkte den Wagen vor der Haustür. Auf der Post hatte er bemerkt, dass er etwas Wesentliches vergessen hatte. Er fluchte. Ohne Merkzettel konnte er nicht einkaufen, weil er die Hälfte vergaß. Nun war es schon so weit, dass er den blöden Merkzettel auf dem Kühlschrank liegen ließ. Kopfschüttelnd erklomm er die Treppe, fischte den Schlüssel aus der Hosentasche, blickte nach oben und sah in Minnys Gesicht.
„Weshalb bist `n du nicht in der Schule? Ist was passiert?“
„Ja, `s ist was passiert, Paps.“
„Du machst ja `n Gesicht wie die Schreinemachern in ihrer letzten Sendung.“
Sie zog ihre Mundwinkel noch weiter nach unten, was er vor seiner Bemerkung nicht für möglich gehalten hatte.
„Ich fahr zu Nelly. Tut mir leid, sei nicht böse, dass ich dich verlasse Paps.“
Zwei Tränen schossen augenblicklich an ihren Nasenflügeln vorbei und fielen zu Boden.

„Oh, scheint was Ernstes zu sein. Komm wir setzten uns und du sagst mir in Ruhe, was die Uhr geschlagen hat.“ Er schob sie in die Wohnstube. Noch bevor sie sich gesetzt hatte, begann sie: „Brauchst dir keine Mühe zu geben, diesmal hau ich ab. Ich hab die Nase gestrichen voll.“
„Hör zu Minny, du kannst in jedem Fall in den Schulferien wieder zu Nelly fahren, aber bis dahin sind noch reichlich zwei Monate, in denen du, und da beißt die Maus keinen Faden ab, zur Schule gehst, wie eh und je! Egal was dir wieder für `ne riesige Laus über die zarte Leber gelaufen ist. Und hör auf zu flennen, es bringt nix.“ Würstel war ärgerlich. Er schob den Oberkörper vor und zauberte ein Waschbrett auf seine Stirn.
„Sag mir, was so Furchterregendes geschehen ist, dass du gleich deinen Paps verlassen willst. Was hab ich denn Schlimmes getan?“
„Ich hab euch vor ’n paar Tagen durch Zufall belauscht. Du weißt nur zu gut, dass du auf Muttis Ankündigung, mich in die Irrenanstalt einweisen zu lassen, so gut wie nichts geantwortet hast!“ Sie war im Verlaufe des Satzes immer lauter, verzweifelter geworden und hatte die letzten Worte geschrien, dass er Angst bekam, die Nachbarn würden jeden Moment an der Tür klingeln und fragen, ob er ein Ferkel schlachte.
„Dein Protest bestand gerade mal darin, eine Flasche Whiskey im Keller auszusaufen und dich ins Koma zu verabschieden. Seither hab ich nur geweint, über so viel Gemeinheit von dir!“
„Jetzt hör bitte auf zu schreien, Minny! Meine Fresse, ich werd noch taub!“
„Du? Du wirst noch taub? Du bist schon lange taub! Du lässt es zu, dass Mutti mich hinstellt, als ob ich `n Rad abhätte. Ich hab kein Rad ab, sondern du! Und die! Ab sofort lasse ich mich von euch nicht mehr schikanieren. Euer Aschenputtel pfeift euch was! Ich lass mich nicht behandeln wie die Pechmarie! Wann habt ihr denn das letzte Mal ein nettes Wort zu mir gesprochen, he? Sag`s mir, ich hab`s vergessen! Wenn ihr `n Wort an mich richtet doch nur, um mich zu tadeln, mich zu beschimpfen, oder zu irgendeiner Arbeit zu kommandieren! Täglich sitzt ihr nach dem Essen zusammen und erzählt von diesem und jenem und mich schickt ihr in die Küche zum Abwaschen, da hab ich noch nicht den letzten Bissen im Mund. Und wehe, wenn ich nicht auf der Stelle aufspringe!“
„Ihr, ihr, ihr! Das bin ich doch nicht!“ versuchte er sich zu wehren.
„Nein, du lässt es Deborah sagen, du nickst nur. Hattest du jemals den Mut zu sagen, ich dürfe mich noch 15 Minuten an einem Gespräch beteiligen? Hast du mich jemals in Schutz genommen? Jetzt ist es schon so weit, dass du zustimmst, wenn sie mich in`s Beklopptenhaus bringen will. Bist du dir eigentlich im Klaren darüber, was du mir für Seelenschmerzen bereitest?“ Sie

hatte ihren Kopf in die Hände gesenkt und schluchzte herzzerreißend. Würstels Unterlippe schmeckte süß vom Blut. Der Perpendikel der alten Wanduhr war vor Schreck stehen geblieben und zitterte wie die Kompassnadel, der der Nordpol abhanden gekommen war. Seine Mandeln waren zu Wassereimern mutiert und quetschten die Gehörgänge ab. Er hörte das Rauschen seines eigenen Blutes und starrte bescheuert aus dem Fenster. Die Sonne wärmte die Welt, aber hier drin, in dieser verfluchten Wohnstube erfroren die Blattläuse an den Grünpflanzen. Ein Schatten legte sich über seine Augen und er erschrak. Es war nur seine Hand, die sich zwischen Nase und Stirn gelegt hatte. Er schluckte schwer. Jemand hatte sein Gehirn gestohlen. Der Kopf war leer wie eine unendliche, große Lagerhalle, in der nichts und niemand stand. Einigen Lichtpartikeln gelang es, durch die Finger zu dringen.
„Da kannst du mal sehen, was für ein riesiges Arschloch du doch im Grunde genommen bist." Es war Simpelmanns Stimme. Würstel antwortete nicht. Er wusste, der blöde Kobold hatte Recht. Außerdem war er zu kraftlos, um zu antworten. Was sollte er auch sagen. Seine Kräfte waren von Minnys Verzweiflung aufgesogen worden. Die Batterie war leer.
„Ich brauch jetzt `nen Whiskey", stammelte er leise, weil ihm nichts anderes einfiel.
„Ich brauch jetzt auch einen Paps, ich bin so unendlich traurig. Hast du mich denn nicht mehr lieb?" Die Hand verschwand von seinem Gesicht.
„Das darfst du niemals denken Minny. Ich liebe dich und Nelly, wie ein Vater seine Kinder nur lieben kann. Glaub mir, ich würde euch nie hängen lassen, nie!" Minny bemerkte, wie blass er war.
„Meinst du wirklich, du handelst richtig, wenn du als Antwort auf Deborahs Forderung, mich in die Klappsmühle zu stecken, eine Flasche Whiskey säufst?"
„Jedenfalls war`s nicht falsch und es hatte auf mich eine ziemlich stark beruhigende Wirkung. Ich war aufgewühlt, ungeheuer aufgewühlt und natürlich beleidigt. Aber wie immer konnte ich aus Angst keine Antwort hervorkramen. Sich mit ihr zu streiten, ist eh sinnlos. Das weißt du genau so gut wie dein armer Vaterlump."
„Willst du damit sagen, wir sind auf Gedeih und Verderb ihren Anwandlungen nackt ausgeliefert? Das ich nicht lache! Du meinst im Ernst, wir hätten uns ausschließlich zu fügen, uns unterzuordnen, ohne unsere Meinung auch nur im entferntesten andeuten zu dürfen? Wenn du nicht den Mumm hast, dich zu wehren und mich zu beschützen, streich ich hier die Seegel. Ich will hier nicht mehr leben. Ich zieh zu Nelly. Sie weiß schon Bescheid. Das ist mein voller Ernst."

Das wäre das Schlimmste, was passieren konnte. Alles nur DAS nicht! Minny war die Einzige in diesem Haus, die das Einfrieren beweglicher Teile bislang verhindert hatte. Ohne sie würde er die Zentralheizung auf 90 Grad stellen müssen, um dem galoppierenden Kältetod zu entgehen. Aus dem kleinen, tunlichst ignorierten Häufchen Dreck war ein Berg aus Scheiße geworden, ein Steilwandgebirge aus Problemen. Um seinen Frieden zu haben, war er den Giftpfeilen ausgewichen, in der Hoffnung, sie würden im All verglühen, ohne Schaden anzurichten. Es war ihm nicht klar geworden, welch toxische Wirkung sie auf Dauer hinterlassen würden. Minny wollte ihn allen Ernstes verlassen. Achtzehn war sie noch nicht und irgendwie konnte er es verhindern. Was aber würde das nützen? Die Stimmung würde noch unerträglicher, bitterer, gruseliger werden. Das Quecksilberthermometer in seinem Hals drohte zu platzen. Die Hitze, die aus seinem Magen in die Speiseröhre drängte, drohte über 100 Grad zu steigen. Er wischte sich den Sabber vom Mund und blickte ratlos auf Minny, die mit hängenden Schultern, wie ein gerupfter Unglücksrabe im Sessel hing und auf den Teppich stierte. Sie schien seinen Blick zu spüren und hob das Gesicht.
„Übermäßige Zivilcourage beweist du mit deiner Flucht auch nicht, Minny."
„Hast Recht Papa, bin dir ziemlich ähnlich. Hab auch keinen Mumm mich anzulegen. So bitter, wie es für mich ist, ich kann es ebenso wenig wie du. Deshalb denke ich, es ist für uns das Beste, auch für Deborah, ich verschwinde am Wochenende. Für mich ist hier kein Platz. Aschenputtel kann nicht mehr Paps." Sie begann wieder zu weinen. Diesmal lautlos. „`s gibt ja keine Mauer mehr", schluchzte sie, „kannst mich ja ab und zu besuchen." Er musste sich zusammennehmen, um nicht mitzuheulen. Was sollte er nur tun? Würde er Deborah nicht abgöttisch lieben, wäre alles ganz einfach. Sein Herz wog mehr als der Heizkörper an der Wand. Was, wenn …
„Minny, ich hätte einen Vorschlag. Mutti stempelt dich als geistig behindert ab. Du könntest beweisen, dass sie damit kilometerweit daneben liegt." Aufgebracht ruderte er mit beiden Armen, schob wie ein Profikiller sein Kinn vor und sprach weiter.
„Du streckst dich und gehst auf die Penne. Du machst das Abi! `s gibt `n Wirtschaftsgymnasium, dort kannst du mit der elften Klasse beginnen. Du schreibst sofort die Bewerbung. Mit deinen Leistungen sollte es kein Problem sein, dort reinzukommen. Was hältst `n davon?
„Ach, Papa, das schaff ich doch nicht. Ich bin keineswegs geistig behindert, aber in der psychischen Verfassung erklimm ich nicht den Berg, der Abi heißt."

„Werden wir sehen. Was kann denn schlimmstenfalls passieren? Nix und nochmal nix! Nach dem Abi kannst du studieren und dafür ziehst du zu Nelly nach Stuttgart.“
„Nein Paps, das wären noch mehr als drei Jahre, dann bin ich zwanzig, das halte ich so lange hier nicht aus!“ Sie wehrte mit den Händen ab.
„Und ich?“ Würstels Gemütszustand schlug wieder ins Wütende um. „Und ich, ich soll mich allein hier rumärgern? Wenn du bleibst, können wir uns wenigstens gegenseitig trösten. Gemeinsamkeit macht stark, sagt Karl Murx. Wir können ihr doch aus dem Weg gehen, uns nicht mit ihr reiben. Sie ist ohnehin kaum noch zu Hause. Glaubst du nicht an diese Möglichkeit? Wäre es nicht ein herrlicher Triumph für dich, wenn du lässig mit dem Abizeugnis vor ihrer Nase wedeln könntest?“
„Hm.“ Minny sog sich die Lippen in den Hals. Ihr Oberkörper schwankte unschlüssig. „Hm, wenn ich`s bedenke, `s wär `ne gewaltige Kutsche, `s wäre möglicherweise die einzig richtige Antwort.“
„Ist es, ist es!“ Er war Feuer und Flamme. Er hatte die Situation gerettet, erreicht dass Minny noch drei Jahre bei ihm blieb und auf die Penne gehen wollte. Deborah sei Dank! Er jauchzte innerlich wie ein Kind. Ein Teil der Wolken hatte sich auf die Socken nach dem Jordan gemacht. Der Perpendikel begann zu schwingen. Die Schwalben vor dem Fenster legten an Höhe zu und ihre Rufe klangen nach „Jumpin` Jack Flash“, nach „As Tears Go by“, nach „You Can`t Always Get What You Want“.

Das Knarren des Garagentores ließ beide zusammenzucken.
„Mist! Schnell Minny, in dein Zimmer! Du hast wieder Migräne! Deshalb bist du nicht MEHR in der Schule! Und kein Wort über unseren Deal! Komprändä?“ „Abgemacht Papa.“ Sie schlang ihre Arme um seinen Hals, drückte ihm die Luft aus der Speiseröhre und einen Kuss auf die Nase und verschwand lautlos in ihrem Zimmer. Die Sonne brannte plötzlich Blasen. Sie verwandelte die Winterburg in ein Glückshotel auf den Malediven, (oder Florida) mit einem alles umgebendem Glückskleerasen aus tausenden, ausschließlich vierblättrigen Glückskleepflänzchen. Zwei niedliche Soundtracks von zwei niedlichen Herzchen-Novelas vermischten sich zu tönender Vierfruchtmarmelade und verschmierten ihm die Herzkammern. In Zukunft wollte er seine Lieder alleine singen, sich eine Tarnkappe überstülpen, sich rar machen. Er wollte glücklich strahlen, genau wie sie unverfänglich und überfreundlich lächeln und sich so oft es ging um Minny kümmern. Drei Jahre waren eine lange Zeit. Vielleicht würde nach Minnys Abgang Deborah wieder zu der Frau, die sie einmal war. Man konnte nie wissen. Ach Deborah. Ach Minny.

Gleich Mitternacht. Den lieben Abend lang hatte er sich gelangweilt wie ein fanatischer Dartspieler ohne Bier und ohne Wurfpfeile. In einer halben Stunde würde er zum Aufbruch drängeln. Deborah hatte schon ordentlich vom Rotwein genascht. Sie unterhielt sich seit zwei Stunden mit ihrer Tischnachbarin, einer ältlichen, extrem dürren aber pikfeinen Dame, mit rötlicher Lockenwicklerfrisur über Schuhe, Mode und langweiligen Frauenkram. Außer dem Jubilar, einem alten Freund aus alten Tagen, dessen Frau und der reinrassigen Kellnerin kannte er keinen an der Geburtstagstafel, die mit gut sechzig Gästen besetzt war. Es war ihm ungewohnt, den Abend mit Fremden zu verbringen. Und da sie eine Münze geworfen hatten, er verloren und deshalb nach Hause fahren musste, hielt sich seine Stimmung mangels Alkoholkonsum in bescheidenen Grenzen. Er gähnte zum hundertsten Mal. Seine Augenlider drohten der Erdanziehungskraft zu erliegen. Er musste unbedingt noch ein Bier trinken, sonst würde er wegnicken. Mit seiner, vom Arzt bestätigten, völlig intakten Leber konnte er ganz sicher noch ein Bier trinken, ohne über die idiotische 0,8 Promillegrenze zu schlittern. Er winkte der Kellnerin. Als sie ihre Brüste gegen seine Schulter stemmte, bestellte er grinsend. Genau das schamlose Luder von damals. Seine Hand legte sich vorsichtig in ihre Kniekehlen und fuhr zärtlich unter den Rock. Sie machte Augen wie der Kürbis auf dem Misthaufen, wenn vor ihm zwei Igel poppen und schüttelte leicht ihren Kopf.
„Hätten Sie sonst noch einen Wusch, Herr Würstel?“ Das folgende Funkeln ihrer Pupillen schmerzte ihn bis in die Hoden. Ihm fiel ein, dieses Luder war es gewesen. Genau dieses freche Luder hatte sich vor geraumer Zeit auf seine Eier gesetzt, als er zufällig auf dem Rücken lag und in kindlicher Naivität die Wolken am Himmel zählen wollte. Er war verzweifelt, ja entsetzt über ihre Unverfrorenheit. Noch jetzt, in diesem Moment, war er empört über das hinterlistige Verhalten dieser unmöglichen Person und er bereute es, damals nicht nach der Polizei gerufen zu haben. Bestimmt würde er ihr diese Heimtücke zurückzahlen. Mit Zins und Zinseszins! Das Biest hatte im Sitzen mit ihrem, im wahrsten Sinne des Wortes „Allerwertesten“ gerudert, als habe sie eine Schiffsschraube im Hintern, als ob sie in drei Stunden den Propeller eines Helikopters gebären würde. Und dann war sie noch in eine Raserei verfallen, dass es ihm völlig unmöglich wurde, weiter Himmelswölkchen zu zählen. Die schmutzige Teufelin hatte ihn gegen seinen Willen in dieses Hotelzimmer gezerrt und so unanständige Sachen mit ihm veranstaltet. Sachen, die ihm lange nicht mehr aus dem Kopf gingen. Sachen, die sich nur für so ein Luder gehörten, wie sie eins war.

Würstel hatte von seinem ehemaligen Arbeitskollegen Horst gehört, nur Kellnerinnen und Krankenschwestern hätten mitunter solche Verdorbenheiten drauf. Krankenschwester war ihm, Gott sei Dank, noch keine begegnet. Aber dem Horst war etwas besonders Schreckliches widerfahren. Als er sich sein Bein gebrochen hatte und wegen des Missgeschicks wochenlang im Krankenhaus liegen musste, war eine schamlose Krankenschwester jede Nacht in sein Bett gekrochen. Der arme Junge mit dem Gipsbein konnte sich nicht wehren gegen ihre hinterlistigen Gesäßattacken. Sie hatte sich mir nichts, dir nichts auf Horsts Nüsse gesetzt und ihn entsetzlich gequält. Der Eid von diesem Hippi-krates oder so, der besagt, es ist verboten Patienten mit sexuellen Handlungen zu schinden, interessierte sie einen Dreck. Er hatte sich gehörig ausgenutzt gefühlt und bei seiner Entlassung war er von ihren gemeinen Attacken völlig abgemagert. Als er Würstel dieses geheime Geheimnis anvertraute, musste er ganz toll weinen, vor Lachen. Frau Kellnerbiest servierte ihm das Bier und seine Hand versuchte wieder nach oben zu kraulen.
„Bist du bescheuert?“ zischte sie. „Verschwinde! Nimm die Kralle weg! Wenn das jemand sieht! Komm lieber unauffällig hinter auf die Personaltoilette, du Dämlack!“
Dämlack? Hatte diese hinterhältige Person ihn Dämlack genannt? Vor Entsetzen kribbelte es in seiner Hose. Das Wort Dämlack brannte tiefe Wunden, wahrscheinlich in die Seele und in seinen Schniedel. Letzterer begann plötzlich zu brennen wie die olympische Fackel und schien nach Genugtuung zu rufen. Die tödliche Langweile und seine Müdigkeit waren wie vom bösen Zyklop verschluckt. Brennende Magnesiumkugeln rasten durch seine Adern. Vorbei an drei Pärchen im allerbesten Mittelalter, die nach jämmerlichen Herz-Schmerz-Schnulzen tanzten, schlich er sich aus dem Saal und ging auf die Suche nach besagter Personaltoilette. Sein Kopf schien es besonders eilig zu haben. Er war seinem Körper fast einen Meter voraus und zog dadurch den Hals unnötig in die Länge. Er schnüffelte den tränentreibenden, ureignen Geruch von Scheißhäusern, fand aber keine Tür mit besagter Aufschrift. HINTEN, was hieß bei einem Luder hinten? Er überlegte fiebrig. Hinten konnte nur heißen, gegenüber vom Eingang. Er versuchte sich in dem Labyrinthgebäude zu orientieren. Der eingeschlagene Weg musste der Richtige sein. Er konnte nur nach hinten führen. An den Gästetoiletten mit den üblichen „Damen“ und „Herren“ Piktogrammen, war er schon längst vorbei, als endlich das Messingschild seiner Sehnsucht im Halbdunkel schimmerte. Mit vorsichtig-schuldvollem Blick drehte sein Gesicht eine komplette Prüfrunde. Weder ein feindliches noch ein freundliches Wesen war in der

Nähe. Behutsam die Klinke betätigen. Die Tür sprang lautlos auf und gab die Sicht auf zwei halboffene Kabinentüren frei, die von einer trüben, schirmlosen Glühbirne notdürftig erleuchtet wurden. Zwei hoch geklappte Toilettendeckel luden zum Setzen ein. Er trat vor den rahmenlosen Wandspiegel des Vorraumes und öffnete zwei Knöpfe seines Hemdes, um verwegener zu wirken. Vom Luder fehlte jede Spur und so knöpfte er sie nach einer Weile wieder zu. Sicher tuschelte sie gerade mit ihrer Kollegin und machte ihn zum lächerlichen Hanswurst. Die Grimasse, die sein Spiegelbild zog, ließ stark auf wütende Enttäuschung schließen. Unverhofft ging leise die Tür auf und sein Gesicht verwandelte sich blitzartig in das des gierigen Charmeurs. Das Lächeln bügelte die Falten aus der Haut. Der Kopf des Luders schob sich in den Spalt.
„Hast sie wohl nicht mehr alle? Grabscht mir vor allen Leuten untern Rock! Ich sollte dir eine kleben!“ Sie schloss die Tür und hielt ihm die flache Hand ans Gesicht, als wolle sie ihn tatsächlich ohrfeigen. Aber sie ließ sie sinken und hielt ihm stattdessen ihren spitzen Mund zum Küssen entgegen. Das war wieder so eine glatte Vergewaltigung. Ein Frechdachs, eine laszive Bohrinsel, eine zuckersüße Schlampe war sie, die wie flüssiger Zuckerrübensirup klebte! Er küsste sie ungestüm und wie von selber huschte ein unartiger Finger einer unartigen Hand in ihren heißen unartigen Körper. Über ihre Augen legte sich ein Meer aus blauer Buttermilch und die Lider senkten sich genussvoll. Der unartige Finger spielte sein unartiges Spiel und ließ ihren Körper zucken.
„Du Windhund“, hauchte sie ihm heiser ins Ohr und bohrte ihre nasse Zunge tief in seinen Gehöhrgang. „Du lüsterner Windhund, was machst du denn mit mir? Komm, wir gehen hier rein, falls jemand kommt.“ Sie öffnete ihre Augen und die oberen Knöpfe seines Hemdes.
„Läufst herum, wie `n Dollararistokrat. Passt überhaupt nicht zu dir.“ Sie griff nach seiner Hand, zog ihn in die linke Box, schloss erst den Deckel und dann die Tür.
„Was hältst du von `ner Fortsetzung unseres Hoppe-Hoppe-Reiterspiels?“ Sie lispelte ein wenig und Würstel fand das geil.
„Dürfte in der Lokalität sehr schwierig werden. Wo denkst du, soll ich mich hier hinlegen?“ Ein perverses, glucksendes Lachen verließ ihren Ludermund. Würstel schüttelte sich wie eine Krüppelweide im Wind. Mann, konnte die einen scharf machen! Jetzt fummelte sie auch noch in seinem Hosenschlitz rum. Sollte der Kuckuck wissen, was sie da suchte! Es dauerte nicht lange und sie hatte es gefunden, weil es ihr zu stand. Er streichelte genussvoll

ihren nackten Hintern. (Sie trug so ein verrücktes neumodisches Ding aus Stricken.)
„Haste so `n String-Ding?“ fragte er in der schmalzigen Tonlage einer Blechbüchse mit Pflaumenmus.
„Nein, Schlingelhals. Hab die Buchsen aus Sicherheitsgründen schon abgelegt.“ Er lauschte ihrer Stimme nach. Sie kratzte wie die vom alten Lechtenbrink. Seine Hände umrundeten alles, wonach sich Männer im Allgemeinen sehnen wenn sie nicht am gegenüberliegenden Ufer spazieren. Sie war wundervoll warm, weich und straff. Ihre glatte Haut machte ihn fispelig. Noch ein langer, heißer Kuss, dann drehte sie sich lächelnd mit dem Gesicht zur Wand, bückte sich leicht vorn über und stellte ein Bein auf den Brillendeckel. Würstel lüpfte ihr leichtes Kellnerröckchen und suchte den Joystick in der Hand, nach ihrem Juwel. Ein gehauchtes Stöhnen war die Folge des Findens. Die beiden verschmolzen zu einer sprühenden, fauchenden Dampfmaschine. Dann ist der Abend doch noch ganz annehmbar geworden, dachte er und lächelte zufrieden, als er sich wieder neben Deborah niederließ, die noch immer auf ihre Nachbarin einredete wie Lenin auf die Bolschewiken. Sein Bier war leer und er schaute hilfesuchend nach der netten Kellnerin. Sein Tischnachbar, der nach Größe und Behaarung zu urteilen, ein naher Verwandter von King-Kong sein musste, schielte ihn von der Seite mit schrägem Kopf an.
„Dein Bier hab ich ausgesoffen. Entschuldige, aber die Kellnerin war nicht aufzufinden und bevor ich zulasse, dass mein Rausch nachlässt, mach ich derartige Unverschämtheiten.“ Er zuckte mit den Schultern, lächelte freundlich und auch ein wenig säuerlich. „Mein Name ist Stransky, Herbert Stransky.“ Er hielt seine Hand vor Würstels Bauch. Komisch, den ganzen Abend hatte der Typ nicht ein Wort an ihn gerichtet und jetzt, nach Mitternacht und etlichen großen Bieren, begann er gesprächig zu werden.
„Angenehm, ich heiße Würstel, Tobias“, antwortete er und schlug herzhaft in die ihm aufgehaltene Hand. Stransky grinste breit.
„Für seinen Namen kann niemand etwas, nicht wahr? Ich bin ein Freund des Geburtstagskinds. Mir gehört der große Gartenmarkt am Stadtrand.“
Würstel dämmerte es. An der Einfahrtsstraße standen bunte Werbefahnen mit der Aufschrift „Stranskys Gartencenter“. Zweifelsfrei der größte Laden dieser Art in der ganzen Gegend. Er zog anerkennend die Mundwinkel nach unten.
„Tolles Ding! Der gehört Ihnen allein?“
„Yes, ganz allein.“

„Dann stammen Sie aus den alten Bundesländern, oder? Einer von hier hat nicht den Zaster, für so `ne Investition."
„Nee nee, ich sagte doch, ich bin `n alter Freund, Schulfreund von dem da." Er zeigte auf die Tanzfläche, auf der der Jubilar eben einen Hard-Rock-Walzer zum Besten gab.
„Bin `n waschechter Ossi. War bis zur Wende Offizier bei der Volksarmee und bei der Sicherheit. Das heißt bei der Staatssicherheit nur indirekt. Im Grunde genommen waren alle Offiziere auch bei der Sicherheit. Die Politstrecke war nicht wegzudenken. War eng miteinander verschmolzen und das hatte seine Richtigkeit." Er schien mächtig stolz zu sein darauf. Einer von den ganz Schlauen, die immer noch glaubten, sie wären nahe dran gewesen, die Welt zu retten und einige wenige Idioten wären ihnen aus Unverstand und Boshaftigkeit in die Quere gekommen. King-Kongs Bruder tippte sich weltmännisch an die Stirn.
„Den etwas Intelligenteren unter uns war schon klar, dass der Laden hauptsächlich aus Daumenschrauben und hohler Phrasendrescherei bestand. Aber zum Zuckerbrot gehört nun mal immer die Peitsche."
Würstel hatte das Zuckerbrot nie entdeckt. Er grübelte, in welcher Ecke das Zeug gelegen haben könnte. Wahrscheinlich neben den nichtvorhandenen Ölsardinen.
„Wie auch immer, ich hab nichts zu bereuen. Angesichts meiner jetzigen Situation erst recht nicht. Mir und fast allen von uns geht's heute besser als dem ganzen Scheißhaufen von Konterrevolutionären zusammen. Guck sie dir doch an, diese Hungerleider. Was hat es ihnen denn gebracht, dass sie rumgeschrien haben, sie seien das Volk und so `nen Pfeffer? Von uns Genossen ist keiner arbeitslos aber ein großer Teil von diesen Spinnern." Er hängte ein aggressives Henkerslachen an seinen Bullschitt und drosch mit der Faust auf die Tafel. Würstel zuckte zusammen, als sei seine Faust in seinen Magen gelandet. Der geprügelte Hund legte sich um seinen Hals und drückte auf den Kehlkopf. Er winkte seiner Zuckerkellnerin und zeigte ihr zwei Finger. Mit trockener Kehle konnte er den Ausführungen von Mister Großkotz nicht folgen. Das wäre entschieden zu anstrengend.
„Guck, Tobias, mir haben die Genossen sofort nach dem Mauerfall 500.000 Mark in die Hände gedrückt und mich beauftragt, den Gartenmarkt erbauen zu lassen."
„Moment mal." Würstels Erstaunen fuhr in der Kinderfeuerwehr des Karussells im Kreis und ringsumher plärrten die Jahrmarktlautsprecher ihre Lieder. Der Hüne behauptete, von seinen Parteifreunden eine unvorstellbare Summe Geld bekommen zu haben? Wem wollte er den Bären verkaufen?

„Du behauptest, du hättest 500.000 Ostmark bekommen? Du denkst wohl bei mir wackelt `n Kurzschluss in der Glühbirne? Ich denke, den Unfug glaubst du selbst nicht.“
„Wohl bekomm`s, Herrschaften.“ Das nette Luder stellte Bier vor die Männer und kniff Würstel im Vorbeigehen heftig in den Arm. Aber der war vom Genossen Geschichtenerzähler derart in den Bann gezogen, dass er den hinterhältigen Angriff auf seine Gesundheit kaum spürte.
„Jetzt noch einmal, du hast `nen Batzen Geld bekommen, eine Abfindung?“
„Könntest du so nennen. Es war aber kein Ost, sondern richtiges Westgeld, de-ämm.“
„Deine Märchen werden immer bunter!“ rief Würstel über die Fantastereien lachend.
„Sind keine Märchen, Herr Tischnachbar. Ist die Wahrheit. Hab den Gartenmarkt bauen lassen und alle eingestellt, die auf einer, von meinen Genossen erstellten, Liste standen. Nach zehn Jahren darf ich den Markt veräußern und mir den Erlös behalten. Bis dahin ist noch `n ordentlicher Haufen dazu gekommen. Meine Altersversorgung ist sicherer als euern Blüms scheiß Umlageverfahren. Prost!“ Er stieß mit einem völlig verstörten Tobias Würstel an. Stranskys Brust war geschwollen, während er gesprochen hatte, wie der Luftballon am geöffneten Gasventil. Er saß auf dem Stuhl, wie der Hahn, der seine Glucke tritt, wenn ihr versteht, was ich meine.
„Hängst du in den richtigen Seilen, der richtigen Seilschaften, haste den Himmel schon auf Erden und `ne vernünftige Karriere. Musst eben wissen, in welcher Ecke die Schmalztöpfe stehen und zur richtigen Schicht gehören, damit der Lebensladen läuft. Noch besser haben`s nur Gangster und Politiker.“ Er schlug sich grölend auf seine Oberschenkel. Würstel hatte das Gefühl, auf einem schlecht gespannten Hochseil zu stehen, so schleuderten seine Füße hin und her. Das wäre ein dicker Hund, wenn sich die Seilschaften so liebevoll um ihre „Führungskader“ gesorgt hätten, in den Hinterzimmern der Macht die Fäuste reibend und müde lächelnd auf die Konterrevolutionäre spuckten. Würstel grübelte über Stranskys Ausführungen wie über einen Dylantext und starrte in den Bodennebel. Es war nicht zu glauben.
„Am Anfang“, sprach Stransky mit gleich starrem Blick weiter, „am Anfang war es ziemlich schwer. Ich hatte keine Ahnung vom Geschäft, wusste nicht, dass man schmieren, lügen und betrügen muss. Ich musste erst lernen, dass ich meine Mitarbeiter gefügig machen musste, dass ich ihnen pausenlos ins Kreuz treten musste, um den Laden am Laufen zu halten und meinen bescheidenen Wohlstand zu mehren. Die herrlich hohen Arbeitslosenzahlen waren dabei äußerst hilfreich. Wenn du den Affen nur sechs Mark die Stunde

zu zahlen brauchst, ist die Summe unterm Strich recht ordentlich. Hä, hä, hä! Wink doch noch mal nach der süßen Fotze, ich hab noch Durst.“ Würstel fügte sich seinen Anweisungen.

„Wenn du was verdienen willst, musst du die Grabenschweine terrorisieren und ihnen beibringen, dass sie die Fresse zu halten haben. Musst aufpassen, wie ein Luchs, wenn einer `nen Fehler macht und das dann vor den Anderen ausschlachten, das Arschloch zum Narren machen. Du musst sie Wasser aus Steinen pressen lassen und wenn sie das nicht schaffen, lässt du sie Überstunden schrubben, bis sie schwarz werden. Natürlich gibt`s für Überstunden kein Geld. Logisch. Die müssen täglich den Dreck der Entlassungsangst fressen, dann kannst du sie nach Belieben von hinten schänden, wie `ne zum Paket verschnürte Nutte und Geld machen, bis die Kassen platzten.“ Er lachte brüllend und Würstel wusste nicht, ob über sich selbst, über seine Leute, die er ungeniert Affen und Grabenschweine nannte oder über das servierte Bier. Stransky stierte gierig auf die Brust der Kellnerin.

„Glaub mir Würstel, mit dem Alter wird es immer schlimmer. Du sehnst dich wie irre danach, so `nem jungen Ding ordentlich in den Flansch zu greifen und `s ihr so richtig zu besorgen. Aber du hast keine Gelegenheit mehr dazu. Die jungen Dinger wollen von alten Knackern nichts mehr wissen. Außer vielleicht, wenn du steinreich bist. Steinreich wie ich.“ Würstel befürchtete, er würde vom Alkohol enthemmt, ausprobieren wollen, wie seine Kellnerin auf den Flanschgriff eines Steinreichen reagierte. Doch Stransky guckte nur lüstern wie ein Elch, hielt aber seine Hände ruhig.

„Wo war ich stehen geblieben?“ Die Zähne standen seiner Zunge im Weg.

„Du hast gesagt, du willst deine Leute von hinten schänden, wie …“

„Ach ja, ich wollte dir sagen“, nuschelte er, „du darfst kein Gewissen haben, wenn du erfolgreich sein willst. Wer keins hat, bekommt auch keine Gewissensbisse. Logisch. Wozu die Wessi-Weichei-Unternehmer vierzig Jahre gebraucht haben, ist hier mit der nötigen Skrupellosigkeit in zehn Jahren drin und dank der traumhaft hohen Arbeitslosenquote ein Klacks. Guck“, er zeigte mit dem Finger auf Würstels Nase, „die Hälfte der Plebse ist schon von hier weggezogen, aber es reicht noch für 25%. Und das ist die offizielle Version. In Wahrheit dürfte die Arbeitslosenquote bei 40% liegen. Für Unternehmer idealste Voraussetzungen, das reinste Schlaraffenland!“ Seine letzten Worte hatte er geschrien, wie eine Horde Hooligans nach dem gewonnenen Spiel.

„Richtig Herbert, wenn jeder jeden bescheißt, können alle gut leben!“

Der Himmel war voller Rindertalg und der Gestank der Großkotzpisse war ekelhaft. Würstel wollte sich erheben, um einen anderen Platz zu suchen. Das überhebliche Gesabber des grobschlächtigen Arbeitgeberkönigs schlug

auf sein Gemüt, wie der Dampfhammer auf die Gummibärentüte. King-Kongs Bruder legte ihm die toilettendeckelgroße Hand auf die Schulter und drückte ihn zurück auf den Stuhl.
„Ich hab zum Beispiel einen Mitarbeiter“, Mist, wie konnte er nur dem Gesülze des ehemaligen Offiziers entkommen? „der ist `n ehemaliger Freund von mir. Wir haben zusammen im Sandkasten gespielt und waren später beide bei der Armee. Ich kann dir sagen, der ist `n echtes Arbeitnehmerarschloch geworden. `n richtiger Kriecher vor mir, seinem Herrn. Amüsiert mich, der Trottel. Brauch nur mit dem Finger zu schnipsen, da wackelt der mit dem Schwanz und jault wie `n getretener Dackel!“ Höhnisches, blechernes Lachen. „Der Armleuchter hat seit Jahren die kleinen Finger beider Hände krumm. Die zieht`s, wahrscheinlich durch Schrumpfung der Sehnen, zur Handinnenfläche. In letzter Zeit ist es schon so schlimm geworden, dass die Ringfinger auch mit nach unten gezogen werden. Eine simple Operation würde alles ins Lot bringen, aber der Stundenlutscher ist zu feige es machen zu lassen, weil er Düsengang hat, ich würde ihn, falls er vier Wochen fehlt, rausschmeißen. Hä, hä, hä!“
„Und“, fragte Würstel gespannt, „würdest du ihn rauswerfen?“
„Aber selbstverständlich! Ich hab einen Gartenmarkt und kein Pflegeheim!“
Empört warf Würstel ein, der könne doch mit den verkrüppelten Händen nicht ordentlich arbeiten. Stransky winkte lässig ab.
„Ist doch sein Problem. Was juckt`s mich, wenn sich einer zum Krüppel machen lässt. Bin ich denn für jeden Scheißdreck zuständig? Nebenbei ist der Senfarsch der Grund, dass sich in meiner Firma noch nie einer krank gemeldet hat. Ich hänge das Damoklesschwert der Entlassung und den daraus entstehenden sozialen Abstieg über die Köpfe der Deppen und sie übertrumpfen sich gegenseitig im Katzbuckeln, Arschkriechen und Schleimscheißen. Die fressen mir, vor Angst schlotternd, aus der Hand. Diesen Idioten könnte ich jeden Monat kollektiv den Lohn kürzen, die fänden`s noch super. Hä, hä, hä, so werden Nägel mit Köpfen gemacht!“
Würstel musste seine Stirn stützen, weil ihm übel wurde.
„Nicht Wettbewerb, sondern Beziehungen zu allen, die was zu sagen und zu bestimmen haben und `ne eiserne Hand machen reich, merk dir das! Intelligenz, Ehre, Ehrlichkeit sind längst keine Erfolgskriterien mehr, merk dir das!“ Er begann, vor Begeisterung zu schielen. Würstel sah sich hilfesuchend um. Wie konnte er nur diesem regionaltypischen Würger und seinen Lehrausführungen entkommen? Die Verzweiflung krallte sich in seinen Hemdkragen und zog ihn vom Stuhl. Flucht war die einzige Möglichkeit der Überstrapazierung zu entgehen.

„Wo willst `n hin?" brüllte ihm Stransky nach.
„Auf die Toilette. Ich muss auf die Toilette. Ich muss ein Ei legen. Hab so `n pralles Gefühl im Unterbauch!" Und das war nicht gelogen. Mit befreiendem Schnaufen machte er sich davon. Die Lobgesänge des Unternehmers auf die Wichtig- und Richtigkeit der Walzenmentalität waren nur zum Kotzen. Sollte die langersehnte Freiheit, besungenes Aufschwungblühen der eben begonnenen Zukunft auch von Größenwahn und arroganter Skrupellosigkeit domestiziert werden, wieder Gewalt- und Großkotzspinner wie Stransky und Konsorten dominieren? Würstel wollte sich auf der Toilette einschließen und warten, bis ihn seine Deborah rufen und er sie nach Hause fahren dürfe. Auch wenn es auf dem Scheißhaus genauso stank wie immer.

Das dumpfe Knacken des Treibriegels, das beim Öffnen des Garagentores wie ein Warnsignal durch das Haus knallte, war der Vorbote auf Muttis Ankunft. Minnys Gedanken, die eben weit weg gewesen waren, kehrten schlagartig in ihr Zimmer zurück. Sie hasste dieses Geräusch. Es bedeutete, sie würde in zehn Minuten die Tür zum Kinderzimmer aufreißen und die Befehle für zu erledigende Aufgaben in den Raum zischen. Minnys Blick wanderte von ihrem Biohefter durchs Zimmer. Alles war ordentlich, aber das hatte nichts zu bedeuten. Sie würde etwas finden, was nicht in Ordnung gebracht war. Sie stand auf, um die Pearl Jam CD aus dem Player zu nehmen, um sie nicht schon durch das „fürchterliche Gebrüll" zu reizen. Ihre Liebe zur Rockmusik hatte sie wahrscheinlich von ihrer leiblichen Mutter geerbt. So behauptete es jedenfalls ihr Papa.
Sie wusste nicht viel von ihrer richtigen Mutter. Ein paar schwarz-weiß Fotos und ein paar Erzählungen, die Paps vorsichtig tuschelnd, weil er Deborahs Unmut nicht beschwören wollte, ihr erzählt hatte. Sie wusste, wenige Monate vor Mamas Tod waren sie mit dem Trabi nach Ungarn an den Plattensee gefahren, weil Paps vom behandelnden Arzt erfahren hatte, sie würden sich in wenigen Wochen voneinander für immer verabschieden müssen. Er hatte alle verfügbaren Münzen zusammengesucht, unter Schmerzen einen Teil der Rolling Stones Plattensammlung verkauft, den Kassettenrekorder verklingelt, alles was möglich war in Geld umgesetzt, um den Urlaub zu finanzieren. Sie wusste, sie hatte sie Mama-Rosi genannt. Sie wusste, ihre Mama hatte ihr abends immer eine Geschichte vorgelesen. Nach ihrem Tod hatten Papa und Nelly die Gute-Nacht-Geschichten vorgetragen, bis Deborah fand, dass sie schon zu groß für so was sei. Und sie wusste, als die telefonische Benachrichtigung über ihr Ableben vom Krankenhausarzt, eines frühen Morgens gekommen war, hatten sie mit Nelly und Paps auf ihrer Bettkante gesessen

und lange wortlos geweint. In dem Urlaub hatte ihr Paps im Plattensee das Schwimmen gelernt. Sie war ängstlich gewesen, aber er hatte nicht locker gelassen, bis sie weiter als 100 Meter schwimmen konnte. Alle waren stolz auf sie und Mama-Rosi sagte, das sei mit fünf Jahren eine beachtliche Leistung. Sonst wusste sie nichts mehr von dieser Frau, dieser richtigen Mutti. Nur ein unbestimmtes Gefühl, ein zarter Hauch, war geblieben, der nach Wärme, Güte und Liebe roch, wenn sie abends die Bettdecke an ihre Nase zog. Wenn sie ihren Paps nicht hätte, wäre ihr der Sinn für diesen Geruch längst und wahrscheinlich für immer abhanden gekommen. Warum hatte sich Paps danach ausgerechnet in diese Mutti verliebt? Weshalb war DIESE Frau ausgerechnet in DIESES Haus gekommen? Hätte sie doch der Wegweiser des Schicksals in eine andere, entgegengesetzte Richtung geschickt. Der Himmel sollte wissen, was der über die Leber gelaufen war! Zu Anfang hatten sie sich gut miteinander verstanden. Seit etwa drei Jahren hatte Minny das Gefühl, selbst ihre Stimme habe sich in Eiswürfel, die im Glas klirren, verwandelt. Wenn sie zu ihr sprach, drückten sich ihre Backenknochen und Jochbeine nach außen, als wolle sie jeden Moment in Minnys Hals beißen und wie Dracula ihr Blut trinken, um sich zu verjüngen.
Die Tür öffnete sich und Deborah trat ein.
„Na? Mieny? Hast du dein Zimmer in Ordnung gebracht?“ fragte sie und musterte dabei alle Ecken.
„Na? Muutie?“ antwortete sie lächelnd, weil sie hoffte, ein Lächeln zurück zu bekommen. Sie verzog keine Mine und antwortete klirrend: „Na ja, geht ja. Musst dann nach dem Abendessen nur noch den Abwasch erledigen.“
„Vorher will ich noch etwas Englisch pauken. Steh zwar auf `ner glatten Eins, kann aber nichts schaden.“
Ohne ein weiteres Wort hatte sie die Tür geschlossen. Minny hörte sich befreit aufatmen. Manchmal ging`s ganz gut, dachte sie. Grade, wie sie drauf war. Gestern war sie ausgerastet, weil das Nachthemd nicht unter, sondern auf der Bettdecke gelegen hatte. Diese Frau hatte sich vor die Sonne gestellt und das Haus, in dem sie geboren war, in düstere Schatten gehüllt. Selten hatte ihre Stimme einen freundlichen Klang und sie konnte sich nicht erinnern, sie jemals lachen gehört zu haben. Minny sah in den Augen ihres Papas, wie er litt, wenn seine geliebte Frau über sie herfiel. Er widersprach ihr nie, sondern nahm ihre Starallüren zähneknirschend in Kauf und schwieg. Einmal war sie über Ostern zu ihren Eltern, die im Urlaub waren, gezogen. Er habe sich während des gesamten Tanzabends nicht gebührend um sie gekümmert, sondern hätte über eine Stunde bei ihrer Schwester und ihrem Schwager am Tisch gesessen. Minny war nicht klar, warum sie sich nicht dazu gesetzt hat-

te, waren sie doch mit den beiden dicke Tinte. Da war Papa ausnahmsweise nicht eingeknickt. Er habe sich nichts vorzuwerfen. Mit der Verwandtschaft zu reden sei weder unmoralisch noch verboten und er habe sie nicht geheißen zu gehen, also brauche er auch nicht zu betteln, sie solle wiederkommen. Sie würde in ein paar Wochen ihren achtzehnten Geburtstag feiern, dann blieben nur noch zwei Jahre bis zum Ende der Penne, bis zu Prüfung und Abi und zu ihrer Flucht aus diesem Haus. Auf dem Gymi hatte sie neue Freunde gefunden, verstand sich super mit den Lehrern und lag gegenwärtig bei einem Durchschnitt von 1,5. Vielleicht war ein Abschluss mit Auszeichnung drin. Sobald sie ihr Zeugnis in der Hand halten würde, so hatte sie mit Nelly vereinbart, würde sie sofort und wie der Blitz zu ihrer Schwester nach Baden-Württemberg zischen. Sie freute sich jetzt schon drauf. Vielleicht würde sie zuvor noch mit diesem langen Lulatsch, in den sie sich verliebte hatte, in eine der Wohnungen ziehen, die jetzt massenhaft infolge der Abwanderung mangels Jobs leer standen. Sie brauchten nur das Türschloss austauschen und schon hätten sie eine eigene Wohnung. Dann wäre die Trennung von Papa nicht so abrupt und sie schon eher aus der Reichweite ihrer Stiefmutter. Dann aber schnell zu Nelly. Anfangs bei ihr wohnen und Anglistik studieren. Nur Paps tat ihr etwas leid. Was würde aus ihm wohl werden? Sie wusste wie er seine Töchter, vor allem seine kleine Tochter liebte, nämlich abgöttisch. Als er sie zum ersten Mal in den Zug gesetzt hatte, der sie über die Ferien zu Nelly bringen sollte, da war sie elf gewesen, hatte sie beim Einsteigen in den Waggon gesehen, wie ihm die Tränen in die Augen geschossen waren. Dabei war diese Trennung nur für kurze Zeit, für vier oder fünf Wochen. Es gab keine Alternative, sie musste hier weg, musste den Eispalast verlassen. Und Papa musste sich selbst helfen, er hatte sich schließlich auch selbst in diese Dornenhecke gesetzt, indem er von Anbeginn ihren despotischen Kapriolen schweigend zugeschaut und nichts anderes zu tun gehabt hatte, als sie Tag und Nacht anzuhimmeln und zu vergöttern wie Pygmäen einen außerirdischen Guru. „Jetzt hat er den Dreck, der Ärmste“, flüsterte sie und stand auf, um den Englischhefter zu holen.

Zu DDR-Zeiten hatte er sie oft in den damals schon existenten Gourmettempel entführt, mit ihr gegessen und danach eine schöne Zeit gehabt. In der Zeitung war ihr die Anzeige aufgefallen, der „Weber“ sei renoviert und in neuen Händen. Die Küche biete hervorragendste Speisen, der Keller köstliche Weine. Als sie am Mittwoch zufällig Zuckers Frau in einem Konfektionsgeschäft beim Einkauf traf, waren sie darauf zu sprechen gekommen, welch guten Ruf das Hotel hatte und vereinbarten spontan, wie liebende Frauen sind, sich

von ihren Männern zu einem sonntäglichen Abendessen verführen zu lassen. Sie überlegte, wie unendlich lange es her war, seitdem Tobias sie in dieses Hotel gefahren hatte, um gemeinsam mit ihr zu speisen. Sie konnte sich nicht erinnern, jedenfalls eine Ewigkeit. Überhaupt, so fand sie, hatte er sich immer mehr in sich zurückgezogen, war abwesend, ja komisch geworden und hatte bloß noch seine verwöhnte Tochter im Kopf. Mit welch ironischen Blicken ihr Mann sie bedachte, wenn sie Staub saugte. Als ob eine Wohnung ohne tägliches Staubsaugen, Staubwischen und Säubern bewohnbar wäre. Nun, etwas Vorteilhaftes hatte der Waschsand der Zeit geschliffen, sein ständiges Drängen hatte sich gelegt. Gott sei Dank! Sie hatte es nie ertragen können, mit ihm ins Bett zu kriechen, bevor sie nicht allen Pflichten einer Familienchefin und von denen hatte sie ungleich mehr als alle anderen Frauen, nachgekommen war. Nicht umsonst hatte man ihr das Sprichwort, erst die Arbeit, dann das Vergnügen, als Kind beigebracht. Endlich hatte sie auch mehr Zeit für ihren Lieblingssport, für Radball, zum Wandern und sie hatte viel mehr Zeit für ihre Freundinnen und Freunde. Am Abend, wenn er sich in seinem billigen Imbiss, mit chaotischen Gästen beschäftigte, konnte sie ausgehen, ohne jemals „zu spät“ nach Hause zu kommen. Auch zum Einkaufen kam sie viel öfter, brauchte ihre Kleidung nicht aus trivialen Versandhäusern beziehen. Sie genoss es in Konfektionsgeschäften umherzustöbern und war froh, dass Tobias kein Interesse am Einkauf hatte und sie allein auf Jagd gehen konnte. Gelegentlich kaufte sie auch für ihn eine Hose oder ein schickes Hemd. Er hatte nicht den Funken von Geschmack, wollte immer umherlaufen wie ein lumpiger, beknackter Rocker. Würde sie ihn nicht einkleiden, würde Huckleberry Finn sich von ihm einiges abluchsen können. Zu Anfang ihrer Beziehung war er mit zum Einkauf gekommen. Es war desaströs. Kam sie aus der Kabine, um ihm das neue Stück ihrer Sehnsucht vorzuführen, bemerkte sie sein unverhohlen geheucheltes Interesse und fragte sie ihn, wie es ihm gefalle, musste sie befürchten, er würde antworten, dass es ihm am Arsch vorbei ginge. Er hatte es nie gewagt, aber es war ihm anzusehen gewesen. Nach noch nicht einmal zwei Stunden hatte er alles, was sie ihm vorführte einfach ignoriert, zuckte desinteressiert mit den Schultern, fuhr wie ein minderbemittelter, kleiner Junge mit der Rolltreppe und ließ sich von ihr suchen. Nicht selten hatte sie ihn in diesen Momenten dabei beobachtet, wie er anderen Frauen lüstern hinterher schielte, ihnen frivole Blicke zuwarf. Das war ihr echt in die Nase gefahren. Sie machte sich schön für ihn und „der Schuft leckte sich die Finger nach anderen Frauen“, hatte sie gemurmelt, als sie auf ihn zugestürmt war, um ihm die Meinung zu geigen.
„Hast du die schönen Schuhe der Frau bewundert?“ hatte sie ihn angefahren.

„Darauf, dass wir Männer die Schönheit von Frauen an ihren Schuhen festmachen, können nur Frauen kommen. Uns interessieren eure Galoschen im Grunde einen feuchten Dreck. Ob `ne Frau sexy wirkt, ist für uns die Hauptsache. Dazu gehört zum Beispiel `n kurzer Rock, `ne enge Hose, durch die sich alles abzeichnet. Welche Farbe der Klumpatsch hat, ist uns schon fast wieder wurst.“ Dann hatte er noch schweinisch gegrinst. Oh Gott, diese Kerle! Was hatte er ihr schon für Kompromisse abgerungen. Aber eine Frau mit einer guten Erziehung sollte nicht den ganzen neumodischen, obszönen Nachwendeschweinskram mitmachen, nur weil das Zeug nicht mehr verboten und verpönt war. Sie sollte am Wochenende sogar schrittfreie Strumpfhosen tragen! Sie hatte ihm umgehend und ein für alle Mal klar gemacht, sie war für solche Sauereien nicht zu haben. Er hingegen schenkte ihr schweinische Dessous, die ihr schon beim Anblick des Bildes auf der Verpackung die Schamröte ins Gesicht trieben. Nie würde sie derart ordinäre Sachen tragen! Schon deshalb, um ihn nicht noch mehr anzuheizen. Sie musste ihm klar machen, wie abstoßend sie diesen pornografischen Sexkram fand. Der Zunder lief doch nur darauf hinaus, Frauen zu erniedrigen. Nach dem Kennenlernen, als sie noch verliebt in den komischen Gnom war, hatte sie ihn scharf gemacht, um ihn zu bekommen. Ihr erster war ein mittelloser Kerl geblieben, aber ihr war ein reicher Mann wahrgesagt worden. Jetzt hatte sie ihn und es würde ihr nicht im Traum einfallen, seinen schmutzigen Ekelhaftigkeiten nachzugeben. Sie lächelte zufrieden. Sie hatte ihr Spiel mit diesem Donald Duck getrieben, ohne das er es je geschnallt hatte. Sie hatte bisher immer alles erreicht. Er war für diese Gegend damals ziemlich wohlhabend, was heut leider nicht mehr zutraf. Aber wer konnte das voraussagen, wer hätte das wissen können? Sie jedenfalls nicht. Trotzdem war sie zufrieden. So leicht wie er waren andere Männer emotional kaum zu erpressen. Ihm aus dem Nichts Schuldgefühle zu suggerieren, um die nächste körperliche Unsittsamkeit hinauszuschieben, war ein Klacks. Sie konnte ihn leiden lassen und genoss es, zu beobachten, wie sich seine Waschlappenseele in Butterschmalz auflöste, wie er schmachtete und wie ein Stoffhund um gutes Wetter bettelte. Sie hatte ihn in der Hand, wie des tapferen Schneiderleins Riese den Stein, aus dem er beliebig Wasser drückte. Ihm SO den Kopf zu verdrehen, war viel einfacher und verschaffte ihr Freiheit und Freizeit für die angenehmen Dinge des Lebens. Mit ihren Freundinnen ausgehen, gelegentlich mit netten Männern flirten, war tausend Mal so schön und eben so oft interessanter und anregender. Seine Frustration malte ihm Kummerfalten ins Gesicht, aber das spielte keine Rolle. Sie brauchte ihn nur ab und zu zum Narren machen, dann ließ er sie in Ruhe. Er war zu weich, und zu dumm um es mit ihr aufnehmen

zu können. Dabei hatte sie sich eigentlich immer einen dominanten Mann gewünscht. Aber laut Statistik dominieren in 74% aller Partnerschaften die Frauen, also war es auch in andern Familien üblich, dem männlichen Partner den Weg zu weisen. Wäre auch der Gipfel, wenn Frauen sich zu Sexsklavinnen von geilen, alten Böcken machen lassen würden!
Tobias lenkte den Passat auf den Parkplatz oberhalb des imposanten Hotelgebäudes und sie sah die schmachtenden Rehaugen, die er ihr in den Innenspiegel faxte. Vor fünf Jahren wäre ihr Herz in eine schnellere Gangart verfallen, jetzt ließ sie das kalt. Seine idiotischen Annäherungsversuche gingen ihr auf den Zünder. Sein Ständiges „ihr zu Füßen liegen“ ekelte sie an.
Als sie die verwinkelte, zu drei Viertel besetzte Gaststube betraten, versuchte er sich bei ihr einzuhängen. Ruppig zog sie den Arm von seiner Hand. Zuckers Frau hatte es beobachtet und schickte ihr einen erstaunten Blick. Kein Wunder, sie hatte ihr im Konfektionsgeschäft erzählt, sie würde Tobias lieben. Was gingen Andere ihre wahren Empfindungen an? Sie sah sich um. Der Gastraum war mit allerlei Schnickschnack, mit kitschigen Utensilien aus Omas Zeiten ausgestattet worden. Ein Eichenholztresen ragte mitten in den Raum. Davor standen rustikale Barhocker. Eine junge Dame in schwarzem Kostüm und weinroter Fliege ließ Bier ein und sagte in vornehmen Ton: „Herzlich willkommen in unserem neu renovierten Haus.“ Am Ende der Theke stand ein Fernseher, auf dessen Bildschirm der Dicke eben seinen durch ihn eingeleiteten, erfolgreichen, blühenden Aufschwung in die Regenbogenfarben tauchte.
„Der sülzt immer das Gleiche“, bemerkte Zucker, der mit Händen in den Hosentaschen stehen geblieben war, um den Ausführungen zu lauschen.
Vier Männer am Nebentisch sahen von ihrem Essen auf und begutachteten Zucker eingehend.
Die Tischplatten waren auf gusseiserne, verschnörkelte Nähmaschinengestelle geschraubt. Deborah überlegte, was das mit dem Namen „Weber“ zu tun haben sollte. Wahrscheinlich würde das Hotel demnächst in „Alte Näherin“ umbenannt. Sie steuerte auf einen freien Tisch an den Fenstern zu. Bewusst wählte sie nicht den Tisch, an dem sie früher immer gesessen hatten. Ihr Mann würde ihr hinterher trotteln und ganz sicher nicht die Courage besitzen, den „angestammten“ Tisch vorzuschlagen. Linkisch nahm er ihr die Jacke ab und sie setzte sich so, dass sie den Fernseher im Blick hatte. Sie interessierte sich für die zu erwartenden Ergebnisse. Die Hochrechnungen wurden schon diskutiert. Der neue, der viel schönere Kandidat lag vorn. Sie fand ihn im Gegensatz zu ihren Arbeitskolleginnen nicht sympathisch. Redegewandt war er, das musste sie ihm lassen. Der Kellner, ein junger, drahtiger

Mann, trug vier überdimensionale Speisekarten in seiner linken Armbeuge an den Tisch, grüßte und fragte nach den gewünschten Getränken.
„Zwei Schoppen Bordeaux und zwei Radeberger Bier", bestellte Tobias. Sie hatten sich zuvor darauf geeinigt. Für Zuckers Miriam gab es da nichts zu überlegen. Seit es diesen Wein gab, also seit der Wende, trank sie nur noch den „besten aller Weine". Zu DDR-Zeiten hatte sie zufällig in einem Ost-Berliner „Delikat" Geschäft eine Flasche ergattert und schwärmte seither von dem Zeug. Sie sei fast in Ohnmacht gefallen über Geschmack und Qualität. Sie bemerkte, der Kellner starrte ihr wie hypnotisiert auf die Beine und sie bedankte sich bei ihm mit einem frechen Lächeln. Ein süßer Junge, mit einem Knackarsch, wie Belmondo vor hundert Jahren. Plötzlich spürte sie das Verlangen darüber zu streicheln und erschrak bei dem Gedanken.
„Das Steinbeißerfilet auf Steinpilzen mit Risotto sticht ins Auge", sagte sie um sich schnell von Adonis abzulenken. Die Anderen pflichteten ihr bei, wie sie erwartet hatte. Sie winkte dem Ober, um ihn beim Ansagen der Bestellung ungeniert und frivol zu mustern. Der Junge lächelte sie an, suchte ihren Blick und funkte geile Blitze. Sie schaute ihm nach, bis er in der Küche verschwand. Die dümmliche Pute hinterm Tresen schraubte den Fernseher lauter. Ein einsam wirkender, gepflegter Gast, der auf einem Hocker saß, hatte sie darum gebeten. Der medienwirksame Schönling klopfte gerade einen seiner Seriensprüche. Möglicherweise war der einen Zacken besser als der Dicke, dessen Parolen sich als die berühmten Schläge ins Wasser erwiesen hatten. Bei ihr nährte sich der Verdacht, die Politgrößen hatten einen Plan in der Schublade, der vorsah, die Gegend in ein gigantisches Naturschutzgebiet mit einem Hinweisschild „Betreten verboten!" umzufunktionieren. Eine ältere Arbeitskollegin von ihr behauptete, der Schröper habe auf die Frage eines Journalisten, wie er sich seine eventuelle Regierungstätigkeit vorstelle, geantwortet, er sähe darin keine besondere Schwierigkeit. Zum Regieren bedürfe es in heutiger Zeit nur „Bild, BamS und Glotze" und schon liefe alles wie am Schnürchen. Von dem hätten die Kommunisten echt was lernen können! Der würde das Volk durch Schönheit und Eleganz um den Verstand bringen. Der wusste nicht nur, wie man Frauen an die Wahlurnen lockte, nein, der verstand es auch bei Männern. Er brauchte nur mit einer Flasche Bier in der linken Hand an einen Fußball zu bolzen und sie lagen ihm zu Füßen. Eigentlich war das Versprechen, die Arbeitslosigkeit abzuschaffen danach überflüssiges Gesülze. Schauspieler wie Paul Newmann und Robert De Niro wollten bei ihm Unterricht nehmen, wurde gemunkelt. Tatsächlich konnte Schröper Koryphäen dieses Kalibers locker an die Wand spielen. Über die Bildschirme schlendern, lässig eine Cohiba rauchen, einen

volksnahen Fußballwitz kreieren und du wirst im Handumdrehen der König der Nation. So einfach ist das. Der schien wie keiner zuvor dieses NEUE, dieses MEDIALE Deutschland zu repräsentieren, ja er schien es sich einverleibt zu haben, er schien es selbst zu sein! Ein Stern am Himmel aller feuchten Pussys, aller Männer mit Fußbällen auf den Hälsen. Endlich einer, der begriffen hatte, dass die Macht in heutiger Zeit von „rund um die Uhr" Serien- und Seifenschaumopernstars ausging. Nur, Deborah war nicht recht wohl zumute, als sie hörte, den Aufschwung Ost habe er mit ruhiger Hand zur Chefsache gemacht. Soweit sie sich in der Geschichte auskannte, hatten propagandistische Worthülsen von geltungsbedürftigen Großbauern, Eisenwarenverkäufern und Dachdeckern immer etwas bewirkt, nur selten Positives. Was, wenn er aber kein Schaumschläger, sondern ein Schaukämpfer war, sich in zwei Jahren herausstellte, er habe tatsächlich mit ruhiger Hand die Arbeitslosigkeit halbiert und endlich den Aufschwung Ost gepackt? Was, wenn er mit dem Spruch, die Ossis sollten wie er einfach mehr Geld verdienen, Recht hatte?
Der süße Junge brachte einen Korb mit Brotscheiben und drei kleine Schmalztöpfchen.
„Meine Damen", er stierte wieder auf ihre Beine und machte eine Pause, „meine Herren, hier bitte eine kleine Vorspeise als Willkommensgruß unseres Hauses. Guten Appetit!"
Ganz schön frech, der Junge, dachte sie. Die Fettbemmchen hatte er angekündigt, als habe er jedem 500 Gramm Kaviar auf Eis serviert und er würde in einer Minute den Champagner bringen. Ein Schauer lief über ihre Brüste. Leider war das Knackarschjungchen 20 Jahre jünger, sonst würde sie ihn mit ihrer Freundin kommende Woche besuchen und in Verlegenheit bringen. Schmeichelnd, wenn ein so junger und hübscher Mann ganz offensichtlich auf sie stand. Ihr Blick streifte seinen Schritt und sie zuckte zurück. Entweder, er hatte sich nach Toreromanier eine Stoffserviette in die Unterhose gestopft oder die Natur hatte ihm einen Baseballschläger geschenkt! Sie spürte das Wasser im Mund zusammenlaufen, wie in einem Straßengulli nach einem Gewitterschauer. Ihre drei Begleiter kommentierten aufgeregt die Wahlsendung im Fernsehen. Deborah atmete wie ein sehnsuchtvoller Minnesänger unterm Fenster seiner Angebeteten, als das Knackgesäß mit dem Salamipenis sich zur Theke bewegte. Sie konnte sich der Meinung ihrer Freundinnen nicht anschließen, die behaupteten, die Größe sei nebensächlich und es spiele ausschließlich die Frequenz eine Rolle. Ihre persönlichen Testergebnisse waren anders ausgefallen. Nicht, dass die Frequenz keine Rolle spielte, aber eine ordentliche Größe konnte ein gewaltiger Lustfaktor sein.

„Du bist heut wieder extrem gesprächig“, scherzte Zucker sie an. „Bist du okay? Ich meine, du ziehst ein Gesicht als würde dir dein Zahnarzt, der Herr Schnurri, eben die Weisheitszähne entfernen.“
„Schmeckt das Brot?“ fragte sie zurück. Sie wollte nicht mit Zucker flachsen.
„Schmeckt prima!“ antwortete an seiner Stelle Tobias. „Musst du unbedingt probieren.“
„Hab noch keinen Hunger. Außerdem möchte ich für dich schlank sein.“
„Für miieech?“ Tobias zog das „i“ unendlich in die Länge. „Für mich könntest du fünf Kilo zunehmen, das habe ich dir schon hundert Mal gesagt. Stattdessen wirst du immer dürrer!“ Er schüttelte entgeistert den Kopf.
„Für mich könntest du fünf Kilo zu nehmen“, äffte sie ihn in Gedanken nach. Der begann schon wieder zu spinnen, welcher halbwegs normale Mann wünschte sich schon fünf Kilo mehr von einer Frau. Außerdem war sie schlank für andere Männer zweifelsfrei attraktiver. Wer fragt schon nach der Meinung eines Würstels. Endlich tauchte der Kellner wieder auf. Er servierte schwungvoll das Steinbeißerfilet und verbog akrobatisch seinen Hals, um von jeder Ecke des Tisches einen Blick auf ihre Beine zu erhaschen.
„Darf ich noch einen Schoppen Wein servieren, schöne Frau?“
Deborah errötete.
„Danke, nein.“
„Für mich schon“, sagte Miriam, die sich sichtlich über den Flirt amüsierte. Die beiden Männer hatten absolut nichts mitbekommen. Deborah löste widerstrebend den Blick vom Jungen und schaute auf ihren Teller. Das Steinbeißerfilet hatte die umwerfenden Ausmaße von zwei nebeneinander liegenden Streichholzschachteln, vier Scheiben gedünsteter Steinpilz, zwei Löffel Risotto und etwas Garnitur, bestehend aus drei Scheiben grüner Gurke, einer Spalte Tomate und drei Blättern Rucola. Eine Scheibe Zitrone und ein Zweig Petersilie rundeten das Menü ab. Das würde keinesfalls und auch nicht für ihren Minihunger reichen. Sie sah nach dem Brotkörbchen. Es war leer. Bei dieser Portion wäre es angebracht, dem Magen vorher ein Paket Slim Fast zuzuführen.
„Im Preis“, zischte Zucker mit aufgerissenen Augen, „ist bestimmt das Geschirr mit enthalten. Hiervon müsste ich fünf Portionen essen, um halbwegs satt zu werden.“
„Schau doch bitte in der Speisekarte nach, ob der Preis in italienischer Lira aufgeführt ist.“ Auch ihr Mann und Miriam waren von insgesamt etwa 150 Gramm auf ihren Tellern überrascht.
„Hier musste im Lotto gewonnen haben, um dich satt essen zu können. Ich denke, das ist das letzte Mal, dass wir in den Hungertempel gefahren sind.“

Er schüttelte enttäuscht den Kopf. Jetzt würde er gleich den süßen Kellner rufen und ihn beleiern. Das musste sie auf jeden Fall verhindern.
„Für mich reicht es aus und ihr könntet noch einen Nachtisch oder einen Salat bestellen. Mach bitte keinen Stress, Tobias. Es ist eben ein echter Gourmettempel und ganz sicher was Besonderes, hier zu speisen.“ Eine vorbeugende Maßnahme. Sie wollte dem diabolischen Zuckerschneck Ärger ersparen, nicht zulassen, dass Tobias den Ärmsten blöd anmachen würde. Es klappte, Tobias suchte ihre Augen und sie schickte ihm ein liebliches Lächeln. Der verliebte Troll! Wie leicht er doch zu handhaben war. Für den Hauch eines Liebesbeweises von ihr, würde der Narr winselnd auf allen Vieren durchs Feuer kriechen. Sie hatte lange daran gearbeitet, ihn zu ihrem Stiefelknecht zu formen aber es hatte sich gelohnt, er war jetzt echt gut erzogen. Fünf junge Kerle, sie schätzte sie etwa 20 Jahre betraten die Gaststube. Ohne die aufdringliche Lautstärke ihrer Unterhaltung zu drosseln, steuerten sie auf den Nebentisch zu und ließen sich polternd wie eine Schneelawine nieder.
„Hee Mathias! Schwuchtel! Bring fünf Bier!“ grölten sie durch den Raum. Der Kellner winkte freundlich mit den Armen und rief, als sei er plötzlich in eine Bahnhofdestille strafversetzt: „Maul halten, ihr Hinterlader und Trunkenbolde! Hier läuft die Wahlsondersendung und die Gäste wollen den Quatsch verfolgen! Ho, ho, ho!“ Die Tresendame begann Bier zu zapfen. Sie starrte gebannt auf den Bildschirm. Plötzlich unterbrach sie ihre Arbeit, trat an den Fernseher und stellte ihn so laut, dass es in der gesamten Gaststube zu hören war.
„Wir haben für sie die ersten Ergebnisse, meine Damen und Herren“, plärrte es durch den Raum. „Danach liegt die SPD klar vorn! An zweiter Stelle …“ Die Stimme des Sprechers hallte von den Wänden zurück und donnerte wie ein Lautsprecherwagen durch eine leere Wellblechfabrik. Deborah sah sich um. Die meisten Gäste hatten ihre Kinnladen auf den Tischplatten abgelegt. Plötzlich war das raumfüllende Gemurmel verstummt, das wie das Rauschen der Brandung vor Galway, mal etwas verhaltener, mal etwas stärker zu hören gewesen war. Sogar die fünf Jungfacharbeiter schwiegen und glotzten ungläubig auf die Mattscheibe. Alle Gespräche waren schlagartig abgebrochen. Offensichtlich hatten die Gäste dieses Hauses nicht mit dem Ergebnis gerechnet, obwohl die Prophezeiung schon Wochen zuvor durch alle Medien geisterte. Als sie alle ihr Minimenü verzehrt und aus Sättigungsgründen auch den letzten Krümel vom Teller gepickt hatten, waren die Gäste verschwunden. Die Kellner, selbst die Bartussi waren nur noch mit addieren und kassieren beschäftigt gewesen. Die fünf jungen Männer am Nebentisch waren noch

da. Sie guckten seit der Verkündung des Wahlsiegers ziemlich betreten. Der Frauentyp, der noch so jugendlich wirkte, dass er ganz sicher seine Haare nicht zu färben brauchte, schien trotz seiner mit Worten errichteten Luftschlösser nicht mit Vorschusslorbeeren bedacht zu werden.
Zucker und Tobias zahlten. Sie hatte von gehässigen Menschen gehört, sie würden Schröper mit Flicks, mit Quandts vergleichen, aber ihrer Meinung nach war er kein großer Gauner, eher ein Hühnerdieb.

Es war genau 20.20 Uhr, als sie die Latrine durch die Vordertür betrat. Würstel bekam erstaunte Augen. Sie wartete jeden Abend auf ihn, kam aber sonst erst gegen1.00 Uhr. Manchmal musste sie dann noch zwei Stunden nach ihrem Galan lechzen. Ihm gefiel die sprichwörtliche Unterwürfigkeit seines Maßlosliebchens. Sie konnte einfach nicht genug bekommen. Sie war wie sein großer Autoschwamm. Schon verrückt, die Story! Er hatte sich in ein Mädchen verknallt, das jünger war als Nelly. Trotzdem war ihm etwas unwohl dabei. Nicht wegen Deborah, die liebte er wie am ersten Tag. Nein, Schuld war die Dimension seiner Gier nach nackter, weiblicher Haut. Er benötigte sie wie der Fisch das Wasser. Sein Handeln stand unter dem Zwang, nach Frauen zu fiebern, wie der Teufel nach den Seelen. Die Unersättlichkeit nach weiblicher Zärtlichkeit erschien ihm langsam krankhaft. Entzog sich Deborah seinem Zugriff, war er unendlich traurig. Allerdings nur so lange, bis er eine Andere auf`s Laken oder auf die Rücksitzbank geredet hatte.
„Ich brauch `nen Schoppen Wein“, flüsterte ihm Leona ins Ohr.
„Servier ich dir, mein geiler Engel aber nur, wenn du mir sagst, weshalb du um diese Zeit schon auf der Matte stehst.“ Ihr Lächeln war eine Synthese aus Honig und zwanzigprozentiger Essigessenz.
„Das will ich ja grad. Mir ist soeben meine Nachbarin übern Weg gelaufen. Weißt schon, die Ina.“ Würstel wusste. Wer kannte die nicht. Die würde jede Miss-Wahl in Europa mit Abstand für sich entscheiden. Ein totales Rasseweib, eine unbeschreibliche Schönheit. Groß, schlank, schwarzhaarig, Wahnsinnsfigur, frivoler Blick und zur Krönung des Ganzen: Krankenschwester! Was das bedeutet, war hinlänglich bekannt.
„Sie war heut bei mir Mittagessen. Hat mich `ne halbe Stunde angesehen, als wolle sie mit mir reden. Ich hatte aber keine Zeit.“
„Auch das noch!“ Leona machte Augen, groß und gelb, wie Emmentaler Käseräder. Sie beugte sich weiter vor. „Sie sagt, sie habe uns gestern Nacht von ihrem Zimmer aus beobachtet.“
„Neee!“ entfuhr es Würstel. Leona hatte ihn gestern zum ersten Mal mit auf ihr Zimmer genommen und seine Brust war vor Stolz auf den Umfang eines

Clubsessels in der Lobby vom Hiltonhotel geschwollen. Ihre Eltern waren vorgestern weg gefahren.
„Hab sturmfreie Bude. Heute gibt`s `ne echte Orgie in meinem Bett. Falls du mitkommst, sind wir schon zwei“, hatte sie am Telefon gesagt. Aus dem Keller hatte sie eine Flasche echten Champagner geklemmt. Ihre Eltern würden es nicht merken, die Flaschen seien nicht gezählt. Und wenn, wäre es auch nicht sonderlich schlimm. Der „Moet“ und Leona verschmolzen zu einer geilen Sinfonie. Sie hatten ein paar Stellungen ausprobiert, die sie in einem dieser verkommenen Filme gesehen und für toll befunden hatte. Eine unzüchtige Ausschweifung war es geworden, die er ihr nie im Leben zugetraut hätte. Er war hin und weg von Leonas Praktik, nahe dran seine Orientierung zu verlieren.
„Was tun wir, wenn Ina die Sache an die große Glocke hängt?“ fragte sie unsicher. Richtig niedlich, wie sie sich sorgte.
„Warte doch erst ab! Ich glaube nicht, dass sie`s im Dorf rumtratscht und falls doch, bin ich mir ziemlich sicher, dass es bestimmte Betroffene ignorieren.“ Würstels Lächeln hatte etwas Trauriges. Sie fand, sein Gesicht drücke eher Enttäuschung, als Angst vorm Erwischtwerden aus.
„Mir kann es egal sein. Ich hab nur Panik, dass du Schisser, wenn du erwischt wirst, nichts mehr mit deiner kleinen Leona zu schaffen haben willst.“ Sie knuffte ihn in die Seite. Würstel japste nach Luft, wie ein Kabeljau im Köcher und antwortete grienend: „Ja und mit wem willst du dann all die schönen Stellungen aus den Schweinkramfilmen ausprobieren? Die meisten Männer sind für so glitschige Sachen viel zu schüchtern!“
„Bilde dir bloß nicht zu viel ein, Möchtegerndandy!“ Sie schlug wieder zu, aber er war zur Seite gesprungen. Ihr Ellenbogen fuhr durch die Luft.
„Ich brauchte nur mit dem Finger zu schnipsen und schon stünden die Kerle Schlange!“
„Und weshalb bist du dann auf mich gekommen, Kindchen?“
„Du sollst das doofe „Kindchen“ weglassen! Es beleidigt mich, wenn du so tust, als sei ich aufgrund meines Alters nicht entscheidungsfähig! Und ich bin nicht auf dich gekommen, ich hab dich ausprobiert, für gut und trotz deines Rufes für sehr gefühlvoll befunden.“ Ihre Augen funkelten verliebt, ihr Mund lächelte halbseitig und ihr Fuß stand plötzlich auf seinen Zehen. Er unterdrückte die Antwort, die die Worte „feuriges Kindchen“ und „altes Luder“ enthalten hätten. Stattdessen hauchte er ihr schmachtend ins Ohr: „Wenn die jetzt alle nach Hause gingen, könntest du mich sofort aufs Neue ausprobieren und für gut und gefühlvoll befinden.“

„Wen meinst du mit „alle“, die fünf Hanseln? Die kannst du doch nach Hause schicken. Die spielen nicht mal die Energiekosten ein.“
Sie hatte Recht. Die blöde Abwanderung schraubte ihm und seiner Latrine fast die Lampen raus. Einer nach dem Anderen hatte sich auf der Suche nach Arbeit verabschiedet und die Zelte abgebrochen. Der sich globalisierende Markt hatte sie ausgespuckt wie ein Motorradfahrer eine während des Gähnens in seinen Hals gelangte Fliege. Solange sie pendelten, kamen sie noch wenigstens am Wochenende. Irgendwann zogen sie weg und bauten sich drüben eine neue Existenz auf. Nächste Woche würde auch noch Schnäbs in die alten Bundesländer aufbrechen, weil seine Eltern beide keinen Job hatten. Das Haus war schon verkauft. Sie warteten nur auf die Umzugsfirma, die als einziges Unternehmen ständig an ihre Kapazitätsgrenze stieß.
1782 war Schiller von Württemberg nach Sachsen gezogen, um hier zu arbeiten. Jetzt zogen die Sachsen in Scharen in umgekehrter Richtung, aus dem gleichen Grund. Noch vor zwei Jahren hatte er täglich zweihundert Mittagessen verkauft. Heute saßen die noch übrig gebliebenen Bauarbeiter in ihrem Bauwagen und aßen ihre mitgebrachten, belegten Brote, wie zu Kaiser-Wilhelms-Zeiten. Die ständige Existenzangst und der Umstand, dass sie in den meisten Fällen der einzige, nebenbei schlechte Verdiener in ihren Familien waren, hatten sie knickrig werden lassen wie das Wetter mit Regen für die Wüste Gobi. Neue Gäste mit Niedrigpreisen zu ködern, war nicht möglich, da die Gewinnspanne eh gegen Null ging. Am Monatsende war er froh, seine beiden Hilfsengel wenigsten, wenn auch nicht üppig, entlohnen zu können. Bei Licht betrachtet war das Betreiben der Latrine brotloser Kokolores geworden. Das Plüschpolster war dünn geworden, fast durchgewetzt. Er hatte vergeblich versucht, sich den Stundenlohn auszurechnen und als er die Zahlen auf dem Papier sah, erschrocken von dem Vorhaben abgelassen. Wenn der knusprige Leckerbissen, der ihm beharrlich auf den Zehen stand und dabei rotzfrech und ungeniert an der Wurzel des Lebens spielte, wüsste wie es finanziell um ihn stand, würde er sicherlich „Feuer“ schreiend die Arme in die Luft reißen und davon spurten. Würstel war sich aus Erfahrung sicher, Frauen, die ständig von prophezeiten, finanzstarken Prinzen schwärmten, sahen sich in ihren Träumen von vor Reichtum blinkenden Kerlen umringt, die ihnen den Hof machten. Sie wünschten sich ein Leben im Honigtopf und Männer, die ihren Schuh- und Klamottenwahn finanzierten. Nicht Erfolg, wie das Sprichwort sagt, sondern Geld macht sexy. Den Beweis erbrachten hundertjährige Geldhaie, die fünfundzwanzigjährige Niedlichblümchenbüchsen ehelichten, obwohl die meisten dieser Männer aussahen, wie Horden gelynchter Paviane.

Er strich ihr sanft übers Haar. Sie war schon einen Knuff und eine Sünde wert! Kein Zentner Rüben, erst recht kein Zentner Rohrzucker konnte süßer sein, als ein von einem Zwinkern ihrer Augen begleitetes Lächeln ihres Mundes, in dem nicht nur seine Zunge schon hundert Mal gewesen war. Seit sie ihm nachtnächtlich ihre Liebe bewies, hatte er elf Kilo abgenommen. Auch dafür war er ihr außerordentlich dankbar. Zuvor hatte er immer Diäten aus kitschigen Frauenmagazinen gekramt. Die waren alle für `n Arsch gewesen. Abgenommen hatte er kein Gramm von dem viel gepriesenen Blödsinn. „Leona“ hieß die einzig wirksame Therapie. Sie hatte ihn munter geküsst wie der Prinz Dornröschen. Wie eine sexsüchtige Schlange hatte sie gezüngelt. Sie hatte ihn scharf gemacht wie ein Fass mit frisch geriebenem Meerrettich. Seit Beginn ihrer Pflege konnte er essen, soviel er wollte, er nahm ständig ab. Die Kalorien verschwanden in seinen Nüssen, wie in einem Sack mit tausend Löchern, verwandelten sich in Testosteron und ließen nicht den Bierbauch, sondern die Kugeln zu Medizinbällen wachsen. Wenn sie mit ihm schlief, bekam er das Verlangen, sie zu fressen wie der Wolf die Großmutter. Mit seinem Keil wollte er sie teilen wie ein echter wackerer Kanadier eine Eiche. Mit seinem Sperma wünschte er sich, ihre Eingeweide zu einem Klumpen verkleben zu können. Zu einem Ballen unentwirrbarer Stränge sollten sie werden. Zu einem Haufen Schlick, Matsch, Leberwursteig. Sie hatte es mühelos geschafft, dass er dünn wie ein Klingeldraht geworden war. Dass Liebe unsterblich machte, schien angesichts dieser Tatsache Unfug zu sein. Im Gegenteil, sie nahm ihm die Kraft, jedes Gramm Fett, ließ ihn altern und trieb ihn genau wie die doofe Zeit in den Tod. Wenn Leona tief in seine Pupillen stach, bekam er das Gefühl, sein Bauch sei voller Samenstränge. Sie bot ihm alles im Überfluss, wonach er sich zu Hause vergeblich sehnte. Deborah vermied es längst, ihm ein paar Quadratzentimeter ihrer Haut zu präsentieren. In den eigenen vier Wänden kleidete sie sich wie eine streng gläubige Muslime beim Einkaufen auf einem Gemüsemarkt in Bagdad. Wahrscheinlich wollte sie vermeiden, dass Würstel auf den Gedanken kommen könnte, ihr, falls sie zufällig zu Hause war, etwas anzutun. Leona dagegen konnte es nicht erwarten sich die Kleider vom Leib zu reißen, nur um seine Augen funkeln zu sehen. Sie tanzte nackt für ihn auf Händen, damit er ihren Anblick recht genießen konnte und kicherte dabei, wie diese begattungswilligen Mäuschen, die alle kennen. Hatte er sie beim Handstand eine Weile betrachtet, begann die rauchige Stimme der Sehnsucht in seiner Hose ein dröhnendes Lied zu grölen und er wurde zum Mark Spitz des Matratzensports.

„Hoch soll er leben, hoch soll er leben, dreimal hoch, hoch, hoch!“ Marylanson hielt den randvollen Stamper mit Stroh 80 über seinen Kopf und sie taten es ihm nach. Die noch Verbliebenen, sie waren alle gekommen, um Schnäbs zu verabschieden. Morgen würde er als Beifahrer mit dem Umzugstruck in seine neue Heimat, in einen Ort bei Heidelberg fahren. Heute wollte, besser musste er sich mit einem ordentlichen Gelage von all seinen treuen Freunden verabschieden. Sie standen in der Latrine, wie eine Horde begossene Pudel und ließen traurig die Schultern hängen. Wer würde der Nächste sein, der gezwungen war weg zu gehen? Erbse? Nein der würde sich lieber ersäufen. Seine Schwester hatte schon mehrfach Geld für eine Fahrkarte nach Paderborn geschickt. Der Einfachheit halber hatte er das Geld in Bier umgesetzt. Dingi? Als Maler konnte er immerhin ein paar Schwarzmark zum Arbeitslosengeld dazu verdienen und hielt sich so über Wasser. Schlingers Job bei der Deutschen Bahn war krisenfest. Julius Streicher? Der war schon seit der Wende arbeitslos. Seine Mutter half ihm mit etwas Geld über die Runden. Hendrix? Bei ihm war es fraglich. Als Klempner sollte er eigentlich Schwein haben, aber zwei Firmen, in denen er gearbeitet hatte, waren den Bach runter gegangen. Nun wurde er gehänselt, er wäre schuld, dass seine Arbeitgeber reihenweise krachen gingen. Marylanson? Hatte sich selbstständig gemacht. Er verkaufte Fenster. Aber die musste er nicht unbedingt hier an den Mann bringen. Das ging klar. Ruby? Seine Narbe auf dem Kopf, die eine leere Bierflasche hinterlassen hatte, an deren Flaschenhals zufällig die Hand seiner Frau hing, war eben verheilt. Sein Papa hatte eine gut gehende Bäckerei. Ihm würde zumindest die Zeit kein Haar krümmen. Bello? Bello schien der nächste Kandidat für eine Umsiedlung zu sein. Seine Tusnelda hatte Arbeit am Bodensee bekommen. Auf die Entfernung zu pendeln kam Selbstverstümmelung gleich. Und in seinem Job als Fernfahrer verdiente er hier nicht die Suppe ins Salz. Und Hooker Andy? War wohl zu bodenständig. Außerdem betrieb sein Papa einen Getränkehandel. Der würde vielleicht durchkommen. Bei Schraube müsste es ebenfalls klappen, der Laden seines Vaters brummte wie ein Bienenschwarm. Würstel zählte in Gedanken durch. Ganze zehn Stammgäste von ehemals mehr als dreißig. Zudem hatte sich die Anzahl der Essenportionen um 75% allmählich verringert. Jeder Zweite stand in Würstels „Goldbuch“ in der Kreide. Aus Mitleid schrieb Würstel die Tageszechen an und wartete geduldig auf den Aufschwung und die damit zu erwartenden Sternentaler. Dingi hatte Schnäbs zu Ehren eine Packung Räucherkerzen gezündet. Die Dinger stießen von der Fensterbank kringelnd ihren ätzenden Qualm in die Latrinenluft. Als er die zweite Packung zünden wollte, gab es Protest. Schlingers Augen tränten wie die der berühmten

Fernseh-Schnulzen-Königin Margarethe Schreiermacher. Er begann zu fluchen: „Hör bloß mit dem verdammten Gestank auf! Hier drin ist `ne Luft wie in den Duschkabinen von Buchenwald! Nicht zum Aushalten!“ Wütend ging er zur Eingangstür und riss sie sperrangelweit auf. Dicke Schwaden wuselten in die Nacht.
„Uuuaah! Befreiend!“ Schnäbs holte tief Luft. „Stell die Schnalle Pups auf den Tisch! Ich füll die Kleintiervergewaltiger ab, auf das sie auf immer und ewig an mich denken! Auf geht`s Würstel gib den Stroh her!“
Sie kippten das Feuerwasser, ohne eine Mine zu verziehen.
„Jetzt haste bald die Chance auf `ne halbwegs bezahlte Arbeit. Sei bloß froh Schnäbs“, sagte Würstel in tröstender Akustik. „Und keine Sorge, wir vergessen dich nicht.“ Schnäbs nickte wortlos und Würstel sah, wie seine Augen feucht wurden.
„Ich komm euch regelmäßig besuchen“, würgte er mit den Tränen wie ein Gladiator mit den Löwen kämpfend hervor.
„Klar!“
Alle wussten es würde nicht so werden, aber sie nickten. Alle hatten es versprochen, aber selbst die Pendler machten sich rar, waren heilfroh, wenn sie die wenigen Stunden zu Hause mit ihren Familien verbringen konnten.
Würstel brachte eine neue Runde Bier und schrieb sie auf Schnäbs Seite. Er hatte heute seine kläglichen Ersparnisse von der Bank abgehoben und das Konto gelöscht.
„Vierhundert inklusive der Rechnung im Buch, dann ist Schluss mit Freibiersaufen, Tobias.“ Dann hatten sie geraucht und gewartet, bis die Ersten eintrudelten. Schnäbs hatte unendlich lange schweigend ins Leere gestarrt. Vor vier Jahren hatte er einen Motorradunfall gehabt, hatte wochenlang im Krankenhaus gelegen. Sein Arm hatte was abgekriegt. Er konnte ihn nur noch bedingt benutzen. Seither war er ohne Job und für ihn waren die Aussichten noch beschissener als für die anderen hier. So gesehen war es ein Segen, dass seine Eltern die Zelte abbrachen. Hier würde Schnäbs irgendwann zum Alkoholikus. Das war sicher wie der Morgenschiss.
„Ich weiß, ihr denkt, ich komm nicht. Ich komm! Amtlich, ich komm! Ich komm! He, Würstel, hab`s mir überlegt, wenn`s nicht reicht, geb ich dir meine goldene Taschenuhr in Zahlung. Erbstück, „Lange und Söhne“. Bringt locker 500 Glocken. Wahrscheinlich das Fünffache. Komprändä?“
„Geht klar Schnäbs. Alles rotscha in Kambodscha, alte Nudel. Da hol ich doch glatt den nächsten Ballen Stroh.“ Sie grölten.
„Und zieh zwei Schachteln Kippen aus ’m Automaten und setz sie mit auf die Rechnung!“

Würstel ging an den Automaten vor der Tür.
„He, hallo Tobiasch! Kann ich leinkomm? Hab wasch fül disch mit." Ho Chi Minh stand am Zaun und lächelte wie ein Asiate.
„Mann, Ho Chi! Hast du mich erschreckt!"
„Oh, tschuldige wollt ich ne! Walte schon übel eine Stunde, hab angelufen, gehst nich lan."
„Hab `s nicht klingeln gehört. Die sind heut so laut. Komm wir gehen in die Küche. Braucht keiner zu sehen." Sie schüttelten sich die Hände und Ho Chi tippelte hinter Würstel her. Im Vorbeigehen warf er die Kippen auf den Mitteltisch und sagte laut: „Geschäfte, Moment Leute." Er schloss die Küchentür hinter sich und Ho stellte die schwarze Reisetasche auf die Tiefkühltruhe. Schwungvoll riss er den Reißverschluss zurück und verschwand, den Kopf voran bis zur Hüfte in der Tasche. Dann tauchte er wieder auf und hielt ein Ding in der Hand, das aussah wie der Langschuhanzieher von Mister Spock. Würstel neigte sein verblüfftes Haupt und guckte doof.
„Was hast `n hier für `nen Morgenstern? Was ist `n das Ho?"
„Ne Uzi, Witzbold! Willste mich sagen, dasse ne kennst? Is ne islaelische neun millimeta Palabellum. Ist geilste Ding wo gibt! Hab dlei Stangenmagazine a vielzig Schuss dazu." Wieder verschwand er in der Tasche und polterte die drei gefüllten Magazine auf den Truhendeckel.
„Siehst? Picobello! Brauchst mehr Magazine, mehl Patlonen, sagst Bescheid. Gutt?" Würstel begann zu lachen.
„Hast du, ... ich meine, denkst du, ich will hier einen Krieg anfangen? Blödmann!" Er schlug sich vor Lachen auf den Bauch. Ho blieb völlig ernst.
„Ist ohne Schtütse, kann ich abel nachliefeln. Falls blauchst. Kost nix." Er zeigte auf den Schaft von Mister Spocks Schuhlöffel.
„Und guck!" Er fuhr mit dem Zeigefinger an der Oberkante bis zur Mündung und drückte auf die Kimme. „Dioptelkimme. Kannste auf 100 oder 200 Metel einstellen. Und hiiiiel!" wieder war der Knirps bis zum Bauch in der Tasche verschwunden, hiiel ist noch `n Magazinfüllel mit dlin im Pleis." Mit geschwollener Brust baute er sich vor Würstel auf, als stünde er als Gewinner des diesjährigen Dauervögelwettbewerbes in Thailand ab morgen im Guinnessbuch der Weltrekorde. Würstel drückte die Blase vor Lachen.
„Mensch Ho", er rang nach Luft „Mensch Ho, was will ich denn mit dieser Maschine! Für den Apparat benötige ich `nen mittleren Autoanhänger. Ich wollte von dir `ne „Sieben-fünfundsechziger"! Irgend `ne „Sieben-fünfundsechziger"! Gut, notfalls geht `ne „Neun-millimeter" auch. Aber das Gerät ist doch glatt einen halben Meter lang und `n halben Meter hoch. Viel zu sperrig, zu groß um es in der Hosentasche verschwinden zu lassen. Ich will

im Notfall was zur Hand haben, wenn die Kaputtniks von der Sturmstaffel mich umlegen wollen. Verstehst du? Ich hab `ne scheiß Angst, dass die mir irgendwann die Rübe runter sägen. Es gibt richtige Killer unter den Spinnern. Bis die Bullen auftauchen haben die mich gevierteilt und auf`s Rad gebunden. Wehren, verstehst du, WEHREN will ich mich können! Nicht gegen die Franzosen, Polen oder Russen kämpfen.“ Mit jedem Wort war ein bisschen von Ho`s Lächeln verschwunden. Er stand in der Küche runzelte die Stirn, formte die Lippen zu einem „O“ und neigte drohend den Kopf nach vorn.
„Mensch Tobiasch, sei doch nich so blöd, de Uzi kost nul tausend Malk!“ Er schüttelte seine blauschwarze Mähne. „Ist Sondelangebot vom Feinsten. Übelleg Mal, tausend Malk ist fül Uzi geschenkt. Scheiße, klieg das Ding nich los. Keinel will haben.“
„Verklingel das Ding einem Waffennarren, einem Sammler. Ich jedenfalls nehm die Uzi nicht geschenkt.“
„Scheiße!“ Wütend warf er die Teile in die Reisetasche, riss ruckartig den Reißverschluss zu, schnappte nach dem Henkel und stürmte zur Tür. Er hielt inne, drehte den Kopf zurück und fragte: „Willst nich nochma übellegen?“ Würstel antwortete entschieden mit „Nein“.
„Gutt“, er grinste, machte kehrt, stellte die Tasche wieder auf die Kühltruhe und öffnete sie wieder.
„Gutt, dann hab ich fül dich `ne nagelneue Pe-acht.“ Der Lump machte mit beiden Armen eine Bewegung wie David Copperfield, wenn er einen Elefanten auf die Bühne zaubert und zog aus dem Tascheninnern eine Pistole, fasste sie am Lauf und reichte sie rüber.
„Na? Bin ich gutt?“
„Du bist der beste Trickbetrüger aller Zeiten! Würstel lächelte und tätschelte Ho`s Schulter. „Gegen dich war Henry Gondorf ein müdes Kellerkind. Kannst du glauben.“
„Kenn ich nich, den Gondolf. Guck, ist `ne „Hecklel und Koch“. Deutsche Spitzentechnik. Aus Polyamid. Neun Millimeta. Fünfzehn Schuss Magazin. Ist tlanspalent, damit du siehst, wie viel Patlonen dlin sind. Kostet dich, weil du mein Fleund bist, lächelliche tausend Malk. Gutt? Zwanzig Zentimeta lang, vielzehn hoch. Passt in deine Hosentasche.“ Er buddelte sich wieder in die Tasche und hielt in jeder Hand ein Päckchen mit Munition. „Zweihundelt. Sind mit dlin im Pleis. Gutt?“
„Jaaa, Ho Chi, jetzt sind wir im Geschäft! Die Kanone ist genau die Richtige für deinen Freund Tobias. Die Knete bekommst du nächste Woche ins Haus geliefert, wenn ich bei dir Zigaretten hole. Übrigens“, Würstel hielt inne und drehte die „Heckler und Koch“ in seinen Händen um sie genussvoll zu

betrachten. Fünfzehn Schuss im Magazin. Geiles Gerät! „Übrigens, der dicke Dumbo hat mich gefragt, ob ich ihm `ne Knarre versorgen könnte. Der macht nebenbei Türsteher in der Mensa und hat ständig Probleme mit irgendwelchen Springerstiefelaffen. Der hat zwar ein Kreuz wie drei Kleiderschränke nebeneinander und Oberarme wie Spartakus, aber Angst sie könnten auch sein Lichtlein ausblasen. Haben`s ihm schon angekündigt. Weist du, ist nicht mehr wie früher, als Mann gegen Mann in den Ring gestiegen wurde. Die komm im Pulk zu zehnt und hauen dir auf die Birne, bis Ende-Gelände."
„Klal, Tobiasch, gegen Volkasse ist alles möglich."
„Vorkasse?" Würstel überlegte.
„Hm, ich kenn den Typ nicht. Leine Volsichtsmaßnahme. Kannste in zwei Wochen haben. Gutt?"
„Gut! Ich danke dir." Er reichte ihm die Hand, steckte die Pistole in die Hosentasche und brachte Ho Chi Minh durch die Hintertür nach draußen.
„Oh Mann", Bellos Pupillen zeigten zur Nasenwurzel. Totaler Kreuzblick. „Oh Mann, wir dachten schon, du würdest dem Fidschi einen verbraten. Wir haben Durst auf Freibier, Kollege. Beweg dich!" Würstel beeilte sich und lieferte die sechste Flasche. Das Zeug packte einen schon nach dem fünften Stamper bei den Hörnern und genau so sah Schnäbs Abschiedsgesellschaft aus. Der Tabakdunst hatte eine Konzentration erreicht, die es erlauben würde, die Luft in Würfel zu schneiden und aus der Tür zu tragen. Vor zwei Wochen zu Mäcki`s Beerdigungsfeier, er war durch einen „goldenen Schuss" in Thailand ums Leben gekommen, gab es das gleiche Szenario, nur mit mehr Personen. Schlauch und einige andere alte Kunden waren eigens aus aller Herren Bundesländer angereist um Mäcki auf seinem letzten Weg zu begleiten. Vierzehn Flaschen hatten sie geleert, bis sie gegen vier Uhr abtorkelten. Die Absaugung war den ganzen Abend gelaufen, ohne Wirkung zu zeigen. Es hatte nach verbranntem Bahndamm gerochen. Würstel musste lange überlegen, bis er den Geruch nach brennendem Gras, den er aus seiner Kindheit kannte, zuordnen konnte. Schlauch wollte ihm eine Tüte drehen. Er hatte abgelehnt. Das Desaster mit Snake war noch zu frisch. Nach einigen Nachgrillbierchen und einer dick gestopften Tüte, die sie abwechselnd geraucht hatten, waren sie derart hinüber gewesen, dass sie beide die Kellertreppe hinab gestürzt waren. Am nächsten Morgen waren ihre Gesichter durch eine Schotterflechte verunstaltet und sie hatten die Nase voll von Rutschverletzungen, die ihre Gesichter unkenntlich machten.
„Muss i denn, muss i denn zuum Städtele hinaus …". Hooker krächzte wie ein Eichelhäher. Keiner stimmte ein und so versenkte er seinen Milchglasblick im randvollen, eimergroßen Ascher und schwieg.

„Los Leute sauft! Singen ist blöd, saufen ist geil! Es treibt die Tränen aus dem Arsch und die Wut aus der Rübe“, nuschelte Schnäbs, verschränkte den Blick zu einem „X“, rutschte in sich zusammen und fiel auf den Boden und ins Koma.

Nelly saß auf dem Sofa, auf dem sie vor Jahren mit Minny, ihrer Mutter und Paps so oft gekuschelt hatten und sah mit zusammengekniffenen Augen in ihre halbvolle Tasse. Sie hatte gewartet bis Minny, die sich nach dem Kaffeetrinken mit ihrem Woody verabredet hatte, gegangen war. Sie suchte nach passenden Worten. Es sollte nicht zu gewaltig ausfallen und da sie wusste, sie konnte ihre Emotionen schlecht im Zaum halten, legte sie die Worte sorgfältig hinter ihre Stirn. Sie schwor sich fest, sie würde nicht, nicht um alles in der Welt ausflippen. Sie würde ihr Engagement flach halten. Sie musste einen kühlen Kopf bewahren, sonst würde ihre Stiefmutter sie überfahren, wie die Diesellok den Maikäfer. Sollte das passieren, wäre ihr Anliegen im Teich ertrunken und Minny konnte den Teich womöglich auch noch auslöffeln. Die Gefahr bestand ohnehin, aber es half nichts, sie wollte, konnte nicht mehr schweigen. Das Maß war voll. Papa schwebte im Rausch seiner Rolling Stones CD, die er vor dem Kaffee eingelegt hatte und nun wohl zum fünfhundertsten Mal in sich einsog, als sei es etwas Lebensnotwendiges, etwas das ein Mensch brauchen würde wie Wasser, Luft und Feuer. Gestern an seinem Geburtstag, baten die Gäste nach zwei Stunden um andere, um Schlagermusik. Beleidigt über ihren Unverstand hatte er die Musik gewechselt. Sie hatte ihm einen Hochglanzkalender mit alten Stones Fotos geschenkt und er war darüber in Verzückung geraten, wie ein kleiner Junge über einen Spielzeugbagger. Zumindest in Punkto Musik war er ziemlich zurückgeblieben. In kleinen Schlucken trank sie den Rest des Kaffees. Es wollte ihr nicht der passende Anfang einfallen. Würde sie sagen, dass Minny am Telefon eine Ewigkeit über die Zustände in diesem Haus, das zum Teil aus Moms Erbe auch den Töchtern von Rosi und Tobias Würstel gehörte, geweint hatte, würde die Sache zu einem Bumerang für Minny werden, der sie erschlagen konnte. Verdammt heikel, aber sie musste es versuchen. Sie setzte die Tasse ab und suchte Deborahs Blick. Sie würde ihm diesmal standhalten, ihr nicht ängstlich ausweichen. Geschworen! Ihre Hand fuhr zitternd durch ihre langen, roten Haare. Sie holte tief Luft.
„Minny hat mich gebeten, ich solle mich nicht einmischen. Aber ich finde, ich habe das Recht, ja die Pflicht es zu tun. Schließlich bin ich ihre Schwester. Deshalb bitte ich euch“, sie richtete ihren Blick auf Papa und sah, wie der die Augen aufriss und kaum merklich mit dem Kopf schüttelte, als wolle er

sagen: „Bloß nicht! Du machst alles nur noch schlimmer!“ Unbeirrt fuhr sie fort. „Deshalb bitte ich euch, Minny anständig und wie einen Menschen in eurer Mitte zu behandeln.“
Deborah setzte ein erhabenes Lächeln auf ihre schönen Lippen.
„Da liegst du völlig daneben, Nelly. Nicht ich, sondern SIE behandelt mich wie eine Aussätzige.“
„Würde ich dich nicht zur Genüge kennen gelernt haben, würde ich allein an deinem Gesichtsausdruck sehen, wie zynisch du eben wieder warst. Genau das, Deborah, das genau meinte ich. Du stellst sie, mich und übrigens auch Paps, zusammen in die Ecke der Plebse, setzt dich oben drauf, nimmst Ruder und Galeerenpeitsche und gibst das Kommando: Los ihr Deppen!
Wie du mit Paps umgehst“, fuhr sie scharfzüngig fort, „ist eure Angelegenheit. Das geht mich nichts an. Wie du Minny behandelst, geht mich sehr wohl etwas an. Deshalb bitte ich dich, nein, ich fordere dich auf, unterlasse es in Zukunft sie zu erniedrigen. Was du mit ihr machst ist schlimmer als Körperverletzung.“ Sie sah ihrer Stiefmutter ohne zu zucken in die Augen.
Deborahs Lächeln wurde breiter. Sie drehte sich zu Würstel und fragte ihn mit dem Gesicht der lieblichen Fee: „Tobias, was hältst du davon? Muss ich mir diese Frechheit bieten lassen?“
Ihr Vater rutschte mit dem Kopf unter die Armlehnen des Sessels. Er kaute sich die Unterlippe blutig und starrte wortlos auf den Teppich.
„Tobias“, hakte sie schneidend, aber mit der gleichen, vor Liebenswürdigkeit mehr als hämisch wirkenden Heiterkeit nach, „Tobias, ich hab dich was gefragt. Ist es dir zu viel mir zu antworten?“
Ihr Vater blickte sie mit schmerzverzerrtem Gesicht an.
„Nimm es ihr nicht übel, Deborah. Bitte nimm es ihr nicht übel, du weißt, wie sie ist.“ Er drehte sich zu ihr und fragte mit gequälter Stimme: „Warum tust du das, Nelly? Warum …?“
„Weil ich es nicht zu lasse, dass ihr sie wie Scheiße behandelt. Weil es mich anwidert, ständig ihre Klagen hören zu müssen und weil ich denke, du trägst mindestens so viel Schuld, wie sie! Weshalb lässt du das zu? Weshalb siehst du tatenlos zu, wie sie deine Tochter zu einem Gemütskrüppel macht? Was ist aus dir geworden, Paps? Du machst dich mitschuldig, wenn du sie gewähren lässt! Du bist doch nicht ihr Sklave!“ Sie merkte, sie war doch ziemlich laut geworden und ärgerte sich darüber. Sie schickte ihrem Vater einen flehenden Blick. Der wand sich wie ein Regenwurm im Schnabel einer Elster, guckte wie ein verdroschener Hund auf ihre Stiefmutter und jammerte sie um Gnade an.

„Du darfst es ihr nicht krumm nehmen, Deborah. Bitte, du weißt doch wie exzentrisch sie ist. Sie hatte als kleines Kind schon solche Anfälle."
„Das muss deinen Kindern im Blut liegen. Es ist ganz sicher vererbt worden. Ich dachte, nur Minny hätte diesen Fehler." Sie lächelte immer breiter, sodass Nelly Angst bekam, sie würde Schmerzen in die Jochbeine bekommen. Was Papa gesagt hatte, war wie ein Dolch in ihr Herz gefahren. Deborah war nichts Anderes zuzutrauen, aber dass ihr Vater sich auf ihre Seite schlug, obwohl er um die Situation wusste, verletzte sie ungeheuerlich. Sie kämpfte, schluckte, kämpfte, würgte, aber ihre Augen wurden nass. Tränen liefen bereits über ihr Gesicht. Sie hatte es nicht geschafft. Sie war ihr wieder unterlegen. Dabei war sie sicher gewesen, wenigstens dieses eine Mal gegen Deborah zu gewinnen. Ihrer Schwester zu liebe.
„Könnt ihr Minny nicht endlich in Ruhe lassen? Müsst ihr sie ständig quälen, ihr das Leben zur Hölle machen?" hörte sie sich plötzlich schreien. Sie war dem Platzen nahe. Das eingefrorene Grinsen dieser Frau machte sie wahnsinnig, brachte sie vollends auf die Palme.
„Hör endlich auf zu grienen! Würdest du mir bitte erklären, was du an der Scheiße so lustig findest?" Ihre Tränen liefen in Strömen. Sie war außer sich.
„Dich", lautete ihre Antwort.
Nelly sprang auf. Ihr Vater hob abwehrend die Arme. Wahrscheinlich glaubte er, sie würde Deborah die Kaffeetasse ins Hirn drücken. Aber sie hatte nicht die Absicht. Sie lief ins Bad, putzte sich die Nase und trocknete die Tränen ab. Dann packte sie ihre Toilettenutensilien und den Schlafanzug in ihre Reisetasche, zog Jacke und Schuhe an und ging zu ihrem Wagen. Schade, wenigstens von Minny hätte sie sich gern verabschiedet. Sie startete den Motor. Als ihr Passat langsam aus der Einfahrt rollte, kamen erneut die blöden Tränen. Sie würde ihren Vater nie mehr besuchen. Nicht zu Weihnachten, nicht zu seinem Geburtstag. Bis Minny zu ihr nach Württemberg kommen würde, waren es nur noch zwanzig Monate. Sie wischte mit dem Ärmel über die Augen und gab Gas. Im Rückspiegel sah sie Paps in der Einfahrt stehen. Er winkte ihr traurig nach. Ein elendes, jämmerliches Häuflein Arschloch!

Sie war noch genau die gleiche hysterische Nudel, wie vor ihrer DDR-Flucht. Er stand und winkte ihr noch, als sie schon längst um die Kurve und außer Sicht war. Sie hatte nicht zurück gewunken. Das sture Luder. Ein echter Dickschädel. Immer mit Kampf um Gerechtigkeit beschäftigt. Seit Jahren rührte sie kein Fleisch mehr an, weil wegen ihr kein Tier sterben sollte. Jeden roten Heller, den sie entbehren konnte, spendete sie an diese Organisation „Grien Biest" oder so ähnlich. Er hänselte sie deswegen, nannte sie Weltenretter-

Nelly und Bio-Indianer. Sie ließ sich nicht beirren. Wenn alle schlecht sind, könne die Welt nur so sein, wie sie jetzt ist. Vielleicht in ferner Zukunft, wenn immer mehr Menschen so sein würden wie sie, würde es besser werden. Sie sagte, die sind jetzt grade dabei, das Wasser zu privatisieren. Als Nächstes käme die Luft, danach der Sonnenschein. Wer den besäße, sei aus dem Schneider, endgültig und für immer. Die hätten keinen Respekt, vor nichts, auch nicht vor ihrem allerheiligsten Heiligtum, dem Geld. Sie benutzen es nur, um Macht zu erlangen, zu erhalten, oder mit Geld neues Geld zu machen.
Er steckte die Hände in die Hosentaschen und schlürfte grübelnd zum Haus zurück. Er hatte sich gut aus der brenzlichen Situation gerettet, indem er nicht auf diese heikle Diskussion eingegangen war. Nelly musste von der Sinnlosigkeit derartiger Aufbäumungen gegen Deborah wissen. Hätte er sich eingemischt, würde Minny nur noch mehr Spießrutenlaufen haben. Er schlich lautlos in den Gemüsekeller und tastete nach der Whiskeyflasche hinter dem Regal. Der kräftige Zug spülte in wenigen Sekunden den Kloß aus dem Hals und wärmte ihn angenehm durch.
„Ein Segen, dieses Gesöff", murmelte er und setzte sich auf den Rand der Kartoffelkiste. Vielleicht war ihm Deborah jetzt, da er sich auf ihre Seite gestellt hatte, etwas wohlgesinnter. Vielleicht durfte er in den kommenden Tagen wieder einen Versuch starten, ihr Herz zurück zu erobern. Zwar war er jetzt, dank diesem süßen Kind mit dem wohlklingenden Namen „Leona", nicht mehr in Nöten, aber wenn er Deborah aus den Augenwinkeln betrachtete, musste er feststellen, ihre Attraktivität hinterließ arge Schwellungen. Oh ja, er leckte sich alle zehn Finger nach ihr, obwohl die Erinnerung an schöne Stunden langsam verblasste. Hatte sie ihn jemals gestreichelt? Hatte er sie jemals gestreichelt? Es mussten Jahre seit dem vergangen sein. Es begann bereits alles zu verschwimmen. Was von den Erinnerungen waren Träume, was war Wirklichkeit gewesen? Je länger er grübelte, desto grotesker erschien ihm alles. Was war eigentlich passiert? Wie war es so gekommen? Er hatte sich selbst zu einem willenlosen Spielball degradiert, ohne dass es der ehelichen Beziehung etwas brachte. Wie lange lag es zurück, sein gefühltes Glück? In Angst hatte es sich verwandelt, in die Angst, etwas falsch machen zu können. Das doofe Glück hatte sich in Verzweiflung umgemünzt. Hörte er sie das Haus betreten, bekam er Panik, blickte kontrollierend in die Runde, eilte durch die Zimmer, ob auch alles an seinem Platz war und rätselte, was sie beanstanden könnte.
Er goss eine neue Ladung Whiskey in den Mund. Die Flasche war schon wieder leer. Das Zeug verflog in geöffnetem Zustand wie Flüssiggas ohne Druck. Irgendwo musste noch eine stehen. Er tappte wie ein Hund schnüffelnd

durch den Keller. Aah, hinter dem alten Schrank mit den Intarsien wurde er fündig. Er stützte sich ab und tastete danach. Er wollte aufstehen. Es misslang. Jemand rückte den Schrank hin und her. Egal, auf Knien noch einen mordsmäßigen Zug. Etwas Pampiges legte sich auf seine Augäpfel. Er wollte es wegwischen. Es blieb kleben. Eine grellbunte Puppe kam auf ihn zu. Sie hatte Ähnlichkeit mit einer Frau, bei deren Anblick er immer Herzklopfen bekam. Er runzelte die Stirn. Wer war sie doch gleich? Ihre Bewegungen waren mechanisch, maschinenähnlich. Ihr Gesicht aus Wachs, die Glieder aus Holz. Das Herz in ihrer durchsichtigen Brust hatte die Farbe von Granitgestein. Die Augen waren hellbraune Terrakottamurmeln. Sie drehte sich zu schrillen Klimpertönen auf einer schwarzen Spieldose und drohte, belehrend und arrogant, mit dem Zeigefinger. Es würde nicht enden, wie in den immer kitschiger werdenden Ami-Schnulzen-Filmen. Er würde enden, wie Paul Newman in „Hombre“, dachte er noch, bevor er mit dem Kinn auf die halbleere Flasche schlug.

„Ich werde mit Hans nach Hamburg gehen.“ Sie hatte so leise gesprochen, das Würstel zuerst glaubte, er habe sich verhört. Sie sah ihn an. Waren ihre blauen Augen feucht geworden? Was hatte sie soeben von sich gegeben?
„Du hast richtig gehört, ich werde dich verlassen.“ Sein löchriges Hirn drehte sich wie ein bunter Brummkreisel und sang dabei: Hans, oh Hans, oh Hänschenklein, steck den Stab nie mehr in meine Leona rein.
„Wer bitte ist Hans?“
Ihr Blick durchbohrte ihn.
„Dein Spielautomatenvermieter, du Nacht! Ist dir nicht aufgefallen, wie er sich um mich bemüht hat? Nein?“ Würstel riss den Mund auf und guckte in die Runde, wie Cäsar auf die ihn umringenden, mordlustigen Republikanerverschwörer, die mit Dolchen auf ihn losgingen.
„Nein, ehrlich gesagt nein, es ist mir nicht aufgefallen. Nicht die Bohne, verfluchte Scheiße!“
„Siehst du! Ich wollte dich eifersüchtig machen aber du bekommst es nicht mal mit. Es ist schief gegangen, ich habe mich in ihn verliebt. Wahrscheinlich ist es dir auch egal. Du kannst dich ja nicht entscheiden zwischen deiner Deborah und mir. Also …“
„Wie? Du hast dich verliebt! Was heißt das! Ich weiß, was das heißt! Du hast mit ihm gevögelt. Dann bist du zurückgekommen, hast gewartet, bis Feierabend war und hast es mit mir getrieben?“
„Richtig. Sollte ich nachher nicht noch mit dir?“
„Wie oft?“ Er war völlig von der Rolle.

„Es ist nebensächlich, wie oft. Aber wenn du es unbedingt wissen willst, die letzten Male immer."
„Und seit wann?"
„Weiß ich nicht. Etwa seit einem halben Jahr. Genügt dir das als Erklärung oder möchtest du weitere Details? Es war fast immer von hinten und vorher habe ich, genau wie für dich, so was wie gestrippt, weil er mich betrachten wollte." Würstel verbarg sein Gesicht hinter den Händen und stöhnte wie ein zur Strafe ausgepeitschter und kielgeholter Seemann. Sie griff nach seinen Fingern, zog sie zärtlich auseinander und flüsterte ihm dabei, wie festgenagelt in die Augen sehend: „Tobias, wenn du willst, bleib ich hier, aber du musst dich jetzt, in dieser Minute entscheiden. Sofort. Ich werde dann Hans anrufen. Er will morgen kommen, um mich abzuholen. Also, was ist?"
„Lass mich überlegen, bitte!" Er lugte durch die gespreizten Finger.
„Nein, du sagst jetzt, du möchtest es so oder so! Willst du es so", sie zeigte mit dem linken Daumen nach rechts, „gehe ich morgen zu Deborah und sage ihr, was läuft. Sage ihr, sie möge möglichst bald verschwinden, sie ist dich eh nicht wert. Willst du es so", der andere Daumen zeigte in die entgegengesetzte Richtung, „siehst du mich heut zum letzten Mal."
Er drehte sich hustend um 180 Grad und stampfte wütend mit dem Fuß. Sie hatte was von „Zweitfrau" gequatscht. Es war lange her und längst vergessen. Scheiße, er wollte sich nicht trennen, er liebte Deborah immer noch wie ein gedopter Marathonläufer. Aber Leona liebte er auch und wenn sie ihn verlassen würde, würde es wahnsinnig schmerzen, tiefe Furchen in Lunge, Nieren, Magen und Herz schneiden. Mist! Verfluchter! Er nahm die Hände vom Gesicht und fragte mit nicht zu überhörender Traurigkeit in der Stimme: „Schläfst du heute Abend nochmals mit mir zum Abschied?" Sie lächelte sanft. Sie hatte diese Antwort erwartet. „Ja, Tobi, mein Tobi. Ich fick irre gern mit dir, dass weißt du doch. Und falls ich zu Besuch nach Hause komme …, ich meine, es war schließlich echt super mit uns, oder?"
„Stimmt, Leona, es war super. Nur kann ich es nicht fassen. Ausgerechnet mit diesem Hans! Du wolltest ein Leben lang meine Zweitfrau …"
„Nein, wollte ich nicht, sollte ich, weil du an der einen Narren gefressen hast. Was ich absolut und überhaupt nicht verstehen kann. Hinzu kommt, was so alles über sie kursiert."
„Lassen wir das Thema. Es ist Leutespinnerei."
„Glaubst du im Ernst, die geht allabendlich mit einer Freundin irgendwohin essen? Wie blöd bist du eigentlich?"

„Ich sagte, du sollst es lassen! Sie hat für Sex wenig übrig, sie hält alles für Schweinkram. Warum sollte sie dann fremdgehen, wenn sie keinen Spaß dran hat?“
„Oh Gott, bist du ein niedlicher, kleiner Teddybär! Mach was du willst, aber werd glücklich mit ihr! Im Moment erweckst du jedenfalls nicht den Anschein.“ Sie streichelte über seine Wange. In ihren Augen lag Mitleid.
„Ihr Männer seid schon ein komisches Volk.“ Er drehte sich von ihrer Hand weg. Ihr Mitleid mochte er nicht. „Ich komm dann gegen ein Uhr“, hauchte sie in sein Ohr. „Hast du sie bis dahin rauskomplimentiert?“
Er würde sie aufsaugen, heute Nacht. Sich ihren Geruch, ihre nackten Konturen ins Hirn meißeln. Wenn es das letzte Mal sein sollte, würde er sie bis zur physischen Erschöpfung peitschen. Er hatte so seine Kniffe. Dieser Hans sollte sie als leeren, zusammengefallenen Foliebeutel wiederfinden. Er sollte eine ausgesaugte Gummiwärmflasche in den Händen halten! Der verfluchte Hund!

Es war das vierte oder fünfte laszive Lächeln, dachte Würstel und musterte eingehend die Versenderin. Goldblonde, dichte, leicht lockige Haare. Mittelgroß, super gebaut. Er mochte diese Hungerhaken nicht, bei denen man ständig in Sorge war, sie könnten jeden Moment vor Entkräftung aus den Schuhen kippen. Frauen die nur aus Haut, Knochen und Haaren bestanden, fand er entgegen dem landläufigen Trend unattraktiv. Außerdem besagte das Sprichwort, dürre Frauen mit spitzen Knien trügen die Boshaftigkeit in Herz und Mund.
Leider nicht so jung wie Leona. Grüne Schlangenaugen, sinnlicher Mund, hübsches Gesicht, klasse Figur. Der gleiche Typ wie seine Rosi. Sie sonnte sich in seinen Blicken und zog stolz ihre Schultern nach hinten, als wolle sie sagen, wirf ruhig noch einen Blick auf meine Brüste. Er folgte ihrer mimischen Aufforderung nur zu gern. Ihre Bälle ragten hoch nach oben und schienen einen betörenden Duft zu versprühen. Würstel sog die Luft testend in die Lungenspitzen. Tatsächlich, es roch nach straffen, rosig-verlockenden Titten! Ganz sicher! Seine Augen glänzten vor Freude. Ihr Lächeln wurde breiter. Sie schien sich sicher zu sein, dass er bereits an ihrem Haken zappelte.
„Fünf Schnitzel, mit Pommes und Grünzeug zum Mitnehmen, bitte.“ Die Stimme klang wie eine Stradivari. Würstels Herz rutschte nach unten, landete mit einem dumpfen Klatschen auf seinem Lümmel. Der erwachte erschrocken aus seinem auferzwungenen Schlaf und wollte nachschauen, was denn plötzlich los sei. Er bäumte sich auf, wurde aber von dem Stoff in den

er gezwängt war stark behindert. So sehr er sich auch reckte und streckte, um ihn herum blieb es dunkel. Würstel steckte seine Hand in die Hosentasche und wies ihn zurecht. Es wäre ihm unendlich peinlich, würde die Frau mit der Stradivaristimme bemerken, wie vorwitzig der ungehobelte Flegelmistkerl mitunter war.
„Hat ihnen der Gulasch mit Knödel gestern geschmeckt?“ fragte er schüchtern und möglichst unverfänglich.
„Suuper, gaanz super!“ Passend zu ihrer Stimme machte sie tatsächlich eine Bewegung, als führe sie den Bogen über die Violine. Er musste mehr Kraft in seiner Hosentasche investieren. Lümmel und Augen schienen eine unheilige Allianz eingegangen zu sein. Sie standen in Funkkontakt. Er tippte die Bestellung in die Kasse und annoncierte sie zu seinen beiden Feen, drehte sich der gelockten Violinengeigerin zu und nannte ihr den Preis. Sie kramte in ihrem Portmonee und lächelte ihm frivol einen Schein in die Hand.
„Soll Sie von meinem Chef grüßen.“ Sie strahlte wie die Sonne über Sharm-el-Sheikh im Juli.
„Von ihrem Chef?“
„Hm, vom Tischler, vom Konglertischler.“
„Vom Manfred?“
„Nee, vom Kleinen, von Hartmut. Er sagt, ihr wäret zusammen zur Schule gegangen und kennt euch schon ewig.“
„Richtig, wir kennen uns von Kind an. Er war mal `n großer Handballspieler.“
„Keine Ahnung. Heut ist er eher unsportlich, würde ich behaupten.“ Sie lachte verheißungsvoll wie die jungen Flittchen auf der Sündenmeile in Bangkok. Erst viel später erfuhr Würstel worauf ihre „Behauptung“ sich gründete.
„Aber Sie sollen ziemlich viel Sport treiben, erzählen sich die Leute.“
Na, so ein freches Stück! Er stach den Blick in ihre Augen und sagte mit säuselnder Schwuchtelstimme: „Sie könnten mich zum Training begleiten. Falls das zu anstrengend für Sie ist, würde mir Ihre Anwesenheit nach dem Training sicherlich auch Spaß machen.“
„Ich werde es mir überlegen“, hatte sie geantwortet und hinzugefügt: „Rufen Sie mich doch mal an.“
Würstel bekam die ganze Nacht vor Aufregung die Lider nicht nach unten. Am nächsten Vormittag hatte er sie an der Strippe.
„Firma Kongler, Frau Maierlein am Telefon.“ Die Violinenstimme fiedelte ihn sofort in den Himmel. Er prustete in den Hörer.
„Echt toller Name, Maierline. Ist das dein Familienname?“
„Ja, warum?“

„Lustig. Also, Frau Maierlein, du könntest mich heute Abend vom Training abholen. Wir könnten im „Wilden Reh“ essen, falls meine Frau nicht gerade dort drin sitzt.“
Sie hatte die Einladung dankend angenommen. Nun saßen sie sich gegenüber in einer Nische, in der sie, vor neugierigen Blicken gut geschützt tuscheln konnten, aßen gegrillten Wildlachs auf Blattspinat mit Jasminreis und laberten über die Welt.
„Dusty“, er hatte ihr den Spitznamen nach „Red Dust“, diesem goldhaarigen Comic-Cowboy gegeben, mit dem sie eine gewisse Ähnlichkeit hatte. „Dusty, die grünen Augen und die gelben Haare bilden einen geilen Kontrast. Gefällt mir.“ Er schickte einen viel geübten Blick, von dem er glaubte, er verfehle seine Wirkung nie.
„Danke, Tobias.“ Sie erglühte lichterloh wie ein brennender Weihnachtsbaum. „Wo wollen wir uns nach dem Essen denn verkriechen? Ich wüsste einen Parkplatz am Waldrand, dort sind wir um diese Zeit ungestört.“
Würstel hob sein Rotweinglas, prostete ihr zu und flüsterte: „Einverstanden, Dusty, ich zahle und wir gurken los.“ Seine Fingerspitzen kribbelten und er rieb sich die Hände.
Der Parkplatz wurde von einer einzelnen Straßenlaterne in klebriges, gelbes Licht getaucht. Sie waren über einen katastrophalen Waldweg gefahren und Würstel hatte Stoßgebete an die Wagenfederung gesendet und um ihr Wohlergehen und Überleben gebangt.
„Schlimmer als die Autobahn von Bautzen nach Dresden vor der Wende!“ hatte er geflucht.
Dusty hatte ihn angegrinst.
„Dafür hat der Platz den Vorteil, dass keine Autoseele bis hierhin vordringt, was seit der hochprozentigen Arbeitslosigkeit für ungestörte Schäferstündchen ein echtes Plus ist. Selbst tagsüber ist es hier, im Gegensatz zu anderen Waldstücken, exzellent ruhig. Es gibt Waldwege und Lichtungen, auf denen triffst du mehr Menschen als in unserer Stadt um die Mittagszeit.“
Sie kannte sich auffallend und ziemlich gut aus. Überhaupt hatte ihre Art etwas Professionelles, Rigoroses an sich.
„Komm wir zischen `ne Kippe.“ Sie zog eine Schachtel West aus ihrer Handtasche. Er gab ihr Feuer. Sie qualmten mit geöffnetem Seitenfenstern. Ihre Haare leuchteten im funzeligen Laternenlicht wie ein üppiger Orangeneisbecher ohne Schlagsahne. Er knöpfte langsam und genussvoll ihre Bluse auf, zog die Knopfleisten auseinander und betrachtete ihre wohlgeformten Brüste, die ihn wie große, kupferne Bocciakugeln anlächelten. Sein Herz begann vor Freude zu rasen. Der Puls hackte laut in seinen Ohren. Jemand

schien Holz unter seinem Brustbein zu spalten. Eine gewaltige Axt trieb im Rundschlag Buchenklötze auseinander. Gewiss hatten sich schon mehrere Jünglinge, von ihrer Schönheit geblendet, vom abgesteckten Lebensweg entfernt, sich hoffnungslos in der Wüste verlaufen und zu Tode gedürstet. Weniger aus Protest, nicht erhört worden zu sein, sondern weil sie über den Anblick das Trinken vergaßen. Sie hob ihren Hintern, streifte den Rock ab und drehte sich zu ihm. Die schönste Stelle blitzte wie ein Goldrandteller in der laufenden Mikrowelle.

„Findest du sie schön?“ fragte sie seidig und es klang als käme ihre Stimme von da, wohin er blickte. Er streichelte sanft über ihre Schenkel und seine Hand glitt unendlich langsam zu dem wundervollen Punkt, an dem sich für gewöhnlich die alles bestimmende Sehnsucht der Männer trafen.

„Oh, Himmel! Was für ein herrlicher Anblick“, murmelte er geistesabwesend und lüstern zugleich. Des Knaben Wunderhorn begann zu wachsen. Es wurde groß, kräftig und frech wie Oskar.

„Komm wir krabbeln auf den Rücksitz.“ Er fürchtete die Besinnung zu verlieren und mit ihr seine guten Manieren. Seine zur Hälfte aufgerauchte Zigarette flog in hohem Bogen aus dem Fenster. Er stieg aus, eilte um den Wagen und hielt ihr die Tür auf wie ein heißgelaufener Gentleman aber sie schnippte ihre Handtasche nach hinten und kletterte langsam, ihre Musch ins fahle Licht haltend hinterher. Sie glänzte wie eine nagelneue Barbiepuppe. Solche Ansicht hatte ihn schon immer begeistert. Er hatte schon viele gesehen aber die, die stellte sie alle in den Schatten. Die war nicht zu toppen. Jedenfalls nicht momentan. Der berauschende Anblick verwandelte ihn in den Matrosen, der seit Jahren nicht mehr an Land gewesen war. Vor Aufregung zitternd folgte er ihr und drückte ihr einen Kuss auf. Seine Zunge umrundete alles genüsslich. Sie drehte sich um, schlang ihre Arme um seinen Hals und zog ihn auf und in sich.

„Hilfe“, schmatzte sie in sein Ohr, „sei doch nicht so ungestüm! Du bist verrückt! Kannst du nicht etwas zärtlicher?“

„Nein, geht nicht“, gestand er kichernd. „Wenn ich dein Fahrgestell sehe, sitzt mein Verstand im Kofferraum und ohne den fließt Tigerblut in meinen Adern.“

Würstel kurvte durch dickflüssiges Glück. So wie Iren von Elfen und Feen träumen, träumte er vom Anblick nackter Mädchen, die sich wie Dusty, ihm an den Hals warfen. Wenn seine Träume, viel zu selten wie er fand, in Erfüllung gingen, war die Welt im Lot. Angesichts zu Hause verordneter Askese ging nichts über Promiskuität. Ein plötzlich einsetzender Ganzkörpertremor zerriss ihn, schleuderte seinen Körper hin und her und förderte

einen Orgasmus zu Tage, der es mit einer auf Stein zerspringenden Champagnerflasche in Umfang und Lautstärke locker hätte aufnehmen können. Minutenlang verharrte er wie betäubt. Sie hatte in sein linkes Ohr gequiekt wie das rosa Schweinchen, das mit einem Elektroschocker zur Schlachtbank getrieben wurde. Aber er hatte es nur latent wahrgenommen. Sonst, weil ungewohnt, bescherten weibliche Glücksbekundungen dieser Art ihm sofortige Impotenz. Diesmal hatte es ihn beflügelt. Das Klingeln eines Handys beendete die Märchenidylle. Sie wühlte in der Tiefe ihrer Tasche. Ihre Brüste hüpften abwechselnd vom Schatten ins Laternenlicht. Die Autoscheiben waren angelaufen. Kleine Tröpfchen aus Kondenswasser zeichneten unregelmäßige Schlieren und zerschlissen den aufgedampften Vorhang wie einen alten Putzlappen. Sie klappte ihr Handy auf und flötete: „Hallo, mein Schatz! Bist du schon unterwegs?“
Ein Inlandtaipan (oder war es eine Schwarze Mamba?), biss Würstel in die Nase und ließ ihn in Hypnose erstarren. Wie bitte? Mein Schatz? Das war doch nicht die Norm! Wo blieb denn hier die Moral? Frustriert streichelte er ihre Brustwarzen. Dafür schenkte sie ihm ein freundliches Lächeln, während sie mit ihrem „Schatz“ telefonierte.
„Ja Schatz, ich hole dich selbstverständlich vom Bahnhof ab. Zwei Stunden sagst du? Ja, kein Problem. Dann mach ich mir jetzt noch einen Kaffee. Also bis dann! Tschüss! Ich liebe dich.“ Sie machte ein schmatzendes Geräusch, was bedeutete, sie schickte ihm einen Kuss, klappte das Handy zu und strahlte Würstel ins Gesicht.
„Mein Mann, das heißt der Zug hat wegen eines Defektes Verspätung. Dann werde ich deinen Computer noch mal hochfahren, um die Wartezeit sinnvoll zu verkürzen.“ Sie leckte sich die Lippen. „Brauchst dich nicht zu sorgen, er fährt Sonntagabend schon wieder und ab Montag stehe ich dir mit Haut und Haar wieder zur Verfügung.“ Sie beugte sich ungeniert vor und begann ihn an einer sehr empfindlichen Stelle zu liebkosen. Er hörte ihr Herz klopfen und fuhr mit seinen Fingern durch ihr dichtes Haar. In wenigen Stunden würde sie in gleicher Weise ihren Mann beschäftigen. Der Gedanke verlieh Würstel die gefühlte Geschwindigkeit eines Jaguar Sovereign. Von null auf hundert in 6,3 Sekunden!
Bis sie ihn am Montag glücklich machen würde, würde er seine eifersüchtigen Gedanken nicht von ihr und dem Treiben mit ihrem „Schatz“ losreißen können.

Dumbo hatte eine Grimasse gezogen wie ein Trinker, dem eine volle Flasche vom feinsten Fusel vor`s Gesicht gehalten wurde und mit halb geöffneten, in

Ehrfurcht erstarrtem Mund nach der nagelneuen Heckler und Koch gegriffen.
„Neun Millimeter. Fünfzehn Schuss im Magazin", hatte Würstel erklärt. Dumbo hatte abgewunken.
„Weiß ich. So ziemlich das Geilste, was es auf `m Weltmarkt gibt. Willst `n haben dafür?"
„Tausend."
Dumbo hob das Gesicht und grinste ihn an. „Ich geb` dir maximal 800."
„Kannste vergessen. Ich hab `nem Vietkong 1000 Vorkasse gelegt. Entweder du blätterst die Kohle auf `n Tisch oder die Kanone geht zurück an ihn."
„Achthundertfünfzig, mein letztes Angebot."
Böses ahnend riss ihm Würstel blitzschnell die Pistole aus der Hand und steckte sie in seinen Hosenbund.
„Sag dir`s doch, 1000 oder ich schaff sie wieder zurück. Denkste, ich versorg dir `ne Wumme, nach der sich die halbe Welt die Finger leckt und leg noch 150 drauf? Du bist hier nicht zu Hause in Marokko, nicht auf `m Wochenmarkt von Marrakesch."
„Die ist doch zu 100 Prozent geklaut." Dumbo machte auf Entrüstung und zeigte mit seinen Bärentatzen auf Würstels zarten Kehlkopf.
„Na und? Was geht dich `n das an? Denkste, die kriegste im Supermarkt für dreizehn-zwanzig? Kannst`s ja probieren, ob dir jemand so `ne Superknarre für die Hälfte vom Preis ranschafft. Kannste vergessen."
„Wie viel Mumpeln dazu?"
„ `ne Schachtel. Sind 100 drin." Würstel hatte zwei Packungen von Ho Chi Minh bekommen, wollte sich aber die Zweite behalten. Umsonst scharrte keine Henne. Dumbo zerkaute seine Unterlippe, scharrte sich am Kinn und dann an der Stirn.
„Hm, verflucht viel Geld für so `n Spielzeug. Aber es könnte sein, ich brauch das Ding demnächst." Von Würstels erstauntem Blick begleitet holte er eine, mit einem Gummiring umspannte Rolle Hunderter, aus der Hosentasche, entfernte den Gummi und blätterte zehn sich kringelnde Scheine, mit dem Adler nach oben auf den Tisch. Würstel steckte sie wieder ineinander und verstaute sie in seiner Gesäßtasche. Dann ging er zum Gasherd, öffnete die Klappe und reichte die Schachtel mit den Patronen über den Tisch. Dumbo riss sie fachmännisch auf, ließ das transparente Magazin aus dem Griff rutschen und füllte es auf, drückte es zurück in den Griff und klatschte unten dagegen. Es rastete ein. Er entsicherte, lud durch und zielte auf den Wandspiegel.
„Mach bloß keine Scheiße du Rindvieh!" brüllte Würstel erschrocken. Dumbo grinste seinem Spiegelbild entgegen.

„Sieht gut aus, oder?“ fragte er mit starren Augen. Würstel betrachtete ihn von der Seite und wusste, DAS war ein Fehler! Dem sein Hirn war nicht richtig gewachsen. Der war möglicherweise verrückt genug das Ding nicht zu seiner Selbstverteidigung zu nutzen. Er grinste wie Eddy Murphy, steckte aber die Pistole gesichert in die Hosentasche. Würstel atmete tief durch. Er hatte schon befürchtet, der Idiot würde auf sein Spiegelbild ballern.
„Gut, ich komme dann in etwa einer Stunde zurück auf `n Bier. Lass mich hinten raus, die brauchen mich nicht zu sehen.“ Würstel nickte und öffnete ihm die Tür zum Hof. Dumbo trat in die Dunkelheit, zog die Waffe und ballerte in die Luft.
Bumm, bumm, bumm …! Fünfzehn Schuss.
Würstel hatte vor Schreck den Kopf zwischen die Schultern gezogen und hielt mit beiden Händen seine Ohren zu.
„Biste bescheuert? Hau bloß ab, Dumpfsackdumbo! In fünf Minuten sind wir vom Bundesgrenzschutz umstellt, du marokkanischer Hammelficker!“ schrie Würstel wütend. Dumbo hatte die Knarre grinsend eingesteckt.
„Musst morgen, wenn`s hell ist, die Hülsen wegräumen“, griente er, als sei er geistig behindert. Würstel schlug empört die Tür zu. Hätte er doch bloß diesem Blödarsch nicht die Heckler besorgt!

„He, gestern hast du was verpasst!“ Zucker hatte das verdorbene Grinsen eines Zuhälters ins Gesicht geschoben und seine Hand auf Dingis Schulter gelegt. „Die dickbusige Titti war hier. Sie hatte sich neben den jungschen Denis gestellt und an seiner Hose gerieben. Nach einer Weile hat er plötzlich `nen roten Kopf bekommen, ist vor zu Tobias gestürmt, hat bezahlt und ist sofort verschwunden. Als er bei der Tür war, haben wir gesehen, dass seine Hose unterhalb der Knopfleiste durchnässt war. Titti hat sich nicht mehr eingekriegt vor Lachen und dem Denis war`s unendlich peinlich.“
„Ehrlich?“ Marylanson grinste abartig. „Mann, die Dickbusige ist aber auch `ne schmutzige Maschine. Vor kurzem hat sie ihre Dinger freigelegt und die Kerle haben gegrölt wie `ne Horde Elefanten auf der Flucht.“
„Was hat sie gemacht?“
„Na ihre Wahnsinnslungenflügel auf den Tisch gepackt.“
„Nee, das glaub ich nicht! Und ich war nicht dabei, verfluchter Mist!“
„Puh, das ist kein Problem. Wenn sie wieder kommt, brauchen wir ihr nur drei, vier Kirschlikör spendieren. Wenn sie einen in der Krone hat, wird die hemmungslos wie `n Hafengirl aus Hamburg.“ Schlinger klopfte mit der Hand auf den Tisch.

„Abgemacht! Ist `n preiswertes Gaudi. Die verträgt doch nichts, ist schon von drei Bier blau und verdreht ihre Augen." Marylanson steckte die Hände in die Hosentaschen und schürzte schelmisch den Mund, als wolle er sein Bierglas küssen. Schlinger stürzte sein Bier in einem Zug. Er hatte viel nachzuholen. Über ein Jahr hatte er völlig abstinent gelebt, weil er nach einer Sauferei mit seinem Wagen im Straßengraben gelandet war. Die Bullen waren zufällig dazu gekommen und hatten seinen Lappen beschlagnahmt. Die Kontrollwerte waren bösartig hoch ausgefallen und sie hatten ihm den Stinkefinger präsentiert. Traurigen Herzens rührte er danach 16 Monate nicht mal kastriertes Bier an, bis die Abstinenzprediger überzeugt waren, er würde ein Leben lang auf Teufel Alkohol pfeifen und keine Weinbrandpraline mehr fressen. Er hatte ihnen einen heldenhaften Kampf geliefert, war ohne großes Palaver von heut auf morgen trocken und hatte ihnen das Blaue vom Himmel gelogen, um die Idiotentester einzulullen. Trotzdem, nach einem vollen Jahr schmerzhafter Selbstkasteiung bei Wasser und Cola, hatten sie ihm die Daumen in die Augen gedrückt und er musste doch noch die geforderten Psychospiele über sich ergehen lassen. Die „Götter in Weiß" waren der Meinung, es sei grundsätzlich unmöglich durch Selbstdisziplin auf Alkohol zu verzichten. Mussten die schon deshalb, um damit ihre Existenz zu rechtfertigen.
Nun war er wieder der Alte und hatte Würstel in die Hand versprochen, alles nachzuholen.
„Haste schon gehört?" Bello drehte sich zum Tresen und sah Würstel fragend an. „Lupo und seine Frau haben ihr neu gebautes Haus endlich verkauft. Wie nicht anders zu erwarten war, zur Hälfte des Baupreises."
„Kein Wunder. Wir hatten es ihm vorausgesagt. Die Nachfrage bestimmt den Preis und die geht langsam aber sicher gegen null. Arschklar, wenn alle auf Biegen und Brechen weg wollen, weil kein Job zu kriegen ist." Würstel hatte, während er sprach, seinen intelligentesten Gesichtsausdruck aus der Tricktasche gesucht, den er finden konnte.
„Lupo ist `ne echt arme Sau, sag ich euch. Zuerst baut er `n Haus, dann wird seine Frau krank, er verliert den Job, hat keine Aussicht auf `nen neuen, iss gezwungen die Bude zu verklingeln, bekommt `n Appel und `n Ei dafür und muss nach drüben. Wenigstens hat er in der Nähe von München Arbeit und kann die verbliebenen Restschulden abstottern. Er hat mir gesagt, er sei auf einhundertvierzigtausend Mark sitzen geblieben."
Marylanson pflichtete ihm bei: „Ist wirklich `n hart getroffener Hund, der Lupo. Kann einem leid tun. Der blecht ein halbes Leben für `n Haus, das ihm schon längst nicht mehr gehört, nur weil in diesem Scheißstaat jeder verdammte Dritte keinen Job hat."

„Ne ne“, mischte sich Würstel ein, „so irre wie hier ist`s in den alten Bundesländern keineswegs. Meine Große wohnt in Baden-Württemberg in einer Stadt, die etwa so viele Einwohner hat wie unsere zur Wende. Sie ist da auf `m Rathaus beschäftigt und sagt, der Prozentsatz an Arbeitslosen in ihrer Stadt betrage keine drei Prozent.“
„Ehrlich?“ Marylanson machte ein ungläubiges Gesicht. „Hier, so stand es letzte Woche in der Zeitung, sind es offiziell 25 Prozent. In Wirklichkeit sind`s 35, der Rest ist getürkt. Nu stell dir vor, Panzermeier, Joe und all die Anderen wären noch hier, der Prozentsatz läge bei 50, wetten?“
„Iss `ne verdammte Schweinerei, was die mit uns machen! Nicht verwunderlich, dass die Rechten immer mehr Zulauf bekommen.“
„Genau!“ Würstel war an den Tisch getreten und hatte mit der Faust drauf geschlagen. „Nur gut, dass die Blödmänner sich benehmen wie hirnamputierte Nashörner. Stellt euch vor, die würden auf seriös machen, die Leute würden die glatt mit 30 Prozent wählen.“
„Genau Würstel, genau! Du hast den Nagel auf den Kopf getroffen. Nur manchmal denk ich, die können doch nicht derart herzzerreißend bekloppt sein. Die braten sich doch mit ihren ständigen Randalen einen Storch nach dem anderen. Kein Mensch kann eigentlich so bescheuert sein, oder? Ob da jemand dahinter steckt?“
„Ist `ne interessante Ansicht.“ Bello hatte einen langen Hals bekommen. „Geld dürften die noch genügend in der Schweiz gebunkert haben. Die Knete, die sie vor der Wende bei Seite geschafft hatten, löst sich nicht in Luft auf. Hab `ne Bekannte, die ist mit `nem Monteur aus Glarus vor dem Mauerfall stiften gegangen. Die hat damals behauptet, die Kommunisten brächten Koffer voller Geld und legten alles bei verschiedenen Schweizer Banken an.“
„Nu, bestimmt haben die das nahe Ende des glorreichen Arbeiter- und Bauernstaates vorausgesehen oder so.“
„Heilige Scheiße, irgendwo muss die beschissene, als volkseigen gepriesene Kohle schließlich geblieben sein. Ich jedenfalls hab keine einzige Alumark davon gekriegt und erst recht kein richtiges Geld und nun sind wir schon wieder am Arsche des Propheten. Verdammt!“ Zuckers Halsschlagadern waren angeschwollen vor Wut. Er hatte sich in Rage geredet wie Stalin auf dem 10. Parteitag der Russenkommunisten.
„Und mit dem neuen Regierungsschauspieler ist`s der gleiche Jammer. Hatten wir doch drauf gebaut, der Ostaufschwung würde endlich greifen, aber der mimt nur den volksnahen Fußballfan und drischt die gleichen Sprüche!“ warf Marylanson ein und wischte dabei abwertend durch den Zigaretten-

qualm, der durcheinander gewirbelt wurde wie sturmgepeitschte Gewitterwolken im Zeitraffer.
„Der macht auch nix Vernünftiges." Bello sog gierig an seiner Kippe und sprach, den Rauch zerkatschend, wie der brave Soldat Schwejk weiter: „Hatten wir uns so gedacht, dass Sprücheklopfen `ne Erfindung der Kommunisten wäre, aber es ist in der neuen Zeit mit Perfektion weiterentwickelt worden. Die verstehen es ebenfalls, uns den Alltag mit Parolen zu versüßen. Ab nächstem Jahr gibt`s `nen neuen Feiertag, den „Tag der gebrochenen Wahlversprechen".
Ruby, der eben eingetreten war, klopfte zur Begrüßung auf den Tisch und mischte sich ein.
„Hä, nur welchen wollen sie dafür auswählen? Sie müssten diesen Feiertag vom 1.1. bis 31.12. feiern." Bello lachte kurz auf und fuhr fort. „Die fegen mit ihrer Blödheit noch die ganze Ecke leer."
„Hier laufen einige Räder bis zu den Achsen im Dreck. Wenn man genau hin hört, merkt man, `s kratzt bis in die Kugellager. Die ehemals zwischen Oder und Harz, zwischen Ostsee und Vogtland Eingepferchten haben schon wieder den Glauben an die Zukunft verloren, obwohl sie vor acht Jahren im Euphorierausch fast ersoffen wären wie alkoholisierte Mäuse im Kirchteich. Manchmal haben sie sogar ähnliche Lachparolen. Zum Beispiel: „Mensch im Mittelpunkt der Bemühungen", „Freiheit des Individuums" und so `n Quark. Genau den Schnulli haben die Kommunisten auch gepredigt. `s klingt heut wie damals höhnisch und grotesk. Glaub, heut noch schlimmer."
Alle hatten die Lippen zu Schlitzen geformt und ihre Gesichter waren vor Aufregung rot, als läge Revolution in der Luft.
„Früher erweckten die Werbesprüche `n eher müdes Lächeln. Nun brechen Träume synchron mit blühenden Landschaften in sich zusammen und hinterlassen Kackberge aus Enttäuschung. Die Brandung aus verzückter Erwartung ist zwischen Ellenbogen und Joblosigkeit zerquetscht, zu `nem miefigen Brei zermatscht, von Wut aufgefressen und in die Ecke geschissen worden. Nu liegt sie im Rinnstein wie schwarze Schmiere und stinkt wie Eberpisse und Ziegenkot."
„Könnten die Herren bitte `nen Themenwechsel angehen? Bei der Diskussion wird nämlich den ganzen Abend kein Spaß", sagte Würstel, der seine Stammtischpolitiker kannte. „Wie wäre es denn, wenn Bello jetzt von seinem Abenteuer mit der großbrüstigen Titti am letzten Montag, `nen detailgetreuen Bericht lieferte?"
„Uuaah! Uuaah! Ja, los, Bello!"

Gebauchmiezelt vom allgemeinen Interesse legte Bello grinsend los. Er erzählte wie Brummi die Katze am Schwanz durch die Stube gewirbelt hatte, wie sie im Suff ihre Wohnung verwüsteten und die gesamte Spanne, der mit dem Höllenmädchen vollführten obszönen, ja schmutzigen Erzferkeleien, die mehrfach durch anerkennende „Aahs! und Oohs!“ von den Zuhörern unterbrochen wurden, die aber aus Pietätsgründen hier keinesfalls wiedergegeben werden dürfen, weil sich die Bande wirklich wie Schweinevögel benommen hatte. Würstel war froh, ein Thema angeschnitten zu haben, das für erheblich mehr Getränkeumsatz sorgte. Immer wenn Zukunftsangst überm Stammtisch ausgerollt wurde, versiegte beim Köpfe heiß reden der Bierdurst und es wehten die grauweißen Fahnen der Kapitulation. Frustbier lief zäh, wusste er. ZUKUNFTSLOSIGKEIT war in vergangener Zeit etwas eher Selbstverständliches gewesen. Nach dem Abriss der Landesumzäunung schien das Neubegreifen dieses verschüttet geglaubten Begriffes ihr Fassungsvermögen zu sprengen, weil sie von niemand vorhergesehen oder für möglich gehalten worden war. Einige Altkommunisten hatten sie vorausgesagt, um klug zu reden oder Dreck breit zu treten. Daran geglaubt hatten wohl nicht mal die.
Als Bello seine unsittlichen Ausführungen unter tosendem Beifall beendet hatte, drehte sich Dingi mit vor Lachen feuchten Augen zu Würstel und fragte: „Hast schon gehört? Den Dumbo haben sie hops genommen.“
„Wen, Dumbo?“
„Genau den. Hat mit Koks gedüühlt. In Dänemark ham sie den hochgenommen. Mit drei Kilo Koks ham die den gegriffen. Hatten den schon lange beobachtet und abserviert.“
„Mann, es heißt observiert, Knollo!“ Zucker schnippte mit dem Mittelfinger an Dingis Ohr damit er sich`s einpräge.
„Von mir aus observiert. Ist mir doch egal. `n gewisser Koch soll `n verdeckter BND-Mann sein. Der hat sich bei Dumbo als Freund eingekratzt und ihn platzen lassen. Diesen Koch haben sie angeblich in Warschau erwischt. Aber ich weiß, dass das nicht stimmt. Der sitzt irgendwo in der Sonne. Der Dumbo hat alle verpfiffen, auch die Händler in Dänemark. Hat er gemacht, um seinen Arsch zu retten. Aber er war damit ganz sicher nicht besonders schlau. Wenn die Dumbo kriegen, legen die ihn knallhart um. Da hat der keine Chance, der blöde Hund. Da geht`s um richtig viel Kohle. Da spielt ein kleines Dumboleben keine Geige. Und keiner weiß, wer ihm ein Messer verpasst hat. Siehste ja, den Hauptmann haben sie vor einem Jahr im Böhmischen erstochen aus `m Teich gefischt. Seinen Killer haben sie bis heute nicht. `s hat nicht mal was von dem Mord in der Zeitung gestanden, als die den ermurkst hatten.“

„Dumbo ist ganz schön dämlich, wenn er solchen Tinnef macht. Warum lässt er sich auf so `n Bockmist ein?“
„Na, wegen dem großen Geld. Was glaubst `n, was das weiße Zeug abwirft? Ne Menge, kann ich dir sagen. Brauchst nicht mehr um `nen Job betteln wie `n Hungerleider nach `m Stück Brot. Kannst leben wie Gott in Frankreich, mit zehn Weibern an der Hand. Die Mehlfresser zahlen ordentliche Summen für ihren weißen Spaß.“
„Äh, Dumbo hat alle verraten? Ich meine, woher willst du denn wissen, dass er gesungen hat?“ fragte Würstel zaghaft. Er bekam plötzlich einen galligen Geschmack in den Mund und sein Schließmuskel zuckte verdächtig nervös.
„Weiß der Mensch halt so. Erfährt er, wenn der Kripoboss der Bruder vom eigenen Vater ist. Kannste folgen?“ Würstels Galle war versehentlich zwischen seine Weisheitszähne gekrochen und in der Hektik hatte er auch noch drauf gebissen. Er ging vor die Tür und setzte eine eklige, grüne Aule in die Abendluft.
„Verfluchte Scheiße!“ brüllte er wütend in die Nacht. Er bekam plötzlich eine dicke Hose. Allerdings im Gegensatz zur sonst üblichen Stelle diesmal hinten. Er musste schleunigst seine Heckler und Koch unter den Trittstufen der Kellertreppe deponieren. Dort, in der Betonaussparung, wo er zu DDR-Zeiten die Spiegel- und Hobbyzeitschriften versteckt hatte, um sie vor der Konfiszierung durch die Schergen zu retten. Um ihn einzuschüchtern, hatten sie ihm zwei Mal das Haus durchsucht, alles auf den Kopf gestellt aber nicht mal ein Micky-Maus Heft gefunden. Die Herrschaften wollten ihm mit echt krimineller Energie vor das berühmte Reisegepäck kacken, nachdem er nicht mehr in ihren Reihen kämpfen wollte, aber es war ihnen nicht gelungen.
Mann, war es erniedrigend gewesen, sich mit diesen Lumpen in einem Topf stehen zu sehen, in einem Boot mit skrupellosen Schnüfflern zu sitzen, die er abgrundtief hasste. In einem Topf, aus dem kein noch so großer Halunke lächelnd übern Rand blicken konnte. Gegen seinen Willen hatten sie ihn zu einem niederträchtigem Schwein gemacht, zu einem perfiden Fiesling. Einen Gewissenswurm hatten sie ihm in den Arsch gepflanzt, den er nie losbekommen würde. Heißer Teer quälte sich noch immer durch seine Adern, wenn er sich daran erinnerte und es machte ihn fertig, wenn er darauf angesprochen wurde. Gern hätte er dann geantwortet: „Du warst sicher ein Held. Ich leider nicht.“ Überhaupt hatte er mit den Jahren den Eindruck bekommen, er wäre damals von gegen die Roten kämpfenden Widerstandhelden umgeben gewesen. Auffällig war ihr Heldentum allerdings nicht, jedenfalls hatte er davon nichts mitbekommen. Sicher war ihre Heroik im allgemeinen Katzbuckelsumpf ertrunken.

„Wie siehst du denn aus? Bist ganz blass. Ist dir schlecht?“ Bello sah ihn besorgt an.
„Nee nee, hab nur `ne Flaute im Gedärm. Denke `ne Runde Stroh wird Stimmung bringen.“ Würstel stellte die Stamper aufs Tablett und goss sie randvoll Rum.
„Los Leute, auf Dumbo!“
„Auf den brauchst du nicht mehr setzen. Wenn die sich ins Zeug legen, dann schlitzen die ihn schon im Knast auf. Dumbo sehn wir nicht wieder, sagt mein Onkel.“
„Dann trinken wir eben auf seine Seele. Sozusagen im Voraus.“ Der Hochprozentige ätzte die Gallenflüssigkeit aus Würstels Zahnlücken und beruhigte ihn. Sie würden die Knarre nicht finden, nie und nimmer. Schließlich war er ein ausgemachter Glückspilz. Gustav Gans war gegen ihn eine lahme Ente, eine Null.
„Und wenn du lieber, guter Tobias noch `ne zweite Runde von dem wundervollen Getränk in unsere Gläser lässt, bekommt ihr noch `ne Neuigkeit serviert, die euch allen die Beine weg zieht, wetten?“
„Nein, lass es gut sein, die letzte Wahnsinnsbotschaft reicht mir dicke“, wehrte Würstel ab.
„Los, mach voll! Bist doch neugierig, seh ich dir doch an.“ Er holte die Flasche. Sie tranken und röchelten im Chor.
„Jetzt leg los Dingi! Spann uns nicht unnötig auf die Folter.“
„Erbse ist tot.“
Schmerzliche Stille.
„Hat sich totgesoffen. Letzte Nacht haben ihn Passanten auf `nem Fußweg gefunden. Halb drei. Haben ihn ins Krankenhaus gebracht, aber`s war zu spät. Er ist nicht mehr auf die Matte zu kriegen gewesen. Unterkühlung. Jetzt ist er im Arsch.“
Dröhnende Stille, als ob der Papst eben durch die Kneipentür getreten wäre. Würstel blickte der Reihe nach in die erstarrten Gesichter. Erbse war ein extrem gutmütiger Speckjäger. Sie mochten ihn alle, weil er immer zu einem Spaß, zu einem Witz bereit war, immer unterhaltsam war. Nie hatte er Streit angefangen, selbst dann nicht, wenn er völlig im Eimer war.
„Und der hatte doch ´nen Job. Das, das kann doch nicht wahr sein. Ich meine, er war doch vorige Woche noch hier und hat am Geldautomaten gespielt.“
„Ist aber so, er ist hinüber. Sie haben ihm letzte Woche gekündigt und das hat ihn umgehauen.“ Würstel keuchte.
„Dann muss ich wohl oder übel seine Seite aus dem Schuldenbuch reißen, denn nun wird er seine Rechnung nicht mehr am Lohntag bezahlen.“

„Eingebüßt ist auch gehandelt. Wirst`s verschmerzen müssen. Hast genug an ihm verdient. Bis auf seine Miete hat er alles zu dir gebracht und in Tinte umgesetzt.“
„Hm, von fester Nahrung hielt er nicht viel und er war in den letzten Monaten immer dürrer geworden. Schultern hatte er wie `ne Zaunlatte in der Draufsicht. Wenn er Rotwein getrunken hatte, haste geglaubt, `n lebendig gewordenes Thermometer kommt angelaufen.“ Keiner lachte über Bellos Witz. Sie würden sammeln und wie bei Mäcki einen großen Strauß Blumen auf sein Grab stellen. Würstel brachte einen großen Ascher und alle warfen ihr Kleingeld rein.
„Reicht für `n Kranz und `n Strauß. Würstel, kümmerst dich drum? Wir treffen uns bei seiner Beerdigung und begleiten ihn auf den letzten Metern.“ Alle murmelten zustimmend. Ohne ihn war ihre Welt erheblich ärmer geworden, keine Frage.

9. ORDNUNG MUSS SEIN

Die Sonne leckte ihren blonden Wuschelkopf und ließ ihn noch heller, fast golden erscheinen. Sie fuhr im Zickzack, riss das Lenkrad ruckartig herum, kreischte und quiekte. Rosi wich ihr aus, als das Gefährt auf sie zuschoss. In einem Spielzeuggeschäft im Ort hatten sie das blaue Tretauto ergattert. Die Luftbereifung knirschte über die grausandige Straßendecke und federte die Stöße der unzähligen Schlaglöcher leidlich ab. Rosi hatte ein Sofakissen auf dem Sitz festgebunden, damit der schwarze Hartplastsitz sie nicht drückte. Sie stand am Straßenrand und klatschte in die Hände, als Minny wieder und wieder an ihr vorbeigurkte. Als sie an ihrem vierten Geburtstag, morgens, nachdem Würstel und Rosi sie mit einem Geburtstagslied geweckt hatten, im Nachthemd in die Stube kam, hatte sie mit staunenden Augen das Tretauto erblickt und überschäumend geschrien: „Ooh, ein Trampelauto!“ Jetzt schien sie mit dem Ding verwachsen. So oft es ging, fuhr sie die Straße auf und ab. Ihre kleinen Füße steckten seit Wochen bis über die Waden in Gipsschalen. Weil sie von Geburt an, vorn an den Zehen nach innen zu Sichelfüßen gewachsen waren, mussten sie durch vierzehntägig wechselnden Gips gerichtet werden. Das Auto verlieh ihr so eine Mobilität, die sie ansonsten in diesem Sommer nicht gehabt hätte. Das Laufen mit zwei Gipsbeinen war fast unmöglich. Mehr als zehn Schritte waren nicht drin.

„Papa, kommst du mit zum Teich? Ich möchte sehen, ob sich das Reh wieder blicken lässt.“
„Klar komm ich mit. Nur ich glaube nicht, dass das Reh sich sehen lässt. Wir könnten die Fische füttern. Warte einen Moment, ich hole altbackene Semmeln.“
„Ich düse noch eine Runde.“ Sie zischte wieder los und Würstel hastete, immer drei Stufen nehmend die Eingangstreppe hoch.
„Oh, Minny, fahr nicht so schnell! Papa kommt nicht hinterher, wenn du so rast!“ rief er ihr nach. Sie hörte nicht, fuhr bis an die Kreuzung, bremste, schaute nach beiden Seiten und stemmte die Gipsschalen wieder in die Pedalen. Würstel rannte ihr nach wie der Sprengmeister, dem die Lunte zu kurz geraten ist, aber erst am Teich, als sie von der Straße auf die Wiese abbog und nur noch langsam vorwärts kam, holte er sie keuchend ein. Er japste wie ein Fisch auf dem Trockenen, fuchtelte aufgeregt mit den Armen und schnaufte: „Du … du fährst schnell … schneller als … Emerson Fittipaldi … musst vorsichtig sein.“
„Hab an der Kreuzung geguckt, ob `n Auto kommt. Hast du das nicht gesehen, Paps? Und wer ist denn Fiediebaldi?“
„Ach, ein längst vergessener Rennfahrer. Der war vor zehn Jahren Weltmeister.“
„Und ich fahre schneller als der? Dann bin ich wohl auch Weltmeister?“ Würstel griente, legte die Brötchen ins Gras und hob sie aus dem Sitz. Er stellte sie neben sich und sie stakste zum Fischfutter, um es aufzuheben.
„Du eine Semmel, ich eine Semmel. Komm Paps.“ Sie stampfte, sich mit erstaunlicher Kraft an seine Hand klammernd, durch die Wiese, bis an den Uferrand und begann Stücke aus dem Teig zu reißen, um sie in hohem Bogen auf die Wasseroberfläche zu werfen.
„Da! Guck! Sie kommen schon!“ Sie wippte mit dem Oberkörper. „Sie kommen schon futtern!“
Plötzlich drang ein Geräusch an sein Ohr. Es klang wie ein Türgong, ein Türgong im Dauerbetrieb. Er blickte sich um. Es war nichts Außergewöhnliches zu sehen.
„Minny, hörst du das auch?“
„Paps? Was soll ich denn hören?“
„Hörst du nicht den Türgong?“
„Türgong? Nein Papa, höre ich keinen.“ Er rieb sich die Augen und sah auf die Armbanduhr. Sieben Uhr dreißig, verdammt! Rosi würde mit dem Abendbrot warten!

„Minny, komm schnell! Wir müssen nach Hause. Es ist schon halb acht. Mutti wird sich Sorgen machen, schnell!“ Er bekam keine Antwort, nur der Türgong rammelte, als habe jemand einen Kaugummi auf den Klingelknopf geklebt. Jemand musste ihn hypnotisiert haben. Er bekam seine Augen nur noch bis zur Hälfte auf und das verlieh ihm den Blick einer ukrainischen Schönheit, die zu hunderten in den Häusern jenseits der Grenze auf Kunden warteten und die einen den ganzen Scheiß für ein paar Stunden vergessen ließen. Er schüttelte den Kopf und bemerkte, sein Hirn schwamm lose im Wasser. Kurz nachdem er die Schüttelrichtung geändert hatte, klatschte es, Schmerzen bereitend, von innen an die Schädeldecke und holte sich Beulen. Vor Selbstmitleid halb zusammengesackt, sah er auf den Wecker. „Mein Gott, schon wieder halb acht“, murmelte er. Wo war eigentlich Minny? Vorsichtig setzte er sich auf die Bettkante. Jetzt würde er den verdammten Kaugummi vom Klingelknopf reißen, zum Kuckuck! Er taumelte zum Bademantel, der an einem Haken neben der Schlafstubentür hing. Der Gong drohte seine schmerzgeplagte Murmel zu sprengen. Sein Mund war trocken wie ein Wüstenfurz. Normalerweise müsste er in der Küche ein Glas Wasser trinken, um den brennenden Belag von seiner beknackten Zunge zu bekommen aber der scheiß Türgong ging vor. Er verknotete den Gürtel, drehte den Haustürschlüssel, riss wütend die Tür auf … und guckte in den Lauf eines Gewehres. Er versuchte es wegzublinzeln und murmelte: „Meine Fresse, so besoffen war ich schon ewig nicht mehr.“ Er drehte sich zum Klingelknopf um den doofen Kaugummi zu entfernen, aber er sah einen Daumen mit einer Hand dran, die sich eben von der Klingel entfernte und eine Stimme quiekte wie David Bennent, der Junge mit der Blechtrommel: „Keine Bewegung oder wir schießen!“
Wir? Wir? Schießen? Oh Teufel Alkohol, was hast du bloß angestellt! Er hatte, wenn überhaupt, nur einen Gewehrlauf gesehen. Weil er seine Augenlider nicht richtig hochklappen konnte, legte er seinen Kopf in den Nacken und da war der Lauf der Waffe wieder. Ganz deutlich. Den Schmerz ignorierend schüttelte er kräftig den Kopf. Weshalb gaukelte ihm der Suff diese blöde Knarre vors Gesicht? Warum nicht ein dürftig bekleidetes weibliches Wesen, dass ihm schmutzige Unzüchtigkeiten anbot? Er schniefte Nasenschleim nach oben und schluckte. Dabei wanderten seine Pupillen am Gewehrlauf entlang. Da war am Ende des Schaftes ein schwarzer Mann, das Negativ eines Schneemanns, ohne Mohrrübennase, ohne Zylinder, ohne Kohlestücke, die den Mund darstellen sollten. Aus dem schwarzen Mann kam die vor Angst kreischende Stimme: „Ich hab gesagt, keine Bewegung oder wir schießen!“ Würstel überlegte krampfhaft, hatte irgendein mittelafrikanischer

Staat der Bundesrepublik den Krieg erklärt? War er in einem der „110 Krimis“ gelandet? Hatten die Kommunisten sich mit schwarzer Schuhkrem beschmiert und die Macht wieder übernommen? Träumte er?
Scheiß Alkohol!
Eine zweite, viel tiefere Stimme drang an sein Ohr, sie brummte: „Hier, der Hausdurchsuchungsbefehl. Lesen Sie!“ Neben dem Schwarznischel stand ein älterer Herr in einer braunen Lederjacke, dem schien die Stimme zu gehören. Er hielt einen A4-Zettel in der Hand. Also schien es doch kein Traum zu sein.
Ein Faible für Leder war wohl geblieben. Die, die zuletzt sein Haus durchsucht hatten, trugen lange, braune Ledermäntel und hatten bei Weitem kein solches Tamtam veranstaltet. Rechts neben dem Schwarzkopf stand eine üppige Blondine, die Würstel, würde sie nicht ihre Augen bösartig zu Rasierklingen zusammenkneifen, liebend gern auf sein warmes Bett geworfen und ihr das Vaterunser aus dem Leib gevögelt hätte. Er sah sich um. Am Anfang und am Ende seiner Straße versperrten mattgrüne Schützenpanzerwagen dem Verkehr die Zufahrt. Die Kanonen auf ihren Dächern zeigten auf Würstels Haus. Zwischen den Leichtpanzern parkten 20 grün-weiße Autos mit der fetten Aufschrift „Polizei“. Die Insassen trugen größtenteils Uniformen. Etwa zehn Gestalten, im gleichen Schwarzkopfoutfit wie sein Gegenüber zielten mit Gewehren auf Würstels umnebelten Kopf. Unten an der Treppe stand ein Mann mit einer wuchtigen Profikamera auf der Schulter.
„Bin ich jetzt im Fernsehn?“
„Das Haus ist umstellt. Die Gegend ist im Umkreis von 300 Meter abgeriegelt. Sie haben keine Chance.“ Der gutmütige Onkel mit der Lederjacke, er hielt noch immer das amtliche Papier hoch, hatte es leise aber bestimmt gesagt und fügte hinzu: „Bitte lesen Sie.“ Würstel winkte verzerrt lächelnd ab.
„Ist das Fernsehen auch dabei oder gehören die alle zu Ihnen?“
Der Lederjackenmann ignorierte die Frage.
„Sie werden des unerlaubten Waffenbesitzes verdächtigt. Wir werden jetzt Ihr Haus durchsuchen. Gehen Sie bitte vor.“ Würstel schlürfte gemächlich in die Küche und hörte das Trampeln einer halben Kompanie hinter sich. Er sah sich um.
„Dürfte ich wissen, von welcher Chance Sie sprachen?“
„Wir beginnen im Windfang und arbeiten uns sternförmig vor“, antwortete der Mann mit dem Zettel.
„In Ordnung Genossen. Darf ich mir einstweilen einen Kaffee filtern?“ fragte er den schwarzen Mann, der ihm mit dem Gewehr im Anschlag, in die Küche gefolgt war. Der nickte stumm und senkte den Lauf um zehn Zentimeter.

„Na na na, nicht leichtsinnig werden Genosse!“
„Ich bin kein Genosse“, antwortete er trocken.
„Tschuldigung, hab mich in der Zeit geirrt. Möchten Sie auch `nen Kaffee?“
Er schüttelte seine schwarze Wollkappe.
„Frag deinen Boss, ob er einen will.“ Er hob das Gewehr wieder an und rief über die Schulter in den Flur: „Martin? Willst `n Kaffee? Der bietet dir einen an!“
„Ja danke, nehm ich!“
„Sie haben es gehört.“ Würstel löffelte reichlich Pulver in die Maschine, goss Wasser auf und setzte sie in Gang.
„Kommen Sie mit, ich will mich ankleiden.“ Er war die Ruhe in Person. Die Pappnasen würden seine Heckler nie finden.
„Sie haben eine Anzeige am Hals“, sagte Lederjacken-Martin, als er ihm den Kaffee reichte. „Wenn Sie kooperieren, könnte es der Richter für gut befinden.“ Würstel lächelte freundlich. Er würde ihm was bumfiedeln, von wegen kooperieren. Dachte der Kerl etwa …
„Sie müssen eigentlich zugegen sein, wenn sie sich also bitte mit dem Kaffee beeilen wollten.“ Ein Pfadfindertyp mit weißen Adidas, engen Jeans und Pulli stand in der Tür und guckte, als wolle er zum Sprung über die Türschwelle ansetzten.
„Ich muss einen alten Quark“, lächelte Würstel ihn an, setzte sich in einen Sessel und zeigte auf den zweiten. „Bitte Martin, setzten Sie sich. Wir könnten einstweilen die Formalitäten erledigen. Zu ihren Kollegen habe ich vollstes Vertrauen. Die kümmern sich schon, denke ich.“
„Wenn Sie mir die Heckler geben, breche ich die Sache sofort ab.“ Er zog einen Block aus der Aktentasche und suchte nach einem Stift.
„Tut mir leid, Herr Martin, so `n Ding hab ich nicht. Hatte vor vielen Jahren `ne Makarow. Die war von den Russen, die in den Sandgruben lagen, bevor sie 1968 in Prag einmarschierten. Liegt in irgend `nem Teich und rostet vor sich hin.“
„Sie haben sogar mit Waffen gehandelt.“
„Iiich? Aber Martin! Das ist doch nicht ihr Ernst!“
„Wir haben einen Kronzeugen, dessen Aussagen der Wahrheit entsprechen.“
„Hä, den Arsch kenn ich, der lügt schon sein ganzes Leben.“
„Sie wissen, dass es die Wahrheit ist, Herr Würstel.“ Aber der winkte nur gelassen ab.
„Ist ihnen, als Sie gegen drei Uhr nach Hause kamen, nicht aufgefallen, dass ihr Haus umstellt war?“

„In meinem Zustand hättet ihr alle auf der Straße liegen und „Toter Mann“ spielen können, ohne von mir bemerkt zu werden.“
„Öffnen Sie bitte die Kühltruhe, sie ist verschlossen.“ Der Adidasjunge erschien wieder mit üblem Gesicht in der Tür, rollte aufgebracht mit seinen schmalen Schultern und drängte sich, vorbei an Würstels bewaffnetem Beschützer, in die Stube.
„Die ist unverschlossen junger Mann.“ Würstel hob die Tasse und prostete ihm zu.
„Sie ist verschlossen.“ Ohne Federlesen packte er Würstel am Oberarm, zerrte ihn aus dem Sessel und schob ihn vorwärts. Der Geschobene verdrehte angewidert die Augen und ließ sich von dem Adidasknirps die Treppe nach unten gängeln. Er drückte die Fingerspitzen in die Gummidichtung des Truhendeckels und hob ihn ruckartig an.
„Auf geht’s, Jungs! Sie ist voller Leichen!“
Würstel hatte sich gerade in den Sessel fallen lasse und mit schmierigem Grinsen nach der Kaffeetasse gegriffen, als der Typ aufs Neue in die Stube stürmte.
„Sie wissen, dass das eine Waffe ist?“ fragte er wie Riese Klumpfuß. Aus Würstels Nase fauchte eine feuchte Explosion: „Lächerlich!“ grinste er um vieles cooler als David Letterman. „Das ist `ne Waffe gegen Fische, sie Clown, `n Tauchermesser. Gibt’s in jedem einschlägigen Laden zu kaufen. Geh in die Küche, Jungchen, im vordersten Schub sind Messer mit doppelter Klingenlänge.“ Es hatte wohl eine Spur zu überheblich geklungen. Das Gesicht des „Jungchen“ begann wie ein Zombie aus allen Poren zu bluten. Er fragte mit freigelegten Zähnen: „Sind sie Taucher?“
„Nee Koch! Und für den Job sind Messer unerlässlich!“ Er hatte es satt mit diesem Übereiferbrechmittel und wandte sich von ihm ab.
Sein Freund Martin füllte fleißig Formulare.
„Gibt’s schon irgendwas zu unterschreiben für mich?“ Martin sah ihn vorwurfsvoll über den Rand seiner Brille an.
„Es ist in jedem Fall für Sie ratsam zu kooperieren. Der Richter weiß das zu würdigen.“ Würstel schmunzelte. Die Pupser waren schon fünfzig Mal über die Knarre gestiegen, ohne es zu ahnen.
„Noch `nen Kaffee, Martin?“ Lederjacke schielte in die Tasse.
„Hm, na gut, noch einen.“ Es hörte sich an, als würde er jemandem damit einen Gefallen erweisen.
„Wir sind fertig.“ Adidasjungchen stand in der Tür, zog beleidigt die Mundwinkel nach unten und schüttelte mit der Birne. „Nichts.“
„Nichts?“

„Leider nein.“
Würstels Brust wölbte sich wie der Bauch einer Schwangeren.
„Hab`s Ihnen doch gesagt Martin, der Herr Würstel macht so krumme Dinger nicht“, sagte er und trommelte sich in Gedanken wie ein Silberrücken auf der Brust herum. „War nett, mit euch zusammen zu arbeiten, Jungs. Weiterhin alles Gute! Kann ich das Protokoll unterzeichnen?“
„Hol die Hunde!“
Jungchen trabte ab.
„Was soll das jetzt mit den Hunden?“ Würstel war vom Blitz getroffen zur Hälfte zwischen Armlehne und Sitzpolster gerutscht. Ein Bajonett fuhr ihm quietschend in den Hals und ein nicht zu überhörender Furz aus dem Hintern. Er war flach wie eine Flunder. Seine Schneidezähne klatschten aufeinander und verursachten das Klappern von Mühlsteinen.
„Hunde, äh, Hunde dulde ich nicht in meiner Wohnung. Ich hab `ne Allergie. Äh, mir quellen sofort die Augen zu, wenn ich Hunde …, die Hunde …“.
„Kein Problem, Sie können einstweilen mit Ihrem persönlichen Bewacher so lange nach hinten und nach draußen gehen, damit sie nicht gesehen werden. Ich vergaß zu sagen, Sie brauchen sich keine Sorgen zu machen, von uns erfährt niemand etwas über diese Aktion.“
„Humbug! Dass weiß jetzt schon die ganze Stadt, Mann!“ Würstels Coolness war verflogen wie reiner Alkohol in der Sonne. Kein Wunder, die blöden Dackel waren schon im Anmarsch. Zwei riesige, scheckige Viecher. Er hatte keine Ahnung, zu welcher Rasse die Tölen zählten, er kannte sich nicht aus. Nach drei Minuten begann einer der Wehrwölfe wie doof zu bellen.
„Herr Würstel, bitte kommen Sie hierher!“ Es klang wie Goebbels im Stadion. Er presste mit den Händen seine Schläfen zusammen. Seine Zähne wurden locker und schmerzten, als hingen sie alle zu gleicher Zeit an der verfluchten Zange, die sie ziehen wollte. Fernsehärzte aus allen möglichen Kittelserien traten mit Skalpellen und mit entschlossenen Blicken auf ihn zu, um ihn zur Strafe zu entmannen oder zumindest in kleine Würfel zu schneiden. Warum hatte er die Pistole nicht außer Haus gebracht? Er war doch durch die Blume gewarnt worden.
„Bitte entfernen Sie den Trittstufen.“ Jetzt, oh großer Geist der Finsternis, jetzt war er sie los und obendrein kam eine fette Strafe, Bewährung und ein Berg Strafknete angewalzt. Nervenaufreibende Gerichtsverhandlungen, reichlich Anwaltskosten, blühende Volksmundstorys. Er stolperte die Treppe hinab. Der Kater im Kopf schlug mit den Pranken, kratzte, fauchte, stellte seinen Schwanz wie eine Fahnenstange senkrecht und rollte giftig mit blut-

roten Augen. Die Kacke an Würstels Füßen stank bestialisch. Sie quoll über den Schuhrand und ließ seine Socken im Zeitraffer verfaulen.

„Alles Gute zum Geburtstag, Gesundheit, Glück, Geld und Sonnenschein, wünsch ich dir." Er beugte sich vor und landete einen Kuss auf ihrem Mund. Sie schmeckte nach Marzipan und Curry. Dann zauberte er einen großen Strauß Blumen hinter seinem Rücken hervor.
„Ooh, Tobi! Das ist aber lieb von dir. Gut, dass du nicht zehn Minuten später gekommen bist. Ich habe eben die Wanne einlaufen lassen. Wäre ich schon im Bad gewesen, hätte ich dein Klingeln nicht gehört. Komm mit nach oben." Sie trat zurück in den Flur und er schob sich an ihr vorbei.
„Du willst jetzt baden? Um diese Zeit? Es ist kurz nach Mittag."
„Na, in drei Stunden erwarte ich die ersten Gäste." Brav folgte er ihr auf der Treppe nach oben. Sie trug so einen Badeanzug, den sie BODY nannten und der zwischen den Beinen mit Druckknöpfen zusammengehalten wurde. Seine Augen waren etwas unterhalb und er zählte vier Knöpfe, zwei wunderschöne, nackte Beine, ein traumhafter Knackpops. Sein Herz arbeitete wie ein Schiffsdiesel und trieb das Blut donnernd und rauschend durch die Adern. Die goldhaarige Feuergazelle brachte ihn schon nach den ersten drei Metern um den Verstand. Vor kurzem, als sie vor Erschöpfung auf seiner Rücksitzbank eingeschlafen war, hatte er sie mit der Polaroid zehn Mal fotografiert. Sie war nicht aufgewacht. Täglich holte er die Fotos aus dem Versteck. Er konnte sich nicht satt sehen an der nackten Schönheit. Sie bog auf dem Treppenpodest ums Geländer und war bei der dritten Stufe wieder in Betrachterposition. Seine Hand glitt vorsichtig an die Knöpfe. Ein kurzer Ruck, das Kleidungsstück teilte sich und legte die Hälfte des Pfirsichs frei. Sie blieb stehen und blickte freundlich über die Schulter.
„Ferkel. `s macht dich wohl an, wenn ich so vor dir auf der Treppe bin?"
„An? `s macht mich irre! Schon dein Geruch macht mich rasend." Er ergriff ihre Hüften und flüsterte heißer: „Bück dich, Dusty."
„Warte Tobi. Warte, bis ich gebadet habe", hauchte sie wie der Schmalztopf im Kühlschrank.
„Nöö Dusty, ich will DICH riechen und schmecken, nicht so `nen Chemiecocktail aus Seife, Cremchen und Sälbchen", jammerte er.
„Tobi, Dummkopf, wenn ich aus der Wanne steige, werde ich riechen …"
„Wie `n bekloppptes Paket Waschpulver", fiel er ihr ins Wort. „Wer hat euch bloß diesen Humbug verklickert! Nichts auf der Welt riecht besser als du, Dusty."

„Kommt nicht in Frage. Außerdem wird mein Badewasser kalt. Komm, kannst mich einseifen, komm.“
Er hatte sagen wollen, nichts rieche besser als so ein junges Ding, hatte es sich jedoch rechtzeitig anders überlegt und ein Kompliment für sie gezaubert. Es hatte nichts genutzt, artig musste er warten, bis sie nach irgendeinem Retortenscheiß stank. Sie stopfte die Blumen in eine Glasvase und öffnete die Tür zum Bad. Eine feuchtwarme Duftwolke mit 100 Aromen aus dem Amazonasdeltalabor schwappte heraus. Die Wanne war wie im Film mit weißem Schaum bedeckt. Sie trat vor den Spiegel, zog den Body über ihre Haare und warf ihn auf den Toilettendeckel. Ihre helle Haut leuchtete verlockend im Sonnenschein. Drollig begann sie sich vor dem Spiegel zu drehen und schickte ihm verliebte Blicke. Würstels Augäpfel drängten aus den Höhlen. Es war lange her, dass ihn Deborah so verwöhnt hatte. Pubertär und äppelkatschig wie ein zehnjähriges Schulkind riss sie sich im Affentempo die Klamotten vom Leib und verschwand unter der Bettdecke, als befürchte sie von seinen Blicken die Syphilis zu bekommen oder so.
Natürlich verblassen die Sterne bei Sonnenaufgang, aber sie verschwinden nicht, sie kommen beim Sonnenuntergang wieder.
Dusty tanzte auf Zehenspitzen bis zur Wanne und stieg, sich über seine Stielaugen amüsierend, langsam in den Schaum. Es knisterte leise und Würstel wusste nicht, kam es von den Seifenblasen oder von der elektrischen Spannung, die ihre Musch in die feuchte Luft funkte. Mit den Händen schöpfte sie Badeschaum und verteilte ihn auf ihrer Haut. Zuerst auf den Brüsten und dem Vorfahrtsschild auf ihrem Venushügel, dann überall. Sie kicherte aufreizend. In seinem Kopf tobten zehn Gramm reinstes Kokain auf und ab, trieben ihr fürchterliches Unwesen, ließen ihn taumeln und vor Geilheit schielen.
„Gib mir deine Handflächen“, zwitscherte sie mit einer Stimme, die Roy Orbison den Neidschweiß auf die Stirn getrieben hätte. Sie kringelte Flüssigseife aus einer Plastflasche drauf.
„Nu mach schon, seif mich ein.“ Würstel konnte sein Glück nicht fassen. Es fehlte nur noch als Hintergrundmusik ein Stones-Titel zum Glück. Er verteilte das glitschige Zeug auf ihrer Haut, fuhr immer und immer wieder über ihre Schenkel, Hüften, Brüste. Verschwand sein Finger, erstarb ihr Kichern. Dann hielt sie den Atem an und schloss genussvoll die Augen. Das Blut in seinem korpulenten Wohltäter hackte den Takt dazu und jagte Elektroschocks durch sein Fleisch.
„Würdest du mir bitte den Vergrößerungsspiegel halten? Ich will mein Dreieck nachrasieren“, sagte sie verwegen wie Tom Mix im wilden Westen und steckte ihre Zunge in seinen Gehörgang. Er zuckte zurück.

„Kannst du das nicht danach machen? Meine Nüsse brennen wie Schweißelektroden. Ich halt das nicht mehr aus.“ Sie lachte und zeigte zum Fenster.
„Da, auf dem Sims steht der Spiegel, daneben liegt der Shaver.“ Stöhnend holte er die Utensilien. Er setzte sich auf den Wannenrand, ohne den Blick auch nur für einen Moment von ihr abzuwenden.
„Etwas höher! Ja, so. Und jetzt halt ihn still.“ Sie beugte sich vor und öffnete ihre Knie. Lautlos glitt der Nassrasierer über ihre Pussy und sie prüfte mit den Fingerspitzen kritisch die Stellen, ob sie auch glatt und stachelfrei waren.
„Hier stachelt`s noch etwas.“ Das gleiche Ritual. Der Spiegel zitterte. Er befürchtete die Beherrschung zu verlieren und schloss die Augen.
„Äh, sollte man unbedingt fotografieren. Ist `ne Wucht! Ist echt `ne Wucht!“
„Damit du mit dem Foto prahlen kannst? Spinnst wohl! Bild dir keine Schwachheiten ein, Tobi.“
„Biste verrückt? Würde ich niemals!“
„Bei euch Kerlen kann man nie sicher sein. Lass jetzt den Blödsinn!“ Sie schlug ihm auf die Finger. „Zieh dich aus und komm in die Wanne.“
Nö nö, lass uns ins Bett gehen. In der Wanne ist`s zu eng.“
„Erst in der Wanne und dann noch mal im Bett, okay?“ Sie strich mit dem Zeigefinger über seine Hose. „Einverstanden?“
„Einverstanden.“
Würstel riss sich wild die Sachen vom Leib und stieg mit wippendem Penis ins Wasser. Sie umschlangen und küssten sich wie vom Winde verweht. Dann drehte sie ihm den Rücken zu und kniete sich in die Wanne. Ihre Brüste versanken im weißen Schaum. Würstel folgte ihr. Er war vor Aufregung rot wie eine überreife Erdbeere der Sorte „Senga Sengana“ und umschlang sie wie ein Octopus die Beute vor dem Verzehr. Der Schaum knisterte leise ein Liebeslied dazu.
Im Bett starteten sie noch ein Wiederaufnahmeverfahren.
„Das war ganz sicher mit Abstand das schönste Geburtstagsgeschenk“, hatte sie gesagt, als sie ihn nach einem langen Kuss aus der Haustür schob.
„Grüß deinen Schatz von mir“, hatte er schelmisch geantwortet.

„Weshalb guckst du denn so unendlich verloren, Paps?“ Nur ganz langsam drang Minnys Frage in sein Bewusstsein. Er hatte gegrübelt, Löcher in alle Eventualitäten gebohrt, aber keine Lösung gefunden.
„Hm, die Herren Steuerberater hatten mich ins Büro bestellt, um den Steuerbescheid des Vorjahres mit mir durchzusprechen. Das Gute an der Sache ist, ich brauch kaum Steuern zahlen. Das weniger Gute, es bleibt unterm Strich

kaum was übrig. Nach Abzug der Kosten beläuft sich der Gewinn auf das, was ich in der Latrine an Eigenverbrauch habe.“ Traurig sah er seiner kleinen Tochter, die mittlerweile größer war als seine Große in die Augen.
„Das heißt auf Deutsch, du kannst den Laden schließen, ohne dass sich dein Lebensstandard wesentlich verschlechtert.“
„Genau so hat es der Steuerberater gesagt.“
Minnys Gesichtsausdruck war düster.
„Um mich brauchst du dir keine Sorgen machen, Paps. Ich bekomm in naher Zukunft `n Stipendium. Dazu meine Halbwaisenrente. Ich bin aus dem Schneider. Für dich allerdings sieht es trübe aus.“
„Quatsch, ich krieg schon `nen Job. Hab täglich vierzehn Stunden geochst und kenne die Hälfte aller Klein- und Mittelständler in der Stadt.“
„Dann lieg ich richtig mit der Schätzung, dass du so an die zehn kennst?“ Sie hatte es im Spaß gesagt, aber ihm wurde plötzlich noch mulmiger. Mit dem Scherz hatte sie das Kind beim Namen genannt. Außer einigen Bäcker- und Fleischereien, von denen die meisten nur Filialen waren und ein paar Dienstleistungsfirmchen, existierten nur noch wenige Betriebe.
„Ach, falls ich nichts find, komm ich zu euch nach Stuttgart und lass mich in der Wilhelma als Silberrücken anstellen. In der Gegend sind viele meiner Kumpels. Vielleicht hilft mir einer.“
„Mensch Paps, das wär doch super!“ Sie fiel ihrem Vater um den Hals. „Mir ist eh nicht ganz wohl bei dem Gedanken, dich hier allein zu lassen.“
Er zuckte mit den Schultern.
„Kommt Zeit, kommt Rat. Will jetzt in unserer Schule `n paar Fotos schießen. Deine ehemalige Direktorin hat mir gesteckt, sie werde demnächst mangels Bedarfs geschlossen. Sie sagt, sie wisse es aus einer sicheren Quelle, von so `nem Halbgott der Landesregierung. Auch wenn alle Welt es dementiert, die Schließung steht kurz bevor. Deshalb hat sie sich schon in eine andere Schule abgesetzt.“
„Hä, und was wird dann aus dem Schulgebäude?“
„Keine Ahnung. Wahrscheinlich wird `s abgerissen wie alle anderen überflüssigen Bauten.“ Er holte den Fotoapparat und legte einen Film ein.
„Bis dann, Minny.“

Er zog die Kamera aus der Tasche und fixierte die Entfernung. Vor wenigen Jahren hatte er das Kino im Ort kurz vor dem Abriss abgelichtet. Nachdem es wie alle Kinos in der Gegend von einem Strohmann gekauft wurde, war es zufällig wie alle in der Gegend abgebrannt. Nur die Vorderfront war mit rußgeschwärzter Fassade geblieben. Er richtete den Fokus auf die Schuluhr in der

Mitte über dem Eingang. Ihre Zeiger waren eingerostet. Als er noch täglich unter ihr hindurch ging, zeigten sie bereits die Ewigkeit an. Wahrscheinlich hatten sie beim Einmarsch der ruhmreichen Sowjetarmee vor Schreck ihr Leben ausgehaucht. In seiner Kindheit hatte die Glocke in dem Türmchen noch geläutet. Ein imposantes Gebäude, kurz nach der Jahrhundertwende erbaut. Einer, der vielen damals ansässigen Fabrikherren des Ortes, hatte fast neunzig Prozent der Baukosten gesponsert. Irgendwo hatte Würstel aufgeschnappt, dass in ihr wenige Jahre nach ihrer Eröffnung über 1000 Schüler unterrichtet wurden. Zu seiner Zeit waren es noch etwa 500. Er drückte auf den Auslöser und eine Welle aus samtiger Melancholie schwappte über Kopf und Schultern. Genau wie beim Fotografieren des Kinos. Alte Schwarz-Weiß-Filme aus seiner Kindheit, wie „12 Uhr Mittags", waren ruckelnd und zuckelnd im Hirn abgelaufen und hier sah er plötzlich seine Mitschüler gelangweilt im Hof beim Fahnenappell stehen. Sie standen in Reih und Glied, einige Streber im blauen FDJ-Hemd. Ein stolzer, groß gewachsener Lehrer im ewig sandgelben Rundstrickjackett mit knallroter Krawatte brüllte eine stimmgewaltige, wichtige Rede. Er sprach von löchrigem Löcherkäse, gurgelte von Ruhmreichtum und Sieg, vom Siegen lernen, von Kampf, von Waffen- und Klassenbrüdern, von Parteitagen, Volkswohl, Bonner Ultras, von DER Hauptaufgabe und drohte Speichel sabbernd mit verbissener Mine dem Himmel mit der Faust.

Er sah sich mit Schibi, Alfred, Schweinel, Bohne, Klippmut und Lotte im Gebüsch an der Schulküche geduckt Zigaretten qualmen. Er sah, wie sie alle geordnet in der Hofpause im Kreis liefen. Er sah, wie seine Rosi auf ihn zu kam und ihm eine Ohrfeige verpasste, weil er ihr im Vorbeilaufen „aus Versehen" an die Brust gefasst hatte. Das Klicken des Auslösers holte ihn wieder zurück. Wehmütig lächelnd drückte er die wuchtige Klinke der Eingangstür. Die breiten Steintreppen, die hellen Flure, die alten Handläufe. Es herrschte völlige Ruhe. Hinter der Tür von Zimmer 6 hörte er Stimmen: „Ich verpass dir gleich `ne Kopfnuss!" rief Plumbum, der Chemielehrer. Die Pausenklingel läutete und kurz drauf kamen Kinder aus allen Türen. Sie liefen die Treppe hinab. Einige Lehrer betraten den Gang. Er kannte sie nicht.

„Suchen Sie jemand?" Eine schlanke Lehrerin, so vierzig, stand vor ihm.

„Nein, ich möchte nur ein paar Erinnerungsfotos schießen. Hab gehört, die Schule wird geschlossen."

„Das kann ich nicht bestätigen", antwortete sie freundlich lächelnd. „Da hat Ihnen jemand etwas Falsches erzählt. Aber lassen sie sich nicht stören."

Würstel nickte dankend und sah aus dem Fenster. Im Hof tummelten sich 35 Kinder und die Klassenzimmer waren bis auf zwei Mädchen alle leer.

37 Schüler, kaum zu glauben. Acht Prozent von vor 30 Jahren, Wahnsinn. Von jedem Zimmer ein Bild sollte genügen. Obwohl die demographische Entwicklung bald nach der Wende absehbar war, wurde der Bau mit einer Million saniert und jetzt würde die Schule für immer geschlossen werden. In diesem Raum hatten sie angewidert und gelangweilt dem Gesülze der Staatsbürgerkundelehrer getrotzt. Die Lügen waren damals allgegenwärtig. Einige Pädagogen hatten sich einen kommunistischen Phrasenjargon angeeignet, dem ein Unkundiger nicht zu folgen im Stande gewesen wäre. Würstel blickte sich um, er war allein. Er betrat das Zimmer und setzte sich auf „seinen" Platz. Aus diesem Fenster hatte sein Deutschlehrer immer die Blechschüssel ausgeschüttet, die zum Auffangen des ständig tropfenden Wassers unter der Heizung stand. Einmal war sie ihm dabei aus den Händen geglitten und fürchterlich scheppernd unten aufgeschlagen. Alle hatten gegrölt. Er war einer von denen, die echt schwer in Ordnung waren. Nein, es waren nicht alle Sozialismus-Singsangsinger. Es gab auch Lehrkräfte, bei denen die meisten Schüler etwas lernten, welche, die bewusst die Lobhudeleien auf die genialste Gesellschaftsordnung vermieden und bei denen man nicht Gefahr lief, bei einer „falschen" Äußerung Essig in die Nasenlöcher geträufelt zu bekommen. Es gab sogar Lehrer, die liehen einem verbotene Bücher von politischen „Verbrechern" wie Pasternak!
Es klingelte und Würstel trat auf den Gang. Die Schüler kamen lärmend die Stufen nach oben. Er drängelte sich nach unten. Noch ein Foto von der Turnhalle und dem kleinen Sportplatz, auf dem sie Volleyball gespielt hatten. Er hatte mit Rosi immer in einer Mannschaft gespielt. Sie waren ein dufte Team gewesen. Nicht nur im Volleyball. Wo die Hoch- und Weitsprunggruben waren, lagen noch Reste von schmutzigem Sand. Am Fenstergitter der Umkleidekabine hatten sie sich empor gehangelt, stieläugig und gierig auf ihre Mitschülerinnen geglotzt. Sie hatten es nie bemerkt. Er lief eine Runde um das Oval der Pappeln wie damals in den Hofpausen. Manchmal war es auch richtig schön gewesen und sogar lustig. Manchmal hatten sie die Lügen samt Lügner völlig vergessen. Dann gab es keine gemeine Hinterlist, die aus seiner Generation hirnlose Nachplapperer, Stillsteher und Menschen mit gespaltener Persönlichkeit machte. Manchmal vergaßen sie die ekeligen Einbläuer des Doktrinarismus, die heute schon wieder die Fäuste gen Himmel ballten, in den Startlöchern hockten, um von Neuem stalinistische Hirngleichschaltung durchzupeitschen. Manchmal waren sie weit weg gewesen, die hirnentarteten Heilsbringer, die sich, wie er fand, nur in der Anzahl ihrer verübten Morde von ihren Vorgängern unterschieden und sich, weltweit gesehen, darin ihren ersten Platz nie streitig würden machen lassen.

Auf der Fahrt hatten sie kaum miteinander gesprochen. Nicht, weil sie sich nun gar nichts mehr zu sagen hatten, sondern weil Würstel seit Tagen schlecht drauf war. Je näher dieses Datum rückte, umso drückender wurde alles um ihn herum. Selbst Dustys Zuckerpfirsich hatte keine tröstende Wirkung. Er war gereizt wie ein halbverhungertes Krokodil. Raschelte es im Gestrüpp, fuhr er herum um zu beißen. Sein Laden lief immer schlechter. Deborah machte Anstalten, als wolle sie demnächst mit ihrem Freund, dem Staubsauger ans Kindermachen gehen und der Sommer war bislang die totale Verarsche. Was aber angesichts Minnys bevorstehender Abreise selbstverständlich war.
Der Parkplatz vor dem Landhotel war voll und er musste lange nach einer Lücke suchen. Deborah lehnte gelangweilt an der Kopfstütze und gähnte.
„Ich bin müde. Hoffentlich geht der Zirkus nicht zu lange. Ich muss morgen früh auf und in der Fabrik meine Frau stehen.“
Würstel antwortete nicht. Ihm war klar, diese Feier war ihr zuwider, bewies doch Minnys Abschneiden ihren Fleiß und das von ihr angezweifelte Vorhandensein einer gewissen Intelligenz. Er suchte nach ihrer Hand und sie gingen die Freitreppe zu der Terrasse nach oben, auf der die Pennäler in festlicher Kleidung in Gruppen beieinander standen und aufgeregt diskutierten. Minny winkte ihnen lachend zu. Sie stand mit ihrem Schulfreund Sügsi, der sie mit seinem Wagen vor zwei Stunden abgeholt hatte. Sie trug ihr schwarzes Kleid von der Konfirmation und sah mit ihren langen blonden Haaren wie eine kleine Prinzessin aus. Ihre Mine war aus Glück. Nur Sügsi und drei Mädchen hatten einen besseren Durchschnitt erreicht. Der Studienplatz in Stuttgart war sicher. Morgen, Sonntag würde sie in den Zug steigen und zu Nelly fahren. Würstel schluckte schwer, aber der Kloß blieb, wo er war. Anfangs würde sie bei Nelly wohnen und mit ihr eine preiswerte Wohnung suchen. Dann würde ihr Woody folgen. Die wenigen Habseligkeiten sollten in seinen aufgemotzten Käfer passen.
Deborah und Würstel begrüßten alle.
„Meine Eltern haben für euch Platz gehalten“, strahlte Sügsi. „Sie sitzen vorn an der Bühne.“ Würstel küsste Deborah auf die Wange und führte sie hin. Sügsis Vater glitzerte wie der reinste Stolz.
„Wir können es kaum fassen, unser Junge ist der Primus der ganzen Truppe. Wer hätte das gedacht. Der wird`s packen! Der reiht sich nicht ins Heer der Hungerleider ein.“ Er lachte seine Frau an, die ihm aufgeregt zunickte.
„Ja, wir sind angenehm überrascht und man könnte sagen, auch ein wenig stolz.“ Beim letzten Wort hatte sie ihren Kopf in den Nacken geworfen.

„Unseren Glückwunsch! Wir sind von Minnys Leistung auch überrascht worden. Stimmt`s Deborah?“ Sein Blick hatte etwas Höhnisches. Deborah gähnte gelangweilt und sah unbeteiligt in die Runde.
Am Nebentisch schlug sich eben eine große, schlanke Schönheit, mittleren Alters auf die Haut in ihrem Dekolletee und japste mit der Stimme eines schwulen Kellners: „Ooch Gott, oohh Gott! Habt ihr das gehört? Der Bobbele hat sich getrennt!“
„Neiiiin!“ schrie die Frau ihr gegenüber, als wolle ihr ein Dieb die Handtasche mit 1000 Mark Inhalt klauen. „Wie um alles in der Welt kann das denn sein?“ Dann steckten sie die Köpfe überm Tisch zusammen und Würstel konnte leider nichts mehr verstehen. „Schade“, dachte er bei sich, „wäre bestimmt noch lustig geworden, die Damen zu belauschen.“
Eine rabenschwarze Kellnerin mit Titten wie Bierzelte steuerte behäbig wie ein Flugzeugträger auf den Tisch zu. Sie neigte sich vor, sodass Würstel bequem die Augen zwischen die Ballons legen konnte, zückte aus der Kellnerschürze vor ihrem Bauch Stift und Block und fragte nach den Getränkewünschen. Würstel, wie immer Kavalier, sah Deborah fragend an. Sie zuckte mit den Schultern und sah wieder in die Runde. Er legte seinen Blick zurück auf ihre Lungenflügel.
„Bringen Sie bitte zwei Schoppen Rotwein, trocken und fruchtig.“ Sügsis schlossen sich an.
„Darf es Zweigelt sein?“ Würstel nickte, ohne den Blick zu heben und die Dralle dampfte davon. Ihr Hintern wippte wie die Sonne nach zwei Flaschen Tullemore Dew. Deborah hatte seinen Blick bemerkt und nuschelte etwas von „verblödet“ oder so ähnlich. Keine drei Minuten und die Stämmige schnurte mit dem Wein wieder ins Blickfeld.
„Die würde mir schmecken“, hörte er seine Kampfnudel raunen. Er sah erschrocken zu Deborah. Die hatte nichts gehört. Er schlug sanft in seinen Schritt und befahl: „Nicht so laut, du Idiot! Wir sind nicht allein.“
„Wann beginnt denn das Programm?“
„Hab keine Ahnung vom Ablauf. Ich bin nur aushilfsweise hier. Aber ich kann den Theker fragen, der kennt sich aus.“
„Das wäre nett von Ihnen.“ Würstels Stimme klang wie einer dieser lila Schokoladenhasen, die so einen wundervollen Schmelz hatten. Er legte die Hand auf seine Lippen und schickte ihr einen verliebt-geilen Blick. Fräulein Stramm hielt ihm stand und er atmete tief und lüstern.
Plötzlich öffnete sich der Bühnenvorhang und eine ältliche Lehrertante trat an das Ständermikro.

„Die Frage kann ich mir also sparen“, gluckste die Fleischige amüsiert. „Hatten Sie schon die Speisen gewählt?“
„Vier Mal Lammbraten mit Butterbohnen.“ Er machte eine Handbewegung, als wolle er ihre Brust streicheln, von der ein verlockender Hauch, ein betäubender Sehnsuchtswind ausging.
Die Frau am Mikro leierte die üblichen Sprüche. Währenddessen betraten die Abiabsolventen die Bühne. Sie bekamen mit guten Wünschen und Beifall ihre Zeugnisse ausgehändigt und veranstalteten danach ein kleines Kulturprogramm. Die Kellnerin servierte auf großen englischen Tellern den Lammbraten. Sie aßen schweigend.
Bei den ersten Tönen der Schulband, die laut Ankündigung heute nicht nur Rockmusik spielen würde, tänzelten Minny und Sügsi an den Tisch und holten ihn und Frau Sügs zum Tanz. Würstel erhob sich ächzend und knöpfte sein Jackett zu. Tanzen war nicht so sein Hobby, aber in diesem Fall gab es kein Pardon. Er nahm seine Tochter in den Arm und begann im Kreis zu latschen wie ein betrunkener Penner.
„Du guckst wie `n Fass Sauerkraut. Freust du dich nicht?“
„Doch Minny, ich freu mich wie `n Doofer. Nur wenn ich an Morgen denke, kommt mein Arsch um die Ecke.“ Er schluckte würgend, um die beschissene Sentimentalität loszubekommen, die an seinem Kehlkopf saugte wie ein Alki an der Fuselflasche.
„Heut ist heut, Paps. Lass uns lustig sein! Außerdem denke ich, du wirst bald nachrücken, denn von der Latrine kannst du nicht mehr lange leben. Nelly wird dir `nen Job besorgen. Sie kennt dort mittlerweile Hinz und Kunz.“ Sie drehte sich wie eine Rock `n Roll Queen aus einem Elvis-Film und lachte wie ein kleines Kind, dessen Vater einen hatte fahren lassen. Würstel wischte mit dem Jackettärmel den Ärger von der Stirn, schluckte den Dreck aus dem Mund und rockte mit.
„Komm Minny, zur Feier des Tages trinken wir am Tresen `n Glas Champagner.“ Er zog sie Richtung Bar.
„Willst du nicht Deborah holen?“ fragte sie zaghaft.
„Um die Wahrheit zu sagen, nein Minny, ich will nicht.“
Der Champagner war in etwa so teuer wie ein gebrauchter Golf, aber es spielte keine Rolle. Nichts spielte mehr eine Rolle.
„Ich wünsch dir alles Glück der Welt, Minny!“ Sie stießen miteinander an. Das Zeug perlte über seine Zunge und hüpfte am Gaumen entlang, als wolle es ihn für alle Zukunft entschädigen. Es machte ihn geschmeidig wie den Tiger auf der Jagd und er musste seine Hände falten wie der Pfarrer beim

Gebet, um nicht der Kellnerin auf ihre herrlich runden Gesäßbäckchen zu klopfen.
„Dein Zimmer werde ich so lassen wie es jetzt ist, damit du dich richtig heimisch fühlst, wenn du mich besuchst."
„Danke Paps, ist lieb von dir. Nur werde ich sicher nicht oft kommen können und meine Sehnsucht nach hier hält sich in Grenzen. Ganz nebenbei bezweifle ich, dass du dich mit dem Wunsch, mein Zimmer im derzeitigen Zustand zu lassen, durchzusetzen vermagst. Aber mach dir deshalb keine Sorgen, Woody und ich, wir schlafen auch in einem umgekrempelten Zimmer." Sie küsste ihn auf die Wange und strich mit dem Zeigefinger über seine Nase.
„Weißt du noch? Das war unser Verschwörungszeichen. Wie bei den kleinen Gaunern in dem Film „Der Clou". Sie wiederholte die Geste an ihrer eigenen Nase. Er spürte schon wieder wie sich die Augenwinkel anfeuchteten. Nein! Bloß nicht! Er wollte und sollte lustig sein, zum Kuckuck! Er wand seinen Gurkenhals wie eine Schlange zum Barkeeper und sagte, er möge doch bitte aus den Gläsern die Luft raus drängen. Sie blickten sich lächelnd über die Gläserränder an und tranken.
„Oh, die Familie trinkt Champagner! Oh!" Deborah stand zwischen ihnen und grinste überfreundlich mit entblößten Zähnen. „Ich bin beim Verzehr von Delikatessen vom Familienkreis ausgeschlossen?" Die Stimme triefte vor Hohn.
„Du hast dich selbst ausgeschlossen und das schon vor vielen Jahren." Es klang dumpf und böse wie ein Faustschlag auf feste Muskulatur. Minny sah ihn vorwurfsvoll mit großen Augen an und trat ihm verstohlen aber heftig ans Schienbein. Wo hatte ihr Vater nur mir nichts, dir nichts den Mut aufgelesen? Das war ihr noch nicht vorgekommen. Jetzt würde es garantiert Stunk geben. Ihr Blick glitt zu Deborah. Die lächelte noch breiter.
„Ach, sieh an! Nun bin ich wohl an allem Schuld?"
„Ich weiß zwar nicht, was du mit ALLEM meinst, aber ich bin sicher, der Sinn einer Partnerschaft erschöpft sich nicht in täglichem Staubsaugen und in mit Freundinnen Essengehen." „Wenn es dich stört, in einer sauberen Wohnung zu leben, kann ich das deiner Tochter übertragen …"
„Zu spät, Deborah. Minny verlässt uns morgen früh für immer. Du siehst, du musst selbst weiter saugen." Mit unverändert freundlicher Mine wandte sie sich an Minny.
„Du willst morgen schon?"
„Ja Mutti, Nelly hat darauf bestanden. Weißt ja, wie sehr wir uns lieb haben."

„Guut, das ist gut! Deine Entwicklungsmöglichkeiten sind drüben viel besser. Außerdem können wir dann das Zimmer renovieren. Nimmst du deine Möbel mit?“
„Es sind Nellys Möbel. Sie hat sie von ihrem ersparten Geld gekauft.“ Würstel knurrte wie ein Hund im Angesicht des Einbrechers.
„Und bitte wo ist da der Unterschied? Auf jeden Fall kommt der Plunder sofort auf den Müll, wenn die ihn nicht mitnehmen oder demnächst abholen.“ Sie zeigte mit dem Finger auf Minny.
„Kommt er nicht! Diesmal mach ich nicht mit! Diesmal nicht!“
„Und was willst du machen, wenn der Dreck unversehens weg ist, wenn du besoffen nach Hause kommst? Willst du das Haus von deinen Saufkumpanen bewachen lassen?“ Ihr Mund, so schien es Minny, war nun breiter als ihr Gesicht.
„Ihr könnt die Möbel getrost entsorgen. Ich brauche sie nicht.“ Sie winkte beschwichtigend ab.
„Falls du es noch nicht wissen solltest, es sind nicht deine, es sind Nellys Möbel!“
„Komm runter, Paps, du wirst von ihr die gleichen Worte hören. Was bringt denn dieser Streit? Ich hab`s dir doch vorausgesagt.“
Sie trat ihm wieder an sein Bein und dachte: „Halt bloß den Mund Paps, grade heut an meinem großen Tag, auf den ich mich seit Langem freue, bekommst du überraschend den Mut, dieser Frau die Stirn zu bieten!“ Es war zum Verzweifeln.

Das Fassungsvermögen des VW-Käfer-Kofferraumes belief sich auf den Rauminhalt von zwei Bierstiegen. Nicht, dass Minny viel besaß, aber außer ihren Klamotten und einigen Büchern fand nichts Platz in Woodys Auto. Würstel hatte den beiden ein pompöses Abschiedsfrühstück bereitet, auf das alle Hilton-Hotels rund um den Globus neidisch gewesen wären. Mit frischen Brötchen, Schinken, Salami, Käse in allen Schattierungen und Kaffee, in dem der Löffel stehen blieb. Zwei große Plasttüten voller Wegzehrung mussten unbedingt auf den Rücksitz, damit die beiden in den ersten Tagen nicht verhungerten. Minny hatte ein paar Mark von ihrer Halbwaisenrente gespart, aber die würden nicht weit reichen. Das Geld vom Stipendium ließ nach Aussage Betroffener etwa acht Monate auf sich warten. Die ersten drei Monate würden sie bei Nelly wohnen und kaum Geld brauchen, bis dahin mussten die Unzertrennlichen eine Wohnung und für Woody einen Job finden. Auf Würstel Finanzen konnten sie nicht zählen, der war vertrocknet, wie ein Weihnachtsbaum vom Vorjahr. Woody sah auf seine Uhr.

„Gleich zehn. Trink den Kaffee aus, Minny. Wir müssen starten. Der Käfer ist kein Jaguar. Wenn wir keinen Stau erwischen, denke ich, sieben Stunden sind `ne reelle Spanne." Minny nickte, kippte den Kaffee in den Mund und erhob sich.
Bevor sie ins Auto stieg, drückte sie erst Deborah, dann ihren Vater. Dem Weichei standen schon wieder die Tränen in den Augen. „Mann, hat der nahe am Wasser gebaut", dachte sie und schüttelte den Kopf.
„Mensch Vata, hör bloß auf zu heulen! Die scheiß Mauer ist weg, wir können uns jederzeit besuchen."
„Hm." Würstel versuchte ein Lächeln. „Die Telefonrechnung wird mich zukünftig auffressen." Sie stiegen ein. Woody ließ den Motor an und sie fuhren, wild aus den Fenstern winkend, langsam davon. Als sie um die Kurve bogen, bemerkte Würstel, er war die Hälfte der Entfernung hinter dem Auto hergetrottet. Wie ein enthaupteter Dschungelläufer ließ er Arm und Schultern sinken und rutschte in sich zusammen, als hätte ihn der Teufel in einen abgestreiften Verhütergummi verwandelt und auf die Straße geworfen. Deborah war bereits im Haus verschwunden. Er trottelte ihr nach wie die triefende, löchrige Schabracke des Brückenpenners. Sie räumte den Frühstückstisch ab. Wortlos ging er an ihr vorbei in den Keller, setzte sich auf die Treppe und zündete sich eine Zigarette an. Whiskey. Whiskey wär nicht schlecht. Der würde den Gewitterwolken Anstand lehren und nach der Sonne schreien. Der goldene Saft rann durch seine Zähne. Seine Erfinder waren überfällig für den Nobelpreis. Die Zunge funkte Glücksmelodien in Körper und Seele. Er setzte die Flasche nur ab, um Luft zu holen. Gluckernd floss der Sonnenschein in den Mund und er schloss die Augen. Unerwartet stand Rosi in der Dunkelheit vor ihm. Sie hatte die Stirn in Falten gelegt wie der Bauer den Kartoffelacker in Furchen. Ihre Blicke funkelten wie Wunderkerzen. Sie drohte mit dem Zeigefinger und schien etwas zu sagen. Er konnte es nicht verstehen aber ihrem Gesichtsausdruck nach, waren es keine lobenden Worte. Scheiße, jetzt fing die auch noch an auf ihm herumzuhacken. Blöde Weiber! Sollten sie ihn doch alle am Arsch lecken. Er zog Luft, setzte die Flasche ab und hielt sie vors Gesicht. Schade, aber der Sonntag war eh verrotzt und hinter dem Schrank stand noch eine.

Wäre es ein Rathaus, wirkte es imposant. Aber es war das Kreisgericht. Die breite Eingangstreppe, die zweiflüglige Eichentür, das Foyer mit der geschätzten Raumhöhe von vier Metern, die wuchtigen Steintreppen, die in alle Richtungen nach oben führten, das Widerhallen der Schritte stopfte Angst in seine Kehle. Er sah sich um wie eine kleine Schmetterlingsraupe,

die vorsichtig Ausschau nach dem tödlichen Schnabel der Elster hält. An der gegenüberliegenden Wand hing ein Glaskasten. Er zog den Kopf zwischen die Schultern und schlich auf den leisen Sohlen „Klein Adlerauges“ drauf zu. „Strafsache Würstel, Tobias. Anklage wegen unerlaubtem Waffenbesitz. Verhandlungssaal VI. Zimmer 309. Beginn 09.00 Uhr.“
Wahrscheinlich zweiter Stock, dachte er, nachdem er festgestellt hatte, dass die Zimmernummern in der Römerhalle mit -eins- begannen. Die Steinstufen waren ausgelatscht wie die Treppen im Innern der Cheopspyramide. Die Vorzeichen für seine Verhandlung hatten sich arg verschlimmert. Sie waren schwarz wie Samuel L. Jacksons Gesicht geworden. Dabei war noch nie jemand durch eine Schusswaffe zu Tode gekommen, aus der keine Patrone abgefeuert wurde! Irgendein Idiot aus irgendeiner Wichtigtuerfraktion hatte nach der 36. Verschärfung des Waffengesetztes vorgeschlagen, die Klinge von Besteckmessern auf 2,2 Zentimeter zu begrenzen, um tödliche Messerattacken in Gaststätten, Krankenhäusern und Imbissbuden zu unterbinden. In der Zeitung wurde weiterhin noch auf die Gefährlichkeit bei Regierungsbanketten hingewiesen, was Würstel wegen der anwesenden Leibwächter für überflüssig hielt. Viele Vorschläge dieser Art versickerten in den Gullis der Lächerlichkeit. Dieser nicht. Die Bundesregierung, gebrandmarkt durch die Waffenhändler-Schreiber-Affaire und die Tatsache, dass in Ländern wie der Schweiz, Norwegen, Schweden, Finnland, Portugal, äzätära Punkt, Punkt, die Kriminalität infolge allgemeinen Waffenbesitzes um achthundertzweiunddreißig Prozent höher lag, als in Deutschland, hatte sich sofort darauf verständigt, den Schwachsinn gesetzlich zu verankern. Als hätten sie dabei bewusst Würstels kriminelle Energie im Auge gehabt. Miserable Vorzeichen für eine Gerichtsverhandlung, in der es im Gegensatz zu der Gefährlichkeit von Besteckmessern um eine ehemalige Wunderwaffe ging, wie sie die „V 1“ darstellte. Würstel hatte diese widrigen Umstände einem eifersüchtigen, dämlichen Lüneburger Polizisten zu verdanken, der beim sonntäglichen Frühstück von seiner Frau erfahren hatte, dass sie ihn seit Jahren mit dem Nachbarn betrog. Der beknackte Bulle hatte vor Wut sein Besteckmesser in ihre linke Wange gerammt, anstatt froh darüber zu sein. Daraufhin wurde in Erwägung gezogen, das Benutzen von Essbestecken generell zu verbieten. Dieser, allerdings von einem Vertreter einer anderen Fraktion, eingereichte Vorschlag fand aber keine Mehrheit, was Würstel ehrlich erstaunte. Schließlich war es nur ein relativ kurzer Moment in der Geschichte der Menschheit, seit die Leute mit diesem verletzungsgefährlichen Werkzeugen aßen. Finger und Holzlöffel würden den Zweck auch verrichten.

Die Tür, von dem eigens für Würstels Verhandlung bereitgestellten Saal, stand weit offen. Bereits fünf Meter vor ihr hörte er gedämpftes Raunen. Ein höchstens ein Meter fünfzig großes, deswegen fast zu bedauerndes Geschöpf, das etwas von einer ältlichen, zahnlosen indianischen Squaw hatte, stand gebeugt neben dem Türrahmen, hatte sich den Kugelascher geschnappt und rauchte wie der Schlot eines Holzbackofens.
„Sind Sie der Würstel?“ Sie hatte den Kopf in den Nacken geworfen, um den Größenunterschied besser zu überbrücken.
„Bin ich. Weshalb?“
„Ich bin ihre Pflichtverteidigerin. Mein Name ist Springhase.“
„Oh, entschuldigen Sie, ich hatte den Beistand eines Verteidigers schriftlich abgelehnt. Das Schreiben habe ich an Richter Molotow geschickt und da es unbeantwortet blieb, hatte ich geglaubt, die Kiste sei geschlossen.“
„Es ist untersagt, in einer Strafsache ohne Verteidiger an den Start zu gehen.“ Sie lächelte mitleidig und blies den Rauch gegen seinen Hals.
„Aber die Sachlage ist doch arschklar, ich bin des unerlaubten Waffenbesitzes eindeutig überführt. Wie wollen Sie mir helfen?“
„Sie verwechseln etwas Grundlegendes: ich will nicht, ich soll. Und glauben Sie ja nicht, ich wüsste nicht um den Zinnober.“
„Was gedenken Sie denn, außer das Sie Geld von mir nehmen, zu tun Frau Springhase?“
„Nichts.“ Ihr Mitleidslächeln war verschwunden. „Sie haben richtig gehört: NICHTS. Und wir haben beide richtig erkannt, dass ich Ihnen nicht helfen kann. Allerhöchstens kann ich Ihnen raten, jetzt ihr Handy auszuschalten. Ich habe mehrfach erlebt, wie Richter Molotow ausgerastet ist, wenn von einem Angeklagten ein lustiger Klingelton aus der Hose kommt und ich habe das Gefühl, die Auswirkungen waren stets negativ. Sie wissen doch, vor Gericht und auf hoher See sind Sie in Gottes Hand. Und schließen Sie den oberen Knopf ihres Hemdes. Sie müssen bieder wirken wie ein beschissener Aristokrat. Vermindert vielleicht ihre Geldstrafe. Habe Erfahrung mit diesem Kunden. Der ist vor vierzehn Monaten aus einem mir unbekannten Grund von München hierher versetzt worden und gilt unter Kollegen als „Kampfhund-Superscharf“. Verständlich, nur mit strengen Urteilen kann er sich rehabilitieren und zurück in die heimliche Hauptstadt empfehlen. Wer will schon freiwillig in die Hungerleiderprovinz. Und dann noch was“, Sie zog ihn am Ärmel nach unten und flüsterte: „bloß keine Äußerung, die ihm in irgend einer Form missfallen könnte. Halten Sie am besten Ihren Mund und wenn sie gefragt werden, antworten sie so kurz und präzise wie möglich, das gefällt Herrn Wichtig. Wenn wir jetzt reingehen, sehen Sie rechts eine

Schulklasse vom örtlichen Gymnasium. Falls die sie provozieren sollten, bleiben Sie ruhig und ignorieren Sie alles, auch wenn es noch so beleidigend ist. In der Ecke links von der Tür sitzen zwei Journalisten von der Tageszeitung. Die übersehen Sie am Besten ebenfalls. Die können Ihnen Ihr Wort im Mund umdrehen, also Vorsicht."

Würstel fühlte sich wie ein Kühlschrank, aus dem beim Öffnen der Tür eine Schar hungriger Mäuse mit verheulten Augen quillt, weil sich im Inneren absolut nichts Essbares befindet. Er hörte Schritte in seinem Rücken und sah sich ängstlich um. Der Kripomensch, der die Hausdurchsuchung geleitet hatte, kam auf ihn zu, schüttelte ihm wie einem alten Kumpel die Hand und sagte: „Na? Sie sehen ja aus wie ein Kalkeimer. Mensch, machen Sie sich bloß nicht in die Hosen! Bei der Sache kommt nicht mehr als `ne Geldspende für Vater Staat raus. Nehmen Sie den Kopf vom Schafott. Ich kenn mich aus." Er klopfte auf Würstels Schulter und ging in den Saal. Würstel formte seine Lippen zu einem Kuss und blies ein Rohr aus Luft auf die Treppe. Die Springhäsin schüttelte den Kopf.

„Nicht bei Richter Molotow, ganz sicher nicht bei Richter Wichtig. Kommen Sie, er wird gleich auftauchen." Sie schob ihn vor sich durch die Tür und raunte: „Machen Sie sich keine Hoffnung. Das Strafmaß haben er und der Staatsanwalt in der Kantine beim Frühstück schon ausgekaspert und wenn Sie ihm nicht grün sind, legt er nach Belieben drauf. Beißen Sie sich möglichst auf den Zahn der Reue und sagen Sie um Himmels Willen nicht, Sie hätten sich die Pistole aus Angst vor irgendwem zugelegt. Molotow würde Ihnen den Spieß sofort umdrehen und das Ding bis zum Magenpförtner in Ihren Hals rammen! Verstanden?"

Würstel antwortete nicht. Er blickte auf die Schüler. Sie waren bei seinem Eintreten verstummt. Die übergangslose Stille ließ das Blut in seinen Adern laut rauschen. Etwa 30 kindliche Gesichter musterten ihn ungeniert wie die Sonne den Mount Kenia. Sie kauten Kaugummi und hielten Colabüchsen und Popcorntüten in den Händen. Die Anwältin steuerte auf zusammengestellte Tische an der Fensterfront zu. Er schlürfte ihr nach. Sein Herzschlag hörte sich an wie das Ausklopfen eines Teppichs in alten Zeiten. Ein Junge rief laut: „Mann, oh Mann! Der hat `nen totalen Killerblick! Der totale Segen, dass den einer verpfiffen hat! Der würde sonst garantiert der totale Massenmörder!"

„Der wäre der total-ideale Kandidat für „Ich bin ein Star, holt mich hier raus!" kreischte eine Mädchenstimme. Würstel zuckte vom Knüppel getroffen zusammen und seine Galle spuckte grünen Rotz. Springhäsin fummelte Notizblock und Kugelschreiber aus dem Aktenkoffer und legte beides fein

säuberlich auf den Tisch. Es sah verdammt professionell aus. Vier Männer in grauen Mc Carthy-Anzügen und eine Frau im gleichfarbigen Keuschheitskostüm der fünfziger Jahre, mit dem erhabenen Schritt einer jungfräulichen Klostersekretärin, betraten den Saal. Einer setzte sich an die gegenüberliegende Außenseite, zwei Stühle neben die Journalisten. Er war etwa 60 und hatte schneeweißes Haar. Irgendwo hatte er diesen Mann schon gesehen. Der massige der drei anderen streifte sich den schwarzen Kittel, der vor ihm über dem Stuhl hing über und stellte sich vor den langen Tisch. Würstel sah auf die Uhr. Es war 20 Minuten nach. Sie hatten das akademische Viertel eingehalten, um sich nicht überanstrengen zu müssen. Alle erhoben sich, der Richter hielt eine kurze Begrüßungsrede und stellte die eingetretenen Personen vor. Zwei Schöffen, die Nonnentante und Staatsanwalt Spitzer. Alle setzten sich und die Glaubensschwester begann sofort lautlos auf ein Brett oder eine verkrüppelte Schreibmaschine zu hämmern, auf der nie und nimmer das ganze Alphabet Platz haben konnte. Würstels Hirn hatte eine Dampfmaschine mit 100 PS angeworfen: Spitzer, Spitzer, Spitzer, spuckte sie. Und da! Der Rauch der Erkenntnis versengte ihm die Haare! Aber wie sollte DAS möglich sein? Wie sollte er DAS angestellt haben? Er musterte seine Gesichtszüge. Zweifelsfrei, Würstel und Spitzer waren alte Bekannte! Er hatte ihn in sehr, sehr böser Erinnerung. Damals, vor vielen Jahren hatten sie sich schon einmal gegenüber gesessen. In einem Untersuchungsgefängnis. Hatten sie doch nicht alle Typen im Wohnungsringtausch umgesiedelt?
„Sind Sie hier mit Ohrenstöpseln erschienen, Angeklagter?"
Oh, Scheiße! Er hatte nicht zugehört, weil er von einer Ungeheuerlichkeit abgelenkt worden war, die es in sich barg. Er zischte die Anwältin an: „Was? Was hat der gesagt?"
„Oh Gott", zischte die zurück, „ich meine, sind Sie von allen guten Geistern verlassen?" Ihre Augen funkelten giftig. „Er hat Sie gefragt, woher sie die Waffe haben." Würstel erhob sich, blickte zu Boden und stammelte: „Ääh, die Waffe, äh, die …, ich hab die Pistole, die Pistole lag in meiner Gaststätte im Abfalleimer auf der Damentoilette. Sie war in unbenutzte Damenbinden eingewickelt. Mitsamt der Munition." Von den blöden Schülern kam schallendes Gelächter. Molotow formte Wurfspeere aus seinen Augen und warf sie an die Wände.
„HERR ANGEKLAGTER Würstel! Ich rate Ihnen dringend bei der Wahrheit zu bleiben. Sie sind hier nicht in einer Quizsendung eines Privatsenders. Ich frage Sie jetzt nochmal, woher haben Sie die Schusswaffe?"
„Ich, äh, Herr Richter, äh, die Schusswaffe habe ich in meinem Imbiss auf der Damentoilette im Servuseimer gefunden, der für gebrauchte Pflaumen-

schaukeln dort bereit steht." Die Arschgeigen-Pennäler grölten, als sei Helge Schneider erschienen.
„Äh, ich weiß, es klingt wie eine erfundene Geschichte, aber es ist die Wahrheit, Herr Molotow." Jetzt kniff der Schwarzkittel sein gesamtes Gesicht zusammen, als sei es aus rosa Knetmasse und saugte die Lippen zwischen die Zähne. Springhäsin vergrub ihr Gesicht in den Händen als würde sie weinen. Staatsanwalt Spitzer verzog keine Mine, guckte wie ein Totempfahl auf Dienstreise. Das Kauen von Popcorn donnerte durch die Stille wie Maschinengewehrfeuer am Atlantikwall. Bestimmt würde einer der Schüler auf der Stelle schreien: „Totaler Angriff! Totale Attacke!"
Der Richter räusperte sich.
„Um eventuellen Gewaltverbrechen vorzubeugen, wäre es angebracht, Ihnen eine langjährige Gefängnisstrafe aufzuerlegen. Das würde sicher Klarheit in Ihren Kopf projizieren." Beifallheischend sah er zu den Gymnasiasten, ob seine Worte bei seinem Publikum gut angekommen waren. Würstel stierte entwurzelt dem Staatsanwalt ins Gesicht. Ob der ihn auch erkannte? Er würde es ganz sicher nicht erfahren. Wäre es der Fall, würde er es sicher abstreiten.
„Bis zur Urteilsverkündung sind jetzt 15 Minuten Pause." Molotow erhob sich, nahm einen Hefter vom Tisch und schnurte aus dem Saal. Alle, außer Würstel folgten ihm auf der Stelle. Er begann die leeren Stühle der Zuschauer zu zählen. Das mit dem Staatsanwalt war der absolute Hammer für ihn. Wie um alles in der Welt konnten Leute wie der wieder als Staatsdiener fungieren? Wie hatte der Gangster seine Vergangenheit vertuschen können? Ätzende Empörung fraß blutige Löcher in seine Lunge. Wochenlang würde er Blut spucken. Frau Springhase steckte den Kopf in die Tür und rief, er möge bitte ins Zimmer 314, am Ende des Ganges zum Staatsanwalt kommen. „Aha, jetzt will er mir eine Erklärung liefern", schoss es ihm durch den Kopf.
Spitzer saß hinter einem Schreibtisch und zeigte auf den Stuhl davor.
„Setzten Sie sich", bellte er wie ein Pinscher. Sein Lächeln war das gleiche, breite und bösartige wie vor 30 Jahren, nur faltiger und es sprach stumm zu ihm: „Hallo Arschloch! Hätten Sie sich doch denken können, dass wir uns irgendwann wieder treffen!"
„Wissen Sie, Herr Würstel, nicht nur der Herr Richter hat hier Macht, auch ich kann etwas für Ihre Zukunft tun." Würstel schwieg. Was der Guru quatschte, war ihm klar.
„Wenn Sie mir hier unter vier Augen sagen, woher sie die Schusswaffe haben, sagen wir, ordentlich mit Name und Adresse, kann ich Ihnen von erheblichem

Nutzen sein. In der Regel folgt der Richter dem vom Staatsanwalt vorgegebenen Strafmaß. Will sagen, ich kann es auch so gestalten, dass Sie gewaltig abkotzen. Haben Sie mich rein akustisch verstanden?"
Würstel wollte fragen, ob er ihn nicht wieder erkennen würde, aber er zog es vor zu schweigen. Wahrscheinlich hatte der Pharisäer so vielen armen Hunden gegenüber gesessen, dass es ihm unmöglich war, sich an einzelne Gesichter oder Namen zu erinnern.
„Nun, wo haben Sie das Ding her?" summte er wie die Biene Maja. Seine Mine war der lieblichste Lindenblütenhonig.
Jetzt aufstehen und dem Hund den Stuhl über die Rübe ziehen, bis nur Sägespäne übrig blieben!
„Das heißt de facto, Sie bezichtigen mich der Lüge, Genosse Staatsanwalt?"
Ob er auf den „Genossen" reagieren würde? Nein, er grinste wieder hinterhältig.
„Verarschen können Sie Ihre Großmutter, Würstel."
„Die ist leider längst verstorben, Genosse Spitzer. Vor 30 Jahren lebte sie noch." Das Schwein zeigte keine Reaktion. Ein aalglatter Fisch! Ob er noch im Besitz des Parteiabzeichens war, falls eine neuerliche Wende anstünde?
„Sie wollen also nicht kooperieren? Ich frage Sie zum letzten Mal, überlegen Sie es sich gut."
„Nein Genosse Spitzer, mit Ihnen nicht noch einmal. Das heißt, nie wieder! Nicht wenn ich 200 Jahre würde. Die letzte Kooperation mit Ihnen zerfrisst mir noch heute die Eingeweide wie achtzigprozentige Salzsäure."
„Gut, dann können Sie gehen. Ich habe vor der Fortsetzung des Verfahrens noch kurz mit dem Richter zu sprechen." Er stand auf und ging an Würstel vorbei, als sei er nicht mehr anwesend. Würstel hätte ihm gern wenigstens ein Bein gestellt und genüsslich beobachtet, wie er mit dem Kinn auf der Türklinke landet und sich sein Genick bricht.
Der Saal füllte sich wieder. Den Schülern leuchtete die Sensationslust neonfarben von den Stirnen. Einen wirklich waschechten Verbrecher bekamen sie nicht alle Tage vor die Linsen. Sie mussten sich immer mit ihren Stars begnügen, die in den herzzerreißenden Endlosserien den ganzen Quark nur spielen durften. Würstels hilfsverordnete Squaw setzte sich wortlos neben ihn. Die Chose ging weiter. Der Kripomann lobte Würstels Mitarbeit während der Hausdurchsuchung. In seiner abgeschabten Lederjacke kam er ihm vor wie ein echter Altrocker aus den Sechzigern. Kerniger Typ!
„Haben Sie mit der Waffe geschossen?"
„Ja."
„Wie oft, wo und worauf?"

„Ich weiß nicht genau. Drei, vier Mal, jeweils ein Magazin."
„Wo und worauf!"
„Aus dem Schlafstubenfenster, damit es nicht so laut rammelte. Auf meinen Misthaufen. Ich hatte eine Zielscheibe aus Pappkarton geschnitten und mit Ringen bemalt, um zu sehen, wo sie hingeht."
„Was soll das heißen, wo sie hingeht?"
„Um Kimme und Korn richtig einzustellen."
„Und woher nehmen Sie ihr zweifelhaftes Wissen?"
„Ich war öfters als Gastschütze beim Schützenverein."
„Weshalb sind Sie da kein Mitglied geworden, dann könnten wir uns das hier sparen."
„Keine Zeit. Außerdem war ich mir nicht im Klaren über die Gefährdung, die von mir ausging. Ich dachte, Waffenbesitz sei so was wie Rauchen auf dem Schulhof, zwar verboten aber `s stört niemand wirklich."

„Wie Rauchen auf dem Schulhof", wiederholte er lachend und sah wieder zum Publikum. Er erhielt tatsächlich Beifall und seine Brust verwandelte sich in ein mittleres Kreuzfahrtschiff. Gleich würde er aus allen Rohren tutend ablegen und in See stechen. Würstel holte geplagt Luft. Die nächsten Minuten würden schwarz werden, noch schwärzer als das Gesicht, des auf der Bühne quiekenden, sich immer in den Schritt greifenden Popidols, vor der ersten gesichtserhellenden Operation. Molotow kritzelte etwas in den Hefter.
„In der ehrlichen Hoffnung, wir sehen uns hier nie wieder", er sah ihn an und hob angeekelt die Oberlippe, „verurteile ich den Angeklagten, Tobias Würstel, wegen unerlaubten Waffenbesitzes zu zwei Jahren Gefängnis." Pause. Stille. Puuh! Dann erklang verhaltener Applaus von den Zuschauerrängen. Die Worte des Richters drehten sich im Kreis. Molotows Nasenbein ging in die Waagerechte, als suche er nach herabhängenden Spinnweben.
„Ausgesetzt auf drei Jahre Bewährung. Zuzüglich einer Strafe von so und so viel Tagessätzen in einer Gesamthöhe von 10.000 Mark, die entweder gezahlt oder durch 500 Arbeitsstunden, nach vorheriger, schriftlicher Antragstellung abgegolten werden können. Haben Sie noch etwas dazu zu sagen?" Er glättete sein Gesicht und blickte die Springhäsin an. Die schüttelte mit einem Flunsch auf den Lippen ihr langes schwarzes Haar und antwortete: „Nein, Herr Richter", was ihre ersten und letzten Worte während der Verhandlung waren.
„Haben Sie, Herr Würstel, etwas dazu zu sagen?"
„Nein, Herr Richter."
„Die Kosten bekommen Sie mit dem schriftlichen Urteil zugesandt."

Wumms!
Würstel sah zum Kripomann. Der zog die Mundwinkel nach unten und zuckte mit den Schultern, als sei er versehentlich in eine Pfütze mit giftgrüner Hexenpisse gelatscht. Nachdem sich der Richter erhoben hatte, steuerte er auf Würstel zu.
„An Ihrer Stelle würde ich in Berufung gehen", sagte er so laut, dass alle im Saal es hören mussten. „Das habe ich in der Form noch nicht erlebt. Ich kann Ihnen nur raten, lassen Sie sich das nicht gefallen." Die Schüler hatten sich von den lauten Äußerungen des Kommissars verblüfft wieder gesetzt.
„Wollen Sie?" Frau Springhäsin sah ihn fragend an. „Die Chancen stünden gut."
„Nein, ich will nicht. Was soll für mich schon dabei raus kommen? Wenn ich 2000 Mark weniger Strafe bekomme, zahle ich dafür 4000 an Kosten mehr. Nein, ich habe die Schnauze voll. Keine Neuauflage von der Scheiße, nicht ums Verrecken." Spitzers Gesicht leuchtete zufrieden. Er hatte gespannt zugehört. Seine weiße Mähne hing weit in den Nacken.

Er war es gewohnt, kannte es leidlich und eigentlich fand er sein Gelaber früher schon relativ interessant. Auf seinem Zettel konnten maximal Stichworte vermerkt sein, er war zu klein um ganze Passagen zu enthalten. Er war keiner dieser giftigen Parteikackrübengänger gewesen. Natürlich hatte auch er gelegentlich den glorreichen Sozialismus gelobt, aber es war ihm anzumerken gewesen, dass es ihm mehr als lustlos über die Lippen gekommen war. Wohl eher um den allgemeinen Erwartungsvorgaben Folge zu leisten, keinen Reibungsverlust zu erleiden, nicht anzuecken. Genau aus dem Grund hatten sie ihn zum Klassentreffen eingeladen. Die meisten anderen Lehrer wären nicht in Frage gekommen. Hartmut, von dem damals alle geglaubt hatten, er würde es bis in die Regierungsspitze schaffen, der es aber immerhin zum Chef eines erfolgreichen Unternehmens gebracht hatte, was in der Größe keinem gelungen war, hatte ihn in der kurzen Begrüßungsrede mit den beiden anderen Lehrern besonders willkommen geheißen und ihnen Blumen überreichend die Hände geschüttelt.
„Entgegen allen Prophezeiungen", er fuchtelte wie früher mit den Händen, als wolle er einen Schwarm Mücken vertreiben, „hat euer Jahrgang, eure Generation, keinen Schaden durch das verpönte Yeah, Yeah, Yeah erlitten. Im Gegenteil, ihr habt von hier aus die halbe Welt bevölkert und sie dadurch bereichert. Der Augenschein beweist, es geht euch gut. Manchem Leibesumfang nach zu urteilen, sogar sehr gut. Aber, werte ehemalige Schüler, seid zufrieden, auch wenn bestimmte Umstände das Hierbleiben von vielen

verhinderte. Gedenkt doch nur, was wäre wenn …! Mit diesen Worten möchte ich schließen und mich ganz herzlich für eure Einladung bedanken. Ich wünsche uns allen einen angenehmen Abend. Danke!“
Ehrlicher Beifall.
Würstels Blicke schweiften durchs Lokal. Zum ersten Klassentreffen nach der Schulentlassung, hatten es noch seine Eltern bewirtschaftet, bis Mutter an der gleichen verdammten Krankheit starb, wie seine Rosi.
Schade, dass der Großvater der weltberühmten Geigerin, sein Klassenlehrer und danach Arbeitskollege, Fischmann Achim, nicht gekommen war. Sie hatten ihn selbstverständlich eingeladen, aber er wollte nicht mit den Leuten zusammentreffen, die ihm zu Kommunistenzeiten mehr als nur den Stinkefinger gezeigt hatten. Damals als sein Sohn, der undankbare Schuft und seine Schwiegertochter, eine berühmte tschechische Pianistin von einem Gastspiel in einem feindlichen Land nicht ins Gelobte zurückgekehrt waren. Sofort danach hatten sie ihn und seine Frau, die ebenfalls Lehrerin war, ratz-fatz vom sozialistischen Schuldienst entfernt und Würstel bekam über Nacht einen neuen Arbeitskollegen, der ebenfalls die Ehre hatte „sich in der Produktion zu bewähren“. Fischmann war genau so undankbar wie sein Sohn und er kehrte dem Wunderland bald darauf den Rücken. Wirklich schade, er hätte gern mit Achim, Hurra singend, auf das Machtende der Schurken angestoßen, mit ihm einen Freundes-Freuden-Whiskey getrunken. Aber er konnte ihn verstehen. Die Stützen des Flächengefängnisses liefen erhobenen Kopfes durch die Welt, schimpften Gorbatschow bei jeder sich bietenden Gelegenheit einen Verräter und behaupteten, die DDR sei kein Unrechtsstaat, sondern eine gemütliche Kleingartenanlage mit immerwährendem Sonnenschein, Riesenradieschen und Freibierausschank gewesen.
An der übernächsten Tafel hatte eine Jugendliebe Würstels Platz genommen. Sie winkte zaghaft zum Gruß. Kurz nachdem sie geheiratet hatte, musste er eine ganze Nacht in einer Art Speisekammer ihres Hauses, auf einem umgekehrten Plasteimer sitzend verbringen. Ihr Mann war gegen 23.00 Uhr unerwartet nach Hause gekommen. Splitternackt, die Klamotten überm Arm, hatte sie ihn in den fensterlosen Raum gesperrt. Sekunden danach öffnete sich die Tür und seine Schuhe knallten an seinen Kopf. Er hatte durch den Türschlitz mit ansehen und anhören müssen, wie sie ihren Mann überschwänglich und freundlich begrüßte, den Blödmann abschmatzte, als sei er seit Weihnachten nicht mehr zu Hause gewesen.
„Willst du etwas zu Essen, mein Schatz“, hatte sie wie eine läufige Nachtigall geflötet. Aber er wollte nichts essen, er wollte ficken und Würstel musste, mit sich vor Eifersucht blähendem Bauch, zusehen wie er ihr den dünnen

Mantel aus diesem durchsichtigen Tüllzeug von den Schultern riss und sich, grunzend wie ein Eber, über ihre wundervoll straffe Haut hermachte, die er noch vor wenigen Minuten geküsst, bearbeitet und bestellt hatte. Er wollte sich vor Wut in die Nase beißen, als er sie laut von der unglaublichen Härte seines verfluchten Schwanzes schwärmen hörte. Der Gipfel aber war ihr schweinisches Gestöhn gewesen. Dazwischen wiederholte sie immer wieder den Namen ihres Ehemannes, als kenne Würstel den nicht und schob blöde „ooh`s“ und „aah`s“ dazwischen ein. Auf dem beschissenen Eimer sitzend, betete er wütend, ihr möge zur Strafe ein gewaltiger Buckel wachsen und sie völlig verunstalten. Gegen fünf Uhr hatte sie ihn aus dem Raum befreit, ihn mit der Taschenlampe auf Zehenspitzen bis zur Tür geleitet, einen Kuss auf die Wange gehaucht und gesagt: „Mach dir nichts draus Tobias, ich liebe nur dich. Kommst am Montag wieder, da ist er nicht da.“
Er hatte an den Fingern gezählt.
„Was, vier Tage? Bleibt der etwa bis Montag früh zu Hause?“ Ohne zu antworten, hatte sie ihn aus der Tür geschoben.
Würstel schmunzelte, hob sein Bierglas und prostete ihr freundlich grinsend zu. An besagtem Montag hatte er sie mit seinem Stiel vor Wut und Sehnsucht fast gespalten. Neben ihr saß die geile Angelika. Sie hatte sich kaum verändert. Sie sah von allen am jüngsten aus. Irgendwie war ihre sinnliche, warme Ausstrahlung bewahrt geblieben und umrahmte noch heute die blanke Verlockung. Wahrscheinlich besaß sie in ihrem Garten einen mit Eselsmilch gefüllten Jungbrunnen, in dem sie regelmäßig schwamm. Sie war zur gleichen Zeit wie er verwitwet. Ein grässlicher Unfall. War ein feiner Kerl und ein Freund gewesen, ihr Mann. Ach, hätte er sich bloß damals um sie bemüht. Ganz sicher wäre es mit ihr besser gelaufen! Sie war ein liebenswerter Gemütsmensch, ein richtig liebenswerter Kumpel, was bei Frauen, wie er fand, ziemlich selten war. Und sie sah noch immer super aus. Gefallen hatte sie ihm schon während der Schulzeit spitzenmäßig und sie hatten sich sogar geküsst, aber irgendwie war er in ihrer Nähe von den Schüchternheitsanfällen eines kleinen Jungen geplagt worden. Typisch, wenn es ihm wichtig war, ging alles daneben. Sogar sein sonst selbstsicheres Gelaber und er schoss die dümmsten Böcke. Wahrscheinlich hatte er es sich bei ihr mit seiner inneren, bekloppten Aufregung verdorben, die ihn als Totalversager abstempelte. Seine Annäherungsversuche hatten sich immer in Klärgruben aus Peinlichkeit ertränkt. Echt blamabel die Scheiße.
Seine Jugendliebe erhob sich und kam auf ihn zu. Etwas molliger war sie geworden, aber ihre Brust war mitgewachsen und so stimmten die Proportionen.

„Hallo Tobias, wie ich an deinem vergrößertem Bauchumfang sehe, geht`s dir ziemlich gut. Oder liege ich damit falsch?“
„Wie man`s nimmt. Das Essen schmeckt aber offensichtlich nicht nur mir.“ Er lächelte verschmitzt.
„Na ja, ich bin Mutter von drei strammen Jungs, die inzwischen erwachsene Männer sind, das hinterlässt Spuren. Zwei leben in Schweden, einer in der Schweiz.“
„Prima, Glückwunsch! Meine Töchter sind im Westen.“
„Machen sie richtig. Was haben sie hier schon verloren. Würdest du mit deiner alten Liebe tanzen wollen?“
„Ist eher nicht so mein Fall, das Rumgelatsche. Solltest du noch wissen.“
„Ja, weiß ich noch. Trotzdem, los, heb den Hintern. Ich spendier dir dann `nen Cocktail an der Bar zur Belohnung.“ Sie hielt ihm lachend die Hand entgegen. Er griff danach und sie drängelten durch die Stuhlreihen zur Tanzfläche.
„Spiel was Rockiges, Fernando!“ Der Discjockey nickte kurz, guckte auf den Monitor und es erklang „From The Underworld“ von The Herd.
„Ist das genehmigt?“ fragte Fernando laut zurück. Würstel hielt den Daumen nach oben und fuchtelte los.
„Hast du in der Abstellkammer sehr gelitten?“ rief sie schelmisch durch die Rockmusik.
„Ich war entsetzt über so viel Abgebrühtheit, du Miststück! Mein Herz hat heut noch Striemen.“
„Wenn du willst, bügele ich sie dir heut raus, mache alles wieder gut. Wir können nachher getrennt raus gehen, damit es keinem auffällt und wir treffen uns wie in alten Zeiten auf dem Friedhof. Einverstanden?“
Natürlich war er einverstanden. Welche Frage.
„Aber zuvor bekomme ich den versprochenen Drink, schon zum Schutz vor der Kälte. Wenn wir wieder zurück sind, spendier ich `nen Whiskey, okay?“
„PUUH, Whiskey! Mag ich nicht, lieber `n Glas Sekt. Weißt du schon, mein Mann und ich, wir ziehen nächstes Jahr ebenfalls nach Schweden. Er hat dort `nen super Job angeboten bekommen. Hat ihm unser Großer besorgt. Er war schon da und hat in der Firma gearbeitet. Jetzt büffeln wir täglich die Sprache. Ist Bedingung für `ne Festeinstellung“, brüllte sie mit ihrer coolen, rauchigen Stimme.
„Schön für euch. Ist doch aber furchtbar kalt dort oben. Glaub das wär nicht mein Fall, ich hab`s lieber was wärmer.“

„Nö nö, `s ist nicht kälter als hier. Liegt an der Ostsee, heißt Sölvesborg, das Städtchen und ist `n gemütlicher Ort. Vor allem `s gibt Jobs ohne Ende, noch dazu mit ordentlich Kohle. Wir waren angenehm überrascht."
„Und was wird aus dir? Glaubst du, die reißen sich um arbeitssuchende Frauen in deinem Alter?"
„Unser Sohn sagt, es sei kein Thema. An den Eingängen von Supermärkten und Firmen stünden Werbetafeln mit Jobangeboten. Die einzige Bedingung, jeder Einwanderer muss die Sprache halbwegs fliesend beherrschen, sonst gibt`s nix."
„Hm, aber dann können wir uns nicht mehr sehen, du weist, was ich meine. Auch nicht zwei, drei Mal jährlich im Auto auf `ne Flasche Sekt." Sie hob ihre Arme hoch, als habe er geschrien: „Hände hoch oder ich schieße!" und stieß einen Pfiff aus.
„Wir haben fast auf den Tag genau vor zwei Jahren das letzte Mal miteinander geschlafen und nun entdeckst du plötzlich die große Sehnsucht nach mir? Das ich nicht lache!" Ihre Handfläche klatschte gegen Würstels Stirn und sie zog eine Grimasse wie ein zu Unrecht geprügelter, beleidigter Clown, dem Tränen die Gesichtsschminke bis zum Bauchnabel verschmiert hatten. Er grübelte nach den Formeln von Helium und Krypton. Wenn er jetzt nicht sofort einen lockeren Spruch losließ, würde die Schäferstunde auf dem Friedhof zur Luftnummer und das wäre keinesfalls im Sinne des Erfinders. Er blickte nach unten. Sie trug hochhackige Schuhe mit so über Kreuz gewickelten Bändern um die Knöchel.
„Deine Schuhe sehen echt geil aus. Sie lassen deine Beine noch schlanker und länger erscheinen." Er nickt anerkennend mit dem Kopf. PENG! So einfach war das. Die Maske des erschossenen Clowns machte dem Lächeln der Sonne platz.
„Hab ich sehr günstig erstanden. Ich fand auch, sie strecken meine Beine. Die kosteten nur 159 Mark." Frauen waren simpler gestrickt als Männer. Obwohl er nicht der Meinung war, es sei ein Schnäppchenpreis, atmete er erleichtert auf. Er ergriff ihre Hand, zog sie an die Bar, rückte einen Hocker zu ihr, half ihr ungelenk hoch und strich dabei genussvoll über ihren Hintern. Ohne eine Spur von Protest sah sie ihn mit ihren Chinchillaaugen an. Der Blick traf ihn wie ein Peitschenhieb. Sein Puls begann zu galoppieren wie die Räder einer Eisenbahnlok, die auf schmierseifebestrichenen Schienen widerstandslos durchdrehten. Dieser Blick hatte ihn schon als halbes Kind um den Verstand gebracht, ja aus der Bahn geworfen und ihm immer einen fetten Ständer beschert. Von welcher Schauspielerin sie den wohl abgeluchst

hatte? Völlig verzaubert drückte er ihr einen flüchtigen Kuss auf die Lippen. Sie schnellte zurück.
„Mensch Tobias, mach`s doch nicht so offensichtlich! Denkst du, es beobachtet uns niemand? Reiß dich gefälligst zusammen!“ Es klang aber nicht wütend.
„Komm, wir verschwinden. Ich hab Endzeitstimmung in der Hose.“
Sie drehte sich ungerührt zur Bardame.
„Zwei Gläser trocknen Sekt, bitte.“ Sie stießen an, tranken in kleinen Schlucken und stierten sich gegenseitig in die Augen. Seine Halsschlagadern hackten. War es wirklich schon zwei Jahre her? Wie konnte er nur, noch dazu in seiner Lage, so vergesslich sein! Es war zum Kotzen, seit Rosis Tod hatte er aber auch alles falsch gemacht. Warum konnte ihm niemand sagen, wie man es richtig anstellte? Sie sagten einem nur, wie es am besten geht, zu bescheißen. Jeder konnte sich die bescheuerten „Tschacka-tschacka-du-schaffst-es-Videos“ reinziehn, in denen einem beigebracht wurde wie erfolgreiches Übertölpeln funktioniert. Der Lehrgang war der blanke Hohn gewesen! „Tschacka-tschacka, wir reden es uns schön.“ Er war wieder auf einen dieser Gaunertricks rein gefallen, hatte 800 Mark berappen müssen. Zermürbend diese ständige Kleinidiotenverarsche! Märchenonkels gehörten eingesperrt, weil sie mit ihrem bescheuerten Hokuspokus die Leute betrogen und ihnen die Knete abzockten, für ihre Zauberlügengeschichten, die sie hochtrabend „Erfolgsseminare“ nannten. „Du musst das aggressive Erfolgskraftwerk sein, dann hast du hervorragende Aussichten auf Megagewinn! Weil Erfolg, Reichtum und Macht immer zuerst im Kopf beginnen, brauchst du nur als ersten Schritt deinen inneren Schweinehund besiegen, dir die Siebenmeilenstiefel der Topmanager überstreifen und auf deine erste Million zustapfen. So wird das gemacht! Und wenn die von der sozialistischen Hängematte verwöhnten Ossis gleich nach der Wende die Ärmel hochgekrempelt hätten, anstatt sich ihre Bäuche mit Bananen, Räucherschinken und Kokosnüssen vollzuschlagen, wäre jeder dieses zweifelhaften Volkes bereits Millionär. So sieht`s aus! Aber die einzige Errungenschaft, die sie bis jetzt gepackt haben, besteht im Tragen von Jeanshosen. Quer durch alle Gesellschaftsschichten und dabei schließen sich nicht mal ehemalige Funktionäre aus, die zuvor auf die begehrten Dinger wetterten als sei der Stoff aus antikommunistisch-toxischem Berührungsgift.“
Tja, die Neuen hatten auch tolle Tipps parat, aber wie man eine gescheite Frau findet, mit der man sich versteht, die einem ein Kumpel im Leben ist und mit der ordentlich was abgeht, DAS sagte einem kein Hund! Stattdessen quatschen sie von positivem Denken, das den Lebenslauf umkrempele und

so `n Scheiß. Dabei hatte er keine müde Mark mehr in der Tasche, obwohl er manchmal früh sechs Uhr aufstand und bis halb sieben ununterbrochen an positive Dinge wie Spitzenhöschen, rasierte Muschis oder Lottogewinne dachte. Im Gegenteil, sein Laden, in dem er die von Blümchen als sicher gepriesene Rente erreichen wollte, warf gerade noch so viel ab, dass er sich vom Gewinn ab und an besaufen konnte. Die blöde Realität hatte sich seit Rosis irdischem Ende ständig auf seine Füße gestellt und am Laufen gehindert, ihm hämisch grinsend alle verfügbaren Gewichte an die Klöten gebunden und ihn damit durch die Prärie getrieben. Hätte er nicht Deborah geheiratet, sich um Witwe Angelika oder um diese hochgewachsene, damals noch gertenschlanke Krankenschwester bemüht, (jetzt war sie leider ziemlich rundlich) wie glücklich wäre er gewesen. Hätte er gleich nach der Wende, als es noch Geld für die Häuser gab, die Zelte abgebrochen und wär zu Nelly gezwitschert, wie stünde er heut da? Es war zum Flennen! Er setzte das leere Glas auf den Tresen, strich verstohlen zärtlich über ihr glänzendes Knie und fragte: „Gehst du voraus? Wir treffen uns in 10 Minuten an unserem Grabstein.“ Er sah ihr mit glühenden Augen nach. Mensch, Meier! Wie die mit dem Hintern wackeln konnte! Seine Stielaugen stießen an die Brillengläser. Vielleicht hätte sie sich wegen ihm damals scheiden lassen?

Was geil ist, rockt nun mal. Kein Zweifel. Wenn du Leute kennst, die dir weiterhelfen, wenn`s klemmt, ist alles keine große Sache. Das hatte sich im Verlauf der letzten 3000 Jahre so herauskristallisiert. Und Würstel kannte Grosslitz.
Genau dieser Grosslitz war der Personalchef von einer der beiden großen Firmen im Ort mit über 100 Mitarbeitern. Grosslitz war sein Stammgast und somit nicht mit Diamanten aufzuwiegen. Der gute Junge aß regelmäßig in der Latrine zu Mittag und hatte die eingeschliffene Gewohnheit, sein Essen mit einem halben Liter Bier zu verdünnen. Natürlich flachst man mit Leuten, die man seit Jahren kennt. Einer von beiden hatte immer einen Spruch zu bieten, der zur allgemeinen Auflockerung des grauen Alltages taugte. Würstel hatte mit seinem Anliegen gewartet, bis es Freitag war. Freitag hatten die Leute das Wochenende im Visier und die Erwartung auf zwei arbeitsfreie Tage, an denen jeder seinem Hobby frönte, stimmte sie fröhlich, machte sie milde und gütig. Freitag war der einzige Tag, an dem er manchmal ein paar Groschen Trinkgeld erhaschte. Dieser selige Umstand und die Freude aufs Badmintontraining, das er vor kurzem begonnen hatte, um der schleichenden Altersverfettung etwas entgegen zu setzten, ließen den Freitag auch für den Protagonisten zu einem Sonntag werden. Er sah nach hinten, ob Grosslitz

endlich fertig war mit Essen und Verdünnung. Er war und Würstel eilte unterwürfig um abzuräumen. Auf die rituelle Frage antwortete Grosslitz: „Wie immer, tadellos.“
„Willst du noch `n Bier?
„Möchte schon aber `s geht nicht, ich muss dann zum Chef.“
„Sag mal Paul, wie sieht`s `n bei euch mit `nem Job aus? So am Band oder so.“
„Keine Chance, warum?“ Seine Mundwinkel berührten den Fußboden.
„Willst `nen Verwandten unterbringen?“
„Nee, mich.“ Würstel guckte verlegen.
„Du? Äh, dich?“ Er riss die Augen auf, wie im Garten der Lüste, als die nackten Helenen kichernd mit dem Köcher zwischen seinen Bäumen auf Schmetterlingsjagd gingen.
„Wieso du? Du hast doch hier `nen bombigen Job. Dein Laden ist täglich voll.“
„Quatsch, siehste doch selber. `s ist von Jahr zu Jahr weniger geworden. Die Preise anzuheben bei der Konkurrenz und der andauernden Abwanderung ist nicht drin.“
„Mensch, dann guck doch, wie viel Kundschaft die Anderen haben, nicht die Hälfte.“
„Kannst mir glauben Paul, `s rechnet sich nicht mehr, `s ist fast null.“
„Hm, bei dir ist das dann doch etwas anderes. Dir muss ich schon helfen. Kann dich ja nicht hängen lassen. Bloß“, er beugte sich vor und flüsterte: „darfst zu keinem auch nur ein Wort sagen. Es muss absolutes Stillschweigen herrschen. Zu keinem Schwein ein Wort, auch nicht darüber, dass wir uns kennen. Musste versprechen. Kann mich sonst meinen Kopf kosten.“ Er klemmte seine Wange zwischen Daumen und Zeigefinger und zerrte das eingeklemmte Fleisch hin und her. Es machte „scht, scht, scht.“
„`s gibt nämlich Jobaspiranten von der Mitarbeiterverwandtschaft, die warten schon `ne halbe Ewigkeit, kommen alle paar Tage betteln und denken, die haben schon so was wie `ne Halbzusage, weil sie sich aufführen wie Filzläuse.“ Er hatte sich selbst die ganze Zeit pantomimisch begleitet wie dieser dürre Franzose.
„Aber Paul, da gibt’s doch keine Frage, ist doch arschklar. Brauchst deine Wiesen auch nicht umsonst vom Gras befreien. Ich lass dir glatt `nen Tausender rüberwachsen, wenn du das für mich auf die Reihe bekommst.“
„Ist `ne ordentliche Zielprämie, aber das kannste stecken lassen Tobias, schließlich haste dich viele Jahre um mein leibliches Wohl gekümmert. Wann willst du denn die Segel einholen?“

„Zum Jahresende, falls ich bis dahin einen Käufer gefunden habe, der verrückt genug ist, das Ding zu schultern."
„Musst eben die Einrichtungsgegenstände halb verschenken. Immer noch besser als den Mäusedreck zu entsorgen", sagte Grosslitz versonnen.
„Sonderlich optimistisch bin ich nicht. Bei der augenblicklichen wirtschaftlichen Lage, da jedem das Wasser bis zum Hals steht, sind die Chancen groß wie die bunten Glasmurmeln, mit den wir als Kinder spielten."
„Ist wirklich bergab gegangen, seit der Schauspieler mit der ruhigen Hand am Steuer sitzt."
„Paul, ich könnt dich küssen! Ich hatte schon Angst, du würdest mich abblitzen lassen. Ohne deine Hilfe hätte ich jetzt `n Sack Kacke am Hals, der größer und stinkiger nicht sein könnte. Bin nicht mehr der Jüngste und was willste als Koch in der Hundeprovinz anstellen. Hab vor vier Wochen einen ehemaligen Kollegen, der im „Kaiser" kocht nach seinem Verdienst gefragt. Mich hat der Schlag getroffen, ich musste mich an seinem Ärmel festhalten, um nicht von der Eingangstreppe zu stürzen. Sieben Mark und fünfzig die Stunde. Bei den paar Kröten muss man sich `s Fressen klauen, um nicht zu verhungern."
Grosslitz kratzte sich am Kopf.
„Hm, reich wirst du in unserer Firma auch nicht, kann ich dir flüstern. Mehr als dreizehn Mark sind anfangs auch nicht drin."
„Mensch Paul, dreizehn sind doch für unsere Gegend wie der Gewinn einer Südseeinsel, inklusive zwei Millionen Taschengeld pro Jahr und 20 heiratsfähigen Hulapüppchen zur persönlichen Betreuung! Mit so viel hatte ich nicht zu rechnen gewagt."
„Unser Chef ist halt noch ein Wohltäter der alten Schule. Hä, hä, hä." Er lehnte sich zurück und blies die Wangen auf wie ein Kugelfisch. Würstel hütete sich vor einem Kommentar, sondern fragte zaghaft: „Äh, Paul, wie soll denn das Entjungferungsverfahren eingeleitet werden? Soll ich in dein Büro kommen?" Grosslitz überlegte einen Moment, hob den Zeigefinger und sprach wie Lehrer Lämpel, aber ohne zu reimen: „Du verfasst gleich dieses Wochenende eine Bewerbung, die datierst du sechs Monate zurück und hängst `ne Nachfrage an, mit `nem Datum von vorigem Monat. Dann lässt du alle zehn Finger grade. Ende November kommst du zu mir ins Büro und wir nageln den Deckel drauf." Würstels Pupillen funkelten wie eine Schubkarre voller Goldbarren in mexikanischem Sonnenlicht zur Mittagszeit. So lief das, wenn einer Beziehungen hatte. Da konnten die Hungerleider im Schleim ihres eigenen Jammers waten wie halbverhungerte afrikanische Lumpenkinder, die auf den Müllhalden der Zeit nach was zum Fressen suchten. Er war

aus dem Schneider, er kannte den Personalchef der zweitgrößten Firma und er kannte ihn verdammt gut.
„Okay Paul, so machen wir`s!“ sagte er in feierlichem Ton, mit unendlicher Dankbarkeit unterlegt. Er wischte seine rechte Hand am Hosenbein trocken und reichte sie seinem Retterkumpel. Der schlug lächelnd ein und verkündete: „Kannst dann so um die Faschingszeit ′n Bier spendieren, falls dir danach zu Mute sein sollte.“
„Ist gebongt, wird mir `ne Freude. Wir saufen ein ganzes Fass.“ Es erschien ihm wie der seit Jahren geprobte und endlich gelungene Aufstieg in die Schickeria. Die sauertöpfische Vorahnung war in der Luft verflogen wie der gasgefüllte Luftballon im Wind. Deborah würde Augen machen wie lange nicht mehr.

„Meinst du nicht auch, dass es jetzt viel heller, schöner und moderner ist? Wenn du ehrlich bist, musst du es zugeben.“ Deborah flutschte auf den Eckschrank mit der Bleiverglasung zu und öffnete die zwei Türen des Aufsatzes. „Guck doch, wie viel Platz allein dieser Schrank bietet.“ Sie bückte sich und klappte die unteren, massiven Kiefertüren auf. „Schau wie tief er ist, was hier für `n Berg Bekleidung rein passt.“ Würstels Mund war voller Schleim. Mist, er würde ihn bis auf den letzten Tropfen schlucken müssen. Auszuspucken würde bedeuten, er müsste eine halbe Stunde den Fußboden wischen.
„Und hier, der Sekretär, in dem haben endlich alle meine Unterlagen ein ordentliches Zuhause.“ Sie öffnete die Schräge, klappte sie in die Waagerechte und fuhr mit der Hand in das leere Fach, um zu demonstrieren, es würde eine Unmenge Papierscheiß fassen. Mit dem zweitürigen Fach darunter die gleiche Zeremonie. In gebückter Haltung drückten die Ränder ihres Höschens durch den Stoff der Jeans. Sein Blick bekam die wehleidige Note des Abfallprodukts „Erinnerung“. Das waren noch Zeiten gewesen, als sie ihm das Wort Sehnsucht in den Bauchnabel küsste. Mei-oh-mei!
„Hier kommt eine Klappcouch hin.“ Stolz wölbte sie die Schultern an ihren Hals und zeigte, wie der „Fass!“ rufende Hundebesitzer in die Ecke, in der das Doppelbett gestanden hatte. „Und auf den Schrank“, sie umfuchtelte den Holzturm mit den hundert Schiebefächern, „packen wir den kleinen Fernseher aus der Schlafstube.“
„Aus der Schlafstube?“ Würstel fehlten 99 Pfennige zur Mark.
„Ich hab gehört, dass es schädlich ist und den Tiefschlaf beeinflusst, wenn ein Fernseher im Schlafzimmer steht.“
„Hm, na ja, das wusste ich nicht. Wenn es schädlich ist, dann kann man nichts machen.“ Er scharrte mit der Fußspitze auf dem Boden, als suche er

im Dreck der Wohnung einen Regenwurm. Die Tochter seines Schwiegervaters war schon ein verdammt hübscher Feger. Nein, das Wort Feger traf nicht des Pudels Kern, höchstens im Sinne von Dreckfeger. Über ihre Libido war in voller Fahrt ein Russenpanzer gedonnert und hatte sie mit seinen quietschenden Ketten zu nichtsnutzigem Modder zermahlen.
„Gefällt`s dir?“ Sie blickte mit ihren schönen, strengen Augen, die einen Widerspruch zum Todesurteil hätten werden lassen.
„Wo sind die Möbel von den Kindern hin?“
„Die hat der Lieferant kostenlos entsorgt. Das hatten wir doch besprochen.“
„Wiiier?“
„Ja, der Möbelhändler und ich.“
„Aha, toller Service, muss man dem lassen.“ Vor Jahren war sie seine Zentrale des Glücks gewesen, jetzt war sie die Zentrale des Unglücks. Wie hatte Lenin gesagt? „Alles Neue wirft mit Blumensträußen aus reinstem Kokain um sich!“ Sie war sein schöner, liebenswerter Flamingo, als sie noch diese wundervollen Nächte hatten. Bei ihrem Anblick war die Hektik eines vollbesetzten Münchner Oktoberfestzeltes auf ihn eingestürmt und hatte ihn platt wie Pizzateig gemacht. Und jetzt? Tiefer hatte er kaum in die Scheiße greifen können.
„Was denn nun Tobias, gefallen dir die Möbel?“
„Ja, doch, sieht ganz gut aus. Hast du geschmackvoll hinbekommen. Übrigens, mit Grosslitz, dem Personalchef bin ich gestern einig geworden, er besorgt mir ab Januar `ne Einstellung. Soll Ende November bei ihm aufkreuzen, um die Formalitäten zu erledigen.“
„Du solltest trotzdem bei andern Firmen vorstellig werden, könnte ja auch schief gehen.“
„Nee nee, mein Spoatzel, da geht nix schief, der Grosslitz iss `ne Bank!“
„Du bist und bleibst der immer gleiche blauäugige Quatschkopf. Was vergibst du dir, wenn du vorsichtshalber bei anderen Firmen vorsprichst?“
„Puh, von welchen Betrieben bitte sprichst du?“
„Ist doch wurst, geh doch einfach los.“
„Und bitte mein Schatz, wohin?“
Sie winkte wütend ab.
„Ist doch kein Wunder, dass hier alle arbeitslos sind, wenn sie so verfahren wie du. Alter Pessimist.“ Sie schob ihn beiseite, ging in die Küche und rief: „Willst `n Kaffee? Ich brauch jetzt einen, um mich zu beruhigen.“
„Okay“, antwortete er kleinlaut. Sie hatte Recht, wenn sich keiner der unzähligen Arbeitslosen bewarb, bekam auch keiner Arbeit.

„Gut, hast Recht, Deborchen. Ich werde die paar Firmen hier im Umkreis von zehn Kilometern abklappern." Er war ihr nachgegangen und hauchte ihr einen Entschuldigungskuss auf die Nase. Sie duldete es mit gerunzelter Stirn.

10. DIE LETZTEN VERLIERER

Sein neuestes Hemd, das mit den grau-blauen Streifen auf schwarzem Grund und seine ziemlich neue schwarze Levis ließen ihn jung, schlank und dynamisch über den Gehsteig wippen. Lange hatte er überlegt, ob er die hellgraue Krawatte um den Hals wickeln solle. Sie würde ihn einen Zacken fescher machen, aber er bekam von dem Kulturstrick Atemnot. Als er sich wohlwollend vor dem Spiegel drehte, wie ein bekokster Discoaffe im Technogehämmer und glaubte ein wütender, sowjetischer Rotgardist drücke ihm die Kehle zu, zerrte er das Ding über den Kopf und warf es angeekelt in den Schrank. Den oberen Hemdknopf öffnend hatte er befreiend durchatmend sein Spiegelbild angelächelt und siegessicher gesagt: „Siehst auch so noch ganz gut aus Alter und die Dinger passen nicht zu dir." Er musste bis zum Büro von Grosslitz laufen, weil er nicht sicher war, ob in seinem Blut noch Spuren von Alkohol umhertaumelten. Die Umzugs- und Ausstandsfeier von Iggi und Braunschweiger war heftig gewesen. Aber der Weg war nicht weit und er brauchte frische Luft, um den Kater zu bekämpfen. Zu dem Zweck hatte er gleich nach dem Erwachen zwei Schmerztabletten in den Hals geworfen. Die Wirkung war unbedeutend. Während er mühevoll darauf bedacht war, möglichst nicht im Kreuztritt über den Gehweg zu schleudern, um Passanten keinen Grund zur Entrüstung zu liefern, schürfte er in der Vergangenheit. Wie rasend doch die Zeit nach der Wende vergangen war. Gut, Einstein hatte wohl herausgefunden, dass Zeit nicht immer gleich verläuft. Die letzten Imperatoren mussten das am eigenen Leib erfahren. Beim schnauzbärtigen Judenhasser dauerte das 1000-jährige Reich zwölf Jahre. Bei den ebenfalls mörderischen, Volkswohl bringenden Nachfolgern, vergingen die noch 1989 vorhergesagten 100 Jahre, die die Mauer noch mindestens stünde, in ein paar Tagen. Die Jahre nach der Wende waren in seiner Erinnerung kurz und heftig wie ein Stromstoß beim Pissen auf einen elektrischen Weidezaun gewesen. Als sie noch am sozialistischen Würsteln waren, die Miesmuscheln, die sich hochtrabend Genossen nannten und die die Marxsche Utopie mit abscheulichen Praktiken in Albträume aus Angst verwandelten, war die Zeit nahezu stehen geblieben und hing mitunter wie ein Packen nasser Löschblätter am Zifferblatt. Einstein musste wirklich ein Genie gewesen sein! Jetzt wohnte Minny schon ein Jahr in Nellys Nähe. Die beiden waren immer noch unzertrennlich wie Arsch und Hemd. Woody hatte kurz nach seiner Ankunft einen Job im renommierten Sanitätshaus „Brändler" in Gmünd gefunden. Sie wohnten in einem winzigen Häuschen in einem winzigen, gepflegten Städtchen, namens Bartholomä, keine 15 Kilometer von seinem Freund Mobby entfernt und gleich um die Ecke von Nelly. Minnys Studium lief wie ein Fußballspiel zwischen Deutschland und Liechtenstein, bei dem die Halbschweizer keine Schuhe sondern Schweizer Frankenscheine an ihren Füßen trugen. Nelly hatte vor einer Woche eine Ansichtskarte vom Machu Picchu geschickt und geschrieben, sie sei stolz, den Inkahügel vom Urubamba-Tal aus zu Fuß bestiegen zu haben und sie war überwältigt vom Anblick der ohne Mörtel errichteten Steinbauten verschollener Vorindianer. Sie hatte sich in's Weltreisen verliebt wie Romeo in Julia. Der 2360 Meter hohe Andenhuckel sei nur eine Zwischenstation. Danach folgten Feuerland, Australien, ... Sie war also bis zum Hals im Butterfass versunken.

Im getönten Glas des neuen Bürogebäudes spiegelte sich die sonnenbeschienene Welt. Er schmeckte den Honig des Erfolgs in der Luft. Von nun an ging's wieder bergauf. Mit Grosslitz würde er in wenigen Tagen schwimmen gehen, in trockenem Rotkäppchensekt und einem Fass Bier. Die Firma würde ihre Freude an dem neuen, zuverlässigen Würger haben. Er würde seinen Lebensstil ändern, nie mehr seine Energie sinnlos mit rolligen Frauen auf fremden Laken vergeuden, sondern sich in Zukunft der Hauptaufgabe der Menschheit, dem gnadenlosen Geldverdienen widmen. Dem zweifelhaften Vergnügen, das die Leute Sex nannten, galt es rigoros in den Arsch zu treten. Jetzt würden die „Tschacka-wie-werde-ich-reich-Vorträge" doch noch von Nutzen sein. Der Dozent sollte Recht behalten, als er sagte: „Ich verrate Ihnen das Geheimnis Ihres zukünftigen Erfolges und das ist mehr Wert als der lächerliche Betrag, den Sie für den Lehrgang zahlen." Würstel pfiff „Schwiegermutter leuchte mal, `s ist kein Licht im Saal", als er durch die Glastür stapfte wie ein hoch dekorierter Paradeoffizier der Bundeswehr. Das Empfangsmädchen in der Glashalle trug einen Minirock, bei dem er um Haaresbreite seinen eben gefassten Enthaltsamkeitsvorsatz fast vergessen hätte. „Zu Herrn Grosslitz geradeaus, die vorletzte Tür links", flötete sie, als sei sie die Kassiererin im Haus der schönen Mädchen. Würstel bedankte sich mit einem anerkennenden Blick auf ihre bis zum Himmel reichenden Beine,

vollzog eine zackige Kehrtwendung und lenkte seinen Körper geschmeidig wie Bud Spencer in den Gang.
„Hallo Tobias, bist mir schon angekündigt worden, setz dich." Sein Gesicht lugte teilnahmslos hinter dem nierenförmigen Schreibtisch vor. Würstel rieb seine Handflächen an der Hose trocken.
„Grüß dich, Paul. Hab vorher angeklingelt, ob du anwesend bist."
„Hm, das war richtig. Was führt dich zu mir?" Würstel konnte sich nicht erinnern, jemals in seinem Leben ein dämlicheres Gesicht gemacht zu haben.
„Äääh, wie bitte?" stotterte er in die trockene Luft des Büros.
„Na, was willst `n von mir?"
„Ich, ich …, äh du weißt doch, ich …, äh wir hatten doch vor geraumer Zeit darüber gesprochen, äh ich meine, du hast doch gesagt, ich soll dann im November zu dir kommen, wegen … ."
„Ach so, jaja. Aber da waren doch noch ganz andere Vorzeichen."
„Äh…, Vorzeichen? Was für Vorzeichen? Wie meinst `n du das?" Würstel neigte sich auf den Stuhl nach vorn und riss den Mund auf wie ein hungriger Riesenzackenbarsch. Grosslitz formte mit den Händen die Seitenansicht eines großen Blumenstraußes der in keine Bodenvase gepasst hätte.
„Na, versteh doch, da waren noch völlig andere Vorzeichen."
„Mensch, was denn bloß für scheiß Vorzeichen? Ich meine, ich hab kein Problem damit, wenn du jetzt sagst, es sind nur zehn Mark drin oder was willste mit den blödsinnigen Vorzeichen?" Würstel wischte sich den Schweiß von der Stirn. Sie war nass wie eine Wiese nach dem Gewitterregen. In seinen Achseln bildeten sich stinkende Thermalquellen und durchnässten das Hemd.
„Bleib mal bitte ganz ruhig Tobias, ich kann dich nicht einstellen, jedenfalls nicht jetzt. Vielleicht ist die Lage in `nem halben Jahr `ne andere, verstehst du?"
„Nee, nicht für zehn Gramm Hundekotze! In `nem halben Jahr? Wie soll `n das gehen? Ich krieg als Selbstständiger kein Arbeitslosengeld, keinen verdammten roten Heller! Ich hab den Laden Gott sei Dank losgeschlagen und kann und will nicht zurück."
„Mensch Junge, du bist `n erfolgreicher Unternehmer gewesen. Melde dich beim Arbeitsamt, die werden dir schon was zuschieben."
„Erfolgreicher Unternehmer? Dir ist wohl `n Tanklastzug ins Kreuz gedonnert? Ich bin PLEITE und du hast geschworen, mir zu helfen!"
„Du vergreifst dich im Ton, Tobias! Ich muss zum Jahreswechsel 20 Leute entlassen. Ich kann dich nicht einstellen, wie soll ich das denn jemandem verklickern? Wenn ich dich einstelle, bin ich meinen Job los. Geh doch einfach in den Westen, da hast du sicher `ne Chance und verdienst auch mehr."

„Echt geiler Vorschlag. Du wolltest mir hier `nen Job verschaffen!“ Würstel rutschte auf dem Stuhl bis vor an die Sitzkante, der Stuhl kippte polternd nach vorn und er landete ungebremst auf dem Arsch. Etwas Langes schien ihm dabei in die Kimme gefahren zu sein, jedenfalls meldete sich ein stechender Schmerz aus der Region.
„Oaah! Mir ist was in den Anus gerutscht! Verdammt tut das weh! Hilf mir, Paul, hilf mir!“
„Mensch, benimm dich Würstel! Willst du die ganze Belegschaft in mein Büro brüllen? Verschwinde jetzt! Meinetwegen kannst du in einem halben Jahr noch mal unverbindlich rein schauen. Viel Hoffnung mach ich dir aber nicht.“ Er stand neben Würstel und hielt ihm die helfende Hand hin. Der guckte noch bescheuerter, als damals der alte Staatsbürgerkundelehrer M. E. Schugge, als der Verräter Schablowski mit gespielter Unkonzentriertheit den antifaschistischen Schutzwall, den der Klassenfeind hetzerisch „Mauer“ nannte, zum Einsturz brachte. Fehlte nur noch, das Würstel rief: „Halt, Genossen, halt! Wo wollt ihr denn alle hin?“ Er ergriff die Hand und zog sich stöhnend auf Gesichtshöhe des Personalchefs, der ihn eben straff ins Leere hatte laufen lassen.
„Los! Beiß dem Lump in seine spitze Nase!“ hörte er seinen Schweinehund Simpelmann schreien. Würstel riss die Zähne auseinander und klappte sie laut krachend wieder zusammen. Grosslitz schien die Absicht erraten zu haben und schnellte zurück.
„Mann, ich kann dich nicht einstellen!“ schrie er aufgebracht, wischte sich die Hand, die geholfen hatte am Jackett ab und betrachtete sie, als habe er in ihr einen Haufen Comodowaranscheiße entdeckt.
„Das kauf ich dir nicht ab“, murmelte Würstel beleidigt und hielt sich beide Arschbacken. Mist, wenn einer bis zu den Klöten im stinkenden Morast der Zeit versank, nützte es ihm nichts, wenn das Fernsehn ihm vermittelte, wie er Riesenschaben und Schweinemaden im Dschungel zu verzehren hatte, um zu überleben oder nicht aus dem beknackten Urwald zu fliegen. Nicht mal, wenn er so ein Star wie Würstel war. Überhaupt, das Fernsehn, was hat es je für nützliche Tipps abgegeben? Wo und wann welcher Halbpromi sich mit wem liierte und wann und warum der Diedie im Bohlenzeitalter sich wieder getrennt und neu verliebt hatte, wenn einer `ne billige Nummer in der Abstellkammer schob und diesen ganzen Müll und so. Was nützte einem das Wissen um den Regenbogenpfeffer in solchen Momenten? Wie irre erfolgreich dieses oder jenes Glitzersternchen auf Grund seiner reichlichen Intelligenz war, erfuhr man alle fünf Minuten, aber wie das kleine Würstel das Glück beim Schopfe zu packen hätte, DAS wurde tunlichst verschwie-

gen. Typisch! Es existierten Filme, da zerkloppten Untergebene aus Wut den Schreibtisch des Chefs. Grosslitz war nicht sein Chef und wie sich eben herausgestellt hatte, würde er es nie werden. Deshalb konnte er den Schreibtisch auch im Ganzen lassen. Ein Schauer kalten Fiebers kugelte von oben nach unten über seine Haut und ersoff im fäkaliengefüllten Eimer in dem er mit beiden Füßen stand. Nicht mehr lange, dachte er sich, hob die Füße aus dem braun-grünen Matsch und patschte, stinkende, im Licht schimmernde Abdrücke hinterlassend aus dem bescheuerten Glashaus, ohne einen Blick auf die langen Pfoten der Tussi am bescheuerten Ausgang zu verschwenden, geschweige, auf Wiedersehen zu sagen. Verdammte Schabenkacke! Nicht nur, dass er beleidigt war, nein, dass sein geliebter Engel wieder Recht hatte, war am Schlimmsten. Bestimmt hatte sie mit ihrer blöden Skepsis das ganze Luftkotelett provoziert. Er würde am Liebsten zum Werwolf werden! Von ihm aus konnte sie Recht behalten, wenn es darum ging, ob Brötchen oder Brot mehr Kohlehydrate hatten oder ob die Stahlhelme der Russen schicker als die der Amis waren aber bei so `ner Sache war es schon makaber. Die Schmerztabletten gegen den Kater verkrümelten sich langsam aus der Blutbahn. Sein Schädel hackte, als kutsche er auf einem Fahrrad mit Ellipsenrädern einen Berg hinunter. Im gelegentlichen Kreuztritt eierte er in die Latrine. Jämmerlich, das alles! Wenigstens war durch die Abwanderung die Nuttendichte prozentual gestiegen und damit der Preis für die schönste Dienstleistung der Welt in den Keller gerutscht.

Locker, ganz locker war er die Sache angegangen. Im Ort war er bekannt wie ein bunter Hund und die Inhaber der wenigen kleinen Firmen kannten ihn wahrscheinlich. Der Ruf, ein fauler Hund zu sein, ging ihm bestimmt nicht voraus. Sie würden wissen, der Würstel wäre sein Geld wert. Gut, er war nicht der Jüngste von denen die in den Warteschlangen der Nutzlosen standen aber ein Mitreißer, ein Macher, ein Marschbläser, ein martialischer Wuchter, ein positiver Entwickler, ja, ein Luziferschinder. Die Eigenschaften waren den meisten anderen Joblosen längst abhanden gekommen oder die Nichtsschaffer hatten sie in ihrem verkackten Leben noch nie besessen. Würstel war also klar im Vorteil. Er würde jedem Arsch von Firmenchef klar machen, wie er auf die Hupe zu drücken gedenke, wie er seine Firma zu Glanz und Gloria führen würde. Auf ging`s!

Das Büro, das er betrat, barg gleich die erste Sensation: Hinter einem Schreibtisch, auf dem vor zehn Minuten ein Schaufelbagger allen Müll des Universums aus allen verfügbaren Löchern gebuddelt und auf die Tischplatte gelöffelt hatte, saß die langbeinige Henni und formte ihren wundervollen, sinnlichen Mund zu einem perversen „O". Würstel tappte vor Schreck zwei Schritte rückwärts, weil er glaubte, sie würde das „O" formen um ihm eine orale Vergewaltigung anzudrohen. Als er begriff, sie drückte damit ihr Erstaunen aus, trat er wieder vor.

„Ooh, Tobias, was willst du denn hier?" Ha, die Henni, das war doch schon mal ein Erfolg. Das geile Luder würde bei ihrem Chef ein gutes Wort für ihn einlegen. Spitze!

„Möönsch Henni, hab nicht gewusst, das du hier die Chefsekretärin mimst. Na, wie find ich denn das!" Mit Flutlichtblick schüttelte er ihre Hand.

„Chefsekretärin? Ich? Ich bin hier das gemietete Urarschloch! Die bescheuerte Irre, die das halbe Affentheater schmeißt und dafür anstelle einer Entlohnung regelmäßig Tritte in den Hintern bekommt, die locker reichen würden, Golfbälle zum Mond zu befördern. Weshalb bist `n gekommen, Tobi?"

„Henni, ich brauch `nen Job. Mein Laden ernährt mich nicht mehr."

„Oh Himmel, ein Bär! Du willst `nen Job? Hiiier?"

„Na ja, ich, äh, ich kann in meinem Alter nicht mehr so wählerisch sein. Musste verstehen." Eine Kanne Essig war ihm ins Gesicht gelaufen und ätzte das Grinsen weg.

„Tobias, unsere Leute schrubben unbezahlte Überstunden, schlimmer als die Fernfahrer, aber glaub ja nicht, dass der Alte noch jemanden einstellt. Kannst du dir glatt abschminken."

„Äh, ich meine, könntest du ihn trotzdem fragen?"

„Klar, klar kann ich. Ich kann dir auch die Handynummer von ihm geben, aber ich wette um zwei Mercedes-LKW, dass es sinnlos ist."

„Und wenn du, ich meine, wenn du ein gutes Wort für mich einlegst, wenn du würdest …"

„Ich hab hier den Rang einer türkischen Putzfrau, Tobi. Wenn ich hier was vorschlage, dann macht der Alte genau das Gegenteil von dem, ist echt so. Du kannst dir nicht vorstellen wie großkotzig der Schneemogul parallel zu seinem wachsenden Konto geworden ist. Der glaubt tatsächlich, sein Erfolg sei auf seinen Schultern und seiner Intelligenz gewachsen, in Wirklichkeit ist der Stinkaffe unfähig, einen einzigen vernünftigen Satz zu artikulieren, geschweige zu schreiben. Er suggeriert sich, dass alles auf seinem Mist gewachsen sei, dabei hat er nur unverschämtes Glück gehabt, war zur Wende in der richtigen Firma, hat die richtigen Leute bestochen, die richtigen Leute gekannt und die richtigen Katzbuckelidioten, wie mich und den Großteil der Mitarbeiter an der Hand gehabt. Zu Beginn war er noch so wie früher, fast menschlich. Jetzt ist er ein gieriger, unersättlicher Tiger, der den Leuten skrupellos die Pfoten bricht, um an fünf Euro zu kommen. Du machst dir echt keinen Begriff, was aus dem für `n Fäkalwurm geworden ist.“ Sie drehte die Handflächen nach oben und wedelte in der Luft, als wolle sie ihre frisch lackierten Fingernägel im Luftzug trocknen. Dann griff sie unter einen Stapel lose Blätter und zauberte ein Handy hervor. Sie drückte drauf rum, hielt das Ding an ihre Wange und trällerte mit zuckenden Mundwinkeln die Melodie „Am Christbaum hängt ein Käse“.

„Chef? Der Würstel, Tobias ist hier bei mir im Büro. Der will Sie um Arbeit anbetteln, äh, der möchte Sie fragen, ob er bei uns anfangen könnte.“ Sie hob den Blick, reichte Würstel das Handy. „Er will dich persönlich.“

„Hää? Servus Würstel! Was, du willst `n Job? Biste mit `m Kopp gegen die Wand geloofen? Wieso `n das? Scher dich in dein Laden, du Affe!“

„Hast du `ne Ahnung, wie scheiße der läuft?“

„Kann dir auch nicht helfen. Meine Firma ist doch kein Versagergulli!“ Würstels Augen quollen zu roten, aufgeblasenen Luftballons auf. Sein Schiff war auf ein Riff gelaufen und sank. Schon stand ihm das eiskalte Wasser bis zum Hals. Er reichte Henni Langbein das Handy und murmelte: „Er hat was von Versagergulli gesagt und aufgelegt.“

„Hättest du dir sparen können. Wusst’ ich doch.“ Sie lehnte sich zurück und sah ihn mit hochgezogenen Brauen an. „Was meinst du, was DER Jobsucher in diesem Raum schon alles geheißen hat. Auf solche Schimpfworte kommst du gar nicht, so was fällt `nem halbwegs normalen Hirn nicht ein. Das brächten wir beide bei einem völlig Fremden nicht über die Lippen. Jede Wette.“ Würstels Unterlippe hing in der Luft und machte auf Karpfenmaul. Er rülpste und drückte erschrocken seine Hand auf den Mund.

„Tschuldige, tschuldige, Henni!“ Sie winkte lässig ab.

„Kann ich sonst noch was für dich tun?“ Er schüttelte enttäuscht den Kopf, machte kehrt und schlürfte zur Tür.

„Tschüss, Henni. Entschuldige die Störung.“ Die Tür fiel ins Schloss. Also eine Hausnummer weiter. Der Nächste bitte. Die Widrigkeiten würden den Mut nicht klein kriegen! Die Pfanne würde sich mit Goldstaub füllen, wenn sie nur lange genug ins Wasser gehalten würde. Auf dem Zettel standen noch mindestens 20 Firmen. Das eben war nur ein Zwanzigstel. Rann an die Konzernheinis, die nächste Show!

„Pfützer hier, guten Tag, womit kann ich ihnen dienen?“

„Hallo Pfützer, altes Haus. Hier ist Würstel.“

„Würstel?“

„Ja, Würstel, der Latrinenprinz.“

„Ach, du bist `s! Was hast `n für `n Problem, Würstel?“ „Ich muss dich dringend was fragen. Dauert nicht lange. Bin in zehn Minuten bei dir. Bis gleich.“

Er startete den Motor und gab Gas. Pfützer saß in einem Glaskäfig inmitten der kleinen Produktionshalle.
„Wie findest `n das?“ fragte er nach dem Händeschütteln. „Ich sitz wie auf der Kommandobrücke meines Schiffes und die Arschmaden fühlen sich ständig beobachtet. Wirkt Wunder, die traun sich kaum `ne Kippe anzuzünden.“
„Gut, gut, find ich super gelöst, ist schließlich deine Firma und dein Geld. Hast du echt gut gelöst, hätt ich nicht gedacht. Wow!“ Würstel beendete den Rundblick und gab sich so ehrfurchtsvoll wie möglich über Pfützers Genialität.
„Was haste denn auf deinem schwarzen Hurenherz? Ich meine, weshalb kommst du mich besuchen?“
„Hm, ja, ich ..., ich weiß nicht, wie ich das sagen soll, ich ...“. Er trat auf der Stelle wie Herbert Knebel mit der Schiebermütze, kratzte sich an den unmöglichsten Stellen und fand keinen Faden.
„Mann, Würstel, was ist denn mit dir passiert? Hast du dir auf dem Weg zu mir `ne braune Spur in die Hose gedrückt? Los, sag schon, was du willst, ich hab nicht viel Zeit.“
„Ja, ich wollte dich fragen, ob du vielleicht, ob du eventuell Arbeit für mich hättest?“ Ups! Er blies der Peinlichkeit einen halben Kubikmeter Luft nach und fühlte sich um zehn Kilo leichter. Pfützer spitze den Mund, neigte den Kopf weit zur Seite sprang auf, um Würstel die Hand auf die Schulter zu legen und guckte wie ein vollbesetzter Bus.
„Wie bitte? Fehlt dir was? Ich meine, hast du noch alle Latten im Zaun, alle Frösche auf `m Teich? Du? Bei mir arbeiten? Was willste denn da machen? Denkste ich brauch `nen Koch, der für die paar Muschkoten `ne Hackepetersemmel schmiert? Oder glaubst du vielleicht, ich brauch `nen Besamer für meine Putzfrau? Bist du noch von diesem Planeten? Was kannst du denn? Kannste schweißen?“ Würstel wippte wie der Stehaufclown.
„Nein, nein, das kann ich nicht, aber ich kann`s und werd`s lernen. Es soll dein Schaden nicht sein, wenn du mich einstellst. Ich bin willig wie `n hundertfach sexuell gedemütigter Messdiener. Ich lerne in kürzester Zeit.“ Er zeigte auf seinen Kopf, wie um zu beweisen, wie intelligent er sei. „Gib mir bitte, bitte `ne Chance, Pfützer.“ Würstel war drauf und dran vor ihm zu knien. Auf Pfützer hatte er alle Hoffnung gesetzt. Der war der letzte Fels in der scheiß Brandung. Wenn es bei ihm nicht klappte, sah es nebelig aus.
„Du bist beknackt Würstel, du bist einfach beknackt. Was soll ich mit `nem alternden Schaubudenheini, wie dir anstellen? Kannst du mir das sagen? He! Wer kauft denn heut zu Tage `n Ticket von `nem halb abgewrackten Fluggerät, einem, das mit höchster Wahrscheinlichkeit demnächst abstürzt oder `ne

Bruchlandung hinlegt? Tobias, ich bitte dich! Wann und wo hast du das Gefühl für Realität verloren?“ Er klatschte mit den Händen auf die Oberschenkel und verzerrte sein Gesicht über die Unverfrorenheit des alten Knackers.
„Verdammt Jochen, du kannst mich nicht einfach in die Namib schicken. Du bist mir noch was schuldig, wenn ich dich erinnern darf.“
„Schuldig? Etwa dafür, dass du mich vor Jahren mit dieser Makakenhure verkuppelt hast? Mit der ich bis zum heutigen Tage nichts als Ärger hatte? Die mit fremden Männern mein Geld verprasst, als sei sie eine von diesen Hilton-Weibern? Dafür bin ich dir was schuldig? Dafür müsste ich dir in deine bekloppte Fresse schlagen, du scheckiger Ochse!“ Er fuchtelte wie ein epileptischer Rapper und zeigte mit beiden Zeigefingern auf Würstels Augen. Der Eimer um Würstels Füße füllte sich schon wieder mit Eberkacke.
„Was du hier von dir gibst, ist der totale Hammer, Pfützer! Ich bettel dich um `nen Job, wie `n afrikanischer Negerjunge um `n Stück Brot und du willst mir auf die Fresse hauen? Haste dein bisschen Sozialgefühl in die Kloschüssel gedrückt? Als alter Freund hast du die Pflicht, mir zu helfen, verdammt!“
„Meine Firma ist nicht deine soziale Hängematte, keine Auffangschüssel für gestrandete Blödmänner, die zu doof sind, `n paar Leute zu bescheißen, um überleben zu können.“ Seine Arme drehten wie Windmühlenflügel und erzeugten einen kalten Hauch. „Hau ab und lass dich bloß nicht wieder hier blicken! Über der Tür steht nichts von Heilsarmee! Oder hast du was in der Richtung gelesen? Du Schlappschwanz!“ Er spuckte wütend eine fette Aule neben seine Schuhe.
„Pah, von wegen Schlappschwanz! Ich zieh ihn härter raus, als du ihn reinsteckst!“
Würstel drehte sich um und drückte einen langen, knatternden Furz in die ohnehin stickige Luft. Das hatte er nun davon! Dieser zottelige, zerlumpte Orang-Utan war bis vor wenigen Minuten sein Kumpel gewesen.
Hängenden Kopfes stand Würstel vor der Tür und suchte fahrig nach seinen Zigaretten. Sein Blick glitt zaghaft nach oben. Es stand tatsächlich nichts von Heilsarmee über der Tür. Mit starren Fischaugen blies er einen Rauchkeil gegen die Außenwand von Pfützers Wellblechpalast. Der Dreckbolzen schwamm im Geld, hatte 20 Mitarbeiter und fraß vor Geiz die eigenen Exkremente. Sollte er in seinem doofen Wohlstand ersaufen wie die Katze im Sack! Der Analhuster!
Im nächsten Betrieb kannte er den Chef nicht, das war beruhigend. Er sah auf die Uhr, noch eine Stunde bis zum Termin. Bestimmt würde er dort mehr Glück haben. Er schlenderte zum Passat, der langsam aber sicher an mehreren Stellen zu rosten begann. Er hatte jetzt fast 17 Jahre auf der Karosse und

340.000 Kilometer auf der Uhr. Für einen Benziner allerhand. Einmal war die Frontscheibe im Eimer, aber das konnte wohl auch mit jedem anderen Fabrikat passieren. Er riss das Lenkrad herum, fuhr zwei Haken auf Pfützers dämlichen, neu asphaltierten Parkplatz und schoss auf die Straße, der nächsten Sprosse seiner Karriereleiter entgegen.

Die blonde Frau hatte ihn mit einem Blick betrachtet, als sei er ein splitternackter Irrer, der aus der Klappsmühle entsprungen, plötzlich und unerwartet vor ihr stand, um sie wegen tausend Mark anzubetteln.
„Arbeit?" hatte sie nachhallend gefragt, als habe sie das Wort zum ersten Mal in ihrem Leben gehört. „Siiie? Sie wollen Arbeit? Bei uns?" Würstel hatte einen übel schmeckenden Pferdeapfel in seinem Mund auf und ab gewälzt, ergeben genickt, entschuldigend mit den Schultern gezuckt und ihn dann im ganzen heruntergewürgt. Ein glucksendes Geräusch war im Raum für alle Zeit hängen geblieben. Er ließ es wirken. Dann sagte er zaghaft wie der täglich winselnde Hund in seiner Nachbarschaft: „Ja, äh, das möchte ich. Bestünde vielleicht die Möglichkeit …".
„Mein Chef hat mir aufgetragen, Typen wie Sie abzuwimmeln. Sie stehlen uns unberechtigterweise die Zeit. Nebenbei, sind Sie von hier?"
„Oh ja, ich bin von hier und ich stehe, falls Sie mich außerplanmäßig benötigen sollten, sofort auf der Firmenmatte", beeilte er sich seine Wuchtbereitschaft zu signalisieren.
„Sie sind von hier und fragen nach Arbeit?"
„Die denkt auch, ich hätte nicht alle Piepmätze im Käfig", hackte es hinter seiner Stirn.
„Nun, es ist doch in keiner Firma ausgeschlossen, dass demnächst ein Mitarbeiter stirbt. Ich meine, wir beide wollen das nicht hoffen, aber Sie müssen zugeben, so etwas hat es hier und da schon gegeben. Oder?"
Ihr Kinn senkte sich auf ihre Fleischwülste.
„Herr …?".
„Würstel, Tobias Würstel", beeilte er sich beflissen. Sie drehte ihren Kopf um 180 Grad.
„Herr Würstel, wenn ich die Lage richtig beurteile, dann sind wir hier unter vier Augen." Würstel nickte in freudiger Erwartung. „Um es gelinde auszudrücken, ich hege den leisen Verdacht, ihr Intelligenzquotient kann locker mit dem eines einjährigen Kindes konkurrieren. Es gibt Bewerber, die senden uns monatlich zwei Bewerbungsschreiben, aber das einer einfach persönlich so nach Arbeit fragt, ist der totale Hammer! Wir bekommen monatlich etwa 100 Bewerbungen und sind gezwungen, sie ungeöffnet zu vernichten.

Wenn die Versager alle wollten hier hereinschneien, kämen wir überhaupt nicht mehr zum Arbeiten, dann müsste der Chef unter der Bezeichnung „Verrücktenabwimmler“ jemanden einstellen. Wenn Sie bitte so nett wären, jetzt die Kurve zu kratzen, wäre ich Ihnen echt dankbar, sie Würstchen.“ Es sah aus, als sei der Versuch gescheitert. Er würde wieder keinen Erfolg an seine Liebste melden können. Ihm graute vor ihren Bemerkungen, die ihn wie Krummsäbel durchbohrten, sich wie Kastrationszangen um seine Nüsse legten. Die böse Made „Zukunftsangst“ nagte an seinen Hämorrhoiden. Die Gesamtstimmungslage war zum Kotzen. Kein Wunder, dass rechte wie linke Schnürstiefelaffen im Aufwind waren. Gott sei Dank, waren die Rechten so blöd, sich ständig in Krawalle verwickeln zu lassen. Sollten die einen cleveren Kopf ans Lenkrad kriegen, würde der Truppentransporter viele Sitze benötigen. Nach jüngsten Erhebungen misstrauten 85 Prozent aller Ossis der Bundesregierung. 15 Prozent äußerten gar den Wunsch, die DDR wiederhaben zu wollen. Das Sperma der Nostalgie, das die hier Verbliebenen massenhaft zu schwängern begann, ließ die Vergangenheit als sonnenbeschienene Blumenwiese aus der Ferne winken. Die herrliche soziale Vergangenheit wurde besungen. Vergessen war der Alltagsscheiß, der aus ständiger Jagd nach ALLEM bestand. Die jetzige Misere fraß die wahren Erinnerungen wie das Krokodil die Beute. Der vom Dicken besungene Aufschwung Ost war auf einen Mittwoch im August gefallen und wurde, was für Ossis typisch war, von den meisten glatt übersehen. Die Zuversicht war rausgezutscht wie das Wasser vom Elefantenrüssel aus der Pfütze. Der „Städteumbau“ ging, mit unvorstellbaren Summen subventioniert, zügig voran. Ganze Dörfer waren schon verschwunden. Die Arschlecker der Leuchtturmpolitik freuten sich über den neu erstandenen Beruf des „Bauwerksmechanikers für Abbruch und Betontechnik“. Das Schöngerede der Beschissenheit stand ihm bis an den Kehlkopf und schwappte mitunter gallig über die Geschmacksnerven. Für ihn blieb Abriss das was es war: Abriss. Auch wenn der zukünftige Riesengolfplatz noch so schön würde. Die Megaoptimisten, also die, die beim Sturz vom Balkon des hundertsten Stockwerkes sich bei jedem vorbeirauschendem Balkon sagten: „Eine wunderbare Aussicht, sollte ich genießen und außerdem, bis hierher ging`s schließlich gut“, die wurden weniger.

Das Wort „Jobsuche“ flimmerte lila durch schweißtreibende Träume und verfolgte ihn wie ein Profikiller, der auf eine Gelegenheit wartet, ihn ins Jenseits zu schicken. Es war wie bei einer gesprungenen Vinylplatte und wiederholte sich wie ständige Erfolgsmeldungen aus vergangener Zeit: „Planerfüllung“, „Planübererfüllung“, „alles zum Wohle des Volkes“ oder wie die Jubelschreie der Großfinanzjongleure über die Globalisierung.

„Oh, komm Josefs Sohn und siehe oder gib mir wenigstens einen Tipp, woran ich überhaupt noch glauben soll!“ rief Würstel nach jedem Schluck Whiskey, weil die Zuversicht zu erblinden begann. Auf die Bitte nach Arbeit, egal zu welchem Lohn, beäugten ihn die Angebettelten wie Luis de Funes die Außerirdischen mit den roten Helmen, die er mit Kohlsuppe versorgte und die mit „blip-bll-blip“ grüßten.
In einer Firma, die Transportpaletten herstellte, war er endlich und Gott sei`s getrommelt, fündig geworden. Aus Freude hatte er zwei Runden um die Stadt gejoggt.
„Montag, 7.00 Uhr können Sie bei uns anfangen. Leistungslohn. Meine Leute kommen so auf elf Mark die Stunde. Einverstanden?“ hatte der sympathisch wirkende Boss der Firma zu ihm gesagt. Würstel hatte mit vom Glück geohrfeigter Mine dem Mann die Hand geschüttelt, als hätte der ihm eine Villa mit Swimmingpool und zwei ihm zur Verfügung stehenden Dienstmädchen mittleren Alters geschenkt. Besagten Montag stand er schlotternd mit seinen fünf Arbeitskollegen vor der Tür des halbverfallenen Produktionsraumes und wartete auf seinen Chef.
„Der verschläft mitunter“, hatte ein halber Riese, den sie „Johanna“ nannten gesagt.
„Hat keiner von euch den Schlüssel?“
„Ne, der Boss schließt immer selbst auf. So viel Vertrauen hat er nicht.“ Sie hatten alle gelacht. Als nach einer Stunde noch immer kein Chef zu sehen war und alle frierend von einem Bein aufs andere hüpften, hatten sie den Riesen geschickt, den Geschäftsführer zu wecken. Nach einer halben Stunde kam er aufgelöst zurück und keuchte: „Es öffnet niemand. Das Tor steht weit offen, sein Wagen ist weg, sein Hund ist weg und das Namensschild auch. Ich ahne Fürchterliches. Wie es aussieht, bist du wieder arbeitslos, Würstel.“
„Wenn sein Wagen nicht da steht, denke ich, sind wir es auch. Ich schlage vor, wir gehen nach Hause, warten zwei Tage und treffen uns Mittwoch auf dem Arbeitsamt.“ Die schlappen Ohren des Vorarbeiters waren bei den Worten auf die Schultern gesunken und hatten sie etwa einen halben Meter mit nach unten gerissen. Es dauerte eine Minute, bis der gehetzte Hund aus Würstels Gesicht sprang.
„Verfluchter Dreck!“ gurgelte er. „Ich war so froh, endlich einen Job zu haben! Jetzt geht die verdammte Leier von vorn los. Mann, hab ich das satt!“ Er stieß aus dem Mund eine Nebelstange in die Kälte und stampfte grüne Trompetenkäfer auf dem gefrorenen Boden breit.
Um ein Haar wäre das Glück perfekt gewesen, aber die schönsten Blumen hatten Stacheln, weil es sonst in der Buttercreme nicht auszuhalten wäre.

Puuh! Selig seid ihr Armen, euch gehört Gottes Reich, ihr seid Gottes Tischgenossen!

Die ungefähre Hälfte aller Firmen, die den unrühmlichen Abgang der DDR bis hierher überlebt hatten und die ungefähre Hälfte der Firmen, die als Neuerscheinungen auf dem hart konkurrierenden Markt eine bescheidene Verbreitung erreichten, hatte er mit seinen bebilderten Bewerbungsmappen beglückt. Sein Lebenslauf, in dem er seine nicht ganz freiwillige Mitgliedschaft bei den ausschließlich für die gute Sache kämpfenden „Legionären Roms", als Schild und Schwertträger tunlichst verschwieg, hatte die Runde gemacht und weit weg befindliche Firmenchefs von seiner Existenz informiert. Wenn überhaupt, bekam er auf sein an Unverschämtheit grenzendes Ansinnen abschlägige Bescheide. Blieb nur noch die Behörde, die ihr rot stilisiertes „A" in ein weißes, (oder war es umgekehrt?) angeblich mit Millionenkosten geändert hatte. Würstel fand es gut, dass die dafür ausgegebenen Summen nicht von den Arbeitslosen aufgebracht werden sollten. Nicht gut fand er den verdammten Stinkefinger, den ihm die Globalisierung grinsend in den Hintern steckte.
Sie hatten einen Kasernenblock der ehemaligen Volksarmee als Sitz des „Amtes für Arbeit" auserkoren und fein herausgeputzt. Zwischen den zweckentfremdeten Blöcken suchte er niedergeschlagen nach einem Parkplatz. Entweder gab es Unmengen gleich Betroffene, die ein Auto hatten oder es arbeiteten eine unvorstellbare Anzahl Angestellter in dem Gebäude. Der lässig regierende Fußballfan hatte versprochen, die Anzahl der Jobsucher zu halbieren. Irgendetwas, sicherlich nicht Vorhersehbares, war dazwischen gekommen, jedenfalls hatte der Ärmste sein Versprechen nicht einhalten können. Würstel bedauerte sein Versagen und es regte sich Mitleid in seiner Brust. Die Hoheitsträger hatten es auch nicht leicht in den schweren Zeiten, in denen nicht mal eine ruhige Hand hilfreich schien. Das Engagement für die Verringerung der Arbeitslosigkeit, was sicherlich nicht durch das Verschulden der Spitzenkräfte erfolglos blieb, war hoch zu loben. Würstels Sympathien waren ihnen sicher, auch wenn manche Zeitungsfritzen ständig was zu meckern hatten. Er und die meisten Joblosen legten rücksichtsvolles Verständnis an den Tag. Logischerweis konnten nicht alle und ständig die Rosinen aus dem Republikkuchen picken wollen. Es galt schlicht und ergreifend auch den Teig zu fressen.
„BITTE ZIEHEN", stand über dem Griffbügel der nagelneuen Glastür. Es erwies sich als überflüssig. Gerade als er danach griff, fegte ihm ein Mann im Eiltempo entgegen. Sein Gesicht war wutzerknautscht. Er schickte Würstel

einen teuflisch bösen Blick durchs Glas und stieß mit dem Fuß die Tür auf. Würstel sprang in Deckung.
„Möchte verdammt nochmal wissen, weshalb mich die blöden Schweine immer wieder in dieses Zirkuszelt zitieren!“ keifte er in einer Stimmlage, die sehr an einen Brüllaffen erinnerte und stürmte, mit ein paar Zetteln wedelnd an ihm vorbei. Unverhofft blieb er stehen, drehte sich um und sagte ganz ruhig: „Brauchst nicht rein zu gehen Kumpel, die Zeit kannst dir sparen. Regst dich nur unnötig auf über diesen Pfefferladen.“
„Glaub ich, Kumpel“, pflichtete er nickend bei, „aber ich muss mich anmelden. `s ist mein erstes Mal.“
„Na, auf jeden Fall versichere ich dir mein aufrichtiges Beileid.“ Er winkte und ging weiter.
In der für den Anfangsbuchstaben „W“ zuständigen obersten Etage saßen in einem Warteraum von Kinosaalformat Frauen, mit und ohne Kinder, Männer aller Altersklassen, Mädchen, von denen er einige erst fünfzehn geschätzt hätte und noch jünger wirkende Jungs. Das gesamte Altersspektrum lag so zwischen 16 und 60 Jahren. Bei den Letztgenannten waren Personen darunter, die locker jeden 80-jährigen an die Wand spielten. Er sah sich nach einem freien Stuhl um. Hinten in der Ecke war einer frei. Mit stummen Nicken grüßte er seine Stuhlnachbarin, die in Klamotten steckte, die sie ihrem 25 Zentimeter größeren Bruder geklaut hatte.
„Ehj, musst `ne Marke ziehn, Alter.“ Würstel neigte mit gekräuselten Augenbrauen seinen Kopf zu ihr.
„Wie bitte?“
„Na, musst an dem Kasten `nen Zettel mit `ner Nummer ziehn Alter! Dann musste auf die Leuchtreklame gucken, wenn du dran bist! Mann oh Mann! Biste neu hier? Kann ja wohl nicht sein in deinem Alter oder biste doof?“ Sie bohrte ungeniert mit dem Finger in der Nase und Würstel drehte höflich seinen Blick zur Seite.
„Sie meinen, ich soll aus dem grauen Kästchen an der gegenüberliegenden Wand eine Nummer ziehen?“
„Na endlich hast`s kapiert, Opa. Na, nu mach schon, sonst kommst heute hier nicht mehr dran.“ Sie schnippte einen Popel neben ihre Schuhe, was wohl hieß, die Kommunikation war beendet. Er erhob sich und sah in die Runde. Niemand hatte der Diskussion Aufmerksamkeit geschenkt und so brauchte es ihm auch nicht peinlich zu sein.
„Besuchernummer 486“. War er Besucher Nummer 486 von heut oder vom laufenden Monat? Die Leuchtreklame wie Frau Fräulein sie nannte, zeigte 419, 420, 421, untereinander. Hinter der Nummer des Delinquenten wurde

die Zimmernummer angezeigt. Meine Fresse, dann mussten annähernd 65 Personen in dem Raum sitzen! Er griff sich eine Zeitung von einem Tisch, in der nur Jobangebote standen und setzte sich wieder neben das Fräulein mit der vertauschten Konfektionsgröße. Er las, in Irland wurden Schlosser, Elektriker, Maler, Fliesenleger, und Dentisten gesucht. In der Schweiz Krankenpfleger, Fernfahrer, Maler, … In Großbritannien Maurer, Ärzte aller Richtungen, Krankenpfleger, Dachdecker, … In Österreich Köche. In Spanien, in Holland, in Dänemark, in Norwegen, in Schweden … Eine Annonce aus heimischen Regionen fand er nicht. Das war doch der Hammer. Er hatte immer gedacht, die Arbeitslosigkeit in Deutschland sei die niedrigste der Welt. Was eigentlich war hier bloß faul? An der gelobten Politik der Nichthaarefärber konnte es keinesfalls liegen. An den anderen Aufschwungzauberkünstlern erst recht nicht. Aber woran dann? Würstel stand völlig im Regen.
Geschäftige Damen trugen Aktenberge von Tür zu Tür. Es war ihnen anzusehen, wie schwer sie mit der Masse der Arbeitslosen zu kämpfen hatten. Der Warteraum leerte sich allmählich und viel schneller als er gedacht hatte, blinkte eine 486 und verwies ihn nach Zimmer 436.
Zwei Schreibtische mit jeweils einem Computer, davor zwei Tanten im mittleren Alter und Minen, wie sie Pilzsammler machen, wenn sie eine Unmenge Steinpilze vor sich erblicken. Vor den Schreibtischen zwei quadratische Anstelltische mit je einem Polsterstuhl. Der rechte war von einem Lackaffen im Nadelstreifenanzug besetzt, der bei Würstels Eintreten wie ein Lama nieste.
„Gesundheit!“ sagte Würstel laut und freundlich. Der Lackaffe drehte sich um und griente.
„Oh, vielen Dank!“
Die linke Tante wies mit der Hand auf den freien Stuhl.
„Guten Tag, Herr?“ Würstel nannte seinen Namen. Sie begann ihn zu durchlöchern: „Wohnort, Geburtsdaten, wo zuletzt gearbeitet, bitte chronologisch.“
„Chronologisch?“
„Der Reihe nach, bei der Lehre beginnend, Blutgruppe.“
„Äh, ich hatte meine Unterlagen …“.
„Dauert zu lange, keine Zeit“, unterbrach sie ihn ohne den Blick vom Monitor zu nehmen. „Familienstand, Kinder, bei welchen Firmen bisher beworben?“
Er stockte. Es war unmöglich, auch nur einen Bruchteil der Firmenadressen runterzuleiern.
„Sie sind sich im Klaren darüber, dass Sie die Pflicht haben, persönliche Initiative zu entwickeln? Oder glauben Sie, Sie könnten sich ausschließlich auf

unsere Arbeit verlassen?“ Würstel guckte wie ein Schwein ins Uhrwerk. Der fehlten zweifellos vier von fünf Zacken ihrer Krone. Er nannte drei, um die Chose abzukürzen und zückte seinen Nothilfepass, weil er seine Blutgruppe nicht auswendig wusste.

„B, Klammer auf, anti minus A, Klammer zu, D, Klammer auf, RH minus positiv, Klammer zu.“

„Was denn jetzt, zum Kuckuck! RH minus oder plus?“ fuhr sie ihn unwirsch an.

„Es heißt: RH, Bindestrich, positiv“, das „du blöde Kuh“, fügte er nur in Gedanken an.

„Sie sind bundesweit einsetzbar?“

„Äh, hm, äh, eher nicht, ich hab hier `n Haus.“

„Dann kann ich Ihnen nur raten, verkaufen Sie es, denn hier haben Sie äußerst schlechte Karten, mein Herr.“ Jetzt sah sie ihn völlig teilnahmslos an, was bei dem Massenansturm nicht verwunderte.

„Verkaufen? Gute Frau, haben Sie eine Ahnung, in welchem Kellergeschoss die Immobilienpreise dümpeln?“

„Glauben Sie, Sie bekommen in zehn Jahren mehr? Glauben Sie etwa an das Gequatsche vom bevorstehenden Aufschwung? Wie blauäugig sind Sie denn?“

„Na hören Sie, für den Verkaufspreis, den ich jetzt erhielte, bekäme ich drüben bestenfalls ein Stück Wiese oder `ne transportable PKW-Garage am Stadtrand.“

„Zweifellos haben Sie Recht aber dort besteht Hoffnung auf Arbeit, vorausgesetzt Sie engagieren sich.“ Sie tippte wie wild auf der Tastatur herum. Dann nahm sie jeweils ein buntes Heft von den Stapeln. Auf den Titelbildchen waren glücklich lächelnde Menschen wie auf dem „Wachturm“. Sie schob den Plunder, inklusive der Zettel, die soeben aus dem Drucker gerauscht waren übern Tisch.

„Unterschreiben Sie bitte unten, auf allen ungeraden Seitenzahlen. Sie dürfen nicht in Urlaub fahren. Sie müssen immer erreichbar sein.“

„In Urlaub fahren? Wovon bitte, soll ein Arbeitsloser ohne Bezüge in Urlaub fahren? Ich bin gezwungenermaßen immer erreichbar.“

„Müssen Sie auch“, sagte sie kurz angebunden und ganz ernst. „Ansonsten geben wir etwaige Angebote weiter.“

„Angebote? Das ich nicht lache!“ Er blies verächtlich Luft aus seinen Nasenlöchern. Die Tante sah in mit zusammengeknautschter Stirn beleidigt an.

„So abwegig ist das keinesfalls, Sie sind die ersten drei Monate regional im Computer und dann BUNDESWEIT.“

Er schien ihre Ehre verletzt zu haben. Wahrscheinlich hatte er durch seine Äußerung ihre Existenzberechtigung in Frage gestellt. „Wir tun was wir können in unsere Agentur."
„Wie sähe es denn mit einer Umschulung als Schweißer aus oder so?"
„Prima sähe es aus, wenn Sie uns die schriftliche Einstellungszusage einer Firma liefern, kein Problem."
„Für mich schon." Er wollte aufbrausen; aber er war zu müde. Er hatte sich in das Heer der Überflüssigen eingereiht und begann zu akzeptieren, dass er ein Teil dieser Millionenware darstellte, die allen Anderen auf der Tasche lag.
„Ihr nächster Termin steht auf dem Schreiben. Versäumen Sie ihn nicht, sonst zählen Sie nicht mehr als Arbeitssuchender. Auf Wiedersehen und viel Erfolg." Würstel erhob sich stöhnend und zugleich mit dem feinen Pinkel, den er nicht mehr wahrgenommen hatte. Hoch aufgerichtet, wie ein Zuchtgockel vor dem Sprung auf die sich anbietende Henne, trug er seine Nadelstreifen zur Tür und wartete tatsächlich, dass Würstel sie ihm öffnen würde. Von Haus aus an Untertänigkeit gewohnt, riss er sie auf und wartete bis Mister Geck sie passiert hatte. Kleider machen noch immer Leute, dachte er verwundert. Auf dem Gang blieb der Vogel stehen und fragte herablassend: „Und? Hatten Sie mehr Glück?"
„Sieht es danach aus?" Er war schlecht drauf und Leute in Schale waren nie sein Fall gewesen. Sie erinnerten ihn unweigerlich an Schwimmkorken tragende SED-Säcke.
„Nun", fuhr der Schönling fort, „dann werden wir die Zelte hier abbrechen müssen. Ist keine große Sache, in wenigen Jahren ist hier Schicht im Schacht. Sollen sie uns doch an der Kimme küssen, diese Niedrigwattbirnen! Ich wünsche Ihnen jedenfalls viel Glück." Er hielt Würstel die Hand entgegen, als wolle er sich von einem alten Kumpel für immer verabschieden. Er ergriff sie und murmelte abwesend: „Ich Ihnen auch."

Habt ihr schon mal gesehen, wie ein Hartzer sich freut, wenn er an der Resterampe der Fettbäuche, dem Las Vegas der Hungerleider, neben einem Stück Brot auch noch eine kleine Salami, `ne Packung Margarine und `nen halb verwelkten Kopf Eisbergsalat in seine Überlebensbeutel geschoben bekommt? Habt ihr schon mal gesehen, wie er sich freut, wenn er für die leckeren Delikatessen nur einen dieser neuen, gelbrandigen, fälschungssicheren Taler über die Tischlein-deck-dich-Tafel der Verlierer reicht und damit den Inhalt des Beutels bezahlt? Dieser Anblick vermittelt die gleiche wärmende Glückseligkeit, wie wenn Würstels Freund Mobbi am Telefon sagt: „Komm

rüber, ich versorg dir hier `nen Job. Kannst drauf bauen. Komm rüber Kumpel, ich helfe dir. Wirst sehen, in spätestens zwei Wochen hast du einen. Versprochen." Mobbis coole Worte ließen seine Rippen flattern wie der Sturm die Piratenflagge auf offener See. Sein Herz schlug auf ihn ein wie Pete Townshend mit der rechten Hand auf die Saiten seiner Gitarre. Endlich war die Not verreckt!
„Verdammt, Mobbi, du bist mein bester Freund, du alte Ratte! Ich könnt dich knutschen, dich verschissnen Gummihund!"
„Hör auf mit dem Gelaber! Pack deinen Krempel und beweg deinen Arsch her", gurgelte er in den Hörer. „Zeit ist Geld! Hab dir schon immer gesagt, sollst die Seiten wechseln! `s ist zwar nicht mehr wie vor zwölf Jahren, aber wer `nen Job haben will, bekommet auch einen. Werd gleich morgen unseren Boss fragen, ob was frei ist. Ich glaube die suchen einen in der Dachrelingproduktion. Ist zwar ziemlich dreckig aber gut bezahlt. Musst halt gleich sagen, du hattest dir so 14 vorgestellt."
„Was, Mark?"
„Oh Gott ihr Ossis! EURO! Für weniger brauchst du hier nicht den Dreckfänger spielen!"
„Mobbi, du bist verrückt! Das hab ich nicht drauf Mann! Ich meine, ich kann doch nicht …".
„Klar kannst du, musst du. Mach dich bloß nicht zum Löffel. Der Boss verdient noch genügend an deiner Schinderei. Aber ich muss erst fragen, kann sein, der Job ist schon weg. Wann könntest du denn anfangen?"
„Morgen ist Samstag, da gurk ich los. Kann bei Minny pennen."
„Gut, dann versuch ich für Dienstag `nen Termin zu besorgen. Zieh dir was Vernünftiges an, das ist hier so üblich."
„Krawatte?"
„Nee, nicht zwingend. Was Spießiges."
„Ich lass mich Sonntag bei dir sehen."
Samstag morgen, als er die Luftmatratze, sein Kopfkissen, die abgeschabte Reisetasche voller Klamotten und die drei Wolldecken in den Passat gepackt hatte, hauchte er einen flüchtigen Kuss auf Deborahs Lippen und sagte in traurigem Bittermandelton: „Ich ruf dich an, wenn ich eingeflogen bin. Will erst Nelly begrüßen und fahr dann zu Minny.
„Sag Grüße von mir." Würstel wollte sie umarmen, aber sie zuckte einen Schritt zurück. Seine Arme sanken, ohne sie berührt zu haben herab und seine Hände schwammen in eiskaltem Wasser. „Tschüss!"
„Tschüss!" Er stieg in den Wagen und fuhr langsam davon. Im Spiegel sah er sie winken. Ein wässriger Film legte sich auf seine Pupillen. Es war zum

Kotzen, er liebte die Frau mit dem kalten Herz noch immer. Die Straße verschwand hinter einer Nebelwand. Er musste anhalten und die Tränen abwischen. In weiser Voraussicht hatte er eine ganze Stange Papiertaschentücher auf den Rücksitz gelegt. Er tupfte und wischte und wischte und tupfte. Sie hatten ihn wie eine Cobra angebissen, das Gift injiziert, ihn im Stück heruntergewürgt, um ihn kurz darauf auf den Misthaufen in der Ecke des Gartens zu erbrechen. Er musste es schaffen, sich von ihr loszureißen, wollte er nicht als Seelenkrüppel enden. Er stöhnte gequält. Sollte sie die Wellen der Verzweiflung peitschen! Er würde sich nicht mehr von ihnen aufs offene Meer spülen lassen und ohnmächtig vor Schmerz, wie ein weidwundes Tier ans Ufer zurückrudern. Immerhin fuhr er jetzt Richtung Glück. Es hieß Nelly, Minny, Job und lag nur 600 Kilometer weit weg. Der seit Rosis Tod versunkene Glücksstern würde wieder aufgehen. Er würde das Becken mit der stinkenden Pisse auskippen und mit Schlagsahne füllen!

Mobbi hatte ihm vor Freude wie einem alten Gaul auf die Schulter gedroschen.
„Komm, wir gehen gleich auf `n Bier. Heute ist in der Dorfkaschemme Ossitreffen. Gibt`s jeden zweiten Sonntag im Monat. Die meisten stammen aus unserer Ecke. Ausschließlich Broterwerbsflüchtlinge. Einen von ihnen kennst du sogar." Er grinste wie in alten Zeiten.
„Wer soll das sein?"
„Heißt Uwe und ist aus Seifhennersdorf." Würstel kannte ihn tatsächlich. Sie hatten früher verbotene „Schundliteratur" getauscht.
„Der wohnt schon 20 Jahre hier, hat `n geiles Haus gebaut, ist Meister bei `ner Baufirma und noch ganz der Alte."
„Seit 20 Jahren?"
„Hm, ging über `ne Familienzusammenführung."
Der Stammtisch hatte einen Durchmesser von drei Meter. Es war kein Stuhl frei.
„Hiieldee!" Mobbi rief die dralle Dame hinter dem Tresen. Sie hob ihren gewaltigen Vorbau über den Bierhahn, zeigte auf die gegenüberliegende Tür und sprach mit der Stimme von Adriano Celentano: „Hol di zwoi vo hinde!"
Mobbi schubste Würstel vor sich her. Bei der Frau machte er halt.
„Hier hast du `nen neuen Kunden. `n echter Ossi. Bleibt jetzt hier. Lass zwei Freibier zur Begrüßung ein und gib ihm artig die Hand.
„Hallo, bie de Hild'."
„Ich heiße Tobias." Mobbi schob ihn weiter zur Tür. In dem Raum standen zwei Billardtische und hundert Stühle an den Wänden gestapelt. Sie

schnappten sich zwei und stießen auf dem Rückweg mit der Wirtin an. Die Stammtischbesatzung rückte zusammen.
„Pass auf!“ Mobbi stieß ihn an und zeigte reihum: „Der ist aus Zittau, Vater und Sohn aus Herschdurf, der aus Walddorf, der aus Bautzen, Görlitz … Uwe kommt später. Die anderen sind Wessis und heut in dieser Kneipe nur geduldet. Schwaben. Saufen den ganzen Abend nur zwei Bier, die geizigen Lumpen. Wir nennen sie „Heimwehvietnamesen“. Er streckte den Hals wie ein Truthahn zur Stammtischmitte. „Weil sie ständig „ha-noj, ha-noj“ plappern.“ Der jüngste der Runde, Mobbi hatte ihn mit „aus Oppach“, vorgestellt fragte: „He, gibt`s Anzeichen für den Aufschwung Ost in der Lausitz?“ Würstel biss sich auf die Unterlippe und fragte zurück: „Warst wohl lange nicht mehr zu Hause?“
„Ist nicht mehr mein zu Hause. Leider, hab da niemand mehr. Sind alle hier. Sogar die Freunde und die Oma.“
„Dann muss ich dir sagen, der Aufschwung ist auf einen Mittwoch gefallen, hab`s nicht recht geschnallt.“ Er hatte gehofft, sie würden lachen aber, verdammt, sie zogen Gesichter, als habe einer einen Eimer Hundescheiße auf den Tisch gekippt.
„War zu Kommunistenzeiten schon die letzte Ecke!“ Der Bautzner klopfte mit der Faust auf den Tisch.
„Du musst ganz ruhig sein. Ihr hattet wenigstens noch `nen Intershop.“
„Da konnte ich mir nur die Nase an der Fensterscheibe platt drücken, weil meine Oma nicht im Westen wohnte und ich auch sonst keine Chance hatte an Westgeld zu kommen. Was nützen dir die Sternentaler, wenn du sie nicht fangen kannst? Aber jetzt!“ Er sprang auf, griff in die Hosentasche und warf einen Packen loser Scheine auf den Tisch. „Jetzt hängt der Schinken im Rauch! Los Hilde, lass `ne Runde Bier ein! Wir woll’n den Neuwessi gebührend begrüßen!“
„Iie lüg a Obschtler draaf!“ schrie die Dralle.

Damit die eingeplanten Schweißhöfe unter den Achseln sich nicht abzeichnen konnten, hatte er sein schwarzes Hemd angezogen. Eine nagelneue Jeans in echt „blue-blue“, wie es sie kaum noch irgendwo gab und weiße Adidas verwandelten ihn in einen Tangojüngling aus den Sechzigern. Den Passat hatte er Minuten zuvor durch die Wäsche gelotst. Er blitzte, sah man vom Rost ab, wie der Jahreswagen eines Wolfsburger Kantinenkochs. Dem Pförtner cool zurufend, er sei mit dem Chef verabredet, war er ohne großes Federlesen durchs Werktor gefahren. Im Mittelgang des Gebäudes überfielen ihn

Türen mit nichtssagenden Namensschildern. Wahrscheinlich saß der Boss ganz hinten. Er steckte den Kopf in ein Büro.
„Guten Tag. Ich habe einen Termin mit dem Chef, wegen meiner Bewerbung. Können Sie mir sagen, wo er sitzt?“ Das schwedenblonde Fräulein fletschte ihre Häschenzähne, erhob sich und flüsterte, als sei sie im Kino und befürchtete die Zuschauer zu stören: „Kommen Sie bitte mit.“ Sie klopfte an die übernächste Tür. Dit-dit-di-da-di-dit und drückte die Klinke.
„Hm, er ist nicht da. Dann warten Sie bitte vorn im Empfangszimmer.“
Der Raum maß geschätzte acht mal zehn Meter, war mit üppigen Grünpflanzen voll gestopft und hellblau gestrichen. Es sah fürchterlich aus. Wahrscheinlich hatte ein Tschacka-Tschacka-Guru behauptet, hellblau stimuliere schnelle Vertragsabschlüsse, Ruhm, Reichtum und Erfolg. An den Wänden hingen abstrakte Bilder. Bunte Kästchen mit schwarzen Strichen in verschiedenen Variationen, Größen und unterschiedlichen Rahmen. Unter einem stand: „Landschaft im Schnee“, unter dem nächsten: „Kopulierende Hunde“. Würstel staunte, er sah weder Schnee, noch Hunde. Das Zweite war etwas bunter und hatte ein paar Quadrate. Schade, dass er so wenig von Kunst verstand. Um mitreden zu können, würde er sich irgendwann damit beschäftigen müssen. Die Tür flog auf. Würstel fuhr herum. Ein Gigolo-Typ in anthrazitfarbenem Anzug stürmte auf ihn zu. Würstel riss ängstlich die Arme vors Gesicht und sprang in eine Ecke.
„Sind sie Würstel?“
Er nickte ängstlich hinter seinen Unterarmen.
„Fischer. Bin für Personalfragen in der Firma zuständig. Der Chef hat mich gebeten, Sie zu checken. Setzten Sie sich bitte. Sie kommen aus dem Osten?“
„Ja, aus der letzten Ecke, auf der Karte rechts unten. Den Ort kennen Sie garantiert nicht, liegt noch `n Stückchen hinter Bautzen.“
„Oh, Bautzen ist mir ein Begriff. Da war doch das gefürchtete Gefängnis für Politische in dem der Schriftsteller Erich Löst acht Jahre wegen ein paar unliebsamen Zeilen gesessen hat. Wenn Sie wollen, können wir einen Rundgang durch die Firma starten.“
„Achtung Würstel! Interesse heucheln!“ rief der innere Schweinehund.
„Oh, ja, fein!“ Er wollte und musste Geld verdienen, die Innenansicht der Firma ging ihm am Arsch vorbei, aber es nützte nichts, er musste auf Begeisterung machen. Der Gigolo strahlte und schien soeben beschlossen zu haben, dem Chef den Neuling als extrem guten Fang zu präsentieren. Würstel tänzelte ihm von Abteilung zu Abteilung nach, ließ sich alle Produktionsabläufe erklären, zollte haufenweise Anerkennung für den intelligent gestalteten Ablauf und die Sauberkeit und begleitete alles mit „aha, hmm! aha“.

„Und hier, in dieser Halle stellen wir eine neue Maschine auf. Sie funktioniert prinzipiell wie die, vor der wir stehen. Sie könnten an ihr angelernt werden, dann die neue übernehmen und gutes Geld verdienen.“ Sein Mund kroch geheimnisvoll in Würstels Ohr und schlapperte: „Der Boss steht auf Ossis. Er sagt, weil denen das Wasser bis zum Halse steht, wenn sie rüber kommen, arbeiten die alle wie die Tiere, sind zuverlässig und wollen unter Beweis stellen, dass an ihrer sprichwörtlichen Faulheit nichts dran ist.“ Würstel schaukelte wie eine Warnboje bei Sturm. Es lief besser als er gedacht hatte. Sogar die Achselhöhlen waren trocken geblieben.
„Der Mitarbeiter, der für sie beim Chef vorgesprochen hatte, sagt, sie waren Gastwirt?“
„Ja, na ja, zuletzt war’s nur `n Imbiss, so für Bauarbeiter und so. `s lief leider nicht mehr besonders. Es hat Spaß gemacht aber vom Spaß allein kann keiner leben.“
„Kein Wunder, bei der Arbeitslosigkeit, kein Wunder. Ich muss zurück ins Büro. Um 18.00 Uhr kommt der Boss, dann wird alles geklärt. Können sie morgen gegen zehn bei mir sein, um den Papierkram zu erledigen?“
„Na, auf die Minute.“
„Nun, ich kann und darf nicht vorgreifen“, lächelte er wohlwollend wie ehemals Honecker auf der Leipziger Messe, „aber ich denke, wenn ZWEI Mitarbeiter für Sie sprechen, dürfte Ihrem Glück nichts im Wege stehen.“ Seine Zähne blitzten wie das New Yorker Silvesterfeuerwerk und Würstel musste vor Glück sein Herz umklammern, damit es ihm nicht aus der Gurgel sprang. Als er am nächsten Morgen auf Fischers Stuhl vor seinem Schreibtisch saß, fühlte er sich wie vom Bus überfahren. Erst hatte er mit Minny, Woody, Nelly und ihrem Lebenspartner Chris, einem Iren (aber einem liebenswerten), ein paar Gläser billigen Sekt getrunken, um dann die ganze Nacht vor Aufregung kein Auge zu schließen. Gegen fünf Uhr war er doch noch weggesackt. Jetzt war er geschafft wie der Überbringer der Siegesnachricht, der die 42 Kilometer von Marathon nach Athen in einem Stück gerannt war. Fischer hatte eine Hiobsbotschaft im Ärmel. Das sah Würstel sofort. Er zog sie langsam und genussvoll hervor und legte sie auf den Schreibtisch.
„Halten Sie sich fest, Herr Würstel.“ Sein Siegerlächeln berührte die Ohrläppchen. „Der Alte sagt, einen Gastwirt in die Produktion zu stecken, sei Perlen vor die Säue werfen.“ Jetzt trafen sich die Mundwinkel am Hinterkopf. „Er meint, der derzeitige Einsatzleiter Fuhrpark sei `ne Pfeife. Er habe ihn mehrfach abgemahnt und werde ihn entlassen. Nun raten Sie mal, wer seinen Posten bekommt?“ Er hob den Zeigefinger und sagte wie der berühmte Quizmaster im Fernsehn: „Sie, Herr Würstel, Siiie!“ Würstel saß ruckartig

im Backofen einer Großbäckerei zwischen braungebrannten Brotlaiben und pervers riechendem, gelben Käsekuchen und sah auf das Innenthermometer. HUNDERTACHTZIG GRAD CELSIUS ! Keine Frage, auf der Stelle würden seine Eier platzen und kleine piepsende Küken gebären. Er riss den Mund auf und hechelte Kühlung nach unten, kratzte sich an der linken Wange, als habe eine Hornisse da ihren Stachel versenkt und stotterte: „Ääh, ooh, ääh … ich meine, Herr Fischer, ääh, das heißt ich denke, nein, wie soll ich sagen, ich bin zu doof dafür. Ich meine, ääh, so viel Verantwortung, ich, ich hab davon keinen Schimmer. Das trau ich mir nicht zu. Das übersteigt meine Fähigkeiten. Das, ääh, in der Produktion …“.
„Reden Sie keinen Unsinn! In den Unterlagen steht, sie haben 28 Jahre Ihre Brötchen als Gastwirt verdient und waren über Jahre der Chef einer Firma mit 30 Mitarbeitern und das erfolgreich, wie wir von unserem Mitarbeiter wissen. Der Alte hat mit ihm gesprochen und er sagt, ein Mann wie Sie kommt nicht in die Produktion. Außerdem hat er Sie gestern aus dem Hinterhalt beobachtet und für gut befunden. Also halten Sie ihren Schnabel. Sie können ab Montag nächster Woche anfangen, hat er gesagt. Sie verdienen sich in unserer Firme `ne goldene Nase. Richten Sie sich auf! Sie bekommen nach drei Monaten `ne Festeinstellung mit `nem Gehalt, das sich sehen lassen kann, von dem selbst die Leute hier in der Firma träumen.“ Er hielt mit hypnotischem Blick die Hand über den Tisch.
„Na, Herr Würstel, schlagen Sie ein.“ Würstel stützte seine Stirn. Sein Magen schlug mit den Flügeln wie die Taube, die der Falke mit den Krallen durchbohrte.
„Herr Fischer“, winselte er, „ich habe keine Courage. Ich kenne mich hier nicht aus und wenn ich dann was falsch mache? Ich meine, was soll werden, wenn …“. Er wand sich wie der schlammbeschmierte Regenwurm im Schnabel der Amsel, drehte sein Inneres nach außen und fummelte wie ein Schattenboxer über den Tisch, dass Fischer den Oberkörper zurück nehmen musste, um nicht am Kinn getroffen zu werden. Es half nichts, Fischer, der wahrscheinliche Urheber seiner Beförderung zum Fuhrparkchef, zog eine Mine, die an Beleidigungskapazität nicht zu toppen war. Er schien außer sich, wie jemand einen solchen Vorschlag ablehnen konnte. Er faltete die Hände vor den Mund, stützte mit beiden Daumen das Kinn und bellte wie ein Wachhund: „Falls Sie das Angebot endgültig ablehnen, betrachte ich das Gespräch als beendet.“ Sein Hals glühte wie ein Hochofen und die Augen sprühten wie beim Abstich des Roheisens.
Würstel schluckte, senkte traurig den Kopf und bettelte untertänigst: „Herr Fischer, bitte, ich möchte in die Produktion. Als Fuhrparkleiter würde ich

Monate brauchen, um mich einzuarbeiten." Er unterbrach ihn mit einer wischenden Handbewegung.
„Wenn das Ihre Entscheidung ist, wünsche ich Ihnen viel Erfolg bei der Suche nach Arbeit." Seine Wangenknochen traten hervor. Er erhob sich und reichte ihm die Hand.
Das langersehnte Glück war mit ausgebreiteten Armen auf ihn zu gekommen und er hatte es in den Arsch getreten. Es gab nur wenige Exemplare der Gattung Mensch, die blöder als dieses Würstel waren.
Mobbi war vom Hocker.
„Mensch, bist du bekloppt! In ein, zwei Monaten hättest du den ganzen Laden im Schlaf geschmissen, mit links und vierzig Fieber. Dann wär der Rubel gerollt, du Müllkippencamper!" Er sprach tagelang nicht mit ihm, war aber dann doch gekommen und hatte mit ihm die Gewerbegebiete abgeklappert. Aber es wollte sich kein Erfolg an seine Schulter lehnen. Mangels Geld saugte er am Strohhalm.
„Dann musst du vorübergehend zu `ner Menschenhändlersekte", hatte Mobbi resigniert.
„Was für Zeug?"
„Zu `ner Leihfirma und nebenher weiter suchen."
Im dritten Anlauf hatte er Glück. Im Großraumbüro im zweiten Stock saß er dem Abteilungsleiter, Herrn Kirsch gegenüber. Der blutjunge Kerl sagte nach einem zwanzigminütigem, locker geführtem Gespräch: „Wir benötigen einen Fahrer, der die Mitarbeiter, die keinen eigenen PKW haben, zu den Einsatzorten fährt und sie wieder abholt. Der Mitarbeiter, der dafür vorgesehen war, ist ein völlig unzuverlässiger Slavenknilch. Der Mann kommt und geht, wann er will. Den werde ich mir von der Backe machen." Er stierte auf die Tafel mit den Namen und den Einsatzorten. „Wenn Ihnen das zusagt, könnten Sie am Montag anfangen. Möchten Sie?" Würstel mochte.
„Sie bekommen am Samstag den „Fiesta", den Fahrplan mit Namen und Adressen und zu welchen Firmen Sie zu fahren haben." Dann nahm er Würstel an der Hand und führte ihn durch den Formulardschungel.
„Höhe des Stundenlohnes?" Würstel entschied sich für den höheren. 5,61 Euro, dafür nur 18 Tage Urlaub. Die zwangsläufig bei Personalfahrten anfallenden Überstunden wurden vergütet.
„An den Wochenenden haben Sie den Wagen zur persönlichen Verfügung, allerdings nur im Umkreis. Nach Hause müssen Sie mit dem eigenen fahren. Achten Sie auf die Tankcheckkarte."
Das Angebot riss wahrlich keinen Plüschhund vom Sofa, war aber immerhin ein Anfang. Vielleicht ließen sich noch fünf Liter Benzin aus der Tankkarte

saugen. Kirsch drückte ihm einen bunten Hefter mit dem Firmenlogo in die Hand, stellte ihm die Sekretärin vor, die ihm am Samstag Autoschlüssel und Tankkarte übergeben würde und klopfte ihm wohlwollend auf die Schulter. „Wir sehen uns nächste Woche Freitag, wenn Sie den Fahrplan für übernächste abholen." Er lachte und verschwand hinter einer Tür, auf der „WC" stand.

Die Stadt schien die Ausdehnung eines Kontinents zu haben. Als völlig Fremder irrte er wie der blinde, verlorene Adams durch die Gegend, musste vor jeder Fahrt den Stadtplan studieren, um sich orientieren zu können. Die einverleibten Ortschaften der Umgebung waren Irrgärten, mit drei Meter hohen Grünzeughecken, die einander glichen wie Heizkörperrippen. Vor allem im Dunkeln verfranzte er sich pausenlos. Manchmal, wenn er keine Ossis, sondern Ortskundige zu fahren hatte, ging alles glatt. Sie soufflierten ihm Schleichwege und er parkte sie pünktlich vor ihren Arbeitsplätzen. Manchmal musste er Kollegen wach klingeln und warten, bis sie sich angezogen hatten. Dann fuhr er wie die jugendlichen Raser und schmälerte sein knappes Taschengeld durch die Unkenntnis der Standorte der grünen Kästen mit den Bullaugen erheblich. Ein Drittel des Lohnes musste er an die Aufsteller der feuerspeienden Schrecksäulen überweisen. Dann markierte er jeden Blitzer im Stadtplan mit roten Faserstiftpunkten, bis er aussah, als habe er die Pocken und prägte sich die Standorte ein. Vor jeder Abfettsäule ging er quietschend in die Eisen oder fuhr, wenn die Straße nachts frei war, volle Kanne auf die linke Seite. Im zweiten Monat trugen Umsichtigkeit und Überstunden Früchte. Langsam würde er den zu Hause aufgelaufenen Verpflichtungen für Gas, Wasser Strom und Scheiße wieder nachkommen können und so verhindern, dass seine Deborah in einem ungeheizten Haus erfror. Mit dem „Fiesta" unterm Hintern, auf dem mit rotbraunen Buchstaben „So arbeitet man heute" geschrieben stand, konnte er in einem halben Jahr sein Konto zu einer soliden, schwarzen NULL führen. Dann würde er sich ein kleines Zimmer mieten und brauchte Woody und Minny nicht mehr auf die Ketten zu gehen.
Mangels Geld herrschende Alkoholabstinenz und das Nichtvorhandensein der lebensverschönernden Ressource „Frau", bereiteten seinem Dasein ungewohnte, erhebliche Abstriche. Trotzdem war er glücklich wie seit zehn Jahren nicht mehr. Nur Deborah fehlte. Die Schwierigkeiten, die ihn zu Hause beim Zusammenleben mit ihr die Gurgel würgten, waren aus der Ferne betrachtet klein geworden, wie die Häuser beim Blick aus dem abhebenden Flugzeug. Der herzförmige Stein in ihrer Brust, ihre Allüren, alles verwandelten

die 600 km Entfernung in einen zuckersüßen Knutschplüschteddy mit treuherzigem Blick und er sehnte sich nach ihr wie ein Waisenkind nach elterlicher Wärme. Ach Deborah!

„Hast Post Paps, liegt aufm Kühlschrank. Sieht aus wie `n Behördenbrief.“ Ihn hatte sofort ein Gefühl befallen wie Huck Finn, wenn er ein Reinigungsbad nehmen sollte. Behördenbriefe schmeckten immer nach konzentriertem Bittermandelaroma. Dieser stank auch noch nach flüssiger Ziegenkacke. Die Staatskasse wollte endlich den wohlverdienten Strafbetrag überwiesen haben. Bloß aus welcher Geheimschatulle sollte er die 5000 Euro zaubern? Überhaupt eine unverschämte Summe für so `ne kleine Pistole, zumal sie die auch noch zu Geld machen konnten! Eine Unverschämtheit, wie Würstel fand. Die Scharfrichter schrieben, er solle sich mit einer Bewährungstante aus Baden-Württemberg in Verbindung setzen und blah, blah, blah … Mist, verfluchter! Seine Kontozahlen waren in kräftigem Rosa gehalten. Bis die in gefälligerem Schwarz auf den Auszügen erschienen, floss noch viel Wasser aus dem Rhein in die Nordsee. Telefonisch forschte er nach einem Bewährungsfuzzi und erhielt einen amtlichen Termin für sein perverses Problem bei einer Frau Krämer, die mit dem Fiesta in einer Stunde erreichbar war.
Die Gute hatte ein Büro, in dem sie ihn und andere Lumpen auf ihren Weg zurück in die Reihen der Unbescholtenen begleitete, ihnen mit Rat und Tat unter die schmutzigen Arme griff. Ein eddingbeschriebenes Blatt klebte von innen an der Scheibe der Eingangstür und wies auf die Räumlichkeit im zweiten Stock und die dienst- und donnerstägliche Anwesenheit von Frau Bewährungskrämer hin. Seine Uhr zeigte noch zwanzig Minuten Zeit bis zum Termin. Er klopfte an die beschriebene Tür, erhielt aber, wie bei Behörden üblich, keine Einladung einzutreten. Nach der zweiten Wiederholung drückte er die Klinke und steckte sein Gesicht, eine glühende Entschuldigung auf den Lippen, in einen kleinen Warteraum, in dem keine Menschenseele war. Er betrat ihn, schloss leise die Tür und ging zu dem mannshohen Spiegel neben den drei hölzernen Garderobenhaken um die Jacke aufzuhängen. Er betrachtete sich im Spiegel, kontrollierte die Klamotten und sah eine Bewegung in seinem Rücken. Seine Hand fuhr zum Mund und unterdrückte das „OH!“ der Überraschung. Die gegenüberliegende Tür stand weit offen. Der Raum dahinter war erfüllt von leisen, angestrengten Stöhnen, eines sich fürchterlich schindenden Mannes. Ein nackter, bis zur Hälfte von einem schwarzen T-Shirt bedeckter Männerarsch wippte vor und zurück. Irgendwie kam ihm diese Bewegung bekannt vor. An dem Hintern hingen vier nackte Beine, zwei behaarte und zwei rasierte. Das unrasierte Paar steckte in einer

zusammengerutschten Hose und bewegte sich ab den Knien synchron mit dem daraufsitzenden Hintern, der vom glattrasierten Beinpaar in die Zange genommen wurde. Es steckte in weißen Stöckelpumps, hielt völlig still, war schlanker und sonnengebräunt. Die Höhe der Absätze erschien Würstel unverschämt, ja pervers. Solch hohe Dinger trugen im Allgemeinen nur Huren oder zumindest schamlose und obszöne Damen. Der Besitzer des kalkweißen Hinterns kniff seine Pobacken mit aller Kraft zusammen, so dass an den Außenseiten schüsselrunde Dellen entstanden. Die Hände des, ganz sicher unsittlichen Strolches, klammerten sich in die Hüften der Frau, deren Moralvorstellung nicht der viel gepredigten entsprechen mochte und die er leider nicht sehen konnte. Er überlegte angespannt, ob er sich das faszinierende Theaterstück, für das er noch nicht mal Eintrittsgeld bezahlen musste, noch eine klitzekleine Weile anschauen könne, ohne bemerkt zu werden, als der unkeusche Macker zu schnauben begann wie ein wütender Wallach. Ans Ende seines Fauchens klebte er noch ein langgezogenes „Aaah“. Sein Oberkörper krümmte sich nach vorn und eine soprane Frauenstimme rief:
„Oh Gott! Gottfried! Oooh Gottfried …, oh Gott!“
Der Ruf der Frau und das lange „Aah“ des verdorbenen Lümmels, der offensichtlich Gottfried hieß, war für Würstel das Zeichen, schleunigst zu verschwinden. Keinesfalls wollte er den beiden durch sein Spannen den Spaß verderben. Auf Zehenspitzen tänzelte er zur Ausgangstür und trat lautlos in den Flur. Seine Armbanduhr zeigte die vereinbarte Zeit. Die beiden hatten ein gutes Timing, das stand fest. Um der Beule, die sich in seiner Hose gebildet hatte, Zeit zum Verflachen zu geben, würde er noch drei Momente verstreichen lassen. Schließlich mussten die Verliebten sich gewiss in Form bringen. Nach drei Minuten, er hatte zuvor peinlich genau geprüft, ob die doofe Beule weg war, klopfte er dreist und donnernd wie ein Flakgeschütz an die Tür. Natürlich! Wie konnte es auch anders sein: Er bekam keine Antwort. Robust drückte er die Klinke und die Tür sprang auf. Was soll ich euch sagen? In der Tür, durch die er vor Minuten das tolle Schauspiel beobachtet hatte, stand ein völlig bekleidetes Paar, umschlang und küsste sich, ohne Würstel auch nur einen Blick zu schenken! Er trug ein schwarzes T-Shirt, sie weiße Stöckelschuhe an strumpflosen Beinen. Würstel räusperte sich laut. Keine Reaktion. Die Unverschämten steckten sich weiterhin die Zungen in die Hälse.
„Ääntschuldigung, ich habe einen Termin mit Frau Krämer. Sind Sie das?“
Sie zutschten ihre Waschlappen schmatzend in die eigenen Mäuler und lösten die Umklammerung. Die Frau schätzte er, konnte so Mitte fünfzig sein. Der Kerl war höchstens vierzig. Tolles Paar. Das war der Hammer, dieser junge

Spund besorgte es der Vorrentnerin auf ihrem Schreibtisch! Hatte die Welt schon jemals so eine Unverfrorenheit gesehen? Dazu in einem öffentlichen Büro mit geöffneter Tür. Hatte er nicht gehört, Wessis seien prüde?
„Ja, mein Herr, ich bin Frau Krämer", piepste sie, „und Sie sind wohl der Würstel?"
„Jawohl, Frau Krämer."
„Ja, Gottfried, dann bis morgen, gleiche Zeit aber im andern Büro. Und grüße deine Frau von mir", hauchte sie ihrem Poppgalan an den Hals. Mann waren die verdorben! Gottfried küsste flüchtig ihre Wange und schlürfte raus.
„Kommen Sie in mein Büro." Sie lächelte freundlich und ausgeglichen wie eine frisch befriedigte Frau. „Setzten Sie sich bitte auf diesen Stuhl." Im Büro roch es nach Sperma und diesem anderem bekannten Sekret. Sie strich ihr Kleid, das für ihr Alter viel zu kurz war, vorn und hinten glatt und setzte sich an den Schreibtisch, auf dem sie eben liegend „Oh, Gottfried, Oh Gott!" gerufen hatte, als der mit aller Gewalt das Spiel beendete. Dann nahm sie den Hefter, der Würstels Namen trug und schlug ihn auf.
„Was mich als Erstes interessiert, wie viele und welche Vorstrafen haben Sie, Herr Würstel?" Er kratzte sich im Nacken und sah sie dämlich an.
„Na?" Sie verlangsamte ihr Lächeln und neigte den Kopf. „Keine Scheu, Herr Würstel, keine Scheu! Und nicht flunkern. Ich kann und werde ihre Angaben mit Leichtigkeit überprüfen." Sie lächelte wieder, als wollte sie sagen, dass das ja sicher nicht nötig sei.
„Ich verstehe ihre Frage nicht", stammelte er verlegen. „Ich bin hier wegen der Verurteilung, dem blöden unerlaubten Waffenbesitz."
„Nun ja, das entzieht sich nicht meiner Kenntnis." Sie tippte mit den Fingern auf das Papier im Hefter und fügte hinzu: „Hab ich gelesen und ich möchte gern von Ihnen Ihre Vorstrafen erfahren." Würstels Rosette begann zu jucken. Er rutschte auf dem Stuhl hin und her. Schließlich konnte er sich jetzt nicht an der Stelle kratzen. Die Bewährungstante konnte keineswegs über gestohlene Baumaterialien Bescheid wissen, also was wollte die denn dann, verdammt?
„Nun schaun Sie bloß nicht so komisch unschuldig und nennen Sie mir endlich die Vorstrafen, damit wir voran kommen." Ihr Gesicht wurde dunkel wie der Bodensee in mondlosen Nächten.
„Ich weiß zum Kuckuck nicht, was Sie von mir wollen! Was soll ich denn für Vorstrafen haben? Wie kommen Sie denn auf den Scheiß? Ich habe keine." Würstel trug eine unsichtbare Salatschüssel zwischen den Händen.
„Sie wollen mich, die ich schon seit dreißig Jahren in diesem Amt bin, doch nicht einen solch dicken Hund schlucken lassen. Halten Sie mich für blöd?" Die Alte kotzte ihn langsam an. Gleich würde er wütend werden.

„Dann fragen Sie doch nach, wenn Sie`s mir nicht glauben! Ich habe keine, nicht eine! Warum soll ich Sie denn belügen? Und mal Klartext, wie kommen Sie überhaupt darauf? Wollen Sie mir mit psychischem Erzieherscheiß Unterwürfigkeit einbläuen, mich zum Serienmörder machen, um auf mir nach Herzenslust herumhacken zu können? Also ehrlich, ich finde es ziemlich makaber, was Sie hier abziehn, um mich fertig zu machen. Was hab ich denn angestellt? Ich hatte `ne Pistole im Nachtschrank, hab Sie aber nie benutzt. Nichts, aber auch nichts getan, was im Entferntesten an etwas Böses heranreichen würde. Wenn Sie so wollen, haben alle Männer die technischen, anatomischen Voraussetzungen für ein Sexualverbrechen, ohne das sie, bis auf ganz wenige Ausnahmen, deshalb zu Straftätern werden."
„Es geht mir keineswegs um diese, Ihre letzte Verurteilung, das sagte ich bereits." Ihr Gesicht wechselte von Bodenseedunkel ins Mattschwarz. Ihre Geduld hatte sich trotz vorheriger Befriedigung aufgezehrt
„Tut mir leid, es gibt keine Vorstrafen, außer Sie meinen die angebliche Kontaktaufnahme mit dem Bundesnachrichtendienst zu DDR-Zeiten, die in Wahrheit von der Stasi inszeniert war und die zur Folge hatte, das ich zwischen Spitzeltätigkeit und vier Jahren Bautzen II wählen durfte", sagte Würstel mit fester Stimme. „Und da ich denke, das wäre ziemlich unwahrscheinlich, möchte ich Sie bei allem Respekt bitten das Thema abzuhaken, weil mir ihr Misstrauen echt auf den Zünder geht."
Sie fuhrwerkte ihre Lippen durchs Gesicht, als stünde sie auf der Bühne des Staatstheaters zur Weltmeisterschaft im Grimassenschneiden.
„Ich glaube Ihnen nicht, bei dem Urteil müssen sie einschlägige Vorstrafen haben, sonst hätten Sie einen simplen Strafbefehl, einen Richter aber nie zu Gesicht bekommen."
„Hm, der Richter war aber kein Ossi, sondern aus München."
„Das Strafmaß ist äußerst außergewöhnlich. Ich werde ihre Angaben überprüfen." Ihre Stimme klang wie das Brechen von Eiszapfen. Sie glaubte ihm nicht.
„Weshalb haben sie den Betrag noch nicht an die Landeskasse Chemnitz überwiesen?"
„Tja, warum wohl? Weil ich abgebrannt wie `ne Kirchenmaus, platt wie `ne Flunder bin. Hab erst seit `n paar Wochen Arbeit, drüben war nix. Hab die halbe Ex-DDR abgegrast." Frau Krämer begann wieder mit ihrer Lippengymnastik.
„Möchten Sie die Strafe lieber durch gemeinnützige Arbeit abgelten?"
„Schon, aber steht so leider nicht im Urteil."

„Falls Sie mich nicht angelogen haben, werde ich für Sie eine Abänderung der Klausel erwirken, das verspreche ich Ihnen in die Hand.“ Würstel blies heiße Luft auf seine Schuhe.
„Ouh, dafür wäre ich Ihnen sehr dankbar. Mein Konto ist seit Monaten in dezentem Rot gehalten.“
„Dann suchen Sie sich sofort eine Stelle, wo sie gemeinnützige Tätigkeit leisten können. Wir sehen uns nächste Woche. Bis dahin werde ich alles klären. Kopf hoch! Wenn Sie fleißig sind, haben sie die 500 Stunden zum Ende des Sommers abgedient.“ Die Alte schien ziemlich annehmbar zu sein. Würstel verabschiedete sich und warf einen letzten Blick auf die Stelle, wo ihr Kopf gelegen haben musste.
Stunden später knallte dem heimatvertriebenen Würstel die nächste angenehme Nachricht vor die Füße. Seine geliebte Deborah hatte an Minnys Telefon in sein Ohr gezwitschert, sie habe Sehnsucht nach ihm und würde am Wochenende zu Besuch kommen. Eine Kettenraupe mit Schiebeschild hatte seine Brust durchpflügt. Die fünf Worte, vor allem das Wort „Sehnsucht“ fiel ständig im Hohlkopf von oben nach unten und wieder nach oben, wie eine Glasmurmel im Treppenhaus und hinterließ ein „Ping-Ping-Ping“. Sie hatte geflüstert, sie komme am Freitag 21.30 Uhr mit dem Zug an und ob er sie abholen könne.
„Natürlich, mein Engel! Natürlich komme ich dich abholen. Ich freue mich irre auf dich“, hatte er verliebt in den Hörer geschwitzt, als gäbe es keine, die Worte transportierende Leitung zwischen ihnen. Es war nicht gelogen. Tags drauf hatte er eine zweite Luftmatratze gekauft und im Supermarkt den Einkaufswagen voll gepackt, dass er zusammen zu brechen drohte. Ihren Lieblingsrotwein, Weintrauben, Kalbfleisch für ihr Lieblingsragout-fin mit Parmesankäse, Süßigkeiten, zwei sich einander umschlingende Plüschmäuse, Südtiroler Schinken, Bier für Woody und sich, ein nach Südsee duftendes Parfum für Deborah und Früchte, von denen er weder den Namen kannte, noch wusste, wie man sie aß. An der Kasse musste er sich schweren Herzens entscheiden, welche der himmlischen Sachen die Kassiererin zurückrechnen solle. Es fehlten 35 Euro und wie verliebt er die blöde Schickse hinter dem Warenlaufband auch anhimmelte, sie blieb dabei, ihm nur das zu überlassen, was er auch bezahlen konnte. Wütend ignorierte er die Schlange ungehaltener Kunden und ließ aus Frust die unterbelichtete Kassiererin immer aufs Neue rechnen, bis sie völlig entnervt auf die Summe kam, die Würstel parat hatte. Die doofe Kuh presste ein lautes Stöhnen aus dem Hals und Würstel schielte sehnsüchtig nach den Dingen, die ihm von ihr vorenthalten worden waren. Wäre er jünger, hätte ihm garantiert sein Charm geholfen. „Wenn du

alt bist, solltest du wenigstens wohlhabend sein", fluchte er leise. Die Zuchtsau zu mästen, die sie Reichtum nannten, war ihm misslungen. Dabei hatte er sie, als die Welt wieder auf die Füße kam, ganz deutlich gesehen und als große, fette Prophezeiung jede Nacht im Traum auf ihre Steckdosenschnute geküsst.
Am Sonntag fuhr er Deborah schweren Herzens zum Bahnhof. Die wenigen Stunden waren verflogen wie flüchtige Küsse. Noch nicht mal 43 Stunden waren sie zusammen gewesen. Er hatte für sie gekocht und sie hatte ihn gelobt. In den zwei Nächten hatte er das Gefühl, sie sei ihm wieder etwas näher gerückt. Vielleicht war es aber auch der von Abstinenz genährte Heißhunger, der hitzeflimmernde Lichtbrechungen in den Himmel malte. Er hatte aufs Gaspedal getreten, sich in Kurven gelegt, Bomben gezündet, Leuchtpatronen durch ihren Körper geschossen und ihr verblasstes Augenfunkeln zurückgeholt. Das Augenfunkeln, das er aus vergangener Zeit nur zu gut kannte. Es hatte für unendliche Glückssträhnen gesorgt und etwas Göttliches an sich gehabt. Wenn er es schaffte, diese Augenblitze wieder zum Leben zu erwecken, würde es dann so werden wie damals?
Der Wind pfiff mit grausigem Biss über den Bahnsteig. Der große Zeiger der behämmerten Uhr sprang mit Riesensätzen dem Abschied entgegen. Wenn er mit einem Steinwurf den verdammten Zeiger zerschmetterte, würde dann die Zeit inne halten, bis ein alarmierter Uhrmacher das Ding repariert hätte? Er umarmte sie, legte seine Wange an ihre und sein Blut wurde heiße Schokolade, die wärmend und zäh durch die Adern kroch. Sie stand reglos mit leicht gesenktem Kopf und schlotterte vor Kälte.
„Ich bin traurig, dass du wieder fährst", flüsterte er in ihr Ohr.
„Ja, schade", antwortete sie einsilbig.
„Mensch, wenn ich doch bloß zu Hause `nen Job aufgerissen hätte, dann bräuchten wir …".
„Ich war so froh, als du gegangen bist. Jetzt hat dein ewiges Fremdgehen vielleicht ein Ende." Sie hatte es kaum hörbar auf den Bahnsteig gehaucht, aber es traf ihn wie eine Flutwelle, ein Kaventsmann. Er ließ sie los, taumelte zurück und wollte die berühmte Frage stellen, was zuerst da gewesen war, die Henne oder das Ei, aber er bekam den Unterkiefer nicht hoch. Der hing auf seiner Brust und wog drei Tonnen oder so. Sie bewegte sich nicht, starrte auf ihre Reisetasche neben ihren Füßen. Eine Windböe trommelte ihm Ohrfeigen ins Gesicht, zerrte an seinem Hals, boxte gnadenlos in seinen Magen und schrie dem herandonnernden Zug entgegen: „Sie hat DOCH Gefühle!"
Und Würstel hatte geglaubt, sie hätte ihr Herz bei Hauffs „Holländer Michel" gegen einen Stein getauscht, um mit dem dicken Ezechiel im Wirtshaus

würfeln zu können. Aber so wahr ihm Gott half, wäre sie einen Zacken herzlicher, netter und wärmer zu ihm und seinen Kindern gewesen … Deborah war sich wie immer keiner Schuld bewusst. Ihr Spiegelbild strahlte makellos, hell und klar, wie der dekorierte Siegerpudel der letzten Rassehundeolympiade. Ihr Selbstvertrauen hätte für drei weitere Frauen gereicht. Der Zug hielt mit markerschütterndem Quietschen. Die Türen flogen auf und bepackte Menschen überfluteten den Bahnsteig. Manche wurden geküsst und Würstel küsste seine Frau auch. Er wollte keinen Streit. Mit Deborah streiten war Selbstverstümmelung. Deborah war und blieb Deborah. Ihre Lippen waren kalt und blass wie die Stirn eines Zombies. Er hob die Tasche vom Pflaster und reichte sie ihr durch die Tür. Sie winkte mit einer Maske aus dem Abteilfenster, für die Buster Keeton seinen Oskar in den Hudson geworfen hätte. Würstel winkte ihr mit dem Weltschmerz der letzten zehn Jahre, bis der Zug außer Sichtweite war. Dann zündete er mit zitternden Händen eine Kippe, schlürfte mit schlapp baumelnder Seele, wie ein im Rivalenkampf verletzter Esel zur Bank und ließ sich auf ihre Latten plumpsen. Er stützte seinen jammergefüllten Schädel in die Hände, schob die Zigarette von Mundwinkel zu Mundwinkel, stierte wie ein Hirnamputierter dem verschwundenen Zug nach und begann lautlos zu schluchzen. Die Tränen waren salzig und bitter, würzten den Rotz, der über seine Oberlippe in den Mund quoll und ließen ihn halbwegs annehmbar schmecken. Wenigsten die Hälfte des Ehepaares hatte Schuldgefühle.

Drei Monate in der westlich der östlichen Welt gelegenen Gegend, kamen ihm wie höchstens drei Wochen zu Hause vor. Längst wäre es Zeit gewesen, sich ein Zimmer zu suchen. Er konnte nicht auf ewig bei Minny und Woody hocken, auch wenn es schön für ihn war. Er wischte sich die Spinnweben aus der Nase und ging auf Tour, verglich die Preise in Annoncen, wägte ab, grübelte und suchte aufs Neue. Das nächste Angebot war ein Volltreffer. Eine Einliegerwohnung, keine zehn Kilometer von den Kindern entfernt, mit Bad, eingebauter Küche, möbliert, kleine Wohnstube, kleine Schlafstube. Eine Sitzecke mit eigenem Kräuterbeet und Abendsonne rundete den Wahnsinn ab. Die Besitzer, ein Ehepaar namens Schneider im gleichen Alter, er Banker, sie Hausfrau, waren locker und schienen (zumindest für schwäbische Verhältnisse) ziemlich nett zu sein. Fast zaghaft hatten sie gefragt, ob ein Betrag von 250 Euro inklusive Heizung, Energie und Wasser angemessen wär. Er war mehr als angemessen und er zog sofort ein. An den Wochenenden graste er die Trödelmärkte nach Bügeleisen und Haushaltskram ab.

Eine herrliche, alte Kofferheule plärrte in seiner Anwesenheit die Hits von SWR1. Für sein treues Hören bedankte sich der Sender mit Titeln, die seinem Musikgeschmack sehr nahe kamen, (ganz im Gegensatz zu dem in der Heimat als „Mumiensender" verspottetem MDR1.) Die Vermieterin nähte ihm Gardinen und stellte ihm die Waschmaschine im Keller zur Verfügung. Er bekam von ihr einen eigenen Kellerschlüssel und sie lieh ihm Bücher aus ihrem Bücherregal, auf das jede Bibliothek neidisch gewesen wäre. Bedauerlicherweise verminderte chronischer Zeitmangel seinen Lesedrang. Frau Bewährungskrämer hatte die Umwandlung der Geldstrafe in gemeine Arbeit zum Nutzen der Gemeinheit erwirkt.
Die Vermieterin, in der Woche vom Banker allein gelassen, nahm sich seiner an, versorgte ihn mit ihren, leider sehr schlichten Kochkünsten und half ihm beim Wohnungsputz. Der Sommer stand in seiner schönsten Blüte und Würstel war zufriedener denn je, als der Teufel wieder die Hörner senkte.
Sein Badfenster zeigte auf das von einer blickdichten Hecke umgebene Grundstück der Familie. Frau Ramona, eine zierliche, etwas fispelige Person mit rötlichem Haar, lag auf einer Holzpritsche in der Sonne und hatte vergessen, sich was anzuziehen. Ja, zum Teufel, sie war nackt! Würstels gierige Blicke sollten oder sollten nicht, von einem aufgespannten Sonnenschirm abgeblockt werden, der auf der Wiese lag. Der laue Wind oder Frau Vermieterin hatte ihn zur Seite gerollt. Angelockt vom schönen Anblick war Würstels Stirn mit dumpfem Knall an die Scheibe gestoßen. Sie war reglos liegen geblieben. Er hielt den Atem an und schob die Gardine beiseite, um klarer sehen zu können. Der völlig vernachlässigte Trieb ließ blitzschnell die Sehnsucht in seiner Hose Hilfe rufen. Sein Atem beschlug die Fensterscheibe. Er griff nach dem Handtuch und wischte sie klar. Würde jemand zwei Lineale an seine Pupillen halten, würde er feststellen, wohin sein Blick zielte. Der Umstand, dass die Stelle durch ungünstige physische Gegebenheit fast immer im Dunkel lag, wurde hier durch hellen Sonnenschein außer Kraft gesetzt. Ein wirklich grandioses Erscheinungsbild! Wem widerfährt schon das Glück, das vor seinem Badfenster eine wunderschöne nackte Frau mit leicht gespreizten Beinen in der gleißenden Mittagssonne liegt? So gut wie niemandem! Stimmt`s? Sein Herz pochte gleichzeitig mit den Schwellkörpern seines kleinen Freundes, dem seit Wochen keine rechte Aufmerksamkeit mehr zu Teil geworden war. Sie bewegte sich plötzlich. Erschrocken verschwand sein Gesicht hinter die geflieste Wand. Um nicht zu viel vom Guten zu versäumen, lugte sein rechtes Auge nach zwei Sekunden wieder aus dem Fenster. Sie lag noch genau so da. Nein, sie hatte die Hand auf die

sonnenbeschienene Stelle gelegt. Nicht um sie zu bedecken, nein, um sie zu streicheln.
„Boouuh!“ entfuhr es ihm und seine Rosette ahmte den Laut erstaunt aber ungeniert nach. Jetzt winkelte sie ihr Bein an, so das Würstel bequem ihren Nabel von innen betrachten konnte.
„Ne, ne, ne“, murmelte er und quälte sich mit der Frage, ob er, in Anbetracht dieses Megaschauspiels, Hand an sich legend seine Deborah betrügen würde. Er fühlte sich im Stich gelassen, weil Deborah viel zu weit weg war, um das mit ihr klären zu können. Amor, dieser gehässige Zwerg, setzte ihm ein verzwicktes Melodram vor die Nase, ohne dabei zu bedenken, dass er wortlos, genau genommen stumm, Deborah endlich Treue geschworen hatte. Was also sollte er tun? Einerseits lief er Gefahr den selbstauferlegten Schwur zu brechen, andererseits drohte ihm die Hose zu platzen.
„Ach, Deborah“, seufzte er zum abertausendsten Mal in seinem Leben, „hilf mir aus der Klemme.“
Frau Vermieterins Bauch hob sich langsam aber kräftig, als sei ihr im Zeitraffertempo eine Schwangerschaft beschert worden. Er glaubte durch das geschlossene Fenster ein leises Japsen zu hören, ja sogar zu riechen, was er am liebsten roch aber das war natürlich unmöglich. Der Wurm der Fantasie fraß sich durch seine Kopfhaut und labte sich an den weichen, grauen Windungen. Kein Wunder, dass er vorübergehend den Verstand verlor und Deborah, mitsamt dem einfältigen Schwur völlig vergaß. In dem Moment, als Frau Vermieterin abrupt versuchte ihr verzerrtes Gesicht auf die Brust zu legen (sie schaffte es nur bis zur Hälfte) , klatschten große Tropfen in die Badewanne und im gleichen Moment begegneten sich ihre Blicke etwa in der Hälfte der Entfernung, also, schätzen wir mal, so bei zwei Meter fünfzig. Die Vermieterin guckte mit großen, schmerzverzerrten Augen wie ein Mimöschen bei Wind, schien aber Herrn Würstel nicht zu registrieren. Der knickte vor Schreck ein wie ein gesprengter Fabrikschornstein und landete mit dem Hintern in einer glitschigen Pfütze, inmitten der gemieteten Badewanne. Er senkte seine Lider, um das herrliche Bild zu konservieren und sah unvermittelt, wie Deborah mit ihrer zierlichen Faust drohte. Die konnte einem aber auch alles vermasseln!

„Ich hörte sie eben rumoren und wollte sie fragen, ob sie meine Hilfe benötigen.“ Sie stand auf den genoppten Edelstahlstufen der Kellertreppe und sah mit ihren kurzen, zu Zöpfen gebundenen Haaren wie ein Schulmädchen aus. Er senkte beschämt seinen Kopf. Seit Tagen war er schon ihrem Blick

ausgewichen. Er fühlte sich erwischt und mulmig und schämte sich. Peinlich, peinlich. Sein Magen gluckerte aufgeregt.
„Nein Frau Schneider, ich kenn mich aus. Als meine Frau im Sterben lag, musste ich das Waschen lernen. Es hat sich am Ablauf nur die Form der Maschine geändert." Er versuchte ein dankbares Lächeln.
„Irre ich mich in der Annahme, dass sie mir seit Tagen ausweichen? Dürfte ich wenigstens wissen, weshalb?" Sein Schamgefühl tauchte einen Flachpinsel in den Eimer mit roter Farbe und klatschte sie ihm ins Gesicht. Er schielte zur Tür, mit zwei Sprüngen konnte er sie erreichen. Das Klappern von Absätzen auf Metall verriet, sie kam die restlichen Stufen herab. Sie legte den Zeigefinger unter sein Kinn und hob seinen Kopf an. Aus ihren Augen kam die Wärme eines Kachelofens.
„Bist ein kleiner dummer Kindskopf, Tobias", musizierte eine himmlische Stimme und Würstel lief Gefahr, wieder den gesprengten Fabrikschornstein zu spielen. Da leider nichts in Griffnähe zum Festhalten war, umarmte er einfach Frau Vermieterin, um nicht zu fallen. Bekanntlich frisst der Teufel in der Not auch Fliegen, also verlor er keine Zeit und küsste sie schamlos und dachte sich, im alten Rom war es nicht so schlimm, etwas ohne Ehre zu tun, aber schlimm etwas ohne Bezahlung zu machen und die hatte sie sich redlich verdient. Würstel wurde der Sauerstoff knapp, aber kurz vor dem Erstickungstod verschwand ihr Gesicht und es tauchte ab. Noch nie hatte eine derart nette Vermieterin vor ihm gekniet. Ja, es kam sogar noch schöner, sie blies ihm die Leiden seiner Generation aus dem Hirn. Alle jemals gedrehten Telenovelas liefen übereinander geschichtet und zu gleicher Zeit. Sie versammelte alle Küsse, aller Arztserien in ihrem Mund. Dankbar strichen seine Hände über ihr dichtes Haar, streichelten ihre Ohren, ihre Wangen, ihre Nase. Sie würde demnächst ohne jegliches Herzdrücken, den neugierigen Blicken der Nachbarn verborgen, mit einer Flasche Wein immer wieder durch sein Badfenster steigen und sich ihren Lohn einfordern. Na bitte!

„Bischt a ä Pimocke?" Frau Schneiders Nachbar, ein grauhaariger Hüne mit Schuhgröße 49 stand winkend am Straßenrand. Würstel hielt vor ihm an, reckte den Hals aus dem Fenster und antwortete schmierig grinsend: „Hanoi!"
„Ich kann Deutsch, ich stamme von „wo die Pilza wachsa, mit die langa Stiela", aus Schlesien. Die Ramona hat mir gesagt, deine Wurzeln lägen auch im heutigen Polen. Würstel fuhr den Wagen unters Dach und stellte sich zu ihm.
„Nicht ganz", erklärte er, „meine Mutter kommt aus Goldberg. Ich bin in der Oberlausitz geboren."

„Dann sind wir trotzdem Landsleute. Kluge ist mein Name, Heinz Kluge. Mein Heimatort ist Breslau. Ist nicht weit weg von Goldberg. Kannst Heinz sagen."
„Einverstanden, ich heiß Tobias. Aber du musst entschuldigen, ich hab in Moment keine Zeit. Ich muss die Fußballtore neben der Halfpipe streichen. Hab die ehrenvolle Aufgabe gemeinnützig zu wirken."
„Kein Problem, Halbschlesier. Du könntest mich am Sonntag 10.00 Uhr zum Frühschoppen besuchen kommen, falls du Lust hast. In meiner Scheune", er zeigte auf eine verdammt rustikale Bretterbude auf der anderen Straßenseite. Frühschoppen mit schwarz gebranntem Obstler. `s trifft sich immer`s halbe Dorf. Da lernst du dufte Leute kennen, auch `ne Menge Schlesier. Kann dir nur von Nutzen sein."
„Hm, bin ich keineswegs abgeneigt. Nur, ich hab Bewährung, wenn das was Halbseidenes ist, muss ich mich raus halten."
„Ist nichts dergleichen. Brauchst keinen Schiss zu haben. Der Ortsbüttel ist übrigens auch mit dabei. Der säuft wie `n Loch und fährt dann mit dem Mercedes nach Hause. `ne Flasche Bier kostet dich nur einen Euro und der Schnaps ist kostenfrei. Spendiert jeden Sonntag ein anderer Schwarzbrenner."
„Jetzt ist mir auch klar, weshalb ihr Schwaben alle wohlhabend seid", witzelte Würstel. „Das Angebot hört sich verlockend an. Ich denke, ich werde es dankend annehmen. Ich muss mich beeilen, tschüss Heinz." Sie schüttelten sich die Hände und er trabte los.

Seit sein sympathischer Filialleiter eine eigene Zeitarbeitsfirma eröffnet hatte, war sein Stern wie ein Findling im Meer versunken. Seine Nachfolgerin, eine mit den üblichen primären wie sekundären weiblichen Geschlechtsmerkmalen ausgestattete Dame, Würstel zählte fälschlicherweise Gefühlskälte, Geltungssucht, Boshaftigkeit und Raffgier dazu, steckte ihn in eine Reinigungsgeräte herstellende Firma. Dort fummelte er sich mit anderen Leihsklaven aus aller Herren Länder, vor allem aber Ossis die Finger an Kleinelektroteilen blutig. Nur 14 Prozent der Mitarbeiter hatten einen Arbeitsvertrag mit dem Reinigungsgerätehersteller. Kein Firmenauto mehr, keine zehn Liter Gratisbenzin, keine Überstunden, nein, 130 Kilometer Fahrstrecke, die nicht steuerlich geltend gemacht werden konnten, weil er dafür viel zu wenig verdiente. Die saudämliche Gewerkschaft untersagte Doppelschichten. Der Geruch der Hoffnung auf schwarze Kontozahlen stank nach gärender Schweinegülle. Wahrscheinlich, so hatte ihm die neue Chefin gesagt, würde er in einem halben Jahr von der Firma übernommen. Ein perverser Witz. Seine Bandnachbarin schinderte bereits seit acht Jahren als Leibeigene der

Leihfirma an dem Band und hatte 54, mit dem Schichtmeister abgesprochene, unbeantwortet gebliebene Bewerbungen abgegeben. Irgendwann hatte ein Konfuzius ihren Lohn auf unglaubliche 6,08 Euro erhöht. Dafür bekam eine andere Kollegin, die ebenfalls schon Jahre am gleichen Band stand nur 4,50. Wahrscheinlich weil sie eine leichte geistige Behinderung hatte, was sich aber keineswegs auf ihre Arbeitsleistung auswirkte. Prost Mahlzeit, Gewerkschaft! Es interessierte die fettgefressenen IG-Drohnen einen feuchten Dreck. Obwohl das Arbeitsklima hervorragend war, würde er nur so lange in diesem Hundehaufen bleiben, bis er seine gemeine Gemeinnützigkeit abgegolten hatte. Nach einem halben Jahr würden sie ihm kündigen und ihn dann wieder einstellen. Damit wurden politikerkluge Bestimmungen umgangen. Jetzt war der Beutelsalat am Dampfen, von mickrigen 850 Piepen schüttete er noch 200 in den Tank, um zu Geld und Job zu kommen und Schmalhans war sein Tischgeselle. Statt ab und zu Schweinebraten mit Kartoffelklößen und Sauerkraut oder Rindsrouladen mit Rotkohl gab es Margarineschnitten, statt Bier, Gänsewein aus der Leitung. In der Firma wickelte er kleine Rollen aus Toilettenpapier und schmuggelte sie in den Hosentaschen nach Hause, dort verwandelten sie sich in Taschentücher, Küchenpapier und wurden teilweise sogar ihrer Zweckbestimmung zugeführt. Bliebe der Zustrom von Zahlungsmitteln weiterhin verhasster Verknappung unterworfen, würde bald seine Rolling Stones Plattensammlung scheibchenweise den Besitzer wechseln müssen. Das wäre der letzte Strohhalm und er würde blutende Striemen und unheilbare Wunden in Hals und Rücken reißen. Er bettelte den Schichtleiter um zwei, drei Doppelschichten in der Woche, aber der blieb hart wie Pudding. Nur der Meister, ein extrem dürrer Ossi aus Fischkopien bei Rostock, tröstete ihn. Erfahrungsgemäß gäbe es vor Weihnachten immer die Möglichkeit samstags Zusatzschichten zu fahren, um das Weihnachtsgeschäft abdecken zu können. Weil es für die miserable Bezahlung die meisten ablehnten, Samstag zu arbeiten, lege die Firma noch 70 Euro, belegte Brötchen und zu Mittag `ne Wunschpizza drauf. Die Glocken läuteten, es solle dieses oder nächstes Wochenende schon losgehen.
Er hatte gerechnet, eine Tour nach Hause waren 120 Euro Benzin, blieben also, nach nur zwei Sonderschichten noch zwanzig, um ein kleines Geschenk für Deborah zu kaufen. Es war höchste Zeit, ihr eine kleine Aufmerksamkeit zukommen zu lassen, denn ein paar Doofe, die ihm seine schöne Frau wie der Teufel neideten, hatten ihn am Telefon in sein schmerzendes Ohr gehechelt, sie würde mit einem Hund spazieren gehen. An der Leine des Hundes hätte ein braungebrannter, durchtrainierter und echter Potenz-Tarzan gehangen. Der Mann habe etwa zwei Meter Scheitelhöhe und Schultern wie ein

Reisebus von hinten, war aber anscheinend blind, denn nicht nur der Hund, sondern auch Deborah habe ihn an der Hand führen müssen. Würstel nahm das Gewäsch der unkenden Unken nicht für voll. Sie waren allesamt durchgeknallte Drogenpfeifen und hatten sich den Blödsinn im Koksrausch zusammenhalluziniert. Seine Deborah mochte keine Haustiere, nicht mal Stubenfliegen. Niemals würde sie sich eine Katze oder einen Hund anschaffen, noch dazu mit `nem Mann am anderen Ende der Leine! Nein, auf das LSD-Gefasel gab er keinen Pfifferling. Amtlich! Den von der Sinti-Roma-Wahrsager-Tante prophezeiten Prinzen mit viel Geld konnte sie ebenfalls nicht gefunden haben. Im Hungerleiderland hausten weder Prinzen, noch Könige und kleine Bill Gates waren sehr dünn gesät. Noch dazu vom beschriebenem Outfit eines Ringturners oder Eishockeyspielers der Weltspitze! Trotzdem war die fette, schwarze Made aus dem Telefon in sein Ohr gekrochen. Sie fraß sich mit dem leisen Knistern und Knacken eines sich ständig vorwärts futternden, gierigen Holzwurms in seine Gehörgänge. Was, wenn es wirklich einen Hund, mit einer Leine und einem Mann dran, wie Johnny Weissmüller gab? Falls sie sich nur für seine Affären rächen wollte, war alles in Butter. Nur wäre daran neu, dass sie sich bei Tageslicht von allen beobachten ließ. Er musste es Nelly und Minny erzählen, den Wurm aus dem Ohr pulen und auf den Tisch schmieren.
Er klaute im Supermarkt eine Pulle Ruß und zwei Tüten Erdnüsse und lud seine Töchter zum Familienrat. Nachdem er den Wurm auf der Tischplatte seziert hatte, herrschte feierlich-betretene Stille.
„Prost, meine Girls“, sagte er mit gefaltetem Gesicht.
„Prost Mahlzeit, Paps“, antworteten sie wie mit einer Stimme. Der Fusel ätzte den Zahnbelag mit einem einzigen Schluck weg und verlieh dem Atem Note fünf. Würstel reichte eine Runde Kippen aus der Schachtel, die durch Zufall in seine Hosentasche gefallen war. Betreten schauten alle auf die zermatschten Reste des Ohrwurms.
„Eigentlich“, Nelly sprach in Zeitlupe durch die Finger ihrer Hand, „solltest du froh sein. Vielleicht bekommst du sie bei der Gelegenheit mit gutem Winde los. Du liebst sie doch schon lange nicht mehr, oder?“
„Hm, kann ich so nicht sagen“, er rieb die Falten seiner Stirn, „sicher, das große Los, für das ich sie nach Mamas Tod hielt, ist sie wahrlich nicht, aber ich habe an ihr gehangen und hab sie abgöttisch geliebt, tue ich immer noch. Häng an ihr wie am Marterpfahl festgebunden, obwohl ich weiß, sie bekommt mir nicht für fünf Pfennige.
„Ich finde, sie passt nicht zu dir und besser, ein Ende mit Schrecken, als ein Schrecken ohne Ende“, grummelte Minny, ohne den Blick vom Wurm zu

nehmen. Würstel spürte, ihre Bemerkung war von einem Hunderttausendtonner aus reiner Diplomatie getragen und beschloss blitzartig, seine Kinder nicht länger auf den Berg aus Schweinedreck zu treiben. Er wusste nach den wenigen Sätzen, was die Uhr geschlagen hatte und hätte es schon vorher wissen müssen, klar.
„Am besten“, Nelly strich über seine zitternde Hand, „am besten du fährst nach Hause und klärst die trübe Brühe in einem offenen und ehrlichen Gespräch mit ihr. Auch wenn es schmerzt. Ich denke auch, dass es für dich das Gescheiteste ist, wenn ihr euch trennt. Dann verkaufst du das Haus und kommst für immer zu uns.“
„Kinder, ihr wisst genau, das wäre der totale Blödsinn. Für das Geld bekomme ich hier nicht ein Stück Wiese. Ich will mich nicht in so `ne Scheiße verrennen wie Horbasch.
„Wer is’n das?“
„`n Bekannter aus `m Nachbarort. Der wollte auch zu seinen Kindern. Hat`s Haus nicht losgekriegt, hat aus Verzweiflung erst den Hund erschossen und begraben, dann an allen Ecken sein Haus in Brand gesteckt und sich `ne Kugel durch die Birne geschickt.“ Würstel hatte dabei an den Finger mitgezählt wie ein Schuljunge beim Rechnen.
„So `n Quatsch!“ brauste Nelly auf. „Dann verschenkst du die Bude eben.“
„Um dann hier von den mickrigen Rentenpiepen die Miete nicht bezahlen zu können? Nein, dann werde ich lieber im eigenen Haus zum Selbstversorger.“
„Selbstversorger, Selbstversorger! Wenn ich so was schon höre! Wie willste das denn über die Bühne kriegen? Die zwingen dich, das Haus zu verkaufen und `s Geld zu verbraten, bevor du auch nur EINE Scheibe von dem Hartzer Käse abschneidest. In dem winzigen Garten wächst noch nicht mal so viel, dass es für deine Fressalien in den drei Sommermonaten reicht.“ Sie schlug temperamentvoll mit der flachen Hand auf den Tisch, dass die drei Schnapsgläser einen Freudensprung machten und umkippten.
„Scheiße, der schöne Fusel!“ fluchte Würstel.
„Dann vermietest du eben“, sagte Minny mit langem Hals.
„Ist der gleiche Humbug. Wenn nach fünf Jahren der Heizkessel den Geist aufgibt, hab ich aus der Miete noch nicht die Hälfte für ein neues Teil eingenommen. Und wenn ich als Rentner zurück will, ist das Haus vielleicht in `nem unbewohnbaren Zustand.“
„Könntest aber auch vernünftige Mieter erwischen. Ich meine, Paps, du kannst nicht immer mit dem negativstem Maß die Dinge messen, es kann ja sein, du hast mal Glück.“

„Ich? Ich hab seit eurer Mutter Tod verdammt wenig davon zu sehen bekommen. Besser, ich geh nicht davon aus. Fortuna ist gewohnt, um mich `nen scheiß Bogen zu schlagen. Nee nee, weder verkaufen noch vermieten kommt in Frage. Ich hab doch zu DDR-Zeiten nicht den Zauberlehrling gespielt, um Material vom Keller bis zum Dach hervor zu zaubern, hab mich nicht von früh bis abends mit Ritter Runkel und anderen Kumpels geschunden, um jetzt alles für `n Appel und `n Ei zu verscheuern. Bin ich denn vom Pfeil gepiekt?“ Würstels Töchter sahen sich an und implodierten, rutschten in sich zusammen wie der Schneemann in der Mikrowelle. In Würstels Redefluss waren ihre Argumente ersoffen. Die Diskussionspause ausnutzend, beugte er sich über die Tischplatte und schlürfte mit dem Mund den verschütteten Schnaps auf. Dann goss er die Gläser wieder voll.
„Jetzt halt dein Temperament so lange im Zaum, bis wir ausgetrunken haben“, grinste er Nelly ins Gesicht und stieß mit ihnen an.
„Möchte wissen, weshalb du mit uns reden wolltest, wenn für dich schon alles fest steht“, murmelte Minny beleidigt und zog ein Gesicht wie ein überfahrener Mops.
„Wollte nur eure Meinung wegen eurer Stiefmutter.“
„Komisch, du solltest unsere Meinung kennen. Wir werden ihr keine Träne nachheulen.
„Immerhin hat sie euch mit groß gezogen“, warf er ein.
„Mich haben, Gott sei Dank, meine Mama und du groß gezogen und Minny hat mir ständig in den Ohren gelegen mit ihrem Gejammer. Du weißt, wie leid sie mir getan hat. Bei dem jahrelangen Psychokrieg hast du zugeschaut, als säßest du wie `n kiffender Affe im Kino und würdest auf das spannende Ende warten. Darauf, dass Akteur Zufall alles ins Lot bringen würde wie in einem Schnulzenfilm, aber Akteur Zufall kam nicht. Wohnte Minny noch dort, säßest du noch immer und würdest mit offenem Maul auf die Leinwand starren.“ Sie zog die Mundwinkel verächtlich zum Fußboden. Sie hatte ihn in der Magengegend getroffen und er musste rülpsen. Seine Bauchdecke war aufgerissen. Aus der Wunde quoll eine braune, übelriechende Masse. Sie war dick wie Schokoladenpudding und versaute die Klamotten. Seine Große hatte immer schon ein loses Mundwerk gehabt.
„Stimmt`s, Minny? Ich hab es versucht, aber es war erfolglos.“ Er suchte nach ihrem zustimmenden Blick, aber sie nickte nicht, sie sah zur Decke und sagte kein Wort.
„Versucht?“ Nelly war schon wieder mit Vollgas in der Kurve. Die Räder radierten quietschend. „Du hast es versucht? Du hattest die Pflicht, dich vor Minny zu stellen, um sie vor dieser Furie zu schützen!“ Würstel schnappte

blitzschnell nach den Schnapsgläsern und hielt sie hoch. Aber sie schlug nur auf die Oberschenkel. Es klatschte wie eine Ohrfeige. Erleichtert stellte er den Wodka auf den Tisch und sagte: „Jetzt komm aber bitte wieder ins Tal. Du tust ja, als sei Minny täglich von ihr verprügelt worden. Das ist der Gipfel, Nelly!"
„Sie hat sie behandelt, als sei sie nicht ganz fit im Kopf, als habe sie `ne Macke. Ich würde das nicht glauben, wenn ich es nicht selbst miterlebt hätte!"
Jetzt war seine Bauchdecke vollends geplatzt. Die Därme hingen auf den Fußboden. Er blickte auf den stinkenden Dickdarm und sah seine Exkremente wabern. Die Peristaltik faszinierte ihn. Es sah aus wie ein kriechender Regenwurm.
Minny schluckte laut und fuhr Nelly in die Parade: „Du hast Recht, Nelly aber der Fairness halber, ich habe mit Deborah längst Frieden geschlossen und was du hier rausplauzt, ist Schnee von gestern und hebt keineswegs die Stimmung. Es ist vergessen und wir verstehn uns inzwischen ganz gut. Dass du die alten Geschichten hier auspackst, finde ich scheiße. Komm runter, Nelly! Wenn du immer mit 200 fährst, rennst du dir irgendwann die Stirn platt. Kommt, wir trinken auf die Versöhnung."
Sie hob ihr Glas.
„Auf die Versöhnung?" zischte Nelly.
„Auf unsere", Minny lächelte verschmitzt.
„Mein Glas ist längst leer, ich trink aus der Flasche." Er tippte mit dem Flaschenhals an die Gläser und ließ seinen Kehlkopf tanzen. „Wenn ich das Geld fürs Benzin zusammen habe, fahr ich zu Deborah", sprach er mit fester Stimme und wunderte sich, dass er nicht „nach Hause" gesagt hatte.
Als der Rest des Feuerwassers aufgeteilt und ausgetrunken war, verabschiedeten sich seine zwei Herzensweiber. Er wollte die Tür hinter ihnen schließen, da rief Nelly von der Straße her: „Paaaps?"
„Jaaa?"
„Lass dich nicht wieder um den Finger wickeln und zum Löffel machen!"

Freitagabend. Gegen 20.00 Uhr hatte er die Kaffeemaschine randvoll gefüllt, um nicht nach einer Sekundenschlafattacke an einer Leitplanke durch lautes Knallen zu erwachen. Er war aufgeregt, als solle er vor versammelter Belegschaft eine Rede über das Liebesleben der Pflastersteine bei Sonnenbestrahlung halten. Die Bewegungen der Hände waren fahrig und nervös. Schichtleiter Jussuf hatte ihn freundschaftlich gemahnt, er solle ein Bier trinken, um das Flattern seiner Hände einzudämmen.
„Muss heut noch fast 600 Kilometer fahren. Geht nicht."

„Aah, willscht in Oschte? Dann pack dir das Teflonfett auf deine Zuchtrübe, damit deine Liebste nicht heiß läuft.“ Er schlug ihm von hinten kräftig auf die Schulter.
Würstel drehte den Kopf: „Lästerst du mit so schmutzigen Witzen Allah oder ist das erlaubt?“ Jussufs breites Grinsen verschwand und er trabte beleidigt ab.
„Krieg dich wieder ein, Alter! `s war nicht so gemeint“, rief er ihm lachend nach.
Würstel schlürfte zur Kaffeemaschine. Sie war bereits halb leer. Für Optimisten bekanntlich halb voll. Nur, er war kein Optimist und hatte damit immer gut gelegen. Wer mit dem Schlimmsten rechnete, war schwer zu enttäuschen. Der Kaffee war heiß und schmeckte fantastisch. Kirow, der kleine Russe neben ihm, fragte, ob er sich `nen Topf abzweigen könne. Freitags auf dem Heimweg, stieg er an dem Eckladen an Würstels Wohnung aus dem Passat, um sieben Flaschen Wodka zu kaufen, damit er montags eine Fehlschicht einschieben konnte.
„Klar, Towarisch Suffkopp. Du gibst mir 50 Cent, dann kannste dir `ne Tasse nehmen.“ Er kramte das Geld aus einer sich auflösenden Geldbörse, bei der das Leder schon so dünn war, dass die Scheine durchschimmerten und goss sich seinen verbeulten Blechbecher aus dem zweiten Weltkrieg voll.
„Hm“, er grinste wie ein Trüffelschwein, „hm, willste heut noch poppen?“
„Nee, Kirow, altes Ferkel, muss erst sechs Stunden fahren. Dann ist `s Morgen. Wird wahrscheinlich nix werden mit poppen.“
„Biste zu kaputt, wa? Kriegst die Nudel nicht mehr in `n Griff, wa?“
„Weniger, aber ich denke, meine Liebste will nicht. Nicht mehr.“
Plautz! Da war Würstels gebrochener Blick wieder, landete in seinem Kaffee und rührte ihn um. Die Backenknochen traten hervor und er hackte wütend mit dem Fuß gegen eine Palette.
„Wie, die will nicht mehr? Und dafür fährst du blöder Hund sechs Stunden auf der Autobahn? So `n Halbdackel gibt`s in ganz Russland nicht für Geld zu kaufen! Was willste denn dort, wenn die nicht will? Musse mir erklären!“
„Nee, Kirow, musse ich ne! Verstehst du Uralneger sowieso nicht.“
„Haste Recht, versteh ich nie!“ Er tippte sich mit dem Finger an die Stirn und drehte sich entrüstet am Kaffee saugend zum Band. Bevor er sich über seinen Arbeitsplatz beugte, um die aufgelaufenen Teile zu bearbeiten, blickte er zurück und rief durch den Maschinenlärm: „Bist `n feiner Kerl Würstel, aber nicht ganz klar inne Rübe!“
Er lachte laut und schüttelte wie ein Löwenpascha seine riesige Mähne. Was wusste die halbe Reisschüssel schon, wie kompliziert die Liebe sein konnte!

Durch sein wodkaverpestetes Leben tanzten die schlitzäugigen Tamaras und Ludmillas aus der Heimat, die, wie erzählt wurde, zwar ebenfalls dominant aber treusorgend zu ihren Männern sein sollten. Der Kaffee ließ seine Hände noch unruhiger werden. Er war aufgeputscht wie ein Zuchthengst, der vor seinem Gatter zehn willige Stuten umherspringen sah. Die Schlitten mit den Dingern drauf, die er zusammen zu basteln hatte, reihten sich vor seinem Arbeitsplatz zum Stau. Die nachfolgenden Kollegen warfen ihm böse Blicke zu. Wenn er nicht bald den Finger zog, würde es Schimpfe hageln. Aber Jussufs Adlerauge, das überall und nirgends war, bemerkte die Klemme. Er stellte sich wortlos neben Würstel und half mit flinken Händen. 20 Minuten später war der Stau aufgearbeitet und er griente Würstel ins Gesicht.
„Dafür steckst du einen schönen Gruß von mir mit rein.“ Der Schmutzfink konnte es einfach nicht lassen.
„Aber klar doch, Schichtking. Für dich würde ich noch ganz andere Kisten sprengen.“ Er boxte ihm dankbar auf die Brust. „Wenn ich wieder da bin, geb ich dir `n Bier aus.“
„Ah, du Lump weißt, dass ein guter Moslem wie ich, kein Bier trinken darf.“ Er drohte mit dem Finger.
„Aha, deshalb duckst du dich unter deinen Schreibtisch beim Saufen, damit es Allah nicht sehen kann, oder?“
„Ihr Ossis merkt auch alles!“ Seine Zähne blitzten im Neonlicht und ließen ihn wie den kleinen Vampir aussehen. Würstel sah auf die Uhr über dem digitalen Stückzähler. Der Zeiger war festgeklebt. Belmondos erbärmliches Kofferradio, aus einem längst vergangenem Jahrhundert, plärrte eine Schlagerschnulze, die ihn den Jammer der Welt aufs Band kotzen ließ. Es war ein langer Tag gewesen. Obwohl er erst kurz vor Mitternacht zu Bett gegangen war, wachte er bereits gegen fünf Uhr auf und konnte vor Aufregung nicht mehr einschlafen. Und er war noch lange nicht zu Ende dieser Tag. Gegen Morgen würde er ankommen. Was würde dann? Die Ungewissheit sprang vom Trampolin in seinem Bauch an die Innenseite seiner Stirnfalten, stieß sich ab, schlug drei Salti und landete wieder auf der Spannstoffhüpfmaschine. Der Pfeffer wiederholte sich seit Tagen, rührte in den Därmen wie ein Wurstkutter im zähen Salamiteig und ließ ihn wie einen Wallach furzen. Seit zwei Wochen hatten sie nicht mehr miteinander telefoniert. Sie wusste, dass er nach der Schicht losfahren wollte. Nachdem sie etwas Unverständliches in die Leitung gewuselt hatte, aus dem er bis heute nicht schlau geworden war, hatte sie aufgehängt.
„He, Würstel! Willste nicht endlich deinen Platz putzen? Ham sie dir heute in den Kopf geschissen?“ Belmondo fuchtelte wütend mit den Armen.

„Deine Rührstückschlager haben einschläfernde Wirkung auf mich!“ Bei passender Gelegenheit würde er sein Plastikradio aus dem Fenster auf einen der Schrottcontainer werfen und falls er sich aufregte, segelte Schnulzen-Belmondo hinterher. Er kippte den Rest Kaffee und räumte den Klimbim in die Kiste.

„Tschüss, ihr Lumpenhunde!“ hatte er sich am Werktor, wie immer von seinen Kollegen verabschiedet. Jetzt fraßen die Lichtkegel der Scheinwerfer Löcher in die Nacht. Der Wind trieb Regenschwaden über die Straße wie in einem Edgar-Wallace-Film. Die Lichter der entgegen kommenden Autos spiegelten sich im nassen Asphalt, blendeten ihn und verschlechterten die ohnehin miese Sicht noch mehr. Er hasste es, in rabenschwarzer Nacht, dazu bei Regen zu fahren. Um näher am vorausfahrenden Fahrzeug zu sein, saugte sich sein Gesicht an der Frontscheibe fest. Es strengte ihn höllisch an. Noch 40 Kilometer bis zur A 7. Dann war es nur noch eine Stunde bis Nürnberg. Spätestens dort würde der Kaffee seine Blase sprengen. Er blickte in den Rückspiegel. Die drei roten Rosen, die er heute Morgen gekauft und in klatschnasses Papier und Folie gewickelt hatte, lagen auf der Rücksitzbank. Die Verkäuferin hatte ihm lächelnd ein kleines rotes Herz an den Stiel einer Rose gebunden. Zuerst wollte er gelbe kaufen, aber rot war schließlich die Farbe der Liebe. Vielleicht klärte sich alles auf. Aber er wollte diesesmal nicht wie ein erwischter Ladendieb an die Sache ran gehen. Er wollte vor dem Gespräch auf ihre Augenhöhe klettern. Vom geduckten Standpunkt eines Dummlacks war mit ihr kein Kirschenessen. Sie fühlte sich sonst automatisch verpflichtet, auf ihn einzudreschen, ihn psychisch zu züchtigen, um seine Seele zu retten. Der Druck in der Blase drückte aufs Gaspedal. Er fand einen Parkplatz nahe der Glastür. Geschmeidig wie ein Fischotter spurtete er zur rettenden Toilette.
„Puuh, war höchste Zeit.“ Das Rauschen der Spülung im Becken klang wie ein lang gezogenes „Tschüss“. Er steuerte auf den Plundershop zu, um sich eine dieser dicken Zeitungen zu kaufen, für die man zwei Wochen Urlaub nehmen musste, um sie zu lesen. Der Preis für den Kaffee presste seine Augenbrauen in die Mitte der Stirn. Würde es so weitergehen, musste er in einigen Jahren einen Kleinwagen dafür in Zahlung geben. Er setzte sich an den Tisch in der Ecke, schlürfte den Türkentrank, zündete eine Cabinet an und schlug, die Arme weit auseinander reißend die Zeitung auf. Rübengrütze von Kakerlaken verschlingenden Dschungelspinnern sprang ihm entgegen. Angewidert von dem Schwachsinn zog er die Oberlippe hoch. Auf der nächsten Seite Werbung: Friedrich Wolfs neues Werk, „Verlorene Prozesse“ mit dem

Untertitel: „Verlorene Leben. Berichte über Gerichtsprozesse gegen Günter Guillaume, Honecker, Modrow". - Gorbatschow hatte er wohl nicht verteidigt. - Werbung für das Buch einer links verbogenen, weltbekannten, genialen Wirtschaftsexpertin und für das neue Buch des letzten selbst gewählten Kommunistenkönigs der DDR, der schon damals wie ein geistig Behinderter grinste. Ein bunt und groß bebilderter Artikel schloss sich der Werbung an. Sein Gesicht, eine beleidigte Großkotzigkeit, gepaart mit majestätisch herablassender Kopfhaltung. Vermutlich las er im Moment der Aufnahme seine nachts verfassten Notizen, die er im von der Siegerjustiz zu Unrecht verpassten Knast schreiben musste. Wegen ein paar lächerlichen, wenigen Morden, die er nicht zu verantworten hatte und von denen er weder wusste, noch hörte, hatten ihn seine verfluchten politischen Widersacher weggeschlossen. Ein wegen Massentotschlags irrtümlich Verurteilter, der von der Siegerjustiz misshandelt und gequält wurde. Vier von verordneten sechs Jahren musste der Ärmste Nacht für Nacht von 22.00 bis 6.00 Uhr in die Haftanstalt einrücken, nachdem er tagsüber mit drohender Faust und genialen Sprüchen für die Übereignung aller Produktionsmittel ans Volk gekämpft hatte. Die Medien würden reihenweise kostenlose Positiv- und Negativwerbung für den stinkenden Dünnschiss des gütig grinsenden, sich fürs Volkswohl aufopfernden und sich selbst heilig sprechenden Sohnes der Arbeiterklasse trommeln, damit er für die Wochen der Freigängerhaft finanziell entschädigt wurde.
„Die werden das Buch zum Bestseller hochjubeln. Tja, den SEINEN gibt`s der Herr im Schlaf", kaute Würstel kopfschüttelnd an den Fingernägeln und zündete sich eine neue Kippe an. In dem Artikel stand was von guter Tat und so. Zählte „nicht auf Demonstranten schießen" unter die Rubrik der guten Taten? Für Würstel war es eher die Unterlassung einer teuflischen Tat. Vielleicht hatte er den Befehl aus Angst nicht gegeben, die Massen könnten ihn, wie 1956 seine Kumpels in Ungarn, an einer Laterne aufknüpfen?
Die Ostalgie hatte nicht nur Killer-Typen wie ihn wieder auf der Bühne der Salonfähigkeit gespült. Die Solidarität seiner einstigen Hasser war ihm sicher. Sie standen an ein paar verlängerten Werkbänken oder in der Schlange vor dem Arbeitsamt, jubelten ihm zu und riefen: „Loch ist Loch, ach hätten wir unsren Egon noch!"
Würstel hatte befürchtet, einige der damals für Nichts Geschundenen oder Angehörige von Ermordeten, würden sich in Mossadmanier am Heiligenschein ihrer Peiniger vergreifen und Rache nehmen. Erstaunlicherweise war es dazu nicht gekommen. Ja, friedliche Revolutionen, ...! Die Kulturschädlinge erfreuten sich bester Gesundheit und die neuen Errungenschaften waren über`s Aufschwung-Werbe-Palaver kaum hinausgekommen. Er blies

den Rauch an die Decke und sah ihm gedankenverloren nach. Über seinem Kopf stand ein Helikopter. Er beobachtete den Rotor, der den Rauch unsichtbar machte. Obwohl sie sich wie im Affentempo drehten, sah er die Blätter, als stünden sie am Fleck. Nur die Kanten waren unscharf, leicht verwischt, wie im grau-feuchten Nebel des Wahnsinns. Ein Zeichen Gottes? Oder des Teufels? Ein Zeichen für den demnächst einsetzenden Aufschwung Ost? Warum hatten sie diesen Weg gewählt? Warum keinen Marshallplan für den Osten? Waren die Amis damals wirklich um so viel intelligenter, als sie Westdeutschland aus dem Dreck hievten? Würstels krümeliger Verstand versagte. Er hatte noch nie Antworten auf die Fragen gefunden. Nur die über Schmonzetten jauchzende Masse hatte begriffen, dass die Hühnerdiebe an allem Schuld waren. Währenddessen lobten die Boni-Banker, gierig lächelnd ihr Schlaraffenland. Würstel drückte die Zigarette in den Ascher, faltete die Zeitung, legte sie auf den silbern glänzenden Tisch und ging zum Auto, um dem Schleim zu entkommen. Was nutzte ihm der scheiß Glitzer, der Rummel um Sternchen und Mode, das Rambazamba-Gedröhn um superstarsuchende Fernsehgötter, wenn sein doofer Magen knurrte? Fresst, ihr Leute, was euch aufgetischt! Wenn ihrs geschluckt habt, wird der Napf mit neuem Schwachsinn gefüllt, hatte Heinrich Heine vor Jahren im Wirtshaus gesungen.
Der VW bohrte sich durch die Nacht. Er hatte eine Kassette in den Schacht gedrückt. „Papa Was A Rolling Stone“, rockte durch die Dunkelheit und wärmte ihn. Langsam wurde es Zeit für ihn erwachsen zu werden. Zeit, die Träume, die mit den Musiklegenden geboren wurden, zu begraben. Die Herzen schlugen nicht mehr synchron. Die Illusionen waren im Schützengraben der Globalisierung krepiert. Die Ideale der Hippies waren zerschunden, verbraucht und überholt. Jetzt herrschte die Ideologie des IMMER MEHR!

Aus der Ferne grüßten die Lichter des tausendjährigen, malerischen Bautzen, seiner Lieblingsstadt, die mit der Alten Wasserkunst, dem fast anderthalb Meter geneigten Reichenturm winkte. Die Hauptstadt der Oberlausitz, die eher traurige Berühmtheit durch ihre Gefängnisse als durch ihre Schönheit erlangt hatte. Das Gelbe Elend, in dem unter den Nazis Ernst Thälmann und unter den Kommunisten Erich Loest schmorten und der Stasi-Knast, Bautzen II, waren weit bekannter. Er fuhr die Abfahrt „West“. Leise murmelnd gedachte er der in Tigerkäfigen Gequälten. Den armen Schweinen, die auf dem Karnickelberg von ihren Scharfrichtern verscharrt worden waren. 3000 Politische, hatte er im Internet gelesen, waren hier während des heldenhaften Aufbau des Sozialismus teils erschossen worden, teils auf mysteriöse Weise in ihren Mauern verschwunden. Die Gangster, die Mörder und Totschläger

in die Spur schickten, die die vielen Lutz Eigendorfs auf ihrem nichtvorhandenem Gewissen hatten, standen geschniegelt und gebügelt wieder auf den Sockeln der Hoffähigkeit, zeigten mit den Fingern auf IHR Volk und riefen höhnisch: „Seht ihr? Wir haben es euch vorausgesagt! Jetzt habt ihr den Dreck, ihr Dämlacke! Selber schuld! Ihr wolltet es ja nicht glauben, dass WIR die Guten sind!“
Ihre Opfer, denen sie sicherheitshalber handschriftlich „Herzinfarkt“ in den Totenscheinen attestierten, waren vergessen.
„Schließlich waren es nicht annähernd so viele wie in der letzten Diktatur“, sangen die Hofsänger in rührseliger Ostalgiesentimentalität und bedauerten jammernd, dass sich der grüne Pfeil nicht weltweit durchgesetzt hatte.

Die Kellergarage empfing ihn mit einem undefinierbaren, dumpfen Geruch. Er öffnete das Tor, hakte die Flügel fest, steckte sich eine Zigarette zwischen die Lippen und knipste die Neonröhren an. Vier Uhr, super gelaufen, kein Stau. Der Gestank schien von einem schwarzen Fleck auf der Werkbank zu stammen. Er würde erst mal die Zigarette rauchen, bei geöffnetem Garagentor verzog sich der Geruch bestimmt. An den weißen Wänden saßen ungewöhnlich viele fette, grünlich glitzernde Schmeißfliegen, die nacheinander erwachten und im Fluge schlaftrunken an die Neonlampen klatschten. Er stieg in den Wagen und lenkte ihn rückwärts in die Garage, griff nach den Rosen und trat an die Werkbank. Fünfzig Brummer umkreisten seinen Kopf. Er wedelte sie weg. Tatsächlich, der schwarze Fleck roch übel nach altem Käse. Er tippte ihn mit dem Finger an. Eingetrocknete Farbe, wie ein von Kinderhand verschmierter Klecks. Er würde ihn gleich morgen früh mit dem Schwingschleifer entfernen. Kopfschüttelnd warf er die Kippe in die Einfahrt und schloss das Tor. Er öffnete die Tür zum Treppenkeller und schaltete das Licht an. Auch hier schwebte ein modrig-fauliger Geruch umher, der schweißtreibend wirkte. Stilisierte Ornamente, im gleichen Farbton wie auf der Werkbank, zierten die Wände beiderseits der Treppe. Auf dem Handlauf waren im Abstand von einem halben Meter vier Finger mit schwarzer Farbe abgedrückt. Staunend betrachtete er die dunklen Linien und Kleckse. Orientierungslose Schmeißfliegen flogen ihm ins Gesicht. Es summte wie in einem Bienenstock. Er ekelte sich. Langsam und vorsichtig, als fürchte er das Brechen der Steinstufen, stemmte er sich mit lautem Rauschen in den Ohren nach oben und trat in den Flur. Das gleiche Bild. Die eschefurnierten Türen, die Tapete, sogar der gläserne Lampenschirm war mit abstrakten Linien, Kreisen und undefinierbaren Zeichen verschmiert. Ängstliches Erschauern überfiel ihn und er begann zu zittern. In allen Räumen fratzenähnliche

schwarze Gebilde. Die Polster der beiden Sessel waren aufgeschlitzt. Der Couchtisch umgekippt, die Stühle am Esstisch umgeworfen. Es sah aus, als hätten sich rivalisierende Affenhorden bekämpft. Und überall die abscheulichen Fliegen und der bestialische Gestank. Würstel riss die Fenster auf. Die frische Nachtluft stürmte in die Zimmer und er atmete befreit durch.
Leise öffnete er die Tür zum Schlafzimmer. Die Nachtischlampen verströmten ihr mattes, gelbes Licht. Obwohl das Fenster angekippt war, stank es hier am schlimmsten. Er kniff die Augen zusammen, weil sie vom Mief zu tränen begannen. Kleidungsstücke lagen verstreut umher. In der Ablage der Spiegeltoilette steckte senkrecht ein Butterflymesser. Es war schwarz beschmiert. Auf dem linken Bett lag eine nackte, ausgemergelte Frau. Es war Deborah. Mund und Augen standen weit offen. Sie starrte an die Decke. Ihr rechter Fuß hing über den Rand des Bettes und schien im Luftzug zu pendeln. Das Licht in ihren milchig-weißen Augen war erloschen, wie vor Jahren ihre Liebe zu ihm. Ihr Körper wurde von unzähligen, verwelkten, roten Rosenblüten umrahmt. Das Schwirren der schwarzen Brummer hinterließ einen höllischen Lärm. Ihre nackte Haut war überall mit tiefen Schnittwunden übersät. Jetzt erst schlug ihm die Erkenntnis wie die Breitseite eines Schwerts ins Gesicht und riss ihm fast den Kopf vom Hals: die schwarze, stinkende Farbe, die sogar ihre wunderschönen blonden Haare verklebte, war Blut, Blut, Blut! „Eingetrocknetes Blut!“ hackte es in ihm. Auf dem Bett neben ihr lag ein jugendlicher Gigolotyp im schwarzen Anzug, weißem Hemd und einer weinroten Krawatte. Würstel erkannte ihn sofort. Es war der Schönling, der Kellner, mit dem sie damals am Wahlsonntag zum Abendessen ungeniert geflirtet hatte. Würstel hatte hinweisende Fußtritte von Zucker ignoriert und beflissentlich die gierigen Blicke der zwei Balzenden übersehen. Jetzt stierten die Augen des süßen Jungen zur Decke. Sein Mund war zu einem zufriedenen, ja fast glücklichen Lächeln gefroren. Die Jackett- und Hemdsärmel waren fein säuberlich am Ellenbogen abgeschnitten worden und lagen am Fußende des Bettes. Im Fleisch der Fingerspitzen seiner rechten Hand steckte eine zur Hälfte abgebrochene Rasierklinge. Das fehlende Stück ragte aus einer gewaltigen, verkrusteten Wunde des nackten linken Unterarmes. Würstels Knie gaben nach. Sie landeten auf der Auslegware vor dem Bett und ließen die getrocknete Blutlache knirschend aufschreien. Er sah ihre vertrockneten, grauen Lippen, ihre farblose, durchsichtige Haut und kotzte schreiend und wimmernd Schleim vor den Nachtschrank. Ihre immer gepflegten, kurz gehaltenen Augenbrauen waren nach dem Tod weiter gewachsen und verliehen durch ihre Buschigkeit ihrem Antlitz etwas Warmes, Herzliches, wie damals, als sie sich kennen lernten. Ihre bezaubernde, faszinierende Schönheit, die

sie zu Lebzeiten wie das kalte Spiegelbild von Marilyn Monroe aussehen ließ, war verschwunden. Wie hatte er diese Frau, die eine Mischung aus Mata Hari und Schneekönigin war, angehimmelt, verehrt, begehrt. Mehr als die größte Rockband aller Zeiten! Ihre Brüste waren vertrocknet, ihre Beine lagen in verharschtem Blut und sahen aus, wie alte, dürre Stelzen einer tausendjährigen Mumie. Fliegen liefen über ihre verschrumpelte Haut und fraßen an ihren Wunden. Ein Wunder, dass nicht schon Maden an ihr nagten. Seine Kniescheiben begannen zu schmerzen und er wollte sich mühsam erheben, als ihn jemand fest am Arm packte. Vor Schreck schrie er gellend auf und sprang zur Wand. Ein extrem dünner, langer Mann in einem schwarzen, verschlissenem Mantel, der bis auf den Boden reichte und genau so stank wie die Raumluft, stand neben ihm und drückte mit einer Kraft, die er dem mickrigen Milchbreikauer nie zugetraut hätte seinen Arm. „Der Sensenmann“, durchzuckte es ihn.
„Lass mich los! Scheißkerl! Lass mich auf der Stelle los, du Hund!“ schrie er wie irre. Aus der Kapuze kam ein glucksendes Geräusch.
„Du sollst loslassen, Dreckskerl!“ und tatsächlich, er öffnete seine Schraubstockhand, trat einen Schritt zurück und zeigte mit seinem entsetzlich knochigem Finger auf Würstels Stirn.
„Du! Würstel! Du hast sie auf dem Gewissen. Du bist Schuld an ihrem Tod! Sie wollte sich für deine Untreue rächen und der kleine Trottel neben ihr hat sich unsterblich in sie verliebt. Als er merkte, dass er nur Mittel zum Zweck war, ist er ausgerastet. Er hat sie aus Liebe geschlachtet.“ Seine eiskalte Stimme hallte gespenstisch durchs Haus und die Sense in seiner Hand pendelte wie ein Metronom. Würstel kniff seine Augen zu Teppichfransen zusammen und zischte ihn finster und feindselig an: „Was weißt du schon, du Dreckstecken! Verschwinde! Ich hasse dich! Du hast meine Mutter geholt als sie 43 war, danach meine Frau und du hast sie beide unendlich leiden lassen, du verfluchter Analstecher! Jetzt hast du dir auch noch Deborah unter deine mörderischen Nägel gerissen. Und wie ich dich kenne willst du nun MICH. Gieriges Schwein!“ Würstel trat auf ihn zu und wollte ihm einen Kinnhaken verpassen, aber der Sensenmann sprang behände zurück und drehte den Sensenwurf so, dass die Klingenspitze auf Würstel Hals zeigte.
Er grinste. Wahrhaftig, der Tod grinste!
„Nun, wessen Licht abgebrannt ist, der gehört mir. So ist das. Du Hanswürstel wirst es nicht ändern!“ Seine Stimme klang wie eine mit Wasser gefüllte verrostete Blechtrommel. Sie wurde scheppernd von den Schlafzimmerwänden zurückgeworfen. Würstels Würmer erschraken und zogen sich tief in den Mastdarm zurück, weil sie Angst hatten, taub zu werden.

„Ich hab `s mir überlegt, `s wär vielleicht das Beste, jetzt den Löffel abzugeben Nimm mich gleich mit!“
Der Tod schüttelte heftig mit dem Kopf, sodass die Kapuze von seiner Glatze rutschte. Erschrocken griff er nach hinten und stülpte sie wieder über. Wahrscheinlich schämte er sich seiner Ähnlichkeit mit Michael Stipe, dem Sänger von REM.
„Nein-nein, dein Licht ist noch zu groß. Das dauert noch.“ Er winkte ab. „Zu dir Mistbock komme ich später.“
„Und wann, wenn ich fragen darf?“
„Ich müsste in meinem Computer nachschauen. Denkst du ich hab die Daten von allen Würsteln im Kopf? Ich heiße schließlich nicht Einstein! Ich muss weiter, zu einem Kokser, bevor er mir den Rest vom weißen Pulver wegfrisst. Auf Wiedersehen, altes Würstel.“
Bei den letzten Worten verdampfte er in weißem Qualm und verschwand. Würstel rieb sich die brennenden Augen, der Stinkstiefel war wirklich weg und hatte ihn allein gelassen mit den blutleeren, sterblichen Resten seiner auf Rosen gebetteten Geliebten, ihrem Mörder, dem Chaos und dem Grauen.

Würstel steckte sich eine Kippe an, ließ sich auf der Kellertreppe nieder und setzte das erlösende Naturheulverfahren in Gang.
Irgendwann würde er vergessen haben, was er an ihr so geliebt hatte. Er konnte sich jetzt schon kaum noch erinnern. Im Grunde genommen war es ihm immer rätselhaft gewesen.